KB109252

유
세
명
언

喩世明言

유
세
명
언

2

풍몽룡 소설

김진곤 옮김

민음사

차
례

史弘肇龍虎君臣會

용과 호랑이가 함께하듯

사홍조가 임금과 신하의

만남을 이루다

이 작품의 주인공인 사홍조나 곽위는 하늘의 별이었고 이 세상의 구질구질함을 견디고 살기에는 너무도 그릇이 큰 사람들이었다. 풍몽룡은 그들이 큰 운명을 타고난 사람들이라고 믿었다. 사홍조의 처남은 저승 세계를 여행하면서 사홍조의 운명을 미리 귀띔받았는데, 곽위의 부인 시 씨가 곽위를 알아볼 수 있었던 것도 운명처럼 찾아온 꿈과 관상 덕이다.

풍몽룡은 우리에게 세상에 굴복하지 말 것, 어차피 안 될 일은 안 될 것이니 가슴 졸이지 말 것을 요구한다. 곽위가 951년에 세운 새로운 왕조 후주는 십 년 만인 960년에 망했다. 그리고 곽위의 오십 인생도 마무리되었다. 당시는 수많은 왕조가 나타났다 사라지는 때였다. 그는 더없이 짧았으나 그래도 새로운 왕조를 세운 사람이다. 짧은 건 그다음 문제다. 곽위가 칭송받을 수 있는 것은 죽음을 두려워하지 않고 창업을 시도했기 때문이다.

맹자는 하늘은 크게 쓸 자들에게 온갖 시련을 주어 단련시킨다고 말했다. 그렇다면 세상에는 두 종류의 인간, 시련에 무너지는 자와 시련을 이겨 내는 자가 존재하는 것이다. 이때 그냥 자신의 운명을 긍정해 버리는 것, 그것이 바로 풍몽룡이 제시하는 단련의 비법이다. 하늘이 선한 자에게 선한 보답을 주는 인과율은 한 번도 틀린 적이 없기 때문이다. 결혼하면서 의형제를 맺은 곽위를 잘 모시라는 조건을 내거는 사홍조, 살인을 저지른 곽위를 풀어 주고자 안달하는 부령공과 왕수 그리고 곽위의 그릇을 알아보고 중책을 맡긴 유지원은 모두 하늘이 곽위를 도우라고 보낸 자들이다.

한림원 생활에 지친 몸 시골 마을 태수로 나아가야지
피곤에 지쳐 꼬리가 붉게 변한 물고기[1]가 쉴 곳은
오직 서호 아니던가.
과거에도 지방 태수로 내려가 쉼과 평화를 얻은 현인들이 있었
으니
육일거사[2] 가신 길을 따라야지.
허옇게 센 살쩍을 감출 수도 없는 나이
중양절에 국화 꽂기가 내 생애 몇 번이나 더 있으려나
영주(潁州)에는 또 누가 먼저 가려나

---

1 『시경』의 "방어정미, 왕실여훼.(魴魚頳尾, 王室如燬)"라는 구절에서 유래한 표현이
   다. 방어 꼬리는 본디 하얀색이나 지치고 피곤하면 붉게 변한다고 한다. 사람이
   일에 찌들어 피곤하거나 부담이 과중한 상황을 나타내는 표현으로 쓰인다.
2 구양수(歐陽脩, 1007~1072). 중국 송나라 때의 문인이자 정치가. 육일거사(六一
   居士)는 그의 별명이다. 구양수는 중앙 요직에 있다가 영주의 지방관으로 좌천된
   적이 있다.

용과 호랑이가 함께하듯 사홍조가 임금과 신하의 만남을 이루다.   **9**

금준미주[3]라도 곁들여야지.

위의 시는 소동파가 한림원에서 나와 항주의 태수로 갈 때 유계손(劉季孫)이 지어 준 시이다. 소동파는 항주에서 두 차례 벼슬을 했다. 처음에는 신종 황제 희녕(熙寧) 2년(1069)에 항주의 통판(通判)을 지냈고, 다음에는 원우(元祐) 연간(1086~1093)에 항주 일대의 태수를 역임했다. 이런 연유로 항주의 유적지에는 소동파의 시를 새겨 놓은 곳이 많다. 남송 때 항주를 수도로 삼자 천하의 문사들이 항주에 몰려들었다. 그 가운데에서도 홍매(洪邁, 1123~1202)가 특히 유명하여 소동파의 뒤를 이을 만했다. 특히 홍매는 「이견(夷堅)」 32지(志)를 편찬하여 당대의 역사가로 칭송받았다. 홍매는 효종(孝宗) 황제의 사랑을 듬뿍 받아 조정 안에서 관직 생활을 했다. 이때 그는 몇 차례나 글을 올려 외직으로 나가기를 청했고, 이에 황제가 그의 청을 받아들여 월주(越州) 소흥부(紹興府)의 현령으로 임명했다. 순희(淳熙) 연간(1174~1189)에 임지로 부임하는데 때는 바야흐로 봄이었다. 당시 너무도 빼어난 회문시(回文詩)[4] 한 수가 있었으니 시인 웅원소(熊元素)가 지은 것이라.

---

3 金樽美酒, 금으로 된 술단지에 담긴 맛 좋은 술이라는 뜻으로 성대하게 차린 맛난 음식을 가리킨다.

4 왼쪽에서 오른쪽으로 읽어도, 오른쪽에서 왼쪽으로 읽어도 뜻이 통하는 시. 심한 경우 전후좌우뿐 아니라 위아래, 대각선 방향으로 읽어도 뜻이 통하는 시도 있다. 중국 글자가 지닌 한 글자, 한 소리, 한 뜻의 특성을 극단적으로 활용한 사례라 할 것이다. 소설 『경화연(鏡花緣)』에 등장하는 회문시가 특히 유명하다.

史弘肇龍虎君臣會

따듯한 햇살, 갠 하늘

날랜 준마, 멋들어진 안장과 고삐.

바람 불어 꽃 지니 붉은색이 온 땅을 뒤덮네

비 갠 뒤 버들가지 푸르게 드리우니 안개마저 푸르다.

풀빛은 널리 펼쳐지고 봄 강물은 굽이굽이.

잔설 같은 꽃가지, 옥 계단

한탄스럽도다. 이런 때 좋은 만남이 드물다니

공연히 날아오르는 귀여운 제비, 너울너울 나누나.

融融日暖乍晴天,

駿馬雕鞍鏽轡聯。

風細落花紅襯地,

雨微垂柳綠拖煙,

茸鋪草色春江曲,

雪剪花梢玉砌前。

同恨此時良會罕,

空飛巧燕舞翩翩

만약에 이 시를 뒤집어서 거꾸로 읽는다면 이렇게 될 것이다.

너울너울 나는 제비 귀엽게 허공을 날아오르는구나

좋은 날 만남이 드문 것이 한탄스럽도다.

앞 계단엔 옥 같은 꽃가지 잔설이 남아

굽이굽이 강물엔 봄이 찾아와 풀빛이 널리 펼쳐지고

용과 호랑이가 함께하듯 사홍조가 임금과 신하의 만남을 이루다.　**11**

안개 핀 푸른 버들가지엔 가랑비 드리우니

땅 위의 붉은 꽃은 바람에 떨어진 것인가.

멋들어진 고삐와 안장, 날랜 준마

하늘은 개이고, 햇살은 따듯해지네.

翩翩舞燕巧飛空,

罕會良時此恨同。

前砌玉梢花尊雪,

曲江春色草鋪茸。

煙拖綠柳垂微雨,

地襯紅花落細風。

聯轡鏽鞍雕馬駿,

天晴乍暖日融融

　홍매는 진월당(鎭越堂)에 연회를 마련하고 여러 관리들을 초청했다. 손님을 접대하는 데 필요한 천막, 술, 식탁, 음식 등을 준비하는 자들과 과자, 밀전, 채소, 향촉 등을 준비하는 자들이 모두 당하에 열을 지어 시중을 들었다. 연회에 나온 다과는 무척이나 신선했으며, 요리는 너무도 특별한 맛이었다. 술이 두세 잔 돌자 기생이 노래를 한 곡 불렀다. 그 기생의 성은 왕(王)이요, 이름은 영(英)이었다. 왕영은 머리를 용 모양으로 장식하고 섬섬옥수 부드러운 손길로 금색 실로 수놓은 피리를 잡고 연주했는데, 그 소리가 청아하고 낭랑하며 여운이 유장하니 참석한 관리들이 더없이 기뻐했다. 홍매가 문방사우를 가져오게 하더니 노래를 부른 기생과 분위기에 취해 있는 관리들을 앞에 두고 일필휘지 작품을 써냈다. 바로 「우미인(虞美人)」이라는 사(詞)였다.

파란 옥 누각에서 홀연히 들려오는 피리 소리
그 소리 맑아 푸른 하늘에 닿는다.
궁상각치우 각각 동쪽으로 서쪽으로
기이한 광경이로세! 파란 연못에 사는 용을 불러 깨우네.
오열하는 듯한 소리는 파란 하늘로 사라진다.
차마 이별 노래 「양주서」를 부르고 싶진 않구나.
저 소리는 구름을 뚫고 바위를 쪼개고 자취도 없이 휘감아 돌며
매화를 흔드니 매화꽃 옥 부스러기처럼 떨어지기 시작하누나.

멋들어진 문장이 배 속에 가득하고 아름다운 글귀가 가슴에 한가득인 홍매가 이런 사 하나 짓는 게 뭐 그리 대수롭겠는가. 작품을 다 짓고 나서 관리들에게 보이니 모두 입에 침이 마르도록 칭찬했다.

"새롭고 멋들어진 것이 정말 빼어난 작품입니다."

뭇 관리들이 칭찬에 여념이 없을 때 좌중에 한 사람이 크게 소리 내어 웃었다.

"홍 학사가 피리 부는 여인네를 읊은 이 작품은 나름 문제없다고 볼 수도 있지만 어쨌든 이 여덟 구절의 사는 옛 시인 묵객들의 작품을 도적질한 것뿐이오."

홍매가 고개를 돌려 바라보니 바로 통판 공덕명(孔德明)이었다.

홍매가 짐짓 놀라는 체하며 말했다.

"공 통판께서 기왕에 그렇게 말씀하시니 가르침을 좀 주시기 바라오."

공 통판이 좌중에서 앞으로 나와 일일이 해석해 주었다.

"첫 번째 구절의 '파란 옥 누각에서 홀연히 들려오는 피리 소리'는 장자미(張紫微)의 「도은(道隱)」이라는 시의 네 번째 구절을 베껴 온 것입니다. 그 시는 이러합니다.

맑은 방은 푸르디푸르다
이슬 내리는 하늘 고요한 달빛이 신선 세상 같은 이곳을 비추네.
광한루에 비파 소리 세 곡조
파란 옥 누각에서 홀연히 들려오는 피리 소리 한 곡조.
황금 두레박으로 길어 오는 가을날의 샘물이 차갑고
초가집 거친 잠자리에 저녁 구름이 맑다.
신선 세계 푸른 옥빛 연못에서 꿈 깨어 일어나
열두 난간 사이를 혼자서 걷누나.

두 번째 구절의 '그 소리 맑아 푸른 하늘에 닿는다'는 낙해원(駱解元)의 「옥교자창사(玉嬌姿唱詞)」의 세 번째 구절을 베껴 온 것입니다. 그 사는 이러합니다.

사 씨의 연회에서 우아한 노래 소리 들려오는데

주렴 뒤에 있는 자는 누구일런가

그 소리 맑아 푸른 하늘에 닿아

떠도는 구름 흩어지지 않게 붙잡아 놓는구나.

세 번째 구절의 '궁상각치우 각각 동쪽으로, 서쪽으로'는 조선
고(曹仙姑)의 「풍향(風響)」이라는 시의 두 번째 구절을 베껴 온 것
입니다. 그 시는 이러합니다.

푸른 하늘에 눈발이 날리듯, 하늘에서 실을 드리운 듯

궁상각치우 각각 동쪽으로 서쪽으로.

어렴풋이 무슨 곡조인지 들어 보려니

바람이 또 그 소리를 흩트려 다른 곡을 만들었구나.

네 번째 구절의 '기이한 광경이로세! 파란 연못에 사는 용을
불러 깨우네.'는 소동파의 「노(櫓)」라는 시의 세 번째 구절과 네
번째 구절을 베껴 온 것입니다. 그 시는 이러합니다.

강바닥 한가운데를 마치 화살처럼 뚫고 들어가

이 세상을 정처 없이 떠도니 한번 저어 가면 자취도 남지 않는
구나.

멀리서 나의 기이한 광경을 비추더니

파란 연못에 사는 용을 불러 깨우네.

전반부와 후반부를 이어 주는 다섯 번째 구절 '오열하는 듯한 소리는 파란 하늘로 사라진다.'는 주숙진(朱淑眞)의 「안(雁)」이라는 시의 네 번째 구절을 베껴 온 것입니다. 그 시는 이러합니다.

슬픔에 겨워 가슴은 천 갈래 만 갈래
고향 떠난 기러기 남쪽으로 찾아와도 기댈 곳 없구나.
무심한 듯, 슬픈 듯 혼자서 외롭게 날다
오열하는 듯한 소리는 파란 하늘로 사라진다.

여섯 번째 구절의 '차마 이별 노래 「양주서」를 부르고 싶진 않구나'는 진관(秦觀)의 「가무(歌舞)」라는 시의 네 번째 구절을 베껴 온 것입니다. 그 시는 이러합니다.

춤추는 듯한 가녀린 허리
앵무새 지저귀는 듯한 노랫소리.
비단으로 휘감은 듯 아름다운 이 무대 앞에서
차마 이별 노래 「양주서」를 부르고 싶진 않구나.

일곱 번째 구절의 '저 소리는 구름을 뚫고 바위를 쪼개고 자취도 없이 휘감아 돌며'는 유기(劉錡)의 「수저화포(水底火炮)」라는 시의 세 번째 구절을 베껴 온 것입니다. 그 시는 이러합니다.

쿵! 대포 소리 벼락이라도 치듯

사방으로 파도 날리니 모든 물고기들은 숨을 죽이고.
저 소리는 구름을 뚫고 바위를 쪼개고 자취도 없이 휘감아 돌며
오랑캐와 사악한 자들 내쫓고 정의를 세우리라.

마지막 구절의 '매화를 흔드니 매화꽃 옥 부스러기처럼 떨어
지기 시작하누나.'는 유과(劉過)가 무주(婺州) 출신으로 병부시랑
을 지내던 진암초(陳巖肖)를 만나고서 지은 「원소망강남(元宵望江
南)」이라는 사의 네 번째 구절을 베껴온 것입니다. 그 사는 이러
합니다.

정월 대보름,
천지의 기운에 화색이 돌기 시작한다.
버들은 잔가지를 뻗기 시작하고
매화꽃 옥 부스러기처럼 떨어지기 시작하누나
달은 저 하늘 높이 걸려 있는데.

현명한 태수는
백성들과 더불어 이 밤을 즐길지니.
불 밝힌 저잣거리에 피리 소리 북소리 요란하고
광한궁을 찾는 마차는 끝없이 이어지니,
이런 밤이면 제발 시간아 멈추어 다오.

공 통판이 이렇게 해설을 마치니 홍매는 한량없이 기뻐했다.

자리에 참석한 관리들도 모두 찬탄해 마지않았다.

"절묘하다, 기가 막히는구먼!"

홍매가 시중드는 사람을 시켜 공 통판에게 술을 한 잔 더 권하고는 이렇게 말했다.

"공께서 아까 내가 지은 작품을 이렇게 완벽하게 해설해 주셨으니 이제 「용적사(龍笛詞)」한 수를 지어 내가 평생 소장할 수 있게 해 주시오."

공 통판 역시 감사의 뜻을 표하고 사를 한 수 지으니 바로 「수조가두(水調歌頭)」였다.

아름다운 저 여인 뽀얀 팔목을 뻗네
섬섬옥수를 입술에 갖다 대네.
들려오는 피리 소리는 월나라 곡조에 실린 외로운 가락
박자와 음정이 모두 귀에 착착 감기는구나.
영왕(寧王) 이헌(李憲)[5]의 피리 연주 소리런가
환이(桓伊)[6]의 피리 연주 소리인가
그 소리가 어찌 이리 고운고!
그리울사, 내 소리를 제대로 알아줄 사람이여!
집 서까래로 피리를 만든 이여, 그 피리로 멋진 연주를 한 이여!

---

5 679~742. 본명은 성기(成器). 예종(睿宗)의 장자였다. 본디 태자였으나 동생인 이융기(李隆基)에게 왕위 계승권을 양보했다. 시를 잘 짓고 음률에 정통했으며 특히 피리를 잘 불었다고 한다.

6 동진(東晉, 317~420) 때의 음악가. 특히 빼어난 피리 연주자로 유명하다. 피리의 신이라 불렸다.

밤이 깊을수록

달은 더욱 밝아지고

달이 밝을수록

별은 더욱 자취를 감추네.

하늘은 높고 천지간 기운은 더욱 상쾌한데

서리 내려 물빛과 산빛이 같이 푸르다.

멋들어진 이 밤, 풍경마저 멋진 이곳

기주(蘄州)⁷의 대나무로 만든 저 피리 소리 솟구쳐 오르니,

그 소리 귓가에 생생하도다.

그 소리 바위를 쪼개고 구름을 뚫고 울려 퍼지니

온갖 귀신 모두 자취를 숨기네.

이런 작품이야말로 이런 구절로 표현할 수 있을 것이다.

재주 있는 자가 재주 있는 자를 알아보는 법이니

아름다운 작품을 기록함은 지음을 기다리는 것이라.

아니, 이야기꾼, 그대는 어찌하여 서두에 '용 모양 피리 연주 소리를 노래한 여덟 구절의 사'를 뜻하는 「팔난용적사(八難龍笛詞)」를 언급하는가? 아, 그건 다른 이야기를 하려는 게 아니고 두 나그네가 용 모양 피리를 만들 수 있는 기주의 대나무를 태산의 높

---

7 중국 호북성의 도시 이름. 이곳의 대나무는 종류가 다양하고 질이 우수하기로 특히 유명하다.

은 봉우리에 바치는 이야기를 하려 하기 때문이지. 이 기주의 대나무를 불태워 바치는 바람에 정주(鄭州) 봉녕군(奉寧軍)의 우두머리 기생이 영웅호걸을 만나 결혼하여 양국부인(兩國夫人)[8]에 봉해졌으며, 나중에 그 영웅호걸은 네 개 진을 통할하는 사진영공(四鎭令公)이 되어 그 이름이 청사에 길이 빛나고 오늘날까지 사람들의 칭송을 받는다. 그럼 아직 출세하기 전, 그 영웅호걸의 이름은 무엇인가? 그는 도대체 얼마나 엄청난 출세를 하게 되었는가?

온 세상 삼천리를 내 집처럼 돌아다니니
중원과 변방 사백개 주에 그 위세 당당하다.

오대의 흥망성쇠를 읊은 시가 한 수 있다.

당나라 말기, 조정의 권위가 사그라지니
천하의 백성들이 괴로움을 당하는도다.
나라의 운명이 병사들의 손에 달리고
조정의 안위가 변방에 매여 있다.
추운 겨울에도 낙락장송은 푸르름을 잃지 않고
새벽에도 별은 그 빛을 잃지 않네.
오십삼 년 동안 다섯 왕조가 갈마든 것도

---

8 황실, 공신, 문무대신의 어머니, 처를 높여 부르는 호칭 가운데 하나로 문무관리의 처를 국부인이라 불렀다. 여기서는 두 번에 걸쳐 국부인에 봉해졌으므로 양국부인이라 칭한 것이다.

기실 진정한 황제가 나타나길 기다렸음이라.

한편 오대 시대 후당 왕조에 두 나그네가 있었으니 바로 왕일태(王一太), 왕이태(王二太)로 형제였다. 형제는 용(龍) 피리를 만들 수 있는 기주 대나무 한 쌍을 얻었다. 그 대나무는 가공하지 않아도 이미 모양이 기묘하고 독특했으며 뿌리는 용머리 형상으로 세상에 둘도 없는 것이었다. 그들은 연주(兗州) 봉부현(奉符縣) 소재 태산의 동쪽 봉우리에 있는 사당에 향을 사르고 이를 바치고자 했다.

그들이 향을 사르는 의식을 다 마치자 태산의 산신령이 대나무를 자신의 셋째 아들 병령공(炳靈公)에게 주었다. 병령공은 그것을 강, 장, 두 저승사자에게 주고는 정주(鄭州) 봉녕군에 가서 피리쟁이 염초량(閻招亮)을 불러오게 했다. 명령을 받은 두 저승사자는 즉시 인간으로 변신하여 정주로 달려가 염초량을 만나고자 했다. 염초량이 마침 작업장 앞에서 피리를 만들고 있는데 두 사람이 와서 인사를 하더니 이렇게 말했다.

"우리 나리께서 용 피리를 만들 수 있는 기주 대나무 한 쌍을 가지고 있어 선생을 모시러 왔소이다. 우리 나리는 성질이 급하니 서둘러 주기 바라오. 물론 피리를 만들어 주면 사례는 두둑하게 할 것이오. 어서 우리와 같이 갑시다."

염초량은 즉시 피리 만드는 도구를 챙겨 두 사람을 따라나섰다. 잠시 후 이들 일행이 어느 곳엔가 도착했다. 고개를 들어 보니 비석이 하나 있었고 그 비석에는 "태산의 동쪽 봉우리(東峰東

岱嶽)」라고 적혀 있었다. 그 모습이 어떠했는지 보자.

뭇 산들의 으뜸
오악은 존귀하도다.
오악에 있다는 서른여덟 개의 반석
그 아래 있다는 일흔두 개의 하늘 궁전.
폭포수는 햇빛을 반사하고
봉우리는 드높아 하늘까지 치솟았다.
아홉 칸의 웅장한 하늘 궁전엔
상서로운 빛이 파란 지붕에 비쳐 파란 안개처럼 응어리지네.
사방의 높디높은 봉우리
우러러보니 황금빛 용이 안개를 뿜어내는 듯.
죽림사(竹林寺)는 그림자뿐이고
해 봉우리는 신선을 감추어 품고 있어라.

염초량이 도대체 무슨 영문인가 하여 정신을 못 차리고 있는
데 강, 장, 두 저승사자는 그를 이끌고 들어가 병령공을 알현했다.
이어 누각에 들어갔다. 누각 안에는 탁자가 놓여 있고, 탁자 위엔
기주 대나무가 놓여 있었다. 그들은 염초량에게 여기서 피리를
만들라 하였다.
"이곳은 하늘 세계라 어디 멀리 달아날 수도 없느니라. 섣불리
도망하려 했다가 길을 잃으면 돌아오기도 힘들 것이야."
말을 마치고 두 저승사자가 사라졌다. 염초량이 삽시간에 용

머리 장식을 갖춘 피리를 만들고 직접 불어 보니 소리가 기가 막혔다. 한참을 기다려도 두 저승사자가 돌아오지 않아 염초량이 조용히 생각에 잠겼다.

"기왕에 저승 세계에 불려 들어왔는데 좀 둘러보지도 않고 그냥 돌아가면 그 또한 섭섭한 일 아닌가."

그리하여 누각에서 나와 조금 가니 건물 하나가 눈에 들어왔다. 건물의 복도로 걸어 들어가려니 적막한 가운데 채찍 소리가 들려와 다가가 창문 틈으로 살펴보았다.

너풀너풀 술 달린 가림막은 말아 올려져 있고
꿩 깃털로 만든 부채 펼쳐져 있다.
어좌가 제대로 갖추어져 있고
한 사람 당당하게 앉아 있더라.
잠과 홀을 든 관리들 열을 지어 섰고
저승사자들 좌우로 열을 지었구나.
종소리 울려 퍼지고
경쇠 소리 진동하도다.
천상의 연주 소리는 구름 사이를 넘나들고
저승사자들이 염라대왕을 알현하는구나.

염라대왕이 어가에서 내려 보좌에 오르니 뭇 저승 관리들이 일어나 예를 표했다. 염라대왕이 이렇게 명령했다.

"죄인을 대령하렷다."

남정네 하나가 목과 팔에 칼이 채워지고 포승줄에 묶인 채 끌려왔다. 염초량이 혼잣말로 중얼거렸다.

"저 사람 참 낯이 익네."

그러나 아무리 해도 생각이 나지 않았다. 이때 다시 염라대왕이 명령을 내리는 소리가 들렸다.

"쓸개를 구리로, 가슴을 쇠로 바꾼 다음 인간 세상으로 돌려보내 사진령공이 되게 하라. 그를 통해 사람 목숨을 함부로 죽이지 못하도록 경고하게 하라."

염초량은 이 말을 듣고 깜짝 놀랐다. 이때 염초량의 귀에 저승의 아전이 외치는 소리가 들렸다.

"아래 세상의 사람이 어찌 여기서 저승의 일을 훔쳐본단 말이냐?"

이 소리를 듣자마자 염초량은 곧장 피리를 만들던 누각으로 돌아왔다. 한참 후에 강, 장, 두 저승사자가 와서 염초량이 피리를 다 만든 것을 보고는 병령공에게 피리를 바치려 했다. 피리를 불어 보니 그 소리가 맑고 여운이 있어, 병령공이 크게 기뻐했다.

"내가 너에게 복에 복을 더하고, 생명에 생명을 더하여 주겠다."

염초량은 이렇게 답했다.

"저에게는 복과 장수를 더해 주시지 않아도 괜찮습니다. 다만 저의 여동생 염월영(閻越英)이 창기 생활을 하고 있는데 그녀가 풍진 세상에서 빠져나올 수만 있다면 그보다 더한 기쁨이 없겠습니다."

"그래, 네 마음이 가상하구나. 내가 너의 동생을 사진령공에게 시집갈 수 있게 하마."

염초량이 절을 하며 감사를 드렸다. 역시 강, 장 두 저승사자가 염초량의 귀환을 도왔다. 그들이 험한 산길을 반쯤이나 지났을까, 두 저승사자가 염초량에게 어딘가를 쳐다보라고 가리켰다. 염초량이 그곳을 바라보니 두 저승사자가 갑자기 그를 산골짜기 아래로 밀어 버렸다. 염초량이 깜짝 놀라 살펴보니 바로 자신의 집, 자기 방이요, 아이들과 아내가 함께 자리에 있는 것 아닌가. 염초량이 아내에게 물었다.

"아니, 왜 이렇게 울고 있는 것이오?"

"며칠 전 당신이 문 앞에서 일을 하다가 갑자기 쓰러져 버렸지요. 당신 가슴을 만져 보니 그래도 온기가 느껴져 침상으로 옮겨 이틀이나 기다리며 애태우고 있었는데 혹시 저승 세계라도 구경 갔다 오신 게요?"

염초량은 자신이 두 저승사자를 따라가서 피리를 만들어 주고 온 일을 자세하게 설명했다. 집안사람들은 염초량의 이야기를 듣고 너무도 놀랐다. 이 일이 있고 난 후 별다른 일 없이 세월은 흘렀다.

겨울이 되어 하늘에서 하얀 눈이 내렸다. 눈이 내리는 풍경을 기막히게 묘사한 석신도(石信道)의 「설(雪)」이라는 시가 있어 여기에 소개한다.

사방에 날리는 눈발 밤새도록 그침이 없더니

아침에 집과 들판에 새로운 경치를 만들어 놓았구나.
천지엔 눈 덮여 백옥처럼 흰 집들
은빛으로 감싸인 누각들.
유령의 매화꽃은 어디서 와서 피었으며
장대의 버들 솜은 언제 그치려나
푸른 바다, 달빛 비치는 곳에
누가 붉은 산의 파란 봉황을 타고 노니는가.

눈발은 더욱 굵어만 가고 염초량은 눈 내리는 장면을 구경하고 있었다. 추워서 손마저 곱아 일을 멈추고 문 앞에 멍하니 앉아 있었다. 그때 길에서 한 사람이 걸어왔다. 염초량은 그 사람을 보고 대경실색했다.

"저 사람은 바로 내가 저승 세계에서 보았던 그 사람으로, 쓸개를 구리로, 가슴을 쇠로 바꾼 사진령공 아닌가. 저 사람이 오늘 우리 집 문 앞을 지나가다니, 이런 기회에 안면을 트지 않으면 언제 또 기회가 오겠는가!"

염초량은 눈발이 날리는 것도 개의치 않고 얼른 옷자락을 걸어 올리며 그에게 달려갔다. 잠시 후 염초량이 그 사람을 따라잡았다.

"나리, 절 받으십시오."

그 사람은 피리 만드는 염초량을 알아보고 대꾸했다.

"그래, 별고 없으셨소?"

"이렇게 눈 내리고 날이 매서운데 나리가 지나가는 것을 보고

서 제가 어찌 그냥 지나칠 수가 있겠습니까. 저와 술이라도 한잔
하시지요."

염초량은 그 사람을 끌고 주점 안으로 들어갔다.

그 사람의 성은 사(史)요, 이름은 홍조(弘肇), 자는 화원(化元)
이며, 아명은 감아(憨兒, 바보, 멍청이)로 선봉 부대의 보병이었다.
『오대사 사홍조전』에서는 사홍조를 "정주(鄭州) 영택(榮澤) 사람
이며 용맹이 넘치고, 천리마처럼 빨리 달리는 재주가 있었다."고
기록하고 있다. 두 사람은 술을 마시고 각자 집으로 돌아갔다.

다음 날 염초량은 동생 염월영의 집으로 찾아갔다.

"내가 어제 한 사람을 만났기에 이렇게 특별히 너에게 찾아왔
다. 내가 일전에 죽었다 깨어났잖느냐. 그때 사실 나는 저승 세계
를 방문하여 피리를 만들어 주고 돌아왔단다. 그런데 어제 저승
에서 본 사람을 만났지. 그 사람은 구리 쓸개와 쇠 심장을 지닌
자로 사진령공이 될 운명을 타고났단다. 네가 그 사람의 부인이
될 것이라는 언질도 받았어. 그런데 그 일을 까마득히 잊고 있었
구나. 마침 어제 그 사람이 우리 집 문 앞을 지나가길래 바로 다
가가서 술을 대접했단다."

"그 사람이 대관절 누군데요?"

염초량은 동생의 말을 받아서 이렇게 대답했다.

"선봉 부대의 보병으로 최고의 멋쟁이란다."

염월영은 그 말을 듣고 버럭 화를 내며 말했다.

"아니, 내가 그렇게 별 볼 일 없는 사람에게 시집갈 팔자란 말
예요? 어이가 없네."

이후로 염초량은 사홍조를 볼 때마다 그에게 술대접을 했으니 사홍조는 염초량에게 수차례 술과 음식을 얻어먹었다. 어느 날 두 사람이 길에서 우연히 만났다. 이번엔 사홍조가 염초량을 데리고 주막으로 가서 술과 안주를 듬뿍 먹었다. 염초량이 돈을 내려고 하니 사홍조가 극구 말렸다.

"그동안 그대가 수없이 나에게 술을 사 주었는데 이번에는 내가 대접해야지."

그 말을 듣고 염초량이 먼저 주막에서 나왔다. 그러자 사홍조는 주막 점원에게 이렇게 말했다.

"지금 내가 돈을 안 가지고 왔으니 나와 같이 부대로 가자. 부대에 가서 돈을 치르겠다."

점원은 하는 수 없이 사홍조를 따라나섰다. 부대 앞에 이르자 사홍조는 점원에게 이렇게 말했다.

"지금은 내가 가진 돈이 없으니 일단 돌아가거라. 내가 내일 돈을 가지고 갈 것이니."

점원은 머뭇거리며 대답했다.

"제가 그냥 가면 욕먹어요. 주인이 그냥 넘어가지 않으실걸요."

"네 주인이 그냥 넘어가지 않으면 어쩔 테냐. 순순히 돌아가겠느냐, 아니면 주먹맛을 보겠느냐?"

점원은 하는 수 없이 왔던 길을 돌아갔다.

사홍조는 부대 문 앞에서 경단을 파는 왕 씨에게 성큼성큼 다가갔다.

"아저씨, 내가 술집에 외상을 진 게 있어서 아저씨네 솥을 좀 훔칠 테니 간수 잘하슈."

왕 씨는 그 말을 그저 농담이라 생각하고 집에 돌아와 아내에게 이렇게 말했다.

"참, 살다 보니 우스운 일도 다 있네. 아니, 저 멍청한 사가 놈이 내 솥을 훔칠 테니 문단속 잘하라고 나한테 경고를 하지 뭔가."

왕 씨 아내도 그 소리를 듣더니 같이 웃었다. 그날 밤 10시에서 11시로 넘어갈 무렵, 사홍조가 진짜 와서 대문을 열었다. 사홍조가 있는 힘껏 문을 밀어 버리니 문의 경첩이 떨어져 나갔다. 사홍조가 대문 안으로 걸어 들어오는 소리가 들렸다. 왕 씨의 아내가 왕 씨에게 말했다.

"어떻게 하는지 좀 두고 봐요."

사홍조는 부엌으로 들어가 요란을 떨면서 솥을 가지고 나오더니 그 솥을 땅바닥에 내려놓고 이렇게 소리를 치는 것이었다.

"이게 깨지면 나는 술집 외상값을 어떻게 갚지?"

그러면서 몽둥이로 솥을 두드리다가 솥을 머리 위로 올려 뒤집어 버렸다. 아뿔싸, 그 솥단지 안에는 아직 물이 남아 있어서 사홍조는 머리와 얼굴에 물을 뒤집어쓰고 온몸이 젖어 버렸다. 그는 젖은 몸을 말릴 생각은 하지도 않고 솥단지만 머리에 이고 달아났다. 이때 왕 씨가 소리를 질렀다.

"도둑이야!"

그러면서 옷을 주섬주섬 챙겨 입고 사홍조의 뒤를 쫓았다. 이 소리를 들은 이장도 같이 사홍조를 쫓았다. 사홍조는 누가 뒤에서 쫓아오는 것을 보고는 당황하여 솥단지를 바닥에 던져 버리고 골목길로 숨어들었다. 아뿔싸, 그 골목길은 막다른 길이었다. 사홍조는 황급히 담을 넘어 인가로 숨으려 했으나 그만 담에서 그 집 마당으로 떨어지고 말았다. 이장이 소리를 질렀다.

"염 행수, 자네 집 뒷마당으로 도둑이 숨어들었어!"

염월영은 이장의 외침을 듣서는 계집종에게 촛불을 들려서 나와 보았다. 그러나 도둑은 보이지 않고 눈처럼 하얀 짐승 하나만 눈에 들어오는 것이었다.

그 빛은 새하얀 비단의 광채와도 같고
그 모양은 은 덩어리를 쌓아 놓은 것과도 같구나.
온몸을 휘감은 털은 가을날 서리 맞은 풀처럼 흔들리고
꼬리는 눈을 뭉쳐 만든 동아줄처럼 하늘거린다.
유성 같은 눈에서는 번갯불이 쏟아지고
큰 바다 같은 입에서는 붉은 핏덩이 같은 것이 쏟아져 나오네.

염월영은 보자마자 깜짝 놀랐다. 다시 한번 정신을 가다듬고 바라보니 사홍조가 측간 옆에 쓰러져 있는 것이 아닌가. 사홍조 역시 염월영을 보고는 깜짝 놀라 일어나 인사를 하고 그녀 쪽으로 다가왔다. 염월영은 사홍조의 그런 행동이 너무도 황당했으나, 일전에 사홍조가 크게 될 인물이며 자기가 그 남자에게 시집 갈 팔자라는 이야기를 들었던 터라 이장에게 일러바쳐 잡아가게 하는 대신 그를 집 안으로 불러들여 숨겨 주었다. 이장은 염월영의 집 밖에서 한참을 기다렸으나 아무런 인기척이 없자 이곳으로 숨어든 게 아닌 모양이라고 생각하고 그대로 돌아갔다. 염월영은 그제야 사홍조를 밖으로 나가게 하였다.

다음 날 날이 밝자 아침을 먹고 나서 염월영이 사람을 시켜 염초량을 모셔 오게 했다.

"오라버니, 일전에 오라버니가 나에게 사홍조가 크게 출세할 것이며 나중에 사진령공이 될 거고 내가 그 사람에게 시집갈 거라고 했잖아요. 사실 난 그때 오라버니 말을 믿지 않았어요. 그런데 어제 저의 집 후문에 도둑이 담을 뛰어넘어 숨어들었다는 소리를 듣고서 내가 계집종 하나를 데리고 나가 보니 희한하게도 호랑이 한 마리가 떡하니 버티고 있는 거예요. 다시 정신을 가다듬고 보니 바로 사홍조더라고요. 그 사람이 이렇게 기이한 기상을 지니고 있으니 나중에 뭐가 되어도 될 사람이라는 생각이 들었어요. 오라버니, 나 그 사람한테 시집가고 싶은데 어떻게 하면 좋을까요?"

"무엇이 걱정이냐, 내가 지금 당장 두 사람 사이에서 중매를 서 주면 되지."

사홍조야 크게 될 운명을 타고난 사람이고, 동생도 이제 그걸 알고 사홍조에게 시집가고 싶다 하니 이거야말로 잘된 일 아닌가. 염초량은 바로 사홍조가 근무하는 부대로 가서 그를 찾았다. 사홍조는 전날 밤에 왕 씨네 솥단지를 훔쳐서 외상 술값을 갚으려고 했으나 일이 뜻대로 되지 않아 부대 안에 꼼짝 못하고 있었던 터라 염초량이 참으로 때를 잘 맞춰 찾아간 셈이었다. 염초량은 사홍조를 끌고 밖으로 나와 이렇게 말을 말했다.

"좋은 혼처가 나서서 이렇게 찾아왔소."

"대관절 뉘 집 처자요?"

"다른 사람이 아니라 바로 내 동생 염 행수외다. 동생이 나름 재산도 좀 만들어 놓은 모양인데 의향은 있으시오?"

"좋기는 좋은데, 세 가지 조건을 들어주지 않으면 이 혼사는 받아들이기가 어렵겠소이다."

"그 세 가지 조건이 무엇이오? 속 시원하게 말해 보시오."

"첫째, 그 처자의 재산을 내가 마음대로 쓸 수 있어야 하오. 둘째, 나에게 시집온 다음부터는 절대 다른 손님을 받을 수 없소. 셋째, 나에겐 의형제를 맺은 형이 하나 있고 더불어 강호를 떠돌아다니는 호걸들과 친구로 지내고 있소이다. 만약 그들이 나를 찾아오면 그들에게 군말 없이 숙식을 제공해 주어야 하오. 이 세 가지 조건을 받아들인다면 혼사를 치르겠소."

"내 여동생이 그대에게 시집간다면 당연히 그대의 주장을 따르지 않겠소."

염초량은 그 자리에서 사홍조와 아퀴를 짓고 돌아와 여동생에게 이 소식을 전했다. 염월영이나 사홍조나 다 바라는 혼사인 데다 예물이나 예단 같은 것은 따지지 않기로 했으므로 그저 길일을 잡아 새 옷이나 한 벌 지어 사홍조에게 입히고는 그가 염월영이네 집으로 들어가는 것으로 혼례를 마무리했다.

두 달 정도 지났을까, 사홍조는 상관으로부터 효의점(孝義店)이라는 곳에 군사 문서를 전달해 주라는 명령을 받았다. 효의점에 도착한 다음 사홍조는 안하무인으로 행동하여, 도착한 지 채 한 달도 안 되는 짧은 기간 동안 초소 대장 이하 그에게 속상한 일을 당하지 않은 자를 찾아보기가 힘들었다. 하지만 사홍조가 수중에 돈을 지니고 있고 또 그 돈을 흔쾌히 써서 사람들에게 술도 사고 대접도 했으므로 드러내놓고 싫어하는 내색도 하지 못했다.

어느 날 사홍조가 초소 안에서 잠에 빠져 있자 초소 대장이 그를 바라보며 이렇게 말했다.

"저 골칫덩어리만 없으면 살겠네!"

이렇게 사홍조를 원망하고 있을 때 어떤 사람이 서쪽에서부터 동쪽으로 와서는 초소 대장에게 이렇게 묻는 것이었다.

"사홍조라는 사람이 여기 있소?"

"저기 뻗어서 자고 있는 사람이 바로 사홍조요."

이 사람이 사홍조를 찾아오면서 이야기는 나뉘어, 이제부터는 사홍조가 크게 출세하고 공을 세우는 이야기가 이어진다. 사홍 조를 찾아온 사람이 누구던가.

정처 없이 천하를 떠도는 몸이나
결의형제이러니 어디서건 만나지 못하랴!

사홍조를 찾아온 자는 성은 곽(郭)이요, 이름은 위(威)이며, 자 는 중문(仲文)으로, 형주(邢州) 요산현(堯山縣) 사람이다. 형제 간 의 항렬이 첫째라서 곽대랑(郭大郎)이라고 부르기도 했다. 곽대랑의 생김새는 어떠했을까.

왼발을 드니 용이 얕은 물에서 똬리를 트는 듯
오른발을 드니 봉새가 섬돌 위에서 춤을 추는 듯.
붉은 빛줄기가 정수리를 덮고
자색 안개가 몸을 감싸네.
요임금의 눈썹, 순임금의 눈
우임금의 등, 탕 임금의 어깨.
천자가 아니라면 어이 당할까
제후 정도 자리로는 붙들 수 없으리.

곽대랑이 뜻을 얻지 못하고 동경에서 방황할 때 기녀 반팔(潘
八)의 비녀를 훔친 적이 있었다. 한데 반팔은 곽대랑의 비범한 외
모를 보고선 관가에 고발을 하기는커녕 의남매를 맺고 집에 거두
었다. 곽대랑의 형편이 좀 나아졌을 때 곽대랑이 와사에 가서 공
연을 보게 되었는데, 아뿔싸, 그만 젊은 공연자를 죽이고 말았다.
하여 곽대랑은 그 밤에 바로 도주하여 정주(鄭州)의 사홍조를 찾
았으나 사람들이 효의점에 가서 알아보라 했던 것이다. 곽대랑이
사홍조를 찾아 효의점에 도착한 바로 그날 사홍조는 초소에서
잠에 빠져 있었고 초소 대장은 그를 깨우기 바빴다.
"누가 찾아왔어. 지금 기다린 지가 한참이라고!"
사홍조는 신경질을 부리며 일어났다.
"대관절 누가 나를 찾아왔다는 거야?"

이 말을 듣고 곽대랑이 바로 대답했다.

"그래, 동생, 그동안 평안하셨는가?"

사홍조가 소리를 나는 곳으로 고개를 돌려보니 바로 결의형제 곽대랑 아닌가. 사홍조가 바로 곽대랑을 향해 인사를 올린 뒤 서로 안부를 물었다. 사홍조가 곽대랑에게 말했다.

"형님. 다른 데 가실 생각하지 마시고 제가 있는 이 초소에 머무십시오. 필요한 경비는 제가 집에서 가져다 대겠습니다."

초소 안의 사람들은 사홍조가 곽대랑을 초소에 머물게 하는 것을 보고도 아무도 뭐라고 하지 못했다. 사홍조의 청에 못 이겨 곽대랑은 계속 초소에 머물게 되었다. 곽대랑은 이곳에 머물면서 사홍조나 마찬가지로 안하무인이었다. 두 사람은 효의점에서 매일 노름을 하고, 닭이나 개를 훔치는 등 온갖 망나니짓을 하니 동네 사람들 가운데 욕하고 손가락질하지 않는 사람이 없었다.

여기서 이야기는 둘로 나뉜다. 후당의 명종(926~933)이 승하하니 민제(閔帝)가 즉위했다. 하여 궁내의 모든 여인들에게 궁 밖으로 나가 혼인하라는 명령이 내려졌다. 그 여인들 가운데 도장을 관리하는 시(柴) 부인이 바람과 구름의 운행을 보고 미래를 점치는 재주가 있었는데, 정주 부근에 상서로운 기운이 왕성하게 서려 있는 것을 보고는 신부 지참금 조로 돈을 마련한 뒤 그 기운이 있는 곳을 향하여 출발했다. 그리하여 시 부인은 효의점에 도착했고 왕 할멈네에 머물면서 그 귀하게 될 사람을 찾고자 했다. 시 부인이 왕 할멈네에 며칠 머물면서 거리로 나가서 왕래하는 사람들을 살펴보았지만 도시를 왕래하는 사람 자체가 드물었다. 시 부인이 왕 할멈에게 물었다.

"도대체 거리가 어째 이리 한산하우?"

"부인, 사람들 불러 모으는 건 너무 간단해요. 그저 부인께서 뭐든지 사들인다고 하면 근동에 장사하는 사람들이 모두 몰려올 테니 거리가 북적거리지 않겠어요?"

"그 말이 맞네."

시 부인은 왕 할멈에게 자신이 내일 뭐든지 다 살 것이라는 소문을 사방에 내 달라고 당부했다.

곽대랑과 사홍조 역시 이 소문을 들었다.

"우리도 돈을 마련해서 술 한잔 해야지. 그런데 내일 아침엔 뭘 팔아서 돈을 마련하지?"

사홍조가 대답하였다.

"개고기를 팔죠, 뭐. 도마, 받침대, 칼을 빌리고 다른 사람 집에 가서 개를 훔친 다음 잡아서 삶고 그런 다음 가서 팝시다요."

곽대랑이 사홍조의 말을 듣고 말했다.

"근데 당최 동네에 개가 있어야지. 우리한테 도둑을 맞아서 그런지 요즘은 개를 키우는 사람이 없어."

사홍조가 대답했다.

"이장 왕 씨네 집에 큼직한 놈이 하나 있던데 우리 그 집에 가서 개를 들고 옵시다."

곽대랑과 사홍조는 이장 왕 씨네 집으로 찾아갔다. 한 사람은 개를 꼬드기고 한 사람은 몽둥이를 들고 기다리다가 개가 나오자마자 바로 쳐서 잡아 버렸다. 이장 왕 씨가 이 장면을 보더니 바로 달려 나와 돈 삼백 전을 주며 이렇게 말했다.

"그 개는 그냥 놔두시고, 두 분께서는 이 돈으로 술을 사서 드시지요."

사홍조는 이장 왕씨에게 이렇게 쏘아붙였다.

"아니, 왕 씨, 어찌 이렇게 경우가 없소. 그래 이렇게 큰 개가 겨우 삼백 전밖에 안 한단 말이요. 우리를 바보로 아는 거요?"

사홍조의 말을 듣고서 곽대랑이 이렇게 말했다.

"노인장 얼굴을 봐서 그거라도 받아 주자고."

두 사람은 왕 씨네 개는 그냥 놔두고 그 밤에 다른 집에 가서 개 한 마리를 훔쳐 털을 벗긴 다음 푹 삶았다.

다음 날 사홍조는 도마를 들고, 곽대랑은 받침대를 들고 시 부인이 점방을 열라고 쳐 놓은 천막 아래 와서 소리를 질러 댔다.

"고기 팔아요!"

그들은 받침대를 세우고 그 위에다 도마를 올렸다. 시 부인이 장막 뒤에서 곽대랑을 바라보고는 혼자서 중얼거렸다.

"안 가본 곳이 없이 다 찾아보았는데, 결국 여기서 귀인을 만나는구나!"

시 부인은 사람을 시켜 쟁반을 가지고 가서 개고기를 사 오게 했다. 곽대랑은 시 부인의 심부름꾼이 쟁반을 들고 오는 것을 보고 고기를 듬성듬성 썰어 주었다. 그때 시 부인 옆에 있던 왕 할멈이 부인에게 이렇게 말했다.

"아니, 귀한 부인께서 저런 개고기를 드시려고 사 오라 하셨습니까?"

"허허, 내가 먹으려고 사는 건 아니지."

시 부인은 자신의 집사를 시켜 은자 한 냥을 개고기 값으로 건네게 했다. 곽대랑과 사홍조는 은자를 받고는 고맙다고 인사를 했다.

얼마 지나지 않아 임시 시장은 걷혔다. 시 부인이 왕 할멈을 불러 말을 건넸다.

"할멈, 내가 긴히 부탁할 일이 있어."

"무슨 일인데요?"

"방금 개고기를 팔았던 두 남정네들 이름이 뭐요? 살긴 어디 살아?"

"아, 그 불한당 놈들요! 고기 썰어 주던 놈은 곽가 놈이고, 도마랑 받침대를 간수하던 놈은 사가 놈이라오. 둘 다 효의점 초소에서 머물고 있죠. 그런데 그 두 놈들에 대해 대체 무슨 일로 물어보시는 거요?"

"내가 바로 그 곽가 놈에게 시집을 좀 가고 싶소이다. 할멈께서 중매 좀 서 주시오."

"아니, 마님같이 귀하신 분이 뭐가 아쉬워서 저런 불한당 같은 놈한테 시집을 가겠다고 하는 겁니까?"

"그야 할멈이 상관할 바가 아니지 않소. 내가 보기에 그 곽가가 크게 출세할 상이오. 할멈은 어서 가서 중매나 서시오."

왕 할멈은 시 부인의 말대로 바로 효의점 초소로 가서 곽대랑을 찾았으나 그는 어디 갔는지 보이지 않았다. 초소 대장이 왕 할멈에게 말했다.

"저 맞은편에 있는 술집에 가 보시오. 보나마나 술을 퍼 마시고 있을 거요."

왕 할멈은 술집 문 앞으로 가서 파란 휘장을 걷어 올리고 안으로 들어가 두 사람에게 말을 걸었다.

"곽대랑, 아니, 지금 이 판국에 한가하게 술이나 마시고 있어! 하늘이 내려 준 귀한 인연이 지금 코앞에 닥쳤는데 이렇게 엉덩이 붙이고 앉아 있기만 할 거냐고?"

"아니, 이 할망구가 내가 돈푼 좀 손에 쥔 건 또 어떻게 알아 가지고 돈 뜯으러 온 거구먼. 할멈한테 돈은 못 주겠고, 술이나 한잔 줄 테니 와서 받으시오."

"내가 지금 술 얻어먹으려고 여기 온 줄 알아?"

"술 마시러 온 게 아니라고? 아무튼 나한텐 한 푼도 없으니 술을 마시든지 말든지 알아서 하시오."

사홍조가 끼어들었다.

"할멈이 참 말귀를 못 알아듣네. 우리처럼 성질 더러운 사람들이 그래도 술 한잔 대접한다는데 그걸 무시하고 말이야. 게다가 좀 전에는 우리가 파는 게 다른 고기가 아니라 개고기라고 설레발쳐서 하마터면 한 푼도 못 벌 뻔했잖아! 부인이 그냥 사서 다행이지만, 뻔뻔하게 우릴 다시 찾아와서 돈을 요구해? 술이고 뭐고 다 필요 없어. 할멈한테 줄 건 주먹밖에 없다고."

"내가 지금 술이나 돈 때문에 여기 온 줄 알아? 마침 부인 한 분이 곽대랑에 대해 뭔가 묻더니 곽대랑에게 시집가겠다며 나한테 다리를 놔 달라고 하더군."

곽대랑은 왕 할멈의 말을 듣자마자 버럭 화를 내면서 왕 할멈의 귀싸대기를 날렸다. 왕 할멈은 그대로 바닥에 나뒹굴었다.

"아이고, 사람 살려, 중매 한번 나섰다가 황천길로 먼저 가겠네."

"누가 할멈을 보내서 이런 장난을 치는 거야? 이번 한 번만 봐 줄 테니 그냥 곱게 돌아가라고. 그래, 귀싸대기는 이제 그만 때리지. 어떤 귀부인이 나한테 시집오겠어?"

왕 할멈은 벌떡 일어나 걸음아 날 살려라 하고 술집에서 도망쳐 나왔다. 왕 할멈은 그길로 바로 시 부인을 찾아가 자초지종을 이야기했다. 시 부인이 왕 할멈을 보고 말했다.

"할멈이 중매 서기가 만만치 않아 보이는군요."

"아이고, 부인의 부탁을 받고 곽대랑을 찾아가 말을 붙여 보았지만 외려 뺨만 맞고 왔지 뭐예요. 아니, 글쎄 자기를 놀리는 거냐고 버럭 화를 내더라니까요."

"제가 할멈을 너무 고생시켰네요. 그래도 어쩔 수 없으니 할멈께서 한 번 더 수고해 주시구려. 먼저 금비녀 하나를 드리지요. 일만 잘되면 섭섭지 않게 사례하리다."

"아이고, 저는 이제 다시는 못 가겠어요. 다시 갔다가 맞아 죽으면 어쩌라고?"

"할멈, 그 마음 알겠어요. 사실 빈손으로 가서 중매를 섰으니 그런 오해를 받을 만도 하지요. 이걸 받아서 가지고 가면 그 사람도 그렇게 함부로 하지 않을 거예요."

"뭘 가지고 가라는 거죠?"

시 부인은 뭔가를 꺼내어 왕 할멈에게 보여 주었다. 왕 할멈은
그 물건을 보자마자 놀라 자빠져 버렸다. 대관절 그 물건이 무엇
이었을까.

그대는 보지 못했는가, 장부(張負)가 손녀를 진평(陳平)에게 시
집보낸 일을.[9]
진평의 집이 가난하여 돗자리로 문을 만들어 달았어도
명망 있는 자들을 싣고 달려온 마차들이 많았다는 것,
진평의 생김생김이 너무 빼어나 보통 사람들이 범접할 수가 없
을 정도였다는 것을.
그대는 또 보지 못했는가, 단보(單父)의 여 공(呂公)이 사위를 잘
들인 것을.
딸 하나는 번씨에게, 딸 하나는 유방에게 시집보내지 않았던가.
번씨는 나중에 제후가 되고, 유방은 황제가 되었지.
이로 말미암아 여 공의 이름이 만고에 전해지고
그 가문의 명예가 절로 빛났도다.
아서라, 지금 딸을 시집보내는 자들이여
그저 지금 당장 권세가 높고 돈 많은 것만 따지는구나.

---

9 장부의 손녀가 다섯 차례나 결혼을 했으나 그때마다 남편이 요절하여 아무도 장
부의 손녀와 결혼하려 들지 않았다. 장부는 한동네에 살던 진평(?-기원전 178)의
관상이 빼어난 것을 보고 집안이 가난하다고 반대하는 아들의 말을 무시하고 손
녀를 진평에게 시집보냈다. 나중에 진평은 한 고조 유방 휘하에서 큰 공을 세우고
한 문제 때는 재상에 올랐다.

시 부인이 꺼내어 왕 할멈에게 보여 준 것은 다름이 아니라 금 스물다섯 냥을 녹여 만든 혁대였다. 시 부인은 왕 할멈에게 이 혁대를 가지고 가서 곽대랑에게 이 중매가 장난이 아님을 알려 주라 했다. 비록 곽대랑에게 귀싸대기를 얻어맞기는 했지만 그래도 이익을 보면 마음이 동하는 게 사람이라. 왕 할멈은 시 부인이 건네주는 금비녀를 보고 게다가 금 혁대를 들고 가면 곽대랑에게 수모는 당하지 않을 거라는 생각도 들어 다시 한번 가 보기로 마음먹었다. 왕 할멈은 즉시 금 혁대를 들고 곽대랑이 술을 마시고 있던 주점으로 달려갔다. 주점으로 가면서 왕 할멈은 이리저리 생각했다.

"그래, 처음부터 빈손으로 가는 게 아니었어. 그러니까 얻어맞지. 이번엔 금 혁대를 들고 가니 설마 다시 때리지는 않겠지."

주점에 도착하여 파란 휘장을 들어 올리고는 안으로 들어가니 곽대랑과 사홍조 두 사람이 아직도 술을 마시고 있었다. 왕 할멈은 곽대랑 앞으로 다가가 말을 건넸다.

"부인께서 이렇게 말을 전해 달라고 했어요. 곽대랑이 이 혼사를 믿지 않을까 봐 이렇게 스물다섯 냥 금으로 만든 혁대를 전하나니 곽대랑께서도 뭔가 답례품을 달라고 말이죠."

곽대랑은 속으로 생각했다.

'돈 한 푼 없는 나한테 그런 부인이 먼저 이런 물건을 보내다니. 이게 도대체 어떻게 된 일이야. 내가 이걸 받아도 괜찮은 건가?'

곽대랑은 일단 왕 할멈을 불러 자리에 앉힌 다음 주점의 점원

에게 잔을 가져오게 하여 술을 한 잔 따라 주었다. 연거푸 석 잔
을 마신 다음 곽대랑이 입을 열었다.

"내가 답례품으로 줄 게 뭐라도 있어야지."

"뭐라도 나리가 갖고 있는 걸 주면 그걸 갖고 가서 부인에게 징
표로 전하면 되겠죠."

곽대랑은 두건을 벗어서 기름과 때가 묻은 가장자리 띠를 떼
어 내더니 왕 할멈에게 건네주며 부인에게 답례품으로 전달해 달
라고 했다. 왕 할멈은 그걸 받아들면서 웃음을 참지 못하고 한마
디 지껄였다.

"참으로 알뜰하기도 하시네요!"

왕 할멈은 다시 돌아와 시 부인을 만나 곽대랑의 두건 띠를 전
달해 주었다. 시 부인도 웃으면서 그 띠를 받아 두었다.

서로 혼인을 약속한 후 두 사람은 길일을 택하여 왕 할멈 집에
서 혼례를 치렀다. 이제 도련님이 된 사홍조와 아래동서가 된 정
주의 염월영이 혼례에 참석했다. 혼례를 마치고 신부집에 가서 며
칠을 묵었다. 그러던 어느 날 시 부인이 남편인 곽대랑에게 이렇
게 말했다.

"서방님, 이런 곳에서 이렇게 시간을 보내다간 좋은 기회를 다
놓치십니다. 제가 서찰을 한 통 써 드릴 테니 그걸 가지고 서경(西
京) 하남부(河南府)에 가셔서 제 외삼촌 부령공(符令公)을 만나 출
세의 발판을 마련하도록 하세요."

곽대랑이 말하였다.

"나를 위해 애써 주시는 부인에게 감사할 따름이오."

마침내 곽대랑은 시 부인이 써 준 서찰을 받아 들고 짐을 챙겨서 날을 택해 출발했다.

걸을 때는 상서로운 붉은빛이 머리 위로 비치고
앉을 때는 자줏빛 안개가 몸을 따르네.
낮에 들판을 걸을 땐
곤봉 한 자루를 친구로 삼고
밤에 객점에 머물 땐
벽에 걸린 외로운 등잔이 친구가 되네.
나중에야 세상을 뒤흔들 영웅이 될 테지만
지금은 그저 이름 모를 나그네.

곽대랑은 길에서 배고프면 밥 먹고 목마르면 물 마시며 밤이면 자고 아침이면 일어나 길을 걸었다. 며칠이 지나지 않아 서경 하남부에 도착하여 숙소를 잡았다. 곽대랑은 부령공을 만나면 출셋길로 접어들 걸로 예상했지만, 아뿔싸, 오히려 횡액을 당하여 목숨이 위험한 지경에 도달한다.

큰 뜻 품고 하늘 향해 날개를 펼치려 했더니
도리어 이 땅의 감옥에 갇히는 신세가 되었네.

곽대랑이 서경 하남부에 도착해 보니 그 풍경이 이러했다.

주(州)의 이름은 예군(豫郡),

부(府)의 이름은 하남

밥 짓는 굴뚝만 해도 백만 개가 넘고

당대에 제일가는 도시로다.

성곽과 해자는 광활하기까지 한데

거리마다 지나는 남녀들이 서로 어깨를 부딪히고

우물 따라 모여 있는 마을들은 번화롭기 그지없고

길마다 마차 바퀴가 끊임없이 왕래한다.

바람 따라 들려오는 피리 소리 거문고 소리

어느 집 안채에서 연주하는 소리런가.

비단 치마에 실려 전해 오는 향기

어디든 유명한 정원, 어디든 아름다운 풍경.

동쪽으론 공현(鞏縣)에 닿고

서쪽으론 민지(澠池)에 닿고

남쪽으론 풍요로운 낙구(洛口)와 통하고

북쪽으론 험준한 황하(黃河)를 굽어보는구나.

도시를 빙 두른 성곽은

멀리서 보기엔 초승달 같고

높디높이 솟은 망루는

하늘을 뚫고 올라가는 듯하구나.

호랑이와 용을 조각한 제왕과 제후의 집들

붉은 대문과 붉은 누각으로 장식한 장수와 재상의 집.

지난날 황제 살던 수도 언급하지 마소

용과 호랑이가 함께하듯 사흥조가 임금과 신하의 만남을 이루다.   **45**

이곳이야말로 오늘날 으뜸가는 명승지.

이것이 바로

봄은 마치 붉은 비단 치마 폭에서 지나가고

여름은 마치 파란 비단 휘장 속에서 지나가는 것 아닌가.

곽대랑은 숙소를 정하여 하룻밤을 묵고, 다음 날 아침 시 부인
이 적어 준 서찰을 들고 부령공을 만나러 가다 문득 이런 생각이
들었다.

"사내대장부가 자기 능력으로 출세해야지. 겨우 마누라 서찰
하나에 의지하여 출세하려고 해서야 안 되지."

곽대랑은 시 부인이 써 준 서찰은 한쪽에 치워 두고 빈손으로
아문 앞에 이르러 훈련 장교인 이패우(李覇遇)가 나오기를 기다
렸다. 이패우가 곽대랑을 보고 물었다.

"뭔가를 가지고 왔겠지!"

"당연히 가지고 왔지요."

"그래, 무얼 가지고 왔는가?"

"십팔반무예를 가지고 왔소이다."

사실 이패우는 돈을 바라고 한 소리였으나 곽대랑은 이렇게
말을 받은 것이다. 곽대랑이 십팔반무예라고 말하는 것을 듣는
순간 이패우는 별로 신경 쓰고 싶지 않았으니 그저 입으로만 "부
령공이 나오시면 만나뵐 수 있도록 해 주지."라고 대답하고는 부
령공이 출근한 다음에도 곽대랑을 부를 생각은 하지 않았다.

그날로부터 하루 또 하루가 지나다 보니 어느새 두 달이나 지

났건만 도무지 부령공을 만날 기회는 얻을 수가 없었다. 곽대랑이 묵고 있는 숙소의 주인장도 그런 곽대랑이 딱했는지 한마디 거들었다.

"여보쇼, 괜히 쓸데없이 고집피우며 시간 낭비하지 마시오. 훈련 장교 이 씨가 돈을 밝히는 모양이니 그 사람에게 돈을 갖다 주기 전에는 아무래도 부령공을 만나기 어렵지 않겠소."

그렇지 않아도 기분이 더러운데 이런 말까지 들으니 곽대랑은 더욱 화가 나고 부아가 치밀었다.

"그래, 그놈의 훈련 장교가 원래 그런 놈이란 말이지!"

그날은 아문으로 나가지 않고 숙소에서 하루를 보내며 부글부글 화난 표정으로 앉아 있었다. 이때 물고기 노름하는 녀석이 노름을 한번 해 보라고 소리를 지르며 지나갔다. 곽대랑이 그 자를 불러 노름을 한번 해 보았다. 그런데 첫판에 그만 이겨 버려 그 물고기가 곽대랑의 차지가 되었다. 그러자 그 물고기 노름하는 자가 곽대랑에게 사정했다.

"나리, 제가 어제 겨우겨우 몇 푼을 긁어모아 그 물고기를 사서 노름으로 나이 드신 어머니를 봉양할 푼돈이라도 마련했으면 좋겠다 생각하고 있었는데, 그만 나리가 첫판에 이겨 버려서 그 물고기를 상금으로 드려야 하니 늙은 어머니를 봉양할 돈이 한 푼도 없게 되었습니다. 나리께서 이 물고기를 저에게 잠시만 빌려주신다면 제가 이 물고기로 노름을 하여 몇 푼이라도 벌어들인 다음에 꼭 반납하겠나이다."

곽대랑은 효성이 지극한 그 자의 사정이 안쓰러워 자신이 딴

물고기를 주면서 가지고 가서 몇 판 더 놀아 보라고 했다.

"혹시 누군가가 자네한테 이기면 그때 다시 나에게 와서 말하게나."

물고기 노름을 하는 자는 곽대랑에게서 물고기를 돌려받아서 노름을 한다고 소리를 지르며 돌아다니다 주점 앞에 다다랐다. 이때 주점 안에서 소리가 들려왔다.

"물고기 노름 하는 사람 어디 있나?"

주점 안에서 노름 하는 사람을 찾은 이는 곽대랑을 만날 운명이었고, 그 운명으로 말미암아 주점은 마침내 피비린내 나는 전쟁터로 변하고 말 터였다. 물고기 노름하는 사람을 찾은 그 목소리의 주인공은 과연 누구였을까?

> 그동안 하늘 아래 지은 죄가 그리 크니
> 오늘은 그 죗값을 치르는구나.

주점 안에서 물고기 노름 하는 사람을 찾은 목소리의 주인공은 바로 서경 하남부의 훈련 장교 이패우였다. 이패우는 주점에서 술을 마시다 물고기 노름 하는 사람을 불러 한판을 하고자 했다. 이패우는 운이 없었던지 물고기 노름에서 연신 져서 돈을 잃었다. 그런데 이패우가 나중에는 막무가내로 물고기를 가져가 버렸다. 물고기 노름 하는 사람은 차마 이패우와 다투지는 못하고 곽대랑에게 찾아와 전후 사정을 이야기하며 하소연했다.

"저 주점 안에 있는 사람한테 그만 물고기를 뺏기고 말았습니다. 제가 거듭 이겼는데도 제 물고기를 빼앗아 가 버렸습니다. 다행히도 제 수중에 돈이 남아 있으니 그걸로 나리께 물고기 값을 쳐서 돌려드리겠습니다."

"그래? 어떤 놈이야? 경우 없는 사람이군. 내기에서 졌는데 왜 물고기를 억지로 가져간단 말이야? 게다가 그 물고기는 내 거잖아. 내가 가서 찾아와야겠네."

만약 곽대랑이 물고기를 찾으러 가지 않았다면 아무 일도 생기지 않았을 것이다. 하지만 곽대랑은 그 주점으로 가서 그 사람을 찾았다.

원수를 만났으니
그 눈빛에 독기가 특별히 더 서렸구나.

그 사람은 다름 아닌 훈련 장교 이패우라. 이패우를 보고 나니 곽대랑은 원래 품었던 화가 열 배로 커지는 것 같았다. 곽대랑은 주점 문 앞에 서서 이패우를 꼬나보며 말했다.

"어째서 내 물고기를 뺏어 갔나?"

"나는 물고기 노름 하는 사람한테서 물고기를 가져간 건데, 어찌하여 네 물고기를 가져갔다고 하는가?"

"나는 일자리를 얻으러 서경에 왔다. 한데 네놈이 나한테 돈을 바라고 두 달이나 뭉그적거리고 있으면서 나를 부령공에게 소개해 주지 않고 있다. 이유나 한번 말해 봐라."

"내일 아문으로 찾아오면 원하는 걸 들어주마."

"이 모가지를 비틀어 죽일 놈의 새끼. 네 놈이 감히 내 앞길을 막아? 다 필요 없어, 지금 여기서 당장 누가 센지 한판 붙어 보자."

곽대랑이 먼저 웃통을 벗어 던지니 구경하던 사람들이 일제히 탄성을 질렀다. 곽대랑은 어렸을 적에 기이한 도사를 만난 적이 있었다. 도사는 곽대랑의 오른쪽 목 주위에 참새 몇 마리를 문신으로 새겨 주었고, 왼쪽 목 주위에는 벼 몇 포기를 새겨 주었다. 그러면서 그 도사가 이렇게 말했다.

"여기 새겨 준 참새가 벼에 달린 알곡을 먹을 수 있을 정도로 자라면 너는 세상에서 제일 부귀한 자가 될 것이다."

이때부터 사람들은 곽대랑을 곽참새라고 불렀다. 과연 곽대랑이 황제 자리에 올랐을 때 곽대랑의 목에 새겨진 참새와 알곡이 서로 닿아 있었다고 한다. 아무튼 그것은 먼 훗날 황제가 되었을 때의 이야기이다. 이날 곽대랑이 이패우와 한판 붙으려고 웃통을 벗어 던지자 화려한 문신이 드러났고, 사람들은 모두 찬탄을 금치 못했다.

가까이서 바라보면 사천산 꽃무늬 비단
멀리서 바라보면 낙양의 꽃 장식 술.

이패우는 곽대랑을 바라보며 호기롭게 소리쳤다.
"그래, 한번 덤벼 보시겠다. 도망이나 가지 마라."
"말이 많다. 어서 덤비기나 해라."

이패우 역시 웃통을 벗고 울퉁불퉁한 근육을 드러냈다. 구경
꾼들은 이번에도 함성을 질렀다.

무쇠 덩어리가 화로에서 녹아 쇳물 되어 흐르듯
기이한 돌덩어리가 묘석이 되려고 쪼임을 당하듯.

두 사람은 이내 싸움을 시작했다. 사방의 구경꾼들은 모두 숨
을 죽이며 바라보았다. 발차기와 주먹질을 주고받고 서로 뒤엉켰
다가 떨어지기를 얼마나 반복했을까, 한 남자가 피를 줄줄 흘리
며 바닥에 쓰러졌다. 이 싸움에서 지고 쓰러진 자가 누구일까?

이 세상 살면서 온갖 악행을 다 저지르니
뒤돌아서 욕하지 않는 사람이 없네.
제가 호신술의 달인이라 큰소리치지만
슬금슬금 다가오는 재난을 알아차리지도 못하는구나.

곽대랑이 이패우를 주먹으로 연신 두들겨 패니 이패우는 견디
지 못하고 피를 흘리며 바닥에 쓰러졌다. 바로 이때 앞에서 고함
소리가 들렸다.
"공이 납시오!"
부령공은 말을 탄 채로 곽대랑이 머리 위에 홍색 기운이 서리
고 몸은 자색 기운에 감싸인 채로 이패우와 싸우는 모습을 바라
보았다. 이패우가 어찌 곽대랑을 이겨 낼 수가 있겠는가. 부령공

은 부하에게 명령했다.

"그만 싸우게 하고 두 사람을 나에게 데려오너라."

부하는 부령공의 명령을 받들어 곽대랑과 이패우에게 다가와서 부령공의 명령을 전달했다.

"자네들은 그만 싸우고 어서 부령공을 뵙도록 하라."

두 사람은 부령공에게 나아갔다. 부령공이 곽대랑의 모습을 보니, 그 생김새가 이러했다.

요임금의 눈썹, 순임금의 눈

우임금의 등, 탕임금의 어깨.

부령공이 곽대랑에게 물었다.

"자네는 어디 사람인가? 무슨 일로 이패우를 때리는 건가?"

"나리, 저는 형주 요산현 출신으로 나리께 투신하고자 멀리서 찾아왔습니다. 한데 저 이패우가 저에게 먼저 돈을 요구하면서 나리를 만날 기회를 만들어 주지 않아 하릴없이 객점에서 두 달이나 시간을 보내고 있었습니다. 오늘 우연히 저놈을 만나게 되어 이렇게 싸움이 붙었습니다. 나리께 누를 끼쳤으니 죽을죄를 지었습니다."

"네가 나를 만나러 멀리서 왔다고? 그래 너는 무슨 재주라도 있느냐?"

"소인은 십팔반무예에 통달하였습니다."

부령공은 이패우와 곽대랑에게 자기 앞에서 한번 붙어 보라고 명령했다. 이패우는 이미 앞선 싸움에서 곽대랑에게 흠씬 두들겨 맞은지라 부령공에게 이렇게 고했다.

"나리, 소인은 지금 싸울 수가 없습니다. 방금 전 저놈에게 비겁하게 기습을 당하여 몸이 말이 아닙니다."

그러나 부령공은 아랑곳하지 않고 어서 붙어 보라고 성화를 냈다. 곽대랑이 이패우를 보고 이렇게 말했다.

"내가 너를 몰래 기습했다고? 그럼 지금 여기서 제대로 싸워 보자."

두 사람은 봉을 잡고 서로 인사를 한 다음 바로 싸움에 들어 갔다.

산동 권법
하북 창법
산동 권법을 쓰니, 괴물 거북의 입에서 거품이 나오듯
하북 창법을 쓰니, 곤륜산의 폭포에서 물이 쏟아져 나오듯.
세 번 연거푸 몸을 회전하고
두 번 연거푸 발길질을 하고
회오리바람 소리가 나듯
잠자던 새가 갑자기 지저귀듯
주먹으로 치고 막아서니
하얀 천이 눈앞에서 날아다니는 듯하더라.
발로 차고 막아서니
비와 바람이 귀 옆으로 스치고 지나는 듯하더라.

용과 호랑이가 함께하듯 사홍조가 임금과 신하의 만남을 이루다.   **53**

두 사람은 이렇게 부령공의 면전에서 봉으로 겨루었다. 한 사람이 위로 뛰면 한 사람은 아래로 내려가고 한 사람이 다가가면 한 사람은 물러가며 몇 합을 겨루자, 대청에서 구경하던 부령공이 찬탄해 마지않았다.

양호(羊祜)[10]가 병석에서 두예(杜預)를 추천하고
포숙아는 옥중의 관중을 추천하네.
아서라, 세상에 영웅은 많다만
그 영웅 알아주는 대장부는 어디 있는가.

이패우와 곽대랑이 봉술을 겨룬다지만 이패우가 곽대랑을 당할 수가 있겠는가. 결국 이패우는 곽대랑의 봉에 맞아 쓰러지고 말았다. 부령공이 크게 기뻐하며 즉시 곽대랑을 휘하에 거두어 훈련 대장에 임명했는데 그 지위가 이패우보다 훨씬 높았다. 곽대랑은 부령공에게 크게 감사의 인사를 올리고 하남부에서 직책을 수행했다. 이후로 당분간은 별다른 일이 생기지 않았다.

그러던 어느 날 훈련 대장 곽대랑이 아문을 빠져나와 시장을 한가롭게 걷다가 객점 앞에서 한 남정네가 거들먹거리며 자기 졸개들에게 객점을 때려 부수게 하는 광경을 보았다. 곽대랑은 객

---

10 221~278. 조비의 위나라에서 벼슬을 하다가 서진을 세운 사마씨(司馬氏) 밑에서 중책을 맡았다. 죽기 전 병석에서 두예를 오나라를 정벌하는 대장군으로 추천했고, 두예는 그 추천에 부응하여 큰 공을 세웠다. 오나라를 정벌한 다음 서진의 무제가 두예를 추천한 양호의 공을 떠올리며 눈물을 흘린 일화가 유명하다.

史弘肇龍虎君臣會

점 점원에게 물었다.

"저 사람은 어찌하여 여기서 행패를 부리고 있는 게냐?"

점원은 곽대랑을 한쪽으로 끌고 가더니 이렇게 말했다.

"저자는 이곳에서 행세깨나 한다는 관리 상씨(尙氏)의 자제로, 보름쯤 전에 주인장의 딸이 나이도 열여덟 살로 젊고 인물도 고운 것을 보고는 마음에 들어 하여 자기 집에 돌아가자마자 사람을 보내 제 어머니가 그 집 딸과 이야기를 좀 나누고 싶어 하니 보내 주었으면 한다고 했지요. 돈이 필요하면 말하라고 그러면 보내 주겠다고 하면서요. 그러자 우리 주인장은 우리 집이 딸내미를 팔 일이 있냐고, 죽어도 그럴 일은 없다고 했죠. 상씨 도련님은 저의 주인장이 딸내미를 주지 않자 오늘 와서 이렇게 행패를 부리고 있는 겁니다."

점원의 말을 들은 곽대랑의 상태는 이러했다.

화가 머리꼭대기까지 치밀어 오르고
가슴속 깊은 곳에 미움이 복받쳐 올랐다.
위엄이 발동하여 봉황의 눈매를 부릅뜨고
뜨거운 기운이 치솟아 올라 용눈썹이 뻣뻣이 선다.
두 줄기 분노가 발밑부터 머리끝까지 타오른다.
가슴에서 치밀어 오르는 불같은 화는
그 높이가 삼천 장에 이르니
그 화를 막을 자 아무도 없구나.

곽대랑은 상씨 도령 쪽으로 걸어가며 입을 열었다.

"대저 사람이란 인의가 있어야 하는 법이오. 하늘은 아무도 없는 어두운 곳에서 행하는 악행조차 밝히 안다고 하였소. 그대는 어이하여 여자 문제로 이렇게 불의한 일을 행하고 있소이까? 내가 좋은 말 할 때 어서 말에 올라타 여기서 떠나도록 하시오."

상씨 도령은 매우 아니꼬운 듯이 물었다.

"그대는 누구인가?"

"나는 성은 곽, 이름은 위, 하남부 부령공 휘하의 훈련 대장입니다."

"아니, 네가 무슨 권한이 넘친다고 나한테 이래라저래라 하는 것이야? 얘들아, 저놈을 어서 두들겨 패 주어라."

곽대랑이 버럭 화를 내며 말했다.

"좋은 말로 타일렀는데도 졸개들을 동원하여 나를 때리려 들다니. 아직 내 성미를 모르는구먼."

곽대랑은 왼손으로 상씨 도령을 붙잡고 오른손으로 몸에 차고 있던 단도를 빼 들어 그어 버렸다. 상씨 도령의 목숨은 어떻게 될 것인가?

하늘 아래 불의한 일을 제거하고자
드디어 이 세상에 대장부가 출현하였도다.

곽대랑은 불의한 일을 행하는 것을 참지 못하고 상씨 도령을 죽이고 말았다. 거리의 사람들은 황급히 몸을 피하고 곽대랑은 하남부 아문을 찾아가 자수했다. 부령공이 현청에 납시니 곽대랑이 이렇게 고했다.

"나리, 소인이 선량한 자를 괴롭히는 불한당 하나를 죽이고 말았습니다. 저를 벌해 주십시오."

부령공이 자초지종을 묻고 부하들에게 명하여 차꼬를 채워 옥에 가두라 명령했다. 문초하고 옥에 가두는 그 과정이 얼마나 혹독하던가?

정위(廷尉)라고도 하고 추관(推官)이라고도 하였지.
추호의 틈도 용납되지 아니하고
두려움에 덜덜 떨게 만드는 곳.
흰 눈썹 휘날리는 옥리는
문서 들고 설치면서 황소고집 피우고
눈 부라리는 간수는
쇠사슬 들고 설치는 나찰과도 같은 놈.
죄수가 차는 칼은 세 종류
죄의 경중에 따라 결정된다지.
어느 감방에 갇히느냐에 따라
삶과 죽음이 결판난다지.
음산한 바람 불고
까마귀 감옥 주변을 울며 지나가는데
햇살조차 들쭉날쭉
버들가지에 비쳐 소상묘(蕭相廟)에 그림자 드리우네.

고개 돌리면 저승길

눈 뜨면 염라대왕.

곽대랑의 사건은 그날로 왕수(王琇)라는 관리에게 배정되었다. 왕수는 옥리에게 명하여 곽대랑을 포박하여 심문 장소로 데려오게 했다. 심문을 시작하고 얼마 되지 않아 부령공이 왕수를 측실로 불렀다. 부령공이 왕수를 보더니 몇 마디 안부를 묻고는 붓을 들어 네 글자를 써서 왕수에게 보여 주었다. 왕수가 바라보니 그 네 글자는 바로 "관용곽위(寬容郭威)",[11]였다. 왕수는 그 네 글자를 천천히 읽고 나서 부령공에게 이렇게 아뢰었다.

"명령은 받들겠으나, 법률이 정한 대로 처리할 수밖에 없습니다."

초조해진 부령공은 기어이 병풍을 돌아 나가 버리고 말았다. 부령공이 황망히 나가는 것을 본 왕수는 적잖이 당황하여 부령공에게 말씀을 잘 알겠다는 식의 인사를 올리고 물러났다. 왕수의 속마음 또한 답답했다. 집으로 돌아온 왕수는 책상 위에 엎드려 살짝 잠이 들었다. 이때 붉은 뱀 한 마리가 나타나 책상 위를 기어 다녔다.

"뭐야, 이건!"

왕수가 천천히 쫓으면 뱀은 천천히 달아나고, 빨리 쫓으면 또 빨리 달아났다. 왕수가 뱀을 쫓아가다 보니 동쪽 감옥 두 번째

---

11 "곽위를 용서하라." 곽위는 곽대랑의 본명이다.

감방으로 가게 되었다. 그 뱀은 마침내 곽대랑이 갇혀 있는 감방 방문살 사이를 기어 안으로 들어가더니 곽대랑이 차고 있는 칼을 타고 올라가 콧구멍으로 쑥 들어가더니 온몸을 헤집고 다녔다. 왕수가 다시 바라보니 곽대랑의 머리 위엔 붉은 기운이 내리쬐고, 온몸엔 상서로운 자색 기운이 덮여 있었다. 왕수는 이게 대체 무슨 일인가 생각하다가 눈을 떠 보니 집무실에서 잠시 잠이 들어 있었다. 원래 사람이 피곤하고 곤궁해지면 배 속도 편하지 않고 주머니사정도 시원찮아 근심 걱정이 절로 일어나는 법이다. 그래서 이 피곤할 '곤(困)' 자는 가난할 '빈(貧)' 자, 시름할 '수(愁)' 자, 근심할 '우(憂)' 자에 붙여서, '빈곤(貧困)', '수곤(愁困)', '우곤(憂困)' 같은 글자를 만드는 것이다. 반면에 기쁠 '희(喜)' 자에 붙여서 '희곤(喜困)', 즐거울 '환(歡)' 자에 붙여서 '환곤(歡困)'과 같은 글자를 만드는 일은 없지 않던가. 왕수는 이 꿈을 꾸고 나서 생각에 잠겼다.

"부령공께서 나에게 곽대랑을 용서하라고 한 이유를 알 만하다. 역시 인물이 인물을 알아보는구나."

왕수가 한참이나 골똘하게 생각했지만 곽대랑을 풀어 줄 핑곗거리가 도무지 생각나지 않았다. 사실 곽대랑은 이런 고초를 수없이 당할 운명을 타고났다. 어려서는 아버지를 여의고, 재가하는 어머니를 따라 노주(潞州)의 상씨(常氏)네 집으로 들어갔고, 훗날 일 때문에 하북을 떠나서는 온갖 간난과 고초를 겪었다. 그러다 이제 겨우 부령공을 만나 훈련 대장직을 맡게 되었는데 길가에서 벌어지는 불의를 못 참고는 이렇게 또 횡액을 당하게 된 것이다.

그날 밤 하남부 주민들에게 큰일이 벌어졌다. 왕수는 그 큰일을 당하여 외려 곽대랑을 살려 줄 방도를 얻게 되었고, 곽대랑은 죽음을 모면하게 된 것이다. 그때 왕수는 무슨 계책을 생각해 낸 것일까?

　　소매 춤에서 신출귀몰한 손이 뻗어 나오더니
　　천라지망에 갇힌 귀인을 살려 내는구나.

　그날 해가 지고 나서 하남부 주민들에겐 큰일, 바로 대화재가 발생했다. 왕수는 급히 부령공을 찾아 뵙고 이 틈에 곽대랑을 풀어 주고 화마가 옥까지 이르러 곽대랑이 탈옥하게 되었노라고 하겠다고 아뢰었다. 사실 부령공은 낮에 이미 의리상 곽대랑을 풀어 주는 게 옳다는 내용의 서신을 써서 왕수에게 전달한 참이었다. 왕수는 부령공의 서신을 받아 들고서 옥중에 갇혀 있는 곽대랑을 찾아와 그가 차고 있는 칼을 느슨하게 해 놓고 두건을 하나 건네며 그 안에 부령공이 전해 달라고 한 서신을 넣어 주었다. 그러면서 이렇게 말했다.
　"공께서는 그대더러 변경으로 가서 유 태위(劉太尉)를 만나라 하셨소. 어서 가시오. 지체하지 말고!"
　곽대랑이 옥중에서 탈출하고 난 다음에도 하남부의 불길은 잦아들지 않았다. 혼란한 틈을 타서 곽대랑은 자신의 훈련 대장 집 무실로 가서 돈 조금과 옷가지를 챙겨서 그날 밤으로 바로 변경 개봉부로 방향을 잡고 출발했다.

며칠 지나지 않아 곽대랑은 개봉부에 도착하여 숙소를 정하고 짐을 풀었다. 다음 날 아침 유 태위의 집무실 앞에 찾아가 부령공이 써 준 추천서를 전달할 기회를 노리고 있었다. 한참을 기다리니 유 태위가 궁정의 조회에 참석하고 돌아오는 모습이 보였다.

햇빛을 가리는 파란 우산은 구름처럼 한들한들
말 목에 달린 붉은 장식은 불길처럼 흔들흔들.

이자가 바로 황제 호위군의 총대장[12] 유지원(劉知遠)이었다. 곽대랑은 유 태위에게 다가선 다음 머리를 조아리며 말했다.

"서경의 부령공께서 추천서를 써 주셨습니다. 태위께서 한번 읽어 봐 주시기를 간청합니다."

유 태위는 부하를 시켜 곽대랑에게서 추천서를 받아 오게 한 다음 집무실로 들어갔다. 유 태위는 추천서를 펼쳐서 읽어 보고 그것을 가지고 온 자를 집무실로 들어오게 했다. 유 태위가 곽대랑을 보니 인물이 헌걸찬 것이 분명 나중에 크게 될 상이라 여기고 그 자리에서 바로 자신의 부관으로 임명했다. 곽대랑이 감사의 절을 올리고 직을 받았다.

그 후로 며칠 지나서 유 태위가 휘하의 군사를 거느리고 집무실로 돌아오는 길에 승상 상유한(桑維翰)의 집 앞을 지나게 되었다. 이때 상유한과 그의 부인이 창문을 통해서 거리를 내다보고

---

12 본래 호칭은 시위친군좌금오위상장군전전지휘사(侍衛親軍左金吾衛上將軍殿前指揮使)이다.

있었다. 유 태위가 앞장서서 약 삼백여 명의 군사를 거느리고 지나는 모습이 자못 위엄이 넘쳤다. 상유한의 부인이 말을 건넸다.

"당신도 보고 계시우?"

"음, 저 유 태위 말이오?"

"위풍 당당한 것이, 위세가 당신 못지않아 보여요."

상유한이 웃으면서 말을 받았다.

"그래 봐야 군인 나부랭이야. 내가 저놈을 불러 보지. 저놈은 내 앞에서 무릎을 꿇고 명령을 받들게 되어 있어."

"당신 말대로 된다면 제가 술을 한잔 올려 드리고, 당신 말대로 되지 않으면 당신이 저에게 술을 한잔 권해 주셔야 해요."

상유한은 즉시 부하를 불러 유 태위에게 들어오라는 전갈을 전하게 하고 더불어 자신의 신발 한 켤레를 방문 앞 주렴 아래에 두도록 했다. 상유한의 부하가 득달같이 유 태위에게 달려와 상유한이 찾는다는 말을 전하니, 유 태위가 즉시 말을 달려 상유한의 집에 다다라서는 말에서 내렸다. 그러고는 집 안으로 들어가 안내를 받아 상유한의 방문 앞에까지 다가갔다. 방문 앞에서 유 태위는 머리를 조아려 찾아왔음을 알렸다.

백만 군사를 호령하는 대장군이
방문 앞 주렴 밑에 놓인 신발 한 켤레에 머리를 조아리는구나.

유 태위가 방문 앞에 머리를 조아리고 아무리 기다려도 안에서는 아무런 인기척이 없었다. 상유한은 부인과 술을 마시느라 찾아온 유태위를 아랑곳하지 않았거니와 주위 사람들도 상유한에게 감히 유 태위가 승상의 부름을 받고 왔으니 어찌하실 것인지 물어보질 못했다. 밤이 깊어서야 유 태위는 하는 수 없이 집으로 발길을 돌렸다. 자신의 집으로 돌아온 그는 부아가 치밀어 중얼거렸다.

"내가 말을 타고 화살을 날리며 이 공명을 이루었거늘 저 썩은 벼슬아치에게 이렇게 능욕을 당하다니!"

다음 날 오경에 입조하여 상유한이 말에서 내려 조회에 참석하고자 걸어오는 것을 발견한 유 태위는 더욱 화가 치밀었다. 저 놈이 어제 나를 불러 신발에다 절하게 하더니, 오늘은 아무 일 없었다는 듯이 뻔뻔하게 나를 보려고 하는구나! 유 태위는 화를 삭이지 못하고 조회 시간에 상유한을 여러 차례 모욕했다. 이에 후진(後晉)의 황제는 유태위를 태원(太原)의 절도사로 좌천시켜 버렸다. 그러나 유태이가 태원의 절도사에 만족할 위인인가. 사실 그 태원 절도사는 사홍조가 등장하여 출세를 도모할 자리였다.

온갖 정성 기울여 씨를 뿌려도 꽃을 피우지 못하더니
술잔 기울이며 내팽개쳐 두니 그예 꽃을 피워 기쁨을 주네.

유 태위는 태원부로 나아가서 절도사직을 수행하라는 명령을 받고 그날로 황제께 하직 인사를 올리고는 궐문을 빠져나와 부임지로 떠날 날을 잡았다. 유 태위는 휘하 막료들 가운데 친히 몇 명을 가린 다음 그들을 이끌고 먼저 임지인 태원부를 향해 출발

하고 곽대랑에게는 뒤에서 아녀자들을 이끌고 천천히 따라오게
했다. 짐을 꾸려 길을 나서는 그들의 모습이 어떠하였던가.

붉은 깃발은 바람에 한들한들
화려한 오색 깃발은 펄럭펄럭.
열 지어 길 나서는 병사들
허리엔 긴 칼 짧은 칼 차고.
호령하는 장수
손엔 채찍을 들었네.
닭 울음소리 새벽을 알리니
짐 꾸려 외딴 마을을 떠나네.
붉은 해 뉘엿뉘엿 서산에 걸리면
말 몰아 높은 고갯마루에 오르누나.
들판을 가로지르고
시내를 건너네.
역참을 만나면 잠시 한숨 돌리고
객점을 만나면 여장을 푼다.
새벽녘 파란 하늘에 걸린 구름을 짝하고
저녁이면 마을에 걸린 저녁노을 벗한다.

이렇게 산 넘고 물 건너 머나먼 길을 나아가던 유 태위 일행이
큰 수풀에 당도했다.

천 길 높이로 쭉쭉 솟아오른 나무
백 리에 걸쳐 똬리를 틀듯 퍼진 뿌리.
그늘은 사방에 병풍을 둘러친 듯 드리우고
삐쭉삐쭉 기이한 나무 그루터기는 용의 발톱을 세운 듯.
땅에는 영지가 자라고
나무 위에는 봉황이 보금자리를 튼다.
나뭇가지 살살 흔들리니
너른 들판엔 차가운 바람 분다.
나무에 어린잎 자라기 시작하니
마치 구름처럼 하늘을 가리는구나.
숲은 넓어 십 리를 뻗었고
숲은 높아 하늘의 구름까지 닿았도다.

유 태위 일행이 숲을 지나려 하는데 한 무리 인마가 그들을 가
로막았다. 유 태위가 강도가 나타난 줄 알고 깜짝 놀라며 휘하
부하들에게 그들을 격퇴시키라 급히 명령했다. 바로 이때 유 태
위 일행을 막아섰던 자들 가운데 우두머리가 앞으로 나와 이렇
게 아뢰었다.
"황실 경호부대[侍衛司]에서 훈련 장교인 소인 사홍조에게 태
위 절도사 나리를 태원까지 모시라 하였습니다."
유 태위가 사홍조를 보니 정말 옹골차게 생긴지라 그를 바로
자신의 부관으로 임명했다. 며칠 지나지 않아 사홍조는 유 태위
를 모시고 태원에 이르렀다. 나중에 곽대랑이 유 태위의 권속들

을 이끌고 도착했다. 사홍조는 곽대랑을 보자마자 바로 엎드려
절을 올렸다. 의형제 두 사람이 유 태위 휘하에서 다시 만나게 되
었다. 유 태위가 그 둘을 각각 좌우 부관에 임명했다. 나중에 거
란이 후진을 멸망시키자 유 태위가 거병하여 변(汴)으로 쳐들어
갔으니, 이때 곽대랑과 사홍조 두 사람이 선봉을 맡아 거란을 몰
아냈고, 유 태위는 스스로 황제가 되어 후한(後漢)을 열었다. 사
홍조는 이때부터 출세 가도를 달려, 단(單), 활(滑), 송(宋), 변(汴)
을 아우르는 사진령공이 되어 부귀영화를 누렸으니 자세한 내용
이야 일일이 말할 필요조차 없겠다.

> 파란 휘장의 수레
> 검정 깃발 휘날리네.
> 장부는 말채찍을 들고
> 여인은 부채를 들었네.
> 겨울에는 붉은 비단 이불에서 잠들고
> 여름에는 파란 삼베 이불에서 잠드네.
> 계집종들이 두 줄로 늘어서서 안내하고
> 하녀들이 짝지어 시중을 드네.

이 이야기〔話本〕는 장안의 이야기꾼 사이에서 널리 유행하던
것으로 구양수가 편찬한『오대사』에 따르면 후량 말기에는 일곱
가구마다 병사 한 명을 냈다고 한다. 사홍조는 그렇게 미천한 병
사로 출발하여 나중에 황제 친위군 병사가 되고 급기야는 나중

에 후한의 고조가 되는 유 태위의 친위군 장교가 되었다. 그 후 유 태위가 태원에서 절도사를 지내던 시절에는 군사를 지휘하는 사령관이 되었으며, 더불어 뇌주 자사(雷州刺史)를 맡았다. 사홍조는 공훈을 세워 충무군 절도사(忠武軍節度使)가 되었으며, 아울러 유 태위 친위군의 보병 총사령관을 맡았다. 그 후에는 또한 친위군 보병과 마병 통합 사령관을 맡았다. 귀덕군(歸德軍) 절도사 직을 받고 더불어 중서문하평장사(中書門下平章事)를 맡았으며 나중에는 중서령이 되었다. 주나라 태조 곽위가 즉위했을 때는 사홍조가 이미 세상을 떠난 다음이었다. 그리하여 사홍조는 정왕(鄭王)에 추증되었다. 시에는 다음과 같이 적혀 있다.

영웅은 호걸과 친구를 맺는 법
그대는 아녀자 같은 자들과 친구를 맺지 말지니.
영웅과 호걸의 만남은 다 쓸모가 있을지나
아녀자 같은 자들과의 만남은 공연한 헛수고이네.

范巨卿雞黍死生交

닭 잡고 기장밥 지어
범거경을 대접하고
목숨도 버린 장원백

사람은 누구나 한 번 죽는다. 어떤 이의 죽음은 태산보다 무겁고, 어떤 이의 죽음은 깃털보다 가볍다. 어떻게 죽어야 할 것인가? 의로움이 그 기준이 될 수 있을까? 사는 게 더 의로운 경우도 있고, 죽는 게 더 의로운 경우도 있다. 사실 이 말을 한 사마천 역시 일시의 의를 위하여 죽을 게 아니라 역사 기술의 완성이라는 대의를 위하여 온갖 모욕을 견디며 사는 쪽을 택했다. 그렇게 『사기』를 완성하고 나서 입장을 밝히고자 한 말이 바로 이 말이다. 너무도 멋진 자기 합리화다.

죽을 병에 걸렸을 때 자기를 살려 준 자와의 약속을 지키기 위해서라면 기꺼이 죽을 수도 있지 않을까. 나를 살려 준 친구가 없었더라면 어차피 나는 이미 죽은 목숨일 테니. 그래서 범거경은 죽는다. 죽어서 혼령이 되어 약속을 지킨다. 장원백 역시 범거경이 죽어서도 약속을 지킬 것임을 믿기에 범거경이 오고 나서 음식을 준비하는 게 아니라 음식을 준비하고 기다린다.

범거경과 장원백의 이야기는 실재한 이야기라고 한다. 『후한서』와 『수신기』에 이 이야기의 개요가 전한다.
"진정한 벗을 어찌 죽음이 갈라놓을 것이며, 돌덩이, 쇳덩이보다 굳은 맹약을 그 누가 저버릴 수 있겠습니까? 대장부 신의를 지키기 위하여 목숨조차 아까워하지 않으며, 기꺼이 그 목을 칼날 위에 올려놓습니다. 천년만년 세월이 가도 마멸되지 않을 우리의 약속이여, 한번 내뱉은 약속은 기어이 실천하고야 마는 신의여! 형님의 혼령이 예 있으니 이 아우 역시 같이 혼령이 되어 저승 가는 그 길에 영원히 형님의 짝이 되고 싶소이다."

기왕에 나무 심으려거든 버드나무는 절대 심지 마소
친구 사귀려거든, 절대 경박한 놈일랑 사귀지 마소.
버들가지는 가을바람 불 때까지 버티지 못하고
경박한 놈은 쉽게 다가왔다가 쉽게 떠나가 버리네.
어제 편지 보내 죽고 못 살겠다 하던 놈
오늘 만나면 아는 체나 하는가?
그래도 버드나무가 그런 경박한 놈보다 나으리니
버드나무는 새봄 돌아오면 또 가지를 뻗지 아니하는가!

이 작품은 「친구 사귐에 관하여[結交行]」라는 시이다. 세상사 가운데 친구를 사귀는 게 가장 어렵다는 내용을 담고 있다. 오늘 소개하고자 하는 선비는 한나라 명제(明帝) 때 사람으로, 성은 장(張)이요, 이름은 소(劭)이며, 별명은 원백(元伯)으로 여남(汝州) 남성(南城) 사람이다. 농사꾼 집안 태생이었으나 어려서부터 학문에 뜻을 두어 책을 읽어 오다 어언 서른다섯 살이 되었다. 아직 장가도 들지 못했지만 장원백은 동생 장근(張勤)과 열심히 농사를 지어 예순을 바라보는 어머니를 성심으로 봉양했다. 때는 바야흐로 황제가 널리 현명한 선비를 구하던 때라 장원백은 어머니에게 하직 인사를 올리고 동생에게 작별한 뒤 책 보따리를 어깨에 메고 낙양으로 길을 떠났다.

몇 날 며칠을 걷고 또 걸어 낙양에 가깝게 다가선 어느 날 밤, 객점에 투숙했는데 옆방에서 울부짖는 소리가 들려왔다. 밤이 깊어 갈 무렵 장원백은 객점의 심부름꾼에게 누가 저렇게 울부짖는 소리를 내는지 물었다.

"아, 선비 한 분이 돌림병에 걸렸는데 아무래도 죽으려나 봅니다."

"선비라고? 내가 한번 가 봐야겠다."

"전염될 수도 있는 병이라 아무래도 위험할 듯합니다. 사실 그래서 우리도 가 볼 엄두를 못 내고 있습니다."

"죽고 사는 게 다 팔자소관 아닌가? 전염은 무슨 전염인가? 아무래도 내가 직접 가 보는 게 좋을 것 같네."

심부름꾼은 더 이상 말릴 수 없었던지 그대로 물러났다. 장원백은 옆방의 문을 열고 안으로 들어갔다. 들어가 보니 흙더미로 얼기설기 만든 침상 위에 누군가가 누워 있는데 얼굴은 누렇게 뜨고 몸은 삐쩍 말라 그저 입으로 사람 살리라는 말만 되뇌고 있었다. 장원백이 방 안을 휘둘러 보니 책 보따리나 옷가지가 영락없이 이번에 낙양에서 현자를 선발하는 데 응모하는 모양새였다.

范巨卿雞黍死生交

"이보시오, 걱정 마시오. 나 장원백 역시 이번에 현자 선발에 응모하러 가는 길이오. 지금 그대의 병이 상당히 위중해 보이니 있는 힘껏 보살펴 드리고 약이든 밥이든 먹여 드리겠소. 그러니 너무 걱정하시 마시오."

장원백의 말을 듣고 그 사람이 대답했다.

"그대가 내 병을 돌봐 낫게 해 주신다면 정말 죽어서도 그 은혜를 잊지 않겠소이다."

장원백은 다른 사람에게 부탁하여 의원을 불러 진맥하게 하고 약을 짓게 했다. 그러고는 자신이 직접 아침저녁으로 약을 달여 먹이고 죽을 끓여 주며 간호했다.

며칠이 지나자 환자가 땀을 쭉 흘리더니 병을 이겨 냈다. 조금씩 기운을 차리고 마침내 자리를 털고 일어나 걸을 수 있게 되었다. 장원백이 물으니 그가 대답하기를 초주(楚州) 산양(山陽) 사람으로 성은 범(范)이고, 이름은 식(式), 별명은 거경(巨卿)이라고 하며, 나이는 마흔이라고 했다. 대대로 장사하는 집안에서 태어났으나 조실부모하고 지금은 결혼하여 아들 하나를 두었는데, 근자에 들어 가업을 접고 낙양으로 가서 현자 선발에 응모할 예정이었다고 했다. 범거경의 병은 다 나았으나 그만 선발에 응모할 때를 놓치고 말았다.

범거경이 장원백에게 말했다.

"내가 이렇게 병이 들어 누워 있느라 그대가 공명을 이룰 기회를 빼앗았으니 너무도 미안하고 죄송하외다."

장원백이 대답했다.

"대장부에게 의리와 결기가 중요하지 어찌 공명이 중요하겠습니까? 이게 다 정해진 운명이니 때를 놓치고 말고가 어디 있겠습니까?"

범거경은 장원백에게서 마치 피를 나눈 형제와도 같은 정을 느꼈다. 범거경과 장원백은 의형제를 맺었다. 범거경이 장원백보다 나이가 다섯 살 많으니 범거경이 형, 장원백이 동생이 되었다.

범거경과 장원백은 의형제를 맺은 후 밤이나 낮이나 붙어 다녔다. 그렇게 시간은 어언 반년이 지났다. 범거경이 고향으로 돌아갈 뜻을 비치니 장원백이 방값을 치러 주었고 두 사람은 같이 함께 떠났다. 둘이 같이 길을 가다가 각자 고향 집을 바라고 헤어져야 할 때 장원백은 범거경의 고향 집까지 같이 갔다가 자기 고향 집으로 가겠다고 했다. 이 말을 들은 범거경이 장원백을 달랬다.

"만약 그러하시면 나 역시 동생의 고향 집까지 가야 하지 않겠소. 일단 여기서 헤어졌다가 나중에 따로 약속을 정하여 만나는 게 나을 듯하오."

두 사람은 술집을 찾아 들었다. 노란 국화꽃과 빨간 단풍잎이 가을 정취를 돋우며 이별의 정한을 더해 주었다. 술집에 자리를 잡고 앉아 술잔을 기울이려니 술잔에 수유나무 꽃잎이 띄워져 있는지라 주인장에게 물으니 오늘이 바로 중양절이라고 했다. 범거경이 말했다.

"나는 부모님을 여읜 이래로 그저 장사를 하면서 세월을 보냈소이다. 경서를 공부하고 싶은 마음이 굴뚝같았지만 그저 처자식 먹여 살리려고 온갖 일을 다하였소이다. 아우는 집에 어머니

范巨卿雞黍死生交

가 계시다 하지 않았소. 그대의 어머니는 바로 내 어머니나 마찬가지니 내년 이날 내가 우리 집안과 아우 집안이 한 집안처럼 지내게 된 정표로 내가 그대의 집에 찾아가 어머니께 인사드리고자 하오."

"다만, 제가 살고 있는 동네가 너무 촌스럽고 가난하여 형님이 오신다 해도 특별히 대접할 것이 마땅치 않아 걱정입니다. 그러나 형님이 잊지 않고 찾아 주신다면 제가 닭 잡고 기장밥 지어 형님을 대접할 것이니 잊지 말고 꼭 찾아 주십시오."

"내가 어찌 아우님과의 약속을 저버리겠소."

두 사람은 술 몇 잔을 연거푸 들이키고서도 아쉬워서 자리에서 일어설 줄을 몰랐다. 장원백은 범거경에게 어서 일어나시라며 인사를 올렸다. 장원백은 범거경이 사라지는 뒷모습을 길게 응시하며 눈물을 흘렸다. 범거경도 장원백을 돌아보며 눈물을 흘렸다. 두 사람이 이렇게 눈물로 헤어지는 모습을 시 한 수로 증거한다.

> 노란 국화꽃을 따서 술잔에 띄우노라
> 내년이면 다시 보자 약속을 하누나.
> 갈림길에서 차마 서로 헤어지지 못하니
> 서로 손을 맞잡고 눈물만 주르륵.

장원백은 고향 집으로 돌아가 어머니를 만났다.

"아들아, 네가 떠난 지 한참이나 시간이 흘렀건만 아무런 소식도 없어 이 어미는 그저 주린 듯 목마른 듯 네가 돌아오기만을 기다렸다."

"불초 소자 도중에 산양 사람 범거경을 만나 의형제를 맺고 함께 지내다 보니 이렇게 지체하고 말았습니다."

"범거경이란 이가 도대체 어떤 사람이냐?"

장원백은 그간의 일을 어머니께 소상히 말씀드렸다.

"공명을 세우고 출세하는 것은 이미 팔자에 정해진 일, 그처럼 신의가 있는 사람을 만나 의형제를 맺었다니 내가 다 기분이 좋구나."

얼마 안 있어 동생이 집으로 돌아왔다. 장원백이 아까 어머님께 했던 이야기를 다시 동생에게 들려주니 동생도 그 말을 듣고 매우 기뻐했다.

그런 다음 장원백은 다시 집에서 경서와 사서를 읽으며 공부를 했다. 세월은 화살처럼 흘러 다시 중양절이 다가왔다. 장원백은 우선 통통한 닭 한 마리를 준비하고 탁주 한 말을 담갔다. 중양절 아침 장원백은 새벽같이 일어나 집 안을 청소하고 자리를 차렸다. 어머니는 가운데 앉게 하고 옆쪽에는 범거경의 자리를 배치했다. 술병에는 노란 국화꽃을 꽂고 탁자 중간에는 향을 피웠다. 그런 다음 동생을 불러 닭을 잡고 밥을 올리라 한 다음 범거경이 오기를 기다렸다. 장원백의 어머니가 이렇게 말했다.

"아들아, 산양이 여기서 천리인데 범거경이 제때 꼭 올까 걱정이다. 범거경이 오면 그때 닭을 잡아도 늦진 않을 것 같다."

"어머니, 형님은 약속을 잘 지키는 선비입니다. 오늘 반드시 올

　　　　　范巨卿雞黍死生交

것입니다. 저와 한 약속을 어길 리 없습니다. 형님이 저의 집 문에 들어서자마자 제가 대접하겠노라고 약속한 음식을 보면 제가 얼마나 학수고대했는지 알 것입니다. 하지만 형님이 오는 걸 보고 그제야 닭을 삶기 시작하면 제가 형님이 오기를 기다리면서도 혹여 오지 않으면 어떡하나 가슴 졸인 꼴이 아닙니까."

"그래, 내 아들의 친구라니 분명 훌륭한 선비겠지."

그리하여 장원백은 닭을 삶으면서 범거경이 오기를 기다렸다.

이날, 하늘은 맑고 햇살은 청량하여 구름 한 점 보이지 않았다. 장원백은 의관을 정제하고 대문 밖에 서서 범거경이 오기만을 기다렸다. 그러나 정오가 가까워도 범거경의 모습은 보이지 않았다. 어머니는 오늘 하루 식구가 다 농사일을 작파할 수는 없다고 생각해서 일단 둘째 아들 장근에게 들판에 나가 곡식을 거두라고 했다. 장원백은 마을에 개 짖는 소리만 나도 범거경이 오는가 하여 버선발로 나가 보기를 예닐곱 차례나 했다. 해가 서산에 뉘엿뉘엿 지고 달이 살포시 얼굴을 내밀기 시작하는 시각이 되었다. 내다보던 어머니가 동생을 시켜 장원백에게 그만 안으로 들어오라는 말을 전하게 하였다.

"형님, 어머니께서 형님이 밖에서 서서 기다리느라 너무 피곤하실 테니 어서 들어와 저녁을 드시랍니다. 아마도 오늘은 그분이 오지 않을 듯하다고 합니다."

"어찌 그런 말을 하느냐? 형님이 오지 않으면 나도 들어가지 않으련다. 너야말로 하루 종일 농사일하느라 피곤할 테니 먼저 저녁을 들어라."

어머니와 아우가 재삼재사 권해도 장원백은 꿈쩍하지 않았다. 장원백은 늦은 시각까지 밖에 서서 범거경이 오기만을 기다렸고 어머니와 아우는 그러는 장원백을 보면서 또 가슴을 졸였다. 장원백은 대문 밖에서 멍한 듯, 취한 듯 범거경이 오기만을 기다리며 바람이 풀과 나뭇잎을 흔드는 소리에도 그가 오는가 하여 깜짝깜짝 놀랐다. 하늘을 가로지르는 은하수가 초롱초롱 빛나는 캄캄한 밤, 삼경 달빛조차 잠자러 떠난 시각, 시커먼 그림자 하나가 다가왔다. 자세히 바라보니 바로 범거경이었다. 장원백은 범거경에게 인사를 올리고는 뛸 듯이 기뻐했다.

"이 아우는 새벽부터 지금까지 형님이 오기만을 기다렸습니다. 형님이 약속을 저버리지 않으리라 굳게 믿었더니 과연 이렇게 오셨군요. 제가 형님과 헤어지며 약속했던 대로 닭 요리와 기장밥은 이미 다 준비해 놓았습니다. 그 먼 길을 오시느라 정말 고생 많으셨습니다. 혹 동행한 사람이라도 있으신지요? 어서 안으로 들어가서 저의 어머니에게 인사를 드리시지요."

범거경은 아무런 대답도 하지 않고 묵묵히 장원백을 따라 안으로 들어갔다. 장원백은 범거경에게 자리를 안내하여 이렇게 말했다.

"형님을 위해 특별히 마련했습니다. 어서 편히 앉으십시오."

장원백은 만면에 미소를 머금으면서 다시 절을 올리고 말했다.

"형님, 먼 길 오시느라 얼마나 피곤하십니까? 어머님을 뵙기 전에 먼저 술 한잔에 닭 요리와 기장밥을 드시고 허기라도 면하도록 하시지요."

장원백은 말을 마치고 또 절을 올렸다. 범거경은 뻣뻣한 시체처럼 아무런 대답이 없었다. 그저 소매를 들어 얼굴을 반쯤 가렸다. 장원백은 부엌으로 가서 준비한 닭 요리와 기장밥 그리고 술을 들고 와서 범거경에게 차려 주고는 다시 한번 더 절했다.

"비록 보잘것없는 음식이나마 저의 정성을 봐서 꾸짖지 마시고 드시기 바랍니다."

어두운 방 안에서 범거경은 그저 손으로 두세 번 냄새를 풍겨 맡아 볼 뿐 도무지 음식을 입에 대지는 않았다. 장원백이 범거경에게 말했다.

"형님, 혹시 제 어머니와 동생이 밖에서 형님을 마중하지 않아 기분이 상하셔서 음식에 손을 대지 않으시는 것인지요? 제가 어머니를 모시고 와서 같이 사죄하도록 하겠습니다."

범거경이 손을 휘저으며 장원백을 말렸다.

"형님, 제가 제 아우를 데려와 인사를 시키겠습니다."

범거경은 역시 손을 휘저으며 장원백을 말렸다.

"형님, 그럼 닭 요리와 기장밥을 드신 다음에 약주를 한잔 하시지요."

이 말을 듣고서 범거경은 미간을 찡그렸다. 마치 장원백에게 잠시 물러나 있으라고 하는 것 같았다.

"닭 요리와 기장밥이 어디 형님을 대접하기에 마땅하겠습니까만 그래도 일 년 전에 형님하고 약속한 바 있어 그렇게 준비한 것이니 형님께서는 너무 언짢아하지 마시기 바랍니다."

"아우님, 잠시만 진정하시게. 내가 아우에게 이를 말이 있네.

나는 이 세상 사람이 아니라 저세상의 혼귀일세."

"형님, 그게 무슨 말씀이십니까?"

"아우와 헤어져 고향으로 돌아가 처자를 먹여 살리느라 다시
가업인 장사를 하게 되었지. 세상일이 만만치 아니하고 세월은 또
황망히 흘러 나도 모르게 일 년이 훌쩍 지났더군. 지난날 아우님
이 닭 요리와 기장밥으로 나를 대접해 주겠다고 했던 약속을 늘
마음에 담아 두고 있기는 했지만 장사하며 이문을 좇아 살다 보
니 그 날짜를 그만 까먹었지 뭔가. 오늘 아침 이웃 친구가 수유
나무 꽃잎을 띄운 술을 보내왔기에 오늘이 바로 중양절임을 퍼뜩
깨달았지. 동시에 아우와 했던 약속도 떠올랐어. 하지만 산양은
예서 천 리 길이라 하루 만에 올 수가 있어야지. 내가 약속을 지
키지 못하면 아우는 나를 또 어떻게 생각하겠나. 닭 요리와 기장
밥을 함께 들자던 약속도 제대로 지키지 못하면서 무슨 큰일을
하겠나 싶더군. 하지만 아무리 궁리를 해도 뾰족한 수가 있어야
지. 이때 '사람은 천 리 길을 하루 만에 가지 못하나 혼귀는 하루
만에 간다.'는 옛말이 떠오르더군. 그래서 내가 처자식에게 부탁
했지. 내가 죽거든 나를 땅에 바로 묻지 말고 나의 곁의 동생 장
원백이 찾아온 다음에 묻어달라고. 그런 다음에 나는 스스로 칼
을 들어 내 목을 베어 죽음의 길로 들어갔어. 하여, 내 혼귀가 바
람을 타고 여기까지 와서 아우와의 약속을 지킬 수 있게 되었네.
아우께서는 이 못난 형을 불쌍히 여겨서 내가 경홀히 죽음의 길
을 택했다 나무라지 마시게. 내가 이렇게라도 약속을 지키려 하
였던 성의를 봐서라도 천 리 산양 길을 멀다하지 마시고 한번 찾

아와 조문해 준다면 내가 편하게 눈을 감을 듯하네."

범거경은 말을 마치고 눈물을 샘솟듯이 흘리면서 자리에서 일어나 계단을 내려갔다. 장원백이 깜짝 놀라 황급히 뒤따랐으나 그만 계단의 이끼를 잘못 밟아 땅에 넘어져 버렸다. 음산한 바람이 장원백의 얼굴을 스치고 지나갔다. 장원백은 범거경이 어디로 갔는지 알 길이 없었다. 시 한 수로 이 장면을 증거한다.

바람 불고 달 떨어지니 밤은 삼경이라
혼령이 천 리 길을 달려옴은 약속을 지키기 위함이라.
약속을 저버리는 세상 사람들이 못내 아쉬워
죽음으로 평생의 약속을 지켰다네.

장원백은 넋이 나간 사람처럼 목 놓아 울었다. 장원백의 울음소리에 놀란 어머니와 동생이 달려와 보니 닭 요리와 기장밥은 밥상에 그대로 차려져 있는데, 장원백은 혼절하여 바닥에 쓰러져 있었다. 황급히 물을 뿜어서 장원백을 깨운 다음 부축하여 일으켰다. 장원백은 한참이나 입을 열지 못하더니 울음을 울며 그냥 죽음을 향하여 나아가려는 듯했다.

"범거경이 찾아오지 않은 게 무에 그리 원통한 일이라고 이렇게 구슬피 우느냐?"

"형님이 저와의 약속을 지키려고 목숨마저 버렸습니다."

"내가 그것을 어찌 알았느냐?"

"방금 전에 범거경이 우리 집에 찾아왔지 뭡니까? 그래서 제가 안으로 안내하고 닭 요리와 기장밥을 챙겨드렸지요. 그런데 음식에는 손도 대지 않는 거예요. 제가 거듭거듭 드시라고 하니 그제야 형님이 '장사하러 떠돌아다니다 보니 약속을 깜박하였다가, 오늘 아침에야 퍼뜩 생각이 났고, 그 약속을 지키지 못할까 걱정이 되어 스스로 목을 베어 죽음의 길을 택한 다음 혼귀가 되어 천리 길을 한달음에 달려와 저를 만난 것'이라고 합니다. 어머님께서 허락하신다면 소자가 산양으로 달려가 형님의 시신을 안장하고자 하니 내일 아침 바로 짐을 꾸려서 출발하겠습니다.”

“아이야, 죄수는 풀려나는 꿈을 꾸고, 목마른 자는 샘물을 찾는 꿈을 꾼다고 하지 않느냐. 네가 범거경을 기다리는 마음이 너무 간절하여 꿈에서 범거경을 만난 모양이구나.”

“꿈이 아니라니까요. 소자가 형님께 대접하려고 차려 내온 음식이 여기 있지 않습니까? 형님이 사라지는 걸 따라가려다 미끄러져 쓰러진 것입니다. 이게 어찌 꿈이란 말입니까? 형님은 정말 신실한 분인데, 그런 분이 어찌 함부로 망령된 말을 하겠습니까?”

동생 장근이 입을 열었다.

“저는 그래도 믿을 수가 없습니다. 혹시 산양에 가는 사람이 있다면 그편에 이 일을 알아봐 달라고 합시다.”

장원백이 동생에게 대답하였다.

“사람이 이 세상천지를 살아가는데, 천지에는 금, 목, 수, 화, 토 이렇게 오행이 있고, 사람에게는 인, 의, 예, 지, 신 이렇게 오상이 있다. 이 가운데에서도 신을 특히 으뜸으로 쳐야 할 것이다. 인은 목과 짝을 짓는데 그건 아마도 나무가 지니고 있는 생명력 때문일 것이며, 의는 금과 짝을 짓는데 그건 아마도 쇳덩이가 지닌 강건함 때문일 것이며, 예는 수와 짝을 지우는데 그건 아마도 물이 지니고 있는 아래를 향한 겸손함 때문일 것이며, 지는 화와 짝을 짓는데 그건 아마도 불이 지니고 있는 밝게 비추는 성질 때문일 것이며, 신은 토와 짝을 짓는데 그건 아마도 흙이 지니고 있는 후덕한 성질 때문일 것이다. 성인께서는 멍에와 연결하는 쐐기가 없다면 큰 수레든 작은 수레든 달릴 수가 없을 거라고 말씀하셨다. 더불어 사람은 한번 태어나면 어차피 죽는 법, 하지만 신뢰가 없다면 사람 사이의 관계는 한시도 성립될 수 없다고 말씀하셨다. 형님이 신의를 위하여 목숨조차 아끼지 않았으니 내 어찌 신의를 저버리고 찾아가기를 주저할 수 있겠느냐. 아우야, 네가 농사일을 게을리하지 않으면 어머님 모시기엔 부족함이 없을 것이다. 내가 길을 나서면 너는 더욱 어머님을 잘 모시고 아침이면 아침 인사, 저녁이면 이부자리 보살핌에 조금도 소홀함이 없게 하여라."

장원백은 아울러 어머니께 하직 인사를 올리며 말했다.

"불초 소자는 오늘 결의형제 범거경이 저세상 사람이 되었으므로 조문길을 떠나고자 합니다. 아우에게는 농사일에 힘써 어머님을 잘 봉양하여 달라고 누차 당부했습니다. 어머니께서는 아침저녁으로 끼니를 거르지 마시고 저를 걱정하시지도 말고 부디 몸 건강히 계십시오. 이 몸은 나라에 충성을 다하지도 못하고 어머니께 효성을 다하지도 못한 채 그저 덧없이 이 세상을 살아왔습니다. 오늘 저는 이 길을 떠나 신의만큼은 온전히 지키고자 합니다."

"아들아, 산양 천 리 길이 아무리 멀다 해도 한 달이면 다녀올 것인데 어찌 이리도 불길한 말을 하느냐?"

"우리 인생은 마치 물거품과도 같은 것. 삶과 죽음을 어찌 확언할 수 있겠습니까."

장원백이 큰 소리로 곡을 하며 어머니께 절을 올렸다. 동생 장근이 나서서 말했다.

"제가 형님을 모시고 같이 다녀오면 어떻겠습니까?"

"너 말고 어머님을 모실 사람이 누가 있느냐? 너는 온 힘을 다해 어머니를 모셔 내가 걱정할 일이 없도록 해라."

장원백은 눈물을 훔치며 동생과도 이별을 고한 후 작은 책 보따리를 하나 둘러메고 날이 밝는 대로 출발했다. 시 한 수로 이 장면을 증거한다.

어머니와 동생과 이별하고 나선 산양 가는 길
길은 멀고 또 멀어 나그네 되어 몇날 며칠을 가야 할꼬!
누가 친구가 골육보다 가볍다 할까
가슴에 신의로 아로새겨진 그 친구를.

장원백은 걷고 또 걸었다. 배고파도 밥을 챙기지 않고 추워도 옷을 챙기지 않았다. 날이 저물면 객점에 투숙했으나 꿈을 꾸면서도 오직 울음뿐이었다. 아침에는 해가 밝기가 무섭게 발걸음을 재촉했으며 오직 자신에게 날개가 없는 것이 안타까울 뿐이었다. 이렇게 며칠을 억세게 걸어가서 마침내 산양에 도착했다. 범거경

范巨卿雞黍死生交

의 집을 수소문하여 찾아가 보니 대문이 굳게 닫혀 있었다. 이웃 사람에게 물어보니 이렇게 대답했다.

"아, 범거경은 죽은 지가 이미 보름 정도나 지났소이다. 그 처가 운구하여 성곽 바깥쪽에 무덤을 쓴다고 했지요. 아직 돌아오지 않은 걸 보면 안장을 다 마치지 않은 모양이오."

장원백은 그 사람에게 범거경의 장지를 물어보고 황급히 성곽 바깥쪽을 향하여 달려갔다. 멀리 앞에 보이는 수풀에 흙담 하나가 보이는데 그 흙담 바깥쪽에 수십여 명의 사람들이 서로 놀라는 눈빛으로 바라보고 있었다. 장원백이 땀을 비 오듯이 흘리며 달려가 보니 부인 하나가 상복을 입고 있으며 열일고여덟쯤 먹어 보이는 사내 하나가 관 앞에 엎드려 울고 있었다. 장원백은 그들을 바라보며 소리 질렀다.

"이게 바로 범 공의 영구(靈柩)인가?"

"그렇게 물으시는 분은 바로 장원백 님 아니신가요?"

"저를 처음 보실 텐데 어찌 저의 이름을 아신단 말입니까?"

"저의 주인어른이 죽기 전에 재삼재사 저에게 유언하셨습니다. 주인어른은 낙양에서 돌아와 동생 분의 덕행을 입에 침이 마르도록 이야기했습니다. 지난번 중양절에 그만 황망중에 약속을 지키지 못할 상황이 되어 저에게 말씀하시기를 '내가 장원백과의 약속을 지키지 못할 상황이 되고 말았네. 어허, 이런 약속도 지키지 못하면서 더 살아 뭐 하겠는가. 사람이 하루에 천 리를 어떻게 갈 수 있겠는가. 내가 차라리 죽어 혼백으로라도 닭 요리와 기장밥을 함께 먹자던 장원백과의 약속을 지키고 싶네. 내가 죽거든 나를 바로 장사 지내지 말고 장원백이 문상 오기를 기다린 다음에 장사 지내 주게나.'라고 하셨습니다. 그런데 오늘이 벌써 열나흘째라 주위 사람들이 '장원백이 언제 올지 알 수가 없는 노릇이니 일단 장사를 지내고 통기하여 주는 게 나을 것'이라고 말씀들 하시기에 오늘 이렇게 운구하여 여기로 오게 되었지만 하관을 하려고 하는데 도대체 관이 꿈쩍도 하지 않아 서로 놀란 눈으로 바라만 보고 있었지요. 그러는 중에 이렇게 황망히 달려오시는 분이 있기에 틀림없이 장원백 님일 거라고 생각했지요."

장원백은 이 말을 듣고 땅에 엎드려 통곡을 그치지 않았고 범거경의 부인 역시 따라서 통곡했다. 운구하던 사람들 가운데 눈물을 흘리지 않는 이가 없었다. 장원백은 봇짐 속에서 돈을 꺼내 향과 지전을 사게 했다. 아울러 제문을 꺼내어 술 한 잔과 함께 바친 후 재배하고서 눈물을 흘리며 읽어 내려갔다.

유세차 모년 모월 모일, 의형제를 맺은 아우 장원백은 닭 잡고 술을 걸러 형님 범거경의 혼령 앞에 삼가 제사를 올립니다. 우리 형님 범거경은 기세가 높아 무지개를 꿰뚫을 정도이며 의기가 높아 은하수처럼 하늘까지 올라갈 정도라. 형님께서 객점에서 병들어 누워 있을 때 제가 형님을 만날 수 있었으니 그것은 저의 행운이었습니다. 우리 이제 헤어지지만 꼭 다시 만나자고 약속한 날이 바로 중양절, 그 약속 지키기 위하여 형님께서 스스로 목숨을 버리신 날도 바로 중양절이었습니다. 저녁 달빛에 바라본 형님의 영혼은 처량한 듯하여도 해 아래 살아 있는 우리에게 형님의 기개와 연민을 다시금 생각나게 하기에 충분했습니다. 아우는 이제 어머님께 하직 인사 올리고 물처럼 맑고 소나무처럼 푸른 형님을 보러 왔으며, 형님 역시 형수님에게 부탁하여 영구를 하얀 천으로 싸 놓은 채 이 아우가 오기만을 기다리게 하였습니다. 진정한 벗을 어찌 죽음이 갈라놓을 것이며, 돌덩이, 쇳덩이보다 굳은 맹약을 그 누가 저버릴 수 있겠습니까. 대장부 신의를 지키기 위하여 목숨조차 아까워하지 않으며, 기꺼이 그 목을 칼날 위에 올려놓습니다. 천년만년 세월이 가도 마멸되지 않을 우리의 약속이여, 한번 내뱉은 약속은 기어이 실천하고야 마는 신의여! 형님의 혼령이 예 있으니 이 아우 역시 같이 혼령이 되어 저승 가는 그 길에 영원히 형님의 짝이 되고 싶습니다. 오호애재로다! 상향.

장원백은 관 뚜껑을 열고 범거경을 내려다보았다. 비통한 통곡의 시간이 한참 지난 후 장원백이 형수에게 말하였다.

"형님이 저와의 약속을 지키기 위하여 이렇게 목숨을 내놓았는데 저 혼자 살아서 무엇 하겠습니까. 제 수중에 관 하나 살 정도의 돈은 있으니 형수님께서는 번거롭다 생각 마시고 저를 형님 옆에 같이 묻어 주시면 더할 나위 없는 영광이겠습니다."

"아니, 그게 무슨 말씀이십니까?"

"저는 이미 마음을 정했습니다. 형수님께서는 놀라지 마십시오."

말을 마치고 장원백은 품에서 칼을 꺼내어 자기 목을 찔렀다.

주변 사람들 가운데 놀라지 않는 자가 하나도 없었으니 모두 장원백을 위하여 제사를 올려 주었다. 이렇게 장원백을 염하고 입관하여 범거경의 묘에 합장했다.

초주의 태수가 이 소식을 듣고 상소문을 조정에 고했다. 명제는 범거경과 장원백의 신의에 감동하여 비록 사후이지만 각각 작위를 내려 후세 사람들의 귀감이 되게 했다. 범거경은 산양공으로, 장원백은 여남공으로 각각 봉해졌다. 묘 앞에는 사당을 짓고 '신의사(信義祠)'라 불렀고, 묘는 '신의묘(信義墓)'라고 불렀다. 그들의 집 문 앞에는 신의를 지킨 집안이라는 표절이 붙게 되었고 관가에서 옷과 음식을 제공하여 후손을 키울 수 있게 했다. 범거경의 아들 범순수(范純綏)는 나중에 진사에 급제하고 관직이 홍려시경(鴻臚寺卿)에 이르렀다. 이들의 자취는 지금도 산양에 남아 있으며 여기에 아로새겨진 시들도 참으로 많다. 그 가운데에서도 무명씨의 「답사행(踏莎行)」이 가장 유명하다.

천 리 길은 멀고도 멀고
일 년 후의 약속은 아득하여도
한마디 말로 서로 굳게 약속하였으니
고혼이 되어서라도 신의를 지켰도다.
어찌하오리까, 닭 요리와 기장밥을 준비한 공로가 허공으로 날아가 버리고 말았구려.
달빛 희미하고 등불 어둑해도
슬픔에 겨운 눈물은 두 줄기 진한 선으로 흐르고

그 마음을 삶과 죽음이 어이 갈라놓을 수 있으랴.
관 속에서도 친구가 오기를 기다렸으니
저세상에서는 분명 웃으면서 다시 만나리라.

單符郎全州佳偶

선부랑이 전주에서
가연을 맺다

이 작품은 남자 주인공의 관점에서 그려진다. 남자는 어렸을 적, 아버님이 형제처럼 가까이 지내던 친구의 딸과 정혼한 상태다. 하지만 난리가 나 여인의 종적을 알 수 없게 되었다. 그 여인은 여진족에 붙잡혔다가 기생 어미에게 팔린 신세. 그리고 남자와 여인은 우연히 다시 만난다. 남자는 벼슬아치로, 여인은 관기로. 비록 관기가 되긴 했으나 정혼했던 몸이기에 수청만은 들지 않겠다는 각오로 여인은 남자의 부임 축하연에 나온다. 그러나 이들은 서로의 신세를 모른 채 한눈에 반한다. 남자는 집안의 반대를 무릅쓰고 결국 결혼을 하는데 나중에 알고 보니 바로 예전에 정혼했던 그 여인인 것이다.

주위 사람들은 남자로서 의리를 지킨 덕에 이렇게 다시 가연을 만난 것이라 칭송한다. 더불어 끝까지 정절을 지키고자 했던 그 여인은 하늘의 복을 받은 것이라고 부러워한다. 풍몽룡은 선한 본을 보여 주는 게 소설이지, 악한 본을 보여 주는 건 소설이 아니라고 생각했던 것 같다. 그는 어떻게든지 해피엔드로 마무리하고자 노력했다. 이런 미담을 사람들이 가만 놔둘 리 없으니 『척청잡설(摭靑雜說)』과 『정사(情史)』 등에 두루 실려 전하고, 매정조(梅鼎祚)의 『장명루(長命縷)』, 심경(沈璟)의 「쌍어기(雙魚記)」 같은 전통 연극이 만들어졌다.

겹욕(郟鄏)[13]의 성문, 하늘을 향해 열리고
주공이 쌓았던 성의 자취 지금도 의구하다.
도덕에는 자물쇠도 열쇠도 없다는 말은 하지도 마소.
한번 세워진 저 천하, 팔백 년은 가지 않았던가.

이 시에 나오는 서경(西京)[14]은 제왕의 업을 이룰 만한 도시로
서쪽엔 성고(城皐), 동쪽엔 민지(澠池), 앞쪽엔 이궐(伊闕), 뒤쪽엔
대하(大河)가 있어 그 형세가 천하의 으뜸이요, 천하제일의 번화
지라, 바로 이곳에 송 왕조 아홉 왕들이 도읍을 정하였다.

　오늘 하고자 하는 이야기의 주인공은 바로 이 서경 사람으로
한 사람은 형지현(邢知縣)이며, 다른 한 사람은 선추관(單推官)이
다. 이 두 사람은 효감방(孝感坊)이라는 동네에서 서로 대문을 마

13　지금의 낙양. 동주(기원전 770~기원전 256)가 이곳에 수도를 정했다.
14　낙양. 송 대에는 낙양을 서경이라 불렀다.

주하고 살았다. 이 두 가족의 안주인이 자매인 까닭에 남편들도 동서지간이라, 왕래 또한 빈번하여 비록 성은 달라도 한 가족처럼 지냈다. 남편들이 관직에 나아가기 전에 자매가 동시에 임신을 하자 자매들끼리 이렇게 약속했다.

"만약 우리가 각각 사내와 계집아이를 낳거든 나중에 짝을 맺어 주자."

후에 선씨네는 사내아이를 낳아 이름을 부랑(符郞)이라 하였고, 형씨네는 계집아이를 낳아 이름을 춘랑(春娘)이라고 하였다. 안식구들은 각각 남편에게 전에 자신들이 한 약속을 알렸다. 이 때부터 양가는 더욱 친밀하게 왕래하게 되었다. 부랑과 춘랑은 어려서부터 늘 함께 어울려 놀았고 두 집안 모두 그들을 꼬마 부부라 불렀다. 점점 장성하면서 부랑은 비영(飛英)으로 개명하고 자를 등실(騰實)이라 하였으며 학관에 들어가 공부를 시작했다. 춘랑은 별당에 거하면서 외부 출입을 삼갔으니 두 사람이 만날 기회도 자연히 사라지고 말았다.

때는 바야흐로 송 휘종 선화 7년(1125) 3월, 형 공이 등주(鄧州) 순양현(順陽縣) 현령으로 부임하게 되었고, 선 공은 양주부(揚州府) 추관(推官)으로 부임하게 되었다. 임지로 떠나면서 그들은 각자 임기를 마치고 돌아와 부랑과 춘랑을 혼인시키기로 약조했다. 선 공이 부인과 아들 부랑을 이끌고 양주로 부임하러 간 일은 따로 말하지 않겠다.

한편 형 현령이 등주 순양현에 도착하여 반년이 채 지나지 않아 여진족이 여러 갈래로 길을 나눠 쳐들어왔다. 여진족 장수 알리불(斡離不)이 순양현을 격파하면서 형 현령 일가족은 모두 화를 입게 되었다. 그때 열두 살의 춘랑은 포로로 잡혔다. 여진족 병사들에게 포로로 잡힌 춘랑은 전주의 기생 어미 양 씨(楊氏)에게 현금 만칠천 원에 팔렸다. 춘랑은 어려서부터 경서를 읽고 당시(唐詩)도 천 수나 읽어 글솜씨가 빼어났으니 손님을 맞이하여 대화를 나눠도 막힘이 없고 능수능란했다. 기생 어미는 춘랑을 애지중지하여 양옥(楊玉)이라는 새 이름을 붙여 주고 악기 연주와 노래 그리고 춤을 가르쳐 주었다. 춘랑 역시 악기 연주와 노래, 춤 어느 것 하나 빠지는 게 없었다.

삼천 기생 가운데 용모를 당할 자 없고
열두 기생집에 노래와 춤을 당할 자가 없도다.

그러나 다만 한 가지, 그녀는 벼슬아치 집안에서 고귀하게 자랐던 터라 다른 기생들하고는 달라도 많이 달랐다. 관아나 공가에 나가서 춤과 노래를 공연하고 나면 다른 기생들은 이런저런 농담도 하고 거리낌 없이 장난도 걸고 하였으나 그녀만은 함부로 웃거나 떠드는 일이 없이 홀로 조용히 떨어져 자신의 기품을 유지하곤 했다. 하지만 오히려 이 점 때문에 양옥은 모든 사람들에게 더더욱 사랑을 받았다.

여기서 이야기는 두 갈래로 나뉜다. 선추관이 임기 삼 년을 마칠 무렵, 금나라가 당시 송나라의 수도 변경을 함락하고 휘종과 흠종을 포로로 잡아갔다. 이에 여호문(呂好問, 1064~1131)은 꼭 두각시 황제 장방창(張邦昌)을 설득하여 황위를 강왕(康王)에게 물려주게 했다. 강왕이 강을 건너 남하하여 응천부(應天府)에서 즉위하니 그가 바로 고종이다. 고종은 금나라에게 포로로 잡혀갈까 두려워 서경으로 돌아가지 못하고 양주로 수레를 돌렸다. 선 추관은 민병대를 거느리고 고종 황제를 호위한 공으로 낭관(郎官)에 보임되어 황제의 수레를 따라 항주로 갔다. 고종이 항주의 풍광을 좋아하여 수레를 멈추게 하고 이곳을 도읍으로 정하고는 이름을 임안부(臨安府)로 개칭했다. 시 한 수로 이를 증거한다.

산봉우리는 산봉우리로 푸르게 이어지고, 지붕은 지붕으로 이어져
서호에서 펼쳐지는 춤과 노래는 그칠 때가 없구나.
따사로운 바람에 절로 취하니
항주는 이제 변주(汴州)라 부르리라.

한편 송나라의 서북 지역은 금나라에게 유린되어 고종이 남하할 때 고향을 등지고 따라나선 자들의 수가 헤아릴 수 없을 정도였다. 그들은 대개 옛날 오나라 지역에 정착했는데 그러던 중 임안에 수도를 정한다는 소식을 듣고 많은 사람들이 임안, 즉 항주로 옮겨 오게 되었다. 선 공은 당시 호부에서 근무하고 있었는지라 늘 호적 대장을 살피곤 했는데 그러다가 형상(邢祥)이라는 이름을 발견하고 좀 더 자세히 살펴보니 서경 사람이었다. 형 현령의 이름이 형정(邢禎)임을 떠올리고는 이 사람이 혹시 형 현령의

형제가 아닌가 생각했다. 형 현령이 임지로 떠난 후로 좀처럼 소식을 알 수 없던 터라 선 공은 형 현령 일가족에 대해 너무도 궁금해하고 있었다. 형 현령에게 사람을 보내어 조용히 알아보니 과연 형상이라는 이는 형 현령의 동생으로 '사승무(四承務)'라는 별명으로 불리고 있었다. 선 공은 황급히 형상을 불러오게 하여 형 현령의 소식을 물었다. 형상이 선 공에게 대답했다.

"등주가 금나라의 손에 떨어질 무렵 형님 집안이 화를 입었다는 소식을 전해 듣기는 했습니다만 사실 여부는 저도 잘 알지 못합니다."

대답을 하면서도 형상은 흐르는 눈물을 주체하지 못했다. 선 공 역시 짠한 마음에 어찌할 바를 몰랐다. 아들의 나이를 생각하면 다른 혼처라도 알아봐야 할 것 같았으나 전해 들은 소식과 달리 예비 며느리가 아직 살아 있을 수도 있으니 전쟁이 끝나야 수를 낼 수 있으리라 생각했다. 이때부터 선 공은 형상과 계속 연락을 주고받으며 일가친척처럼 지냈다.

고종 황제는 즉위한 뒤 연호를 건염(建炎, 1127~1130)으로 고쳤다. 그리고 사 년이 지나 연호를 다시 소흥(紹興, 1131~1162)으로 고쳤다. 때는 바야흐로 소흥 원년, 조정에서는 수도를 남쪽으로 옮기는 데 공을 세운 자들에게 논공행상을 했다. 선 공의 아들 선비영은 아버지의 공훈에 힘입어 전주사호(全州司戶)에 임명되었다. 선비영이 황제의 은혜에 감사드린 뒤 날을 잡아 부모님께 하직 인사를 올리고 전주로 길을 떠났다.

이때의 나이가 열여덟, 전주의 관리들 가운데 나이가 가장 어렸으며 용모 또한 준수하기 이를 데 없어 보는 사람마다 입에 침이 마르도록 칭찬했다. 선비영이 전주에 부임하는 날 전주의 태수는 관아에 술자리를 베풀고 소리 잘하는 기생들을 불러 모았다. 송나라 규례에 따르면 기적에 오른 기생은 관기라 불렸으며 관아에 연회가 있으면 불려 나와 접대하게 되어 있었다. 이날 양옥 역시 선비영의 취임 축하연에 불려 나갔다. 선비영은 이날 잔치에 불려온 기생들 가운데에서도 유독 양옥에게만 눈길을 주었다.

한번 맺은 인연의 실, 어디 간들 끊길까
선남선녀 천생의 배필이라.
부인에게 눈썹 화장을 해 주었다는 장창(張敞)[15]과도 같은 저
청년이여
그런 풍류 펼칠 날 언제일까?

전주의 송사와 옥사를 맡아 보던 사리(司理) 자리는 정안(鄭安)이 맡고 있었다. 정안은 형양(榮陽)의 거족 출신으로 재주가 많은 젊은이였다. 정안은 선비영과 의기투합했는데 선비영이 양옥을 보고 첫눈에 호감을 느끼는 것을 눈치챘다. 어느 날 정안이 선비영을 찾아갔다.

---

15 한나라의 정치가인 장창은 조회 전에 부인의 눈썹을 그려 주었다고 한다. 그가 경조윤(京兆尹)을 맡고 있을 시절 누군가가 장창의 이런 점을 황제에게 비판한 적이 있었다. 장창은 황제에게 부부지간에는 이보다 더 많은 일들이 존재할 터인데 이런 일에 대해 이야기하는 자를 이해할 수 없다고 대답했다고 한다.

"귀하는 가문도 대단한 데다 나이도 한창인데 어찌하여 식솔을 거느리지 않고 혼자서 임지로 오셨소?"

"사실대로 말씀드리자면 소생은 어려서 정혼한 여인이 있습니다만 금번 전란에 그녀의 생사조차 알 수 없는 바 되어 아직도 혼자 지내는 신세입니다."

"외롭고 쓸쓸한 감정이 없는 사람이 어디 있겠습니까. 이 고장의 관기 양옥은 제법 품격도 있고 용모도 빼어나니 아쉬운 대로 귀하의 갈증은 해결해 줄 수 있을 것 같습니다."

선비영은 처음에는 극구 사양했으나 정안이 거듭거듭 권하기도 하고 또 자신의 마음도 이미 꿰뚫어본 듯하여 속마음을 털어 놓았다.

"선남선녀가 만나는 거야 당연지사 아니겠소. 내가 두 사람을 위하여 다리를 놓아 보겠습니다."

이 일 이후로 무슨 모임이 있어 양옥을 만나게 되면 선비영은 혹시나 자기 마음이 드러날까 오히려 양옥을 제대로 바라보지도 못하고 피하게 되었다. 하지만 마음속 그리움은 짙어져만 갔다. 정안도 이 두 사람을 어서 맺어 주고 싶었지만 태수가 이 일을 어찌 생각할까 염려되어 함부로 나서지 못했다.

이러구러 이 년, 태수가 임기를 마치고 떠날 때가 되자 진씨 성을 가진 새 태수가 부임해 왔다. 정안은 신임 진 태수가 자신과 동향이며 잘 알고 지내던 사이였기에 진 태수에게 선비영의 재주를 입에 침이 마르도록 칭찬했다. 진 태수 역시 정안의 말을 듣고 선비영을 존중해 마지않았다. 하루는 정안이 술자리를 만들어 선

비영을 자신의 거처로 불렀다. 그리고 양옥을 불러 시중을 들게
했다. 이날은 지난날의 공식적인 연회와 달리 개인적인 자리라 선
비영과 양옥이 서로 가까이서 마음껏 바라볼 수 있었다. 양옥의
미모는 과연 명불허전이라. '진나라 여인을 그리워하며'라는 뜻의
사 「억진아(憶秦娥)」로 이를 읊어 볼까 한다.

향기를 뿜어내는 그녀
술잔을 앞에 두고 있는 그녀는 이름도 옥(玉), 용모도 옥(玉).
푸른 비취새 깃털, 황금색 봉새 날개 같은 머리 장식
그녀의 자태와 장식은 궁녀의 그것.
아름다운 그녀, 짐짓 부끄러운 듯 미간을 살짝 찡그리며
가슴 아리는 노래를 부르네.
가슴을 아리게 하는 그 노래
한 소절 한 소절마다 인생의 고초가 새겨져 있어라.

정안이 입을 열었다.
"오늘의 이 술자리에는 다른 사람은 아무도 없으니 괜히 체면
차리지 마시고 편하게 속마음을 털어놓고 즐기시기 바라오."
정안은 큰 술잔에 넘치게 술을 따라 선비영에게 권했다. 양옥
은 낭랑한 목소리로 노래를 부르며 분위기를 돋우었다. 술이 얼
큰히 올랐을 때 선비영이 양옥의 아리따운 모습을 넋을 잃고 바
라보았다. 자신을 억제할 수 없었던 선비영은 짐짓 술에 흠씬 취
한 양, 더 이상 술잔을 받지 않았다. 정안은 그런 선비영의 마음

을 읽고 이렇게 말했다.

"잠시 서재로 가서 쉬었다가 와서 다시 술자리를 이어 가도록 합시다."

정안이 말한 서재는 그가 혼자서 책을 보는 곳으로 책과 그림, 비파, 바둑 그리고 골동품 같은 것을 놓아 두는 곳이었다. 선비영은 언제고 한번 그 서재를 구경하여 보리라 하는 마음이 있었기에 정안을 따라나서긴 했지만 정작 서재에 들어와서는 대나무 침상에 드러누웠다가 바로 잠들고 말았다. 정안이 선비영에게 이렇게 말했다.

"많이 취하셨나 보오. 여기서 잠시 쉬도록 하시오."

정안은 얼른 서재에서 빠져나와서 양옥에게 차를 한 주전자 우려서 가 보라 했다. 선비영은 평소에 정안이 자신과 양옥을 맺어 주고자 하는 것을 알고 있었기에 양옥이 혼자서 차를 들고 오자 정안이 일부러 꾸민 일임을 바로 알아차렸다. 선비영은 바로 일어나 서재문을 걸어 잠그고 두 팔을 벌려 양옥을 껴안고는 운우지정을 나누고자 했다. 양옥이 거절하는 체하자 선비영이 말했다.

"내가 그대를 마음에 담아 둔 지가 하루 이틀이 아니오. 정안이 우리의 사랑을 맺어 주려고 이런 금쪽같은 기회를 일부러 마련한 것이니 설혹 정안이 우리의 행동을 나중에 안다고 해도 결코 나무라지 않을 것이오."

양옥 역시 저간의 사정을 알아차리고는 차마 거절하지 못하고 그저 선비영의 주장을 따르기로 했다. 두 사람은 침대에서 운우지정을 나누었다. 이 광경을 시 한 수로 증거한다.

서로 가슴속에 품어 온 지 이 년여
오늘 만나 속마음을 드러내노라.
밤새워 그 사랑 함께할 수는 없어도
꿈이 아닌 현실에서 만났으니 그것만으로도 좋아라.

선비영은 양옥에게 물었다.
"그대는 춤과 노래를 파는 신세이기는 하나 전혀 기생의 냄새
가 느껴지지 아니하니 필시 명문가 출신일 것이라. 나에게 숨김없
이 말해 보시오. 그대는 어떤 사람이오?"
양옥은 만면에 부끄러운 기색을 띠면서 대답하였다.
"조금도 거짓됨 없이 있는 그대로 말씀드리지요. 저는 본디 양
반 가문 태생이나 어쩌다 몰락하여 예까지 오게 되었습니다. 사
실 본래 성도 양가가 아닙니다."
선비영은 깜짝 놀라며 다시 물었다.
"그대가 양반가 출신이라면 부친은 어떤 관직에 오르셨소? 존
함은 무엇이오?"
양옥이 눈물을 흘리며 대답했다.
"저는 본래 형 가(邢哥)이며, 동경(東京) 효감방(孝感坊)에서 살
았습니다. 어려서 일찍이 이모님의 아들과 정혼했습니다만, 아버
님이 등주 순양현의 현령으로 부임하였다가 불행하게도 오랑캐
의 전란에 화를 당했습니다. 부모님은 오랑캐의 칼 아래 쓰러지

시고 저는 포로로 잡혔다가 기생집에 팔려 여기에 이르게 되었습니다."

선비영이 재차 물었다.

"그대와 정혼한 남자 집안의 성씨는 무엇이오? 그 남자의 아버지는 무슨 관직에 계셨소? 그대와 정혼한 남자의 이름은 무엇이오?"

"저는 선 씨(單氏) 성을 가진 집안의 남자와 정혼했습니다. 당시 그 부친께서는 양주의 추관 벼슬을 지내고 계셨습니다. 저와 정혼한 남자의 아명은 부랑(符郞)이었는데, 지금은 생사존망도 모릅니다."

말을 마치고도 양옥의 눈물은 그칠 줄을 몰랐다. 선비영은 양옥이 바로 춘랑임을 알았으나 내색하지 않고 양옥을 위로했다.

"그대는 매일 좋은 음식에 화려한 옷을 입고 낮이나 밤이나 화려함을 만끽하며 살지 않소? 더구나 관기로서 나름 대접도 받으니 그대를 괄시할 자는 없을 것이오. 그대의 부모님도 이미 저세상으로 가셨고, 정혼한 남자의 생사도 알 수 없으니 그저 상황이 흘러가는 대로 한평생 편하게 지내는 것도 좋을 것이오. 그렇게 슬퍼하지만 마시오."

양옥은 미간을 찌푸리며 대답하였다.

"'이 세상 모든 여인은 혼인하여 가정을 꾸리는 꿈을 지니고 있다.'라고 들었습니다. 저는 이미 이런 곳에 떨어진 몸입니다. 비록 어쩔 수 없는 상황이었다 하지만 제가 어찌 관료 집안의 아들인 그분과 다시 맺어지기를 바랄 수 있겠습니까? 그저 평민의 아내

라도 되어 가시나무로 비녀 만들어 꽂고 거친 베옷을 입으며 콩
밥에 냉수만 마시더라도 이 역시 한 남자의 아내가 되는 길이니
그것이 여기서 손님을 맞으며 억지웃음을 짓는 것보다 백배, 천
배 나을 것입니다."

선비영은 고개를 끄덕였다.

"그대의 말이 맞소이다. 그대의 마음이 그러하다면 나도 그대
를 위하여 백방으로 노력하겠소이다."

양옥은 머리를 조아리며 말씀 올렸다.

"나리께서 소인을 이 고해와도 같은 기생 생활에서 건져 주신
다면 그 은혜는 죽어서도 잊지 않겠습니다."

양옥이 말을 마치기도 전에 정안이 문을 밀고 들어왔다.

"그래, 한바탕 꿈에서 잘 깨어나신 게요? 별일 없으시면 술이
라도 한잔 나눕시다."

"아이쿠, 이미 너무 취해서 더 마실 엄두가 나질 않소이다."

"그래요? 술에 취한 게 하나라면, 마음에 취한 듯싶소이다."

세 사람은 같이 한바탕 웃었다. 다시 술자리로 돌아와 다시 잔
부어 권하니 이날의 기분이야 이루 말할 길이 없었다. 이들은 흠
뻑 마시고 즐기다가 헤어졌다.

며칠 후 선비영은 지난번의 답례로 자신이 술자리를 마련하여
정안을 초청했으며 더불어 양옥도 함께 불러 응대하게 했다. 양
옥이 먼저 술자리에 도착했다. 선비영은 정색을 하고서 양옥에게
물었다.

"그대가 일전에 나에게 가난한 농군에게라도 시집가겠다고 했

는데, 지금 내가 상처하여 아내가 없는 몸인데 나에게 시집올 텐가?"

양옥이 눈물을 머금고 대답했다.

"가시나무가 봉황이 깃들기를 바랄 수 없을 것이니 저같이 천한 것이 어찌 감히 나리의 안주인 자리를 노리겠습니까. 다만 저를 불쌍하게 여기셔서 기적에서 빼내 주신다면 신명을 다하여 나리의 옷가지와 먹을거리를 챙기겠습니다. 그렇게만 되어도 기녀로서 손님을 대하는 일을 면할 수 있으니 어찌 더 바랄 게 있겠습니까. 다만 언젠가 나리의 정실 부인이 오셔서 저를 눈엣가시처럼 여기셔서 정색하고 나무라신다면 저는 두말하지 않고 머리 깎고 출가하여 영원히 혼자 지내면서 나리의 은혜를 갚겠습니다."

선비영은 양옥의 말을 듣고자 가슴이 울컥했다. 양옥이 기적에서 빠져나오고자 함이 그냥 하는 소리가 아니라 진심에서 우러난 말임을 다시금 확인할 수 있었다. 잠시 후 정안이 찾아왔다. 정안은 양옥이 눈물을 흘리고 있는 것을 보고 이렇게 놀렸다.

"옛말에 너무도 기쁘면 눈물이 난다고 하더니 그 말이 바로 이를 두고 하는 말인가 보네."

양옥이 대답했다.

"가슴속 깊은 곳에서 슬픔이 우러나니 눈물을 그칠 수가 없었습니다."

선비영은 자신이 충심으로 양옥을 기적에서 빼 주고 싶어 한다는 것을 정안에게 말해 주었다.

"그대의 뜻이 그러하다면 나 역시 힘껏 그대를 도우리다."

이날은 이렇게 술자리만 가지고 특별한 일이 없이 지나갔다.

술자리를 마치고 돌아온 선비영은 집에 보내는 편지를 썼다.

"장인어른 형 현령께서는 전 가족이 오랑캐의 전란에 봉변을 당했고, 오직 저와 정혼한 춘랑만이 살아남았으나 그녀마저도 기생이 되고 말았습니다. 춘랑은 기회만 되면 기적에서 빠져나오고자 애쓰고 있으니 그 뜻이 참으로 가상합니다. 저는 저와 정혼한 춘랑과 그 인연을 다시 이어 가고 싶으니 부디 춘랑을 천하다 꺼리지 말아 주십시오."

선 공은 아들의 편지를 보고 깜짝 놀랐다. 선 공은 즉시 형상을 불러 이 일을 상의했다. 선 공 집안과 형씨네 집안 모두 이 일을 알고 슬퍼하지 않음이 없었다. 형상이 직접 전주에 가서 혼사를 진행하겠다고 자원했다. 형상은 또 선 공이 전주 태수에게 춘랑을 기적에서 빼 달라고 요청하는 편지를 써 주었으면 좋겠다고 했다. 선공이 편지를 써서 형상에게 주었다. 형상은 선고에게 하직 인사를 올리고 한달음에 전주로 달려가 선비영을 만나 자신이 온 이유를 설명했다. 선비영은 먼저 정안에게 이 일을 알려 주었다. 이 일을 알게 된 정안은 감동하며 말했다.

"옛말에 버슬이 올라가면 친구도 잊고, 돈이 많아지면 조강지처도 버린다던데 지금 그대는 기적에 오른 옛 정혼녀를 이렇게 잊지 않으니 정말 고래로 보기 드문 의리의 사나이입니다."

정안은 선비영과 함께 태수를 찾아가 저간의 사정을 소상히 알렸다. 선비영이 부친이 써 준 편지를 전하자 태수가 편지를 받아 읽고 이렇게 말했다.

"이렇게 좋은 일을 내가 어찌 마다하겠는가?"

다음 날 형상은 양옥을 기적에서 빼어 양인 신분이 되게 해 주고 정혼자와 혼사를 치를 수 있게 해 달라는 문서를 올렸다. 태수가 바로 결재했다. 그러나 해가 중천에 다다르도록 양옥을 기적에서 빼 준다는 정식 문서가 발부되지 않았다. 선비영이 뭔가 잘못된 게 아닌가 걱정하며 몰래 사람을 보내 알아보게 했더니 태수의 요리사가 잔치를 준비하느라 한창 바쁘다 했다. 선비영은 고민했다.

"누구를 위하여 이 잔치를 마련하는 것일까? 양옥을 그냥 보내기 아쉬워서 그러는 것일까? 아무튼 계속 살펴보라고 해야겠다."

잠시 후 태수가 과연 양옥을 술자리에 불렀다. 양옥 말고는 아무도 부르지 않았으며 통판(通判) 한 사람만 배석시켰다. 술이 세 순배, 음식이 두어 차례 돌고 나자 태수는 양옥을 가까이 다가오게 하고는 그동안 선비영이 옛날 정혼한 여인인, 양옥 그러니까 춘랑과 결혼하고자 한다는 것과 양옥의 숙부 형상이 춘랑을 기적에서 해제해 달라고 문서로 요청한 일들을 일일이 설명했다. 양옥은 태수에게 엎드려 절하며 감사의 말을 했다.

"소첩 인생의 영욕은 오직 나리의 손에 달려 있습니다."

태수가 그 말을 받아 이렇게 말했다.

"오늘은 네가 기적에 몸을 담고 있는 신세이나 내일은 고관대작의 부인이 될 몸, 그대는 나에게 어떻게 보답할 것인가?"

"저를 고통 가운데에서 구원해 주시는 은혜, 진정 태산보다 크오이다. 소첩, 나리와 나리의 자손들이 영원히 번성하기를 매일 하늘에 빌어 드리겠습니다."

태수가 이 말을 듣고 혀를 차면서 말했다.

"너 같은 미모와 재주를 어찌 다시 만날 수 있겠느냐!"

태수가 갑자기 벌떡 일어나더니 양옥을 껴안고 이렇게 말했다.

"지금 당장 나에게 은혜를 갚아야 할 것이다."

이 자리에 있던 통판이 그래도 올곧은 사람이라 태수의 이런 꼴을 보다 못해 바로 자리에서 일어나 정색을 하며 소리를 질렀다.

"사호 선비영과 이미 정혼한 사이니 동료의 아내 아닙니까? 군자라면 예의에 어긋난 짓으로 바른 도리를 저버려서는 안 될 것입니다."

태수가 그 말을 듣고서 머뭇거리다가 겨우 대답했다.

"내가 그만 옛정에 끌려 추태를 부렸소이다. 통판께서 지적해 주지 않으셨으면 큰 잘못을 저지르고도 깨닫지 못할 뻔하였소이다. 내가 이런 일을 저지르다니, 사호 선비영에게 정식으로 사과해야겠소."

이에 양옥에게 내실로 들어가게 하여 자신의 여자 권속들과 인사를 나누고 함께 머물게 한 다음 사호 선비영, 사리 정안을 불러 날이 밝을 때까지 술잔을 기울이다 헤어졌다.

태수는 술자리를 파한 후 내실로 돌아가지 않고 바로 집무실로 출근하여 양옥을 기적에서 빼 주라는 문서를 꾸려 양옥의 기생 어미에게 전달하게 했다. 양옥의 기생 어미와 아비는 뜻밖의 조처에 당황하여 득달같이 달려와 태수에게 울며 하소연했다.

"저희 부부는 십 년 동안 양옥을 애지중지 길렀습니다. 태수께서 양옥을 기적에서 빼 주라 명하시면 저희야 이를 거역할 도리가 없겠습니다만 그래도 양옥의 얼굴이라도 한번 보고 이별의 정을 나누기를 소원합니다."

태수가 양씨 부부의 말을 양옥에게 전달하게 하였다. 양옥은 후당에서 있다가 병풍을 사이에 두고 양씨 부부에게 나지막이 말했다.

"제가 정혼자를 만난 것은 정말 기쁜 일 아니오? 두 분께서 지난 십 년 동안 저를 돌봐 주신 은혜가 작지 않을 것이지만 제가 십 년 동안 벌어 드린 돈 또한 적지 않을 것이니 그것으로 두 분의 노후를 준비하기에 충분할 것입니다. 더 이상 미련 두지 않고 이별하는 게 서로 좋을 것입니다."

기생 어미 양씨가 더욱 애절하게 울었으나 태수는 양씨 부부를 물러가게 했다. 관원들에게 양옥을 가마에 태워 선비영의 처소로 데려다주라 명하고 더불어 사재 십만 전을 꺼내 주며 혼례 비용에 보태게 했다. 선비영이 거듭거듭 사양했으나 태수가 한사코 받게 했다. 이날 정안이 중매쟁이가 되고, 형상이 혼주가 되어 양옥과 선비영의 혼례를 치르고 신방에 화촉을 밝혔다. 시 한 수로 이를 증거한다.

사랑에 빠진 저 선비영, 갈급하기 이를 데 없고
아름답고 교양이 넘치는 양옥, 사랑의 열정 넘쳐흐르네.

오늘 여기서 옛 정혼자를 서로 만나니
사랑을 버린 남자라는 말은 더 이상 하지 마시라.

전주의 태수와 모든 관원들이 선비영과 양옥의 결혼을 축하하러 왔다. 선비영은 술자리를 마련하여 그들을 맞았으며, 형상은 임안으로 돌아가 선 공에게 이 혼사가 어떻게 진행되었는지 상세히 전했다. 선비영과 양옥이 부부가 되어 서로 사랑하고 아껴 준 이야기는 굳이 구구하게 이야기할 필요가 없을 것이다.

세월은 화살처럼 흘러 어느덧 삼 년이 되어 선비영의 임기가 찼다. 춘랑이 선비영에게 말했다.

"소첩이 풍진 세상에 빠져 헤맬 때 그래도 양씨 부부의 보살핌을 받았고, 다른 자매들과 주고받은 정 또한 가볍지 않습니다. 이제 이곳을 떠나며 평생 그들을 다시 볼 기약조차 없으니 술이라도 한잔 하면서 이별의 정을 나누고 싶습니다."

선비영이 대답했다.

"그대의 그런 사정은 전주의 모든 사람들이 알고 있을 텐데 굳이 꺼릴 일이 뭐 있겠소. 술 한잔에 이별을 나누는 것이야 예의에 어긋날 일도 아니지 않소."

이에 춘랑은 회승사(會勝寺)에 음식과 술을 마련한 다음 사람을 시켜 양씨 부부와, 예전에 함께 일했던 동료 기생 십여 명을 초대하여 술이라도 함께 나누자고 했다. 약속한 날, 선비영은 먼저 사람을 보내 손님 맞을 준비를 하게 한 다음, 손님들이 다 도착하면 자신에게 통지하도록 했다. 양씨 부부가 먼저 도착하고

單符郎全州佳偶

기생들도 착착 도착했다. 하인들은 초대한 손님들이 다 도착한 것을 확인하고 선비영에게 보고했다. 선비영이 춘랑을 가마에 오르게 하니 하인들이 구름 떼처럼 호위하여 회승사에 도착했다. 초대한 손님들과 만나 서로 인사를 나누고 자리에 앉은 뒤 술이 몇 순배 돌고 나자, 춘랑이 일어나 자리를 돌며 일일이 이별주를 돌렸다.

이때 예전에 춘랑이 살았던 양씨 부부 기생집의 옆집에 기거하던 이영(李英)이라는 기생이 자리에서 일어났다. 그녀에게 음악과 기예를 가르친 사람이 바로 춘랑이어서 그녀는 춘랑을 친언니처럼 따랐다. 춘랑이 기생의 신분에서 해방되었을 때부터 이영은 늘 춘랑을 부러워했고 그래서 또 늘 울적해했다. 이날 춘랑이 이별주를 돌리다가 자신의 차례에 이르자 이영은 춘랑의 손을 부여잡고 이렇게 말했다.

"언니는 오늘 이렇게 진창에서 발을 빼고 저 높은 곳으로 훨훨 날아가지만 나는 이 더러운 세상에 아직도 두 발을 담그고 있으면서 빠져나갈 날을 기약조차 할 수 없으니 언니와 나의 신세는 천당과 지옥처럼 멀어져 버리는구려. 나를 좀 구해 주시오."

말을 마치고 이영은 큰 소리로 울었다. 춘랑 역시 이영의 그런 모습을 보면서 하염없이 눈물을 흘렸다. 이영에게는 본디 남들이 따라오지 못하는 특출한 재주가 하나 있으니 바로 바느질 솜씨였다. 불을 끄고 바느질을 해도 한 치의 오차도 없을 정도였다.

절묘한 자수 솜씨를 지녔다는 오왕(吳王) 조 부인(趙夫人)[16]

그런 솜씨 가진 여인 고래로 드물지.

다만 한 사람, 그 바느질 솜씨 이어받은 자 꼽으라면

전주 기루의 이영이라네.

춘랑이 이영에게 일렀다.

"선 공 사호 나리에게 침선을 담당할 자가 한 명 필요한데, 동생이 나를 따라와서 그 일을 맡아 주시겠는가?"

"언니가 저를 이곳에서 건져 주신다면 저에게 너무 큰 은혜를 베푸시는 거죠. 기왕에 선 공 사호 나리께서 침선을 담당할 사람을 찾으신다면 저같이 언니 속내를 잘 아는 사람을 쓰는 것이 생판 모르는 사람을 쓰는 것보다 백배 나을 거예요."

"비록 그러하긴 하나 동생은 그동안 나와 언니 동생 하며 지냈는데 어찌 하루아침에 주인과 아랫사람으로 지낼 수 있겠는가."

"언니와 같이 기루 생활할 때도 전 언니의 동생이었잖아요. 하물며 지금은 언니와 저의 신세는 하늘과 땅 차이. 아무리 좋게 봐도 주인과 몸종 사이니 저는 언니를 아침저녁으로 모시기만 해도 충분히 만족할 거예요. 어찌 언니와 감히 어깨를 나란히 하기를 바라겠어요."

"동생의 마음이 그러하다면 내가 선 공 사호 나리께 말씀 드려

---

16 오나라 손권(孫權, 182~252)의 부인. 자수를 잘하여 중원의 지형도를 자수로 만들어 바쳤다는 일화가 있다. 워낙 자수를 잘하여 손가락 마디 정도의 크기의 비단에 중원의 형세도를 담아 내기도 했다고 한다.

보겠네."

그날 저녁 술자리를 마치고 춘랑이 숙소로 돌아와 이영의 일을 선비영에게 말했다. 선비영이 웃으면서 말했다.

"그대 하나를 빼내 달라고 부탁한 것도 미안한데, 어찌 또 부탁한단 말이오."

춘랑이 거듭거듭 부탁하여도 선비영은 요지부동이었다. 춘랑은 속이 탔다. 이렇게 하루하루 시간이 갈수록 이영은 안부 인사를 여쭌다는 핑계로 사람을 보내어 계속해서 춘랑을 압박했다. 춘랑이 선비영에게 말했다.

"이영은 성정이 온화하고 바느질 솜씨 또한 일품입니다. 이런 사람 찾기도 쉽지 않습니다. 나리께서 평생 측실을 들이지 않을 거라면 또 모를까 기왕에 측실을 들일 거라면 역시 이영이 적임자입니다. 저와는 어려서부터 함께 지내서 서로 존중할 줄 압니다. 태수께 한번 말씀만 드려 주십시오. 태수께서 거절하시면 그냥 그런가 보다 하고 넘기시면 되고 저 역시 이영에게 글을 보내어 그러한 상황을 설명하면 되겠지요. 만약 태수께서 승낙하신다면 그거야말로 누이 좋고 매부 좋은 일 아니겠어요?"

선비영은 춘랑의 등쌀에 못 이겨 정안에게 이런 사정을 먼저 털어놓고 정안과 같이 태수를 찾아가 이 일을 아뢰었다. 태수가 웃으면서 말했다.

"그대는 화살 하나 날려서 새 두 마리를 잡을 셈이오? 내가 그대의 말을 들어주리다. 전에 통판이 나를 꾸짖었던 일에 대한 나의 작은 사과 표시로 받아 주길 바라오."

즉석에서 태수는 이영을 기적에서 빼내 선비영과 함께 떠나도록 하는 문서에 서명해 주었다. 선비영은 저번에 태수가 선물로 준 십만 전을 갈라서 반은 이영의 몸값으로, 반은 양씨 부부에게 춘랑을 보살펴 준 보답으로 각각 나눠 주었다. 이로 말미암아 춘랑과 이영은 서로 언니 동생 하면서 화목하게 지냈다.

선비영이 처음 임지로 출발할 때는 혈혈단신이었으나 이젠 부인 하나에 첩 하나로 부인이나 첩 모두 미모와 재주가 빼어나고 인연 또한 절묘하니 기쁘기가 한량없었다. 후세 사람이 이런 시를 지었다.

관사에 홀로 기거하는 몸, 외로운 마음
이젠 두 여인과 결혼사를 맺는 축복.
선비영이 어릴 적 정혼한 여인을 가슴에서 지웠더라면
춘랑의 사랑을 향한 희구 역시 이뤄지지 못했으리.
선비영의 두 손엔 옥 덩어리가 들리게 되었고
두 여인은 진흙에서 연꽃을 피우게 되었네.
한번 맺은 인연이면 귀천을 어이 따지리
한번 맺은 인연은 오백 년을 가리라.

선비영은 길일을 택하여 관원들에게 하직 인사를 하고 처첩을 거느리고 임안의 본가로 출발했다. 선비영이 춘랑을 자신의 가족들에게 소개하니 서로 눈물을 흘리고 울음을 울었다. 그런 다음 선비영이 이영을 소개하니 선 공이 도대체 누구인지 되물었다. 선비영이 저간의 사정을 소상히 아뢰었다. 선 공이 크게 화를 내며 말했다.

"정혼한 여인이 갈 곳을 잃고 헤매는 것이야 당연히 거둘 일이나 아무런 인연도 없는 여인을 데려오는 것은 도대체 무슨 처사냐?"

선비영이 거듭 사죄했으나 선 공은 노여움을 거두지 않았다. 선비영의 어머니가 중간에 나서서 일단 이영을 자신의 거처로 데리고 가서 며칠 데리고 있다가 개가시키고자 했으나 이영이 어디 말을 들을 것인가. 이영이 선비영의 어머니에게 하도 애절하게 매달리는지라 선비영의 어머니는 이영을 며칠 더 옆에 두고 보기로 했다. 며칠 동안 이영과 같이 생활해 보니 얌전한 데다 바느질 솜씨 또한 일품이라 마침내 선 공에게 이영을 아들의 소실로 받아주라고 부탁하게 되었다.

선비영이 부현령으로 보임을 받아 갔을 때 그의 상관은 선비영이 춘랑과 결혼한 사연과 이영을 첩실로 들인 사연을 알고서 선비영을 의기가 넘치는 사람으로 인정하고서 주위에 널리 소문을 냈다. 이 소문을 듣고 감탄하지 않는 자들이 없었다. 선비영은 승진을 거듭하여 사직의 제사와 의례를 담당하는 태상경(太常卿)까지 올랐다. 춘랑은 아들을 낳지 못했으나 이영은 아들을 하나 낳았고 춘랑은 그 아들을 친아들처럼 아꼈다. 나중에 그 아들이 과거에 급제하니 선비영 가문은 마침내 임안의 명문거족이 되었다. 춘랑과 선비영의 이야기는 지금까지도 기생들 사이에 전설처럼 전해 온다. 시 한 수로 이를 증거한다.

산을 두고 한 맹세, 바다를 두고 한 맹세도 지키지 않는 자 부지
기수
하물며 기생 신세로 전락한 옛 정혼자를 누가 기억이나 하리까
어질고 의로운 행동은 어질고 의로운 보답을 불러오니
벼슬길도 막힘없으려니와 자손 또한 현명하구나.

楊八老越國奇逢

양팔로가 남쪽 지방에서
기묘한 만남을 가지다

1274년과 1281년, 원나라의 쿠빌라이 칸은 대규모 군대를 이끌고 일본을 침공했으나 일본의 완강한 저항과 태풍의 영향으로 실패하고 만다. 이렇게 두 줄로 간단하게 서술되는 역사 사실 속에 얼마나 많은 사연이 숨어 있을까? 명색이 사위인 고려 충렬왕 역시 이 전쟁에 배와 군사를 댈 수밖에 없었을 것이다. 아무튼 이는 공적인 역사 기록이고, 당시 해안 지방에 살던 중국인들에게 왜구는 정벌의 대상이 아니라 불시에 들이닥쳐 사람과 재물을 빼앗아 가는 공포의 대상이었다. 이들을 통제하지 못하는 관군은 더 이상 관군이 아니라 원망의 대상이었다.

이런 상황에서 우리는 누구에게 기대야 하는가? 풍몽룡은 그저 운명에 기대라고 한다. 그러나 풍몽룡이 말하는 운명이란 절박한 상황에서도 희망의 끈을 놓지 않는 강인한 자기 확신이 만들어 가는 것이었다. 왜구에게 끌려가 십구 년이나 고생하면서도 살아 돌아갈 것이라 믿으며 매일매일 간구하고 기원하는 믿음. 마침내 그는 중국에 돌아가고, 왜구로 오해받아 죽을 지경에 이르러서도 예전의 자기 부하를 다시 만나며, 자기가 새장가 들어 낳은 아들에게 재심판을 받게 된다. 믿음이 보상을 받은 것이다. 풍몽룡이 수많은 우연을 등장시킨 것도 고통을 이겨 내는 체념의 미학을 설파하는 게 아니라 고통받던 사람이 복을 받는 인생 역전을 보여 주기 위함이다.

그대는 보지 못하였는가? 평양 공주(平陽公主) 밑에서 말몰이
나 하던 위청(衛靑),[17]

하루아침에 부귀공명 이루더니 평양 공주를 자기 처로 맞아들
였던 일을.

함양의 동문 밖에서 박을 심는 저 노인네,

한때 봉토를 호령하던 제후였던 걸 아는가?

흥망성쇠는 돌고 도는 것,

구름처럼 바람처럼 천변만화하는 것.

현명한 자는 천명을 알아 속세와 거리를 두어,

이 풍진 세상의 만사를 그저 한바탕 연극으로 생각한다지.

이 예스러운 시는 사람이 곤궁하고 잘나가는 건 운명과 팔자

---

17 ?~기원전 106. 한미한 집안 출신이었으나 나중에 한 무제의 누이인 평양 공주와
    결혼했으며 흉노를 몰아내는 데 큰 공을 세워 장평후(長平侯)에 봉해졌다.

에 달린 일이라 읊고 있다. 돈이 많았다가 가난해지든, 보잘것없는 인생에서 벼락출세를 하든 다 바람과 구름처럼 자취도 흔적도 없는 것이라 괜히 종잡으려 할 필요가 없다는 것을 설파하고 있다.

송 대의 수재 여몽정(呂蒙正)은 때를 만나지 못한 어린 시절 집안이 너무도 가난했다고 한다. 언젠가 사흘을 연신 굶고 나서 천진교(天津橋)에서 박 씨 하나를 외상으로 구입했다. 여몽정이 그 박 씨를 다리 난간에다 두들겨서 깨 먹으려다가 그만 실수로 떨어뜨리고 말았다. 그 박 씨는 물을 따라 흘러가 버려 결국 입도 대지 못하고 말았다. 훗날 과거에 급제하고 재상이 된 뒤에 여몽정은 정자를 하나 짓고 그 정자의 이름을 박 씨를 떨어뜨린 정자란 뜻으로 '낙과정(落瓜亭)'이라 불러 가난했던 지난 시절을 잊지 않고자 노력했다고 한다.

여러분도 한번 생각해 보시라. 나중에 장원급제하고 재상의 지위에 오르는 사람도 아직 운이 틔지 않았을 때는 박 씨 하나 까먹을 복조차 누리지 못했으니 여몽정이 다리에서 박 씨를 떨어뜨렸을 때 "이 사람이 이래 봬도 나중에 부귀영화를 누릴 사람이야."라고 사람들에게 말한들, 사람들은 가당치도 않다는 표정을 지으면서 무슨 못 들을 이야기를 들은 것처럼 길바닥에 가래침을 뱉을 것이다. 맞다! 누가 그런 말을 곧이들으려고 하겠는가? 그래서 "앞날의 운명은 칠흑과도 같은 것, 그 누가 감히 앞날을 안다 할 수 있으리."라는 말도 있는 것이다.

한편 송 대에 양인고(楊仁杲)라는 군졸이 있었다. 그는 승상 정

진공(丁晉公)의 집을 지을 때 동원되어 더운 여름에 흙더미와 돌을 운반하느라 땀을 비 오듯이 흘렸다. 그는 이렇게 원망 섞인 말을 하였다.

"똑같은 사람 자식인데, 누구는 우리가 지어 주는 집에서 편안하게 살고, 우리 같은 놈들은 집 지어 주느라고 생고생을 하는구먼. 젠장, 옛말에 복 있는 놈은 남의 시중을 받고, 복 없는 놈은 남의 시중을 든다고 하더니 그 말이 딱 맞네."

지나가던 감독관이 이 말을 듣고 양인고의 등짝에 가죽 채찍을 갈기며 다시는 그런 말을 못 하게 했다 한다. 몇 년이 지나지 않아 정 승상이 죄를 지어 애주(崖州)의 사호(司戶)라는 벼슬로 좌천되었다. 양인고는 외척 세력을 등에 업고 태위라는 벼슬까지 올라가 황제의 친척으로 위세를 부렸으며 조정에서는 정 승상의 집을 양인고에게 선물로 주었다. 하니, 정 승상이 인부들을 동원하여 집을 지은 것은 사실 양인고를 위해서 집을 지어 준 거나 마찬가지인 셈이다.

뽕나무 밭이 푸른 바다로 변했나 하였더니
푸른 바다가 다시 뽕나무 밭으로 변했구나.
막히고 통하는 것이 어디 정해진 법칙이 있으랴
그저 모든 게 하늘에 달린 것.

객쩍은 이야기는 여기서 그만하고 이제 본격적인 이야기를 하려 한다. '양팔로가 월국에서 기묘한 만남을 가지다〔楊八老越國奇

逢]'란 이야기이다. 이것은 오래전 한나라나 당나라 때 이야기도 아니요, 가까운 북송, 남송 때 이야기도 아니요, 바로 원나라 때 섬서성(陝西城) 서안부(西安府)에서 일어난 이야기다. 『서경』에 따르면 서안부는 우공 때는 옹주(雍州)에 속해 있었고, 주나라 때는 주소 인근의 경기 지역이었으며, 진나라 때는 관중(關中)이라 불렸으며, 한나라 때는 위남(渭南)이라 불렸고, 당나라 때는 관내(關內)라 불렸고, 송나라 때는 영흥(永興), 원나라 때는 안서(安西)라 불렸다.

한편 원나라 지대(至大) 연간(1308~1311)에 성이 양(楊)이요, 이름이 복(復)이란 사람이 있었으니, 8월 보름 추석날에 태어난 까닭에 아명을 팔로(八老)라 했다. 양팔로는 서안부 주질현(盩厔縣) 태생이었다. 이 양팔로가 이씨 성을 가진 여자를 아내로 맞아 아들을 하나 낳았다. 그 아들은 일곱 살 무렵부터 이미 너무도 총명하여 사람들 사이에서 두각을 나타냈다. 그들은 아들의 이름을 세도(世道)라 지었다. 이들 부부가 아들 세도를 끔찍이도 아꼈음은 당연지사였다.

하루는 양팔로가 아내에게 이렇게 말했다.

"내 나이도 이제 서른을 바라보는데 공부를 한다고는 하지만 아직 뜻을 이루지도 못하고 가세는 날로 기울어지고 있소이다. 우리 조상은 본디 복건과 광동 지방에서 대대로 장사를 했으니 나도 종잣돈을 마련하여 물건을 떼다가 장주(漳州)에 가서 이문을 좀 남기고 살림에 보태고자 하는데 부인의 뜻은 어떠시오?"

"저는 열심히 벌고 아껴 쓰는 것이 집안 살림의 시작이라고 알

楊八老越國奇逢

고 있습니다. 감나무 밑에서 입 벌리고 있다고 감이 떨어지겠습니까. 낭군님께서는 더 나이 들기 전에 어서 채비를 차려서 길을 떠나십시오. 더 미루실 필요 없습니다."

"그대 말이 맞기는 하나 아이는 어리고 당신은 아직 젊으니 마음이 놓이지 않는구려."

"다행히 아이가 젖 먹는 시절이 지났으니 제가 기르고 가르치겠습니다. 낭군께서는 지체하지 말고 떠나시고 또 서둘러 돌아오십시오."

그날 아내와 상의한 마음을 군히고 나서 양팔로는 길일을 잡아 길을 나서며 아내와 아들과 작별했다. 양팔로는 수동(隨童)이라는 심부름꾼을 들이고 배 한 척에 짐과 몸을 싣고서 동남쪽으로 방향을 잡고 출발했다. 여기 집 떠나 장사하는 상인들의 고충을 읊은 시가 있다.

사람 살면서 가장 힘든 일이 집 떠나 장사하는 일
처자식 버려두고 고향을 떠나야 하지.
풍찬노숙 그 얼마나 어려운가
별과 달을 친구 삼아 걷는 길은 너무도 힘들어
물길은 파도쳐서 힘들고
땅길은 닭 울음소리 개 짖는 소리 때문에 잠 못 이뤄 힘들구나.
평생 품었던 꿈 다 포기한 신세
노래 부르려 해도 소리 나오지 않고 술조차 마실 기분 아니라네.
눈곱만 한 이문에 고생은 또 얼마인가

어쩌다 크게 성공 거두면 질시를 받지.

몸이 아파 할 수 없이 방에 앉아 편지를 쓰나

만 리 떨어진 고향까지 누가 부쳐 주리.

해가 가고 달이 가도 고향 한번 못 찾아가는 몸

처자식은 기다리다 지쳐 몸져눕네.

장사 떠난 남편 돌아온다는 소식에

온 집안 식구들은 죽은 사람이 살아 돌아오는 듯 반기네.

사내대장부 멀리 떠나 큰일을 이루는 것이

가족과 더불어 한평생 같이 지내는 것보다 더 나을까?

강가의 신천옹을 보라

그저 멍하니 둥지에만 앉아 있는 것 같아도 어디 한 끼라도 거
르던가.

  한편 양팔로는 장포(漳浦)에 이르러 벽(檗) 여인의 객점에 짐을
풀고 그 지역의 특산을 중심으로 물건을 사들였다. 벽 여인은 슬
하에 아들은 없고 딸만 하나 있었는데 나이는 스물셋이었다. 벽
여인은 일찍이 데릴사위를 맞아들여 딸과 사위와 함께 자기 장
사를 했다. 그러다 사위가 저세상으로 떠나 버린 게 벌써 일 년
전이었다. 딸은 여전히 과부 신세였다. 벽 여인이 보아하니 양팔
로가 돈도 있어 보이고 사람도 성실하고 심지가 곧아 보이는 데
다 사람을 대하는 태도 역시 싹싹하니 너무 마음에 들어 죽은
사위 대신 사위로 들여 자신의 장사를 맡기고 싶었다. 벽 여인의
제안을 들은 양팔로는 팔을 내저으며 거절했으나 벽 여인은 막무

가내었다.

"여보슈, 고향에서 천리만리 떨어진 이곳에 와서 친척이라곤 하나도 없으니 몸이라도 아프면 누가 찾아 주기라도 할 것 같소? 그래도 내 딸아이는 나이도 어리고 해서 그대와 참 잘 어울리니 이참에 아예 두 집 살림을 차리는 게 어떻겠소? 고향에 돌아가면 본마누라 있고, 이곳 장포에 오면 내 딸아이가 있을 거 아뇨. 이렇게 두 곳을 왔다 갔다 하면 어디를 가든 외롭지 않아서 장사도 잘되고 이문도 많이 남을 거요. 내가 지금 그대에게 돈을 바라고 이러는 게 아니라는 걸 알아주었으면 좋겠소. 나는 내 외동딸을 잘 시집보내서 그 딸이 떡두꺼비 같은 손주를 낳아서 길러 이 늙은이한테도 의지할 곳이 생기기를 바랄 뿐이오. 설사 당신 고향의 본마누라가 이 사실을 알게 되더라도 당신을 그렇게 원망하진 않을 거요. 객지로 떠돌아다니며 장사하는 사람들이 창기들을 찾아가 또 얼마나 많은 돈을 버리는지 당신도 잘 아시지 않소? 그에 비하면 내가 제안하는 것은 사실 얼마나 점잖은 일이오? 부디 긴 안목으로 보고 판단하길 바라오. 생각도 해 보지 않고 거절부터 하지 말고!"

양팔로가 벽 여인의 말을 듣다 보니 딴은 일리 있다는 생각이 들어 그만 그녀의 제안을 받아들이고 말았다. 날짜를 정하고 성례를 올려 양팔로는 벽 여인의 사위가 되었다. 그러고는 벽 여인의 딸과 오순도순 화목하게 지냈다. 두 달이 채 못 되어 벽 여인의 딸이 아이를 배었고 성례를 한 지 일 년여 만에 아이를 출산하니 온 가족이 기쁨에 휩싸였다. 아이가 태어난 지 사흘째 되는 날, 그리고 한 달이 되는 날 멀고 가까운 친척들이 모여 아이가 태어난 것을 축하해 주었음을 구구절절 말할 필요조차 없으리라.

양팔로는 고향에 두고 온 젊은 아내와 어린 아들을 보고 싶은 마음이 더욱 간절해졌다. 본디 이곳에서 혼례를 치르고 난 뒤에는 서둘러 고향에 가 보고자 했으나 새로 얻은 아내가 임신을 하는 바람에 출발을 미루었고, 아이가 태어난 다음에는 새로 얻은 아내에게 붙잡혀 출발을 못 하고 있었다. 그러는 동안 시간은 쏜살같이 흘러 이러구러 삼 년이 지나 버렸다. 새로 태어난 아이가 만 두 살이 되었기에 이름을 세덕(世德)이라고 지었다. 아이의 이름을 비록 큰아이 세도와 같은 항렬자인 '세' 자를 써서 짓기는 했지만 성씨만은 양씨 성을 따르지 않고 외할머니의 성씨를 따라 벽세덕이라 붙였다. 어느 날 양팔로는 아내에게 이렇게 말했다.

"잠시 고향에 가서 아내와 자식을 보고 돌아오리다."

양팔로의 아내도 더 이상 말리지 못하고 보내 줄 수밖에 없었다. 양팔로는 짐을 꾸리는 한편 외상 거래 장부를 꺼내들고 심부름꾼 수동과 분담하여 수금하러 다니기에 바빴다.

하루는 양팔로가 외상값을 수금하다가 현청 앞에 이르고 보니 현청 앞에 방이 하나 걸렸는데, 이렇게 쓰여 있었다.

"상부의 안내문을 받아 이를 고지하노라. 근자에 연해 지역에 왜구가 자주 출몰하여 겁탈함이 자심하므로 각 현청은 각별히 순찰을 강화하여 왜구의 침탈에 방비하도록 하라. 모든 출입하는 자들에 대한 검문검색을 강화하고 성문은 늦게 열고 일찍 닫도록 하라."

양팔로는 방을 읽고 깜짝 놀랐다.

"하필이면 내가 출발하려고 하는 이때에 왜구 문제로 검문검색이 강화되다니! 만약 왜구가 출몰하여 성문이 닫히기라도 하면 언제 다시 열릴지 모르니 한시라도 빨리 길을 떠나야겠다."

양팔로는 외상 수금도 미루고 황급히 집으로 돌아갔다. 아내에게 남은 외상값은 어차피 지금 수금하기에 쉽지도 않으니 일단 고향을 다녀와서 다시 수금해도 별 문제는 없을 것이라고 했다. 더불어 길에서 소문을 듣자 하니 왜구가 출몰한다 하므로 팔던 물건은 몽땅 놔두고 여행 필수품 몇 가지만 단출하게 꾸려서 내일 아침 바로 출발하겠다고 했다. 남편을 보내기가 못내 아쉬운 듯, 아내는 세 살배기 아들을 품에 안고 양팔로에게 이렇게 말했다.

"우리 어머니가 늘그막에 의지할 데가 없어 저를 당신에게 시집보냈고 다행히도 우리에게 이렇게 세덕이가 생겼네요. 저를 생각해서가 아니라 어린 세덕이를 생각해서 일찍 돌아오셔서 우리 모자가 기다리다 지치지 않게 해 주세요."

말을 마친 아내는 자기도 모르게 두 줄기 눈물을 줄줄 흘렸다. 양팔로는 아내를 달래며 말했다.

"여보 너무 걱정하지 마시오. 삼 년 동안 부부로 살 맞대고 살아온 인연이 어찌 가벼운 것이겠소. 지금은 내가 이렇게 급하게 길을 떠나지만 한 해가 가기 전에 다시 만날 수 있을 것이오."

그날 밤 장모 벽 여인은 술상을 차려 양팔로에게 이별주를 선사했다.

다음 날 이른 아침 양팔로는 일어나 세수를 마치고 장모와 아

내에게 하직 인사를 하고 수동과 함께 길을 떠났다. 그러나 이틀
을 채 못 가서 깜짝 놀랄 일을 당한다.

배와 수레가 서로 엉켜 있는데
사람들은 어지럽게 뛰어다니네.
사람들은 간담을 쓸어내리며
오직 연해에 출몰하여 날뛰는 왜구 걱정이라.
모두들 놀라고 두려워
아무런 방비도 하지 못하는 관병을 원망하네.
어린 것은 안고, 노인네는 손을 잡고
살고자 이곳저곳으로 뛰어가네.
어떤 자는 아내와 아이를 포기하고
그저 혼자서 도망하네.
가난한 자나 돈 많은 자나, 천한 자나 귀한 자나
난리를 당하니 결국은 마찬가지로다.
성곽 안이든, 수풀이든
그저 한 몸을 숨길 은신처를 찾느라 바쁘구나.
이야말로 난리 당한 사람 팔자보다
태평성대의 개 팔자가 나을 것이니.

양팔로가 보니 시골 사람들이 한결같이 이리저리 몰려다니면
서 성안의 피난처를 찾고 있었다. 그러면서 그들은 왜구들이 살
인과 방화를 저지르는데도 관병들이 막아 내지 못하여 이제 코

앞에까지 들이닥쳤다고 원망했다. 이 말을 들은 양팔로는 정신이 다 혼미해지는 듯한 느낌이었다. 진퇴양난에 빠진 양팔로는 아무리 생각해도 뾰족한 수를 찾을 수 없어 일단 피난민들을 따라 정주성(汀州城)에 가서 다시 방법을 찾아보기로 했다.

한 네 시간 정도 걸었을까. 정주성까지 삼 리 정도 남았을 즈음, 갑자기 천지가 진동하는 함성 소리와 울부짖는 소리가 들려왔다. 왜구들이 사람을 죽이면서 쫓아오는데 사람들은 다리가 얼어붙어 도망조차 제대로 가지 못했다. 양팔로는 마침 옆에 수풀이 보이기에 숲 쪽으로 달려갔다. 다른 사람들도 양팔로를 따라 수풀로 몸을 숨기려 했다. 그러나 왜구들이 머리를 써서 미리 사방에 흩어져 매복하고 있을 줄 어이 알았겠는가. 사람들이 수풀로 몸을 숨기러 달려가는 순간 미리 숲속에 숨어 있던 왜구가 그들을 맞아 달려 나왔다. 사람들은 왜구가 한 명뿐인 것을 보고는 용기를 내어 그를 어찌해 보려 했으나 그가 고둥을 뽕뽕 소리 내어 불어 자신의 동료들에게 알리니 사방에서 왜구들이 긴 칼을 들고 달려오는 것이었다. 힘깨나 쓴다 하는 사람들은 그래도 용기를 내어 무기를 들고 왜구들에게 달려들어 보기도 했지만 불길에 눈발 녹듯이, 먼지가 바람에 날리듯이, 왜구들이 휘두르는 칼 아래 추풍낙엽처럼, 무 잘리듯이 쓰러져 갔다. 사람들은 결국 무릎을 꿇고서 목숨만 살려 달라고 빌기 바빴다.

왜구들이 무자비하다고 해도 중국 사람을 다 죽이는 것은 아니었다. 여자들은 음욕을 채우고 나서 풀어 주었다. 인정 있는 왜구들은 여자에게 선물을 주기도 했다. 하지만 이렇게 당하고 풀려난 여자들은 일생 동안 남의 비웃음을 샀다.

　남자들은 상황이 달랐다. 남자들 가운데 노약자는 바로 죽음을 당했다. 남자들 가운데 건장한 사람은 머리카락을 깎아 버리고 머리통에 옻칠을 하여 왜구의 일원으로 끌어들였다. 그런 다음 중국 관군과 싸울 때 진두에 배치했다. 민머리의 왜구 수급을 베어 가면 상을 받을 수 있었기에 중국 관군들은 중국인이라도 민머리면 즉각 머리를 베어서 상을 달라고 했던지라 왜구의 진두에 서 있는 민머리 중국인이 진짜 왜구인지, 아니면 중국인이 포로로 잡힌 것인지를 아예 따지려 들지 않았다. 이렇게 머리가 밀리고 진두에 서게 되는 중국인들은 이래저래 자신들이 죽을 수밖에 없음을 너무도 잘 알았지만 그래도 왜구에 빌붙어서라도 모진 목숨 이어 가는 게 낫다고 생각하여 왜구 편이 되어 중국 관군과 싸웠다. 왜구들은 이렇게 중국인을 붙잡아 진두에 세워 중국 관군의 예봉을 맞아 싸우게 하곤 자신들은 뒤에서 이들을 조종했으니 중국 관군은 결국 이런 계략에 말려 왜구에게 도무지 승리를 거둘 수가 없었다.

　왜구의 용병술과 전략을 잘 읊은 옛 시인의 시를 한 수 인용하고자 한다.

　　왜구들이 쳐 놓은 진에선 아무런 소리도 들리지 않네
　　이리 삐뚤, 저리 삐뚤, 이건 진을 친 것도 아니야.
　　고둥 소리 들리니 나비처럼 사뿐히 날아와 열을 맞추는데
　　생선 두릅인가, 긴 뱀인가, 끊어질 듯 이어지누나.

부채질하듯이 춤추는 칼날에 흔적 없어 사라지고
휘두르는 칼날에 꽃잎 떨어지듯 목숨은 날아가네.
중국인을 앞세워 중국 관군 공격하니
중국에 큰 우환을 불러일으키는구나.

양팔로와 그를 따라 덤불 속으로 피신했던 사람들은 모두 왜
구에게 사로잡혔다. 독안에 든 쥐요, 그물에 걸린 물고기 신세라
그들은 그저 왜구들이 시키는 대로 따르며 목숨을 이어 가기를
바랄 뿐이었다. 양팔로의 심부름꾼 수동은 어디 갔는지 보이지
않으니 생사조차 알 수 없었다. 양팔로는 제 한 몸 건사하기도 힘
든 상황인지라 사실 수동의 안부를 신경 쓰지 못했다.

양팔로가 이렇게 생사의 기로에서 가슴 졸이는 것과는 딴판으
로 왜구들은 금은보화를 노략질하고 너무나도 흐뭇해했다. 중국
원나라의 관병이 들이닥친다는 소식을 듣더니 왜구들은 배 수
척을 빼앗아 포로로 잡은 중국인들을 태운 다음 희희낙락하며
바다를 건너 일본으로 돌아갔다.

왜구들이 바다로 나아가 노략질하는 건 일본 국왕도 통제하지
못하는 일이었다. 곤궁한 섬사람들이 떼를 지어 활동하는 것이니
이는 중국의 도적 떼와 마찬가지였다. 장사꾼들이 무리를 이뤄
장사를 떠나듯이 노략질을 떠나는 일본인들 사이에는 항상 우두
머리가 있었으며 그 우두머리는 대왕이라 불렸다. 노략질을 마치
고 돌아가면 그 우두머리는 더 이상 대왕으로 불리지 않았다. 노
략질한 물건들은 참가한 사람들이 서로 균등하게 나눴다. 노략질

한 물건 가운데 약 일이 할 정도는 섬의 성주나 도주에게 주어 입막음을 했다. 노략질하다가 사람이 죽어 나가면 그저 장사하다 손해 본 셈 쳤다. 포로로 잡힌 중국인들은 머리가 깎인 채, 맨발로 왜구와 같은 외양으로 왜구의 노예가 되었다. 아울러 칼과 창을 들고 전투하는 방법을 익혀야 했다. 포로로 잡힌 중국인들은 왜구가 무서워 그들의 말을 듣지 않을 수 없었으며 해가 가면서 왜구의 말도 몇 마디 할 수 있게 되고 풍토에도 익숙해져 마침내 왜구나 다름없게 되었다.

세월은 유수와 같이 흘러, 양팔로가 일본에 포로로 잡혀 온 지도 어언 십구 년이 되었다. 양팔로는 밤마다 이렇게 빌었다.

"천지신명께서 보우하사 고향으로 돌아가 처자식을 다시 만나 볼 수 있게 해 주십시오!"

비가 오나 눈이 오나 여름이나 겨울이나 양팔로가 이렇게 빌지 않은 날이 없으니 시로써 이를 증거한다.

낯선 나라에서 타향살이한 지도 벌써 십구 년,
고향 기억은 아스라이, 꿈에서도 그리기 힘들어.
북쪽 오랑캐에게 잡혀갔던 소무(蘇武)는 머리가 다 벗어지고
금나라에게 잡혀갔던 홍호(洪皓)[18]는 머리가 다 새하얘졌네.
소무와 홍호는 중원 왕조에 충성을 다하려 했다지만
잘못도 없이 포로로 잡혀 온 나는 무얼 위해 이러고 있나?

---

18 1088~1155. 1129년 송나라의 사신으로 금나라를 찾았다가 억류되어 십오 년을 고생하다가 송과 금 사이에 화의가 성립된 1143년에 남송으로 귀환했다.

楊八老越國奇逢

고향으로 돌아가고 싶은 맘은 간절하나 방법이 없으니
밤마다 온 마음 다해 하늘에 비노라.

한편 원나라 태정 연간(1324~1328), 일본에 흉년이 들었다. 왜
구들은 세력을 결집하여 중국으로 노략질을 떠나기로 했다. 이때
양팔로도 불려 나가게 되었다. 양팔로는 마음속으로 걱정이 되기
도 하고 기쁘기도 했다. 하늘이 보우하신다면 이번에 중국에 가
서 섬서와 복건 두 곳에 있는 가족을 만날 수 있을 것이다. 이미
왜구 모습으로 완전히 변해 버린 자신의 모습을 보면 다들 얼마
나 놀랄까 생각하니 걱정이 앞서기도 했다. 창과 칼이란 본디 무
정한 것, 이번에 중국에 들어가다가 불귀의 객이 될 가능성 또한
너무 컸다. 다만 죽더라도 고향 땅에서 죽을 수 있다면 이역만리
에서 타향살이하는 것보다 백배는 나으리라 마음먹었다. 하늘이
자신을 가련히 여겨서 이번에 바다를 건너가거든 섬서와 복건 두
곳에 들르게 해 달라고 빌었다. 만약 다른 곳에 가게 된다면 모든
게 헛일이 될 것이므로!
　왜구들은 바다에 나서면 모든 걸 하늘에 맡기고 바람이 부는
대로 항해했다. 그들이 북풍을 타면 광동 일대에 다다르고, 동풍
을 타면 복건 일대에 다다르며, 만약 동북풍을 타면 온주(溫州)
근처에, 동남풍을 타면 회양(淮揚) 일대에 다다랐다. 때는 바야흐
로 음력 2월, 마침 동북풍이 강하게 부는 때라 왜구들은 한달음
에 온주에 도착했다.
　당시 원나라는 태평성대에 젖어 해안의 방비를 소홀히 하던

차라 관군의 배 몇 척, 몇 백의 노약한 병사로 왜구를 막아 내기에는 역부족이었다. 관군은 왜구가 멀리서 들어오는 것을 보자마자 지레 겁을 먹고 도망가기에 바빴다. 왜구들은 거리낌 없이 육지에 상륙하여 살인과 방화를 자행했다. 양팔로 역시 어쩔 수 없이 왜구들과 한패를 이루어 행동했다. 2월부터 시작하여 8월까지 관군은 왜구들에게 연전연패하여 결국 여러 지역을 왜구에게 빼앗기고 말았다.

왜구는 영파와 소흥 일대를 휩쓸고, 여항(餘杭)에 도달했으니 그들의 패악질은 이루 말할 수가 없었다. 각 주와 현의 책임자들은 황급히 문서를 작성하여 조정에 보고하고 도움을 요청했다. 조정은 이에 병부에 명령을 하달하고, 평강로(平江路) 보화원수(普花元帥)로 하여금 군사를 거느리고 왜구를 토벌하게 했다. 이 보화원수는 지혜가 빼어나고 계책이 풍부하며 휘하에 잘 훈련된 장병들을 거느리고 있었으니 명령을 받자마자 그날로 바로 군대를 거느리고서 절강로(浙江路) 일대를 파죽지세로 밀고 들어왔다.

정탐병이 정탐을 마치고 돌아와 왜구들이 청수갑(淸水閘)을 근거지 삼아 모여 있다고 보고했다. 보화 원수는 절강 지역의 병사들을 모아 육지와 바다에서 한꺼번에 왜구들을 공격하기로 했다. 왜구들은 지금까지 연전연승을 거두었던지라 중국 관군들을 우습게 여기고 있었다. 하지만 어이 알았으리? 보화 원수의 휘하에는 열 명의 빼어난 장수가 있었음을! 그 장수들은 일당백, 일당천의 용맹과 무술을 지니고 있었다. 관군이 화기를 갖추고 사방에 매복하고 있다가 왜구들이 승리에 도취해 있을 때 동시에 일

　　　　　　　　楊八老越國奇逢

어나 화기를 발사하며 짓쳐 들어가니 왜구들은 옴짝달싹하지 못하고 그저 죽음을 맞는 수밖에 없었다. 보화 원수의 군대는 왜구의 목을 천여 급 이상 베고, 이백여 명을 사로잡았다. 배를 타고 도망가려고 하는 왜구들은 보화 원수 휘하의 수병에게 목이 베였다. 물에 빠져 죽은 자 역시 부지기수였다. 보화 원수는 휘하의 장병들에게 상을 내렸다. 아울러 아직 왜구의 잔여 세력이 있을지 몰라 사방을 샅샅이 수색하게 했다.

호랑이처럼, 승냥이처럼 흉포하게 굴던 저놈들
패악질을 부리다가 마침내 때가 되니 재앙을 당하는구나.

이제 이야기는 두 갈래로 갈라진다. 한편 청수갑에는 강 물결을 잔잔하게 만들어 주십사 비는 사당인 순제묘(順濟廟)가 있었다. 순제묘에서 모시는 신령의 주인은 성은 풍(馮)이요, 이름은 준(俊)이었다. 풍준이 나이 열여섯일 때 옥황상제가 천신을 파견하여 자신의 배를 가르고 오장육부를 꺼내어 바꾸는 꿈을 꾸고 일어나 보니 여전히 배가 아픈 듯했다. 어려서 글공부를 전혀 해본 적이 없는 풍준이었지만 이 꿈을 꾼 뒤부터는 홀연히 깨쳐 모르는 책이 없고 붓을 들었다 하면 척척 문장을 완성했다. 더불어 미래의 화복을 족집게처럼 알아맞히는 능력마저 갖게 되었다.
어느 날 풍준이 방 안에 누워 있기에 식구들이 소리쳐 불렀으나 전혀 일어날 줄을 몰랐다. 한참을 지나서야 스스로 일어나서는 동해 용왕의 잔치에 초대되어 갔다가 술에 취해 잠들었노라고 말했다. 집안사람들이 믿질 않으니 먹은 것을 토해 내는데 온갖 진귀한 바다 음식이 다 나오는 게 난생처음 보는 것들이라 그제 야 집안사람들은 풍준의 말을 곧이들었다. 서른여섯 살 나던 해 어느 날 풍준은 사람들에게 이렇게 말했다.

"옥황상제가 나를 강물의 신으로 임명하셨으니 사흘 후에 부임할 것이라."

과연 사흘 후에 풍준은 아무런 병을 앓지도 않았는데 죽고 말았다. 풍준이 죽던 날 강물의 파도가 굽이쳐 일어나 지나가던 배들이 뒤집어질 것처럼 흔들거릴 때 검정 수레 덮개 위에 빨간 깃발이 날리는 수레를 붉은색 고삐에 매인 백마가 끌고 가는 것이 보였다. 그 수레에는 신령이 타고 있었고 그 신령의 모습이 구름 사이로 언뜻 보이더니 질타하는 소리가 들렸다. 잠시 후 흉용하던 파도가 잠잠해졌다. 그 동네 사람들에게 물으니 신령의 모습이 풍준과 너무도 닮았다고 했다. 이에 풍준이 살던 곳에 사당을 세우고 제사를 지내게 되니 그 사당의 이름을 순제묘라 하였다.

소정(紹定) 연간(1228~1233)에는 영특하고 용맹스러운 왕이라는 뜻의 영렬왕(英烈王)이란 호칭을 더해 주었다. 순제묘에서 모시는 신령이 영험하다는 소문이 근동에 자자하게 퍼졌다. 왜구가 청수갑에 진을 치고 있을 때 양팔로는 몰래 사당에 가서 빌었는데 좋은 징조를 얻게 되어 매우 기뻐했다. 병영으로 돌아온 양팔로는 자신과 같이 포로로 잡혔던 열두 명과 중국 관병을 만나면 바로 투항하자고 약속했다. 다만 관군이 자신들의 행색을 보고 잡아가서 상을 받으려 할까 봐 그게 걱정이었다.

　　　　　　　　楊八老越國奇逢

8월 28일의 전투에서 왜구가 대패하고 양팔로는 전에 약속했던 열두 명의 포로들과 함께 순제묘에 숨어들어 아무런 기척도 내지 않고 속을 태우고 있었다. 갑자기 밖에서 큰 고함 소리가 들려왔다. 사령관 왕국웅(王國雄)이 관군을 거느리고 사당을 수색하러 온 것이었다. 양팔로와 열두 명의 포로들은 모두 관군에 사로잡혀 굴비처럼 엮여 사당 마당에 무릎을 꿇고 앉았다. 양팔로와 열두 명의 포로들은 자신들은 왜구가 아니라고 줄곧 하소연했으나 누가 그들의 말을 들으려 하겠는가?

날이 저물자 사령관 왕국웅은 사당에서 하루 머문 뒤 내일 날이 밝는 대로 상부에 보고하여 상을 품신하기로 했다. 일이 잘되려고 그런 건지, 그날 밤 사령관 왕국웅의 수행원 왕흥(王興)이 밤에 화장실에 가려고 일어났다가 복도에서 애절하게 우는 소리를 듣게 되었다. 그 소리를 들어 보니 관중(關中) 사투리라 왕흥은 매우 기이하게 여겼다. 왕흥이 살며시 등불을 밝혀서 다가가 보았다. 왕흥은 양팔로의 얼굴을 바라보며 왠지 이상한 기분이 들었다.

"너희들은 왜구가 아니라고 주장하는데 그럼 어디 사람이냐? 어쩌다 왜구 패거리에 들어가게 되었느냐? 그리고 겉모습이 어찌하여 왜구와 똑같으냐?"

양팔로는 왕흥에게 애절하게 하소연하기 시작했다.

"저만 안서부 주질현(盩厔縣) 출신이고, 나머지는 모두 복건 출신입니다. 저는 십구 년 전에 장포현에 장사하러 왔다가 왜구에게 포로로 잡혀 머리는 깎이고 신발은 벗겨지는 등 온갖 고초를 당했습니다. 우리는 그때 모두 왜구에게 포로로 잡혀 모든 고난을 함께 겪었고 이번에 여기에 오면 스스로 항복하고자 했습니다. 그러나 행색이 영락없는 왜구라, 저희의 출신을 알지 못하는 사람이 보면 믿어 주지 않을까 걱정이라 그저 숨어 있기만 했던 것입니다. 다행히도 관군이 승리를 거둬 이제 우리가 대명천지에 나설 수 있게 되었구나 안도하려는 찰나 사령관님 이하 장병들이 저희들을 자세히 살펴보지도 않고 이렇게 밧줄로 포박하여 버리셨으니 내일 군문에 저희들이 끌려가면 저희는 목숨조차 부지하기 힘들게 생겼습니다."

말을 마치고 양팔로와 그의 무리들은 일제히 울기 시작했다. 왕흥은 당황하기도 하고 놀라기도 하여 손을 휘저으며 말했다.

"그만들 울거라. 괜히 소리 내어 울다가 사령관님이 깰까 봐 걱정이다. 참, 안서부 출신이라는 저 사람의 이름이 어떻게 되는가?"

"저는 성은 양, 이름은 복, 아명은 팔로입니다. 그대도 관중의 억양이 느껴지던데 혹시 동향이시오?"

왕흥은 양팔로의 대답을 듣고서 소스라치게 놀랐다.

"아니, 바로 내가 옛날에 모시던 그 주인 아니시오? 수동이라고 기억나지 않으시오? 내가 바로 수동입니다."

"기억하다마다. 그대도 늙어 얼굴이 변했으니 한눈에 알아보지 못했을 따름이오. 그래 복건에서 헤어진 후로 어떻게 지내다 여기까지 오게 되었소?"

"그 긴 이야기를 지금 어떻게 다 하겠습니까. 내일 아침 사령관님이 일어나 판결을 할 때 내가 옆에 지켜 서 있을 테니 내 이름을 소리쳐 부르십시오. 내가 나리를 위해 힘껏 변호해 드리리다."

왕흥은 말을 마친 후 등을 들고 사라졌다. 다른 사람들이 양팔로에게 어찌된 영문인지 물으니 양팔로는 그간의 사정을 소상히 이야기해 주었다. 모두들 기쁨을 감추지 못했다.

재앙이 물러나니 구사일생이라
구세주를 만나니 절망 속에서도 살아갈 길이 생기네.

수동이 양팔로와 헤어질 때는 열아홉 살 청년이었으나 이제 다시 십구 년이 흘렀으니 서른여덟 살의 장년이라. 양팔로가 첫눈에 알아보기 어려운 것도 당연지사였다. 십구 년 전 왕흥은 양팔로와 함께 왜구에게 쫓기다가 얼른 측간에 숨어 화를 면하고 마침 관군을 이끌고 들이닥쳤던 사령관 왕국웅(왕천호, 당시는 백호(百戶)의 직을 맡고 있었다.)에게 구출되었다. 수동이 싹수 있고 영리한 것을 알아챈 사령관 왕국웅은 왕흥을 옆에 두고 부리면서 전 주인의 행방을 찾게 했으나 아무리 해도 양팔로의 소식을 알 수 없었다. 나중에 왕국웅은 공을 세워 사령관(천호)으로 승진하여 절중(浙中) 지방으로 부임하게 되었다. 왕국웅은 수동을 거두어 자기 휘하에 두고 쓰기로 하고 자기 성씨를 따라 왕흥으로 이름까지 바꿔 주었다. 양팔로의 목숨이 예서 끊어지지는 않을 팔자였는지, 고난이 다 지나가고 복이 찾아올 운수였는지 하늘이 그로 하여금 예전에 부리던 수동을 만나게 해 주었던 것이라.

다음 날 아침 사령관 왕국웅은 군졸을 점호하고 나서, 어제 사로잡은 왜구 열세 명을 데리고 총사령부로 가서 공을 청하고자 했다. 막 출발하려고 하는데, 왜구 가운데 하나가 왕홍을 바라보며 소리를 질러 대는 것이었다.

"수동아, 수동아, 내가 바로 네 옛 주인이다. 제발 날 좀 살려다오!"

수동은 마치 어젯밤에 전혀 만난 적이 없는 것처럼 깜짝 놀라며 양팔로를 끌어안고 목 놓아 울었다. 하도 오래전 일이라, 사령관 왕국웅은 왕홍에게 옛 주인이 있었던 사실을 까마득히 잊고 있던 터라 황급히 왕홍을 불러 무슨 연고인지 물었다. 왕홍은 저간의 사정을 일일이 아뢰었다.

"이분이 바로 소인이 십구 년 전에 잃어버렸던 주인입니다. 그때는 그렇게 찾아도 종적을 알 수 없더니 알고 보니 왜구에게 포로로 잡혀갔던 것이었습니다. 소인이 보기에도 옛 주인과 닮아 긴가민가했습니다만, 저분이 저를 먼저 알아보고서 저의 예전 이름을 부르시는군요. 나리, 제 옛 주인의 억울한 사정을 굽어살피셔서 풀어 주신다면 소인은 지금 당장 여기서 죽어도 여한이 없겠습니다."

왕홍은 말을 마치고 목 놓아 울었다. 다른 열두 명의 왜구들도 모두 억울한 사정을 주워섬기는데 다들 자기의 고향과 이름을 말하며 사정했다. 사령관 왕국웅이 마침내 입을 열었다.

"억울한 사정이 있다고 해도 내가 여기서 처리할 일이 아니다. 총사령부로 가서 다시 한번 따져 보자."

왕홍이 왕국웅에게 간청했다.

"소인도 총사령부로 따라가서 양팔로의 증인이 되게 해 주십시오."

왕국웅은 처음에는 허락하지 않았으나 왕홍의 간청에 못 이겨 마지못해 허락했다.

그날 열세 명의 왜구와 왕홍은 총사령부로 갔다. 보화 원수가 말했다.

"왜구라면 참수해야지 무얼 지체하는가?"

열세 명의 왜구는 모두 소리를 높여 억울한 사정을 호소했다. 왕홍 역시 옆에서 같이 양팔로의 억울한 사정을 변호해 주었다. 왕국웅도 머리를 조아리며 왕홍에게 들은 이야기를 보화 원수에게 아뢰었다. 보화 원수는 그 말이 나름 일리 있다고 생각하고는 왕국웅으로 하여금 양팔로와 왕홍을 호송하여 소흥부의 현령 보좌역인 양세도에게 데리고 가서 확인하게 했다.

원나라 때의 현령 보좌역은 지금의 부현령과 같은 자리였다. 현령의 바로 아래 직위로 현령과 함께 현의 모든 사무를 처리하는 까닭에 권한이 막강했다. 그날 양세도는 현청에 나가 사무를 처리했는데 그 모습이 너무도 절도가 넘쳤다. 그 모습을 시 한 수로 증거한다.

아전들은 흙 인형처럼 꼼짝도 하지 않고 서 있네
병졸들은 나무 인형처럼 절도 있게 열 지어 서 있네.
흉악하고 간사한 놈들에게

현청의 법 집행은 추호도 흐트러짐이 없네.

왕국옹은 보화 원수의 명령을 받들어 직접 열세 명의 왜구를 호송하여 양세도가 근무하는 현청에 왔다. 양세도와 서로 인사를 나눈 다음 이곳에 찾아온 이유를 설명했다. 양세도는 호송 임무를 마치고 돌아가는 왕국옹을 배웅하고 다시 현청으로 돌아왔다. 왕흥이 먼저 전후 사정을 고하니 나머지 왜구들도 자기 사정을 설명하며 하소연했다. 왕흥의 이야기를 들은 양세도는 양팔로를 불렀다. 양팔로는 자신의 이름과 내력 그리고 출신지 등을 자세히 말했다.

"너는 주질현 출신이라고 했는데 그럼 너의 처가 성씨는 무엇이냐, 자식은 있느냐?"

"소인의 처가는 동촌(東村) 이가이며, 아들 하나를 낳아 이름을 세도라고 지었습니다. 소인이 장포현으로 장사를 떠났을 때 아이는 겨우 일곱 살이었습니다. 장포현에서 삼 년을 머물다 왜구의 환란을 입어 포로로 잡혀간 지가 십구 년째입니다. 집을 떠난 후로 소식을 전해 듣지 못하여 처자식이 죽었는지 살았는지 알지 못하고 있습니다. 만약 그 아들이 아직 살아 있다면 올해로 스물아홉 살이 되었을 겁니다. 나리께서 믿지 못하시겠다면 주질현에 문서를 보내어 저의 일가친척에게 일일이 물어 대조하여 보라고 하면 소인의 말이 거짓이 아니라는 게 밝혀질 것입니다."

양세도가 같은 질문을 왕흥에게 하니 왕흥의 대답도 양팔로

楊八老越國奇逢

의 대답과 한 치의 오차도 없는지라 지켜보던 사람들도 모두 혀를 차면서 양팔로의 처지를 불쌍히 여겼다. 다른 왜구들도 일일이 신문해 보니 모두 다 포로로 붙잡혀 갔던 자들이었다. 양세도는 한참을 고민하다가 드디어 입을 열었다.

"우선 저들을 모두 다 옥에 가두어라. 확인 문서가 당도하면 일일이 대조한 다음 석방하겠다."

양세도는 현청에서 일을 마치고 사저로 돌아와서도 오늘 처리한 일이 기이하여 입으로 중얼거렸다. 양세도의 모친은 세도가 중얼거리는 소리를 듣고 물었다.

"아들아, 오늘 현청에서 무슨 일이 있었기에 그렇게 이상하다는 말을 입에서 떼지 못하는 게냐?"

양세도가 어머니에게 대답하였다.

"사령관 왕국웅이 왜구 열세 명을 잡아서 압송해 왔는데 이들 모두 자신들은 중국의 백성이나 왜구에게 포로로 붙잡혔던 자라고 주장하고 있습니다. 그중에 한 사람은 성이 양이고, 이름은 복이라고 한다는데 관중 주질현 사람이라고 합니다. 그가 말하기를 이십이 년 전에 처 이 씨를 고향에 두고 장포현에 장사를 하러 간 지 삼 년 만에 왜구의 환란을 당하여 왜국에 포로로 잡혀갔다고 합니다. 그자가 아내와 헤어질 때 일곱 살 먹은 아들이 있었으니 지금 살아 있다면 스물아홉 살이 되었을 거랍니다. 어머님께선 늘 제가 일곱 살 때 아버님이 장포에 장사하러 떠나셨다가 지금껏 돌아오지 않으신다고 하셨는데, 그자의 이름, 고향 그리고 그자의 부인과 아들의 이름 또한 저의 경우와 한 치의 오차도 없이 딱 들어맞습니다. 제가 올해 스물아홉 살 아닙니까? 세상에 이렇게 기묘한 일이 있다니 도저히 믿을 수가 없습니다. 더욱이 사령관 왕국웅의 수행원인 왕홍도 자신의 전 주인을 단번에 알아보고 확인해 주었습니다. 왕홍의 옛 이름이 수동이며 장포현에서 왜구의 난리를 당하여 옛 주인과 헤어졌다는데 그 수동은 아버님의 옛 심부름꾼의 이름이지 않습니까. 그래서 기이하다고 하는 겁니다."

양세도의 어머니 역시 자기도 모르게 이렇게 말하고 말았다.

"기이한 일이로다, 기이한 일이야! 세상 살다 보면 우연히 똑같은 일이 일어나기도 하겠지만 이렇게 하나부터 열까지 모두 다 똑같을 수야! 아무래도 좀 살펴봐야 하지 않겠느냐. 아들아, 내일 다시 신문할 때 내가 병풍 뒤에서 몰래 들어 보련다. 그럼 시시비비가 가려지지 않겠느냐."

다음 날 양세도는 어머니의 말을 따라 열세 명의 왜구를 다시 불러 자세하게 문초했다. 그들이 하는 말은 어제 한 말과 한 치의 어긋남도 없었다. 양세도의 어머니는 병풍 뒤에서 이렇게 외쳤다.

"아들아, 더 이상 물어볼 필요도 없다. 저 주질현 출신이라는 자가 바로 너의 아버지다. 그리고 저 왕홍은 수동이 틀림없다."

현령 보좌역 양세도는 너무도 놀라 어찌할 바를 몰랐다. 몸을 제대로 가누지 못하고 비틀거리며 자리에서 일어나 아래로 내려가 양팔로를 껴안고 목 놓아 울었다. 양세도는 양팔로를 안채로 모시고 왕홍도 같이 따라오게 했다. 양팔로와 양세도 그리고 이씨는 서로 부둥켜안고 통한의 눈물을 흘렸다. 마치 꿈속에서 상봉하는 것 같았다. 수동 역시 한참 동안 눈물을 흘렸다. 그렇게 한참을 울고 나서야 양세도는 아버지께 절을 올렸다. 수동 역시 머리를 조아려 옛 주인과 마님에게 인사를 올렸다. 양팔로가 아들에게 말했다.

"내가 왜국에 있을 때 고향에 돌아가 다시 처자를 만날 수 있게 해 달라고 밤마다 하늘에 빌었다. 이제 하늘이 나를 불쌍히 여겨서 이렇게 나의 소원을 들어주셨구나. 게다가 내 아들이 이렇게 출세하여 높은 자리에 올랐으니 그 기쁜 마음을 어이 말로 표현할 수 있겠느냐. 그러나 나 말고 저 열두 명의 사람들 역시 모두 복건 지방 출신으로 저번에 같이 왜구에게 포로로 잡혀 어쩔 수 없이 왜구 노릇을 한 자들이다. 저자들의 억울함도 아울러 풀어 주도록 하라. 나만을 특별히 봐줘서 저들이 원망하는 마음이 들게 해서는 안 될 것이다."

양세도는 아버지의 말을 듣고는 나머지 열두 명도 모두 풀어 주었다. 더불어 그들에게 각각 고향으로 돌아갈 여비로 은 석 냥씩을 주었다. 왜구 노릇을 한 열두 명은 은 석 냥을 받고서 입에 침이 마르도록 고맙다는 인사를 했다. 양세도는 또 아전에게 명하여 문서를 작성해 총사령부에 보고하게 하는 한편 아버지를 다시 찾은 걸 축하하는 잔치를 준비하게 하였다. 안채에서 목욕물을 데워 양팔로를 목욕시키고 새로운 옷으로 갈아입힌 다음 관을 씌우고 허리띠를 매어 주었다. 양세도의 부인 장 씨도 나와 시아버지 양팔로에게 인사를 올렸다. 이렇게 한 가족이 모두 만나니 그 기쁨이 넘치고 또 넘쳤다.

양세도가 잃어버린 아비를 찾은 일은 온 소흥부를 뒤흔들었다. 소흥부의 벽 현령은 부현령 양세도가 아버지를 찾았다는 소식을 듣고선 양고기와 술을 준비하게 한 다음 특별히 찾아가 축하했다. 벽 현령은 양팔로를 꼭 만나 보고 싶다고 청했다. 양팔로는 차마 거절할 수 없어 자리에 나와 벽 현령과 인사를 나누고 각자 자리를 잡고 앉았다. 벽 현령은 양팔로를 찬탄해 마지않았다. 양세도는 술을 내오게 하여 벽 현령을 대접했다. 이야기를 나누다가 벽 현령이 이렇게 물었다.

"귀하는 어인 연유로 복건에 그리 오래 머물다가 화를 입게 되었소이까?"

"애당초 일 년 정도 있다가 고향으로 돌아갈 요량이었지요. 그런데 벽씨 성을 가진 여인의 집에 머물게 되었지요. 그 벽 여인에게는 청상과부가 된 딸이 하나 있었는데 나이가 스물셋이라, 다시 혼처를 찾아 재혼시켜 자기 살림도 돕고 딸내미한테도 의지할 곳을 만들어 주고 싶은 맘에 나를 자꾸 사위로 들어오라 하여 결국 삼 년 세월을 거기서 보내게 되었지요."

"그럼 삼 년 동안 벽 여인의 딸과 같이 살림하면서 혹시 슬하에 자식을 두진 않으셨소이까?"

"벽 여인의 딸과 살림을 차린 지 얼마 되지 않아 바로 아기가 들어서서 아들 하나를 낳았소이다. 산모와 갓난아이를 두고 떠날 수 없어 고향으로 돌아가지 못했던 것이지요."

"그래 그 아이의 이름은 지어 주셨소이까?"

벽 현령의 이름을 모르는 양팔로는 조금도 망설임 없이 대답

楊八老越國奇逢

하였다.

"내가 고향에서 낳은 아이에게 세도라는 이름을 지어 주었기에, 벽씨와 낳은 아이는 세덕이란 이름을 지어 주었소이다. 비록 성씨는 다르지만 형제라는 걸 표시해 주고자 이렇게 이름을 지어준 거지요. 그러고 보니 그 아이가 올해로 스물두 살이 되었겠소이다. 그 모자의 생사존망도 알 수 없으니, 참!"

양팔로는 말을 마치고 하염없이 눈물을 흘렸다. 벽 현령 역시 그 말을 듣고 짠한 생각이 들었다. 벽 현령은 술을 몇 잔 더 들이켜고는 인사를 나누고 일어나 집에 돌아와 어머니 벽 씨에게 이 이야기를 전했다.

"그분이 장포현에서 벽씨 성을 가진 여인과 살림을 차렸다고 하니 어머니의 성씨와 같고, 나이 또한 딱 들어맞으니 혹시 제 아버지 아닐까요?"

벽 현령의 어머니는 이렇게 말했다.

"내일 아침에 잔치를 마련하여 그분을 초대하거라. 내가 병풍 뒤에서 살펴보면 사실 여부를 알 수 있을 것이다."

다음 날 양팔로는 명함을 들고 답례로 벽 현령 댁을 찾았다. 벽 현령은 술상을 차려 오게 한 다음 양팔로를 대접했다. 벽 현령의 어머니가 병풍 뒤에서 몰래 바라보았다. 양팔로가 지난날 왜구의 포로 생활하던 때와는 달리 의관을 제대로 깔끔하게 갖추어 입은지라 벽 현령의 어머니가 양팔로를 알아보기는 그리 어렵지 않았다. 벽 현령의 어머니는 양팔로의 말을 몇 마디 들어보지도 않고 큰 소리를 질렀다.

"아들아, 어서 네 아버지를 안으로 모셔서 절을 올려라."

양팔로가 뜻밖의 상황에 당황하고 있는데 벽 현령이 황망히 무릎을 꿇고 아뢰었다.

"소자 아버님의 존안을 몰라뵈었습니다. 저의 불효를 용서해 주십시오."

벽 현령은 양팔로를 안으로 모셔 자신의 어머니와 만나게 했다. 그들이 서로 목을 껴안고 우니 양세도가 아비를 찾을 때와 똑같았다.

벽 현령 모자와 양팔로가 한창 이야기를 나누고 있을 무렵 양세도는 수동을 벽 현령 댁으로 보내어 양팔로를 모셔 오게 했다. 벽 현령이 아버지를 다시 만났다는 소식을 들은 수동은 깜짝 놀라 안채로 뛰어 들어가 벽 현령의 어머니에게 머리를 조아리며 인사를 올렸다. 벽 현령의 어머니는 몇 마디를 건네 보고서는 그 자가 바로 수동임을 알아보았다. 수동은 양팔로와 헤어진 후에 왕국웅을 만난 일을 소상하게 고했다. 온 가족이 기쁨에 겨워 어쩔 줄을 몰랐다. 벽 현령의 아내 장 씨(蔣氏)도 나와서 시아버지 양팔로에게 인사를 올렸다. 벽 현령은 다시 상을 차려 오게 하고는 양세도를 초청하여 자신이 아버지를 다시 만나게 된 사연을 세세하게 설명했다. 현령과 부현령은 이제야 자기들이 친형제임을 알게 되었다. 이날은 양세도의 아내 장 씨도 불러 잔치에 함께했으니 온 집안 식구들이 비로소 한데 모인 것이라 그 기쁨이 더없이 컸다.

고생 끝에 낙이 온다니

역시 고진감래라.

풍성(豐城)의 검이 다시 합쳐지고[19]

합포(合浦)의 진주가 다시 돌아왔네.[20]

늙다리 학생이 과거 급제하기도 하고

비럭질하던 자가 숨은 재산을 찾아 벼락부자가 되기도 하지.

남편 잃은 과부가 남편을 다시 만나 활짝 꽃을 피우기도 하고

고아가 아비를 찾으니 너풀거리던 풀이 뿌리를 찾는 격.

타향에서 옛 친구를 만난 것보다 기쁘고

큰 가뭄에 단비를 만난 것처럼 반갑도다.

서로 떨어져 강물에 떠 있는 저 부평초도

바다에 이르면 어찌 다시 만나지 아니하랴.

---

19 전설에 따르면 진(晉, 265~420)의 장화(張華, 232~300)가 상서로운 기운이 서려 있는 것을 보고서 천문에 통달한 뇌환(雷煥)을 보내어 살펴보게 하니 풍성에 보검이 묻혀 있다고 보고했다. 장화는 뇌환을 풍성 현령으로 임명하여 검을 찾게 하고, 뇌환은 용천(龍泉)과 태아(太阿)라고 이름하는 두 개의 보검을 찾아 하나는 장화에게 바치고 다른 하나는 자신이 보관한다. 후에 장화가 죽고 장화가 지니고 있던 검의 행방이 묘연해졌다. 뇌환이 죽은 뒤 뇌환이 지니고 있던 검을 그 아들이 지니고 연평진(延平津)을 지나는데 홀연히 그 검이 저절로 물속으로 뛰어들었다. 뇌환의 아들이 사람을 잠수시켜 검의 행방을 찾게 했으나 검은 보이지 않고 용 두 마리만 보인다고 보고했다. 그때 바로 파도가 거세게 몰아치며 두 마리의 용이 승천했다.

20 동한 시대의 합포현은 본디 진주가 유명했으나 역대 현령들이 가렴주구를 일삼자 진주를 품은 조개들이 다른 곳으로 떠나 버려 더 이상 진주를 얻을 수 없었다. 그런데 맹상(孟嘗)이란 인자한 현령이 부임하여 인정을 펼치자 조개들이 다시 돌아오기 시작했다고 한다.

양팔로가 왜구에게 포로로 잡혀 십구 년 동안 고초를 겪을 때야 본처 소생 양세도와 후처 소생 벽세덕이 무럭무럭 자라 같은 해 과거에 급제하여 같은 고을 소흥부에서 관직 생활을 하게 될 줄이야 어찌 상상이나 했겠는가? 이제 하늘이 그 인연을 다시 맺어 주어 옥에 갇혔다가 형장의 이슬로 사라질 목숨을 건지고 부인들과 만나고 아들들과 만났으니 이는 정말 고래로 드문 일이라. 사흘째 되는 날 온 고을의 관원들이 이 사실을 알고 모두 달려와 축하해 주었다.

왕국웅 역시 축하하러 왔다. 왕국웅은 왕흥이 자신의 옛 주인을 찾아가는 것에 아무런 불만도 제기하지 않았다. 왕흥이 왕국웅을 모시고 있을 때 맞이한 아내는 아직 왕국웅 집에 있었다. 왕국웅은 벽 현령과 양 부현령을 축하하기도 할 겸, 또 환심도 살 겸 바로 사람을 보내어 왕흥의 아내를 이곳으로 보내어 왕흥 부부가 다시 같이 살 수 있게 해 주었다. 벽 현령과 양 부현령은 함께 문서를 꾸며 보화 원수에게 자신들이 아버지를 다시 만난 사연을 자세하게 보고했다. 보화 원수는 다시 또 조정에 표를 올려 이 가문에 작위를 내려 주도록 청했다. 벽세덕은 이제 정식으로 성을 양씨로 써서 양세덕이 되었다. 양팔로는 부귀영화와 만수무강의 복을 다 누렸다. 죽고 사는 것은 운명이요, 부귀영화는 하늘에 달린 것이요, 영고성쇠는 팔자소관이니 이를 어찌 억지로 하겠는가. 시 한 수로 이를 증거한다.

지옥에서 빠져나오니 바로 천국인 것을.

두 아내와 두 아들을 다시 만나니 부귀영화가 절로 따라온다.

팔자에 들어 있는 일은 언젠가는 일어나기 마련이니,

인생사, 원망할 일이 어디 있으리?

楊謙之客舫遇俠僧

양겸지가 배를 타고
협객승을 만나다

주인공이 귀주 안장현으로 출발한 것은 남송 고종 때인 1128년, 당시 남송의 수도였던 항주에서 물경 1700킬로미터가 되는 거리라 낯선 곳에 대한 두려움이 앞섰을 법도 하다. 귀주성은 지금도 소수 민족이 거의 반을 차지하는 곳이다. 구백 년쯤 전에는 중앙 정부와 거의 별개로 자치적인 살림을 하던 곳이다. 중앙에서 파견되는 관리는 관계가 어그러지지 않도록 잘 조정하다가 다시 중앙으로 귀임하면 그뿐이었다. 더구나 금나라와의 관계 설정 문제가 발등에 불이었던 송 왕조로서는 귀주성 작은 마을 같은 건 신경 쓸 겨를조차 없었을 것이다.

하나 어디가 중앙이고 어디가 주변이겠는가. 남극에서 보면 북극이 지방 아니던가? 주인공은 울면서 부임하고 웃으면서 돌아온다. 그를 도와준 기이한 스님과 여인. 사실 그들의 도움이 없었다 해도 안장현 사람들과 원만한 관계를 유지하고 그들의 입장을 이해해 주기만 했다면 아무런 문제 될 것이 없었다. 스님과 여인은 안장현 사람들이 불손해서 필요했던 것이 아니라 그들에게 지레 겁먹은 주인공을 위해 필요했을 것이다.

철저하게 주인공의 입장에서 보고 서술하자니 안장현 사람들을 어떻게든 기이하고 거친 존재로, 귀신 같은 존재로, 중원에 복속시켜야 하는 존재로 묘사할 수밖에 없었다. 주인공은 스님과 여인의 도움으로 그들과 대결하고 승리한다. 그러나 그들은 지지 않았다. 그저 주인공이 몇 년 있다가 그곳을 떠났을 뿐이다. 풍몽룡은 중원 사람으로, 이민족이 세운 청나라를 도저히 인정할 수 없었을 것이다. 주인공이 안장현 사람들을 인격적으로 대하지 못하고 그저 중원으로 돌아오듯이!

칼 한 자루와 비파 한 대 들고 천하를 떠도네,
즐겁게 노래하며 풍류를 즐기네.
저 장부를 알아주는 이 없다 말하지 마오,
밝은 달빛 뱃전에서 협객승을 만나네.

양익(楊益)은 자가 겸지(謙之)이며, 절강성 영가(永嘉) 사람이
다. 어려서부터 기개가 넘치고 호탕했으며 속 좁은 행동을 하지
않았다. 학식이 풍부하고 문장을 잘 지어 귀주 안장현의 현령이
되었다. 안장현은 영표(嶺表)에 닿아 있고, 남으로는 사천과 통한
다. 오랑캐들이 많이 섞여 사는 곳이라, 사람들이 독약이나 전투
를 좋아하고 글과 예의를 알지 못하며 귀신을 믿고 섬기기를 좋
아하며 요술을 숭상한다. 안장현은 또 금은보화와 진귀한 보석이
많이 난다. 송 대의 제도에 따르면 신하가 임지로 떠날 때는 입궐
하여 황제를 알현해야 하며 이때 신하들은 시와 문장을 지어 바

치게 되어 있었으니 이 시와 문장을 통하여 자신들이 그 임무를 맡을 만한지를 평가받았던 것이다. 건염(建炎) 2년(1128) 정묘년 (丁卯年) 3월에 양겸지는 황제를 알현하고 임지로 떠나게 되었다. 고종 황제가 그에게 하문했다.

"경은 무슨 관직을 맡게 되었는가?"

"소신은 귀주 안장현 현령으로 가게 되었습니다."

"그래 경은 일찍이 안장현의 풍광과 풍습에 대하여 들어 본 적이 있는가?"

이에 양겸지는 시를 한 수 지어 바쳤다.

    동풍에 오랑캐의 독기가 피어오르는
    만 리를 넘어 아스라이 먼 저곳.
    말마저도 달라 아는 사람 하나 찾을 수 없으나
    멀리서 들려오는 새 우짖는 소리만은 친숙하구나.
    야자나무 이어진 숲속에선 갈 길을 찾을 수 없고
    코끼리 노는 남쪽 지방에선 편지 한 통 부치기도 어려워라.
    조정에 보탬이 되지 못하여 부끄러웠더니
    그곳을 교화시켜 큰 공을 세우리라.

고종 황제는 양겸지가 지어 바친 시를 듣고 한참이나 고개를 끄덕이더니 측은한 마음에 이렇게 말했다.

"그렇게 험하고 먼 곳으로 보내는 마음이 편치가 않소. 우선 임지로 가 있으면 머지않아 경을 다시 불러들이리다."

楊謙之客舫遇俠僧

양겸지는 눈물을 훔치며 하직 인사를 올리고 궁궐에서 나왔다가 진무사(鎭撫使) 곽중위(郭仲威)를 우연히 만났다. 두 사람은 서로 인사를 나누었다. 곽중위가 말했다.

"그대가 안장현에 부임하게 되셨다는데, 이를 어떡한단 말이오?"

"오랑캐 고을의 독기에 전염병이나 걸리지 않으면 천만다행이지요. 가고 싶지 않으나 가지 않을 수 없는 길이고 가면 꼭 죽을 것만 같은 길이니 그대에게 도움을 청하지 않을 수 없구려."

"그곳의 사정을 정확하고 자세하게 알고 싶다면 함께 나의 은인인 진무사 주망(周望)을 찾아가 봅시다. 주망은 연주(連州)에서 귀양살이하다가 돌아왔는데 이제 다시 연주로 떠난다고 하오."

두 사람은 주망을 찾아갔다. 양겸지는 주망에게 재배를 올리고 이렇게 말했다.

"소생이 변방인 안장현으로 부임하게 되었습니다. 혹시 도움이 될 만한 말씀이라도 있을까 해서 왔습니다."

주망은 황급히 답례를 하고 대답했다.

"안장현은 오랑캐들이 출몰하는 지역으로 사람들이 요술을 잘 부리고 독으로 사람을 해칩니다. 그들을 잘 다스려 자기편으로 만들면 모든 재물을 손에 넣을 것이나 그렇지 않으면 만사를 조심해야 할 것입니다. 지역의 아전들이 무례한 짓을 할 수도 있으니 부인을 데려가지 않는 게 좋을 것입니다."

이 말을 듣고 나서 양겸지는 눈물을 흘리며 대답했다.

"도대체 이를 어쩐단 말이오?"

주망은 양겸지가 걱정하는 걸 보고 안쓰러운 생각이 들었다.

"나 역시 연주로 귀양살이하러 가는 몸이니 광동 경계까지 같이 갑시다. 광동까지 가는 경비는 내가 부담할 테니 걱정할 필요 없소이다."

양겸지는 곽중위와 함께 주망의 집에서 나왔다. 보름 정도가 지나 양겸지는 주망과 함께 출발했다. 이때 곽중위가 이들 두 사람을 위하여 이별의 술자리를 마련해 주고 돌아갔다.

양겸지와 주망은 진강에 도착하여 큰 배 한 척을 빌렸다. 양겸지와 주망은 배 가운데 넓은 선실을 차지했다. 뱃사람이 돈을 벌 욕심으로 양겸지와 주망이 사용하고 남은 선실에 사람들을 태우니 그 수가 삼사십 명이라. 그렇게 배에 탄 손님들 가운데 떠돌이 중이 하나 있었으니 호광(湖廣) 무당산(武當山)에 수도하러 가는 길이라 했다. 하남성(河南省) 복우산(伏牛山)에서 왔다는 그 중은 약간 거칠어 보이기도 하고 조심성도 없어서 선실 안의 다른 사람들에게 환영을 받지 못했다. 그런데도 사람들에게 차를 타 달라, 밥을 해 달라 하였으니!

"아니, 출가한 사람이면 자비를 베풀고 탐욕을 부리지 말아야 할 텐데 어찌 우리한테 이거 해 달라 저거 해 달라 하는 거요!"

"이런 소인배들 같으니! 내가 너희를 꺼리지 않고 일을 시키는 것만 해도 다행으로 알아야지."

그 중은 같이 선실에 타고 있는 사람들에게 소인배네, 돼먹지 않았네 하면서 욕을 해 댔다. 화가 나서 그 중을 욕하는 사람도, 때리려 드는 사람도 있었다. 중이 전혀 동요하지 않고 손가락으로 자신을 욕하는 사람을 가리키면서 "욕하지 말라!"라고 소리치니 그 욕하던 사람들이 전혀 소리를 내지 못하고 입을 다물고 말았다. 자신을 때리려 드는 사람을 가리키면서는 "때리지 말라!"라고 소리치니 때리려 들던 사람이 전혀 손을 움직이지 못하는 게 마치 손이 마비되어 버린 듯했다. 욕하고 때리려 들던 사람들이 마치 최면에 걸린 듯 꼼짝도 하지 못하는 것을 보고서 선실에 있던 다른 사람들은 모두 눈이 휘둥그레졌다. 그 중을 욕하거나 때리려고 했던 사람들을 뺀 나머지 사람들은 모두 당황하면서 이렇게 소리쳤다.

"아이고, 이걸 어쩌나, 요괴가 나타났다."

다른 선실에 있던 사람들도 모두 이 소리를 듣고 달려왔다. 이런 소란에 양겸지와 주망도 그 중이 타고 있던 선실 입구로 다가와 살펴보았다. 무슨 일인가 궁금해하며 물어보려고 하는 순간, 그 중이 양겸지와 주망이 관직에 있는 사람임을 알아보고 일어나 두 사람에게 인사를 했다.

"소승은 복우산에서 도를 닦던 자로 무당산에 가고자 하여 이 배를 타게 되었습니다. 그런데 사람들이 저를 괴롭히고 모욕하니 원컨대 나리들께서 좀 해결해 주시기 바랍니다."

"스님을 욕하고 때리려 드는 자들이 당연히 잘못한 거지요. 그러나 이렇게 그들의 입을 막고 손을 움직이지 못하게 하는 것은 또 자비의 도리가 아닙니다."

그 중은 그 말을 듣더니 이렇게 대답했다.

"두 나리께서 용서하라 하시니 소승이 어찌 더 따지겠습니까."

중은 말을 하지 못하게 된 사람들의 입을 손으로 문지르면서 이렇게 말했다.

"이제 말을 해도 좋다."

그러자 그동안 말을 하지 못하던 사람들이 바로 입을 열어 말을 할 수 있게 되었다. 그런 다음 손을 움직이지 못하던 사람들의 손을 만져 주면서 이렇게 말했다.

"이제 움직여도 좋다."

그러자 그동안 움직이지 못하던 사람들이 바로 몸을 움직였다. 마치 코미디를 한 편 본 듯, 구경하던 사람들이 모두 깔깔대며 웃었다. 주망이 양겸지에게 속삭였다.

"저분은 대단한 신통력을 지니고 있는 게 틀림없소이다. 저런 분은 일부러라도 찾을 법한데 이렇게 만났으니 선실로 모시고 가서 조언을 청해 보지 않으시겠소?"

양겸지가 대답했다.

"맞는 말씀입니다. 마침 나는 아내를 대동하지 않아 선실을 혼자 쓰고 있으니 내가 모시고 있도록 하지요."

그러고는 바로 그 중에게 이렇게 권했다.

"스님, 다른 손님들하고 티격태격하느니 차라리 제 선실로 오셔서 같이 지내시지요. 스님이 드실 차와 공양은 제가 챙겨 드리겠습니다."

"아이쿠, 소승이 이렇게 나리를 번거롭게 해 드리다니!"

그러고는 바로 양겸지의 선실로 옮겨 왔다.

중이 양겸지의 선실로 옮겨온 지 사나흘 동안 두 사람은 불경이야기도 나누고 세상 이야기도 나누었다. 그 중은 모든 것에 두루 통달한지라 양겸지는 이번 여행길의 고충을 거듭 이야기하여 중의 마음을 감동시켰다. 아울러 지금 안장현의 현령으로 부임하러 가는 길이라는 사실도 설명했다. 중이 양겸지의 말을 듣고 이렇게 말했다.

"안장현에 부임하시려면 사전에 충분히 준비하고 가셔야 할 겁니다."

양겸지는 자신의 어려운 형편을 모두 그 중에게 소상히 말해 주었다. 그러자 중이 이렇게 말했다.

"소승은 속성이 이 가(李哥)이며, 고향은 사천(四川) 아주(雅州)입니다. 친척 가운데 몇 집은 위청현(威淸縣)으로 이사하여 살고 있으며, 소승의 형제자매 몇도 그곳에 살고 있습니다. 소승이 그곳에 돌아가면 법술을 부릴 줄 아는 자를 찾아서 나리를 안전하게 모시게 할 것입니다. 만약 그런 사람을 찾지 못하더라도 너무 조급해하지 마십시오. 소승이 무당산에 들어가지 않고 나리를 따라 광리(廣裏)로 가겠습니다."

양겸지는 거듭거듭 감사하며 가슴에 담아 둔 이야기를 세세히 고했다. 그 중은 양겸지가 있는 그대로 솔직하게 자신을 대하고 또 사람이 성실하고 꾸밈이 없는 것을 보고서 더욱 양겸지를 존중하게 되었다. 아울러 양겸지가 찢어지게 가난하다는 것을 알고는 자신의 봇짐에서 순금 열 냥과 은자 오륙십 냥을 꺼내어 여비에 보태라고 주었다. 양겸지는 몇 번이나 사양하다가 한사코 받으라 하니 겨우 못 이기는 체하고 받았다.

홀연히 보름 정도가 지나고 광동 경주(瓊州) 지방에 이르렀다. 주망이 양겸지에게 말했다.

"나는 여기서 동쪽으로 방향을 잡아 연주로 가야 하오. 여기서 더 그대를 보살펴야 할 것이나 자비로우신 스님이 계시니 그분에게 모든 걸 맡기고 떠날 수 있을 것 같소이다. 자, 나는 이제 이렇게 떠나갑니다. 하늘이 기회를 허락하면 다시 만날 날이 있을 것입니다."

주망은 재삼재사 그 중에게 당부했다.

"이제 모든 일을 스님께 맡깁니다."

"굳이 그렇게 말씀하지 않으셔도 소승이 알아서 하겠습니다."

주망은 술자리를 마련하여 중과 양겸지와 함께 이별주를 나누었다. 그렇게 한나절 술자리를 갖고 난 다음 따로 작은 배 하나를 세내어 떠났다.

양겸지와 중은 며칠 더 배를 타고서 편교현(偏橋縣)에 도착했다. 그 중이 양겸지에게 이렇게 말했다.

"여기가 바로 우리 가족이 사는 곳입니다. 배를 부두에 정박시켜 놓고 소승이 먼저 뭍으로 올라가서 나리를 모실 만한 사람을 찾아보고 바로 돌아올 테니 나리는 여기 가만히 계십시오."

그 중은 짐을 메고 지팡이를 짚고서 배에서 내렸다. 이렇게 일고여드레가 지나도 아무 소식이 없자 양겸지는 매우 초조해졌다. 하지만 중이 정말로 믿음직스러워 보였던지라 절대 허튼소리를 하지는 않을 거라 생각하며 하루하루 돌아오기만을 기다렸다. 아흐레째 되는 날 중이 일고여덟 명의 사람들에게 먹을거리를 담은

　　　　　　　　楊謙之客舫遇俠僧

상자를 어깨에 메게 하고, 사람을 태운 가마를 메게 하고 돌아왔
다. 가마의 발을 들어 올리고는 그 안에서 아리따운 여인을 부축
하여 선실 쪽으로 데려오는데 나이가 스물너덧 살쯤 되어 보였
다. 시는 그 여인의 생김새를 이렇게 그리고 있다.

봄날의 온갖 아름다움을 그녀 혼자 다 가져갔나
석류빛 치마는 하늘에 붉게 물든 구름과도 같구나.
맑은 눈은 가을날 맑은 물빛처럼 깊고 그윽하고
양왕(襄王) 자옥군(紫玉君)보다 더 빼어난 미모.

또 이런 시도 있다.

해당화 가지에 달이 걸린 깊은 밤 삼경
술에 취한 양귀비인가, 당할 자 없는 미모로다.
말 잔등에서 연주하는 비파 소리는 어서 가라 재촉하는데
아만(阿蠻)[21]은 공연히 농염한 봄을 원망하는구나.

중과 가마에서 내린 여인이 양겸지에게 다가와 인사를 했다.
중이 가족의 남녀노소 그리고 양녀, 하인 둘을 모두 불러 인사를

---

21 사아만(謝阿蠻, 717~757). 당 현종 때의 뛰어난 무희. 당 현종이 직접 작곡했다
    는 「능파무(淩波舞)」를 특히 잘 추었다고 한다. 아만이 이 춤을 출 때면 양귀비가
    비파를 연주하고, 이헌(李憲)이 피리를 불고 이구년(李龜年)이 필률로 반주를 해
    주었다고 한다.

시켰다. 그 중이 가마에서 내린 여인을 가리키며 말했다.

"저 여인은 제 오촌 조카로 과부가 되어 친정에 돌아와 살고 있기에 제가 특별히 데리고 와서 나리를 모시게 했습니다. 어려서 부터 법술을 잘 부리니, 나리의 앞길에 무슨 일이 생기더라도 그 말대로만 하시면 아무 탈이 없을 것입니다."

그런 다음 사람들을 시켜 짊어지고 온 짐들을 배에다 싣게 했다. 그러는 와중에 날이 이미 저물어 그 중 일행은 배에서 머물기로 했다. 그 여인과 계집종은 화덕이 있는 선실로 가서 차와 먹을 것을 준비하여 사람들에게 나눠 주었다. 여인은 뱃사공에게 은자 오 전을 사례로 주었다. 양겸지는 돈 한 푼 안 들이고 아름다운 여인도 얻고 귀중한 물건도 얻었으니 중에게 감사의 인사를 했다.

"이렇게 큰 은혜를 입었으니 어떻게 갚아야 할지 모르겠습니다."

중이 대답했다.

"이게 다 인연이 있어서 그렇게 된 것이죠. 어찌 인력으로 할 수 있는 일이겠습니까?"

술자리가 파하자 중과 다른 일행은 다른 선실로 가고 양겸지와 중의 과부 조카 이 씨만 남아 같이 잠자리에 들었다. 그날 밤의 사연을 어찌 말로 다 할 수 있으랴.

다음 날 아침 중이 일어나 다른 일행과 아침 식사를 한 다음 양겸지 그리고 이 씨와 작별했다. 그러면서 이 씨에게 특별히 당부했다.

"내가 이미 당부한 것처럼 매사에 조심 또 조심하고 잘난 척하지 말라. 나리가 좋은 곳으로 영전할 때 다시 만나자꾸나."

중은 양겸지와 이 씨가 타고 있는 배가 떠나가는 모습을 보고서야 비로소 발걸음을 돌렸다.

이 씨는 미모가 빼어날 뿐만 아니라 성품이 온유하고 손재주도 훌륭하며 영리하기까지 했다. 이 씨와 양겸지가 서로 아껴 주고 사랑함이 마치 부부 사이 같았다. 열흘하고도 며칠 더 배를 타고 가니 장가강(牂牁江)을 코앞에 두게 되었다. 장가강은 동쪽으로는 사천의 천강(川江)과 닿아 있고, 서쪽으로는 야랑현(夜郎縣)과 전지현(滇池縣)에 닿아 있으며, 물살이 세고 여러 강줄기가 모였다 갈라지며 여울지는 곳으로 바람이 불지 않아도 저절로 파도가 굽이쳐 배를 타고 건너는 것 자체가 위험했다.

장가강 어귀에 이르니 뱃사공들은 밥을 두둑이 먹고서야 다시 배를 젓기 시작했다. 바람과 강 물결이 너무 세찬지라 배를 한번 움직이면 마음대로 멈출 수가 없었기 때문이다. 게다가 강물 사이사이에는 뾰족한 바위들이 마치 돌기둥처럼 솟아 있어 강물을 따라 항해하다가 그 뾰족한 바위에 잘못하여 부딪히기라도 하면 배는 바로 산산조각이 나곤 했다. 뱃사공들이 모든 준비를 마치고 막 배를 출발시키려고 하는 그때 이 씨가 황망히 양겸지에게 이렇게 말했다.

"지금 배를 출발시켜서는 안 됩니다. 사흘 동안 바람을 피했다가 배를 띄우도록 하십시오."

"이렇게 바람 한 점 없이 잠잠한데 어찌하여 배를 띄우지 말라는 것이오?"

이 씨가 말을 받았다.

"지금은 바람이 없으나 순식간에 불어올 것입니다. 제 말을 들으시고 지금 잠시 배를 포구 안으로 들여 큰 바람을 피하십시오."

양겸지는 이 씨의 능력을 한번 시험해 보고 싶은 생각에 뱃사공들에게 물었다.

"가까운 곳에 포구가 있는가?"

뱃사공이 답했다.

"저 앞쪽에 석이포(石玭浦)라는 곳이 있습니다. 포구의 서북 모퉁이에 라시라는 곳이 있는데 사람도 많고 물산도 풍부하여 배를 대고 쉬기에 좋습니다."

양겸지가 그 말을 듣고 대답했다.

"그럼 그곳에 배를 대거라."

뱃사공들은 일제히 배를 저었다. 배가 석이포에 거의 다다를 무렵 서북쪽에서 큰 바람이 일기 시작했다. 처음에는 흙먼지가 일어나더니 조금 지나서는 나무뿌리가 뽑히고 마침내 퍼렇던 강물이 온통 시커멓게 요동쳤다. 강물이 하늘에 닿고 땅을 후벼 파는 듯하더니 물결 일렁이는 소리는 마치 귀곡성과 같은지라 사람이 놀라 자빠질 지경이었다. 이 큰 바람이 배를 몇 척이나 잡아먹었을지 가늠조차 안 될 지경이었다. 미친 듯한 바람과 물결은 해질 녘이 되어서야 겨우 조금씩 잦아들기 시작했다. 이 씨는 하녀에게 밥을 차려 오게 하여 식사를 마치고 정리를 한 다음 잠자리에 들었다.

다음 날에도 바람은 계속되었다. 오후 들어서야 바람이 자고 시장에서 물건을 싣고 온 배들이 물건을 팔았다. 양겸지가 보니 이씨 여인은 법술을 부릴 줄만 아는 게 아니라 천문에도 통달하였는지라, 양겸지는 이씨의 재주에 탄복하여 물건을 팔러 온 배에서 신선한 과일과 토산품을 사서 이씨 여인에게 선물하였다. 한편 후추를 파는 배가 있었으니 그 후추의 맛이 어떠하던고? 시 한 수로 증거한다.

백옥 쟁반 위의 진홍색 후추 이파리 몇 떨기
밝게 빛나는 황금 세발솥에선 신묘한 기운이 발하네.
오디가 가지 끝에서 익어 가는 8월엔
사람 사는 이 세상의 신비한 영약.

양겸지는 후추 파는 배를 보고 이렇게 말했다.

"후추가 운남과 사천의 진미라는 말을 들어 보긴 했으나 직접 맛보지는 못했는데, 내가 그대에게 한번 사 주고 싶구나."

그런 다음 뱃사공을 시켜 후추 파는 자에게 물어보게 했다.

"후추 한 병에 얼마요?"

후추 장수가 대답하였다.

"오백 관이외다."

"그래, 하인 녀석을 마님께 보내서 돈을 받아 오게 하여라."

하인 녀석이 선실 안으로 들어가 이 씨에게 후추를 사게 돈을 달라 하니 이 씨가 이렇게 말했다.

"저 사람한테는 후추를 사지 말라고 말리더라고 전하여라. 저 사람한테 후추를 샀다간 구설에 오를 것이다."

하인이 이 씨의 말을 전하니 양겸지가 그 말을 듣고 이렇게 말했다.

"후추 한 병 사는 게 무슨 대단한 일이라고 구설에 오르고 말고 한단 말이냐. 마님이 아마도 가격이 너무 비싸서 그리 말하는 모양이다."

양겸지는 자신이 갖고 있던 은자를 주고 후추를 한 병 산 다음 선실 안으로 갖고 들어갔다. 병마개를 여니 향이 퍼졌고, 색깔은 마치 빨간 마노처럼 예뻤다. 입안에 넣어 보니 맛 또한 이루 말할 수 없을 정도로 좋았다. 이 씨가 황망히 그 후추 병의 뚜껑을 막더니 말했다.

"나리, 그 후추를 드시지 마소서. 그 후추를 드시는 순간 바로 구설수에 오를 것입니다. 이 후추는 이 지방에서 나는 것이 아니라 월남에서 납니다. 그 나무는 뽕나무와 비슷하고 그 이파리는 오디와 비슷하여 이삼 촌 정도이니, 그렇게 많지는 않습니다. 9월이 지나 서리가 내리기 시작하여 익기 시작하면 사람들이 그것을 따서 숙성시킨 다음 장을 만들어 먼저 왕실에 바친다 합니다. 지금 그것은 훔쳐 파는 것이니 그 전후 사정이야 빤한 것이지요."

이 후추는 도당(都堂)이 현령에게 의뢰하고, 현령이 또 부상을 월남에 보내어 비싼 값에 사들인 것이다. 도당 역시 그걸 받으면

楊謙之客航遇俠僧

자기가 감히 어찌지는 못하고 조정에 특산물로 바치고자 했다. 부상은 가산을 거의 다 들여서 천신만고 끝에 겨우 후추를 구하고 은으로 만든 병에 옮겨 담아 현령에게 보내어 도당에게 전달하라고 할 찰나 남만 사람들에게 도둑맞은 것이다. 후추를 도둑맞은 부자의 집안 식구들은 놀라고 당황했다. 그 부자의 식구들은 마치 살인범이라도 찾는 양 사방을 뒤졌다. 이때 그 후추를 훔쳐 간 자들이 누구인지를 알려 주는 자 있어 부자는 관군들을 안내하고 빠른 배 한 척을 몰고서 도합 스물세 명이 칼과 창을 들고 징 소리와 북소리를 내면서 양겸지가 타고 있는 배 코앞에까지 이른 것이다. 그 병선은 양겸지의 배와 너무도 가까워 화살을 쏘면 닿고도 남을 것 같았다.

양겸지는 이런 상황을 보고 얼굴이 새파랗게 질린 채 선실 안으로 들어가 이 씨에게 말하였다.

"이 일을 어쩌면 좋단 말이오?"

"그러기에 그 후추를 사지 말라 말씀드리지 않았습니까? 제 말을 듣지 않으셔서 이런 큰일이 생겼습니다. 남쪽 오랑캐 사람들이 가는 곳에는 살육이 끊이지 않습니다. 그들이 어찌 예법을 따지겠습니까?"

이 씨는 이어서 또 이렇게 말했다.

"나리, 너무 걱정하지 마십시오."

이 씨는 하인 하나를 시켜 황급히 물 한 대야를 떠서 선실로 가져오게 했다. 그런 다음 주문을 외우면서 그 대야 물 위에 손으로 줄을 하나 그었다. 그랬더니 배가 마치 물 위에 못을 박아 걸어 놓은 것처럼 아무리 노를 저어도 앞으로 나가지도 못하고 뒤로 물러나지도 못했다. 배에 타고 있던 사람들은 모두 당황하여 이렇게 소리를 질렀다.

"우리 배가 요술에 걸린 게 틀림없으니 어서 도술이 더 센 사람을 불러와서 그 요술을 풀어 달라고 하자."

이때 이 씨가 뱃사공을 보내 그 지방 사투리로 설명하게 했다.

"여보시오, 나리들 너무 화내지 마시오! 우리 나리의 배가 바람을 피하고자 여러분 고을에 며칠 정박하게 되었소이다. 한데 누군가가 후추를 팔러 왔지 뭐요. 우리 나리야 후추 파는 사람의 속사정은 모르고 그저 별 뜻 없이 산 거고 아직 손도 대지 않았소이다. 그러니 그 후추를 그대로 돌려드리면 되지 않겠소. 우린 그 후추 값을 돌려받지 않아도 상관없소이다."

배에 타고 있던 사람들은 그 말을 듣더니 고개를 끄덕였다. 양겸지 일행이 그 후추에 손도 대지 않았다는 걸 알고는 이렇게 말했다.

"그래, 그 후추를 돌려주기만 하면 그 후추 값은 우리가 보상해 주겠다."

후추를 찾으러 온 자들을 만나고 온 뱃사공은 양겸지에게 다녀온 이야기를 전하고는 후추를 들고 다시 돌아갔다. 후추를 찾으러 온 자들은 양겸지에게 후추 값을 보상해 주니 양쪽이 다 부딪칠 일이 없었다. 이 씨가 대야 위의 물에다 대고 손으로 몇 번 줄을 그으니 후추를 찾으러 온 배는 그제야 움직이기 시작했다. 그 배에 탄 사람들은 후추를 훔친 자를 붙잡아 현청으로 데리고

갔다. 양겸지가 이 씨에게 이렇게 말했다.

"그대 덕에 죽을 고비를 넘겼소이다."

이씨 여인이 대답했다.

"앞으로도 제 말만 들으신다면 아무 탈이 없을 것입니다."

다음 날에는 바람도 멈추었다.

　　파도가 움직이지 아니하니 물고기와 용 역시 조용하고
　　나무가 흔들리지 아니하니 까치와 새들이 깃드는구나.

　모두들 아침밥을 먹자마자 배를 강물 위로 띄웠다. 배를 저어
야 하면 젓고 멈추어야 하면 멈추면서 이렇게 안장현에 도착했다.
안장현의 아전과 하인들이 모두 나와 양겸지 일행을 맞이했다.

　안장현에는 현령 한 자리와 전사(典史) 한 자리가 있었다. 바
로 그 서 전사(徐典史)도 현령으로 부임하는 양겸지를 마중하러
왔다가 인사를 나누고 현으로 먼저 돌아갔다. 이제 안장현의 인
부들이 마중 나와서 양겸지 일행이 가져온 짐을 졌으며, 4인교에
이 씨를 태우고, 다시 작은 2인교에 말 몇 필이 있어 거기에는 하
녀와 수행원들을 각각 태우고는 현으로 모셨다. 양겸지 역시 몸
을 일으켜 출발하니 가는 길에 남쪽 지방의 음악 소리가 울려 퍼
졌다. 원근 각처의 사람들이 새로운 현령이 부임한 것을 알고 구
경하러 나왔다. 양겸지는 일단 현청에 도착한 다음 뒤쪽의 사저
로 들어가 이 씨와 하인들을 안돈시킨 다음 사저에서 나와 서 전
사와 인사를 나누었다. 인사를 나눈 후, 현청에서 거행되는 환영

술자리에 참석했다.

술자리에서 양겸지가 서 전사에게 말했다.

"나는 이곳이 처음이라 이곳의 풍속과 사정에 밝지 못하오. 앞으로 많은 가르침을 바라오."

서 전사가 대답했다.

"불민한 제가 현령 나리를 보좌하게 되었습니다. 제대로 감당이나 할 수 있을지 걱정입니다."

서 전사는 아울러 이렇게 말했다.

"이곳은 마룡(馬龍)과 닿아 있고, 그 마룡에 선위사(宣尉司)로 근무하시는 설 공(薛公)이 있습니다. 그분은 당 왕조 설인귀(薛仁貴, 614~683)의 후예로 나라 안에 으뜸갈 만한 부자입니다. 남쪽 지방의 여러 족속도 오직 그 사람 말만 듣습니다. 우리 안장현이 설 공의 직할은 아니나 안장현에 부임하는 현령은 본현의 사당에 향불을 사른 다음에 설 공을 찾아가 인사를 하면 설 공이 답례로 안장현을 방문하여 서로 술자리를 번갈아 가지는 것이 관례가 되었습니다. 원컨대 현령께서도 염두에 두시기 바랍니다."

양겸지가 그 말을 듣고 대답했다.

"잘 알겠소이다."

그런 다음 양겸지가 서 전사에게 다시 물었다.

"마룡이 예서 얼마나 먼가?"

서 전사가 대답했다.

"한 사십여 리쯤 떨어져 있습니다."

서 전사는 아울러 안장현 안팎의 이러저러한 사정을 양겸지에게 두루 설명했다.

술자리가 파한 뒤 양겸지와 서 전사는 각자 자기 집무실로 들어갔다. 양겸지는 이 씨에게 선위사 설 공의 이야기를 전해 주었다.

"설 공은 비록 나이가 어려도 꾀가 많습니다. 나리께서 그와 교제를 하시되 삼가시고 또 조심하신다면 외려 그자가 나리에게 재물까지도 아끼지 않을 것입니다. 나리께서 이곳에서 임기를 마치고 돌아가도 그자는 여전히 이곳을 호령할 것입니다. 그를 너무 두려워할 필요도 없으니 그자의 영향력은 이 지역에만 미치기 때문입니다. 물론 그렇다고 함부로 대하셔도 아니 됩니다."

이 씨는 이어서 이렇게 말했다.

"앞으로 사흘 안에 붉은 옷을 입은 술사가 아주 무례하게 찾아와 나리를 만나자고 할 것이니 절대 동요하지 마시고 그저 무시하십시오."

양겸지는 이 씨의 말을 가슴속 깊은 곳에 새겨 두었다.

사흘이 지나서 양겸지는 성황묘에 나가 향을 사르며 자신의 부임을 고했다. 그런 다음 바로 관아로 들어갔다. 소속 관원들이 모두 양겸지에게 인사를 올렸다. 이때 계단 아래에 네모난 모자를 쓰고 목깃이 동그랗게 된 붉은 옷을 입은 그 지방 사람 하나가 양겸지를 찾아와 무릎도 꿇지 않고 마구 소리를 질렀다.

"어서 이 노인의 인사를 받으시오."

양겸지가 그에게 물었다.

"그래 어느 현에서 오신 어르신이시오? 우리 현청하고 무슨 관련이라도 있는 것이오?"

그 노인은 양겸지가 묻는 말에는 대답하지 않고 입으로 또 이렇게 말을 내뱉는 것이었다.

"어서 이 노인의 인사를 받으시오."

양겸지는 그 노인을 내버려 두고 신경 쓰지 않고자 했으나 이런 식으로 두세 차례 연거푸 모욕을 당하자 부하 관원들이 지켜보는 자리에서 이만저만 체면 깎이는 게 아니었다. 그래도 절대응대하지 말라던 이 씨의 당부를 떠올리며 꾹꾹 눌러 참았다. 하지만 이제 화가 머리끝까지 치밀어 올라 물불 안 가리게 되었으니 이 씨가 신신당부한 것은 까맣게 잊고 하인을 불렀다.

"저 노인네를 당장 끌고 가서 흠씬 두들겨 패라."

양겸지의 말을 들은 두 하인이 달려와 그 노인을 끌고 가서 몽둥이를 내려치려고 하자 노인이 허리를 꼿꼿이 펴고 버티니 두 하인이 그 노인네를 바닥에 엎어치지 못했다. 그 노인이 소리를 질렀다.

"나를 때리지는 못할 것이다!"

양겸지가 어서 곤장을 치라 하니 하인들이 다시 달려와 노인을 들어 눕히고는 억지로 곤장을 십여 대 내리쳤다. 이때 관아의 관원들이 모두 달려와 그 노인을 용서해 달라고 빌었는데 양겸지가 역정을 내며 말했다.

"당장 쫓아내라!"

그 노인은 쫓겨나면서도 소리를 질렀다.

"뭘 그리 화를 내시오!"

뜻 깊은 취임 첫날에 재수 없는 노인 때문에 한바탕 소란이 일어났으니 양겸지는 기분이 매우 찜찜했다. 양겸지는 억지로라도 일을 좀 보려다가 그냥 문서를 던져 버리고 현청에서 빠져나와 안채로 들어갔다. 이 씨가 양겸지를 맞으면서 말했다.

"붉은 옷 입고 찾아오는 노인은 신경 쓰지 말고 내버려 두라고 말씀드렸는데도 기어이 화를 참지 못하셨군요."

"그대 말대로 나는 몸도 꿈적하지 않은 채 집무실에 앉아 관원들에게 몽둥이로 열 대만 내려치라 했을 뿐이오."

"그 노인은 자신의 술법을 한번 다뤄 보고자 찾아왔던 것입니다. 만약 나리께서 자리에서 일어나셨더라면 밤에 요괴로 변하여 나리를 놀라게 했을 것입니다. 그때 만약 나리께서 두려워하며 살려 달라고 하면 이 안장현의 모든 관리와 하인들은 그 노인의 부하가 되고 맙니다. 그럼 나리와 제가 어찌 이 안장현의 관리와 하인들을 부릴 수 있겠습니까? 이제 그 노인이 몽둥이로 맞고 돌아갔다고 하니 요괴로 변하여 놀라게 하는 대신 밤에 찾아와 나리의 생명을 노릴 것입니다."

"그럼 어쩌면 좋단 말이오?"

"걱정하실 필요 없습니다. 나리께서는 마음 푹 놓으십시오. 다 좋은 수가 있습니다."

"나는 그대만 믿소이다."

날이 저물어 저녁밥을 먹고 나서 식탁을 한쪽으로 치웠다. 이 씨는 바닥에 하얀 횟가루를 먼저 바르고 네 귀퉁이에 부적을 하나씩 그린 후 한가운데에 부적 하나를 더 그렸다. 그런 다음 양겸지에게 한가운데 있는 부적 위에 앉으라 했다.

"밤에 요물이 나타나 나리를 괴롭히려 들 것입니다. 절대 움직이지 마시고 부적 위에 단정하게 앉아 있기만 하십시오."

이 씨도 단장을 마치고 상자에서 삼사 촌쯤 되는 황금색 큰 침 하나를 꺼내 향내 나는 초와 빨간 부적을 신전에 바치고는 하얀 횟가루를 바른 바닥의 바깥쪽에 앉아 조용히 기다렸다.

이경쯤 되었을까, 비바람 소리가 들리더니 점점 귓전에 가까워졌다. 방문 처마 밑에 다다랐는지 마치 비단 천을 찢는 듯한 소리가 나더니 방 안으로 무언가가 날아 들어왔다. 차를 받치는 쟁반 정도 크기로 흐릿하게 보이는 그 요물이 양겸지를 향해 부딪쳐 왔다. 곧장 하얀 횟가루를 칠한 곳까지 날아왔다가 멈칫하더니 횟가루를 칠한 사각형을 빙빙 돌기만 하고 그 사각형 안으로 들어오지는 못했다. 양겸지는 놀라서 몸을 제대로 가누지도 못할 정도였다.

이 씨가 주문을 외우면서 부적을 태워 공중으로 날려 보냈다. 이 씨가 외운 주문이 영험이 있었던지 그 요물은 처음처럼 그렇게 빨리 날지 못했다. 말로는 표현할 수 없을 정도로 그렇게 짧은 순간, 이 씨가 정신을 가다듬고 두 눈을 부릅뜨며 그 요물을 향해 소리쳤다.

"멈춰라!"

소리를 지름과 동시에 이 씨가 오른손을 들어 그 요물을 내려치니 요물이 바닥에 떨어졌다. 이 씨가 이 틈을 놓치지 않고 몸을 굽혀 요물을 손으로 잡아 올려 바라보았다. 마치 박쥐처럼 보이는 그 요물은 몸 전체에 흑백 문양이 있고 선홍빛 큰 주둥이가 있어 흉측하기 짝이 없었다. 양겸지는 한참이나 얼이 빠져 있다가 겨우 정신을 차리고 일어섰다. 이 씨가 양겸지에게 말했다.

"이 요물이 노인으로 변하여 나리를 찾아갔던 것입니다. 이 요물을 죽여 버리면 그 노인도 따라서 사라질 것입니다만 그의 자손들이 많아 필시 원수를 갚으려 들 것이니 일단 살려 두고자 합니다."

이 씨가 박쥐의 두 날개를 한쪽으로 모아 횟가루를 칠한 바닥에 황금색 바늘로 고정하니 그 요물은 움직이고 싶어도 움직이지 못했다. 이 씨는 바구니로 그 요물을 덮어 고양이나 쥐가 그 요물을 해치지 못하게 했다. 이 씨와 양겸지는 방으로 돌아와 잠자리에 들었다.

다음 날 아침 양겸지가 일어나 현청에 오르니 이십여 명의 노인들이 의관을 정제하고 찾아와 양겸지 앞에 무릎을 꿇고 말했다.

"소인들은 방 노인의 친척입니다. 방 노인이 주제를 모르고 지난밤에 양 현령 나리를 괴롭히려 하다가 나리에게 붙잡혔습니다. 바라건대 이번 한 번만 용서해 주십시오. 용서해 주신다면 저희들은 방 노인과 함께 나리를 찾아뵙고 나리 말씀만을 따르겠습니다."

양겸지가 입을 열어 그들에게 말했다.

"내가 능력이 없었다면 이 안장현의 현령을 맡지도 않았을 것임을 알아야 할 것이다. 나는 그 요물을 죽이지 않을 것이다. 다만 그 요물이 어떻게 빠져나가는지 두고 볼 것이니라."

노인들이 입을 열어 아뢰었다.

"사실대로 아룁니다. 이 현은 방 노인과 몇 명의 노인이 좌지우지한 것이지 관리들이 좌지우지한 게 아닙니다. 이제 나리의 법력을 깨달았으니 다시는 불경한 짓을 하지 않겠습니다. 방 노인을 풀어 주시면 이 안장현의 모든 사람들이 자연스럽게 나리께 귀의할 것입니다."

양겸지가 대답했다.

"알았으니 자리에서 일어나라. 내게 다 생각이 있느니라."

노인들은 예예, 하면서 자리에서 일어나 돌아갔다. 양겸지는 현청에서 물러나 안채로 돌아와 노인들이 찾아와 방 노인을 풀어 달라고 간청했던 일을 이 씨에게 말했다. 이 씨가 대답했다.

"그 노인들이 내일 다시 찾아와 방 노인을 풀어 달라고 간청할 것이니 그때 풀어 주시면 될 것입니다."

하룻밤이 지나고 다음 날 아침 양겸지가 현청으로 나갔다. 노인들이 다시 찾아와 더욱 애절하게 방 노인을 풀어 달라고 간청했다. 양겸지가 그 노인들에게 말했다.

"그대들의 얼굴을 봐서 이번에는 방 노인을 풀어 준다. 다음에 또다시 나에게 무례한 짓을 하면 그때는 절대 용서하지 않을 것이다."

노인들이 감사 인사를 하고 돌아갔다. 양겸지가 현청에서 물러나 안채로 돌아오니 이 씨가 말했다.

"이젠 방 노인을 풀어 주어도 좋습니다."

밤이 되자 이 씨가 횟가루를 칠해 놓은 곳 안으로 들어가 황금색 바늘을 뽑으니 그 요물이 날아갔다. 그 요물이 자기 집으로 날아가니 방 노인은 침상에서 일어나 여러 노인들에게 고맙다고 인사를 했다.

"하마터면 그대들을 다시는 못 만날 뻔했네. 현령이야 그리 무섭지 않네만 마님은 정말 대단하더군. 마님이 어디서 그런 법술을 배웠는지 모르겠으나 우리하곤 차원이 달라. 며칠 지나고 선물을 준비하여 그대들과 함께 현령 나리를 찾아뵈어야겠어. 현령 나리를 다시는 괴롭히지 않는 게 좋을 걸세."

방 노인은 노인들에게 술과 음식을 대접했다. 술자리를 파하자 여러 노인들이 일어나면서 방 노인에게 말했다.

"언제고 약속이 정해지면 같이 만나서 현령 나리를 찾아뵙시다."

양겸지가 현청에서 안채로 돌아와 이 씨에게 감사의 뜻을 표했다. 이 씨가 양겸지에게 말했다.

"나리, 오늘 선위사 설 공을 찾아뵈면 좋을 것 같습니다."

"예물이라도 준비하고 찾아가야 하지 않겠소?"

"예물은 걱정하지 마십시오. 황금색 실로 꽃무늬를 수놓은 비단, 무늬를 새긴 갈포 두 필, 명필의 서예 작품 한 점, 골동 벼루 하나를 준비해 두었습니다."

이렇게 말하며 준비한 것을 꺼내 놓으니 양겸지가 따로 신경 쓸 필요가 없었다. 양겸지가 나가서 사람들에게 가마와 마차를 준비하게 하여 밤을 새워 길을 떠났다. 날이 밝을 무렵 마룡 지방에 도착했다. 선위사 설 공이 거처하는 현청은 그 규모가 엄청났다. 현청의 주변 사방 이십여 리를 벽돌로 높이 쌓아 막았고 그 벽 안쪽에 정원이 있었다. 정원 가운데 현청 건물이 있고 더불어 연못과 정자가 세워져 있었으니 그는 마치 한 나라의 왕이나 진배없었다.

양겸지는 현청 정문 앞에 이르러 사람을 시켜 자신이 도착했음을 통기하도록 했다. 잠시 후 현청 안에서 사람이 나와 양겸지를 안내했다. 선위사 설 공이 몸소 대문까지 나와 양겸지를 맞아 주니 두 사람은 서로 인사를 나누고 안으로 들어갔다. 대청에 올라 다시 예를 차리고 나서 내실로 들어가 자리를 잡고 앉아 설 공이 양겸지에게 차를 권했다. 서로 날씨 이야기며 안부를 묻는 말을 주고받은 다음 화원 안의 대청마루에 차려진 술자리로 옮겼다.

선위사 설 공이 보니 양겸지가 비록 몸집은 크지 않으나 학문이 깊고 말주변도 제법 뛰어나 시도 잘 짓고 술도 잘 마실 줄 아는 위인이었다. 서로 술잔을 기울이는 순간 선위사 설 공은 양겸지의 글재주를 한번 시험해 보고 싶은 욕심에 사람을 시켜 오래된 거울을 들고 나오게 하더니 이렇게 말했다.

"이 거울은 자색 금으로 주조한 것으로 정말 맑고 깨끗하게 빛나며 아무리 작은 것도 다 비춘다오. 이 거울의 뒷면에는 네 개의 괘(卦)가 있어 그 괘를 누르면 각각 네 방위에 해당하는 소리가 나고 가운데를 누르면 열두 음계 가운데 한 음계 소리가 난다오. 한나라 성제(成帝)는 조비연이 화장하는 동안 이 거울을 들어 주었다고 하나 미약을 끊지 못하더니 마침내 거울을 들고 중얼중얼하다가 붕어하였다고 하오."

　　　　　　楊謙之客舫遇俠僧

양겸지가 그 거울을 들고 살펴보니 과연 기이하고도 오래돼 보여 그 거울에 시를 한 수 썼다.

아름답고도 기이하도다, 이 물건이여
황제(黃帝) 때 만들어졌구나.
위대한 대장장이가 틀을 뜨고
염제(炎帝)가 도끼로 모양을 잡았구나.
혼돈(混沌)이 갈라지니
우주 한가운데 빛이 솟아나도다.
복희씨(伏犧氏)가 괘를 만드니
동서남북이 이제 자리를 잡았네.
이제 바야흐로 음률을 만들고
사광(師曠)[22]이 그 음률을 검사하고 바로잡았네.
음률의 높고 낮음과 맑은 것과 탁한 것
음정이 조화를 이루었네.
모양과 색깔이 다 갖추어지니
그 쓰임새 역시 조금도 어긋남이 없더라.
군자는 나를 통해 자신의 모습을 보며
의관을 정제하고.
요조숙녀는 나를 통해 자신의 모습을 보며
아름다운 모습에 취하여 스스로 즐거워하더라.

---

22 춘추시대 진(晉)나라의 악사(樂師).

아름답고 추한 것이 그대로 다 드러나니,
조금도 더하거나 빼는 것이 없구나.
즐거워하거나 화내는 것은 그대의 몫이니,
그것이 어찌 비춰 주는 나, 거울의 소관이겠는가?

양겸지는 시를 다 적고 나서 일점일획도 더하거나 빼지 않고 처음 적은 그대로 설 선위에게 보여 주었다. 설 선위가 받아서 꼼 꼼히 읽어 보니 너무도 잘 쓴 작품이라 연신 칭찬을 그치지 않았 다. 한 대의 명문이요, 진 대의 명필이라 초당 사걸인 왕발(王勃, 650~676), 양형(楊炯, 650~693?), 노조린(盧照隣, 635?~689?), 낙빈 왕(駱賓王, 640?~684)과 어깨를 나란히 할 만한 작품이라 칭송했 다. 설 선위는 작고 오래된 거울 하나를 또 들고 나오게 했다. 그 거울은 방금 전 그 거울보다 더 오래되고 더 기이했다. 설 선위는 양겸지에게 시 한 수를 더 부탁했다.

숨기고 싶은 저 깊은 구석까지 비추어 냄은,
바람직한 일은 아닐 것이야.
귀도 없고 눈도 없이,
그저 비추는 자의 형상을 그대로 따를 뿐.
모든 걸 그대로 되비춰 주나니,
비춤과 되비춤을 모두 잊었구나.

설 선위는 양겸지가 지은 시를 보고 이렇게 말했다.

"그대가 지은 시구는 읽으면 읽을수록 맛이 나는구려."

설 선위는 마침내 양겸지를 존중하게 되었고, 양겸지를 닷새 동안이나 붙잡아 두면서 매일 잔치를 열어 환대했다. 설 선위가 방 노인의 일을 물어 오기에 양겸지는 그에게 전후 사정을 소상히 설명했다. 두 사람은 서로 한참을 웃었다. 양겸지가 차마 떨어지지 않는 입을 열어 자신이 다스리는 안장현에 돌아가야 함을 고했다. 설 선위는 양겸지를 떠나보내기가 못내 아쉬웠던 듯, 양겸지에게 이렇게 물었다.

"올해 나이는 어떻게 되시오?"

양겸지가 대답했다.

"별로 이룬 것도 없이 그저 서른여섯 해를 살았습니다."

설 선위가 다시 말했다.

"소인이 올해 스물여섯이니, 저보다 열 살이 위시구려."

설 선위는 양겸지를 형님으로 모시기로 하고 두 사람은 의형제를 맺고서 서로 기뻐했다. 설 선위는 술자리를 파하고 양겸지를 떠나보내며 양겸지에게 이천 냥에 해당하는 금은 술잔을 선물로 주었다. 양겸지가 거듭 사양하니 설 선위가 이렇게 말했다.

"저와 형님은 이미 의형제가 되었는데 무얼 따지십니까? 저야 이미 살림이 풍족하고 형님은 처음 임지에 오셔서 이곳저곳 쓸 데가 많으실 것이니 제가 자주 형님에게 보내 드리겠습니다. 사양하지 마십시오."

양겸지는 설 선위와 인사를 나누고 안장현으로 돌아왔다. 안장현에 돌아오니 방 노인과 몇몇 노인들이 양고기, 술, 비단 그리고 각자 은자 백 냥까지 더해 도합 이천여 냥을 들고서 현청으로 찾아왔다. 양겸지가 그들에게 입을 열어 고했다.

"번거롭게 뭘 이런 걸 다 가져왔는가? 받기가 좀 그러하구먼."

노인들이 일제히 대답했다.

"이건 소인들의 작은 성의 표시에 불과합니다. 나리는 그동안 우리 현에 부임해 오셨던 다른 현령들과는 차원이 다른 분입니다. 이곳이 비록 오랑캐 땅이라 다스리시기에 만만치 않을지라도 사람들은 한결같이 순박하기 그지없습니다. 저희가 나리를 믿고 따를진대 감히 누가 나리의 명을 거역하겠습니까? 온 현의 백성들이 나리를 믿고 따를 것입니다."

양겸지는 그들의 신실한 마음을 확인하고서 관사로 초청하여 술자리를 가졌다. 술자리가 파하자 그 노인들은 인사를 올리고 떠났다.

이 고을의 오랜 관례에 따르면 고을 주민이 관청에 문서로 뭔가를 말하고자 할 때는 그 일의 해결 여부와 관계없이 우선 종이값으로 한 장당 삼 전을 내야 했다. 임기 동안에 이런 건수가 많으면 많을수록 수입이 많아질 터였다. 살인 사건을 저지르고 범인이 선처를 바란다면 이웃 사람들이 범인의 가산을 조사한 다음 삼등분하여 하나는 현령에게, 하나는 피해자 측에, 그리고 나머지 하나는 범인 몫으로 남겨 두었다. 이렇게 하면 관청과 일을 풀어 나가기가 훨씬 수월했다. 여기에 풍습이 하나 더 있었으니 명절 때마다 원근 각처의 사람들이 모두 와서 현령에게 선물을 바치는 것이었다. 그 덕에 양겸지는 안장현에서 근무하는 삼 년 동안 많은 재산을 모을 수 있었다. 양겸지는 선물을 받을 때마다 그것을 설 선위에게 맡겨 두었다. 그러다 보니 상당한 부를 축적하였다.

어느 날 양겸지가 설 선위에게 이렇게 말했다.

"족함을 알면 욕먹을 일이 생기지 않는다는 말이 있습니다. 내가 이곳 안장현에 현령으로 부임해 와서 아우님이 사랑으로 베풀어 준 많은 선물들과 내 자신의 봉급까지 더하여 생활하기에 그리 어렵지는 않을 것 같아 벼슬길에서 물러난다는 사직서를 제출하였소이다. 다만 나의 재산을 내 고향으로 옮겨 갈 일이 걱정이외다. 하여, 아우님의 도움을 청하는 바이오."

설 선위가 양겸지에게 대답했다.

"형님께서 이미 사직서를 제출하였다면 제가 만류할 때는 이미 지난 것 같습니다. 형님이 여기서 모으신 재산은 제가 사람을 시켜 배에 실어 드릴 것이니 염려하지 마십시오."

설 선위는 헤어짐을 아쉬워하면서 술자리를 마련하고 더불어 황금 천 냥에 달하는 이별의 선물을 배에 실어 놓게 했다. 양겸지는 설 선위를 만나고 현청으로 다시 돌아와 방 노인과 여러 노인들을 불렀다.

"내가 이 안장현에서 삼 년을 지내면서 그대들에게 참으로 폐를 많이 끼쳤소. 내가 이미 사직을 신청했으므로 오늘 그대들과 이별의 정을 나누고자 하오. 하여 약간의 선물을 나누고자 하니 내 성의로 알고 받아 주길 바라오. 내가 부임해 올 때 가져온 짐 상자 그대로 떠나갈 때 가지고 가는구려. 어디 한번 올라와서 직접 확인해 보시구려."

노인들이 머리를 조아리며 말했다.

"나리에게 제대로 순종하지도 못한 저희가 어찌 감히 선물을 받겠습니까?"

노인네들은 양겸지가 준 선물을 받아 들고 기쁜 마음으로 인사를 올리고 돌아갔다.

양겸지가 안장현을 떠나는 날 안장현의 백성들은 모두 향기로운 꽃 모양의 등촉을 밝혀 들고 그를 배웅해 주었다. 안장현의 백성들은 양겸지가 아무것도 챙겨 가지 않는다 생각했다. 그도 그럴 것이 설 선위가 양겸지 일행이 탈 배에 미리미리 짐을 실어 두었음을 알 리가 없지 않은가? 양겸지와 이 씨는 배에 몸을 싣고 안장현을 찾아오던 그 길을 그대로 다시 밟아 돌아가기로 했다.

별 탈 없이 한 달 정도 배를 저어 가니 예전에 양겸지가 배를 정박시켜 놓고 이 씨를 처음 만났던 곳에 이르렀다. 그곳은 이 씨의 집에서 멀지 않았다. 양겸지가 배를 강둑에 대게 하니 이 씨를 양겸지에게 소개해 주었던 중이 다른 몇 사람을 대동하고 그곳에서 기다리다가 배에 올라 양겸지에게 인사를 했다. 양겸지와 그 중은 서로를 바라보면서 뛸 듯이 기뻐했다. 이 씨도 그 중에게 인사를 올렸다. 양겸지는 곧장 술자리를 마련하게 하여 그동안 헤어져 지내면서 쌓인 회포를 풀었다. 양겸지는 안정현에서 겪은 일을 그 중에게 일일이 이야기하려 했다.

"소승은 이미 다 알고 있습니다. 굳이 이야기하지 않으셔도 됩니다. 오늘 소승이 여기 찾아온 것은 다른 일이 아니라 나의 조카 때문입니다. 소승의 조카는 이미 결혼하여 남편이 있는 몸이나 나리 혼자서 안장현에 부임하는 것은 너무 무리인 듯하여 염치 불고하고 조카를 시켜 나리를 모시게 했던 것입니다. 참으로 고맙게도 천지신명이 보살펴셔서 아무런 사고 없이 무사히 귀환할 수 있게 되었으니 너무도 감사할 따름입니다. 이제 소승의 조카는 남편에게 돌아가야 하니 더 이상 나리를 모실 수 없을 듯합니다. 여기 싣고 온 재물은 나리가 모두 알아서 처리하시기 바랍니다."

양겸지는 이 말을 듣고 나서 눈물을 흘리며 대성통곡하더니 이 씨와 그 중 앞에 엎드려 절했다.

"저를 이렇게 괴롭게 하시다니! 차라리 죽는 게 나을 것이외다."

양겸지가 작은 칼을 꺼내더니 자기 목에 겨누고 찌르려 했다. 이 씨는 깜짝 놀라 양겸지를 껴안으며 칼을 빼앗고는 목 놓아 울기 시작했다. 그 중이 달래며 말했다.

"괴로워할 필요 없소이다. 이별은 피할 수 없는 것. 나는 그녀의 남편에게 이미 약속하였소이다. 출가한 사람으로서 어찌 거짓을 말할 수 있겠소."

양겸지가 눈물을 흘리며 말했다.

"재물은 스님과 이 씨가 모두 가지고 가시오. 나는 그저 괴로움 때문에 견딜 수가 없을 뿐이외다."

그 중은 양겸지의 진심을 알아보고는 이렇게 말했다.

"소승에게 나름 해결책이 있습니다. 일단 오늘 저녁은 배에서 묵고 내일 이별을 나누기로 합시다."

양겸지와 이 씨는 밤새 한숨도 자지 않고 흐르는 눈물을 닦는 것도 잊은 채 밤새 이야기를 나누고 또 나누었다. 이튿날 아침 세수를 마치고 아침을 먹고 나자 그 중이 양겸지가 안장현에서 관직 생활을 하면서 모은 재물을 열 등분 하자고 제안했다.

"양 공 나리가 그중 여섯을 갖고, 제 조카가 셋을 갖고, 소승도 하나를 갖겠습니다."

양겸지와 이 씨는 모두 말이 없었다. 이 씨와 양겸지는 서로 부둥켜안고 헤어지려 하지 않았다. 진정 이제 헤어지면 죽어도 다시 못 만날 것 같은 모습이었다. 이 씨는 하는 수 없이 강둑으로 발걸음을 옮겼다. 양겸지 역시 배를 띄웠다. 그 중이 또 이렇게 말했다.

"여기서부터 물길이 가장 험난합니다. 소승이 나리를 임안까지 바래다드리리다. 우리가 다른 사람 물건을 빼앗아서도 아니될 것이나 다른 사람에게 우리 재물을 빼앗겨서도 아니 될 것입니다."

그 중은 양겸지를 임안까지 바래다주었다. 양겸지는 그 중을 억지로 두 달 동안 집에 머물게 하고는 후히 사례하고 더불어 편지를 써서 이 씨에게 감사를 표했다. 이때부터 양겸지와 이 씨 사이에는 편지가 끊일 새가 없었다. 시 한 수를 들어 이를 증거한다.

낯선 땅, 낮은 벼슬, 외로운 이 몸
스님 덕에 소식 주고받는 짝이 생겼네.
그 누구에게도 함부로 대하지 마라
이 세상 어딘들 기인이 없으랴?

陳從善梅嶺失渾家

진종선이 매화고개에서
아내를 잃어버리다

이 작품의 주인공 진종선은 어려운 형편에도 착하게 살려고 노력하고 과거 시험 준비를 착실히 하여 1121년 3등의 성적으로 과거에 급제하였다. 그러나 그의 첫 부임지는 바로 광동성의 한 고을. 황하 문명의 후손이라 자처하는 자들의 입장에서 보자면 광동은 멀고도 험하고 상종하기 힘든 곳이었으리라. 그들은 짐승과도 같고, 그들을 만나는 일은 이 세상, 아니 저세상의 일인 듯 보였을 것이다.

이해 불가능한 대상을 어찌 이해 가능한 언어로 설명할 수 있으랴. 중원 사람의 눈에 비친 광동성은 그저 기기묘묘한 것들 투성이니 그들은 원숭이와도 같았다. 이 이야기의 원형이 되는 설화가 장화(張華, 232~300)가 편찬한 『박물지(博物志)』라는 책에 실려 전하고, 4세기에 편찬된 『수신기(搜神記)』에도 등장하는 것을 보면 황하 문명의 후손들이 남방으로 밀려나 남방 지역을 어쩔 수 없이 개척해야 하는 시기인 삼국 시대에 이런 이야기가 만들어졌을 것이라는 추정도 가능하다.

이 이야기가 천 년을 훌쩍 넘겨 풍몽룡의 손에 들어오면 삼국 시대 인물이 아니라 송 대의 인물로 주인공이 바뀔 뿐 아니라 불가해한 대상을 신비롭게 이해하는 이야기의 주술적 힘은 사라지고 거대한 힘을 지닌 이물에게 붙잡혀가도 정절을 지킨 여인과 정의를 위해 생명도 내주고자 했던 자의 승리를 기리는 도덕 교과서가 된다.

그대는 백마 타고 구름 속의 잔도를 달리고,

나는 돌무더기 어지러운 여울목에서 배를 젓노라.

그대와 나, 말채찍을 휘두르든 노를 젓든 서로들 비웃지 마세.

아스라이 멀리 있어 보이지도 않는 명리 때문에 우리 또 얼마나

고생하는가!

송나라 휘종 선화 3년(1121) 음력 정월, 현명한 선비를 뽑고자
한다는 황제의 방이 붙어 과거 시험이 크게 한 판 열리게 되었다.
동경, 즉 변량성(汴梁城)의 호이영(虎異營)이란 곳에 성은 진(陳),
이름은 신(辛), 자는 종선(從善)인 수재가 살고 있었으니, 나이는
스물이요, 돌아가신 아버지는 전전태위(殿前太尉)를 지냈던 분이
다. 진종선은 불행히도 부모를 일찍 여의고 혼자서 외롭게 살아가
고 있었다. 어려서부터 배우기를 좋아하여 문무를 겸비했다.

문장은 공자와 맹자를 넘보고 무예는 손무와 오기에 필적했으

니, 오경 삼사, 육도삼략에 통달하지 않음이 없었다. 진종선이 맞아들인 신부는 동경 금량교(金梁橋) 아래에 사는 장대조(張待詔)의 딸로 아명은 여춘(如春), 나이는 바야흐로 열여섯, 꽃처럼, 옥처럼 예뻤다. 그 꽃은 말을 할 줄 아는 꽃이요, 그 옥은 향기를 내뿜는 옥이라, 그들 부부는 마치 물고기가 물을 떠나 살 수 없듯이 '한날한시에 태어나지 않았어도 한날한시에 같이 죽고자 하는' 그런 부부였다.

진종선은 온 마음을 다해 착하게 살고자 노력했으며 스님이나 도사들을 대접하기 좋아했다. 어느 날 진종선이 아내에게 이렇게 말했다.

"이제 황제께서 방을 내걸고 현자들을 가려 뽑고자 하시니 나역시 과장에 나가 낮은 자리라도 하나 얻기를 바라오. 그리하여 우리 가문을 새롭게 일으킬 수 있다면 얼마나 좋겠소!"

아내 여춘이 대답했다.

"당신의 운수가 닿지 않아 급제하지 못할까 걱정입니다."

"문무를 다 배우고 갖추었으니 응당 왕실에 팔아야 할 것이오."

며칠 지나지 않아 진종선은 과거장으로 달려가 (시험을 치르고) 다른 과시생들과 함께 방이 붙기만을 기다렸다. 열흘이 채 못 가서 방이 붙고 진종선은 제3급 진사에 이름을 올렸다. 급제자들을 축하하는 연회가 끝나자 진종선은 황제의 은혜에 감사를 올렸다. 황제는 친필로 진종선을 광동(廣東) 남웅(南雄) 사각진(沙角鎭)의 순검사(巡檢司)의 순검으로 임명했다. 진종선은 집에 돌아와 아내 여춘에게 말하였다.

"이제 내가 황제의 은혜를 입어 남웅의 순검으로 임명되었으니 당장 부임해야겠소. 내 듣기로 광동으로 가는 길은 높디높은 고개를 넘어야 하며, 만 겹 높은 산이 가로막고 있어 가기가 쉽지 않고 게다가 도적들과 학질을 일으키는 기운도 많다고 하오. 하지만 어서 짐을 꾸려 그 길을 떠나야 하니 이를 어쩐단 말이오?"

"소첩은 낭군님께 시집온 이래로 동고동락을 당연하게 생각하고 있습니다. 이제 낭군님께서 벼슬자리를 하러 떠나시는데, 길이 아무리 험난하다고 해도 따라나서야지요. 무얼 걱정하겠습니까?"

진종선은 아내의 말을 듣고 마음이 적이 놓였다.

청룡과 백호가 함께하니
길흉을 전혀 알 수가 없구나.

그날로 진종선은 하인 왕길(王吉)을 불러 분부했다.

"내가 이제 광동 남웅의 순검이라는 직책에 임명되었다. 하지만 갈 길이 매우 험하고 힘들 것 같구나. 네가 하인 하나를 구해 나랑 같이 가도록 해 주거라."

왕길이 진종선의 명을 받들어 시내로 가서 하인을 구했음은 굳이 말하지 않아도 알 일이다.

진종선은 주방의 하인에게 명령하기를 내일이 4월 초사흘이라 재를 지낼 것이니, 음식을 충분히 준비하여 전진교의 모든 떠돌이 도사를 하나도 빠짐없이 대접하라 했다.

진종선의 집에서 재를 준비하는 이야기는 잠시 여기서 멈추도록 하자. 한편 대라선계(大羅仙界)의 진인, 그러니까 '자양진군(紫陽眞君)'이 선계에서 바라보니 진종선이 재를 올리고 도사들을 대접하는 정성이 너무도 지극해 보였다. 이제 바야흐로 남웅에 순검으로 가게 되는데, 아뿔싸 그의 아내에게 천 일의 액운이 있겠구나. 자양진군이 대혜진인(大慧眞人)에게 분부했다.

"동자 도인으로 변신하여 내가 하는 말을 잘 듣거라. 너는 이제 이름을 나동(羅童)이라 하고, 임시로 진종선의 수행원이 되어 부부 두 사람을 호송하도록 하라. 진종선의 아내가 요물을 만나면 네가 그녀를 보호해야 한다."

동자 도인으로 변한 대혜진인은 자양진군을 따라 진종선을 만나 인사를 나누었다. 재를 마친 자양진군이 진종선에게 물었다.

"예전에 재를 올릴 때는 그렇게 기쁜 낯이더니 오늘은 어찌 그리 걱정 많은 얼굴이시오?"

진종선이 손을 모아 인사를 올리고는 아뢰었다.

"소생의 말씀을 들어 보십시오. 제가 성은을 입어 남웅의 순검에 임명되었습니다. 그러나 길이 멀고도 험난한 데다 같이할 형제도 없으니 그래서 걱정하고 있었던 것입니다."

자양진군이 말했다.

"나한테 나동이라 불리는 동자가 하나 있습니다. 나동이 어리기는 해도 능력은 출중하답니다. 이제 나동에게 그대를 남웅 사각진까지 모시고 가게 할 테니 사각진에 도착하거든 돌려보내 주시오."

진종선 부부가 감사의 절을 올렸다.

"진인께서 이렇게 찾아 주시고 게다가 동자 도인까지 데리고 오셔서 저희와 같이 가게 해 주시니 이 은혜를 어찌 다 갚을 수 있겠습니까?"

자양진군이 말했다.

"보잘것없는 이 도인은 물질세계를 초월한 자이며 영욕을 따지지 않는 자이니 무슨 보답을 바라겠소이까?"

자양진군은 말을 마친 뒤 소매를 훌훌 털고 떠났다. 진종선이 말했다.

"나동이 우리와 짝하여 같이 길을 간다니 얼마나 좋은지 모르겠소."

비파와 검과 책 상자를 챙기고 친척과 이웃에게 하직 인사를 하고 문단속을 한 다음 동경을 출발했다. 십 리마다 정자 하나 오리마다 정자 하나 구불구불 이어진 길, 그 길에 보이는 것들은 다음과 같았다.

마을 앞에는 초가집
마을 뒤에는 대나무 울타리.
마을 막걸리 냄새가 술 항아리에서 배어나고
술 단지에는 탁주 가득 담겼다.
옷걸이에 걸린 삼베옷은 농사꾼이 어제 와서 술값으로 벗어 놓고
간 것
술집 깃발의 글자는 촌 동네 선비가 술김에 휘갈긴 것.
술 한잔 걸치러 온 자들은 잠시 등짐과 배낭을 내려놓고

갈 길이 바쁜 자들은 아예 말과 마차를 세우지 않는구나.

진종선은 말을 타고, 아내 여춘은 마차를 타고, 왕길과 나동은
책 상자와 짐을 메고 길을 나섰다. 배고프면 밥 먹고 목마르면 물
마시고 밤이면 잠자리에 들고 아침이면 일어나 길을 걸었다. 한편
나동은 이런 생각을 하게 되었다.

"이 몸은 대라선계의 대혜진인 아닌가. 한데 자양진군께서는
이 몸에게 남웅 사각진으로 부임하는 진종선을 수행하라 하셨구
나. 일부러 미친 척하고 바보짓 하여 진종선 일행이 내가 누군지
전혀 상상도 못 하게 해야겠다."

이에 나동은 걸음을 제대로 걷지 않고 뒤로 처지기 시작했다.
여춘은 나동이 이렇게 걸음이 처지는 것을 보자 화를 내며 연거
푸 두세 번이나 진종선에게 그를 돌려보내라 재촉했지만 진종선
은 그 말을 듣지 않았다. 진종선은 자양진군의 은혜를 저버리고
싶지 않았다. 한참 길을 가다가 불을 피워 밥을 지었다. 나동은
훌쩍거리며 울더니 밥을 먹으려 들지 않았다. 이제 진종선도 슬
슬 화가 나기 시작했다. 진종선의 부인 여춘은 어서 나동을 돌려
보내라고 성화를 냈다. 나동은 그럴수록 더욱 앙탈을 하며 꿈쩍
도 하지 않으려 들었다. 왕길이 나동을 부축하여 억지로 길을 떠
났지만 오 리도 채 못 가서 나동이 허리가 아프다며 울기 시작하
더니 도무지 그치려 들지를 않았다. 여춘이 진종선에게 말했다.

"나동의 도움을 좀 받을 수 있을까 했는데, 지금까지 손톱만큼
도 일을 하려 들지 않으니 차라리 돌려보내는 게 상책이겠어요."

진종선이 아내의 말을 듣지 않았어야 했는데 아내 말을 듣고 나동을 돌려보내고 말았다. 이 일로 여춘은 낯선 타향에서 귀신이 될 뻔했다.

꿈속에서 사슴을 잡았다는 자, 잡은 사슴을 빼앗겼다는 자, 이 재판을 맡은 정나라 재상은 판결하기 힘들어라
꿈속에서 나비 꿈을 꾸었다는 장주, 진짜 장주가 나비 꿈을 꾸었는가, 아니면 나비가 장주 꿈을 꾼 것인가?

그날로 나동을 돌려보내고 나니 귓가에서 울리던 귀찮은 소리 역시 깔끔하게 사라졌다. 진종선 부부와 왕길 세 사람은 계속 길을 떠났다.

한편 매화고개 북쪽에는 신양동(申陽洞)이라 불리는 동굴이 하나 있었다. 그 신양동에는 괴물이 하나 살았으니 그 이름이 바로 신양공(申陽公)이라. 신양공은 원숭이 요물이었다. 신양공에게는 형 둘과 여동생 하나가 있었다. 첫째 형은 통천대성(通天大聖), 둘째 형은 미천대성(彌天大聖)이었다. 신양공은 바로 제천대성(齊天大聖)이었고, 여동생은 바로 사주성모(泗州聖母)였다. 이중에서도 특히 제천대성은 신통력이 광대무변하고 변신술에 능하여 산과 굴속의 요물들을 제압하고 산속의 맹수들을 호령할 수 있었다. 요술을 부려 마음에 드는 여인을 훔칠 수 있었으며, 달빛에 휘파람 불고 바람에 노래를 부르며, 아주 특별하게 맛난 술을 마셨다. 그는 하늘과 땅이 다할 때까지 즐길 것이며 해와 달처럼 오래 살

것이라 하였다.

이 제천대성이 동굴에서 고갯마루 아래로 예쁜 여인을 태운 수레 하나가 오고 있는 것을 보았다. 꽃처럼, 옥처럼 아름다운 여인을 보자 제천대성은 그 여인을 훔치고자 하는 생각이 바로 들었다. 이에 산신령을 불러 분부했다.

"어서 조화를 부려 객점을 하나 만들고 너는 점원으로 변신하고 나는 객점 주인으로 변신하자. 저놈들이 필시 우리의 객점에 투숙할 것이니 밤이 깊어질 때를 기다렸다가 저 여인을 내 동굴로 데리고 갈 것이다."

산신령이 제천대성의 명령을 받들어 객점 하나를 만들어 내니 신양공은 객점 주인으로 변신하여 객점에 앉았다. 마침 때는 황혼녘이라 진종선과 부인은 왕길과 함께 매화고개 아래에 이르렀다. 하늘이 어둑어둑해지는데 마침 손님을 맞이하고자 호객하고 있는 객점 하나가 보였다. 왕길이 성큼성큼 다가가 문을 두드리니 점원이 나와서 물었다.

"무슨 일이시오?"

왕길이 대답했다.

"나의 주인어른이 남웅 사각진의 순검직을 맡아 가시는 길입니다. 이 근처에 관리를 위한 객사가 없기에 이 객점에서 묵었다가 날이 밝으면 다시 길을 떠나려고 하오."

신양공은 진종선 부부를 객점 안으로 맞아들여 가장 좋은 방으로 안내했다. 신양공이 진종선에게 말했다.

"나이가 여든이나 된 노인네가 오늘 밤 괜히 쓸데없는 말을 하는 것 같긴 하지만 그래도 나리께 한 말씀 드리고 싶소이다. 저 앞 매화고개는 너무 험하고 외져서 호랑이와 승냥이와 도적 떼가 출몰하니 부인은 일단 이곳 객점에서 머무르게 하시고 나리께서 먼저 임지로 가신 다음 군졸들을 파견하시어 부인을 모시고 가 는 것이 좋을 것 같습니다."

진종선이 대답했다.

"이 몸은 삼대에 걸친 무인 집안의 자손이오. 무예에 통달하여 나라의 은혜에 보답하고자 하는 일념을 늘 품고 있소이다. 내 어찌 호랑이와 승냥이와 도적 떼를 두려워하겠소?"

신양공은 더 이상 권해 보아야 소용이 없을 것을 눈치채고서 입을 다물고 물러났다.

한편 진종선 부부는 객점의 방에 들어가 저녁 요기를 했다. 시 간은 일경이 지나 이경이라, 진종선이 먼저 옷을 벗고서 침상 위 에 누웠다. 이때 방 안에서 한바탕 바람이 불어왔다.

지옥문 앞의 나무를 불어 넘어뜨리고
저승 지붕 위의 먼지를 날려 버리는구나.

한바탕 바람이 훑고 지나가니 바람에 촛불은 반쯤 사그라졌다 가 다시 밝아졌다. 진종선이 놀라 급히 옷을 챙겨 입고 일어나 보 니 방에 있던 아내가 사라지고 보이지 않았다. 진종선이 방문을 열고 왕길을 불렀다. 왕길이 자다가 자기를 부르는 소리를 듣고는 영문을 몰라 어리둥절했다. 진종선이 왕길에게 말했다.

"방 안에 한바탕 바람이 불어오더니 아내가 사라져 버렸구나."

진종선과 왕길이 급히 객점 주인을 소리쳐 불렀으나 응답이 없었다. 진종선과 왕길이 자세히 살펴보니 객점 자체가 눈에 보이지 않았다. 왕길 역시 대경실색했다. 다시 보니 자기들이 황량한 들판에 서 있는 것 아닌가. 그저 책 상자와 짐짝과 말만 있을 뿐 등불도, 객점도, 객점 주인도 모두 흔적도 없이 사라진 상태였다. 바로 이날 밤부터 진종선은 삼 년 동안 아내의 얼굴을 보지 못하게 되었으니 그 후에 일들이 어떻게 되었는지는 알 길이 없구나.

비와 안개에 덮인 마을이요, 안개에 싸인 도성이라
남북조차 분간할 수 없으니 갈 길을 어찌 헤아릴 수 있으리?
갈피를 잡을 수 없어 장승요(張僧繇)의 그림을 참고하였으면[23]
이젠 그 그림을 다시 말아 두어야지.

진종선은 왕길과 함께 망루에서 사경을 알리는 북소리가 울리는 것을 들었다. 이날은 달이 밝았다. 진종선과 왕길 두 사람은 별빛 아래에서 객점도 없고, 인가도 없음을 확인하고 혼이 저 멀리 다 빠져 버리고, 정신이 아득해졌다. 진종선은 하는 수 없이 왕길에게 등짐을 지게 하고 자신은 말에 올라타고서 달빛 아래에서 길을 떠났다. 길 위에서 진종선은 생각에 잠겼다.

---

23 장승요은 남북조 시대 양나라(502~557) 때의 유명한 화가로 특히 사실적인 묘사가 뛰어났다고 한다. 여기서는 사진처럼 풍경을 묘사한 장승요의 그림을 참고하여 길을 찾는다는 의미이다.

陳從善梅嶺失渾家

"대체 누가 이런 도술을 부려 객점을 만들어 내고 내 아내를 도적질해 간 것일까? 세상에 이런 기이한 일이 다 있는가?"

진종선은 길을 가면서도 울음을 그치지 않았다.

"아, 내 아내의 행적을 종잡을 수조차 없구나."

구불구불 이어진 길을 걷노라니 어느덧 날이 밝아 왔다. 왕길이 진종선을 달래며 이렇게 말했다.

"나리, 걱정은 잠시 접어 두시고 급한 일부터 처리하시지요. 앞에 보이는 매화고개는 너무도 험난하고 울퉁불퉁하여 건너기가 어렵습니다만 사각진에 부임하시려면 그 고개를 넘어야만 합니다. 일단 먼저 부임하신 다음 마님의 소식을 알아보시고 마님을 찾아오셔도 늦지 않을 것입니다."

진종선은 왕길의 말을 듣고서 차마 내키지 않았지만 억지로 길을 계속 걸었다.

한편 신양공은 여춘을 안고서 동굴로 돌아왔다. 여춘은 놀라서 혼비백산했다가 얼마 지나지 않아 깨어나더니 눈물을 비 오듯 흘렸다. 이 동굴에 먼저 와 있던 여인이 있었으니 이름이 모란(牡丹)이라, 그녀 역시 오래전에 붙잡혀 온 신세였다. 모란이 여춘에게 다가와 너무 걱정하지 말라고 달래 주었다. 신양공이 여춘에게 말했다.

"이 몸하고 그대가 전생에 인연이 있는지라 그대가 이렇게 이 동굴에 오게 된 것이라. 이곳은 별천지라. 그대는 내 동굴의 신선 복숭아, 신선의 술, 검은깨 밥을 먹으라. 그러면 불로장생하리라. 동굴 안에 있는 저 여신선도 인간 세상에서 내가 데려왔네. 그대

는 고민하지 말라. 나와 같이 신방에 들어 운우지정을 나누도록
하자."

여춘은 그 말을 듣고 더욱 애절하게 울면서 신양공에게 애원
했다.

"저는 이 동굴 안에서 잘 먹고 잘사는 일이나 불로장생에는 관
심이 없고 그저 보통 사람들처럼 살다가 죽기를 원합니다. 더구나
운우지정은 생각조차 할 수 없습니다."

신양공은 여춘의 말을 듣고 생각에 잠겼다.

"내가 저 여인에게 마음이 동하였으나 저 여인은 나에게 마음
을 열지 않는구나. 저렇게 고집을 부리는데 억지로 차지하려 들
면 분명 목숨을 버리고자 할 테니 그럼 저렇게 젊고 아름다운 여
인이 너무 아깝지 않은가?"

신양공은 금련동주(金蓮洞主)를 불렀다. 금련동주 역시 신양공
이 붙잡아 온 여인으로 이 동굴에 온 지 이미 몇 년이 지났다. 신
양공이 금련동주에게 당부했다.

"여춘을 잘 구슬려 봐. 어쨌든 좋은 말로 잘 구슬려서 마음을
돌려 봐."

금련동주는 여춘을 자기 방으로 데리고 가서 술과 음식을 내
놓았다. 여춘은 술도 음식도 입에 대지 않고 근심 걱정만 했다.
금련동주와 모란은 여러 차례 여춘을 달랬다.

"기왕에 붙잡혀 온 신세인데 어쩔 수 없잖아요. 처마가 낮으면
고개를 숙이지 않을 수 없다는 속담도 있잖아요."

여춘이 금련동주에게 대답했다.

　　　　　　　　　陳從善梅嶺失渾家

"언니들은 내가 이생에서 부부의 연을 맺었다가 하룻밤에 저 요물에게 붙잡혀 온 것을 아시는지요? 저에게 운우지정을 나누자고 강요하는데 절대로 그럴 수는 없습니다. 저는 차라리 죽음으로 정절을 지키고자 합니다. 옛말에도 열녀는 불사이부라고 하지 않습니까. 저는 죽었으면 죽었지 욕을 당하고 싶지 않습니다."

금련동주가 말했다.

"산 아랫녘의 일이 궁금하면 거기를 지나온 사람에게 물어보라고 하잖소. 나도 동생과 똑같은 일을 겪은 사람이라오. 나는 남웅부(南雄府)에서 살았고 남편도 돈 많고 번듯한 사람이었다오. 하지만 저 신양공에게 붙들려 이 동굴에 온 지도 벌써 오 년이 지나 버렸소. 동생 눈에 저 신양공은 참 험상궂게 보일 것이오. 실은 나도 처음에는 그렇게 생각했지요. 그러나 저 얼굴도 오래 보다 보니 그래도 봐줄 만하더이다. 동생 역시 기왕에 이렇게 된 거 다른 방법이 없잖소. 신양공의 말을 듣는 게 나을 거외다."

여춘은 그 말을 듣고 버럭 화를 내며 욕을 했다.

"당신처럼 천박한 여인들이야 모욕을 당하면서도 구차하게 목숨 부지하고 살지 몰라도 나는 그런 여자가 아니에요!"

금련동주가 그 말을 듣고 이렇게 말했다.

"좋은 말로 타이르는데도 듣지 않으니 화를 당해도 싸네."

금련동주는 신양공에게 돌아가 보고했다.

"새로 데려온 여인은 도시 말을 듣지 않고 악담을 퍼부으며 아무리 권해도 들으려 하지 않습니다."

신양공이 버럭 화를 내며 말했다.

"망할 것이 이렇게 예의를 모르는구나. 쇠망치로 때려죽일 것을 용모가 아까워 살려 두었더니 이렇게 고집을 피우며 말을 듣지 않으니, 이를 어쩐다!"

신양공이 모란을 바라보면서 당부했다.

"네가 저년을 좀 맡아 줘야겠어. 저년의 머리카락을 눈썹 아래로 못 내려오게 싹둑 잘라 버리고 머리카락을 헝클어 버리고 신발도 벗긴 다음 산에서 물을 길어 꽃과 나무에 물을 주게 하고 하루 세 끼도 죽지 않을 정도로만 먹여라."

그 말을 듣고 모란은 여춘의 머리를 깎아 버리고 두 발에서 신발을 벗기고는 물 양동이를 건네주었다. 여춘은 계곡 아래로 몸을 던져 죽고 싶었다.

"하늘이 나를 불쌍히 여긴다면 나의 재앙을 거두어 가시고 복을 내리셔서 언젠가 낭군님을 다시 만날 수 있지 않을까."

이런 생각에 여춘은 눈물을 흘리면서도 물을 길었다.

> 괴롭고 힘들어도 정절을 지키는 여인이 되리
> 욕심 많고 음란하며 비천한 사람이 되진 않으리라.

진종선의 아내 여춘이 신양동에서 고생하는 이야기는 여기서 접자. 한편 진종선은 왕길과 동경을 떠난 지 두 달여, 매화고개 북쪽에 이르러 신양공에게 아내를 빼앗기고 그 아내를 찾을 길이 막막했다. 왕길이 우선 임지로 가서 부임하는 게 중요하다고 설득하니 진종선은 그곳을 포기하고 떠나왔는데 앞선 촌락에 주

陳從善梅嶺失渾家

점이 하나 눈에 띄었다. 진종선은 주점 문 앞에 다가가 말에서 내려 왕길과 함께 주점 안으로 들어갔다. 그리고 술과 음식을 사서 먹고는 값을 치르고 다시 말을 타고 떠났다. 매화고개 아래쪽에 초가집이 하나 보이니 바로 점을 치는 집이라. '길흉화복을 족집게처럼 맞추는 신기가 넘치는 양전간(楊殿幹) 점집'이라 쓰여 있었다. 진종선은 안장에서 내려 점집 안으로 들어가서 양전간을 만났다. 양전간이 물었다.

"무슨 일로 오셨소?"

진종선이 지난밤 아내를 잃어버린 사정을 이야기했다. 양전간이 향을 피우고 신을 청하니 진종선이 무릎을 꿇고 절을 올리며 축도했다. 양전간이 점괘를 잡아냈는지 붓을 들어 네 구절의 점사를 적었다.

이 재난은 천 일 가겠구나
그 여인은 의지 또한 군도다.
자양진군이 찾아오는 그날
깨진 거울이 다시 붙겠구나.

양전간이 입을 열어 점사를 풀어 주었다.

"그대는 너무 심려하지 마시오. 부인께서는 천 일의 횡액에 빠졌소이다. 삼 년 후에 자양진군을 다시 만나면 그대 부부는 다시 상봉할 것이오."

진종선은 혼자 생각에 잠겼다.

"우리가 일찍이 동경에서 자양진군을 만났을 때 자양진군이 나동을 붙여 주셨는데 나동이 귀찮게 군다고 우리가 돌려보내지 않았는가. 수천 리 먼 길에 떨어져 있는 자양진군을 어떻게 다시 만날 수 있을까?"

진종선은 그래도 마음이 조금이 놓이는지라 복채를 지불하고 양전간에게 감사 인사를 한 뒤 말에 올라타 왕길과 함께 매화고개에 올랐다. 진종선이 매화고개를 바라보니 진정 험준하기 이를 데 없었다.

이 세상 험준한 길 무엇이냐고 물으신다면
대유(大庾)산맥 매화고개가 가장 힘들다 대답하리.
엄니를 가는 호랑이가 떼를 지어 달려가고
독기를 품는 왕뱀이 땅바닥에 굼실대네.

진종선은 왕길과 같이 매화고개를 넘었다. 고개 남쪽 이십 리 되는 곳에 작은 정자가 있었으니 이름이 접관정(接官亭), 즉 부임하는 관리를 맞는 정자라. 진종선은 말에서 내려 정자로 들어가 잠시 쉬었다. 이때 갑자기 왕길이 보고를 했다.

"남웅 사각진 순검아문(巡檢衙門)의 호위병들이 나리를 맞으러 왔습니다."

진종선은 그들을 들어오게 하여 인사를 나누었다. 하룻밤을 지내고 다음 날 호위병들과 함께 말을 타고 임지로 출발했다. 관아에 도착하여 현청에 오르니 뭇사람들이 인사를 올렸다. 진종선이 사각진에서 일을 처리함이 청렴하고도 근엄하기 그지없었다.
세월은 쏜살같이 흘렀다.

손가락 튕길 정도의 짧은 시간에 창밖의 햇빛은 지나가 버리고
잠깐 앉아 있는 사이 탁자 앞에 꽃 그림자가 옮겨 앉았네.

진종선이 사각진에 부임한 지도 어언 일 년이 지났다. 그동안
사람을 보내 아내 여춘의 소식을 알아보았으나 도무지 종적을 찾
을 수가 없었다.

동해 바다 바닥에 돌멩이가 가라앉은 듯
날고 있던 종이 연의 끈이 떨어진 듯.

아내 여춘의 소식을 알 수 없는 진종선은 너무도 답답했다. 진
종선은 아내 생각에 하루 종일 눈물만 흘렸다.
진종선이 아내 생각에 푹 빠져 있을 때 호위병이 득달같이 달
려와 보고했다.
"나리, 큰일 났습니다. 지금 남웅부 부윤께서 서찰을 보내와 상
황을 알려 주셨습니다. 진산(鎭山)의 호랑이라는 별명을 가진 도
적 양광(楊廣)이 오백에서 칠백 명의 졸개들을 거느리고 남림촌
(南林村)을 점거하고 인가를 약탈하고 살인과 방화를 일삼아 백
성들이 큰 피해를 입고 있다 합니다. 서찰에서는 또한 나리에게
어서 서둘러 휘하의 장병 천여 명을 거느리고 무기를 갖춘 다음

도적 떼를 수포하라고 명령하고 있습니다."

진종선은 즉시 무기를 챙기고 말안장을 씌운 다음 갑옷을 갖춰 입고 천 명의 병사를 거느리고 남림촌을 향해 달려갔다.

한편 그때 남림촌의 양광은 산채에서 술을 마시고 있었다. 졸개가 달려와 보고했다.

"관군이 쳐들어오고 있습니다."

양광은 칼을 차고 말에 올라타 징 소리를 울리게 하며 오백 명의 졸개를 거느리고서 관군을 맞아 싸우러 달려 나갔다. 진종선과 양광은 대거리도 생략하고 바로 싸우기 시작했다. 도적 떼가 어찌 관군을 이겨 낼 수 있겠는가? 열 합이 못 되어 진종선은 창으로 양광을 꿰어 말 아래로 떨어뜨려 머리를 베고 졸개들을 도륙했다. 진종선은 도적들의 머리를 꿰어 들고 남웅부 관아로 돌아와 부윤에게 바쳤다. 부윤은 크게 기뻐하며 진종선에게 상급을 내렸다. 진종선은 자신의 순검 관아로 돌아와 술잔치를 열었다.

그 명성이 남웅부에 크게 떨치고
절륜한 무예는 뭇사람들의 부러움을 사게 되었구나.

진종선이 남웅부 사각진에 부임한 지도 어언 삼 년이 되었다. 이제 임기가 차서 신임 관리와 교대할 시기였다. 진종선은 짐을 꾸리고 왕길과 함께 사각진을 출발하여 이틀 거리를 하루에 당겨 걸으니 마침내 유령(庾嶺) 아래에 도착했다. 붉은 해가 서산에 기웃기웃 날이 저물었다. 진종선 일행은 멀리 소나무 숲속에 절이 하나 있는 걸 발견했다. 왕길이 진종선에게 고했다.

"나리, 저쪽에 절이 하나 있는데 오늘은 거기서 머물도록 하시지요."

진종선이 말 재갈을 다잡고 앞으로 나아가 보니 절의 현판에 새겨진 '홍련사(紅蓮寺)'라는 황금색 세 글자가 눈에 들어왔다. 진종선은 말에서 내려 왕길과 함께 절 안으로 들어갔다. 이 절의 주지는 전대혜선사(旃大惠禪師)로 법력이 광대하고 덕행이 높은 스님으로 부처의 화신으로 숭앙받았다. 행자가 주지에게 알렸다.

"지나가는 과객이 하루 묵고자 합니다."

주지가 행자에게 모시라 하여 진종선이 방 안으로 들어가 주지를 만났다. 인사를 올리니 주지가 물었다.

"어디에서 오는 길이신지요?"

진종선이 자신의 소경력을 고했다.

"자비로운 스님께서 아내를 찾을 수 있는 방법을 알려 주신다면 그 크신 은혜를 잊지 않겠습니다."

"내 말을 잘 들으시오. 그대의 부인을 빼앗은 일은 바로 천 년 묵은 흰 원숭이 요물이 한 짓이오. 그놈은 도술이 변화막측하다오. 그대 부인은 성정이 곧아서 절개를 굽히지 않은 탓에 그 요물한테 머리카락을 잘린 채 신발도 신지 못하고 물을 길어 화초에 물을 주는 힘든 일을 하고 있소. 신양공이라 불리는 그 요물은 이 절에 와서 설법을 듣곤 한다오. 그대가 부인을 만나고자 한다면 이 절에 좀 더 머무십시오. 그러다 신양공이 찾아오면 내가 잘 설득하여 그대 부인을 풀어 주도록 할 것이오. 그대 생각은 어떠시오?"

진종선은 주지의 말을 듣고 너무도 기뻐 절에 머물게 되었다.

오 리쯤 걸으면 닿는 작은 봉우리
그 봉우리에서 또 길은 동서남북으로 갈리네.
세상의 길 잃은 나그네들
저 손가락이 가리키는 것을 따라 큰길로 나아오네.

진종선은 홍련사에서 열흘 넘게 머물렀다. 어느 날 행자가 주
지에게 이렇게 고했다.

"신양공이 찾아오셨습니다."

진종선은 그 말을 듣고 주지 스님 방의 병풍 뒤로 몸을 숨겼
다. 주지가 그를 맞아들이니 신양공이 주지의 방으로 들어와 인
사를 나누고는 자리를 잡고 앉았다. 행자가 차를 올렸다.

차를 마시고 나서 신양공이 주지에게 말했다.

"소인이 무능하게도 애욕을 끊지 못하고 여색에 본성이 미혹당
했습니다. 누가 이 호랑이 목에 씌워진 방울을 풀어 줄 수 있겠습
니까?"

주지가 대답했다.

"그대가 호랑이 목에 씌워진 방울을 풀어 낸다면 색을 탐하는
본성 또한 사라질 것입니다. 색즉시공이요, 공즉시색이라 하였으
니 속진 세상의 티끌에 조금도 더럽혀지지 않으면 세상의 모든
이치에 저절로 밝아질 것입니다. 이 늙은 중이 감히 말을 좀 하자

陳從善梅嶺失渾家

면 그대 동굴에 여춘이라는 여인이 삼 년 전에 붙잡혀 왔다고 하더이다. 지조 있는 여인이라 하니 그녀를 풀어 주어 고향에 갈 수 있게 해 준다면 이 역시 정욕을 끊는 길이 될 것입니다."

신양공이 그 말을 듣고 대답했다.

"소인은 그 여인이 미워 죽겠습니다. 물 긷는 벌을 삼 년이나 주었는데도 아직도 마음을 돌리지 않고 있습니다. 이렇게 고집 센 여인은 그냥 풀어 줘서는 안 됩니다."

진종선이 병풍 뒤에서 그 말을 듣고 분을 이기지 못했다.

가슴에선 불길이 이는 듯
하도 이를 갈아서 입안의 이가 다 사라져 버린 듯.

진종선은 차고 있던 칼을 빼어 들고 신양공의 머리를 향해 내리쳤다. 신양공은 손가락 하나로 튕겨 그 칼이 반대로 진종선을 향하게 했다.

"내가 주지 스님의 체면을 봐주지 않았다면 네 놈의 뼈를 갈아 버리고 몸을 다 찢어 버렸을 것이다. 이 원수는 꼭 갚아 주마."

말을 마치고 신양공은 주지에게 인사를 하고 돌아갔다. 동굴로 돌아간 신양공은 진종선의 아내 여춘을 불러 배를 가르고 심장을 도려내려 하였으나 모란과 금련이 사정하여 겨우 예전처럼 물을 길어 꽃에 물을 주는 일을 다시 하게 했다.

진종선은 아내의 소식을 몰랐을 때는 그래도 나았으나 아내가 신양동이란 동굴에 있다는 것을 알고 나자 마음이 더욱 쓰라렸다. 진종선은 홍련사의 주지 방에서 주지에게 말했다.

"어찌하면 제 처를 만날 수 있을까요?"

"그거야 어려울 게 없지요. 소승이 길을 알려드릴 테니 산에 올라가서 찾아보시오."

주지는 행자를 시켜 진종선을 안내하여 산에 가도록 하니 행자는 안내를 마치고 돌아왔다. 아내를 찾으러 떠난 진종선이 과연 아내를 만날 수 있을까?

바람이 자니 나무에 매달려 우는 매미 소리 들리고
등불이 꺼지니 창가에 비치는 달빛이 보이네.

그날 진종선은 왕길을 데리고 행자의 안내를 받으며 매화고개 꼭대기까지 올라갔다. 험난하고 거친 길을 거침없이 헤쳐 가니 바위 옆의 연못가에 이르게 되었다. 거기에는 맨발로 물을 긷는 여인이 있었다. 진종선이 황망히 다가가 보니 바로 아내 여춘이었다. 부부는 껴안고 눈물을 흘렸다. 서로 지난날을 이야기하며 이게 꿈인가 생시인가 하였다. 여춘이 진종선에게 말하였다.

"어제 신양공이 돌아와서는 저를 죽이려고 하였습니다."

"고맙게도 홍련사 주지 스님이 이렇게 길을 알려 주셔서 당신을 만나게 되었소이다. 어서 여기서 도망칩시다."

"도망칠 수 없습니다. 신양공은 도술이 너무 뛰어나고 신통방통합니다. 만약 제가 도망갔다는 것을 알고 신양공이 쫓아오게 되면 당신의 목숨도 부지하기 힘들 것입니다. 제가 평소에 듣기로

　　　　　　　　　陳從善梅嶺失渾家

신양공은 자양진군을 무서워한다고 하니 자양진군께서 오셔야 우리가 여기서 빠져나갈 수 있을 것입니다. 당신은 어서 돌아가십시오. 신양공이 알면 큰일 납니다."

진종선은 하는 수 없이 아내 여춘을 그곳에 두고 홍련사로 돌아와 주지를 뵙고는 아내를 만나게 해 주어서 고맙다는 인사를 올렸다.

"신양공은 오직 자양진군만을 무서워한다고 합니다. 소인도 동경에서 자양진군을 뵌 적이 있기는 합니다만 지금 이곳은 너무도 먼 곳이라 어떻게 도움을 청해야 할지 모르겠습니다."

주지는 진종선이 애원하는 것을 보고 이렇게 말했다.

"소승이 가만히 참선에 들어가겠습니다. 그러면 어떻게 해야 하는지 깨달음이 있을 것입니다."

주지는 행자에게 향을 사르게 한 다음 한참 동안 참선에 들어갔다. 참선을 마친 주지가 진종선에게 이렇게 말했다.

"당초에 자양진군이 동자 도인 하나를 그대에게 붙여 주면서 같이 길을 가게 했는데 그대가 도중에 그 동자 도인을 쫓아내 버렸다는군요. 이제 어서 출발하시오. 급히 서둘러 사흘 안에 가면 틀림없이 보응이 있을 것이오."

진종선은 주지의 말을 듣고 홍련사를 나와서 이틀 동안 급히 걸음을 옮겼으나 아무도 만날 수 없었다.

한편 대라선경에 있던 자양진인은 나동에게 이렇게 일렀다.

"삼 년 전 진종선이 임지로 부임할 때 내가 너에게 진종선의 아내에게 천 일의 고통을 겪어야 하는 액운이 있다 했는데 이제 천 일이 지났구나. 진종선이 열심히 도를 닦고 수양하며 경건한 마음을 키운 것이 기특하니 너와 함께 아래 세상에 내려가고자 한다. 이제 매화고개에 있는 진종선의 아내를 고향으로 돌려보내 주어야겠다."

나동은 자양진인의 말을 받들어 아래 세상으로 내려가 광동으로 길을 잡았다. 마침 이날 진종선은 자양진인과 나동이 멀리서 오는 것을 발견하고는 황급히 다가가 무릎을 꿇고 간곡하게 고했다.

"진군이시여, 제발 저희를 살려 주십시오. 저의 처 장여춘이 신양공에게 납치되어 동굴에 갇혀 고통을 받은 지가 어언 삼 년입니다. 진군이시여, 제발 제 처를 고통에서 건져 주십시오."

진군이 웃으면서 말했다.

"진종선, 먼저 홍련사로 가서 기다려라. 내가 바로 뒤이어 갈 것이다."

진종선은 진군에게 인사를 올리고 먼저 홍련사로 가서 향불을 사르며 자양진군이 아내를 구해 오기를 빌었다.

　　도가서를 통해 도를 닦기를 게을리하지 않으며
　　몸을 닦고 도업을 세우기를 힘써 노력하니.
　　천년의 쇳덩어리 나무에서 꽃이 피기는 쉬워도
　　죽은 자가 다시 살아나기는 진정 어려워라.

진종선은 홍련사에서 하루를 기다렸다. 자양진군이 홍련사로

　　　　　　　　陳從善梅嶺失渾家

걸어 들어오는데 도인의 풍모가 비범했다. 주지가 절 문밖에 나가 자양진군을 영접하여 방으로 들어가 서로 인사를 나눈 다음 자리를 잡고 앉았다. 주지가 자양진군을 바라보니 신농씨와 복희씨의 풍모요, 천지의 이치를 꿰뚫은 자태요, 헌걸차고 늠름하기가 이를 데 없었다. 진종선이 자양진군 앞에서 절을 올리고 말했다.

"진군의 자비에 힘입어 저의 처 장여춘을 데리고 고향으로 돌아가기를 앙망하나이다. 그 은혜는 후히 보답하겠습니다."

진군이 향불을 사르는 탁자 앞에서 알 수 없는 몇 마디 주문을 외우니 방 안에서 갑자기 일진광풍이 일기 시작했다.

형체도 없고, 그림자도 없이 사람의 가슴속으로 파고드네.
2월에 복숭아꽃이 흐드러지게 피었구나.
땅바닥 낙엽을 모두 쓸어 가고,
산으로 불어 가더니 흰 구름을 걷어 내누나.

그 바람이 지난 곳에 붉은 두건을 쓴 장수 두 명이 나타났다. 그 장수들의 위풍당당함은 이루 말할 수 없었다. 두 귀신 장수가 자양진군에게 물었다.

"사부님, 시키실 일이 무엇입니까?"

자양진군이 말했다.

"어서 신양동으로 가서 신양공을 잡아 오너라. 실수가 있어서는 아니 되느니라."

두 귀신 장수는 떠난 지 얼마 안 되어 신양공을 쇠줄로 묶어 자양진군 앞에 데려왔다. 신양공이 무릎을 꿇으니 자양진군이 하늘의 장수에게 명하여 신양공을 저승 세계의 감옥으로 데려가 죄를 묻게 했다. 나동에게는 신양동에 가서 갇혀 있던 부녀들을 구출해 와서 각자 고향으로 돌려보내게 했다. 다시 만나게 된 장여춘과 진종선은 자양진군에게 감사 또 감사를 드렸다. 자양진군은 장여춘, 진종선, 주지와 작별하고는 나동과 함께 하늘로 날아올랐다. 진종선은 홍련사 주지에게 예물을 바쳐 감사를 표시하고 홍련사의 스님들과 인사를 나눈 뒤 짐을 꾸려 말과 마차에 올라타고 왕길과 함께 떠났다. 며칠 후 그들은 고향인 동경에 도착했다. 진종선 부부는 다시 만나 백년해로했다. 시 한 수로 이를 증거한다.

신양동에서 삼 년 동안 고초를 겪었네
사랑 깊은 부부 사이에 가슴이 끊어지는 고통이었네.
사악함은 결국 정의를 이기지 못하는 법
그녀의 정절은 오늘날까지 칭송받도다.

臨安里錢婆留發跡

전파류가 임안에서
크게 출세하다

집안을 말아먹을 팔자를 타고났다 하여 버림받을 뻔했던 아이. 노름, 소금 밀매, 강도질을 일삼던 그 아이가 나중에 한 지역을 호령하는 지방 왕이 된다. 그가 그렇게 될 수 있었던 것은 바로 운명 때문이다. 관상쟁이가 그의 미래를 알아보자, 관상쟁이를 믿은 지방의 유력자는 그의 미래에 투자하여 자신의 두 아들을 보내어 돕게 하고 자기 딸을 시집보낸다. 이렇게 모든 것은 운명이고 하늘이 주관하는 것이니 우리는 할 일이 없다.

성공한 지방 왕이 자신의 어두운 과거를 감추거나 합리화하기 위해 운명론을 동원하고 그 운명론에 걸맞은 이야기들을 만들어 낸 것은 아닐까? 그가 미천한 출신과 어두운 과거를 딛고 뭔가를 이루어 내기 위하여 쏟았을 무한한 노력과 자기 절제는 운명에 묻히고 만 것 아닐까?

이 작품의 주인공 전파류는 스스로 천하를 차지하고 싶은 욕망을 적절히 조절하며 지방 왕에 만족하고 새로운 강자가 출현하면 그 강자에게 고개 숙이고 타협할 줄 알았던 절제력 있는 인물이다. 여기에 더하여 적의 허점을 간파하여 적시에 공격하고 적의 기습을 예비하는 치밀함을 두루 갖춘 자이다. 그것이 그를 지방 왕으로 끌어올리는 원동력이 되었다. 하지만 지방 왕이 된 다음 자신의 어렸을 적 치부를 드러내는 용기까지는 없었던 모양이다. 대신 성공을 자랑하고픈 마음은 있어 금의환향하여 잔치를 벌이고 자신을 버리지 못하도록 했던 그 할머니와 재회한다.

명예와 출세는 그대 마음대로 이루어지는 것이 아니라
그대는 몇 년 동안 이 강산에서 곤고한 생활을 하였구나.
이제 대청엔 삼천의 식객이 그득하고
그대 칼 한 자루의 서슬에 열네 개 주가 떠는구나.
그대는 궁궐의 비단을 다 동원하여 노래자(老萊子)²⁴처럼 노년
에도 화려한 옷을 입고
저녁노을 노래한 그대의 시는 사령운의 시보다 나으리니.
언젠가 능운각(凌雲閣)²⁵에 그 이름 올라가면
옛날 왕후장상도 부럽지 않으리다.

---

24 춘추시대 초나라의 은자. 나이 일흔이 되어서도 부모를 즐겁게 해 드리고자 어린
아이처럼 화려하고 알록달록한 옷을 입었다고 한다.
25 당 태종 이세민이 장안에 세운 누각 능연각(凌烟閣)의 별칭. 이곳에 당 왕조를 창
업하고 당 태종을 도운 스물네 명의 공신의 초상화를 모시고 그 공을 기렸다.

여덟 구로 이루어진 이 시는 만당 시인 관휴(貫休, 832~912)의 작품이다. 유명한 승려 시인인 관휴는 황소의 난을 피하여 월 지역으로 와서 전왕(錢王)[26]에게 이 시를 바치고 만나기를 청했다. 전왕은 이 시를 보고 매우 흡족해했다. 다만 "그대 칼 한 자루의 서슬에 열네 개 주가 떠는구나."라는 구절이 스케일이 작다며 이 열네 개 주를 마흔 개 주로 바꿔 주면 접견을 허락하겠노라고 전했다. 관휴는 그러마고 말한 다음 네 구로 된 시를 지었다.

영화를 바라지도 아니하며 위엄에 굴복하지도 아니하네.
주의 개 수를 늘리고 글자를 바꾸는 것은 아무래도 따르기 어렵도다.
한가로이 구름 사이를 날아가는 들판 학이야 매일 곳이 없으니
이 강산 어느 곳인들 날아가지 못하리?

관휴는 시를 읊고 나더니 홀연히 촉 지역으로 떠났다. 전왕이 후회하며 그를 좇았으나 만날 수 없었다. 관휴는 그런 고승이었다. 나중에 누군가가 이런 시를 지어 전왕을 기롱했다.

---

26 이 작품의 주인공인 전류(錢鏐, 852~932)는 절강성 항주 사람이다. 오대십국 시기에 오월(吳越)을 창건했다. 당나라 말기에 동창(董昌)과 함께 농민 반란을 진압하여 공을 세워 진해 절도사(鎭海節度使)에 임명되었다. 건녕(乾寧, 894~898) 연간에 동창을 공격하고 양절 지방의 열세 개 주를 차지했다. 후량(后梁) 개평(開平, 907~911) 원년에 오월왕에 봉해졌다.

문인은 자고로 왕후장상에게도 고개를 숙이지 않는 법,

푸른 바다가 어찌 자기 품에 들어오는 강물을 마다하리까?

승려 시인 하나를 품지 못하면서

어찌 자신이 다스릴 주의 수를 늘려 주기를 바라는가?

이 시는 전왕의 도량이 좁아 자신의 권역을 더 넓히지 못하고
열네 개 주에 그쳤음을 읊고 있다. 나름 일리 있는 내용이라 하더
라도 전왕 같은 사람은 난세에 태어나서 한 지역을 통할하고 열
네 개 주의 왕이 되어 호령했으니 그 역시 대단한 일이 아닐 수
없다. 그럼 이 전왕은 어떤 자이던가. 시 한 수를 들어 밝힌다.

쇠락하기 시작하는 항우 가문, 가난한 집안 출신 유방

건곤일척의 한판 싸움으로 관중의 주인이 정해졌구나.

세상사 성패를 목격하는 수많은 눈 가운데

그 어떤 눈이 진흙 먼지에서 영웅을 보아 내리오?

한편 전왕이란 자의 이름은 유(鏐), 자는 구미(具美), 아명은 파
류(婆留)였으며 항주부 임안현 출신이다. 그의 어머니가 임신했을
때 집 안에 여러 차례 불길이 치솟아 사람들이 임신부를 구하려
고 달려가면 불길이 보이지 않아 식구들이 괴이하게 생각하곤 했
다. 어느 날 황혼녘에 전왕의 아버지가 밖에서 집으로 돌아오다
가 멀리서 보니 열 자쯤 되는 커다란 도마뱀 한 마리가 두 눈에
서 섬광을 내뿜으며 지붕에서 꿈틀꿈틀 아래로 내려오고 있었다.

도마뱀의 대가리가 땅에 거의 닿을 듯했다. 전왕의 아버지가 깜짝 놀라 소리를 지르려 하니 도마뱀이 사라져 버렸다. 대신 불빛이 앞뒤에서 치솟는 것을 보고 전왕의 아버지는 불이 난 거라 생각하여 이웃 사람들을 불러 도움을 청했다.

이웃 사람들은 자고 있던 자나 깨어 있던 자나 모두 전왕의 집에 불이 났다는 소리를 듣고 쇠스랑과 물동이를 들고 달려왔다. 달려와 보니 불은커녕, 방 안에서 응애응애 아기 우는 소리만 들렸다. 전왕의 어머니가 해산을 한 것이었다. 전왕의 아버지는 불이 났다고 호들갑을 떨고 소리를 질러 이웃 사람들을 번거롭게 한 일이 부끄러워 고개를 들지 못했다. 특히 커다란 도마뱀을 본 것은 너무도 괴이한 일이라 이번에 태어난 아이가 틀림없이 요물이며, 따라서 거두어 봐야 무익할 것이니 아이를 물에 빠뜨려 후환을 없애는 게 낫겠다고 생각했다.

그러나 그 아이가 죽을 팔자는 아니었나 보다. 그 마을 동쪽에는 왕씨 할멈이 살고 있었다. 왕 할멈은 평소 염불과 참선을 즐기며 전왕의 어머니와 자주 왕래했다. 이날도 전왕의 아버지가 불이야 하고 외치는 소리를 듣고 득달같이 달려왔다. 그러다 전왕의 어머니가 해산했다는 말을 듣고 방으로 들어가 전왕의 어머니를 돕다가 사내아이를 낳은 것을 보고서는 자기 일처럼 기뻐하며 아이를 씻기려고 안고 일어났다.

이때 전왕의 아버지가 아이를 빼앗더니 목욕 대야에 아이를 처박아 그대로 죽이려 들었다. 깜짝 놀란 왕 할멈이 황급히 몸을 굽혀 막아서며 전왕의 아버지가 손을 쓰지 못하게 했다.

臨安里錢婆留發跡

"이러면 안 되지, 죄 받아, 죄 받아! 이 아이는 모든 난관을 이기고 사내아이의 몸으로 태어나는 것인데, 무슨 잘못이 있다고 죽이려 하는 것이오? 자고로 호랑이와 승냥이도 부자의 정은 있다는데, 지금 도대체 왜 이러는 것이오?"

전왕의 어머니도 침상에서 마구 소리를 질러 댔다. 전왕의 아버지가 말했다.

"이 애가 태어나기 전에 괴이한 일이 너무 많이 일어났소이다. 불길한 아이라서 키워 봐야 나중에 해가 될까 걱정이오."

왕 할멈이 말했다.

"이제 갓 태어난 핏덩어리가 나중에 요물이 될지 보물이 될지를 어찌 안단 말이오? 장차 귀한 인물이 될 사람이 태어날 때 기이한 조짐이 많이 나타난다고 하니 외려 상서로운 조짐일지도 모르는 일 아니오? 만약 이 아이를 정말 안 거둘 거라면 내가 데리고 가서 애를 못 낳는 집에 주겠소. 그러면 한 생명도 살리고 그대도 생명을 저버리는 죄악을 범하지 않을 것이오."

전왕의 아버지는 왕 할멈의 설득에 넘어가 아기를 기르기로 했다. 이런 사연 덕분에 그 아이의 아명은 '할머니가 살려 준 아이'라는 의미로 '파류(婆留)'가 되었다. 시 한 수로 이를 증명한다.

5월에 태어난 아이는 불길하다는 미신을 한 방에 날린 멋진 맹상군(孟嘗君)[27]

27　이름은 전문(田文, ?~기원전 279). 전국시대 제나라 사람. 5월 5일에 태어났다. 제나라 풍습에 5월에 태어난 아들은 장차 아버지를 곤경에 빠뜨린다 하여 맹상군

전조를 잘못 해석한 아버지 때문에 죽임당할 뻔한 전왕.

투문과 후직을 보게나

임금과 재상 될 아이가 어찌 일찍 죽을 리가 있으랴?

옛날 강원(姜源)이 어떤 거인의 발자국을 밟고서 임신하여 아들을 낳게 되었다. 강원은 너무 두려워 그 아들을 들판에 버렸다. 그러자 백여 마리의 새가 날아와 날개를 펴서 그 아들을 덮어 주었고 그 아들은 사흘이 지나도 죽지 않았다. 강원은 그 아들을 다시 데려와 길렀으며 버렸던 아이란 뜻으로 '기(棄)'라고 이름 지었다. 이 아이는 자라면서 천성이 성스럽고 남에게 베풀기를 좋아했고, 오곡을 기를 줄 알았다. 요임금이 후직(后稷)이란 관직에 임명하여 농사를 주관하게 하니 그가 바로 주 왕조의 시조가 되었고 무왕 때에 이르러 주 왕조의 팔백 년 기업을 열게 된다.

춘추시대에 초나라 대부 투백비(鬪伯比)가 운자(邧子)의 딸과 정을 통하여 아이를 낳게 했다. 운자의 부인은 떳떳하지 못한 일이라 하여 그 아이를 몽택(夢澤)에다 버렸다. 운자가 몽택에 사냥을 나갔다가 호랑이가 한 아이에게 젖을 먹이고 있는 것을 발견하고는 매우 기이하게 생각했다. 그 호랑이는 젖을 다 먹이더니 사라졌다. 운자는 사람을 시켜 그 아이를 안고 오게 하여 부인에게 이 아이는 나중에 크게 될 녀석이라고 자랑했다. 운자 부인은 이 아이가 바로 자기 딸이 낳아서 버린 아이임을 알아차리고 전

의 아버지 전영(田嬰)은 거두지 말고 버리라 했으나 어머니가 몰래 키웠다고 한다. 나중에 큰 공을 세우고 부친의 작위를 물려받는다.

臨安里錢婆留發跡

후 사정을 운자에게 소상히 고했다. 이에 운자는 자기 딸을 투백비와 맺어 주고 그 아이를 키우게 했다. 초나라 방언으로 '유(㝃)'는 '곡(穀)'이라 하며, '호(虎)'는 '어토(於菟)'라 하므로 호랑이가 젖을 먹여 키운 기이한 아이라는 뜻에서 '곡어토(穀於菟)'라 이름 지었다. 그 아이가 자라서 재상이 되었으니 초나라의 전설적인 재상 자문(子文)이 바로 이 자이다.

"귀하게 될 아이는 쉽게 죽는 법이 없다."라고 하며, "큰 재난을 견뎌 낸 아이는 나중에 큰 복록을 받는다."라는 말이 생겨난 것도 다 이런 연유다. 오늘도 전왕의 아버지가 전왕을 버리려다가 결국 왕 할멈에게 제지당했으니 이 역시 천명이 아니고 무엇이겠는가?

쓸데없는 이야기는 여기서 그치자. 한편 파류는 대여섯 살 무렵부터 이미 두각을 나타내어 생김새가 우람하고 힘도 대단해져서 열 살 먹은 아이들도 그를 당해 내지 못하고 골목대장으로 인정했다. 임안에는 석경산(石鏡山)이라는 산이 있었다. 그 산에는 둥근 바위가 하나 있어 마치 거울처럼 사람 모습을 비춰 주었다. 파류는 늘 친구들과 석경산에 놀러 가곤 했는데, 어느 날 이 돌거울에 파류가 머리에 면류관을 쓰고 이무기가 그려진 제왕의 옷과 옥대를 입고 있는 모습이 비쳤다. 아이들이 모두 놀라며 일제히 소리쳤다.

"신비한 징조가 나타났다!"

오로지 파류만 조금도 놀라지 않으며 아이들에게 이렇게 이야기하는 것이었다.

"저 신비한 징조의 주인공이 바로 나야. 너희는 모두 나에게 절해야 해."

아이들이 모두 절을 하자 파류는 당연하다는 듯이 그 절을 받았다. 그러던 어느 날 파류가 돌아와 아버지에게 이 사실을 말하니 아버지는 그 말을 믿지 못하고 파류를 앞세워 그 돌 거울을 찾아가 비춰 보게 했는데 과연 아들이 말한 그대로였다. 파류의 아버지는 깜짝 놀라 돌 거울에 대고 기원했다.

"우리 애가 진정 앞으로 고귀해져서 우리 가문을 빛낼 거라면 원컨대 이 징조를 다른 사람들이 볼 수 없게 하여 주십시오. 괜히 사달이 날까 걱정입니다."

파류의 아버지가 기원을 마치고 아들에게 다시 돌 거울 앞에 서서 비춰 보라 하니 파류의 현재 모습만 비치고 제왕의 의관을 갖춰 입은 미래 모습은 더 이상 보이지 않았다. 파류의 아버지는 일부러 파류를 혼냈다.

"이 녀석아, 네가 지금 헛것을 보았느냐? 다음에는 절대 허튼소리 하지 마라."

다음 날 파류가 다시 돌 거울 앞에 서 보니 어제와는 달리 제왕의 의관을 갖추어 입은 파류의 모습이 비치지 않았다. 친구들은 이제 더 이상 파류에게 절하려 들지 않았다. 파류는 얼른 꾀를 하나 생각해 냈다. 그 돌 거울 옆에는 나무 한 그루가 있어 크기가 백 아름이나 되고 가지가 무성하여 그 근방에 넓은 그늘을 드리웠다. 나무 아래에는 큰 바위가 하나 있어 높이가 칠팔 척 정도 되었다.

　　　　　　　　　臨安里錢婆留發跡

"저 나무를 궁궐이라 하고, 저 바위를 용안이라고 하자. 저 용안에 먼저 올라앉는 사람이 궁궐을 차지하는 것이니 우리 모두 그에게 절하도록 하자."

아이들이 일제히 대답했다.

"좋지!"

여럿이 일제히 바위에 오르기 시작했다. 하지만 바위가 높고 거칠고 미끄럽기도 하여 올라가기가 쉽지 않았다. 파류는 천성적으로 민첩하고 또 꾀도 있어서 일단 나무를 바라보고는 기둥에 있는 옹이를 발받침 삼아 딛고 올라가면 되겠다고 생각했다. 파류가 나무 밑동으로 다가가 옹이를 딛고 한 발 한 발 위로 올라갔다. 열 자쯤 올라가니 나무와 바위가 상당히 가까운지라 파류는 나뭇가지에서 손을 놓고 바위 위로 뛰어 사뿐히 내려앉았다. 친구 녀석들이 모두 탄성을 지르고는 바닥에 엎드려 절을 했다.

파류가 외쳤다.

"너희들 나한테 진 거 맞지?"

꼬마들이 일제히 소리쳤다.

"그래, 졌다."

파류가 소리쳤다.

"그래 너희들은 모두 나에게 졌으니 이제 내 명령을 들어라."

파류는 바로 나뭇가지 두 개를 꺾어서 깃대처럼 마주 세운 다음, 꼬마들을 둘씩 짝지어 대오를 만들고 흐트러지지 않게 했다. 이날 이후로 매일 아침 관아에서 하는 것처럼 줄지어 서서 인사를 하게 했다. 어쩌다가 종이로 붉은색, 푸른색 기를 만들고 두

부대로 나눠 서로 전쟁놀이를 하기도 했다. 파류가 바위 위에 걸
터앉아 전진과 후퇴를 지휘할 때는 한 치의 오차도 없었다. 만약
규율을 어기는 녀석이 있으면 파류가 바로 주먹을 날렸다. 꼬마
들은 파류를 당해 낼 수가 없는지라 파류의 말을 듣지 않는 자
가 없었고 모두 파류를 무서워했다.

하늘이 내린 영웅호걸이라 도량도 광대하니
어린아이라고 무시하면 큰코다칠 것이라.
세상 사람을 구제하는 손길을 펼치기 전에
경천동지할 재주를 먼저 살짝 드러내 보여 주네.

이러구러 파류가 열일고여덟이 되었을 때 머리를 묶어 올린 다
음 관을 쓰니 늠름하기 이를 데 없는 대장부의 모습이었다. 키는
크고 힘은 세며 어깨가 딱 벌어지고 허리에는 힘이 넘쳤으며 따
로 18반 무예를 배우지 않았어도 이미 자유자재로 구사할 수 있
었다. 일찍이 학당에 들어가서 글을 배웠지만 글자 뜻만 대략 익
히고 나서 바로 그만두고는 신경을 쓰지 않았으며 농사짓는 일
에도 관심을 전혀 쏟지 않았다. 마을에선 온갖 나쁜 짓을 일삼았
으니 닭을 훔치고 개를 때려잡고 술을 퍼마시고 노름하기 일쑤였
다. 집 안에 있는 얼마 안 되는 재산도 파류가 노름으로 칠팔 할
은 다 말아먹었다. 어머니나 아버지가 나무라면 버럭 화를 내며
집을 나가 며칠씩 들어오지 않으니 부모도 이제 그를 어쩌지 못
하고 내버려 둘 뿐이었다. 이 무렵 마을 사람들은 감히 그의 아명

을 부르지 못하고 큰형이라는 의미로 전대랑(錢大郞)이라 불렀다.

어느 날 용돈이 궁해진 파류가 홀연히 이런 생각을 했다.

"고삼랑(顧三郞)과 그 무리들이 나에게 소금 밀매를 하자고 한 적이 있지. 지금 일도 없는데 찾아가 보지 않을 이유가 없구나."

고삼랑을 찾아가는 길에 석가원(釋迦院) 앞에 있는 척 노인 집 문 앞을 지나게 되었다. 척 노인은 전당에서 제일가는 도박장을 운영하는 자로 도박장에 창기들을 두고 도박하는 사람들을 꼬드기게 했다. 파류 역시 일 없을 때는 척 씨네 도박장에서 노름하느라 밤을 새우기도 했다. 이날 척 노인이 왼손에는 저울대를 들고 오른손에는 장닭 한 마리와 돼지머리 하나를 들고 돌아오다가 파류를 보고 이렇게 말했다.

"전대랑 요즈음은 왜 이리 뜸하셔?"

이 말을 듣고 파류가 되물었다.

"괜찮은 손님이라도 와 계시우?"

"사실대로 말해 줄까? 우리 현의 녹사(錄事) 나리께 아들이 둘 있잖아! 근데 그 두 아들이 진짜 노름을 좋아하고 술 마시는 데 돈을 아끼지 않는다고. 어떤 수다쟁이가 우리 집을 그 아들들에게 떠벌렸는지 우리 집에 자리를 잡고 같이 쌍륙 한판 할 사람을 찾고 있어. 근데 그 아들이 관리 집안의 자제라 감히 한판 하자고 나서는 사람이 없네. 자네가 밑천이 좀 있으면 와서 한판 해 봐. 그 아들들은 현금만 가지고 노름을 하니까 아무리 적은 돈이라도 현금으로 계산하지."

파류는 그 말을 듣고 한참 동안 생각에 잠겼다.

"마침 요즘 벌이도 신통치 않은데 돈을 빌려서라도 한번 해 봐야 하는 거 아냐!"

파류가 척 노인에게 대답했다.

"다른 사람들은 관리 아들이라고 주눅이 드는 모양인데, 나는 그런 거 상관 안 해. 그런 애들하고 한판 하는 거 하나도 안 무서워. 내가 요즘 밑천이 달려서 저놈들이 나를 무시할까 봐 걱정이지. 조금 있다가 노름을 시작하면 내가 밑천을 당신한테 맡겨 놨다고 할 테니까 당신이 그 말을 듣고 맞장구 한번 쳐 주라고. 내가 돈을 따면 반을 나눠 주지. 만약 내가 돈을 잃으면 그 돈은 내가 갚아 주고."

척 노인은 파류가 노름할 땐 속임수를 쓰거나 거짓말을 하는 사람이 아니라는 것을 잘 알고 있었기에 바로 응낙했다.

"그러지."

척 노인은 즉시 파류를 데리고 안으로 들어가서 종씨 형제에게 안내했다. 형은 종명(鍾明), 동생은 종량(鍾亮)이었다. 그들의 아버지 종기(鍾起)가 바로 본 현의 녹사직을 맡고 있었다. 척 노인이 입을 열었다.

"이쪽은 전대랑, 나이는 어려도 무술이 대단하고 노름도 제법 잘한다오. 두 분 공자께서 우리 집에 와 있다는 말을 듣고 특별히 한번 만나러 왔다오."

종씨 형제도 무술을 좋아했던지라 척 노인이 전대랑을 소개하는 말을 듣고 매우 흡족해했다. 게다가 전대랑의 당당한 몸체를 보고는 너무 마음에 들어 했다. 그 자리에서 서로 인사를 나누고 무술에 대해 이런저런 이야기를 나누었다. 종명이 쌍륙판을 펴라 하더니 몸에서 열 냥짜리 은 덩어리 하나를 꺼내어 탁자 위에 올려놓았다.

"오늘 이렇게 전 형을 처음 뵈었으니 이 정도만 가지고 한번 놀아 봅시다."

파류는 소매 안을 한번 뒤지는 척하고 나서 말했다.

"오늘은 친구를 만나러 가는 길에 우연히 척 노인을 만나 여기까지 오게 된지라 미처 판돈을 준비하지 못했소이다."

고개를 돌려 척 노인을 바라보면서 말했다.

"내가 맡겨 놓은 돈 있잖아? 노인장이 나 대신 판돈 좀 내줘봐."

척 노인은 얼른 그러마 하고는 열 냥짜리 은 덩어리를 탁자 위에 쌓으면서 말했다.

"아이쿠, 소인이 오늘 갑작스러워서 열 냥밖에 없네요. 두어 판 정도 놀아 보시지요."

자고로 도박도 밑천이 두둑해야 잘된다고 하지 않는가. 파류는 자기 밑천은 한푼도 없이 그저 척 노인이 내준 돈이 다이니 처음부터 당당하게 할 수가 없는 처지였다. 마음이 조급하니 두 판 모두 지고 말았다. 종명이 판돈을 다 거둬들이면서 한마디 했다.

"아이쿠, 이거 미안해서 어쩌나."

종명은 은 한 냥을 따로 심부름꾼에게 쥐여 주며 척 노인에게 개평 조로 전달하게 했다. 척 노인은 자기 집에 은이 더 있기는 했지만 오늘 전대랑의 끗발이 그다지 좋아 보이지 않아 개평으로 받은 은 한 냥만 챙기고 쌍륙판을 치우고 술자리를 벌였다. 그러나 파류가 어디 술맛이 나겠는가. 파류가 입을 열어 말했다.

"두 분은 편하게 앉아 계시오. 내가 집에 가서 밑천을 더 가지고 올 테니 한판 더 붙는 게 어떠하오?"

종명이 대답했다.

"그야 누가 말리나?"

종량이 대답했다.

"전 형이 마음이 있으시다면 내일 일찍 다시 오셔서 하루 종일 놀아 봅시다. 오늘은 처음 만났으니 같이 술이나 한잔 합시다."

파류는 하는 수 없이 자리에 다시 주저앉았다. 기녀 두 명이 노래를 부르며 흥을 돋우었다.

> 도박판에서 기녀를 만나
> 돈을 물 쓰듯 쓰는구나.
> 모란꽃에 파묻혀 죽어도
> 풍류를 즐기다 진 빚은 갚아야 하리.

그들이 웃고 즐기며 술을 들이켜고 있을 때 누군가가 문을 두드리는 소리가 들렸다. 문을 열고 보니 녹사 관아의 당직이었다.

"나리께서 두 공자님과 상의하실 일이 있으시다며 소인에게 두 공자님을 찾아오게 하셨습니다. 아무리 찾아도 안 계시더니 여기 계셨군요."

종명과 종량이 바로 자리에서 일어났다.

"아버지께서 찾으시니 얼른 가 봐야겠군. 전 형, 내일은 일찍부터 만나서 한번 놀아 봅시다."

그들은 척 노인에게도 신세를 졌다며 인사를 건네고 당직과 함께 떠났다. 파류도 따라서 일어나는데 척 노인이 파류를 막아서며 한마디 했다.

"내가 내준 판돈 열 냥은 언제 갚을 거요?"

파류는 척 노인을 한 손으로 밀치고 걸어가면서 말했다.

"내일 바로 갚지."

파류는 척 씨네 집에서 나와 혼잣말을 했다.

"오늘은 수중에 돈이 한푼도 없어서 끗발이 좋지 않았어. 고삼랑한테 가서 돈을 빌려 가지고 내일 꼭 본전을 찾아야겠다."

파류는 술에 알딸딸하게 취한 채로 남문가(南門街)까지 걸어왔다. 골목길 으슥한 곳에다 오줌을 깔기는데 누가 뒤통수를 쳤다.

"전대랑, 웬일로 여기를 다 왔어?"

파류가 고개를 돌려 바라보니 바로 소금 밀매업자의 우두머리인 고삼랑이었다. 파류가 고삼랑에게 말했다.

"너한테 할 말이 있어서 왔지."

"무슨 말?"

"솔직히 말하지. 요 며칠 노름해서 돈을 좀 잃었어. 너한테 현금 백 관을 빌려서 본전을 좀 찾으려고."

"현금 백 관이야 어렵지 않지. 그 전에 오늘 밤 나와 같이 갈 데가 있어."

"어딘데?"

"그건 묻지 말고. 같이 성 밖으로 나가 보면 바로 알게 될 거야."

두 사람이 걸어서 성문 밖으로 나올 때 해는 서산에 지려 하고 하늘빛은 점점 어두워졌다. 이 리 정도 걸었을까, 강둑에서 조금 떨어진 곳에 작은 배 한 척이 매여 있었다. 배는 갈대로 덮여 있었는데 사람도 보이지 않고 바람도 통하지 않았다. 고삼랑은 흙덩이를 한 줌 집어 들더니 갈대 쪽에 던졌다. 흙덩이가 부딪혀 소리를 내니, 갈대를 제치고 선창에서 두 사람이 나오며 헛기침을 했다. 고삼랑도 따라서 헛기침을 했다. 그 두 사람은 즉시 배를 끌어 고삼랑 쪽으로 다가왔다. 고삼랑이 파류를 데리고 그 배로 올라갔다. 고삼랑과 파류가 갑판에서 선창으로 내려가니 선창에 숨어 있던 네 사람이 그들에게 물었다.

"삼랑, 같이 오는 사람은 누구요?"

"최고 실력자를 모셔 왔으니 잔말 말고 어서 배나 출발시켜!"

삼랑의 말이 끝나자마자 모두들 노를 젓고 상앗대를 밀어 마치 베틀의 북처럼 배를 잽싸게 강 한가운데로 몰아갔다. 파류가 물었다.

"자네들 오늘 도대체 어디 가는 건가?"

"사실대로 말하면 우리가 요즘 장사를 못 해서 형편이 말이 아니라고. 듣자니 왕절사(王節使) 집안의 배가 오늘 천목산(天目山)에 정박해 있다가 내일 아침 예불을 드리러 간다 하더라고. 왕절사는 대단한 부자이니 배 안에 필시 돈이나 비단이 많을 거야. 우리가 그걸 잠깐 빌리려고. 그런데 왕절사 집안의 수행원 가운데 장룡과 조호란 놈들이 너무도 대단해서 그를 이길 사람이 없다는 거야. 아무래도 전대랑 자네가 제격이라고 생각했는데 운 좋게도 자네가 나를 찾아왔으니 이거야말로 하늘이 주신 기회다 싶어 자네를 여기로 데리고 온 거야."

파류가 말했다.

"탐관오리가 긁어모은 재물이라면야 불의한 재물이니 우리가 좀 가져와도 안 될 것은 없지."

한참 이야기를 나누는데 뱃머리를 노로 툭툭 치는 소리가 들려오더니 작은 배 한 척이 다가왔다. 배에는 건장한 장정 다섯 명이 타고 있었다. 고삼랑의 배와 그 작은 배에 타고 있는 사람들은 서로 헛기침을 하여 신호를 맞추었다. 파류 역시 작은 배에 타고 있는 자들도 고삼랑과 한패라 생각하여 더 이상 물어보지 않았다. 두 배가 서로 딱 붙을 정도로 가까워지자 고삼랑이 나지막하게 물었다.

"그건 어디 있지?"

작은 배에 있던 자가 대답했다.

"일 리쯤 앞쪽에 있습니다. 우리가 이미 눈으로 확인했습니다."

그들 모두는 바로 배를 몰아 갈대가 우거진 곳에 대 놓고는 돌멩이를 부딪쳐 불을 피웠다. 두 배에 타고 있던 장정들이 모두 파류와 인사를 나누었다. 배에는 술과 고기 안주가 다 준비되어 있었다. 사람들은 모두 술 한 사발과 고기를 한입에 넣어 먹고 마셨다. 그런 다음 각자 무기를 챙겨 열세 명의 장정들이 모두 앞으로 배를 저어 나갔다.

멀리서 보니 큰 배 한 척이 있고 아직 등불이 꺼지지 않았는지라 열세 명의 장정들은 배를 저어 그 큰 배에 가까이 대고 소리를 지르며 한꺼번에 뛰어서 그 배의 뱃머리에 올랐다. 파류는 그 장정들의 선두에 서서 쇠몽둥이를 들고 나아갔다. 바로 장룡을 만나니 장룡이 파류의 쇠몽둥이에 맞아 꼬꾸라져 물에 떨어졌다. 조호는 고물 쪽으로 도망치고 배에 타고 있던 자들이 모두 놀라서 혼비백산하니 누가 감히 파류의 무리와 대적하려 들겠는가? 모조리 선창 앞에 꿇어앉아 목숨만 살려 달라고 애걸했다. 파류가 소리쳤다.

"형제들, 내 말을 들으시라. 돈과 비단만 거두고 사람은 절대 건들지 마시라."

장정들은 그 말을 따라 배에 실려 있는 짐들을 마음껏 들어냈다. 호각 소리가 들리니 장정들은 두 무리로 나뉘어 각자 타고 온 배에 옮겨 타고선 바람처럼 배를 저어 사라졌다.

사실 왕절사는 다른 배로 오고 있었고, 그의 아내와 자식들이 하루 먼저 여기에 도착했던 것이다. 다음 날 왕절사가 도착해서 아내와 자식들이 강도를 당한 것을 알게 되었다. 왕절사는 강탈당한 물건의 품목을 자세하게 작성하게 하고는 항주부로 달려가 고발장을 접수했다. 항주 자사(杭州刺史) 동창(董昌)은 고발장을 접수하고는 문서를 꾸며 각 현에 하달하여 도적들과 장물을 붙잡게 했다. 그 문서는 임안현에도 도착했으며 임안현의 현령이 현의 포졸들에게 기한을 정하고 어서 잡아들이라고 명령했음은 말할 필요조차 없는 일이다.

한편 고삼랑 일행은 배를 다시 갈대 덤불 속에다 정박시켜 놓고 빼앗은 물건들을 열세 명이 골고루 나누었다. 다만 파류가 앞장서서 힘을 썼기에 한 사람 몫을 더 주기로 했다. 순은 세 덩어리, 백 냥 정도 되는 부스러기 은, 금은으로 만든 술잔 그리고 머리 장식 십여 개 등등이 파류의 몫이었다. 바야흐로 하늘 색이 점점 밝아 오며 성문이 열렸다. 파류는 자기 몫을 품에 안고 뱃전에 올라 고삼랑에게 말했다.

"이번 일을 같이 하게 돼서 고마웠네! 다음번에도 일이 있으면 힘을 보태지."

말을 마치자마자 파류는 곧장 성안의 척 노인 집으로 달려갔다. 척 노인은 침대에서 몸을 뒤척이다 파류가 부르는 소리를 듣고 일어나 두 손으로 눈을 비비며 물었다.

"아니, 무슨 일로 이렇게 일찍부터 찾아온 거야?"

"종가 형제들은 어째 아직 안 온 게요? 나야 어제 잃은 본전을 찾으려고 온 거 아뇨."

파류는 덩어리 은, 부스러기 은, 술잔, 머리 장식 등을 척 노인에게 건넸다.

"번거로운 일 한번 더 부탁해야겠소. 이거 다 당신이 갖고 있다가 천천히 내 노름 뒷돈으로 대 주시오. 참, 어제 내가 당신한테 빌린 은 열 냥부터 여기서 제하시게. 오늘 종가 형제가 오거든 내가 한턱낸다 하고 당신이 이 부스러기 은 두 냥으로 먼저 대접 좀 해 주시오."

척 노인은 그 물건들을 보더니 입을 다물지 못하고 연신 이렇게 말했다.

"그게 무슨 어려운 일이라고, 대랑이 시키는 대로 합지요."

"오늘 내가 좀 일찍 일어나기도 했고, 종가 형제들이 아직 오지도 않았으니 어디 조용한 데서 한잠 자야겠소."

척 노인이 파류를 흰색 나무 침상이 있는 작은 방으로 안내하고 말했다.

"여기서 편안하게 쉬시죠. 저는 가서 세수 좀 하겠습니다."

한편 종명, 종량은 아문에서 아침을 먹고, 은자 수십 냥을 소매에 넣고 척 노인 집으로 찾아왔다. 척 노인은 대문 앞에서 물건을 사다가 종씨 형제를 보고서 입을 열었다.

"전대랑이 오늘 두 분께 한턱내시겠다며 오래전부터 기다리다가 지금은 작은 방에서 잠시 주무시고 계십니다. 두 분은 얼른 안으로 드시지요. 제가 안내하겠습니다."

종명, 종량 형제는 자기들끼리 한마디 했다.

"이렇게 약속을 잘 지키는 사람인 줄 몰랐네."

대청 안으로 들어가니 마치 벼락과도 같은 코 고는 소리가 들려왔다. 종명과 종량이 깜짝 놀라 작은 방으로 들어가 보니 열 자 정도 되어 보이는 도마뱀이 침상 위에 누워 있는데 머리에는 뿔이 두 개 있고 오색구름이 그 주위를 맴돌고 있었다. 종명과 종량이 일제히 소리를 질렀다.

"이상하다!"

그들이 이상하다는 소리를 하자마자 오색구름이 흩어지고 도마뱀 또한 보이지 않았다. 눈을 부릅뜨고 다시 보니 전대랑이 몸을 쫙 펴고 잠들어 있는 것이었다. 종씨 형제는 속으로 생각했다.

"크게 될 사람에게는 기이한 행적이 많이 나타난다고 하던데. 분명 도마뱀이었는데 어찌 전대랑이 누워 있지? 저 사람은 나중에 필시 잘될 터이니 아직 크게 출세하기 전에 친구를 맺는 게 여러모로 좋겠구나."

종씨 형제는 서로 입을 맞추고는 전대랑이 일어나자 영문은 말하지 않고 자기들은 신의를 잘 지키는 자를 좋아하는 바라 신의를 잘 지키는 전대랑과 도원결의를 맺고 싶은데 의향이 어떠냐고 물었다. 전대랑 역시 종씨 형제가 화통한 게 마음에 들어 즉시 허락하고 잠들었던 그 작은 방에서 여덟 번 절하고 의형제를 맺었다. 파류의 나이가 제일 어리니 파류가 셋째가 되었다. 이날은 노름은 하지 않고 셋이서 화통하게 술을 마시고 헤어졌다. 헤어질 때 종명이 어제 파류가 잃은 돈 열 냥을 돌려주려고 했다. 하지만 파류가 그걸 받으려고 하겠는가?

"척 노인에게는 이미 열 냥을 다 갚았습니다. 이 열 냥은 형님께서 보관하고 계십시오. 제가 수중에 돈이 떨어지면 그때 빌려주시면 좋겠습니다."

종명은 하는 수 없이 그 열 냥을 그대로 거둬들였다.

이 일 이후로 세 사람은 늘 어울려 지냈다. 술 좀 마시고 노름 좀 한다는 사람들 사이에서 이들 세 사람은 '전당의 세 호랑이〔錢塘三虎〕'로 이름을 날렸다. 이 소문이 종씨 형제의 아버지인 종기의 귀에까지 들어갔다. 종기는 그 소문을 듣고 속이 너무도 좋지 않아, 두 형제에게 금족령을 내리고 다시는 밖으로 돌아다니지 못하게 했다. 파류는 며칠 동안 종씨 형제를 보지 못하자 아문에 가서 염탐한 끝에 사정을 알게 되었다. 파류는 감히 어쩌지 못하여 며칠 동안 종씨 형제를 만날 엄두를 내지 못했다.

모름지기 행동이 방정한 자를 친구로 삼아야 한다는 말은
허투루 들을 말이 아니라네.
가풍이 엄격하면 아이들은 좋은 본을 보기 마련이고
자식 효성스러우면 부모 마음이 편하기 마련이라.

한편 종씨 형제와 만나지 못하게 된 파류는 자연스럽게 고삼랑과 자주 어울렸다. 그들은 소금 밀매나 도적질을 일삼았다. 소금 밀매는 처음 할 때는 겁을 내다가 두 번째부터는 대담해지기 시작하는데, 세 번 네 번 거듭하면서는 아예 무서울 것이 없는 지경에 이르는 법이다. 게다가 본전이 드는 것도 아니요, 들키지만 않으면 벌어들인 돈을 마음대로 쓸 수 있지 않은가. 그러나 들켰다간 죽을 고생 정도는 각오해야 했다.

"들키고 싶지 않으면 아예 들킬 일을 하지 말라."는 옛말도 있지 않은가. 고삼랑의 졸개 가운데 진소을(陳小乙)이라는 녀석이 순금으로 만든 연꽃 모양 잔 적금연화배(赤金蓮花杯) 한 쌍을 은방에 가서 은으로 바꿔 왔다. 그 은방의 장인이 그 적금연화배가 바로 대지주 이 씨 댁의 물건이라는 것을 알아차리고는 포졸에게 신고하고 말았다. 포졸이 이 사실을 현위에게 보고한 뒤 그 물건을 훔친 무리들의 명단을 파악하고는 바로 잡아들이려 했다.

하루는 현위가 종 녹사 부자를 초청하여 술자리를 열었다. 현위는 종명이 글씨를 아주 잘 쓰는 걸 보고선 서재로 불러 족자 한 폭을 써 달라고 부탁했다. 종명이 이백의 「소년행(少年行)」이라는 작품 한 편을 써서 바치니 현위가 칭찬을 그치지 않았다. 이때 종명이 우연히 커다란 돌벼루로 눌러 놓은 종이 모서리를 발견했다. 종명이 펼쳐 보니 여러 사람의 이름이 적혀 있었다. 종명은 딴청을 피우며 그 종이를 자기 소매 속에 감춰 버렸다. 종명이 남몰래 그 종이를 살펴보니 바로 소금 밀매를 하는 도적들의 명단으로 그 안에는 파류의 이름도 들어 있었다. 깜짝 놀란 종명은 술자리에 돌아온 다음에도 술을 몇 잔 마시지 않았다. 그러고는 갑자기 배가 아프다는 구실로 집에 먼저 돌아가기를 청했다. 현위는 종명이 진짜 배가 아픈 줄 알고 허락했지만 그것이 종명의 꿈수임을 어이 알았으랴.

종명은 즉시 집으로 돌아가는 대신 서둘러 척 노인 집으로 달려가 파류에게 할 말이 있으니 어서 찾아오라고 알리라 했다. 마침 파류는 척 씨네 도박장에서 도박을 하고 있었다. 종명이 파류를 보고 인사할 겨를도 없이 파류의 팔을 잡아끌고 문밖으로 나와서 조용한 곳을 찾아서는 자초지종을 이야기했다.

"다행히도 내가 체포자 명단을 훔쳐 왔으니 동생은 어서 피해. 동생을 잡으려고 언제 들이닥칠지 몰라. 그때는 나도 손을 쓰기가 힘들다네. 나는 나대로 현위의 위아래 사람들에게 돈을 먹여 놓을 것이야. 만약 석 달 정도 기다려 아무런 탈이 없으면 그때 다시 나오라고. 동생, 몸조심하시게."

"체포자 명단에 있는 이름들은 주로 나의 심복이거나 절친한 친구들입니다. 기왕 손을 써 주실 거면 명단에 있는 사람 모두를 좀 도와주십시오. 만약 한 명이라도 붙들려 가면 결국 우리 모두가 다 달려가게 됩니다."

"나한테 나름 생각이 있네."

말을 마치고 종명은 떠나갔다. 파류는 한걸음에 남문으로 달려가 고삼랑을 찾아 이 사실을 알려 주고 화를 당하지 않도록 졸개들과 함께 어서 피하라고 당부했다. 고삼랑이 말했다.

"우리야 소금 배를 타고서 여러 고장으로 흩어지면 알아볼 사람이 없겠지만 너는 부모를 모시고 사는 몸이라 도망갈 수도 없으니 어쩌면 좋냐?"

"나는 염려 없으니 당신 몸조심이나 하시라."

말을 마치고 파류는 떠나갔다. 이후로 파류는 병을 핑계 대고 두문불출하면서 석 달을 보냈다. 아침저녁으로 창봉술을 연마하면서도 감히 문밖출입은 하지 못했다. 파류의 부모도 이상하다고 여길 정도였지만 그 속사정을 눈치채지는 못했다. 시 한 수를 들어 증명한다.

종명은 파류를 어려움에서 구해 주려 하고
파류는 또 자기 친구와 졸개들에게 이 소식을 전해 주네.
동고동락하는 것이 진정 의로운 친구지
영웅은 친구를 버리지 않는 법.

한편 현위가 다음 날 공무를 처리하려고 벼루 아래에 있는 체포자 명단을 찾으니 어디 갔는지 보이지 않아 한참이나 난리를 피웠다. 서재를 담당하는 하인을 매달아 몽둥이 찜질을 했지만 아무리 해도 실토하지 않았다. 이렇게 사흘이나 야단법석을 피웠지만 그 명단은 그림자조차 보이지 않아 현위도 이젠 어쩔 도리가 없었다. 한편, 종명과 종량은 사재를 털어서 현위의 위아래로 돈을 먹이고 도둑 잡는 포졸들에게 모두 뇌물을 먹였다. 이와 별도로 포졸을 통하여 백은 이백 냥을 현위에게 전달한 다음 파류 일행의 체포를 미뤄 달라고 부탁했다. 불행 중 다행으로 현위가 돈을 밝히는 사람인 데다가 포졸이 "종 녹사 쪽에서 파류를 위하여 뇌물을 쓰는 걸 보면 파류네가 먼저 종 녹사 쪽에 뇌물을 바친 것 같습니다. 우리가 적당히 풀어 주고 인심을 쓰는 것이 좋을 듯합니다."라고 말하는 것을 듣고 냉큼 뇌물을 받아 챙긴 뒤 짐짓 정한 기한 안에 도둑놈들을 잡아들이라고 했다. 그러나 한두 달이 지나자 이 일 역시 언제 그랬냐는 듯이 흐지부지됐다. 정말로 "관가 일은 사흘만 지나면 끝이다."라거나 "돈 있으면 귀신한테도 맷돌을 돌리게 할 수 있다."라는 말이 딱 들어맞는다. 아무튼 이 이야기는 여기서 접는다.

이제 여기서 다른 이야기를 좀 해 보려 한다. 강서(江西) 홍주(洪州)에 점쟁이 하나가 있었다.

이 사람은 천문역법에 통달하고
관상술에 정통하였도다.

하얀 무지개가 해를 뚫고 지나감은

역수에서 단태자와 형가의 모의가 있는 징조라.

상서로운 기운이 하늘로 올라감은

풍성(豊城)에 보검이 묻혀 있음을 보여 주는 표지라.

미천한 반초(班超)[28]가 훗날 열후에 봉해질 귀인상임을 미리 알고

갑부인 등통(鄧通)[29]이 훗날 옥중에서 굶어 죽을 팔자임을 미리 아노라.

길흉을 정확히 꿰뚫으니 바로 신선이요

점괘가 어긋남이 없으니 기막힌 점쟁이로다.

이 점쟁이의 이름은 요생(廖生)으로 당나라가 장차 망할 것을 알고 송문산(松門山)에 은거했다. 요생이 어느 밤 멀리 북두성과

---

28 32~102. 동한 시대의 뛰어난 장수이자 외교관. 지금의 신장 위구르 지역을 탐사하고 개척한 공이 크다.

29 한나라 문제의 총애를 입었던 신하다. 문제에게 입안의 혀처럼 굴어 총애와 재물을 동시에 누렸다. 문제가 종양이 생겼을 때 직접 입으로 빨아내어 더욱 총애를 받았다. 반면 태자는 부왕 문제의 종기를 빨아 주기를 주저하여 미움을 받았다. 나중에 문제가 죽고 태자가 왕위에 즉위하니 이자가 바로 한 경제이다. 한 경제는 자기를 곤혹스럽게 했던 등통을 극도로 미워하여 하옥시키고 굶어 죽게 만들었다. 본디 등통이 문제 아래에서 한참 총애를 받을 적에 관상쟁이가 등통의 관상이 옥에서 아사할 상이라 하며 애석해한 적이 있다. 문제가 이 말을 듣고 화를 버럭 내며 천하의 재물은 왕인 자신이 주관하는 것이니 걱정할 것 없다며 등통에게 사전 주조권을 주었으나 결국 후에 등극한 경제와의 악연 때문에 이렇게 관상쟁이의 예언대로 옥에서 굶어죽게 된다. 이 일화는 『유세명언』 제9편 「배 진공이 제 짝을 찾아 주다〔裴晋公義還原配〕」의 도입부 이야기로도 등장한다.

견우성을 바라보니 오색의 용무늬 광채가 은은하게 비치는지라 바로 왕의 기운임을 직감했다. 요생이 헤아려 보니 왕기가 서린 곳이 바로 전당에 해당되는지라 특별히 행낭을 꾸려서 전당으로 찾아갔다. 전당에 이르러 다시 한번 구름을 보고 점을 치니 임안 지역을 가리키기에 관상쟁이 행세를 하며 임안의 시장통에 자리를 잡았다.

요생에게 관상을 보러 오는 자들이 많았으나 하나같이 별 볼일 없는 자들뿐, 기인이라 할 만한 자는 없었다. 그러다 요생이 퍼뜩 다른 생각이 났다.

"녹사 종기가 내 친구인데, 왜 그를 찾아가 볼 생각은 못했지?"

요생은 즉시 녹사의 아문에 도착하여 이름을 통기하여 달라고 했다. 종기는 자신의 친한 친구 요생이 찾아왔다는 소리를 듣고 버선발로 뛰어나와 맞았다. 종기와 요생은 서로 인사를 나누고 안부를 물었다. 종기가 요생에게 무슨 일로 찾아왔느냐 물으니 요생이 주위 사람을 물리고 종기의 귀에 대고 말했다.

"내가 밤에 하늘의 기운을 살핀 적이 있는데 그대가 있는 이 임안현에 기인이 탄생할 조짐이었어. 하여 내가 임안의 시장에 와서 며칠이나 사람들의 관상을 보았지만 그런 사람을 찾을 수가 없더군. 그리고 그대의 관상 역시 나쁘진 않으나 그래도 왕의 기운을 타고난 기인은 아니네."

이에 종기는 자신의 아들 종명과 종량 형제를 오게 하여 요생에게 관상을 보아 달라고 하였다. 요생이 종기의 두 아들을 보더니 이렇게 말했다.

"골상과 인상이 모두 귀하기는 하나 신하의 상일 뿐이네. 내가 말하는 왕의 기운을 타고난 기인이란 하늘로는 북두성과 견우성의 기운을 이어받는 것으로 오직 황제만이 그에 합당할 뿐이야. 아무리 못해도 춘추 오패 제후 정도는 되어야 그 조짐에 부응할 것이네."

종기는 요생을 아무 데도 못 가게 붙잡고는 녹사 아문에 머무르게 했다.

다음 날 종기는 현에 골치 아픈 일이 있어 상의가 필요하다는 핑계를 대고 오산사(吳山寺)에 주연을 베풀고 임안현의 이름깨나 있다는 인물들을 모두 오게 했다. 그러고는 요생에게 몰래 그들의 관상을 하나씩 보게 했다. 요생이 보아하니 잘났든 못났든 크고 귀하게 될 상을 타고난 자는 하나도 없었다. 그날 술자리가 파할 무렵 종기는 요생에게 같이 아문으로 돌아가면 내일 이 동네의 호걸들을 불러 줄 테니 더 살펴봐 달라고 부탁했다. 해가 저물 무렵 종기와 요생은 말을 타고 아문으로 돌아왔다.

한편 집에 틀어박혀 근신하던 파류는 석 달이 다 가도록 아무런 일이 없자 너무도 기뻤다. 종명과 종량이 자신의 목숨을 구해 준 은혜도 생각나고 하여 용기를 내어 녹사 아문에 찾아왔다가 녹사 종기가 오산사의 연회에 참석했다는 소식을 듣고는 몰래 아문에 들어가 종명과 종량 형제를 만나 감사의 뜻을 표하고자 했다. 종명과 종량은 파류가 찾아왔다는 말을 듣고 아버지가 안 계시는 틈에 황망히 뛰어나와 이야기를 나누고자 했다. 바로 이때 말방울 소리가 나면서 종기 일행이 아문으로 돌아왔다. 파류는 종기 일행이 돌아온 것을 알고 너무도 놀라 고개를 푹 숙이고 밖으로 달려 나갔다. 종기가 이를 발견하고는 붙잡아 오라 하니 요생이 황망히 종기에게 물었다.

"신비하고도 놀랍구나! 내가 말한 왕의 기운을 타고난 기인 관상이 바로 저 사람한테 있도다. 저 사람을 함부로 대해서는 안 되네."

종기는 요생의 관상술을 평소 신뢰해 온지라 금세 말을 바꿔 파류를 잘 모셔 오라 했다. 파류가 하는 수 없이 몸을 돌려 돌아오니 종기가 이름을 물었다. 이때 파류는 나무조각이나 흙 인형처럼 몸이 굳어 버려 감히 입을 열지도 못했다. 답답해진 종기가 두 아들을 불러 물었다.

"저 사람의 이름과 성이 어떻게 되느냐? 어디 사느냐? 너희와는 어떻게 알게 되었느냐?"

종명은 더 이상은 속일 수 없음을 깨닫고 하는 수 없이 입을 열어 말했다.

"저 사람의 성은 전이요, 아명은 파류로 임안 사람입니다."

종기는 크게 웃으면서 요생을 잡아끌더니 조용히 말했다.

"아무래도 자네가 잘못 본 것 같아! 저놈은 우리 임안현에서도 알아주는 망나니라고. 운이 좋아 아직 법망에 걸려들지 않고 있는 처지인데 무슨 수로 부귀해지겠어?"

"허허, 내 판단이 그르지 않을 거야. 자네 부자가 앞으로 부귀를 얻는다면 그것은 틀림없이 바로 저 사람 덕일 걸세."

요생은 그런 다음에 파류를 바라보며 당부했다.

"그대의 관상은 너무도 비범하여 반드시 크게 될 상이라네. 앞으로나 뒤로나 늘 광채가 날 것이니 늘 자중자애하시게."

요생이 다시 또 종기를 바라보며 말했다.

"내가 왕의 기운을 타고난 기인 관상을 찾아온 것은 그자에 기대어 부귀영화를 누리고자 함이 아니라 내 관상술이 얼마나 영험한지 시험해 보고 싶어서일세. 앞으로 십 년 후면 내 말이 모두 사실로 드러날 것이니 그때는 그대도 내 말을 믿을 것이야. 이제 내가 떠나면 우리가 언제 다시 만나겠는가?"

말을 마치고 요생은 표연히 사라졌다. 종기는 그제야 파류가 크게 될 관상을 타고난 자라는 사실을 믿기 시작했다. 종명과 종량 형제가 파류가 척 노인 집에서 잠자고 있을 때 도마뱀 형상으로 변하고 머리에 뿔이 났던 이야기를 하니 종기는 더욱 놀랐다. 그날 밤 종기는 아들들을 시켜 파류를 녹사 아문에 머무르게 하고 더불어 자기의 충고를 전하게 했다.

"창술과 봉술을 열심히 연마하고 법에 저촉하는 일을 하여 명예를 더럽히지 말라. 혹시 돈이 부족하거든 내가 마련해 주겠노라 하라."

이후로 종명과 종량은 예전처럼 파류와 빈번히 왕래했고 예전보다 더 가까이 지냈다. 시 한 수로 이를 증명한다.

안타깝도다, 풍진 속에 묻힌 호걸이여
빈궁한 자들 속에서 왕이 될 관상 가진 기인을 누가 알아보리.
안목을 지닌 요생만이

녹사 종기에게 기인을 제대로 대접하게 하도다.

한편 당 희종(僖宗) 건부(乾符) 2년(875), 황소가 난을 일으켜 절강 동쪽 지역을 점령했다. 항주 자사 동창이 병사를 모집하는 방을 내걸었다. 종기가 이 소식을 듣고 아들들에게 말했다.

"지금 황소 도적떼가 창궐하여 그 세력이 지근거리에 이르렀으니 자사가 방을 내걸고 고을의 자원병을 모집하여 도적 떼를 무찌르려 한다. 장부라면 당연히 공을 세울 때가 아니냐. 어서 파류에게 지원하라 하지 않고 뭐 하느냐?"

이 말을 듣고 종명과 종량이 한목소리로 말했다.

"저희도 파류와 함께 공을 세우기 원합니다."

종기는 매우 기뻐하며 즉시 파류를 불러들여 이 일을 알려 주었다. 오랫동안 무술을 연마해 온 파류는 감연히 가겠노라 했다. 파류의 갑옷과 무기 일체는 종기가 마련해 주었다. 더불어 종기는 파류에게 은 스무 냥을 주어 부모에게 건네주게 했다. 파류에게는 유(鏐)라는 새 이름을 지어 주었다. 파류(婆留)라는 이름에 들어 있는 류(留) 자를 따서 그것과 발음이 같은 유(鏐) 자로 바꾼 것이다. 구미(具美)라는 자도 지어 주었다. 전류(錢鏐)와 종명, 종량 이렇게 셋은 각자 식구들과 작별하고 길에 올라 곧장 항주로 가서 자사 동창을 만났다. 자사는 전류의 장대한 체구를 보고 일단 감동하여 무술을 한번 시연해 보게 했다. 전류가 무술을 능숙하게 펼쳐 보여 주자 자사가 흡족해했다. 자사는 이들 셋을 모두 비장으로 삼고 측근에 배치했다.

며칠 후 정탐병이 찾아와 보고했다.

"황소가 수만 명의 휘하 장병을 이끌고 임안을 침략하려고 합니다. 공께선 구원병을 보내셔야겠습니다."

동창은 즉시 전류를 병마사에 임명하고 병사를 이끌고서 임안을 구하도록 했다.

"이번 출정에 병사는 얼마나 필요한가?"

"장수는 용맹에 달린 것이 아니라 지모에 달린 것이며, 병사는 숫자에 달린 것이 아니라 정예로움에 달린 것입니다. 원컨대 종명, 종량 형제의 도움을 받는다면 삼백 명이면 족합니다."

동창은 즉시 전류에게 항주의 군사들 가운데 직접 삼백 명을 선발하게 한 다음 종명, 종량과 함께 거느리고 임안을 향하여 출발하게 했다.

석감진(石鑑鎭)에 이르렀을 때 적병이 오에서 십 리 정도 떨어진 곳까지 이르렀음을 알게 되었다. 전류는 종명, 종량 형제와 상의했다.

"우리는 병사가 적고 적은 병사가 많으니, 계략을 써야지 힘으로 밀어붙여서는 아니 될 것입니다. 적들이 예상하지 못한 때에 기습해야 할 것입니다."

이에 궁사 스무 명을 선발하여 화살을 있는 대로 준비하게 한 다음 전류가 직접 거느리고 봉우리와 계곡의 험준한 곳에 매복시켰다. 먼저 포수 두 명을 보내어 적병이 지날 길목에 매복하게 했다. 적병이 험준한 곳에 이르면 대포를 놓아 신호하기로 하고 스무 명의 궁사들이 일제히 적병에게 화살을 쏘기로 했다. 종명과 종량은 각각 백 명의 병사를 거느리고 좌우에 매복하다가 서로 호응하기로 했다. 나머지 병사들은 각기 봉우리와 산골짜기에 흩어져 깃발을 흔들고 함성을 질러 기세를 올려 주기로 했다.

병사들을 모두 배치하고 나니 황소의 병사들이 들이닥쳤다. 원래 석감진의 산길은 좁고도 험난하여 사람 한 명, 말 한 필이 겨우 지날 수 있을 정도였다. 적병의 선봉장이 선봉대를 이끌고 먼저 이 산길을 통과하는데 말 한 필 한 필이 마치 생선 두릅처럼 열을 지어 길을 통과했다. 이때 '쿵' 하고 대포 소리가 나더니 스무 대의 활에서 화살이 일제히 발사되었다. 적들은 너무도 당황하여 몇 명의 병사들이 자기들을 공격하고 있는지를 가늠하지 못했다. 적병의 선봉장은 붉은색 비단 도포를 입고, 손에는 방천화극(方天畵戟)을 들고 등에는 '영(令)'자 깃발을 꽂은 채, 누런 말을 타고 위엄을 드날리며 달려오다가 목에 화살을 맞고 떨어져 꼬꾸라졌다. 적진은 일대 혼란에 빠졌다.

종명과 종량은 이백여 명의 부하를 이끌고 위세를 떨치는 함성을 지르며 좌우에서 적병을 짓쳐 들어갔다. 적병은 당황한 데다 사방에서 고함 소리마저 끊이지 않으니 얼마나 많은 병사들이 자신들을 공격해 오는지 감을 잡지 못하고 자기들끼리 이리 밟히고 저리 치이며 우왕좌왕했다. 전류 부대는 적병 오백여 명의 머리를 베었다. 남은 적들은 뿔뿔이 흩어지고 말았다. 전류는 이번 전투에서 대승을 거둔 다음 생각에 잠겼다.

'이건 요행수에 불과하니 한번 쓸 수 있을 뿐 두 번 쓰기는 어려운 작전이다. 만약 적병의 본진이 한꺼번에 밀려오면 우리는 가

루처럼 부서져 버리고 말 것이다.'

이곳 석감진에서 삼십 리 떨어진 곳에 팔백리(八百里)라는 마을이 있었다. 전류는 병사를 이끌고 그곳에 둔을 쳤다. 그런 다음 길가의 노파에게 말했다.

"누가 임안 관군의 소식을 묻거든 팔백리에 둔을 치고 있다고만 대답하라."

한편 황소는 선봉대가 석감진에서 기선을 제압당했다는 소식을 듣고 본진을 이끌고는 산을 뒤엎고 들판을 덮으며 다가왔다. 석감진에 도착해 보니 관군이 하나도 보이지 않자 황소는 졸개들을 사방에 파견하여 염탐을 하게 했다. 잠시 후 졸개들이 노파 하나를 붙잡아 왔다. 황소가 그 노파에게 물었다.

"임안의 관군은 모두 어디에 있는가?"

노파가 대답하였다.

"팔백리에 둔치고 있습니다."

두 번 세 번 물어봐도 대답은 여전히 팔백리에 둔치고 있다는 말뿐이었다. 황소는 그놈의 팔백리가 지명인 줄은 꿈에도 모르고 관군이 팔백리에 걸쳐 길게 둔치고 있다는 말로만 알아들었다.

"지난번 이백여 명의 궁사도 당해 내지 못했거늘 팔백리에 둔치고 있는 군사를 어찌 당해 낼 수 있으랴? 항주는 점령할 수 없겠구나."

이에 황소의 군대는 감히 석감진에 머물지 못하고 곧장 월주(越州)를 향해 나아갔고 임안은 안전할 수 있었다. 시 한 수로 이를 증명한다.

뛰어난 장수 덕에 적은 수로 많은 적을 이기네.

빼어난 장수의 계책은 신묘하기가 이를 데 없네.

삼백 명의 병사가 팔백리에 둔치니

적병은 놀라 흩어지고 평화가 깃드네.

한편 월주 관찰사 유한굉(劉漢宏)은 황소의 병사가 쳐들어온다는 소식을 들었으나 맞서 싸울 준비가 전혀 되어 있지 않은 상황인지라 사람을 보내어 금은보화를 있는 대로 바치고 비켜 가 주기를 바랐다. 황소는 뇌물을 받고 월주를 그냥 지나갔다. 본디 유한굉이 항주 자사를 지내고 있을 때 동창은 그 휘하에서 비장(裨將)의 직을 맡고 있었다. 동창은 병사를 모집하여 왕영(王郢)의 난을 진압하는 데 공을 세워 항주 자사로 승진하고 유한굉은 월주 관찰사로 승진했다. 유한굉은 동창이 자신의 부하 출신이라 늘 무시했다. 이로 말미암아 동창과 유한굉은 점점 틈이 벌어졌다. 또 반대로 유한굉은 오늘 황소의 병사들이 월주를 침공하지 못하도록 조처하기는 했지만 그 대신 금은보화를 너무 많이 썼던 차라 동창이 황소와의 결전에서 승리를 거두었다는 소식을 듣자 더욱 심사가 꼬였다.

유한굉 문하의 빈객 심가(沈苟)가 계책을 올렸다.

"임안현의 관군이 황소의 병사를 물리친 것은 오롯이 병마사 전류의 전략과 용병술 덕분입니다. 전류는 용기와 지략을 겸비하고 있으니 공께서 서신과 함께 사례를 두터이 보내고 아울러 동창에게는 황소의 병사를 토벌하기 위하여 필요하니 전류를 월주로 파견하라 하십시오. 일단 잘 얼러서 전류를 이곳에 오게 한 다음 그를 후대하여 마음을 사로잡으시고 천천히 꼬투리를 잡아 목을 치십시오. 그러면 동창은 오른팔을 잃어버리는 격이니 아무 일도 할 수 없을 것입니다. 지금 조정은 위아래가 거꾸로 되고 환관들이 권력을 농단하고 관리들의 영은 제대로 서지가 않으니 천하의 영웅들은 모두 한 지역씩 점거하고 독립하고자 하는 마음뿐입니다. 공께서 만약 동창을 제압하면 그것은 항주와 월주를 손아귀에 쥐는 것이니 바로 패업을 이루는 길입니다."

유한굉이란 인물은 뜻은 크고 재주는 모자란 사람이라 이 말을 듣고서 홀라당 넘어가 심가의 등을 쓰다듬으며 연신 칭찬을 그치지 않았다.

"그대야말로 나의 심복이다. 소견이 매우 훌륭하구나. 기묘하도다, 기묘하도다!"

유한굉은 바로 편지 한 통을 작성했다.

한굉이 재배하고 삼가 친구 동창에게 이 편지를 보내오. 황소의 난적이 창궐하나 월주의 병사는 중과부적이라 그들을 막아낼 수가 없소이다. 그대 휘하에 병마사 전류가 있어 그 지략과 무예가 적을 감당하기 족하며 용기는 천하의 으뜸이라 들었소. 지금 항주는 이미 평화를 되찾았으니 입술이 없어지면 이가 시리게 되는 이치를 헤아려 전류를 우리 주에 파견하여 같이 힘을 합해 적을 막아 내도록 도와주시기 바라오. 일이 마무리되면 그 공은 모두 그대 차지가 될 것이오. 황금 갑옷 한 벌과 명마 두 필을 보내니 작은 정성으로 생각하시고 웃으며 받아 주시기를 바라오.

유한굉의 행태를 의심하고 있던 동창은 편지를 받고 나서 일단 사람을 파견하여 월주의 형편을 살펴보게 했다. 황소의 병사가 이미 물러갔다는 보고를 받은 동창은 필시 무슨 계략이 있을 것이라 생각하고 전류를 불러 상의했다. 전류가 동창에게 말했다.

"공과 한굉의 사이가 이미 틀어졌으니 세불양립입니다. 듣건대 한굉은 황제의 자손이라 자칭하고 있다 하니 이는 바라서는 안 될 것을 바라는 것입니다. 황소의 병사가 주의 경계로 다가오자 병사를 내어 막을 생각은 하지 않고 뇌물을 주어 화평을 구걸하였으니 그 저의가 의심스럽습니다. 공께서 만약 저에게 정병 이천 명을 내주셔서 공이 저를 보내주신다는 것이 소문이 나게 되면 별다른 계책이 없는 한굉은 저를 받아들일 것입니다. 제가 상황을 살펴 거사하면 월주는 단번에 점령할 수 있습니다. 그런 다음 상소를 써서 조정에 보내어 한굉이 적과 내통하여 모반을 꾀한 죄를 묻게 하십시오. 조정은 어떻게든 일을 마무리하고자 할 것이니 틀림없이 공에게 큰 상을 내리고 공을 치하할 것입니다. 그러면 공의 이름은 역사에 길이 빛나고 몸은 태산처럼 안전할 것입니다. 이것이야말로 가장 확실한 최상책 아니겠습니까?"

동창은 전류의 말을 흔쾌히 받아들이고 따르기로 했다. 동창은 즉시 답장을 써서 한굉의 편지를 전하러 온 자에게 주고 먼저 돌아가라고 했다. 그런 다음 정병 이천 명을 선발하여 전류에게 주었다. 전류가 출발할 즈음 동창이 전류에게 당부했다.

"가거든 상황을 잘 살펴서 행동하시게. 매사에 조심하시고."

한편 유한굉은 전류를 보내겠다는 동창의 답장을 받고 뛸 듯이 기뻐하며 빈객 심가를 불러 상의했다. 심가가 말했다.

"전류가 거느리고 오는 병사 이천은 모두 날랜 병사입니다. 그병사들을 그대로 성안으로 들이시면 통제하기가 어려울 것입니다. 성안으로 들어오기 전에 먼저 사람을 보내 영접하게 하여 병사들은 성 밖에서 기다리게 한 다음 전류만을 불러 만나 보십시오. 전류의 휘하에 병사들만 없으면 전류는 공께서 맘대로 통제할 수 있습니다. 그때 공께서 다른 장수를 보내어 전류의 병사를 통솔하게 한 다음 후한 상으로 병사들을 잘 달래서 창의 방향을 반대로 들고 항주를 습격하게 하십시오. 질풍노도처럼 급작스럽게 항주를 습격하면 동창을 거꾸러뜨릴 수 있을 것입니다."

유한굉은 찬탄을 금치 못했다.

"나의 심복인 그대의 식견이 이렇게 고매할 줄이야. 기묘하도다, 기묘하도다!"

유한굉이 즉시 심가에게 성 밖으로 나가 전류를 맞이하라고 한 것은 따로 말할 필요조차 없겠다.

한편 전류는 병사 이천 명을 거느리고 월주성 근처까지 도달했다. 심가가 성 밖으로 나와 전류를 맞이하고 인사를 하고 말했다.

"관찰사의 명령을 받들어 전합니다. 성안은 협소하여 그대의 병사들을 받아들이기가 곤란하니 잠시 성 밖에 진을 치도록 하고 우선 그대만 성안으로 들어와 얼굴을 보였으면 합니다."

전류는 유한굉의 옹졸한 계책을 눈치채고 계책에 계책으로 응대하고자 짐짓 화를 내며 말했다.

"일개 필부인 나를 관찰사께서 마다하지 않으시고 후한 선물로 불러 주시니 나는 알아주신 은혜에 감격하여 이 몸을 다 바쳐서라도 보답하고자 하였소이다. 동창 자사는 유 관찰사와 겉으로는 친하다 하여도 속으로는 서로를 미워하는지라 나를 보내려 하지 않았고, 병사 역시 오백 명밖에 주지 않으려 했던 것을 내가 재삼재사 부탁하여 겨우 이천 명이란 수를 허락받은 다음 내가 가리고 가려 일당백의 용사를 몰고 와서 관찰사와 함께 백 년의 기업을 이루고자 한 것이오. 그런데 관찰사께서는 나의 이런 고생을 헤아려 친히 나와 우리 일행을 호궤하지 않으시고 그저 성안에 편히 앉아서 나를 들어오게 하여 보시겠다니 이는 나를 하인배처럼 취급하는 것으로, 현명하고 능력 있는 자를 대하는 태도가 아닙니다. 나는 그냥 병사를 이끌고 돌아가겠소이다. 관찰사를 뵙고 싶지 않소이다."

전류는 말을 마치고 하늘을 우러러 탄식했다.

"나의 이런 마음을 알아주는 자가 없구나. 안타깝도다, 안타깝도다!"

심가는 전류의 말이 진심이라 착각하고 황급히 전류를 만류하면서 말했다.

"장군, 너무 괘념치 마십시오. 관찰사께서는 당신의 속마음을 모르셨던 것뿐이오. 내가 성안으로 들어가 장군의 속마음을 전하고 관찰사께서 직접 나와 장군을 만나도록 하겠소이다."

심가는 말을 마치고 쏜살같이 성안으로 들어갔다. 전류는 부하 장교를 불러 어찌어찌하라고 분부하여 각자 몰래 만반의 준비를 하게 했다.

한편 유한굉은 심가가 전류를 만나고 와서 하는 말을 듣더니 전류의 말을 그대로 믿고 소와 말을 잡고 대량의 꼴을 마련하여 군사를 호궤하는 예를 갖추고자 했다. 유한굉은 깃발과 악대를 앞세우고 성 북문 밖에 있는 역관에 자리를 잡고 앉아 전류가 들어와 부하 장수가 사령관을 뵙는 예를 갖추어 자신을 만날 것을 기대했다. 그러나 누가 알았을까? 전류는 심복 스무남은 명과 함께 고개를 뻣뻣이 들고 들어와 두 손을 모아 공수하고서는 이렇게 말하는 것이었다.

"소인이 지금 갑옷을 입고 있어 감히 무릎을 꿇을 수 없음을 용서하십시오."

화가 난 유한굉은 얼굴이 흙빛으로 변했다. 전류가 자신과의 약속을 저버린 것을 깨달은 심가는 얼굴이 벌게져서 전류에게 다가가 화를 냈다.

"장군, 지금 실수하는 거요. '병사는 장군을 따르고, 장군은 사령관을 따른다.'라고 하지 않소. 계급에 상하가 있음은 자고이래로 당연한 것 아니오. 동창 자사가 그대를 보내 관찰사를 돕게 했으니 그대는 관찰사 휘하의 장군인 셈이오. 하물며 동창 자사가 관찰사의 부하였던 것을 고려한다면 관찰사에게 감히 이렇게 대해서는 아니 되는 것이오. 그대가 이렇게 오만하게 구는 것은 월주에 병사가 없다고 무시하는 것이 아니고 무엇이오?"

심가가 말을 마치기도 전에 전류가 큰 소리로 꾸짖었다.

"아니, 별 볼일 없는 촌놈이 어느 앞이라고 자꾸 주둥아리를 놀리느냐!"

전류가 두건을 위로 잡아당기니 스무남은 명의 병사들이 일제히 일어섰다. 정말 눈 깜짝할 사이에 전류는 차고 있던 검을 빼어 들어 심가가 방비할 틈도 주지 않고 한칼에 그의 머리를 베어 버렸다. 유한굉은 역관 뒤로 도망가고 유한굉을 따르던 부하 백여 명이 일제히 전류를 막아섰으나 어찌 전류의 위용을 당할 수 있으랴! 전류는 그저 호박을 베고 풀을 베듯이 모두 베어서 그들을 흩어 버리고는 유한굉을 찾아 역관 뒤로 달려갔으나 종적을 찾을 수 없었다. 역관 뒤 흙담이 무너진 곳이 보이는 것으로 보아 그곳으로 도망한 것이 분명했다. 전류는 유한굉을 놓친 것을 원통해하면서 이천 명의 병사를 거느리고 월주를 공격하고자 했다. 그러나 성안에서는 이미 만반의 준비를 하고 있고 자신의 부대는 후방 지원이 없는 상태라 혼자 힘으로는 어찌해 볼 수 없는 형세였다. 하는 수 없이 전류는 깃발을 돌려 왔던 길을 되짚어 돌아가기로 했다. 성안에 있던 유한굉은 전류가 군사를 돌렸다는 사실을 알고 즉시 정병 오천 명을 점고하여 장수 육췌(陸萃)를 선봉장에 임명하고 자신은 뒤에서 대군을 이끌고 전류의 군사를 추격했다.

한편 전류 역시 월주의 군사가 틀림없이 추격해 올 것이라 짐작하고 밤낮을 가리지 않고 행군했다. 백룡산(白龍山) 아래에 도착하니 홀연히 징 소리가 들리며 이백여 명이 한일 자로 쭉 늘어

서 있는데 그 가운데 우두머리가 있었다. 그 우두머리의 생김새
를 보자.

머리에는 황금색 실로 수놓은 오사모를 쓰고
몸에는 녹색 비단 납의를 입었네.
허리에는 넓고도 긴 허리띠를 두르고
발에는 가죽 신발 신었네.
활과 화살통을 메고
바람조차 날렵하게 베어 버릴 칼 한 자루를 들었네.
짙은 눈썹에 큰 눈
홍안에 곱슬 수염.
소금 밀매상 사이에서 모르는 이 없을 정도로 유명하고
전장에서는 적수가 없다네.

전류가 말을 탄 채로 앞으로 다가가니 그 우두머리가 칼을 내
려놓고 고개를 숙이며 절을 했다. 전류가 보니 바로 함께 소금 밀
매를 하고 도적질을 했던 고삼랑, 즉 고전무(顧全武)가 아닌가. 이
에 전류가 말안장에서 내려와 고삼랑을 일으켜 세우며 말했다.
"형님, 정말 오랜만이오. 그런데 여기는 어떻게 오셨소?"
고전무가 대답했다.
"그대가 우리의 생명을 살려 주는 은혜를 베풀어 주었는데도
그 은혜를 갚을 길이 없었소이다. 황소의 병사가 쳐들어온다는
소식을 듣고 의병을 모집하여 내 고장을 지키고자 하였소이다.

그러면 아무래도 그대를 만나기도 쉽지 않겠나 생각했던 것이오. 그러던 중 그대가 적병을 물리치고 공을 세워 조정의 신하가 되었다는 소식과, 더불어 월주의 유한굉을 지원하게 되었다는 소식을 들었소이다. 그리하여 재주도 없는 내가 이렇게 소금 장사나 하던 무리 이백여 명을 모집하여 그대를 돕고자 했는데 여기서 만날 줄은 몰랐소이다. 그대가 회군할 줄은 몰랐는데, 어찌 이렇게 빨리 회군한 거요?”

전류는 저간의 사정을 쭉 설명하고는 이렇게 말했다.

“오늘 천행으로 형님을 만났습니다. 번거롭겠지만 형님의 도움을 받을 일이 있습니다. 이 아우가 헤아려 보건대 유한굉이 우리 군사를 추격해 올 것은 자명한지라 이렇게 밤낮없이 이동해 온 것이오. 그자는 자기가 관가의 선배랍시고 동 자사를 안중에도 두지 않고 있거니와 항주는 그자가 예전에 근무했던 곳이니 우리 군사를 추격하지 못하면 곧장 항주를 습격하여 동창과 겨루려 들 것입니다. 형님께서는 이백여 명을 이끌고 이곳 백룡산 아래에 잠시 있다가 유한굉의 병사가 지나거든 거짓 항복하는 계책을 쓰십시오. 그리하여 유한굉 병사들과 함께 항주에 같이 오시면 제가 그 유한굉 병사를 맞아 싸우러 나올 것입니다. 이때 형님이 그 안에서 기병하면 유한굉의 목을 벨 수 있을 것입니다. 유한굉의 목만 벤다면 형님은 출세의 발판을 마련하는 것입니다. 그때 제가 형님을 동 자사에게 적극 추천할 것입니다. 그러면 형님의 앞길도 탄탄대로가 되는 것이니 실수하지 않도록 조심하십시오.”

"그대의 분부를 내가 따르지 않을 이유가 어디 있겠는가?"
두 사람은 헤어져 각자 자기의 길을 갔다.

    태평 시절에는 곳곳마다 상생의 기운이 넘치나
    난세에는 언제고 살기만이 가득하구나.
    나는 저놈 목숨 겨누고 저놈은 내 목숨 겨누니
    저 전쟁터에서 몇 명이나 살아 돌아올 것인가?

한편 유한굉은 병사를 이끌고 전류를 추격하여 월주 경계에
이르렀다. 선봉장 육췌가 전류는 이미 밤을 도와 회군했다고 보
고했다. 육췌는 이제 그만 군사를 돌려 성으로 돌아가자고 건의
했다. 유한굉은 대로하여 고함을 쳤다.
"전류 같은 불한당에게 내가 모욕을 당했으니 무슨 면목으로
우리 월주의 백성들을 보겠느냐! 항주는 내가 예전에 다스리던
지역이며, 동창은 내가 천거한 사람이다. 오늘 내가 직접 병사를
거느리고 항주로 가서 동창으로 하여금 전류를 참수하게 할 것
이다. 만약 동창이 전후 사정을 소상하게 고백하고 죄를 인정하
면 그때 내가 용서하리라. 그렇게 하지 않는다면 내가 사람이 아
니다."
유한굉은 육췌를 물러나게 한 다음 전 군사에게 항주를 향하
여 진격하라고 명령했다. 군사 행렬이 부양(富陽) 백룡산에 도착
했을 때 홀연히 징 소리가 울리더니 이백여 명이 뛰어나와 일렬
로 늘어섰다. 손에 큰 칼을 들고 있는 우두머리는 강단깨나 있어

보였다. 유한굉이 흠칫 놀라며 방어 자세를 취했다. 이때 그 우두 머리 되는 자가 칼을 칼집에 집어넣고 다가와 우렁찬 목소리로 물었다.

"장군이 바로 월주의 관찰사 유한굉 나리시오?"

유한굉이 대답했다.

"그렇다."

그 사람은 황망히 칼집을 땅에 내려놓고 유한굉이 타고 있는 말 앞에 엎드려 말했다.

"소인이 오래전부터 관찰사 님을 기다리고 있었습니다."

유한굉이 연유를 물었다.

"소인의 성은 고가이고, 이름은 전무로 임안현 출신입니다. 소금 밀매를 하다가 현의 포졸에게 쫓기는 몸이 되어 강호를 떠돌아다니고 있습니다. 근자에 듣자니 저와 같이 다니던 동생 전류가 출세하여 관리가 되었다는 소문이 있어 소인이 특별히 찾아가 의탁했습니다. 그러나 전류가 출세하더니 옛날 생각을 못 하고 저의 능력을 질투하여 저를 받아 줄 생각을 하지 않는지라 하는 수 없이 백룡산에 들어와 산사람이 되었습니다. 어제 전류가 이곳을 지나갈 때 소인이 전류를 죽이고자 했으나 제 수하의 병사가 부족하여 중과부적이라 일을 그르칠까 봐 나서지 못했습니다. 이 전류 놈이 관찰사 나리에게 죄를 범하였은즉 소인이 관찰사 나리의 선봉대가 되어 저의 모든 능력을 다 바치고자 합니다."

이 말을 듣고 유한굉은 크게 기뻐하면서 선봉장 육체를 물러나게 하고 그 자리에 고전무를 앉혔다. 그런 다음 병사 천 명을 떼어 주면서 앞서게 하고 육췌는 후미 부대를 맡도록 했다.

며칠 지나지 않아 유한굉의 부대는 항주성 아래에 도착했다. 이때 전류는 이미 동창을 만나 방비를 하고 있었다. 월주의 병사가 도착했다는 소식을 들은 동창이 직접 성루에 올라 소리쳤다.

"소인과 관찰사는 모두 조정의 관리로서 각각 한 지방을 맡아 지키고 있습니다. 소인은 관찰사에게 죄를 지은 바 없습니다만 어인 일로 이렇게 오셨소?"

유한굉이 욕을 퍼부었다.

"이 배은망덕한 놈아, 사태를 제대로 파악하여 진즉에 전류의 목을 베어 바쳐 괜한 싸움이 일어나지 않도록 해야 했을 것 아니냐!"

"여보시오, 유 관찰사 고정하시오. 전류가 스스로 자신의 죄를 고할 것이오."

이때 항주성의 문이 열리고 한 무리의 병사가 쏜살같이 빠져나오는데 그 지휘자가 바로 전류였다. 전류는 자기를 중심으로 왼쪽에 종명, 오른쪽에 종량을 두어 진을 짜고 유한굉의 병사 쪽으로 짓쳐들어와 유한굉을 잡으려 했다. 유한굉이 깜짝 놀라 소리쳤다.

"선봉대는 어디 있느냐?"

이때 옆에서 소리가 났다.

"선봉대는 여기 있다."

이 소리와 동시에 칼이 번득이고 유한굉의 목이 말 아래로 굴러떨어졌다. 칼을 휘두르며 전류가 적진으로 달려 들어가 소리를 질렀다.

"항복하는 자는 목숨만은 살려 준다."

유한굉의 병사 오천 명은 제대로 싸워 보지도 못하고 모조리 항복했고, 육췌는 스스로 목을 찔러 자결했다. 유한굉의 목을 벤 자는 바로 고전무였다.

꾀만 있고 용기가 없으면 그래도 봐줄 만하나
용기만 있고 꾀가 없으면 목숨 잃기 딱 알맞구나.
꾀와 용기가 겸비되어야
싸움마다 승리를 거둘 것이라.

동창은 유한굉의 목이 잘린 것을 확인하고 성문을 활짝 열고 군사를 받아들였다. 전류가 고전무와 함께 동창을 찾아가니 너무도 기뻐했다. 아울러 유한굉의 죄상을 적어 조정에 상소하고 전류 이하 여러 장수들의 공적도 고했다. 당시 조정은 다사다난하여 일일이 그 상황을 조사할 겨를이 없는지라 확인 조사를 하지 못했다. 그저 동창을 월주 관찰사로 승진시켜 유한굉의 지위를 대신하게 하고, 전류를 항주 자사에 임명하여 동창을 대신하게 했다. 종명, 종량, 고전무에게도 각각 관직을 하사했다. 종기는 자기 딸을 전류에게 시집보냈다. 동창은 월주로 옮겨 가고 항주는 전류에게 넘겨주었다. 전류의 아버지와 어머니도 모두 항주로 옮겨 와 같이 살게 되니 일가족이 부귀해졌음은 말할 필요도 없다.

한편 임안현의 농민 하나가 천목산(天目山) 아래에서 호미로 밭을 매다가 작은 돌 비석 하나를 발견했다. 그 돌 비석에는 글자가 몇 줄 쓰여 있었으나 농민이 읽을 줄을 몰라서 동네에서 공부 좀 했다는 나평(羅平)에게 보여 주었다. 나평이 돌 비석의 흙을 털어 내고 읽어 보니 바로 네 구절의 예언이었다.

천목산에는 두 봉우리가 젖가슴처럼 솟아 있네
용이 날고 봉새가 춤추듯이 그 봉우리 전당까지 닿았네.
바다 닿는 곳, 그 남쪽에 봉우리 하나 또 솟았으니
오백 년 안에 제왕이 나시겠네.

돌 비석의 뒷면에는 '진나라 곽박이 쓰다[晉郭璞記]'라는 네 글자가 적혀 있었다. 나평은 진귀한 물건이라 생각하고는 그것을 집에다 모셔 두었다. 다음 날 나평은 이 돌 비석을 품에 안고 항주부로 찾아가 자사 전류에게 바치고는 은밀히 이것이 천명을 설파하는 것임을 고했다. 전류는 나평의 말을 듣자마자 대로했다.

"이런 놈이 있나. 여기가 어디라고 허무맹랑한 소리를 지껄이느냐? 당장 저놈의 목을 베어라!"

나평이 거듭거듭 목숨만 살려 달라고 애걸하니 전류가 흠씬 두들겨 내쫓으라 한 다음 돌 비석은 내팽개쳐서 산산조각 내 버렸다. 사실 전류는 이미 나평이 가져온 돌 비석이 길조 중의 길조이며 그것이 바로 자신을 두고 한 말임을 잘 알고 있었으나 괜한 소문이 떠돌까 봐 염려되어 일부러 터무니없는 것으로 치부했으니 전류의 일처리가 이렇게 주도면밀했던 것이다.

臨安里錢婆留發跡

한편 전류에게 흠씬 두들겨 맞은 나평은 속으로 전류를 미워하게 되었고 전류에 대한 호의가 악의로 변하고 말았다. 나평은 그 돌 비석을 월주 관찰사 동창에게 갖다 바치면 틀림없이 좋은 일이 있을 것이라고 생각했다. 돌 비석은 비록 깨어졌으나 다시 붙이면 될 일이었다. 하여, 항주 관아의 아전들에게 뇌물을 주고 그 돌 비석 조각을 거둬 왔다. 다행히 세 조각으로밖에 쪼개지지 않아 맞춰 보니 글자를 읽는 데는 지장이 없었다. 나평은 흡족한 마음으로 돌 비석을 품에 안고 월주로 길을 잡았다.

이틀째 되는 날, 나평은 길에서 열두세 살쯤 된 어린아이를 둘러싸고 있는 한 무리의 사람들을 만났다. 그 아이는 천으로 감싼 대나무 새장을 하나 들고 있었다. 그 새장 안에는 작은 물총새 한 마리가 들어 있었다. 나평이 사람들 사이를 비집고 앞으로 나가 연유를 물었다. 사람들이 대답했다.

"이 새는 앵무새도 아니요, 구관조도 아닌데 말을 할 줄 안다니까! 우리가 저 꼬마에게 돈 한 꿰미를 줄 테니 팔라고 해도 말을 듣지 않네."

사람들이 한창 말을 하고 있는 그때 그 새가 부리를 끄덕이더니 연거푸 이렇게 말하는 것이었다.

"동 황제(董皇帝), 동 황제!"

나평이 그 꼬마에게 물었다.

"저 새는 원래 말을 할 줄 알았던 거니? 아니면 누가 가르친 거니?"

그 꼬마가 대답했다.

"우리 아버지가 산에 나무 하러 갔다가 나무 위에서 말하는 소리가 들리기에 바라보니 바로 이 새였대요. 바로 그 새를 우리 아버지가 장대로 잡은 거래요. 원래부터 말을 할 줄 아는 새였어요."

나평이 꼬마에게 말했다.

"얘야, 내가 돈 두 꿰미를 줄 테니 그 새를 나에게 팔아라."

그 꼬마는 돈 두 꿰미를 받고는 희희낙락하며 돌아갔다. 나평은 그 새장을 들고 갈 길을 재촉했다.

며칠 후 나평은 월주에 도착했다. 나평은 관찰사 아문에 관찰사에게 긴밀히 전할 말이 있다고 통기했다. 동창이 나평을 맞아들인 뒤 아전들을 물리치고 나평에게 무슨 일인지 물으려는 순간, 새가 새장에서 지저귀었다.

"동 황제, 동 황제!"

동창이 깜짝 놀라며 물었다.

"저건 무슨 새냐?"

"이 새가 무슨 새인지는 정확히 모르오나 안 가르쳐 줘도 사람처럼 말을 할 줄 아는 재주를 가졌으니 아마 새 중에서도 영물일 것입니다."

아울러 나평은 품에서 돌 비석을 꺼내 그 내력을 설명했다.

"진 왕조 초기부터 지금까지 딱 오백 년이 지났습니다. 지금 황제는 힘이 없어 당 왕조의 운명은 종말을 향해 가고 있습니다. 양왕(梁王)과 진왕(晉王) 두 왕자는 서로 으르렁거리고 있으며 영웅호걸은 각자 한 지역씩 차지하고 패권을 잡으려 합니다. 전당은 본디 관찰사께서 창업하신 곳이니 이런 비석이 나온 것 역시 우연이 아닐 것입니다. 게다가 영험한 새가 천명을 알려 주고 있습니다. 관찰사께서는 먼저 황소의 군대를 격파하고 그런 다음 유한굉의 목을 베어 그 위엄이 바야흐로 원근 각처에 드높아졌습니다. 이런 기회를 타서 항주와 월주의 무리를 이끌고 양절 지방을 겸병하면 잘되면 중원을 도모할 수 있을 것이고 못 되어도 삼국시대의 손권은 될 것입니다."

동창 역시 천하가 혼란한 틈을 타서 패권을 잡고자 하는 생각이 없었던 바 아니므로 나평의 말을 듣고 매우 기뻐했다.

"그대는 하늘이 나를 도우라고 보내 주신 인물인 듯하오. 이일이 성공하면 월주 관찰사는 바로 그대의 차지가 될 것이오."

이에 동창은 나평을 군대 참모로 임명하여 병사를 모집하고 백성들에게 세금을 거둬 군량미를 충당했다. 아울러 장인에게 명하여 황금 실로 새장을 만들고 촉 지방에서 나는 비단으로 두른다음 영험한 새를 돌보게 했다. 전류에게는 몰래 편지를 보내어, 병사를 거느리고 와서 자기 뜻을 따르라 하였다.

전류는 이 편지를 받고서 크게 놀랐다.

"동창이 반란을 일으키다니!"

전류가 은밀하게 조정에 상소문을 올리니 조정에서는 전류를 소주와 항주의 관찰사에 겸직시켰다. 전류는 항주 성곽을 더 지어 진망산(秦望山)에서 어범포(於范浦)에 이르는 주위 칠십 리 성곽을 더 늘렸다. 아울러 조정의 발령에 따라 진해군 절도사(鎭海軍節度使)에 추가로 임명되고 개국공(開國公)에 봉해졌다. 동창은 전류에게 계속 높은 관직이 더해지는 것을 보고 화가 치밀어 욕을 해 댔다.

"이 개 같은 도적놈이 감히 내 이름을 팔아서 관직을 얻어! 내가 기필코 먼저 항주를 빼앗아 이 치욕을 씻으리라."

이때 나평이 동창에게 간언했다.

"전류가 딴마음을 품고 있는지는 아직 명확하게 드러난 바 없으며, 이제 막 총애를 입어 새로운 관직에 봉해졌는데 이런 상태에서 그를 토벌하는 것은 명분이 없습니다. 차라리 조정의 명을 사칭하여 공께서 스스로 왕위에 나아가시고 그런 다음 공의 높은 지위로 전류를 누르십시오. 우선 목주(睦州)를 평정하여 군사력을 넓히고 항주로부터 길을 빌려 호주(湖州)에 나아가십시오. 이때 만약 전류가 공을 돕지 않는다면 이 틈에 그를 제거하시고, 만약 전류가 병사를 내어 공을 돕는다면 이는 피 한 방울 안 흘리고 항주를 얻는 것이니 어찌 마다할 일이겠습니까?"

동창은 나평의 말을 따라 조정의 명령을 위조하여 스스로 월왕이 되고 양절 지방의 군마를 제멋대로 조발하여 깃발에는 '월왕(越王)'이라는 두 글자를 새겨 넣었다. 돌 비석과 말하는 새를 하늘이 내린 조짐이라 주장하며 백성들에게 보여 주었다. 장정 세 명당 한 명꼴로 병사를 조발하여 오만 명의 무리를 만들고 십만 명이라고 허풍을 치면서 호호탕탕 기세도 등등하게 목주로 진격했다. 아무런 방비도 하지 않고 있던 목주는 동창에게 격파당하고 말았다. 동창은 달포를 목주에 머물면서 목주의 관리를 갈아치웠다. 정예 병사 삼만을 더 뽑으니 그 위세가 더욱 당당해졌다. 동창은 스스로를 천하무적이라 여기며 '월제(越帝)'라 칭했다. 그

리고 항주의 군사를 징발하여 호주를 치고자 했다. 전류가 이 상
황을 보며 말했다.

"월나라 병사는 지금 한창 기세가 등등할 때라 함부로 대할 수
가 없구나. 일단 받아들여 그들이 호주로 들어가고 난 다음 지쳤
을 때를 노린다면 승리를 거둘 수 있을 것이다."

전류는 먼저 종명을 보내어 상대방을 추어 주는 말로 비위를
맞추고 군사를 대접하라고 한 후 자신이 직접 병사 오천 명을 거
느리고 가서 동창 병사의 선봉이 되어 힘을 다하겠노라고 말했
다. 동창은 크게 기뻐했다. 행군한 지 며칠이 지나자 전류는 병을
핑계 삼아 도중에 처져 요양한다 했다. 동창은 전류를 의심하지
않고 남으라 하고는 병사를 거느리고 계속 나아갔다. 시 한 수로
이를 증명한다.

그때 구천(勾踐)[30]이 오왕(吳王)의 환심을 사고자

30　?~기원전 464. 월나라의 왕. 이웃 나라 오왕 부차의 침공을 받아 나라가 궤멸 직
　　전에 이르자 미인 서시를 바치고 항복한다. 구천 자신은 오왕 부차의 하인이 되
　　었다가 나중에 겨우 월나라로 돌아온다. 구천은 부차에게 복수하기 위해 방에
　　쓸개를 매달아 놓고 매일 그것을 맛보면서 분투한다. 그리고 착착 국력을 키운
　　다음 마침내 오나라를 공격하여 통렬하게 복수한다. 한편 이 일 전에 오왕 부차
　　는 부왕 합려가 월나라를 침공했다가 실패하고 죽었던 일을 분개하여 이부자리
　　를 펴지 않고 장작더미 위에서 잠을 청하며 복수의 칼날을 갈았다고 한다. 부차
　　가 장작더미[薪] 위에서 누워 자던[臥] 일과 구천이 쓸개[膽]를 맛보며[嘗] 세상
　　사 쓴맛을 잊지 않으려 했던 일을 가리켜 '와신상담'이라고 한다. 춘추시대 바로
　　이웃한 나라들이어서 세불양립이라 늘 다투었던 오나라와 월나라에 얽힌 이야
　　기이다.

비굴한 말과 값비싼 선물을 바치고 난 다음 마침내 오나라를
격파하였도다.
동창은 전류의 속마음을 꿰뚫어 보지 못하고
병사들의 위세만 믿고 태호(太湖)로 향해 가는구나.

한편 전류는 동창의 병사들이 멀어졌음을 확인하고는 자신의
병사들을 거느리고 항주로 돌아왔다. 날랜 병사 천 명을 선발하
여 동창군의 깃발을 달고 고전무를 선봉으로 삼아 월주를 습격
했다. 더불어 종명과 종량에게 분부하기를 각각 날랜 병사 오백여
명을 거느리고 여항(餘杭)의 경계에 몰래 둔친 다음 경거망동하
지 말고 기다렸다가 동창이 월주를 구원하러 오는 길에 이곳을
지나가게 되면 그 후미를 습격하도록 했다. 동창은 싸울 마음이
없을 것이므로 틀림없이 전류의 병사들이 전승을 거둘 터였다.
각자에게 임무를 다 부여하고 난 다음 빈객으로 와 있는 종기에
게 말했다.
"항주를 지키는 일은 전적으로 공께 맡기겠습니다. 월주는 적
장 동창의 소굴이므로 제가 친히 가서 상황 변화를 살피겠습니
다. 만약 동창의 소굴을 깨뜨리면 동창의 목이 떨어지는 것이야
말할 필요도 없을 것입니다."
전류는 몸소 날랜 병사 이천 명을 이끌고 고전무의 병사와 호
응하여 나아갔다.
한편 고전무는 동창군의 깃발을 달고 아무런 저항 없이 곧장
월주성 아래에까지 나아갔다. 성 아래에 도착하자 고전무는 적의

성을 치는 데 필요한 화기를 가지러 왔노라고 속여 성문을 열게 한 다음 냅다 소리를 질렀다.

"동창은 망령되게 왕이라 자칭하고 조정을 배반했으니 전류 절도사가 조정의 명을 받들어 토벌하러 왔다. 우리의 10만 병사가 이미 성 밖에 도착하였느니라."

월주성의 장수와 병사들은 이미 동창이 거느리고 떠났으므로 성안에 남아 있는 자들은 모두가 노인과 어린아이뿐이니 누가 감히 대적하겠는가? 고전무는 월주 청사 안으로 들어가 자칭 월의 세자라 하는 동영(董榮)과 동창의 일가족 삼백여 명을 한곳에 모아 가두고 병사들로 하여금 감시하게 했다. 이때 마침 항주성의 주력 부대도 도착했다. 그들은 고전무가 월주성을 장악했음을 알고는 질서를 지켜 성안으로 들어와 성안 사람들에게 조금의 피해도 주지 않았다. 고전무는 전류를 맞이하여 월주 청사로 모셨다. 전류는 방을 붙여 성안의 사람들을 안정시킨 다음 편지를 한 통 써서 동창에게 보냈다.

나 전류는 하늘엔 두 개의 해가 있을 수 없고, 땅에는 두 임금이 있을 수 없다고 들었습니다. 지금 비록 당 왕조의 기운이 쇠하였다고 하나 아직 천명이 바뀌지는 않았습니다. 그러나 그대는 망령되게 자기를 드높여 스스로 왕이라 칭하고 병사를 일으켰으니 당 왕조의 녹을 먹는 자라면 어찌 분노하지 않겠소? 나 전류는 오직 의를 세우고자 하는 절박함에 나의 부장 고전무를 보내 반역자를 토벌하게 하였소이다. 우리 병사들이 도착하는 곳마다 월주의 병사들은 창을 내려놓고 항복했으며 그대의 가족은 우리가 잘 보호하고 있소이다. 만약 이런 상황을 잘 헤아려 죄를 인정한다면 모두 목숨을 부지할 것이오. 부디 때 늦지 않게 잘 처신하시어 일가족의 생명을 보존하기 바라오.

한편 동창은 호주 정복에 실패하여 마음이 답답하던 차였다. 동창이 막사에 앉아 있으려니 그 영험한 새가 "동 황제, 동 황제!"라고 지저귀는 것이었다. 동창이 새장을 감싸고 있는 비단을 걷어 내어 보니 아니, 그 안에 영험한 새는 없고 피를 뚝뚝 흘리는 사람 머리가 하나 걸려 있었다. 그 얼굴의 주인공은 바로 유한굉이었다. 동창은 놀라서 정신이 다 나갈 지경이었다. 동창은 놀라서 소리를 지르고 땅바닥에 꼬꾸라졌다. 여러 장수들이 황급히 달려와 동창을 안정시키니 한참 후에 정신을 차렸다. 다시 그 새장 안을 살펴보니 온통 핏자국뿐, 새는 온데간데없었다. 동창은 너무도 꺼림칙하여 급히 나평을 불러 이 일을 알려 주었다.

"이게 흉조일까, 아니면 길조일까?"

나평은 이게 흉조임을 즉각 눈치챘지만 감히 곧이곧대로 말할 수 없어 이렇게 말했다.

"우리 월나라의 대업은 유한굉을 참수한 데서부터 이루어진 것입니다. 지금 유한굉의 목은 적을 이길 수 있음을 보여 주는 징표입니다."

바로 이때 월주에서 편지를 보내왔다는 전갈이 들어왔다. 동창이 편지를 받아 열어 보니 월주가 이미 전류에게 넘어갔다는 소식이었다. 정말 보통 일이 아니었다. 나평이 말했다.

"싸움터에선 허허실실이 다반사니 꼭 다 믿을 수는 없습니다. 전류가 병을 핑계 대고 중간에 처졌으니 필시 다른 꿍꿍이가 있을 것입니다. 아마도 자신이 이미 월주를 격파한 것처럼 소문을 퍼뜨려 우리 병사들의 마음을 흔들고자 하였을 것이니 공께서는 중심을 잃지 않도록 유념하십시오."

동창이 대답했다.

"편지의 주장이 사실이든 아니든 일단 군사를 돌려 나의 근거지로 돌아가 살펴보겠소이다."

나평은 자신들의 계책이 누설될까 봐 편지를 전해 주러 온 사신의 목을 베어 버리라 명령했다. 아울러 겉으로는 총력을 기울여 호주성을 공략하라는 명령을 내려 호주성 안에서 방비하는 자들이 동창의 병사가 물러날 것이라는 것을 눈치채지 못하게 하여 밤에 도망갈 길을 잡기에 편하게 하고자 했다. 이날 호주성을 공격하다가 밤이 되어서야 겨우 멈추었다. 이경이 되기를 기다렸다가 진을 거두고 출발하였다. 날랜 장수 설명(薛明), 서복(徐福)이 각각 만 명의 군사를 거느리고 먼저 출발하고 동창의 본진은 그 뒤를 이어 출발했으며 나평에게는 목주에서 데려온 삼만 군사를 주어 후미를 책임지도록 했다. 호주성 안의 군사들은 동창의 병사들이 모두 물러나는 것을 보고서도 혹시 꼼수가 있을까 봐 성문을 열고 추격하지는 않았다.

한편 설명과 서복 두 장수는 병사를 이끌고 밤을 낮 삼아 행군하여 먼저 여항산 아래에 도착했다. 막 솥단지를 걸고 밥을 지으려고 하는데 계곡 쪽에서 포격 소리와 북소리, 호각 소리가 연달아 들려오더니 종명과 종량이 지휘하는 병사들이 좌우에서 달려들었다. 종명은 설명을, 종량은 서복을 일시에 공격했다. 설명과 서복이 비록 용맹하다고는 하나 갑자기 습격을 받으니 당황하여 휘하의 병사들이 도무지 싸우려 들지 않았다. 밤낮으로 행군하여 몸이 피곤한 병사들이 호랑이같이 힘세고 용감한 종씨 형제의 병사들을 어찌 당해 낼 수 있겠는가? "병사들이 흩어지면 장수는 패배한다."라는 옛말이 있다. 설명이 보니 병사들이 이리저리 흩어지는지라 마음은 당황되고 어떻게 조치해야 할지 갈피를 잡을 수 없었다. 설명은 결국 종명에게 목이 잘려 말 아래에 떨어졌다. 종명은 말을 달려 종량에게 다가가 종량과 함께 서복을 협공했다. 서복은 두 장수의 협공을 견디지 못하고 종량에게 목이 잘렸다. 설명과 서복의 부하들은 모두 무기를 버리고 투항했다. 종명과 종량은 함께 상의했다.

"월주 병사의 선봉대가 비록 격파되었다고는 하나 동창의 본진이 조금 있으면 도착할 것이니 그렇게 되면 중과부적이라, 일단 병사를 나눠 매복하고 있다가 그들이 지나고 난 다음에 후미를 습격하는 것이 나을 듯하다. 선봉대가 결딴난 것을 알면 저들은 분명 당황하여 피하고 싶어 할 터이니 그걸 이용하면 우리가 승리를 거둘 것이다."

상의를 마친 다음 종명과 종량은 투항한 병사들을 풀어 주고 동창에게 소식을 전하도록 했다.

한편 동창의 본진이 막 출발하려고 하는 찰나 선봉 부대의 병사들이 줄줄이 달려와 보고했다.

"서복과 설명 두 장수가 전투에서 목숨을 잃었습니다."

이 말을 들은 동창은 간담이 서늘해지고 정신이 혼미해졌지만 병사를 몰아 진격했다. 여항산 아래를 지날 때 적병이 보이지 않아 웬일인가 의아해하고 있을 때 갑자기 뒤에서 대포 소리가 들리며 복병들이 두 갈래로 나뉘어 진격해 오는데 그 수가 헤아릴 수 없을 정도였다. 월주의 병사들은 앞다투어 도망하느라 서로 짓밟히고 부딪치며 죽는 자가 셀 수 없었다. 오십여 리를 달려서야 가까스로 빠져나올 수 있었지만 군사들을 수습하고 보니 삼분의 일이 사라지고 없었다. 동창은 후군인 나평군의 소식을 기다렸다. 그러나 누가 알았으랴? 목주의 병사들은 비록 동창의 병사를 따르기는 했으나 마음으로 원하는 바가 아니었던지라 이제 호주의 군사를 돌려 월주로 향하는 것을 보고는 몇몇 비장들이 상의하여 나평을 죽이고 그 머리를 베어 종명과 종량 형제에게 바치며 항복하고선 같이 동창을 추격하고 있었다. 동창은 이 소식을 듣고는 감히 항주로 가는 큰길로 향하지 못하고 임안(臨安)과 동려(桐廬)로 돌아가는 길을 잡았다.

전류는 일찌감치 계획을 세워 종기에게 월주를 지키게 하고 자신은 병사를 거느리고 항주로 돌아와 동창을 기다렸다. 더불어 고전무에게 병사 천 명을 주고 임안의 산 가운데 험준한 곳에 병사를 매복시키고 도망가는 이들을 치라고 명령했다. 동창의 병사가 임안에 이르러서는 병사들은 이미 오합지졸, 산의 험준한 곳을 기어 넘어가느라 고전무의 병사들을 방비할 겨를이 없었다.

고전무는 말 안장에 앉아 칼을 휘두르며 앞장서 달려들어 가 만나는 자들마다 저세상으로 보내며 크게 소리를 질렀다.

"항복하는 놈들은 목숨만은 살려 준다!"

동창의 병사들은 모두 바닥에 엎드렸다. 목숨이 아깝지 않은 자가 어디 있어 감히 고전무와 대적하겠는가? 동창은 세가 불리함을 깨닫고 투구와 갑옷을 벗어 던지고 농가를 향해 달려가 숨으려 했으나 마을 사람들에게 포박당하여 고전무 앞으로 끌려나왔다.

"동창의 병사들이 비록 항복했다고는 하나 그 무리가 상당히 컸으니 예상치 못한 일이 일어날 수도 있다."

이런 생각이 들었던 고전무는 주저하지 않고 단칼에 동창의 머리를 베어 동창의 병사들이 딴마음을 품지 못하게 하는 한편 동창을 포박하여 바친 촌사람들에게 후한 상을 내렸다.

고전무 부대가 진을 치고 휴식을 취하려 하는 찰나, 계곡 쪽에서 북소리와 나팔 소리가 하늘을 울리고, 흙먼지가 뽀얗게 일며 일진 군마가 달려왔다. '필시 동창 병사의 후미 부대일 것'이라고 생각하면서 고전무는 칼을 꼬나 쥐고 말에 올라타서 적을 맞이할 채비를 했다. 말을 달려 다가가 보니 두 장수가 다가오고 있었다. 근데 그들은 다른 사람이 아니라 바로 종명과 종량 형제로 동창을 쫓아 여기까지 온 것이었다. 세 사람은 모두 말에서 내려 그동안 세운 공적을 서로 이야기했다. 이날 밤 그들은 임안 지방에 같이 진을 쳤다.

다음 날 진을 거두고 이틀을 이동하여 전류 부대를 맞이하러 갔다. 본디 전류의 척후병이 동창의 본진이 임안을 크게 돌아간다는 소식을 전류에게 보고했기에 고전무가 이를 감당해내지 못할까 봐 스스로 대군을 이끌고 접응하여 온 것이었다. 두 갈래로 나뉘었던 부대들이 모두 힘을 합하여 이미 일을 마무리했으니 이제 모든 병사를 합하여 항주성으로 돌아가면 되는 일이었다.

기쁨에 겨워 채찍으로 말등자를 두드리고
하하 웃으며 일제히 개선가를 부르네.

고전무는 동창의 수급을, 종명과 종량 형제는 설명과 서복 그리고 나평의 수급을 바쳤다. 전류는 월주의 감옥에 가둬 둔 동창 일족 삼백여 명의 목을 모두 베어 버리라고 명령하고, 표를 써서 황제에게 승전 소식을 전했다. 이게 바로 당 소종(昭宗) 건녕(乾寧) 4년(897)의 일이었다.

당시 중원에는 늘 골칫거리가 많았고 오월 지방은 조정의 힘이 미치기에는 너무 멀었던지라 황제는 전류가 반적을 토벌하는 데 공을 세웠다는 소식을 듣고 문서를 작성하여 전류에게 후한 상을 내리고 후손들이 죄를 지어도 면죄시켜 주는 것을 나타내는 표식을 내려 주었다. 또한 나라의 기둥이 되는 팽성군의 왕이란 의미의 상주국팽성군왕(上柱國彭城郡王)에 봉하고 중서령(中書令)을 더했다. 얼마 지나지 않아 월왕에 봉하고 다시 오왕에 고쳐 봉한 다음 윤(潤), 월(越) 등 열네 개 주를 모두 그에게 봉했다.

당시 전류는 뜻을 이루어 의기양양하게 되었는지라 항주에서 오왕의 궁전을 지었으니 그 웅장함과 화려함이 비할 데가 없었다. 전류의 부친은 이미 세상을 떴으나 어머니는 아직 살아 계셨으니 궁전으로 모셔와 맛난 음식과 비단옷으로 극진히 대접했다. 아내 종 씨는 왕비에 봉해졌고, 장인인 종기는 오나라의 재상이 되어 전류와 함께 나라를 다스렸다. 종명, 종량, 고전무는 각각 관찰사에 임명되었다. 그해 큰 홍수가 져서 강물이 넘쳐흘러 성곽이 물이 잠기고 무너졌다. 크게 인부를 동원하여 물길을 막는 둑을 쌓으려 했으나 몇 달이 지나도록 도무지 일이 진척되지 않았다. 하루는 전류가 공사를 감독하고자 친히 나가 보니 물결이 거세게 몰아쳐서 도저히 공사를 진행할 수 없었다. 전류가 대로하여 소리쳤다.

"강물의 신이 도대체 뭐라고 감히 내 뜻을 거역한단 말이냐!"

전류는 수백 명의 궁수들에게 명령하여 일제히 강물을 향해서 화살을 쏘게 했다. 그러자 물결이 갑자기 잠잠해졌다. 이로부터 며칠이 걸리지 않아서 둑이 완성되었다. 그리고 그 둑의 수문을, 물결을 바라보며 지키는 문이라는 뜻으로 후조문(候潮門)이라 이름했다.

어느 날 전류가 탄식하여 말했다.

"출세하고서도 고향에 가 보지 못하면 비단옷 입고 캄캄한 밤에 돌아다니는 것과 같다는 옛말이 있는데!"

전류는 택일을 하고 임안을 방문하여 조상 묘를 찾아갔다. 소와 양과 돼지를 바쳐 제사를 올리고 깃발을 꽂은 뒤 풍악을 올리니 그 깃발과 소리가 산을 덮었다. 그리고 임안현을 의금군(衣錦

臨安里錢婆留發跡

軍)으로 바꾸고, 석감산(石鑑山)을 의금산(衣錦山)으로 바꾸고는 비단 이불을 만들어 돌 거울을 가렸다. 그런 다음 호위병을 두 어 사람들이 함부로 드나들지 못하게 했다. 전류가 어렸을 적에 앉곤 하던 반석에는 의금석이란 칭호를 내렸고, 그 옆의 큰 나무 는 의금장군이라 이름하고는 비단 가림막을 만들어 덮어 주었는 데, 비바람에 바래면 다시 새것으로 교체했다. 전류가 어렸을 적 에 살던 곳의 이름을 의금리라고 고치고 입구에 이를 기리는 출 입문을 별도로 만들었다. 소금을 팔러 다닐 때 쓰던 멜대는 비단 으로 잘 싸서 옛집 안에 모셔 놓고 옛날을 잊지 말자는 표식으 로 삼았다.

소 잡고 닭 잡아서 잔치를 열어 고향 사람들을 초대하니 남녀 노소 가리지 않고 모두 찾아왔다. 이때 아흔이 넘은 노파 한 사 람이 있었으니 손에는 배갈과 풀잎에 싸서 찐 찰밥 한 접시를 들 고 찾아와 전류를 보더니 가가대소하면서 말했다.

"파류야, 네가 이렇게 출세했구나, 축하한다, 축하해!!"

좌우의 졸개들이 소리를 질러 노파를 쫓아내려고 하니 전류가 말렸다.

"그분을 놀라게 하지 말라."

그런 다음 황망히 땅에 엎드려 절을 올리고 사례했다.

"그때 할머니가 이 목숨을 살려 주지 않으셨다면 어찌 오늘 같 은 날이 있었겠습니까?"

그 노파는 전류를 일으켜 세우고는 배갈을 한 잔 가득 따라 건넸다. 전류는 그 잔을 받아 단숨에 마셨다. 아울러 풀잎에 싸서 찐 찰밥 한 덩어리를 받아서 맛있게 먹었다.

"저 파류, 이제 먹을 것 걱정 없이 삽니다. 할머니, 저 신경 쓰지 마시고 여생을 편히 보내세요."

전류가 현령에게 명하여 고을의 비옥한 밭 100무를 왕 노파에게 주도록 하니 왕 노파가 감사하며 돌아갔다. 마을 사람들은 남녀노소를 막론하고 모두 와서 전류가 이무기가 그려진 옷과 옥대를 입고 있는 것을 보고는 무릎을 꿇고 절했다. 전류는 그들을 일으켜 세우고 앉게 한 다음 일일이 술을 따라 주었다. 여든 살이상 된 노인들은 금 술잔에, 백 살 이상 된 노인들은 옥 술잔에 대접했다. 전류는 그들에게 술잔을 다 돌린 다음 일어나 노래를 불렀다.

하늘같이 높은 자리에 올라 금의환향하네
오왕과 월왕을 겸직하고 마차 타고 돌아왔네.
하늘은 맑아 밝은 해 비치네
백 년 세월 쏜살같이 지나리니 이런 만남 어이 쉬우리.

전류가 노래를 마쳤으나 노인들은 무슨 말인지 알아듣지 못하여 서로 얼굴만 바라볼 뿐 아무 말도 하지 못했다. 전류는 노인들이 이 노랫말을 속 시원하게 알아듣지 못한 것을 깨닫고는 오나라 방언으로 바꿔 다시 노래 불렀다.

그대들 나를 보러 와 주니 너무도 기쁘오

이 얼마나 특별한 기쁨인지.

그대들은 이제 내 가슴속에 살아 있을지니

나는 그대들을 절대 잊지 않으려네.

　노래를 마치니 자리에 앉은 사람들이 모두 웃으면서 박수로 화답했다. 실컷 즐기고 돌아갔다가 다음 날 또 모여 즐기고 이렇게 사흘을 즐겼다. 전류는 모든 사람들에게 비단을 선물했다. 도박장을 운영하던 척 노인은 이미 저세상 사람이 되었기에 그 가족들을 불러 후하게 상을 내렸다. 그런 다음 항주로 돌아왔다.

　후에 당의 황제가 양(梁)의 주전충(朱全忠)에게 선양하니 주전충은 연호를 개평(開平)이라 바꾸고 전류를 오월왕에 봉하고 바로 이어서 천하병마도원수(天下兵馬都元帥)에 임명했다. 전류는 명목상으로는 왕이라 불렸으나 그 실제의 행동과 대우는 황제와 진배없었으니 나서고 들어설 때마다 벽제하고 하늘이 무너질 것 같은 만세 소리가 울리곤 했다. 구양수의 『오대사(五代史)』의 기록에 따르면 오월왕도 역시 황제라 자칭하고 자체 연호를 사용했다고 한다. 요즘 항주의 각 사원에는 천보(天寶), 보대(寶大), 보정(寶正) 등의 연호가 보이는데 바로 오월왕이 사용한 연호이다. 전류가 오월왕에 등극한 이래로 이웃 지방의 침략을 받지 않게 되었다. 전류는 여든한 살을 일기로 세상을 떠났으며 무숙(武肅)이란 시호를 받았다.

　오월왕의 자리는 아들인 원관(元瓘)에게, 원관 다음에는 원관의 아들 좌(佐)에게, 좌 다음에는 좌의 동생 숙(俶)에게 전해졌다.

송 태조가 진교(陳橋)에서 선양을 받은 후에 전숙은 송 조정에 내조했다. 태조에 이어 태종이 즉위하자(976) 전숙은 오월의 땅을 바치고 송 조정에 귀의했고, 송 조정에서는 그를 등왕(鄧王)에 봉했다. 전씨 가문이 오월 지방을 구십팔 년 동안 독차지했으니 천목산 돌 비석의 예언이 허튼소리는 아니었던 셈이다. 후세 사람이 시를 지어 이렇게 기렸다.

장수와 재상의 씨가 따로 있으랴만
제왕의 씨는 분명 따로 있는 법.
소금 밀매나 하던 놈이
이제는 비단옷 입는 제왕이 되었구나.
돌 거울 비친 징조는 틀림이 없고
요생의 관상술은 신묘하기 짝이 없구나.
'동 황제'라며 지저귀던 새 울음소리 가소롭고
돌 비석에 새겨진 글자 오해한 자는 목숨만 날렸도다.

木綿菴鄭虎臣報寃

정호신이 목면암에서
원수를 갚다

풍몽룡이 그려 낸 가사도는 부친이 정실부인의 온갖 감시와 투기를 이겨 내고 맞아들인 첩의 자식으로, 큰아버지에게 입양되었다. 열 살이 갓 넘은 나이에 친부와 양부가 모두 세상을 떠나 파락호 같은 신세로 떠돌다 양부의 딸, 즉 본인의 누나가 당시 이종 황제의 귀비로 간택되면서 출세길로 접어들었다. 나라를 다스릴 경륜이나 백성을 보살필 자애로움과는 애당초 인연이 없는 사람이다.

이런 자가 벼락출세하여 세상의 모든 영욕을 맛보게 된 이유는 역시 운명 때문이다. 그는 그런 운명을 타고났다. 그의 이런 운명을 알아봐 준 사람 역시 관상쟁이다. 나중에 그가 타인과 시비가 붙어 이마에 상처가 났고 그래서 그 잘난 운명에 상처가 나 버린 것도 그 관상쟁이가 알아봐 준다. 사실일까? 역사 기록은 가사도가 누나가 귀비 덕에 출세길에 올랐다는 것도 적어 놓고 있으나 기실 그가 부친 가섭의 음서로 벼슬길에 이미 들어섰음도 밝히고 있다. 풍몽룡의 이 작품과는 미세하게 차이가 나는 부분이다.

소설이 얼마나 역사 기록에 충실한가를 따지는 게 과연 의미가 있을까? 가사도의 공식 역사 기록은 바로 『송사』이다. 그런데 가사도는 바로 그 『송사』의 「간신전」에 이름을 올리고 있다. 중국의 역사 기록은 가사도를 이미 간신으로 낙인찍으며 시작한다. 가사도의 온갖 악행, 기행, 개인적 뒷얘기가 가사도가 간신일 수밖에 없음을 증명하는 수단으로 동원된다. 남송의 기울어 가는 국운과 당시 전 세계를 호령하는 세력으로 성장하는 몽골족의 기세 사이에서 남송 사람들의 상처난 자존심을 위로해 줄 악인으로 가사도가 동원된 측면도 있지 않을까.

연꽃과 차조기는 슬픔에 겨워

강가에 한창 피고 지던 그 시절이 그리워.

천목산(天目山)엔 봉새 한 마리 외로이 깃들고

전당강(錢塘江) 흘러 바다 닿는 곳엔 육룡이 날아갔네.

가충(賈充)[31]은 세상 물정을 잘못 판단하여 아무런 대책을 마련

할 수 없었고

유신(庾信)[32]은 억류되었던 외로운 시절에도 아름다운 시를 지

31 217~282. 서진 무제 시기의 권신. 오나라 정벌을 떠나라는 어명을 받고도 이런
    저런 이유를 대며 사양하다가 결국 어쩔 수 없이 출정하나 오나라 장수들이 항
    복하는 바람에 거저 승리를 거두게 된다. 그 후 오나라 심장부를 공격하라는 명
    을 받고 오나라 수도를 향해 진격하나 결국 머지않아 오나라 마지막 황제 손호
    (孫皓)가 투항했다. 이때도 역시 가충은 전략적 판단을 제대로 하지 못하고 겁만
    많은 것이 드러났다. 그러나 무제는 그에게 일절 책임을 묻지 않았다고 한다.
32 513~581. 남조 양나라 원제의 명령을 받고 북쪽에 사신으로 갔다가 억류되어
    돌아오지 못했다. 이 시기에 지은 애절하고 가슴 쓰린 작품들이 다수 전한다.

을 수 있었구나.

여기 경치 좋은 곳 많다고 자랑하지 말게나

경치 좋다 하는 서호는 왕을 미혹시켜 나라를 망하게 한 서시 (西施)에서 유래하였다는 걸 알기라도 하는지!

이 시는 장지원(張志遠)의 작품이다. 송 왕조가 남으로 내려온 이후 소흥(紹興, 1131~1162), 순희(淳熙, 1174~1189) 연간에 전쟁이 잠시 소강상태에 이르러 임금이나 신하들은 모두 태평성대라 착각하며 마음껏 즐기고 방탕을 일삼았다. 사대부들은 산과 호수로 놀러 다니는 데 정신이 팔려 중원을 회복하고자 하는 의지를 접어 버렸으니 위 시의 마지막 연에서 "여기 경치 좋은 곳 많다고 자랑하지 말게나, 경치 좋다고 하는 서호는 왕을 미혹시켜 나라를 망하게 한 서시에서 유래하였다는 걸 알기라도 하는지!"라고 읊었던 것이다.

당시 서호에는 가을 내내 무성한 차조기, 십 리에 진동하는 연꽃 향기, 사방을 둘러싼 푸른 산, 푸른 산에 들어선 맑은 호수 그리고 호수에 비치는 황금색, 푸른색 누대 등 말로 다 열거할 수 없이 많은 절경이 있었다. 소동파가 일찍이 시를 지어 서호를 읊은 바 있으니 "만약 서호를 서시에 비유한다면, 화장을 연하게 하여도 진하게 하여도 어느 쪽이든 다 잘 어울릴 것이다."라고 했다. 남으로 내려온 송 왕조의 임금과 신하들은 사직을 걱정하지 않고 오나라 임금이 서시에게 미혹된 것 같은 꼴이 되어 버렸다. 당시 오나라 왕 부차(夫差)에겐 총애하는 여인이 있었으니 바로 서

시였다. 오왕은 날마다 서시와 온갖 꽃들이 피어 있는 모래톱[百
花洲], 비단 돛처럼 흐르는 강[錦帆涇], 고소대(姑蘇臺) 등을 다니
며 즐겼다. 이때 간신 백희는 오왕이 잘못하는 줄 뻔히 알면서도
오히려 사치와 방탕을 방조하고 충신을 죽이게 하여 월나라 병사
들이 쳐들어왔을 때 결국 멸망에 이르고 말았다.

오늘날 송 왕조가 어쩔 수 없이 남으로 쫓겨 내려온 이후 오
랑캐가 비록 창궐하고 있다고는 하나 송 왕조를 중흥시키고자
하는 열망을 가진 자들이 여전히 많으니 이런 열망을 잘 모아
서 중원을 회복할 수도 있는 일이었다. 그러나 황제는 몇몇 간
신배들을 등용하고 그들의 말만을 믿어 결국 나라가 멸망하기
에 이른다. 그 간신들을 이르자면, 진회(秦檜, 1090~1155), 한탁주
(韓侂胄, 1151~1207), 사미원(史彌遠, 1164~1233), 가사도(賈似道,
1213~1275)라 할 것이다.

진회는 십구 년 동안 재상 자리에 머물면서 적과의 화의를
주장하고 악비(岳飛, 1103~1141)의 목숨을 빼앗고, 장준(張俊,
1086~1154), 한세충(韓世忠, 1089~1151) 그리고 유기(劉錡)의 병권
을 빼앗았다. 한탁주는 십사 년 동안 재상 자리에 머물면서 승상
조여우(趙汝愚, 1140~1196)를 모함하고, 학식과 법도를 갖춘 신
하들을 몰아냈으며, 공연히 국경 분쟁을 일으켜 나라와 백성들
을 곤경에 빠뜨렸다. 사미원은 이십육 년 동안 재상 자리에 머물
면서 제왕 횡(濟王竑)을 자살하도록 몰아붙이고, 간사하고 아부
하는 자들을 감찰부서에 앉혀 바른 사람이나 어진 사람들이 배
겨 내지 못하게 만들었다. 그때 몽골족이 강성해지기 시작하여

천하 변화의 조짐이 누차 보이기 시작했고, 송 왕조의 운명은 이미 칠팔 할이나 기운 상태였다. 아마도 송 왕조의 운명이 다하려다 보니 가사도 같은 인물이 나왔을 것이다. 가사도는 십오 년 동안 재상의 자리에 머물면서 제 마음대로 황제의 눈과 귀를 가리고 향락과 안일에 빠져들었다. 나중에 자리에서 쫓겨나고 목면암(木綿菴)에서 죽음을 맞았으나 그래도 망해 가는 송 왕조의 운명을 돌이킬 수 없었다. 시 한 수로 이를 증명한다.

아부하고 사악한 자들이 남을 망친 사례가 너무도 많거늘
임금이 귀가 얇아 쉽게 믿는 것을 어찌하랴.
조정에서 충성스러운 자와 아부하는 자를 잘 구분한다면
태평성대가 영원히 지속될 것을.

한편 남송의 영종(寧宗) 황제 가정(嘉定) 연간(1208~1224)에 절강성 태주(台州)에 한 위인이 살았으니 이름은 가섭(賈涉)이었다. 임안에서 실시하는 과거를 치르고자 하인 하나를 대동하고 길을 떠나 전당의 봉구리(鳳口里)라는 곳을 지나게 되었다. 길을 걷다 보니 목도 마르고 배도 고팠던 터에 마침 촌가가 하나 보이기에 쉬기도 하고 점심이라도 신세 지고자 했다. 그 집은 대나무 울타리에 초가지붕이라 참으로 황량해 보였다. 가섭이 소리 내어 불렀다.

"누구 없소?"

갈대로 만든 주렴이 열리더니 여인 하나가 나왔다. 그 여인의

생김새는 이랬다.

보름달 같은 얼굴
검은 구름처럼 탐스러운 머리카락.
살짝 분만 발라도
그 예쁜 얼굴 더욱 빛나네.
애교 부리는 법을 따로 배우지 않았어도
타고난 우아함이 있는 그녀.
맑은 눈동자에 우윳빛 팔뚝 살결
천생 복스럽고 단정한 인상
거친 천 조각 치마, 나뭇가지 비녀를 하였어도
이런 촌 동네엔 어울리지 않는 빼어난 미모.
아름다운 옥이 잡스러운 돌멩이 사이에 들어 있는 듯
밝은 구슬이 깊은 연못에 잠겨 있는 듯.
그녀를 보면 멍청이도 정신이 나갈 지경인데
외로운 나그네 심정이야 말할 필요 있으랴!

그 여인은 가섭을 보더니 놀라거나 당황하지 않고 두 손을 가볍게 맞잡고 가슴께로 올려 아주 단정하게 인사를 했다. 가섭은 그 여인의 복스러운 얼굴을 보고 자기도 모르게 이런 생각이 들었다.

"내가 이 나이가 되도록 아직 아들이 없는데 이 여인을 첩으로 맞아들일 수만 있다면 참 좋겠구나."

가섭이 그 여인에게 대답하였다.

"나는 지금 임안으로 과거를 보러 가는 길이오. 밥이라도 한 끼 얻어 먹을 수 있을까 해서 들렀는데 그래 주실 수 있을지 모르겠소이다. 사례는 섭섭하지 않게 하리다."

"부엌 살림을 책임지고 있는 쇤네야 당연히 밥을 지어 올려야겠지요. 더구나 나리처럼 높으신 분이 부탁하시는데 어찌 감히 거역하겠습니까. 다만 바깥양반이 부재한지라 대접이 소홀하더라도 너무 탓하지는 마십시오."

가섭은 그녀가 이렇게 민첩하면서도 예의 바르게 응대하는 것을 보고 더욱 좋아하게 되었다. 부엌에 들어간 지 얼마 지나지 않아 그녀가 콩죽 두 그릇을 받쳐 들고 나오면서 말했다.

"촌이라 드실 만한 차도 없습니다. 이것으로 갈증이라도 푸십시오."

그런 다음 가섭과 하인의 밥을 차려 왔다. 가섭은 출발할 때 가져온 육포와 마른 반찬을 꺼내어 같이 먹었다. 여인은 또 따뜻한 물을 도기 병에다 담아 와 입이라도 헹구라며 탁자 위에 올려놓았다. 그녀가 아무래도 자기를 홀대하지 않는다 싶은 생각에 가섭이 살짝 물어보았다.

"그대의 성은 무엇이오? 웬일로 혼자 사는 거요?"

"저는 호 가(胡哥)이고, 남편은 왕소사(王小四)입니다. 요 몇 년 동안 수확이 신통치 않아 살림살이가 너무도 어려워서 남편이 저에게 부잣집으로 종살이 들어가자고 했으나 제가 거절하였지요. 남편은 하는 수 없이 이웃집에 가서 잡일을 해 주고 있으며 저는 혼자서 살림을 맡아 하고 있습니다."

"내가 주제넘은 이야기를 하나 해도 되겠습니까?"

"괜찮습니다. 걱정 말고 하십시오."

"내가 관상을 좀 볼 줄 아오. 그대 같은 사람은 결코 천출이 아니오. 이런 시골 구석에서 천한 농군의 아내로 일생을 마칠 셈이오? 게다가 남편은 벌이도 시원찮아서 아내를 제대로 먹여 살리지도 못하지 않소? 내가 나이가 꽤 들었으나 아직 아들이 없어 마침 작은부인을 찾던 참이었소. 그대가 나를 따라 나선다면 그대 남편에게 섭섭지 않은 금액을 주고서 다른 여인을 찾게 할 터이니 그러면 둘 다 좋은 일 아니오."

"그렇지 않아도 남편은 저를 팔려고 하였으나 제가 싫다고 했습니다. 만약 나리가 쇤네를 불쌍히 여기신다면 제 남편이 돌아온 다음에 이야기를 나눠 보십시오. 저 혼자서 결정할 일이 아닙니다."

바로 이때 그 여인이 문 쪽을 가리키며 말했다.

"남편이 돌아오시네요."

왕소사가 해진 두건을 쓰고 낡은 베옷을 입고 얼큰하게 취한 채 문을 열고 들어왔다. 가섭이 일어서서 말했다.

"임안으로 과거 보러 가는 참인데 점심을 얻어 먹으러 들렀습니다. 실례가 많습니다."

왕소사가 말했다.

"상관없소이다."

왕소사는 다시 부인을 바라보며 말했다.

"주인집에서 바느질 아줌마가 필요하대. 당신 바느질 솜씨가 빼어나다고 말했더니 와서 좀 가르쳐 주면 좋겠다고 하면서 돈을 두 꿰미나 주더라고. 이번만은 내 말 듣고 좀 가지."

호씨 여인은 갈대 주렴을 들추고 나갈 듯 말 듯 선 채로 대답했다.

"저는 낯이 두껍지 못해서 부끄러움을 특히 많이 타는데 어떻게 남한테 가서 밥을 빌어먹으라 하는 건가요? 저는 못 가요, 못 간다고요!"

왕소사가 버럭 화를 냈다.

"당신이 안 가면 내가 무슨 수로 먹여 살려?"

가섭은 지금이 바로 타협을 볼 수 있는 가장 좋은 기회라는 생각에 변소에 간다는 핑계를 대고 나오면서 하인에게 왕소사를 잘 구슬리도록 했다. 가섭의 하인이 왕소사에게 말했다.

"형씨, 한 떨기 꽃처럼 아름다운 부인을 어떻게 다른 사람 집에 보낸다고 하시오?"

"아니, 우리 집 어려운 형편을 알고나 하는 말이오? 하루만 체면을 포기하면 사흘은 배고프지 않을 수 있다지 않소. 그래 우리가 등 따습고 배부른 사람들처럼 그렇게 살 수는 없지요. 내 마누라가 여염집 아낙처럼 목에 힘 줘 가며 편하게 살고 싶다면 더 이상 우리 집에서 살기 싫다는 거지."

"만약 돈 많은 집에서 돈을 두둑이 내고 형씨의 부인을 원한다면 부인을 보내 주겠소?"

"못 보낼 것도 없지."

"우리 주인 나리가 작은마님을 들이려고 하니 만약 형씨가 원한다면 내가 주인 나리께 특별히 부탁해서 돈을 많이 좀 쳐 주시라고 하리다."

왕소사가 그렇게 하라고 응낙했다. 하인이 가섭에게 이 사실을 전하니 가섭은 하인에게 여인의 몸값으로 은자 마흔 냥을 주겠다고 전하라 했다. 왕소사는 자기 동네의 훈장을 불러와 자기 처를 파는 문서를 작성하여 달라고 하더니 열십자 모양으로 수결을 하고는 은자를 확인했다. 왕소사는 은자를 받고, 가섭은 문서를 받았다. 왕소사는 아내가 말을 듣지 않을까 봐 좋은 말로 얼렀다. 그런데 참으로 희한하게도 이 여인이 가섭에게 먼저 마음이 있었으니 아마도 천생의 인연이 있어서 자연스럽게 가까워진 것이리라.

그날 밤 가섭과 하인은 왕소사의 집에 머물렀다. 왕소사도 이불을 들고 나와 가섭과 함께 바깥쪽에서 자고, 그 여인만 안에서 따로 잤다. 이튿날 아침 가섭은 잠자리에서 일어나 그 여인에게 어서 소세를 마치고 아침밥을 먹으라 한 다음, 왕소사에게 마을에서 마소 한 필을 빌려 오라 하여 그 여인을 태우고 임안으로 가게 했다. 시 한 수로 이를 증명한다.

부부로 짝을 맺음은 전생의 인연으로 그리된 것
보이지 않는 인연의 끈이 천 리를 떨어져 있어도 서로를 당겨 준다네.
하물며 남부럽지 않게 부귀영화를 누릴 운세이니
시골 아낙으로 평생을 마칠 것은 절대 아니지.

가섭이 호 씨와 함께 임안에서 산 지도 반년이 되었다. 가섭은 구강(九江) 만년현(萬年縣)의 부현령에 임명되어 본부인 당 씨(唐氏)를 불러와 같이 임지로 출발했다. 원래 당씨는 투기가 심했던 지라, 자기 남편이 첩을 들인 것을 알고 날마다 집에서 성질을 부렸다. 게다가 호 씨가 임신 삼 개월이란 소리를 듣고는 생각에 잠겼다.

"우리 사이에는 아이가 없는데 저것이 아들이라도 낳으면 남편이 예뻐할 것은 불문가지. 그러면 내가 아무리 악을 써도 저것을 당해 낼 수가 없겠구나. 게다가 내가 나중에 아이를 낳는다 해도 저것이 낳은 애한테 형이라 불러야 하니 결국 동생이라고 무시당할 것 아닌가. 일찌감치 화근을 없애 버려야 되겠다."

당 씨는 온갖 꼬투리를 잡아서 호 씨를 두들겨 패고 좋은 옷도 빼앗아 버리고 하녀들과 함께 밥도 짓고, 빨래도 하고, 청소도 하고 이부자리도 살피게 했다. 아울러 남편이 호 씨와 합방하는 것을 방해했다. 날이면 날마다 꼬투리를 잡아 호 씨를 욕하고 때리면서 그저 유산하기만을 바랐다. 가섭은 속이 부글부글 끓어올랐지만 어쩔 도리가 없었다.

하루는 현령 진이상(陳履常)이 술 한잔 하자고 가섭을 초대했다. 가섭과 진이상은 같은 고향 출신이어서 평소에도 왕래를 자주 하는 막역한 사이였다. 진이상이 아문에서 가섭과 술을 먹다가 가섭의 낯빛이 어두운 것을 보고 그 연고를 물었다. 가섭은 머뭇거리다가 본부인이 둘째 부인을 극심하게 투기하는 사정을 세세하게 말해 주었다.

"우리 집안의 대를 잇는 문제는 전적으로 호 씨에게 달려 있다고 할 것입니다. 현령께 혹시 좋은 방책이라도 있으신지요? 제가 어떻게 하면 이 호 씨를 잘 보호해 줄 수 있겠습니까? 호 씨가 나중에 아들을 낳으면 그야말로 천행이니 우리 조상님들도 지하에서나마 현령의 은혜에 감사할 것입니다."

진이상이 한참을 생각에 잠겼다가 입을 열었다.

"둘째 부인을 보호하는 것이야 어찌 어려운 일이겠습니까만 부현령께서 떨어져 있을 수 있는지가 문제지요."

"지금도 호 씨에게 다가가지 못하고 있는 실정이라 한집에서 살긴 살아도 천리만리 떨어져 있는 것과 마찬가지입니다. 그러니 떨어져 지내지 못할 이유가 어디 있겠습니까?"

진이상은 가섭의 귀에다 대고 나지막이 말해 주었다.

"만약에 둘째 부인을 보호하고 싶다면, 여차여차하시지요!"

진이상은 붉은 비단으로 만든 꽃 한 송이를 살며시 가섭에게 건네주며 호 씨에게 주어 징표로 삼으라고 하라고 일렀다. 진이상이 말한 계책은 전적으로 이 꽃 한 송이에 달려 있으니, 나중에 다 밝혀질 것이다. 시 한 수로 이를 증명한다.

여인네 투기야 예전부터 늘 있어 왔지
가문의 대를 끊는 걸 마다하지 않을 정도이니 이를 어쩌나.
현명한 현령이 붉은 꽃 한 송이로 묘책을 냈으니
꾀 많은 부인이라 해도 어찌 그 묘책을 당해 낼 수 있으랴.

어느 날 현령 진이상은 부현령 가섭이 부인 당 씨가 편찮아서 의원을 청했다는 소식을 들었다. 당 씨의 병이 어느 정도 차도를 보이기를 기다려 진이상은 자기 부인에게 다과를 준비하여 병문안을 가 보라고 시켰다. 당 씨는 진이상의 부인을 맞아 자리에 앉으라고 권한 뒤 간식을 마련해 오게 하니 하녀들이 옆에 늘어서서 당 씨와 진이상의 부인을 보살폈다. 이런저런 이야기를 나누고 나서 진이상의 부인이 당 씨에게 이런 말을 했다.

"집에서 보필하는 하녀들이 죄다 일을 잘하게 생겼네요. 우리 집에는 그런 하녀가 하나도 없으니. 하긴 말귀라도 제대로 알아듣는 녀석 하나도 없으니 말 다 했지 뭡니까! 그렇다고 어디서 당장 구해 올 수도 없고 만약 부인께서 하녀 하나만 빌려주시면 다른 하녀를 구한 다음 다시 돌려보내고 싶은데 어떠신지요?"

"우리 사이에 빌려주고 말고가 어디 있겠습니까? 다만 저의 집 하녀들이 부인의 성에 차실지 걱정입니다. 마님께서 아무나 맘에 드는 대로 고르시면 제가 바로 보내 드리겠습니다."

진이상의 부인은 고맙다고 인사를 했다.

진이상의 부인이 보니 여러 하녀들 가운데 인물이 단정하고 귀밑머리에 붉은 꽃을 꽂고 있는 여인이 틀림없이 호 씨인 듯 보였다. 진이상의 부인은 그녀를 가리키며 말했다.

"저 하녀를 빌릴 수 있다면 참 좋겠네요."

당 씨는 호 씨를 너무도 시기하여 어디다 치우지 못해서 안달이었는데 그 호 씨를 데려가겠다고 하니 너무도 좋았다. 현령이 데려가겠다는데 부현령인 남편이 어찌 감히 거역할 것인가? 남편

도 감히 왈가왈부하지 못할 것이라 생각했다. 당 씨는 즉각 좋다
고 하며 이렇게 덧붙였다.

"저 하녀는 성이 호가로, 우리 집에 온 지는 오래되지 않았습
니다. 마님께서 마음에 드신다면 바로 딸려 보내겠습니다."

자리가 파하고 진이상의 부인이 돌아가겠다며 일어섰다. 호
씨는 당 씨에게 네 번 큰절을 올리고 옷가지와 짐을 챙겨서 진이
상 부인의 가마를 따라 현청으로 갔다. 당 씨는 호 씨가 떠난 다
음에야 가섭에게 그 사실을 알리니 가섭은 일부러 더 안타까워
했다.

절묘한 작전에 기막힌 실행
아무도 몰래 그녀를 안전한 곳에 데려다 놓았네.
그녀가 있는 현청은 너무도 안전한 곳
조씨 고아가 있던 구중심처보다 더 안전한 곳.[33]

호 씨가 현청에 도착하자 진이상의 부인은 호 씨에게 그녀를
데려오게 된 속사정을 세세하게 말해 주었다. 아울러 방 하나를
치워 호 씨가 편하게 머물도록 했다. 세월은 빨리도 흘러 벌써 산

---

33 춘추시대 진(晉)나라 경공(景公, 기원전 599~581 재위) 때 대사구(大司寇) 도안고
(屠岸賈)가 자신을 총애하던 전전 왕 영공(靈公)을 몰아내는 데 일조한 조 씨(趙
氏) 일가를 멸족시키는 과정에서 조삭의 부인이 겨우 살아남아 궁중으로 돌아
가(그녀는 전 왕 성공(成公)의 친누나였다.) 임신 중이었던 아이를 낳고 공손저구(公
孫杵臼)와 정영(程嬰)의 도움으로 아이를 기를 수 있었던 일화를 말한다.

달이 되었다. 8월 초파일 호 씨는 산기를 느끼더니 사내아이를 낳았다. 진이상의 부인은 그저 하녀가 애를 하나 낳을 것이라고만 하고 현청에 따로 알리지 않았다. 마침 이때 가섭은 다른 군에 출장을 갔던 차라 9월 9일이 되어서야 돌아와 현령 진이상을 뵈었다. 진이상은 살며시 이 좋은 소식을 가섭에게 알려 주었다.

가섭은 진이상에게 감사의 말을 거듭 전하고는 태어난 아이의 얼굴을 한번 보고 싶다고 했다. 진이상이 하녀에게 일러 호 씨를 데려오게 하더니 주렴 저쪽에 서 있게 하고 하녀가 신생아를 안고 와서 가섭에게 건넸다. 가섭이 어린아이를 안으니 기쁘긴 하였으나 주렴 저쪽에 서 있는 호 씨를 생각하니 자기도 모르게 눈물이 흘러내렸다. 가섭과 호 씨는 주렴을 사이에 두고 서로 마음속 이야기를 나누었다. 이윽고 호씨가 하녀에게 아이를 안아 오게 하고는 그 아이를 안고 돌아갔다. 가섭도 현청에서 나왔다. 이후, 가섭은 호 씨에게 몰래 돈을 보내어 필요한 물건을 사게 했다. 이런 사실을 집안사람들은 거의 다 눈치챘으나 오직 당 씨만 알지 못했다.

세월은 화살처럼 흘러 벌써 이 년이 지났다. 현령 진이상의 임기가 차서 임안으로 승진하여 떠나게 되었다. 가섭은 하는 수 없이 저간의 사정을 당 씨에게 알리고 호 씨와 아이를 데려오자고 했다. 당 씨는 가섭의 말을 듣고 펄펄 뛰면서 하루 종일 중얼거렸다. 현령 진이상의 부인도 당 씨의 저주 대상에서 비켜 나가지 못했다. 한참 동안 분을 이기지 못하던 당 씨가 마침내 가섭에게 호 씨를 다른 데 시집보내는 조건으로 아이를 데려오겠노라고 제안했다. 가섭은 호 씨를 다른 데 시집보내는 건 그렇다 쳐도 당 씨가 아이를 해치려 들 것이 분명한지라 이러지도 저러지도 못했다.

가섭이 고민하고 있는데 사람이 찾아왔다고 하인이 보고했다.

"태주(台州)에서 사람이 찾아왔습니다."

가섭이 황망히 맞아들이니 바로 친형 가유(賈濡)였다. 당시 가유는 양갓집 규수를 선발하여 궁중에서 가르치다가 왕자가 빈을 간택할 때를 대비하는 임무를 맡고 있었다. 가유 자신의 딸 가옥화(賈玉華)도 이미 왕자의 빈 후보로 선발된 상태였다. 가유가 특별히 아우 가섭의 근무지로 온 것은 태위(太尉) 유팔(劉八)에게 자기 딸을 잘 봐 달라고 부탁하는 건을 상의하기 위해서였다. 가섭이 임안에 과거 시험을 보러 갔을 때 머문 곳이 바로 태위 유팔의 집이었던 터라 가섭과 유팔 사이에는 나름 인연이 있었다. 가섭은 형님을 보자마자 혼잣말을 했다.

'참으로 절묘한 때 오셨구나.'

가섭은 둘째 부인 호 씨에게서 아들을 얻은 사실부터 본부인 당 씨의 무지막지한 투기까지 세세하게 형님에게 이야기했다.

"이제 현령 진이상이 이임하려고 하니 이 아들을 맡길 곳이 없습니다. 형님이 만약 우리 집안의 대를 잇는 문제를 생각하여 이 아이를 데려다 키워 주신다면 그 은혜를 잊지 않겠습니다."

"나에게도 아직 아들이 없으니 동기의 소생으로 대를 잇는 것이야 당연한 일 아니겠느냐. 내가 이 아이를 데려가지 않으면 누가 데려간단 말이냐?"

가섭은 바로 유모를 구하고 현령 진이상네에게 연락한 다음 유모를 보내어 그 아이를 데려오게 했다. 가섭은 형에게 아이를 잘 키워 달라고 부탁하고 또 부탁했다. 아울러 유팔 앞으로 편지도 한 통 써 주고, 노자도 챙겨 준 다음 형 가유가 출발하도록 했다. 아울러 진이상에게는 호 씨를 맡기고 그녀가 개가할 수 있도록 도와 달라고 했다.

가섭과 호 씨는 서로가 그렇게 간절히 원했건만 결국 이렇게 헤어지고 말았던 것이다. 가섭의 아내 당 씨는 남편이 둘째 부인과 그 소생을 다 떠나보낸다는 말을 듣고 너무도 기뻐했다. 다만 불쌍한 호 씨는 아들을 떠나보내고 남편과도 헤어져 현령 진이상을 따라 길을 떠나니 그 마음이 오죽했겠는가. 길 가는 내내 눈물뿐이었다. 진이상의 아내도 어떻게 해 줄 수가 없었다. 진이상은 호 씨가 마치 무슨 혹 덩어리처럼 귀찮게 생각되었다.

진이상 일행이 유양(維揚)에 도착했을 때 진이상은 뱃사람에게 부탁하여 매파를 찾아오게 했다. 호 씨의 새 남편을 찾아줄 요량이었다. 진이상은 매파에게 만약 사람만 괜찮다면 신부 측에겐 돈 한푼 챙겨 주지 않아도 상관없다고 했다. 돈 한푼 안 들이고 마누라를 얻을 수 있다는데 마음이 혹하지 않을 남자가 어디 있겠는가? 얼마 지나지 않아 매파가 한 남자를 데리고 왔는데 석공이었다. 매파는 그 남자가 얼마나 착실한지 입에 침이 마르도록 칭찬했지만, 이 드넓은 유양 땅에 남편감이 그렇게 없어 알량한 석공 하나를 달랑 데려왔을까?

여자 점쟁이, 여자 도사, 여승 그리고 매파 같은 직업을 가진

여성 중에 돈 싫어하는 여인이 어디 있을까

이 매파는 그중에서도 특히 돈을 밝히는 사람이라 그 석공이 후한 사례를 약속했기에 호 씨와 맺어 주려고 했던 것이다. 석공은 진이상을 보더니 네 번이나 넙죽 큰절을 하고 한쪽으로 비켜섰다. 진이상이 보니 옷매무새도 깔끔하고 나이도 젊어 힘도 있어 보이고 결혼한 적도 없는 데다 기술이 있으니 마누라를 굶기지는 않을 것 같아 호 씨를 주기로 마음을 먹었다. 그가 돈 한푼 안 들이고 호 씨를 부인으로 맞이하게 되었음은 따로 말할 필요도 없겠다.

한편 가섭은 호 씨와 아들을 떠나보낸 후 늘 마음이 울적했다. 그러던 어느 날 본부인 당 씨가 시름시름 앓기 시작하여 아무리 약을 써도 낫지 않더니 결국 저세상으로 떠났다. 가섭은 관을 장만하여 입관한 다음 관직을 사임하고 고향까지 운구하기로 했다. 고향에 도착하여 자신의 아들이 많이 자란 걸 보니 기쁘기 한량 없었으나 호 씨가 다른 사람에게 시집가 버려 이젠 더 이상 볼 수 없다는 소식엔 너무도 슬퍼했다.

꽃이 피었는가 싶더니 비가 몰아치고
비가 그쳤는가 싶으니 꽃은 이미 졌구나.
세상에 완벽한 아름다움이란 없는 것인가
꽃을 보는 자 그 몇이나 그런 기쁨 알런가?

한편 형 가유에게 입양시킨 아들은 어느새 일곱 살이 되었다.

아들은 총명하기 이를 데 없고, 책을 한 번 읽었다 하면 모조리 외워 버렸다. 큰아버지는 그에게 사도(似道)라는 이름을 지어 주었고, 사헌(師憲)이란 자를 붙여 주었다. 가사도의 나이 열다섯이 되자 안 읽은 책이 없을 정도였고 붓을 들었다 하면 문장을 줄줄이 지었다.

그러나 불행하게도 친아버지 가섭과 자신을 입양한 큰아버지 가유가 모두 줄줄이 병을 얻어 사망했다. 그때부터 잡아 주는 사람이 없게 되니 가사도는 자기 마음대로 방탕하게 살면서 도박에 빠져들고 투계와 경마를 좋아하며 술을 마시고 계집질을 일삼았다. 그러다 보니 사오 년이 못 되어 아버지와 큰아버지에게서 물려받은 재산을 탕진하게 되었다. 전에 가사도는 자신의 친모가 유양에서 석공에게 새로 시집가게 되었으며 누나 가옥화는 궁중에 뽑혀 들어갔다는 말을 들었다.

"유양은 멀기도 하고 또 석공 주제에 돈이 많을 것 같지도 않으나, 누나는 황실에 뽑혀 들어 갔다 하니 내 누나가 바로 황제가 총애하는 비일지도 모르겠구나. 내가 임안으로 가서 한번 살펴보리라."

때는 바야흐로 이종(理宗) 단평(端平) 원년(1234), 아마도 가사도의 운이 트여 출세 가도를 달리기 시작할 그때였으리라! 가사도는 남은 세간을 모조리 팔아 돈을 마련한 다음 짐을 꾸려 임안으로 출발했다.

임안은 황제가 사는 수도라, 인산인해였다. 하물며 처음 와 보는 주제라 가사도로서는 누나 소식을 물어볼 만한 사람 하나 없

木綿菴鄭虎臣報寃

었다. 가사도는 하루 온종일 서호 주변을 오가며 소일하고 심심하면 도박장을 들락거리거나 기루에서 노닥거렸다. 그러니 며칠이 못 가서 주머니는 텅 비고 옷은 너덜너덜해져 결국 서호 주변 권문세가의 집 주변을 기웃거리며 먹을 것을 찾는 신세가 되었다.

어느 날 가사도가 술에 취해서 서하령(棲霞嶺)에서 잠시 쉬고 있을 때 한 도인이 도포를 입고 깃털 부채를 들고 지나가다가 가사도를 발견하고는 발걸음을 멈추고 한참을 바라보다가 입을 열었다.

"젊은이, 자중자애하시오. 그대는 나중에 한위공(韓魏公) 못지 않게 출세할 것이오."

한위공이 누구던가? 바로 기왕을 지냈던 한세충(韓世忠, 1089~1151)이며, 재상과 대장군을 겸했던 인물로, 중원과 오랑캐에게 두루 존경을 받았으니 그처럼 출세한 자를 고금에 찾을 수가 없을 정도였다. 가사도는 도인의 말을 농담 정도로 생각하고 전혀 신경을 쓰지 않았다. 그 도인은 그 말만을 마치고 바로 사라졌다.

며칠 후 가사도는 화류가의 조이마(趙二媽) 집에서 술을 걸치고 노름을 했다. 그러다가 다른 사람과 시비가 붙어 섬돌 아래로 발을 헛디뎌 이마가 깨져 피가 얼굴에 흥건하게 흘렀다. 큰 사고는 아니었지만 이마에 상처가 남게 되었다. 그리고 며칠 후 가사도는 술집에서 전에 만났던 도인을 다시 만났다. 그 도인이 발을 구르며 탄식하더니 이렇게 말했다.

"참으로 애석하구나! 이마에 상처가 나 버렸으니 천하에 제일

가는 공명을 이루겠으나 끝이 좋진 않겠다."

가사도는 도인의 옷자락을 부여잡으며 물었다.

"내 처지에 무슨 출세운까지! 그저 하루만이라도 멋지게 살 수 있다면 죽어도 여한이 없겠소. 그러나 지금은 이렇게 끈 떨어진 신세로 의지가지없으니 이게 무슨 팔자요? 도대체 부귀영화는 어디서 굴러든다는 거요?"

도인은 가사도의 얼굴을 자세하게 한 번 더 뜯어보더니 이렇게 말했다.

"그대의 액운은 이제 끝났소이다. 사흘 안에 기묘한 인연을 만나 출세하기 시작할 것이외다. 그러나 출세한 다음 절대 학자들과 등지지 마시오. 꼭 기억하길 바라오. 명심하시오."

말을 마치고 도인은 떠났으나 가사도는 도인의 말을 하나도 믿지 않았다.

이러구러 시간이 흘러 사흘째 되는 날, 도박장에서 일하는 진이랑(陳二郞)이 가사도를 찾아와 이렇게 말했다.

"황제가 가 귀비(賈貴妃)를 책립하고 총애해 마지않으니 무슨 말이든 다 들어준다네. 그런데 가 귀비가 자기 가족이 태주에 살고 있다며 특별히 태위 유팔을 보내어 자신의 가족들을 찾아보라고 했다는군. 자네 누나가 궁중에 들어갔다고 하지 않았어? 그럼 가 귀비가 바로 자네 누나가 틀림없는 거 아냐? 정말로 가 귀비가 자네 가족이라면 어서 태위 유팔에게 달려가 보게. 틀림없이 좋은 일이 있을 거야."

가사도는 이 말을 듣고 마치 꿈에서 깨어나는 듯 정신이 번쩍

들었다.

'아버님이 살아 계실 때 당신은 태위 유팔의 집에서 방을 빌려 머문 적이 있어 아주 각별한 사이고, 누나가 궁에 들어가 황제를 모시게 된 것도 다 태위 유팔이 힘을 써 준 덕이라고 늘 말씀하시지 않았던가? 내가 이렇게 임안에 왔으면 제일 먼저 태위 유팔을 찾아가 봤어야지. 이렇게 허투루 시간을 낭비하다니 정말 한심한 일이다. 그런데 내가 지금 이렇게 차림이 남루하니 무슨 낯으로 태위를 만나러 가지?'

가사도는 고민하다가 전당포에서 새 옷 한 벌과 새 두건을 빌려 제법 그럴듯하게 차려입고 거드름을 피우며 태위 유팔을 찾아갔다.

"태위의 옛 친구인 가 씨의 아들이 드릴 말씀이 있어 찾아왔다."

그렇지 않아도 태위 유팔은 태주로 가서 가 귀비의 친척을 찾아볼 요량이었는데 가 귀비의 가족이 직접 찾아왔다는 말을 들으니 사기꾼 아닌가 하는 생각이 들었다. 유팔은 일단 심복을 먼저 불러서 찾아온 자한테 이러저러하게 꼼꼼하게 물어본 다음 진짜 가 귀비의 가족이 맞으면 그때 들여보내라고 했다. 심복이 돌아와 말했다.

"가섭의 아들 가사도가 확실합니다."

유팔이 대답했다.

"그럼 어서 안으로 모셔라."

사실 태위 집안의 규율이나 법도가 엄격하고 격식이 넘쳐서

'들어오게 하라'라든가 '데리고 들어오라' 정도로 말하곤 하지 '모셔라' 같은 말은 쓰지 않는데도 이렇게 극진한 말투를 쓴 것은 필시 가 귀비를 염두에 두었기 때문일 터였다. 가사도는 유팔을 뵙고 황망히 엎드려 절을 올렸다. 가사도의 절을 받기는 했으나 유팔의 마음 한구석에는 여전히 의심이 남아 있었다. 하여, 꼬치꼬치 따져 물어보고 나서야 가짜가 아님을 확신하게 되었고 그제야 식사를 차려 오게 하고 서재가 있는 건물에 묵게 했다.

유팔은 다음 날 입조하여 가 귀비에게 이 사실을 알렸다. 가귀비는 이종에게 유팔에게서 들은 말을 전하고 가사도를 만나게해 달라고 청했다. 가 귀비와 가사도는 집안 이야기를 하다가 서로 부여잡고 눈물을 흘렸다. 가 귀비는 가사도를 데리고 황제를알현하여 울면서 하소연했다.

"소첩에게 일가친척이라곤 이 동생밖에 없습니다. 폐하, 부디이 동생에게 은혜를 베풀어 주십시오!"

이종은 가 귀비의 말을 듣고 가사도를 황실의 전답을 관리하는 적전령(籍田令)에 임명했다. 아울러 유팔에게 명하여 임안에 저택 한 채를 마련하게 하고 궁중의 미녀 열 명을 선발하여 가사도에게 주었다. 여기에 황금 삼천 냥, 백금 십만 냥을 더하여 살림에 보태 쓰게 했다.

가사도는 유팔에게 이렇게 부탁했다.

"폐하께서 저에게 집을 내려주신다 하니 서호 근처로 잡아 주시면 마음에 쏙 들겠습니다."

유팔은 가 귀비의 체면 때문에라도 가사도의 부탁을 거절할 수 없는 처지였다. 서호 주변의 집을 알아본 다음 자기 돈으로 집 값을 치르고 가사도에게 거처를 마련해 주고는 살림살이와 하인 까지 모두 갖춰 주었다. 다음 날 궁중에서는 미녀 열 명을 선발했고 가 귀비 자신이 별도로 금은보화를 따로 마련하여 수레 열 대에 실어 보냈다. 하루아침에 벼락부자가 된 가사도는 금 백 냥을 떼어 진이랑에게 주면서 자신에게 가 귀비 소식을 전해 준 것에 사례했다. 또한 금 백 냥을 전당포에 옷 빌려준 값으로 주었다. 그러나 전당포는 그 돈을 한사코 받으려 들지 않고 오히려 갖가지 선물을 챙겨 주었다.

이때부터 가 귀비는 시간이 나는 대로 가사도를 궁으로 불러 만났으며 황제 역시 서호에 행차할 때면 가사도 집에 들러 함께 식사도 하고 박혁도 즐기면서 가족처럼 지냈다. 가사도는 가 귀비의 총애를 등에 업고 이제 아예 눈치도 보지 않은 채 매일 가마나 말을 타고 기생집을 드나들었다. 그러다 마음에 드는 사람이 있으면 누구든 얼마든 가리지 않고 모두 배에 태우고 서호에 나왔다. 숫자가 많으면 배 두 척에 나누어 타고 놀면서 작은 배 한 척에 술과 안주를 싣고 따라붙게 했다.

양아버지와 친아버지가 모두 돌아가시고 집안도 망한 가사도에게 무슨 친구가 있을까? 하하, 걱정하지 마시라. 옛말에 "가난하면 친척도 멀어지고, 돈이 붙으면 몰랐던 사람도 따라붙는다."라고 하지 않던가. 가사도가 임금의 외척이 되고 나날이 황제의 은총을 입으니 그에게 달라붙는 사람이 어찌 적겠는가. 일단 가사도가 출세를 하고 나니 이 사람이 저 사람을 끌어들이고 저 사람이 이 사람을 끌어들여 가사도의 집은 늘 문전성시를 이루었다. 요영중(廖瑩中), 옹응룡(翁應龍), 조분여(趙分如)와 같은 문인, 하귀(夏貴), 손호신(孫虎臣)과 같은 무신들은 가사도 집에 드나드는 사람들 가운데 특히 유명한 자들이었고, 이들 말고도 드나드는 자의 수가 헤아릴 수 없을 정도였다.

어느 날 황제가 어원에서 노닐다 봉황산(鳳凰山)에 올랐다. 밤이 되어 멀리 서호를 바라보니 등불이 휘황찬란한 곳이 보였다. 이에 틀림없이 가사도일 거라 생각하며 사람을 시켜 가서 알아보게 하니 과연 가사도가 서호에서 뱃놀이를 하고 있었다. 황제가 귀비에게 알려 주고는 비단과 황금 한 수레를 보내어 술값에 보태 쓰라고 했다. 이 일이 있고 나서 가사도는 더욱 오만방자해지고 거리끼는 것이 없어졌다.

> 작은 평화에 빠져 천자는 원대한 계책을 세우지 않고
> 방자한 인척은 그저 안락에 빠져드는구나.
> 묻노니, 저 천하절경 서호가
> 변경을 안정시키는 제일의 계책이 될 수 있단 말인가?

이때 송나라 조정은 몽고의 힘을 빌려 남하하려는 금나라를 막아 내고 있었다. 그러면서도 조범(趙范), 조규(趙葵)의 계책을 받아들여 몽고의 남하를 대비하기 위해 황하를 지키며 관문을 근거지로 삼아 대명(大名), 개봉(開封), 낙양(洛陽) 이렇게 삼경(三京)을 수복하고자 했다. 그러자 몽고는 오히려 송 왕조가 맹약을

저버렸다며 군사를 이끌고 쳐들어와 회수와 한수 지역에 소동이 일어났으니 황제가 크게 당황하고 걱정했다.

가사도는 평소에 자기가 공을 세운 것도 없이 황제의 총애만 입고 있을 뿐 아직 관직이나 품계를 받지 못한 처지임을 늘 걱정했다. 그러하기에 다른 사람들이 자신을 비난하기 전에 세상을 떠들썩하게 할 공을 세워 높은 지위에 올라야겠다고 늘 벼르고 있었다. 가사도는 지금이 바로 변경 지방을 안정시키고 오랑캐를 소탕하여 큰 공을 세울 기회라 생각했다. 그리하여 자신도 소싯적에 육도삼략 정도는 읽어 본 몸이니 원컨대 회양(淮陽)에 가서 군사를 불러 모아 적병을 무찌름으로써 황제가 계시는 동남쪽을 보호하겠노라고 자진하여 나섰다. 이종이 매우 기뻐하면서 그를 양회제치대사(兩淮制置大使)에 임명하고 회양에 본부를 차리게 했다. 가사도는 황제에게 인사를 올린 후 처첩과 빈객을 거느리고 회양으로 부임하러 떠났다.

사흘 후 가사도는 심복을 보내어 생모 호 씨를 찾아보게 했다. 호 씨는 석공과 함께 광릉역(廣陵驛) 동쪽에서 거주하고 있었다. 심복이 직접 가서 확인해 보고 나서 가사도에게 이런 사정을 보고했다. 가사도가 즉시 가마와 인부 그리고 수행원을 보내 친모를 모시고 오게 했다. 본부의 책임자가 인부를 거느리고 호 씨에게 찾아가 머리를 조아리니 호 씨는 너무 놀라 기절할 정도였다. 책임자가 가사도가 호 씨를 모셔 오게 했다며 자초지종을 소상히 고하니 호 씨가 그제야 마음을 진정하고 대답했다.

"남편이 있는 몸이니 제 마음대로 어찌할 수가 없습니다."

책임자는 급히 사람을 보내어 석공을 집으로 데려오게 했다. 석공에게 다시 자초지종을 설명하니 석공이 자기도 호 씨를 따라 가겠다고 하여 호 씨가 차마 말리지 못하고 같이 가게 되었다. 호 씨는 가마를 타고 앞서고 석공은 말을 타고 뒤따랐다. 수행원과 인부들은 앞서서 인파를 가르고 뒤에서 좇아 본부에 도착했다.

가사도는 어머니 호 씨를 내실로 들어오게 하여 서로 부둥켜 안고 울었다. 가사도와 어머니 호 씨가 헤어졌을 때 가사도는 세 살, 호씨는 스무 살이었다. 그런데 삼십 년이나 지나서야 만나게 되었으니 어찌 슬픔이 복받치지 않겠는가. 가사도는 석공도 같이 왔다는 말을 들었으나 그를 만나고 싶은 생각은 들지 않았다. 가 사도가 믿을 만한 심복에게 백금 삼백 냥을 쥐여 주고 강을 따라 내려가며 일을 보다가 적당한 틈에 처치하라 하니, 심복이 석공 을 술에 흠뻑 취하게 한 후 강물에 빠뜨려 죽이고 돌아와 석공이 병사했노라 보고했다. 호 씨는 한바탕 곡을 하며 슬퍼했지만 그 덕분에 가사도 모자가 다시 상봉하는 데 거치적거리는 게 모두 사라졌다.

가사도가 회양을 지키는 육 년 동안 다행히 동남 지방엔 아무 런 문제가 발생하지 않았다. 가 귀비가 가사도를 보고 싶어 했기 에 이종은 다시 가사도를 조정으로 불러 군사를 담당하는 부서 의 부장관인 동추밀원사(同樞密院事)로 임명했다. 이때 정대전(丁 大全)이 재상에서 물러나고 오잠(吳潛)이 그 자리를 대신했다. 오 잠은 호가 이재(履齋)로 사람됨이 호방했으며 자신의 형제들을 요직에 앉혔다. 가사도는 오잠이 자신보다 높은 자리를 차지하자 참언을 만들어 내어 궁중의 어린 내시들에게 황제 면전에서 부르게 했다. 그 참언의 내용은 다음과 같다.

큰 오 공(지네)이든 작은 오 공(지네)이든
이 세상에 해악을 미치는 악충임은 매한가지.
온갖 벌레와 짐승에 다 달라붙더니
하늘을 날아오르고자 용을 잡아먹는구나.

황제가 참언을 듣고서 가사도에게 물었다.

"요즘 아이들이 길에서 온통 똑같은 참언 하나를 부르고 다니던데 그게 흉한 것인가, 아니면 길한 것인가?"

가사도가 답했다.

"참언이란 게 형혹성(熒惑星, 화성)이 아이들의 입을 빌려 사람들 사이에 퍼뜨리는 것이니 바로 하늘의 뜻이라 삼가 살피지 않을 수 없습니다. 지네를 나타내는 오(蜈) 자는 성씨를 나타내는 오(吳) 자와 발음이 같으니 제 좁은 소견으로는 큰 지네, 작은 지네란 바로 오잠 형제를 가리키는 것으로 오잠 형제가 권세를 독점하고 나라를 망치는 것을 경고하는 듯합니다. 만약 오잠 형제가 제멋대로 구는 것을 그대로 놔두시면 조정에 화가 미칠까 걱정입니다. 폐하는 바로 하늘을 날아다니는 용이시기에 하늘이 용을 잡아먹는다는 참언으로 미리 경고하는 것입니다. 지금 오잠을 재상의 지위에서 물러나게 하시고 현명한 자를 재상에 등용하셔서 재앙을 미리 막으십시오."

황제는 가사도의 말을 믿고서 즉시 한림원에 문서를 갖추어 오잠을 순주(循州)로 유배시키게 했다. 오잠 형제는 모두 삭탈관직을 당했다. 오잠을 대신하여 우승상이 된 사람이 바로 가사도다. 가사도는 심복을 순주에 파견하여 순주 주지사 유종신을 움직여 오잠의 약점을 샅샅이 수집하게 했다. 이런 핍박을 견디지 못한 오잠은 마침내 독약을 마시고 죽고 말았다. 가사도의 악독함이 이와 같았다.

한편 몽고의 몽케 칸(1209~1259)은 합주성 아래에 진을 치고 그의 동생 쿠빌라이(1215~1294)에게 병사를 주어 악주(鄂州), 양양(襄陽) 일대를 포위하게 하니 민심이 흉흉해졌다. 추밀원이 하루에만 세 통의 긴급 문서를 받을 정도라 대경실색한 조정에서는 가사도를 추밀사 겸 경호선무대사(京湖宣撫大使)에 임명하여 병사를 이끌고 한양(漢陽)에 나아가 악주의 포위를 풀어내게 했다. 가사도는 거절할 명분이 없어 명령을 받들 수밖에 없었다. 가사도는 태학생 정융(鄭隆)이 문무를 겸비했다는 소문을 듣고는 그에게 사람을 보내어 자신의 문하로 불러들이고자 했다. 정융은 가사도가 간사한 사람이라 더불어 같이 일하기가 어려우리란 걸 알고 시 한 수를 지어 보냈다.

천하를 멜대에 메어 걸머졌구나
걸머지는 건 쉬우나 내려놓기는 어려우리니.
하늘을 떠받드는 손을 높이 드시라
수많은 차가운 눈빛들이 그대를 지켜보고 있나니.

　　　　　　　　　木綿菴鄭虎臣報寃

두말할 필요 없이 이 시는 가사도의 지위가 높고 지켜보는 눈이 많으니 겸허하게 자신을 낮추고 현자를 존중하며 매사에 주의하라는 의미를 담고 있었다. 가사도가 만약 이 시를 읽고서 흔연히 받아들였더라면 정용은 가사도 수하로 들어갔을지도 모른다. 그러나 가사도는 시 안에 들어 있는 의미에 노발대발하여 시를 적은 종이를 갈기갈기 찢어 버렸다.

한편 가사도는 자기 문하의 요영중, 조분여 같은 문인과 하귀, 손호신 같은 무인과 함께 황실군 이십만 명을 가려 뽑았다. 무기와 갑옷을 마련하고 택일을 한 다음 조정에 인사를 올리고 출정을 떠났다. 정말 위풍당당하고 살기도 등등했다. 그리고 며칠 후 한양에 도착하여 주둔했다. 이때는 몽고군이 성을 급박하게 공격하여 악주가 장차 몽고군의 손아귀에 떨어질 찰나였으니 가사도는 감히 몽고군을 맞아 싸울 엄두도 낼 수 없었다. 하여 요영중 등과 상의한 다음 급히 편지 한 통을 써서 심복 송경(宋京)에게 주고 몽고군 막사로 찾아가 병사를 물리면 신하의 예를 갖추고 돈을 바치겠노라 제안했다.

쿠빌라이는 가사도의 화의 제안을 무시했으나 가사도는 굴하지 않고 사람을 서너 차례나 더 보냈다. 마침 이때 몽고의 몽케 칸이 합주 조어산(釣魚山)에서 죽자 쿠빌라이는 칸의 지위에 오르는 것에만 관심을 두느라 전쟁을 등한시 하게 되었다. 그런 중에 가사도의 화의 제안을 받아들여 매해 예물을 바치고 신하의 예를 갖추는 조건을 내걸었다. 쿠빌라이와 가사도는 약조를 맺었고, 쿠빌라이는 병사를 거두어 북으로 돌아가 상을 치르고 칸의 자리를 계승했다.

가사도는 몽고군이 악주의 포위를 풀고 북으로 회귀한 것을 파악하고는, 신하의 예를 갖춰 예물을 바치기로 약조한 내용은 빼고 표문을 작성하여 자신의 공로를 자랑했다. 몽고군이 자신의 위엄에 겁을 먹어 스스로 북으로 돌아갔노라 하고는 요영중을 시켜 중원을 복되게 한 기록이라는 이름의 「복화편(福華編)」을 지어 악주의 포위를 풀어 낸 공적을 적게 했다. 나중에 몽고에서 사신을 보내 송 왕조가 바쳐야 하는 예물의 목록을 정하게 하니 가사도는 자신의 화의 조건이 드러날까 봐 사신을 진주(眞州)에 연금했다. 가사도는 조정의 눈을 가리기에만 급급하여 몽고와의 약조는 신경도 쓰지 않았다. 이종은 가사도가 나라를 다시 세우는 것과 맞먹는 공을 세웠다고 칭찬하며 가사도에게 황제의 자문관이자 명예직인 소사(少師)라는 직위를 내리고 더불어 수많은 금은보화를 하사했다. 이에 더하여 갈령(葛嶺, 칡고개) 주위의 땅을 하사했고, 거처를 더욱 넓혀 주었으며 생모 호 씨를 양국부인(兩國夫人)에 봉했다.

가사도는 거리낌 하나 없이 아주 당당하게 나라를 중흥시킨 공신으로 행세했다. 낮이나 밤이나 가기와 무희를 대동하고 서호에서 즐기기를 일삼았다. 사방에서 선물을 바치고 관계를 맺고자 하는 자들이 줄을 이었다. 가사도의 문객들도 모두 한자리씩 차지했으니 큰 지방의 수령이 되기도 하고 군의 요직을 차지하기도 했다. 말 그대로 만인지상, 일인지하의 존재였던 것이다. 가사도의 생일인 8월 8일에는 해마다 사를 지어 송축하는 자가 수천에 달했는데, 가사도는 그 작품들을 일일이 읽어 보고 등수를 매겼으니 그 가운데 일시 천하를 풍미하여 지가를 올리는 작품도 있었다. 그 가운데에서도 육경사(陸景思)가 여덟 가락으로 읊은 감주란 의미로 지은 「팔성감주(八聲甘州)」는 당대의 절창으로 칭송받았다.

태평성대, 풍년 들어, 서 푼이면 쌀 한 말 너끈히 사고도 남네.
예나 지금이나, 나라를 살리는 가장 큰 공은, 풍년 들게 하는 바로 그것.
백성들 등 따습고 배부르게 해 주면, 다른 모든 일은 그저 웃으면서 해결할 수 있는 법.
공께서 오랑캐를 무찌른 계책을 물으신다면, 그건 너무 복잡 미묘하니 어찌 말로 전해 줄 수 있으랴.
옥황상제께서 공을 데려가시려면 서호 한구석을, 천상의 원림으로 옮겨 가야 할 걸세.
차를 끓이는 화로와, 낚싯배도 같이 옮겨 가야 할걸.
가을바람 불어오기도 전에, 공은 생모 계시는 북당의 꽃핀 정원으로 달려가누나.
백만 세를 누리시라, 하늘에서 내리신 재상이요, 이 땅의 신선이니.

이것 말고도 아부하는 사가 어디 한두 작품이었겠는가?
하루는 가사도가 첩들과 서호의 누각에서 연회를 베풀고 있는

데 단정하게 옷을 차려입은 두 서생이 깃털 부채를 들고 작은 배를 타고서 서호 제방에 다가가더니 내려서 제방 위로 올라갔다. 가사도의 첩 하나가 두 서생을 보더니 감탄하였다.

"정말 멋져라!"

가사도가 그 소리를 듣더니 이렇게 물었다.

"네가 저 두 사람에게 시집가고 싶으냐? 내가 저 두 사람에게 너를 데려가게 만들어 주지."

가사도의 말에 첩이 당황하면서 사죄했다. 잠시 후 가사도는 첩들을 다 불러 모았다. 그리고 하녀에게 작은 상자 하나를 가져오게 하더니 말했다.

"좀 전에 첩 하나가 서호에 나온 서생을 보더니 좋아하기에 내가 그녀를 그 서생에게 시집보내기로 했다."

여러 첩들이 그 말을 믿으려 들지 않자 가사도가 그 상자의 뚜껑을 열어 보여 주었다. 그 안에는 그 첩의 머리가 들어 있었다. 여러 첩들 가운데 떨지 않는 자가 없었다. 가사도가 첩에게 악독하게 굴기가 이와 같았다.

가사도는 갖은 수단을 동원하여 임안에서 소금 밀매를 했는데 태학생 하나가 이를 시로 읊었다.

어젯밤 강에는 파란 물결이 치는데
소금을 가득 실은 배 한 척이 물결을 가르더라.
말로는 재상댁 요리에 쓸 양념이라 하나
무슨 양념이 그리도 많이 필요할까?

가사도가 부국강병책을 널리 구하니 어사(御史) 진요도(陳堯道)가 계책을 바쳤다. 진요도는 군비를 확충하면서 나라와 백성을 편안하게 하는 길은 한전법(限田法)을 실시하는 길밖에 없다고 주장했다. 한전법이 무엇이던가? 요즘 들어 대지주는 수천 수만의 땅을 소유하고 있지만 정작 농부들은 송곳 꽂을 만한 땅뙈기도 없으니 땅이 있는 자는 농사를 짓지 않고 농사를 짓는 자는 땅이 없는 형편이었다. 이 문제를 해결하고자 관직의 품계에 따라 소유할 수 있는 땅의 면적을 제한하자는 것이 바로 한전법이었다.

관직의 품계에 맞춰 소유할 수 있는 땅의 면적을 제한하면 자연스럽게 농부들이 경작할 땅을 가질 수 있게 될 것이라고 판단했던 것이다. 먼저 관리들에게 토지를 할당하고 남는 토지는 원주인이 다시 사들이거나, 다른 사람이 돈을 내고 사거나, 아니면 관에서 사들이기로 했다. 원주인이 다시 사들이는 경우에는 시간의 제한을 두지 않고, 다른 사람이 사는 경우는 토지 소유 면적이 정해진 규정을 초과하지 않는 자 가운데 토지 대금을 지불할 수 있는 자가 해당되었고, 관에서 사들이는 토지는 공전으로 묶고 사람들에게 경작하게 한 다음 세금을 받아 그 세금을 군비로 사용하게 했다.[34] 우선은 절강 지방에 시범 실시해 보고 문제가

---

34 이 대목에서 풍몽룡은 특별히 비평가의 입을 빌려 이렇게 평가한다. 작가나 출판가가 소설을 편찬하면서 독자의 말이나 비평가의 말을 같이 합쳐서 편찬하는 경우가 많았다. 이런 비평어는 책의 여백이나 각 장이 끝나는 부분에 실린다. "말은 그럴듯하니 착착 진행될 수 있을 것처럼 보인다. 그러나 말만 앞서고 명예만 좇는 소인이 정치를 맡으면 이론만 따지고 말만 많이 하느라 정작 문제가 그 속에 잉태되어 곪아 터지는 것을 눈치조차 채지 못한다."

없으면 전국적으로 시행하기로 했다.

이 법이 시행되니 소유 한도를 초과하여 내놓는 땅은 하나같이 척박하고 쓸모없는 땅이었고 누군가가 이런 땅을 울며 겨자 먹기로 사고 나니 또 관에서는 수확량을 고려하지 않고 땅의 소유 면적만을 따져서 일률적으로 높은 세금을 매겨 버렸다. 게다가 농사짓기 좋은 땅은 관에서 전부 가격을 후려쳐서 사들여 버렸다. 하여 절강 지방은 일대 혼란에 빠졌으니 파산하지 않는 집이 없을 정도였으며 길거리에는 원성이 넘쳐흘렀다.[35] 태학생 하나가 시를 지어 이를 풍자했다.

오랑캐의 말발굽에 이는 흙먼지 해를 가리고, 전장의 북소리 진동하건만
재상은 서호에서 노닥거리느라 출정할 생각 하지 아니하는구나.
무엇이 문제인지 파악조차 못하고,
공연히 토지개혁한답시고 백성들만 괴롭히는구나.

가사도는 자신이 주창하는 한전법이 제대로 시행되지 못할까 걱정하여 먼저 절강 지방에 소유하고 있는 자신의 토지 만여 무를 관청에 공전으로 바쳤다. 조정의 대소 관원들은 가사도의 비

---

35 이 대목에서 풍몽룡은 특별히 비평가의 입을 빌려 이렇게 평가한다. "당연한 결과다. 어떤 정책을 시행하려면 백성들에게 편리할 것인지를 먼저 헤아려야 하는 법. 왕안석의 청묘법 또한 정책 그 자체로서야 나무랄 데 없지 않았던가. 그러나 그 실행 과정에서 드러난 문제가 얼마나 심대했던가?"

위를 맞추고자 서로 앞을 다투어 자신들의 토지를 떼어 바쳤다. 한림원 학사 서경손(徐經孫)이 공전의 폐단을 지적하는 글을 지어 상주하자 가사도는 어사 서유개(舒有開)를 시켜 서경손을 탄핵하고 관직에서 쫓아내게 했다. 저작랑 진저(陳著)가 가사도가 황제를 기망하고 백성들을 핍박하고 있다고 상소하자, 가사도는 그를 외지로 쫓아내 버렸다. 공전을 책임진 관리 진무렴(陳茂濂)은 그러한 폐단을 직접 목도하고선 사표를 내고 떠나 버렸다. 전당 사람 섭리(葉李)는 평소 가사도와 교분이 있었으나 상소하여 그 폐단을 지적하자 가사도가 대로하여 얼굴에 묵형을 가하고 장주(漳州)에 유배시켜 버렸다. 이런 일이 있자 만조백관이 입에 자물쇠를 채우고 감히 아니라는 말을 하지 못했다.

가사도는 아울러 토지 매매 증명제와 측량제를 실시했다. 토지 주인은 자신이 소유한 토지의 매매 관계를 증명하는 서류를 구비하고 있어야 하며 사방 경계가 명확해야 한다는 것이었다. 만약 주인이 토지를 소유하게 된 과정을 서류로 증명하지 못하면 그 토지를 몰수당했으니 이것이 바로 토지 매매 증명제였다. 또한 토지를 측량하여 장부보다 넘치는 토지가 있으면 토지 면적을 일부러 속이려 했다며 장부보다 넘치는 분량의 토지를 바로 몰수했다. 이것이 바로 측량제였다. 이 법이 실시되니 눈 뜨고 토지를 빼앗기는 사람이 부지기수였다. 태학생이 또 시를 지어 비판했다.

천하의 삼분지 이를 이미 오랑캐에게 빼앗기고는

남은 땅 가지고 한 땀 한 땀 측량하기에 여념이 없구나.
골짜기에 숨겨진 땅 한 평 찾아낸다고
나라의 땅이 넓어질 것인가?

누군가가 '심원(沁園) 정원에서의 봄'이란 뜻의 「심원춘(沁園春)」
을 지어 읊기도 했다.

강남 지방 다녀 보니
눈에 들어오나니 온통,
진흙 담장에 회칠한 벽들.
어느 마을, 어느 고을이고
누가 누구네 땅을 빌려 농사짓는지 적어 놓았더라.
인심은 흉악하고
백성들은 기력이 쇠하니,
예전에도 이렇게 힘들지는 않았었는데.
왜들 이러는가?
관리는 오직 자기만을 생각하고
백성들을 조금도 보살피지 않는구나.

헤아려 보건대 드넓은 산천
갈라지고 찢긴 지 벌써 백 년.
험준한 사천
비탈길은 구름에 가리고.

양회(兩淮) 지역의 들판엔,

날마다 쉴 새 없이 봉화가 피어오른다.

재상은 권력을 농단하고,

간신들은 천자를 기망하는구나,

아직도 전쟁이 끝나지 않았음을 기억하는 자 누구인가?

천하를 다스리는 일이,

그저 온 힘 다해,

백성들에게서 세금 거두는 일뿐이던가?

가사도는 태학생 가운데 누군가가 자신을 기롱하는 작품을 썼다는 것을 알고선 노발대발했다. 가사도는 어사 진백대(陳伯大)와 상의하여 과거 시험 응시자 명부를 정리해야 한다고 건의했다.

1차 시험 면제자를 포함하여 모든 과거 응시생은 각 주현에 자신의 신상명세서와 가문 내력 그리고 공부한 내력을 친필로 작성하여 과거 시험장에 휴대하고 오게 했다. 제출 서류와 과거 답안지의 필적을 대조하여 부정행위를 방지하겠다는 명목이었다. 그런 다음 사방으로 은밀히 사람들을 파견하여 글깨나 짓고 시와 사를 잘 짓는 사람들의 명단을 미리 작성하게 한 다음 필적을 조사할 때 그 실수를 억지로 찾아내어 꼬투리 삼아 불합격시켰다. 이로 말미암아 아부나 일삼는 자들만 합격시키니 문인의 기개가 바닥에 떨어졌다. 당시 사람이 지어 읊은 시를 보자.

오랑캐의 군마가 하늘과 땅을 뒤흔들면서 달려오니

형양(荊襄)에는 온통 애절한 통곡 소리뿐.

재상 가사도는 속수무책

하릴없이 과거 시험장에서 수재들만 들볶는구나.

「심원춘」에는 이런 대목도 있었다.

과거 시험 응시자 명부를 정리하니

하나부터 열까지 물어 보는 항목이 뻔하구나.

항목에서 묻기를, 응시자는 무엇을 공부하는가?

형제와 아버지는 무엇을 연마하였는가?

명경인가, 사부인가?

이런 항목을 샅샅이 하나도 남김없이 적으라 하네.

그런 다음 아내의 이름과

아내의 일가친척까지 적으라 하네.

지방에서 인재 추천을 담당하는 자

수많은 항목 다 적자니 너무 귀찮아,

돈 많이 내는 자들에게만 추천장을 써 준다네.

조상님께서 좋은 법 잘도 만들어 놓으셨건만

어쩌자고 그렇게 자주 고치고 또 고치는 건가?

화폐 제도 바꾸지, 토지 제도 바꾸지, 미곡 제도 바꾸지.

백성들은 피폐해지고 고혈만 흘리누나.

그나마 기대할 것은 선비들뿐이나

이제는 선비마저 얼이 빠져 불쌍한 신세로다.

이런 망할 짓을 시작한 놈이 누구던가?

바로 권세에 빌붙는 진백대 그놈일세.

진백대가 이 사를 주워듣더니 가사도에게 고자질했다. 가사도
는 몰래 사람을 시켜 이 사를 지은 자를 밝혀내려 했으나 실패하
고 그저 수재 가운데 한 사람이 한 짓으로 미루어 짐작할 뿐이었
다. 하여 이종의 승하를 핑계로 그해에 과거를 금지시켜 버렸다.
태학(太學), 무학(武學), 종학(宗學)에서 공부하던 수재들이 이 일
로 가사도를 엄청나게 증오하게 되었다. 그러나 그 가운데에도 아
부하기 좋아하고 체면 안 따지는 자들이 있으니 그들은 사람들
과 함께 무리 지어 드러내 놓고 가사도의 공적을 칭송했다. 가사
도는 그들과 인연을 맺고 일일이 사례를 두둑이 해 주었다. 가사
도의 사례를 받은 자들은 그 은혜에 감격하여 그를 위해 모든 걸
바치겠노라 다짐했다. 수재들의 마음도 이렇게 한결같지 않았으
니 공통된 의론이 생길 리 없었다.

이종의 뒤를 이어 도종(度宗)이 즉위하고 연호를 함순(咸淳,
1265~1274)이라 바꾸었다. 도종이 왕자의 직에 있을 때 가사도
가 그의 스승 역을 맡았으며, 도종이 즉위하는 데 큰 공을 세운
바 있어 도종은 즉위한 다음 가사도를 태사(太師)에 임명하고 위
국공(魏國公)에 봉했다. 가사도가 알현을 오면 도종이 맞절을 했
고, 이름을 부르는 대신 재상과 태사라는 관직명을 불렀다. 아울
러 열흘에 한 차례만 조회에 참석해도 좋다고 허락하고 나머지

시간에는 도당에서 편하게 정사를 의론하게 했다. 가사도가 국가의 대소사를 자신의 사저에서 쥐락펴락하자 당시 이런 말이 유행했다.

　궁궐엔 재상이 없고
　서호에 가사도가 있다네.

　하루는 가사도가 우승상 마정란(馬廷鸞)과 추밀사 섭몽정(葉夢鼎)을 불러 서호에서 술을 마시고 있었다. 그가 그 술자리에서 놀이 하나를 제안했다. 어떤 물건이든 하나를 역사 속 인물에게 선물하면 그 인물이 선물을 받고 시를 지어 답례하는 놀이였다. 가사도 자신이 먼저 시작했다.
　나에게 바둑 한 판이 있으니 그걸 옛날 바둑의 명인 추(秋)에게 주노라. 추가 그걸 받고는 나에게 시 한 연을 지어 주더라.
　"내가 동굴에서 나와 바둑 시합을 한 이후로 일찍이 적수가 없었으나, 나를 이길 자 나타났으니 기꺼이 양보하리라."
　마정란이 이어받았다. 나에게 대나무 하나가 있으니 이걸 강태공에게 주노라. 강태공이 대나무를 받더니 나에게 시 한 연을 지어 주더라.
　"조용한 밤, 물은 차가운데 물고기가 입질하지 않으니, 배에 달만 한가득 싣고 돌아오노라."
　섭몽정이 이어 받았다. 나에게 쟁기가 하나 있으니 이걸 이윤(伊尹)에게 주노라. 이윤이 이 쟁기를 받더니 나에게 시 한 연을 지어 주더라.

"땅 한 뙈기라도 있어, 그대의 자손들이 농사를 지을 수 있기를 바라노라."[36]

가사도가 두 사람이 응수하는 내용을 들어 보더니 아무래도 언중유골이라, 다음 날 황제에게 주청하여 두 사람을 파면시켰다.

당시 몽고의 세력이 막강해져서 나라의 이름을 원(元)이라 바꾸고 양양(襄陽)과 번성(樊城)을 포위한 지가 이미 삼 년이 지났다. 만조백관들이 모두 이 사실을 알고 있었으나 오직 천자만이 몰랐다. 가사도는 나라가 점점 멸망의 길로 접어들고 있음을 감지하고 더더욱 쾌락에 몰두했다. 가사도가 일찍이 청명절에 서호에서 유람하다가 지은 절구를 보자.

한식, 집집마다 버드나무 가지를 꽂고 장식들 하지
아직 봄이라 하나 이 봄도 얼마 남지 않았으리.
이 세상 살면서 술 있으면 당연히 마시고 취해야지
죽어 묻히면 무덤에서 울어 줄 자손이 몇이나 있을까?

가사도는 갈령(葛嶺)에 온갖 장식과 화려함을 다하여 누대와

---

36 강태공은 주나라 문왕을 도와 창업하고 보필한 재상, 이윤은 은나라 탕왕을 도와 창업하고 보필한 재상이다. 강태공은 재상에 오르기 전 강가에서 낚시질을 하면서 욕심을 비우고 기다리는 훈련을 했다는 일화가 유명하고, 이윤은 몸소 백성을 위하여 봉사하는 자애로운 정치를 행한 자로 유명하다. 두 구절은 바로 이 점에서 착안하여 가사도에게 욕심을 버리고 진정 백성을 사랑하는 재상이 되기를 권하고 꾸짖는 의미를 담고 있다고 볼 수 있다.

정자를 짓고는 예쁘다 하는 여자들은 창녀나 도사나 가리지 않고 모조리 불러 모았다. 궁녀 섭씨(葉氏)가 미모가 출중하다는 소문을 듣고는 환관과 짜고 궁 밖으로 데리고 나와서 첩으로 삼고 낮이나 밤이나 즐겼다. 더불어 건물 몇 동을 더 짓고는 천하의 기묘한 물건들을 백방으로 끌어모아 산더미처럼 쌓아 두었다. 그런 다음 둘러보고 마음에 드는 것을 꺼내서 즐기는 게 일이었다. 변방의 사정을 언급하는 자가 있으면 즉시 벌을 주었다. 어느 날 도종이 가사도에게 물었다.

"양양이 오랫동안 포위되어 어려운 형편이라는데 이를 어떡하지요?"

가사도가 대답했다.

"북방의 병사들은 이미 퇴각했습니다. 폐하께서는 그런 말을 어디서 들으셨습니까?"

황제가 대답하였다.

"비빈 가운데 하나가 알려 주었습니다. 이런 일을 재상께서 모르실 리가 없겠지요."

"폐하, 거짓말입니다. 그런 말에 미혹되지 마십시오. 만약 변방에 일이 있으면 소신이 직접 대군을 이끌고 나가서 적병을 섬멸하겠습니다."

가사도는 몰래 환관에게 명령하여 황제에게 변방의 일을 알린 비빈이 누구인지 알아내게 한 다음 누명을 씌워 죽게 만들었다.

말을 많이 하다 보면 시비가 일어나고

남보다 빼어나다 보면 문제에 휘말린다고들 하지.

그러나 대사간들아 정말 웃기는구나

비빈조차 나라 걱정에 감히 입을 열어 간언하지 않더냐.

비빈이 변방의 일을 거론하다가 죽임을 당하자 궁 안팎으로 변방의 일을 거론하는 것은 일종의 금기가 되었다. 외적이 북방을 침범하여 벌어지는 이런 우환이 어찌 일조일석의 일이겠는가?

가사도는 또 잠시 짬을 내어 쉬는 곳이라는 의미로 반한당(半閑堂)이라는 누각을 짓고는 자기 모습을 조각으로 만들어 그 안에 설치해 놓았다. 그 반한당의 양옆에는 수백 칸의 방을 만들어 방사와 도인을 초빙하여 머물게 했다. 가사도는 짬이 날 때마다 그곳에 들러 술사와 도인과 더불어 담소를 나누었다. 가사도의 빈객 가운데는 그 반한당을 읊어 가사도에게 아부하는 자가 넘치고 넘쳤다. 그 가운데에서도 「당다령(糖多令)」이 가사도의 칭찬을 가장 많이 받았던 작품이다.

하늘에서 별을 따 와 만든 곳

노자가 파란 소를 타고 서관을 건너 찾아간 곳.

그곳 봉래에 새로운 누각을 지었으니

꽃과 대나무가 어우러지고

대나무는 산으로 이어지누나.

부귀영화 누리기는 쉬워도,

진정한 한가로움을 누리기는 정말 어렵다네
아마 진정한 한가로움은 인간 세상에 존재하지 않는지도 모르지.
신선이 이 세상 한가로움의 반을 뚝 떼어 가고
그 남은 반은 가사도에게 주었다지.

그때 부춘자(富春子)라 하는 술사가 있었으니 바람 소리와 새 소리로 점치는 일에 능했다. 가사도가 부춘자를 시험해 보고자 불러서 다음 날의 일을 물어보았다. 부춘자가 종이 한 장에다 뭔가를 적어 밀봉하고는 당부했다.

"꼭 밤에 열어 보십시오."

다음 날 가사도는 서호에서 연회를 갖고서 손님들을 환송하다가 밝은 달빛에 감동하여 자기도 모르게 조조의 시 가운데 한 구절인 "달빛 밝아 오니 별들은 빛을 잃고, 까마귀는 남쪽으로 날아가는구나〔月明星稀, 烏鵲南飛〕."라는 구절을 읊조렸다. 이때 요영중이 옆에 있다가 아뢰었다.

"지금이야말로 부춘자가 적어 준 종이를 열어 보실 때입니다."

가사도가 그 종이를 펼쳐 보니 다른 건 없고 바로 방금 전 가사도 자신이 읊조렸던 시 구절 여덟 글자 "월명성희, 오작남비.(月明星稀, 烏鵲南飛)"만 적혀 있었다. 가사도는 깜짝 놀라며 그 술사의 재주를 인정하고선 자기 인생의 앞길을 물어보았다. 부춘자가 가사도에게 답했다.

"나리의 재산과 권세는 이 세상에서 비길 자가 없을 정도입니다. 그러나 정씨 성을 가진 자와는 상극이니 피하시는 게 상책입니다."

사실 가사도는 어렸을 때 용을 타고 올라가다가 한 용사에게 붙들려 계곡으로 떨어지는 꿈을 꾼 적이 있었다. 꿈속에 나타난 용사는 형양(滎陽)이라는 두 글자가 수놓아진 조끼를 입고 있었다. 형양은 바로 정씨 성을 가진 사람들의 근거지였다. 부춘자가 말한 것이 자신이 어렸을 때 꿈에서 본 것과 정확하게 일치하므로 가사도가 믿지 않을 도리가 없었다. 이때부터 가사도는 신하들의 명부를 점검하여 정씨 성의 관리는 극력 배제하고 그 자리에서 쫓아냈다. 그리하여 정씨 성을 가진 관리는 눈을 비비고 찾아보아도 찾을 수가 없게 되었다. 문객 하나가 가사도의 의향을 짐작하고는 이렇게 권유했다.

"태학생 정융(鄭隆)이란 자는 툭하면 시나 사를 지어 조정을 기롱하고 있으니 이자를 제거하지 않으면 안 됩니다."

가사도는 정융이 전에 시를 지어 자신을 비방했던 일을 떠올리고는 태학 박사에게 명령하여 있지도 않은 죄명을 뒤집어씌워서는 묵형을 가한 뒤 은주(恩州)로 유배시켰다. 정융은 유배를 가는 도중에 울화병으로 죽고 말았다.

또한 글자를 파자(破字)하여 앞날을 귀신같이 맞히는 사람이 있었다. 세상 부러울 것이 없을 정도로 재산을 모으고 지위가 오르자 가사도가 점차 황제의 자리를 넘보게 되었다. 한편 몽고가 변경 지방을 침공하는 기세가 더욱 급박해지는지라 이를 끝까지 속일 수만도 없어 조정에서 책임을 추궁당할까 걱정이었다. 이에 황제 자리를 넘본 동탁이나 조조의 뒤를 이을 마음도 들었다.

하여 가사도는 파자 점을 치는 사람을 불러 지팡이로 땅에다 '기(奇)' 자를 써 보이고는 풀이해 보게 했다. 파자 점을 치는 이가 한참을 생각하더니 입을 열었다.

"나리께서 생각하는 일은 잘 이루어지지 않을 것입니다. 이 '기(奇)' 자를 위아래로 나눠 윗부분을 립(立) 자로 떼어 내면 아랫부분이 가(可) 자가 안 되고, 아랫부분을 가(可) 자로 떼어 내면 윗부분이 립(立) 자가 안 됩니다.(즉 황제로) 설 수가 없는 것입니다.)"

가사도는 아무 말도 하지 않고 그에게 황금과 비단을 후하게 하사했다. 그러고는 기미를 누설할까 봐 염려하여 그자를 도중에 죽여 버리게 했다. 이 일을 계기로 가사도는 반역의 생각을 접었다. 부춘자는 가사도의 행동거지가 극악함을 보고선 자기 또한 화를 입을 것 같아 도망쳤다. 그래도 부춘자는 기미를 알고 사전에 미리 피하는 자라 할 것이다.

한편 양국부인 호 씨는 가사도의 봉양을 사십 년 동안 받다가 함순 10년(1274) 3월 어느 날 팔십여 세를 일기로 세상을 떠났다. 수의와 관을 최상급으로 쓰고 장례식을 극도로 화려하게 했음은 두말할 나위가 없었다. 사십구재를 마치고 가사도가 직접 태주로 향하는 운구를 관장하여 가섭과 합장하기로 했다. 운구하는 날 조정에서는 황제의 의장 행렬을 보내어 전송했다. 황태후(皇太后) 이하 황족과 조정의 대신들이 모두 노제에 나와 제사 음식 챙기는 데 관여했다. 서로들 자기가 진설하는 제사 음식을 더 높게 쌓고자 다투어 경쟁하여 몇 척이나 되는 높이로 제사 음식을 쌓기도 하다가 막상 제사를 지낼 때 넘어져 사람 여럿을 다치게도 했다. 조정의 관료들은 상복을 입고 나와 상여 행렬을 100리까지 배웅했다. 황제는 이 노제 때문에 조회를 취소하기조차 했다.

이날 큰비가 내려 물이 길을 세 자 정도나 덮어 버렸다. 노제에 참여했던 사람들은 모두 비를 철철 맞았고 물이 무릎까지 차며 빗물이 얼굴에 내려쳤지만 누구 하나도 감히 뒷걸음치지 못했다. 장지에 도착하여 하관과 봉분 만들기를 마치고 독경을 하러 모인 삼만 명의 승려에게 밥을 먹였다. 그 승려 가운데 하나가 공양을 마친 다음 발우를 바닥에 엎어 놓고 가 버렸다. 사람들이 그 발우를 다시 뒤집으려 했으나 꿈쩍하지 않았다. 사람들이 이 일을 가사도에게 보고했다. 가사도는 그 말이 믿기지가 않아서 직접 가서 자기 손으로 그 발우를 뒤집으니 그냥 쉽게 뒤집혔다. 그 발우 안쪽에 백토로 두 줄, 아주 작은 글자가 적혀 있었는데, 매우 또박또박 쓰여 있었다. 가사도가 깜짝 놀라 보니 바로 시 두 구절이었다.

지금이라도 그만두려면 좋게 그만둘 수 있을 것이나
그렇지 않으면 면주(綿州)에서 꽃이 피고 열매를 맺으리라.

가사도가 깜짝 놀라 당황하는 사이에 백토로 적혀 있던 글자는 흔적도 없이 사라지고 말았다. 가사도는 문객들을 두루 불러 그 두 구절이 가리키는 바를 물었으나 속 시원하게 풀이해 주는 이가 하나도 없었다. 하지만 나중에 가사도가 목면암(木綿菴)에서 죽음을 당한 것을 본다면 이 말이 허튼소리가 아니었음을 알겠다. 대저 재산과 지위가 세상에 으뜸이 되는 자들은 전생에 이미 특별한 인연을 안고 태어나는 법이라 보통 사람들하고는 뭐가 달라도 다른 법이다. 하여 오늘 고승이 특별히 가사도를 깨우치려 한 것이나, 가사도가 자신의 부귀에 눈이 멀고 미혹되어 끝내 깨닫지 못했다. 자고로 권세가 높고 큰 자들이 끝이 좋지 못한 경우가 많았으니 그게 다 이런 이유 때문인 것이다.

쓸데없는 소리는 여기서 접자. 한편 가사도는 생모 호 씨의 장례식을 마친 다음 표를 올려 황제의 은혜에 감사드렸다. 황제는 조서를 내려 다시 입궐을 명했으나 가사도는 모친상을 마무리하기 위한 휴가를 요청하며 사양하고 다른 한편으로는 어사들을 부추겨 재상 자리를 비워 놓고 가사도가 돌아오기를 기다려야 한다고 상소하게 했다. 가사도의 입궐을 재촉하는 황제의 조서가 연거푸 도착하니 가사도는 명령을 받들어 7월 초에 입궐하여 황제를 알현하고 복직했다. 7월 하순에 도종이 세상을 떠났다. 황태자 현(顯)이 즉위하니 바로 공종(恭宗)이다.

이때 원의 좌승상 사천택(史天澤)과 우승상 백안(伯顏)이 병사를 나눠 이끌고 남하하니 양(襄), 등(鄧), 회(淮), 양(揚) 곳곳에서 긴급 상황을 알리는 상소가 속속 올라왔다. 가사도는 황제가 어리고 겁이 많음을 알고 일부러 원의 남침을 과장하는 표를 올려 황제를 당황시키고 자신이 스스로 군사를 이끌고 변방으로 가겠다고 했다. 그러는 한편 어사들을 부추겨 이런 주장을 담은 상소를 올리게 했다.

"지금 폐하께서 믿을 수 있는 신하는 가사도 한 사람뿐입니다. 그런데 지금 그를 양, 등 쪽을 신경 쓰게 하면 회, 양 쪽이 빌 것이고, 회, 양 쪽을 신경 쓰게 하면 양, 등 쪽이 빌 것이니, 그가 서울에 남아서 천하를 움직이고 조정에 남아 대소사를 관장해야만 전지역의 승리를 장담할 수 있을 것입니다. 만약 가사도를 어느 한쪽으로 내보내시면 폐하께서는 누구와 대사를 상의하시렵니까?"

황제는 상소를 받고서 이렇게 비준했다.

"가사도는 하루도 짐의 곁을 떠나서는 안 된다."

몇 달이 지나지 않아 번성(樊城)이 함락되고, 악주(鄂州)가 격파당했다. 여문환(呂文煥)이 목숨을 걸고 양양(襄陽)을 오 년 동안 지켰지만 보급은 제대로 이루어지지 않고 성안의 식량은 바닥나 더 이상 버틸 수가 없었다. 원나라 병사들이 승승장구 남하하니 가사도는 더 이상 속일 수가 없어 황제에게 주상했다. 황제가 이 소식을 듣고 크게 놀라 가사도에게 이렇게 하소연했다.

"원나라 병사들이 이렇게 턱밑까지 다다랐으니 경께서 직접 원정을 나서지 않으면 안 되겠습니다."

가사도가 답했다.

"소신이 본디 변방으로 원정을 나가기를 자청했으나 폐하께서 허락하지 않으신 것입니다. 진즉에 소신의 말을 들으셨다면 오랑캐 병사가 어찌 이렇게 날뛰었겠습니까?"

이에 공종은 조서를 내려 가사도를 전군 사령관에 임명했다. 가사도는 여사기(呂師夔)를 참모로 추천했다.

다음 해, 즉 공종 덕우(德佑) 원년(1275), 가사도는 표를 올리고 출정했다. 육로와 물길 두 길로 이동하니 군대의 깃발은 하늘을 가리고 배는 배로 이어져 천 리에 달했다. 가사도가 두 아들과 처첩을 거느리고 떠나니 살림살이만 해도 배 백여 척이 필요했다. 문객들 역시 가족을 거느리고 길을 나섰다. 참모 여사기가 먼저 강주(江州)에 도착했으나 성을 바치고 원나라에 항복했다. 원나라는 기세를 몰아 지주(池州)를 격파했다. 가사도가 이 소식을 듣더니 감히 더 이상 나가지 못하고 노항(魯港)에 주둔했다. 육군 사령관 손호신, 수군 사령관 하귀는 모두 가사도의 문객으로 평상시에는 제법 말솜씨를 뽐내 가사도가 중용한 것이나, 장준(張俊), 한세충(韓世忠), 유기(劉綺) 그리고 악비(岳飛)와 같은 능력은 애당초 기대하기 어려웠다. 오늘 이 같은 중대한 전쟁에서 그들은 그저 요행을 바랄 뿐이었다.

한편 손호신이 정가주(丁家洲)에 진을 치자 원나라 장수 아술(阿術)이 공격해 들어왔다. 손호신이 도저히 상대할 수 없음을 알고 먼저 말을 타고 도망치니 육군들이 모두 사방으로 도망하고 결국 궤멸하고 말았다. 아술은 병사들을 시켜 송나라 군선을 둘러싸고 크게 소리 지르게 하였다.

"송나라 육군은 이미 우리한테 깨졌다. 수군은 지금 항복하지 않고 무엇 하느냐?"

수군 병사들은 이 소리를 듣고 간담이 서늘해지고 심장이 두근거려 적과 싸울 생각은 아예 하지도 못하고 도망가기에 바빴다. 일시에 대혼란이 일어나 아군의 배끼리 서로 부딪히고 붙었다 떨어지면서 물에 빠져 죽는 자의 수효가 헤아릴 수조차 없었다.

가사도는 도저히 상황을 수습할 수 없어 급히 하귀를 불러 상
의했다. 하귀가 가사도에게 말했다.

"군사들이 이미 궤멸되어 공격도 수비도 어려운 실정입니다. 재
상께서는 양주로 들어가서 흩어진 병사를 모아 바다로 나가시는
게 상책일 듯합니다. 제가 비록 재주 없으나 나리를 위해 회서 지
방을 지켜 내겠습니다."

하귀가 말을 마치고 떠났다. 잠시 후 손호신이 배에서 내려 손
으로 가슴을 치면서 통곡하며 보고했다.

"소신이 목숨을 다해 일전을 불사하려고 했습니다만 싸우려 드
는 병사가 하나도 없으니 이를 어떡하겠습니까?"

가사도가 손호신의 보고에 응대하기도 전에 순시선이 다가오더
니 이렇게 보고했다.

"하귀 장군의 배가 이미 출발했으나 그 행선지가 어디인지는
알 수가 없습니다."

사경을 알리는 북소리가 울리는데 가사도는 아무런 대책을 세
울 수가 없었다. 또 다른 순시선이 다가와 보고했다.

"원나라 병사들이 사방에서 공격해 들어오고 있습니다."

당황한 가사도는 얼굴이 흙빛으로 변하여 황급히 징을 쳐서
군사들의 퇴각을 명했다. 송나라 병사들은 궤멸하고 말았다.

손호신이 가사도를 부축하여 작은 배 한 척을 몰고 양주로 도
주했다. 당리(堂吏) 옹응룡(翁應龍)이 전군 사령관의 직인을 챙겨
서 임안으로 황급히 돌아갔다. 다음 날이 되니 패잔병들을 실은
배가 강을 덮으며 흘러내렸다. 가사도가 손호신을 시켜 강 언덕에

서 병사들을 모으고 깃발을 흔들어 병사를 모집하게 했으나 이에 응하는 자가 하나도 없었다. 다만 사람들이 욕하고 고함치는 소리만 들려왔다.

"가사도는 간신배로 조정을 기만하고 오랑캐가 강성해지는 것을 수수방관했다. 나라를 망치고 백성들을 좀먹고 우리를 이렇게 고생시켰다!"

이어서 이런 소리가 들려왔다.

"우리가 먼저 저 간신을 죽여 백성들의 분을 풀어 주자."

소리가 들려오던 그때 배에서 화살이 빗발처럼 날아와 손호신이 화살을 맞고 쓰러졌다. 가사도는 민심이 걷잡을 수 없이 돌아섰음을 알고선 배를 타고 양주성(揚州城)으로 숨어 들어가 병을 핑계 대고 나오지 않았다.

한편 여기서 이야기는 둘로 갈라진다. 우승상 진의중(陳宜中)은 평소 가사도에게 아부하느라 온갖 짓을 다하여 마침내 가사도가 그를 우승상의 자리에 올려 준 인물이다. 진의중은 옹응룡이 도망치듯이 임안으로 귀환하자 그에게 물었다.

"승상은 어디에 있는가?"

옹응룡이 대답했다.

"모릅니다."

진의중은 가사도가 전란 중에 죽었다 여겨 먼저 가사도가 병사를 잃고 나라를 망친 죄를 지었으니 일족을 멸하여 천하에 사죄하게 해야 한다고 했다. 이에 어사들은 또 진의중에 동조하여 여러 차례 상소를 올렸다. 공종이 가사도가 나라를 말아먹었음을 깨닫고 조서를 내려 그 죄를 물으니 그 대략은 이러하다.

재상은 조정 신료들 가운데 으뜸의 존경을 받는 자이니 정사를
망치는 것은 가장 큰 죄를 짓는 것이요, 총사령관은 황실 밖 모
든 군대를 책임지는 자이니 싸움에 져서 병사를 잃는 것은 가
장 중한 법률로 다스려야 마땅할 것이다. 이 두 직을 겸직하는
가사도는 역할을 감당할 만한 재주가 없고 드러날 만한 공훈
을 세운 바가 없다. 두 대에 걸쳐 재상을 역임하면서도 선한 일
을 한 적이 한 번도 없다. 한전제를 실시하여 나라 살림의 바탕
을 뭉개고, 선비들에게 출신 증명을 제출하게 하는 제도를 도입
하여 인재들의 앞날을 막았으며, 변방의 소식을 억지로 막아 조
정에 전달되지 못하게 했으며 전공을 세울 기회를 놓치고 허송
세월했다. 오랑캐가 닥쳐와 군사를 동원하여 출정하기로 했으
면 당장 서둘러 달려가야 했거늘 어찌하여 고개를 처박고 시간
만 보내다. 마침내 3군이 궤멸되고 여러 장수들의 마음이 멀어
지고 사직의 세력이 갈수록 약화되게 하고 백성들이 분에 떨며
이를 갈게 했는가? 일단 가장 약한 벌을 내리니 보직을 해임하
고 녹봉만을 수령하는 봉사(奉祠)에 임명한다. 중원에서 오랑캐
를 몰아내는 과업은 인자하신 주공이 기다림과 여유로 일을 처
리한 것을 흉내 내서는 아니 될 것이나, 환두(驩兜)나 곤(鯀)과
같은 죄인을 처벌하는 일은 그래도 『서경우서』에 전한 법률보다
더 관대하게 하여도 문제가 없다 할 것이다. 가사도에게서 재상
직과 전군 사령관직을 박탈한다.

요영중 역시 집안 식구들과 함께 양주에 있다가 가사도가 파
직되었다는 소식을 듣고 가사도의 집을 위로차 방문했다. 그러나
딱히 할 말이 없었으니 함께 술이나 마시고 슬픔에 젖어 눈물을
흘리다가 오경이 되어서야 헤어졌다. 자기 처소로 돌아온 요영중
은 잠을 이루지 못하고 애첩에게 차를 한 잔 끓여 오게 했다. 애
첩이 차를 내오니 다시 술도 가져오라고 하곤 소매에서 고형 비
상을 한 주먹 꺼냈다. 고형 비상은 가장 독한 약으로 먹고 죽지
않는 자가 없다고 할 정도였다. 요영중은 술과 비상을 연거푸 입
에 털어 넣었다. 애첩은 그제야 요영중이 독약을 먹은 것을 눈치
채고는 달려가 어찌해 보려 했지만 속수무책이라 그저 껴안고 울
기만 했다. 요영중은 눈물을 흘리며 말했다.

"울지 마라, 눈물을 그쳐라! 내가 가 승상을 따라다닌 지 어언
이십 년, 편안하게 부귀영화를 누리다가 오늘날 일이 틀어져 이렇
게 죽는구나. 그래도 집에서 죽을 수 있으니 나름 잘 죽는 것이
라 할 만하지 않느냐?"

말을 마치기도 전에 요영중은 입과 코에서 피를 쏟으며 죽었다.
가련하다. 요영중이 나름 시도 잘 짓고 글씨도 잘 썼으나 권세가
의 주구가 되더니 오늘 이렇게 비명에 횡사하는구나.

헛된 욕심을 부리지 않는 지렁이를 본받지 않고
파리처럼 썩고 냄새 나는 고기를 탐하였구나.
바람 불어 나무가 쓰러지면
그 나무에 달린 가지들 어찌 다시 무성해지랴?

한편 가사도가 재상직에서 쫓겨난 다음 조정에서는 가사도를 파직하는 걸로 끝내서는 안 된다는 의견이 커졌다. 조정의 대신들은 상소를 올려 가사도를 도끼로 처단해야 한다고 주장했다. 그러나 황제는 가사도가 세 황제에 걸쳐 재상을 지낸 인물임을 헤아려 차마 사형에 처하지는 못하고 고주(高州)의 군사 훈련 부 책임자인 단련부사(團練副使)에 임명하고 순주(徇州)에 주거를 제한하도록 명령했다. 아울러 가사도의 가옥과 전답을 몰수하여 군비에 충당하게 했다. 가사도에게 이런 조처가 내려진 날이 바로 또 가사도의 생일인 8월 8일이라, 가사도는 스스로 글을 지어 천지신명에게 하소연했다.

소신에게 죄가 없음에도 조정의 관료들은 의론을 분분히 하며 저를 벌주라 합니다. 하늘은 생명을 살리고자 애쓴다고 하는데 불행하게도 소신의 생명은 이제 죽을 날만을 앞에 두고 있습니다. 이날은 또 마침 제가 태어난 날이기도 하니 미리 임종의 변이라도 좀 늘어놓고 싶습니다. 상고하건대, 소신 가사도 세 분의 황제를 모시기를 한결같은 절개로 했고, 나라를 위해서는 원망조차 마다하지 않았으며 처한 시절이 간난과 고초 또한 많았습니다. 거센 오랑캐의 침입을 막기 위해 약해 빠진 병사들을 이끌고 달려갔으나 병사들이 싸우기를 두려워하여 끝내 승리를 거둘 수 없었습니다. 그러나 뭇사람이 다 제 잘못이라고 입방아를 찧어 대니 입이 열 개라도 그것이 오해임을 밝혀내기 힘든 지경입니다. 사십 년 동안 저의 신명을 다 바쳤습니다만 장량(張良)이 일찌감치 은퇴하여 명철보신한 교훈을 따르지 못한 것이 후회스러울 뿐입니다. 이제 삼천 리나 떨어진 먼 곳으로 유배를 떠나는 몸, 혹여 곽광(霍光)처럼 일족이 멸족이나 당하지 않을까 걱정입니다. 하늘을 우러르매 하늘이 저를 품어 키워 주신 은혜에 보답하지 못함이 부끄럽고, 굽어 살펴보매 힘들여 저를 키워 주신 부모의 은혜에 보답하지 못함이 부끄럽습니다. 하늘과 땅이여, 돌아가신 이종 황제와 선황 도종 황제를 굽어 살피십시오. 태황후, 황후, 비빈께서는 진노를 멈추시고 유배지에서 저의 뼈를 거두어 주십시오. 사직의 신령들이여, 부디 악한 기운과 정령을 이 땅에서 몰아내 주십시오.

옛날 송나라의 법에 따르면, 대신을 멀리 변방으로 유배 보낼 때는 반드시 호송원을 붙이도록 되어 있었다. 말이 좋아 호송이지 사실은 감시하는 것으로 범인을 압송하는 것과 진배없었다. 조정에서는 가사도의 호송원이라면 나름 뚝심과 역량이 있고 평소에 가사도에게 깊은 원한이 있어야 감당할 만할 것이라는 의론이 우세했다. 게다가 순주는 멀어서 호송원으로 나서겠다는 사람이 아예 나서지 않는 형편이었다.

그 상황에서 오직 한 사람이 감연히 나서서 그 일을 자청했다. 그 자의 이름이 무엇인가? 바로 성은 정(鄭)이요, 이름은 호신(虎臣)이었다. 그는 회계현의 현위를 지내다 임기가 만료되어 서울로 돌아와 있었다. 이 정호신이 바로 태학생 정융의 아들이었다. 정융이 가사도에게 묵형을 당하고 유배되어 죽자 정호신은 속으로 복수의 칼을 갈고 있었으나 기회를 잡지 못하다가 이렇게 가사도의 호송을 자원하게 된 것이다. 조정에서도 그 사정을 익히 알고 정호신을 호송원에 임명했다. 가사도는 정호신이 정융의 아들이라는 것은 몰랐지만 어렸을 적 꿈과 부춘자의 이야기를 아직도 기억하고 있는지라 오늘 정씨 성을 가진 자가 호송원이 되었다고 하니 저절로 긴장되었다.

출발에 앞서 가사도는 성대한 잔치를 열어 정호신을 접대했다. 정호신을 주빈 자리에 앉게 하고 황제의 사절이라 높여 부른 뒤 스스로는 죄인이라 자칭했다. 아울러 정호신에게 최상품의 보물을 아낌없이 바쳤다. 가사도는 눈물을 흘려 가며 자신의 꿈 이야기를 하고 간절히 부탁했다.

"원컨대 나리께서는 보살과 같은 마음으로 저의 보잘것없는 생명을 굽어살펴 주십시오. 그 은혜는 대대로 잊지 않겠습니다."

말을 마친 가사도가 무릎을 꿇고 빌자 정호신이 웃더니 쌀쌀하게 말했다.

"단련부사께서는 일어서시오. 이 같은 보물이 바로 사람을 망치는 건데, 내가 어찌 받을 수가 있겠습니까? 할 말이 있으면 유배지로 가는 길에 차차 합시다."

가사도가 재삼재사 애걸복걸했으나 정호신은 그저 쓴웃음만 지을 뿐이었다. 가사도는 그럴수록 더욱 두려움이 커졌다.

다음 날 정호신이 가사도에게 출발을 재촉했다. 가사도를 따라가는 금은보화만 열 수레 가득이었다. 하녀와 첩, 하인들만 근 백 명이었다. 정호신은 처음 출발할 때는 별다른 내색을 하지 않았지만 가사도의 짐이 너무 많아 일정이 자꾸 지체된다고 투덜대면서 가사도의 하인들을 하나씩 쫓아내고 사원을 지날 때마다 금은보화를 기부하게 했다. 가사도가 정호신의 말을 어찌 거역하겠는가? 보름 정도 지나니 열 수레의 보물이 세 수레로 줄었다. 하인들 역시 정호신에게 들볶여 감히 가사도 근처에 얼씬하지 못했다. 가사도가 타고 있는 수레에는 대나무 막대에 비단 천으로 만든 깃발을 달았으니 그 깃발에는 이렇게 적혀 있었다.

"나라 망친 간신 가사도 순주 호송 중."

가사도는 부끄러워서 소매로 얼굴을 가리고 앉았다. 유배 가는 길에 정호신에게 받는 모욕은 말로 다 할 수 없을 정도였다.

며칠을 더 가 마침내 천주(泉州) 낙양교(洛陽橋)에 도착하니 관원 하나가 총총히 다가와 깃발에 적힌 글자를 보고 소리쳤다.

"나리, 오랜만입니다. 한번 이별하고는 이렇게 이십 년이 지나버렸습니다. 나리를 이런 곳에서 뵐 줄은 상상도 못했습니다."

가사도가 옛 친구인가 하여 소매를 내렸다. 누구였던가? 바로 성은 섭(葉)이요, 이름은 리(李), 자는 태백(太白)으로 전당 사람이었다. 상소를 올려 가사도를 비판했다가 묵형을 당하고 장주(漳州)에 유배되었던 그는 가사도가 몰락하자 가사도에 의하여 유배형을 받았던 자들과 함께 풀려나 고향으로 돌아가는 길이었다. 섭리가 고향으로 돌아가는 길에 천주를 지나가다가 가사도와 만나게 된 것이다. 가사도는 너무도 부끄러워 얼굴을 들지 못했다. 마차에서 내려 예를 갖춘 뒤 가사도는 섭리에게 미안함을 표시했다. 섭리는 정호신에게 붓과 종이를 부탁하여 사를 한 수 짓고는 가사도에게 주었다.

> 그대는 떠나가는 길
> 나는 돌아가는 길,
> 떠나고 또 떠나고, 돌아가고 또 돌아가니 우리는 언제 안식을
> 얻으리.
> 한전제와 화폐 제도는 결국 어찌되었는지?
> 이 나라는 누가 망쳐 먹었는지?
> 뇌주(雷州)에 있든
> 애주(厓州)에 있든
> 사람 살다 보면 언젠가 만나는 날이 있으려니.
> 객지라 양고기를 삶아 드리지 못함이 아쉬워
> 그저 사나 한 수 적어 바칩니다.

전에 북송 인종 때에 재상 구준(寇準)이 단연(澶淵)에서 오랑캐
를 무찌르고 공훈을 세웠으나 간신 정위(丁謂)의 모함을 받아 뇌
주의 호구 담당관으로 폄적된 적이 있었다. 얼마 지나지 않아 정
위의 간계가 드러나 정위 본인이 애주로 귀양 가게 되었다. 정위
의 일행이 뇌주를 지나갈 때 구준은 삶은 양고기를 보내 주고는
뇌주 관리로서 정위 일행을 대접했다. 정위는 너무도 부끄러워 밤
에도 쉬지 않고 걸음을 재촉하여 뇌주를 벗어났다고 한다. 오늘
섭리는 이 이야기를 사에 녹여 담은 다음 세상사란 돌고 도는 것
이니 원한이 있다고 하더라도 너무 야박하게 굴 필요는 없음을

피력한 것이다.

가사도는 그 사를 받아 보고는 부끄러워하며 손으로 금은보화를 한 움큼 집어서 섭리에게 주며 노잣돈으로 쓰라 했다. 섭리는 사양하고 떠났다. 옆에 있던 정호신이 소리를 질렀다.

"이런 불의한 재물을 누가 받으려 한단 말이냐? 개나 돼지도 받지 않을 것이다."

정호신은 가사도의 손에 들려 있는 금은보화를 빼앗아 땅바닥에 던지고는 수행원들에게 출발을 재촉하며 소리를 질렀다. 정호신의 입에서는 욕설이 끊일 새가 없었고 가사도의 눈에서는 눈물이 마를 새가 없었다.

정호신의 본래 계획은 가사도에게 심한 굴욕을 주어 스스로 목숨을 끊게 하는 것이었으나 남은 생애에 대한 가사도의 집착이 너무 커서 스스로는 절대 목숨을 끊을 것 같지 않았다. 장주에 도착하니 하인들도 모두 도망쳐 가사도 부자 세 사람만 남게 되었으니 성한 옷 한 벌이 없고, 입에 맞는 음식 한 가지도 없어 노예나 다름없고 거지나 진배없는 신세였다. 장주 태수 조분여는 예전에 가사도의 문객이었던 자라 가사도가 장주에 왔다는 말을 듣고 성 밖까지 나와서 영접했다. 가사도의 행색이 너무도 처량하여 저절로 애절함이 느껴졌으나 호송원 정호신이 가사도를 대하는 낯빛이 좋지 않아 가사도를 드러내 놓고 챙겨 주기도 힘든 상황이었다.

이날 조분여는 객사에 상을 봐 놓게 하고 정호신을 대접했으니 속마음은 이 기회를 빌려 가사도를 함께 대접하고 싶었던 것

이다. 정호신이 가사도에게 같이 들자는 말을 하지 않으니 가사
도가 스스로 이렇게 말했다.

"저 같은 죄인이 어찌 감히 황제께서 파견하신 호송원과 자리
를 함께할 수 있겠습니까?"

조분여는 안쓰러운 마음에 별실에 따로 상을 마련하여 통판
(通判)에게 가사도를 모시게 하고 자신은 정호신을 대접했다. 술
을 나누면서 조분여가 살펴보니 정호신이 가사도를 심히 미워하
는 것이 금세 드러나는지라 이렇게 물어보았다.

"단련부사가 어떻게 여기까지 오시긴 했지만 제가 보기에 더
이상 목숨을 부지하기는 힘들 것 같습니다. 단련부사를 어서 죽
게 하셔서 더 이상 고통을 받지 않게 하는 것이 차라리 깔끔하
지 않겠습니까?"

정호신이 냉소하면서 이렇게 대답했다.

"빌어먹을 자가 저렇게 고초와 멸시를 받으면서도 명예로운 죽
음을 택하지 않고 목숨을 부지하고자 안달이오!"

조분여는 더 이상 아무런 말도 하지 않았다. 다음 날 오경에
정호신은 조분여가 찾아와 인사하기를 기다리지도 않고 가사도
일행을 재촉하여 길을 떠났다.

장주성을 오 리 정도 앞둔 곳에 이르렀다. 아직 사위가 밝지도
않은 때, 암자 하나에 도착했다. 정호신은 일행에게 암자에 들어
가 다리도 쉬고 아침도 들라 하였다. 가사도가 암자의 편액을 보
니 '목면암(木綿菴)'이라 적혀 있어 깜짝 놀라며 중얼거렸다.

'이 년 전 고승 하나가 발우에 적어 준 시에 '면주(綿州)에서

꽃이 피고 열매를 맺으리라.'라는 구절이 있었는데 그 구절이 오늘 맞아떨어지는 것인가? 허허, 나는 틀림없이 죽는구나.'

암자에 들어가자마자 바로 두 아들을 불러 뭔가 이야기를 해 주고자 했으나 두 아들은 이미 정호신에게 붙들려 별실에 감금되었다.

가사도는 필시 죽을 팔자임을 직감하고는 몸에 감춰둔 비상을 꺼내어 세수하는 척하면서 물을 떠서 삼켰다. 배가 너무도 아파 요강에 걸터앉아 목숨이 끊어지기만을 기다렸다. 정호신은 가사도가 독약을 먹은 것을 눈치채고서 욕을 퍼부었다.

"이런 간신배, 이런 간신배! 수백만 명이 너 때문에 목숨을 잃었건만 너는 그렇게 먼 길을 와서 이제야 스스로 네 목숨을 끊겠다는 것이냐! 이 몸이 네놈을 용서하지 못하겠다."

정호신은 곤봉으로 가사도의 머리와 다리를 사정없이 내리쳤다. 가사도의 몸이 곤봉에 맞아 문드러지더니 결국 목숨이 끊어졌다. 정호신은 부하에게 일러 가사도의 두 아들에게 말을 전하게 했다.

"네 아버지가 약을 먹었으니 어서 와서 살펴보라!"

가사도의 아들들이 와서 살펴보니 가사도가 이미 죽은지라 모두 큰 소리로 곡을 했다. 정호신이 크게 화를 내며 한 방에 한 사람씩 곤봉으로 쳐서 저세상으로 보내 버렸다. 정호신은 부하들에게 시신을 한쪽으로 치워 버리라 하고는 두 아들이 도망한 것으로 처리하라 했다.

그런 다음 곤봉을 바닥에 팽개치고는 하늘을 향해 탄식했다.

"내가 오늘에야 위로는 아버님의 원수를 갚고 아래로는 백성들을 해치는 만악의 근원을 제거했으니 죽어도 여한이 없다."

정호신은 가사도가 입고 있었던 옷 그대로 돗자리에 둘둘 말아서 시신을 목면암 옆에 묻었다. 다 묻고 난 다음 가사도가 병들어 죽었다는 내용의 보고서를 작성하여 태수 조분여에게 건넸다. 조분여는 정호신이 흉악하게 손을 썼음을 눈치챘지만 기세에 눌려 감히 캐물을 엄두도 내지 못했다. 다만 정호신의 보고서에 입각하여 가사도가 병들어 죽은 것으로 처리하고 각 부서에 알려 마무리하게 했을 뿐이다. 정호신이 임무를 마치고 돌아간 뒤 조분여는 따로 관을 마련하고 아무렇게나 파묻혀 있던 가사도의 시신을 꺼내어 제대로 장사를 지내고는 다음 문장을 지었다.

이재(履齋)는 촉 지방에서
종신(宗申)에게 죽임을 당하고
선생 가사도는 복건에서
호신에게 죽임을 당하였구나.

너무 슬프구나, 삼가 이 제사를 올리나니 받으시옵소서!

이재가 누구던가? 바로 오잠(吳潛, 1195~1262)으로 이종 황제 때 승상을 역임했던 자다. 가사도가 그의 승상 지위를 노리고 거짓 소문을 퍼뜨려 모함하고 순주에 유배시키니 순주 지주(知州)인 유종신이 그를 괴롭혀 죽음에 이르게 했다. 이제 가사도가 순주로 유배당하는 처지에 미처 순주에 이르지도 못하고 목면암에서 죽임을 당하게 되었으니 이는 오잠보다 더욱 비참한 경우였다. 이 짧은 네 구절의 제문은 은연중에 천리와 인과응보를 설파한 것이리라. 조분여는 비록 가사도 문하 출신이나 양심이 전혀 없지는 않았던 모양이다.

가사도가 유배당한 후로 가사도의 가옥과 전답은 국가에 귀속되었지만 갈령의 대저택은 누가 관리할 수 있겠는가? 높은 누각과 연못이 나날이 황폐해지고 퇴락해 무너져 내렸으니 이곳을 지나는 사람들은 모두 감상에 젖지 않을 수 없었다. 하여 많은 사람들이 담벼락에 시를 적어 남겼으니 그 가운데에서도 두 수를 특별히 여기에 옮겨 적는다.

깊숙한 정원 찾는 사람 없어 잡초만 무성하구나
검정 병풍의 황금색 글자는 아직도 선명한데.
어찌 알았으리? 일이 잘못되면 그 일을 하던 사람도 잘못되며
그 사람 잘못되면 그가 쌓은 개인 왕국 역시 잘못되는 것을.
이종 황제 때 출세의 발판을 닦음은 다 그런 운명이었기 때문이며
정씨 성을 가진 자에게 죽임을 당함은 꿈에서 본 징조가 맞아떨어짐이라.
와룡은 고랑 물에 살기 싫어
그저 회칠한 담벼락에 자신의 눈빛만 남겨 두었노라.

또 다른 시에는 이렇게 적혀 있었다.

일이 막다른 곳에 이르면 계책도 막다른 곳에 이르게 되는가
이번 행차에는 악주에서 공을 세운 것과는 완전히 반대로다.
목면암에서 천년의 원한을 갚고자 하니
추학정을 짓고 꿈꾸던 그 영화는 일장춘몽이 되었구나.
달빛 비치는 돌계단엔 이끼만 끼고 원숭이만 설치는데
소나무 정자엔 낙엽 지고 바람 가르며 새 날도다.
그대여, 너무 상심하진 말게나
그저 오산에 기대어 옛 궁궐이나 한번 바라보시라.

張舜美燈宵得麗女

장순미가 대보름날
미녀를 만나다

사랑 하나에 모든 것을 걸 수 있다면 그 자체로 행복한 일이다. 사랑에 해피엔드가 어디 있으랴? 사랑하는 그 순간이 이미 행복인 것을. 지금부터 천 년쯤 전 중국 송나라에도 사랑에 살고 사랑에 죽는 젊은이들이 있었던 모양이다. 한눈에 반하여 일생을 걸었으니 그 결말에 대한 두려움 자체가 없었을 것이다. 사랑하는 남자와 결행한 사랑의 도피. 가족도 버리고 명예도 버리고, 오직 사랑하는 남자 하나만을 바라고 떠났다. 도중에 길을 잃고 사랑하는 남자와 생이별했을 때는 죽음을 생각했다. 그러나 죽음도 사랑 앞에서는 자리는 내주는 법. 그녀를 돕는 여승이 나타나고 그녀는 삼 년의 기다림 끝에 사랑하는 남자와 재회한다.

풍몽룡은 그녀가 사랑의 결실을 맺은 것은 조건 없는 순결한 사랑을 했기 때문이고, 생이별 후에도 정절을 지키며 기다렸기 때문이고, 곧은 마음이 있었기에 도와주는 자가 등장한 것이라 해석한다. 남자는 여자와 생이별한 후 절대 다른 여자와는 사랑을 하지 않겠다고 맹세하고서 그 맹세를 지켰기에 하늘의 복을 받은 것이라고 해석한다. 여기에 더하여 풍몽룡은 남자 주인공이 나중에 과거에 급제하는 복을 누린다는 것을 독자에게 친절하게 알려 준다. 그러므로 이 작품은 도덕적 인과 법칙이 작용하는 사랑 이야기다.

그러나 사랑에 눈멀어 도덕적 인과 법칙마저 고려하지 않는다 한들 그것이 어찌 문제가 될 것인가? 마음이 시키는 바를 따를 줄 알았던 사람들은 용감했다. 용감해서 아름답다.

태평 시대 정월 대보름날 밤

등불은 천 리로 이어져 보름달 아래 빛나도다.

선남선녀들

한껏 차려입고서 서로 짝을 찾는구나.

한편 송나라 휘종(1101~1125 재위) 황제 때 동경 변량(汴梁)에
선 등불 축제가 성대하게 열렸다. 이 변량에 귀공자 하나가 있었
으니 성은 장(張)이요, 이름은 생(生)이라. 나이는 바야흐로 열여
덟에 똑똑하고 잘생겼는데 아직 장가를 들진 않았다. 장생이 정
월 대보름을 맞이하여 연등 구경 하러 건명사(乾明寺)에 갔다가
빨간 손수건 하나를 주웠다. 손수건 한쪽 모서리에는 향주머니
가 묶여 있었고, 손수건에는 시 한 수가 적혀 있었다.

주머니에 들어 있는 향이 바로 내 마음

손수건이 빨간 것은 내 눈물 모아 물들였기 때문이라.
이 손수건이 정표가 되어
다정한 그대의 소매 품에 들어갔으면.

시의 끝부분에는 작은 글자로 이렇게 적혀 있었다.
"다정한 그대, 이 손수건을 주우신다면 잊지 마시고 내년 정월 대보름에 대상국사의 후문으로 찾아오세요. 원앙 등이 걸려 있는 마차가 기다리고 있을 것입니다."
장생은 그 시를 읊조리고 또 읊조리면서 한참을 음미하다가 마침내 화답하는 시를 지었다.

이 향주머니를 쌌을 그대의 섬섬옥수
손수건 빛깔은 살구 빛 뺨보다 붉어라.
내년 정월 대보름 약속은 아직 멀건만
나는 벌써부터 꿈에도 생시에도 그 약속만 그리네.

이날 이후로 장생은 시간을 세면서 하루가 가기를 기다리고, 하루를 세면서 한 달이 가기를 기다리고, 한 달을 세면서 한 해가 가기를 기다렸다. 이렇게 세월은 흘러 설날이 되었다. 머지않아 정월 대보름, 장생은 작년의 그 손수건 약속이 떠올라 열나흗날 밤에 대상국사 후문에 도착하여 기다리니 과연 원앙 등 한 짝을 단 마차 하나가 있었다. 장생은 너무도 기뻤으나 다가가 말을 붙여 보지 못하고 마차 주변을 오가며 시를 한 수 읊조렸다.

빨간 손수건을 잃어버린 자

살며시 속마음 읊어 나의 열정을 불 지핀 자는 누구인가?

그대 빨간 손수건을 잃어버리고

섬섬옥수로 허리춤을 몇 번이나 만지며 손수건을 찾았을까?

마차에 타고 있던 여인은 장생이 읊조리는 시를 듣고서 작년에 손수건을 떨어뜨렸던 일이 헛되지 않았음을 알아차렸다. 여인이 마차의 주렴을 살짝 젖히고 장생을 보니 용모가 깔끔하고 태도 역시 점잖은지라 자기도 모르게 가슴이 쿵쾅거렸다. 여인이 몸종 금화를 시켜 마음을 전하게 하니 장생 역시 그 마음을 바로 받아들였다. 잠시 후 여인이 탄 마차가 점점 멀어지더니 마침내 자취를 감추고 말았다.

다음 날 밤 장생은 다시 전날 그 자리를 찾아갔다. 얼마 지나지 않아 파란 덮개를 씌운 마차가 천천히 다가왔다. 이번에도 마차 앞쪽에 원앙 등 한 짝을 달고 있었으나 따로 하려는 보이지 않았다. 장생이 마차 안을 바라보니 어제 보았던 그 여인이 아니라 여승이 앉아 있었다. 마차꾼은 연신 "스님을 절에 모셔다 드리는 길입니다."라고만 말할 따름이었다. 장생이 망설이자니 여승이 손짓하여 장생을 불렀다. 장생이 조용히 그 여승을 따라 건명사에 도착하니 늙은 여승이 문에서 마중하며 한마디 했다.

"상당히 늦었네."

절 안으로 들어가는 여승을 따라 장생도 작은 방으로 들어갔다. 그 방에는 이미 등불 아래 음식상이 차려져 있었다. 여승이 승복을 벗으니 검고 탐스러운 머릿결과 붉은 치마를 입은 여인이 등불 아래 빛이 났다. 장생과 여인이 마주 보고 앉고 늙은 여승이 옆에서 시중을 들었다. 술이 몇 잔 오고 간 다음에 여인이 입을 열었다.

"작년에 우리의 인연을 맺어 준 징표를 보고자 합니다."

장생은 품에서 향주머니가 달린 빨간색 손수건을 꺼내어 여인에게 보여 주었다. 그제야 여인은 방긋이 웃으며 말했다.

"동경에 왕래하는 사람이 얼마나 많은데 그 손수건을 주우시다니 하늘이 우리를 맺어 준 것 아니겠어요?"

"그때 내가 손수건을 주운 다음 그대가 지은 시에 화답하는 시를 지었답니다."

이렇게 말하며 장생은 그 시를 여인에게 건네주었다.

"저의 진정한 배필이시군요!"

여인과 장생은 함께 잠자리에 들어 모든 열락을 맛보았다. 잠시 후 사방에서 닭 우는 소리가 들렸다. 여인이 장생에게 말했다.

"소첩은 부호 곽 씨(霍氏)의 여덟 번째 첩입니다. 곽 씨가 늙고 병들어 일 년이 다 가도록 제 방에 찾아오는 일조차 없어 제가 밤마다 향을 사르며 좋은 인연을 만나 부부의 연을 맺게 해 달라고 하늘에 빌었지요. 다행히도 이렇게 그대를 만나 함께했으니 저에게는 평생토록 기쁨이 되겠습니다. 저는 오늘 이렇게 꾀를 내어 집에서 빠져나왔으니 다시 집으로 돌아갈 수 없는 신세입니다. 이미 그대에게 허락한 몸 그대를 따르고자 합니다. 그대가 아니면 누구에게 이 몸을 의지하겠습니까?"

"내가 목석도 아닌데 그대를 어찌 그냥 떠나보내겠소? 그러나 지금은 당장 뾰족한 수가 떠오르지 않는구려. 일이 발각되어 붙잡힐 것 같으면 차라리 함께 부둥켜안고 들보에 목을 매어 죽어 천하의 순정 남녀가 되겠소이다."

말을 마치고 장생은 그 여인을 껴안고 슬피 울었다. 이때 늙은 여승이 밖에 나갔다 들어오면서 말했다.

"마음만 있으면 부부가 되지 말라는 법은 또 어디 있다고, 그렇게 안 좋은 생각만 하시나?"

장생과 여인은 무릎을 꿇고 가르침을 청했다.

"멀리 도망가서 성과 이름을 바꾸고 평생을 함께하면 되지 않겠소."

장생과 여인은 머리를 조아리며 그 가르침을 받들었다. 늙은 여승은 금은을 각각 한 꾸러미씩 장생에게 건네주면서 이렇게 부탁했다.

"이건 아씨께서 평소에 시주하셨던 걸 모아 둔 것입니다. 이것으로 노잣돈을 삼으십시오."

장생 역시 집으로 돌아가 돈이 될 만한 것을 챙겨 짐을 꾸렸다. 밤에 늙은 여승에게 작별 인사를 하고 두 사람은 같이 절 문을 나서 통진(通津)까지 걸어가 여관에서 잠을 청했다. 다음 날 아침 배를 빌려 회수(淮水)를 건너 소주(蘇州) 평강구(平江區)에 도착하여 집을 짓고 서로 오순도순 백년해로했다.

한마음으로 원앙같이 서로 날개를 맞대어 하늘을 날고

한뜻으로 난새와 봉새같이 서로 화합하여 지저귀며 춤을 추도다.

오늘 이 이야기를 하는 이유를 아시는가? 아리따운 여인이 등불놀이 하는 날 놀러 나갔다가 바람둥이 수재를 우연히 만나 기기묘묘한 일을 당하는 이야기가 있기 때문이라. 그러다가 이들이 나중에 부부가 될지도 모르니 다음 회를 잘 들어서 궁금증을 풀어 보시라.

등불이 처음 불 밝힐 때 그분을 처음 만났고
매화꽃이 필 때는 달도 차오른다오.

그 아리따운 여인이 만난 사람이 누구인가? 그 사람은 월주(越州) 사람으로 성은 장(張)이요, 이름은 순미(舜美)라. 나이는 이제 스물, 아직 널리 인정받고 알려지지는 않았으나 영민하고 잘생긴 선비였다. 향시를 치르러 항주에 왔으나 급제하지 못하고 그저 반년 정도 여관에 머무는 중이었다. 마침 정월 대보름을 맞아 여관방에서 나와 거리로 놀러 나가지 않을 수가 없었다. 게다가 항주는 떠들썩하기로는 둘째가라면 서러울 만한 곳이다. 그 항주의 풍경이 어떠하였나? '파도를 바라보며'를 뜻하는 「망해조(望海潮)」라는 사를 보면 항주의 이런 풍경이 잘도 묘사되어 있다.

동남쪽 형세도 빼어난 곳에
오(吳), 오흥(吳興), 회계(會稽)가 모여 있으니

그 가운데에서도 전당(錢塘)이 고래로 가장 번화하더라.
버들가지와 화려한 교각이 아스라한데
옥구슬로 만든 주렴 너머로
올망졸망 십만 인가가 모여 있다네.
구불구불 제방 위엔 우뚝우뚝 솟은 나무들
성난 파도는 서리와 눈발처럼 하얗게 말아 솟구치니
마치 자연이 만든 천연 해자처럼 끝없이 그 파도가 이어지는구나.
점포마다 옥구슬
집집마다 비단
서로들 화려함을 다투느라 여념이 없구나.

호수는 호수로 이어지고 봉우리는 봉우리로 이어져 아름다움
이 끝이 없고
가을 내내 계수나무 꽃
십 리에 이어지는 연꽃.
갠 날에는 비파 소리와 피리 소리
밤엔 마름 따며 부르는 노랫소리
낚시하는 노인네, 연꽃 따는 아가씨의 유쾌한 소리.
말 타고 왕래하는 수천의 사람들, 깃발 아래서
이 김에 퉁소 소리 북소리 들으며
해 지는 저녁노을을 감상하도다.
언제고 이 아름다운 경치 한번 그려 보고 싶으니
벼루라도 빌려 다시 돌아오려 하네.

장순미는 이 아름다운 경치를 보고서 절로 흥이 발동하여 입으로 '꿈결 같은 멜로디'를 뜻하는 「여몽령((如夢令)」이란 사를 읊조리며 마침내 가슴에 새겨 두었다.

달빛은 버들가지 사이를 넘어 달려오누나
봄은 농익은 술처럼 빛을 발하다.
이제 막 화려한 등불 밝힌 때
짝과 함께 서호의 육교(六橋)를 노닐다.
고개를 돌려 보노라, 고개를 돌려 보노라
누대 위의 저 여인 나를 알아봐 주려나?

읊조리면서 걷노라니 멀리 보이는 등불들이 모여 그늘이 어린 곳 아래 한 계집종이 어깨에 색깔도 화려한 난새 모양 등을 메고 한 여인을 안내하며 천천히 다가오고 있었다. 그 여인은 검은 구름처럼 진한 머리칼을 봉새 모양 장식의 비녀로 꽂고 누에 더듬이처럼 생긴 눈썹으로 달빛을 훑어 내는 듯 교태가 넘치니 보통 여인들은 감히 견줄 수도 없을 정도였다. 장순미는 그 여인을 보고 마치 망치로 얻어맞은 듯하여 쓰고 있던 관의 매무새를 다시 매만지고는 건들건들 다가갔다. 장순미가 왜 이런 동작을 했을까? 여자를 꾀려면 처음 만났을 때 자신의 능력을 발휘하여 사로잡아야 하는 법. 서로 모르는 사람끼리 만났을 때 상대방을 자기 사람으로 만드는 비결이 있으니, 자 이제 내가 여러분에게 여자 꾀는 비법을 좀 알려 주련다.

미끈한 얼굴로 상대방 사로잡기
값비싼 옷으로 돈 많은 것 자랑하기
멀리서든 가까이서든
눈빛으로만 마음 전하기
어깨를 나란히 하고 등을 서로 마주하기 위해
재빨리 발걸음을 떼어 그녀에게 다가가기.
마음에 드는 여인 나타나면
주저 없이 다가가기
그녀가 반응을 보이면
반드시 웃으며 화답하기.
그녀가 고개만 끄떡여도 바로 알아차리기
헛기침만 해도 금세 알아차리기.
한참 몰아붙여야 할 땐 뒤로 물러서기 없기
분위기가 늘어지면 뭔가 재미있는 것 한 방 터뜨리기.
말로 분위기를 만들고 꾈 때는
말로 확실하게 응대 잘하기.
여자를 꾈 때는 얼굴에 철판 깔기.
냉정하게 마음을 가라앉히고
그녀의 속마음이 진짜인지 가짜인지 살펴보기
잠시 뒤를 돌아보며 사태를 파악하고
그녀의 속마음이 나를 받아들이는지를 파악하기.
여자 마음 사로잡는 방법이야 무궁무진하니
상황에 따라 교묘하게 구사해야지.

그녀의 차가운 심장도

그대는 달콤한 사탕처럼 만들 수 있어야 할지니.

그 여인은 결국 장순미의 유혹을 못 이기고 눈이 어른어른, 마음이 콩닥콩닥, 다리는 풀리고, 발은 감각이 사라져 버렸다. 한참을 멍하니 있다가 사방을 바라보니 만면에 정을 담뿍 담은 얼굴이 보였다. 그녀가 빨리 걸으면 장순미도 빨리 걷고, 그녀가 천천히 걸으면 장순미도 천천히 따라갔다. 하지만 장순미는 그녀에게 말은 한마디도 건네지 못했다. 어느새 두 사람은 중안교(衆安橋)에 이르렀다. 다리 위에는 물건을 사고파는 사람, 이리저리 오가는 사람들로 발 디딜 틈이 없었다. 장순미는 중안교를 건너고 나서는 그만 그녀의 자취를 놓치고 실망한 채로 집에 돌아오는 수밖에 없었다. 집에 도착하여 방문을 여니 웃풍은 불지, 방에 불도 어둡지, 베갯머리는 차갑지, 이불은 서늘하지 어디 잠이 올 리가 있는가? 마음속에 자리 잡은 그녀를 떨쳐 낼 수가 없었으니 한 번만 더 볼 수 있다면 소원이 없을 것 같았다. 세상에 이런 바보 같은 남정네가 있을까? 너무도 우습다.

아련한 달빛 아래 꽃 그림자는 창문에 반 정도 걸치고

상사병에 걸린 그, 사랑 찾아 헤매는도다.

날이 밝아 올 무렵, 장순미는 일어나 세수를 하고 옷을 챙겨 입었다. 하루 세 끼를 다 챙겨 먹으니 다시 저녁, 사람들이 등불

구경을 하려고 몰려들기 시작했다. 장순미는 도저히 마음을 진정시킬 수 없어 방문을 닫아걸고 전날 밤 여인을 만났던 곳으로 달려갔다. 한참을 서 있다가, 한참을 왔다 갔다 하다가, 한참을 찾아보기도 하다가, 한참을 기대어 우두커니 서 있기도 하다가, 그냥 멍하니 있기도 해 보았으나 여인은 찾을 수가 없었다. 「여몽령」의 한 구절을 보자.

아름다운 밤, 잠은 한숨도 이루지 못하고
봄바람에 기대어 술기운에 취하노라.
알 수 없으니, 내가 그리는 그 여인
오늘은 어디서 노니시려나?
찾아보아야지, 찾아보아야지
그녀를 찾으면 돌아가야지, 여기서 왜 머뭇거리겠는가?

사를 다 짓고 나서 한참을 더 기다리다 막 돌아가려고 하는데 계집종 하나가 어깨에 색깔도 화려한 난새 모양 등을 메고 어제 본 그 여인을 안내하며 사람들 사이에서 다가왔다. 장순미가 바라보니 그 여인이 몹시도 환하게 웃고 있었다. 이제 반 이상은 넘어온 것 같았다. 여인은 염교를 넘어 광복묘(廣福廟)에 가서 향을 사르고 본당 뒷 건물로 들어갔다. 장순미가 그 뒤를 따라 뒷 건물로 들어가니 그 여인이 힐끗 고개를 돌려 장순미를 바라보며 소리 내어 한바탕 웃어 주었다. 장순미는 멈칫하다가 따라서 같이 웃었다.

장순미와 그 여인은 앞서거니 뒤서거니 어깨를 나란히 하다가 떨어졌다가 하면서 이젠 더 이상 거리끼는 기색이 없었다. 여인이 고개를 돌리더니 소매 품에서 마름모꼴로 접은 머리 장식 하나를 꺼내어 땅바닥에 떨어뜨렸다. 장순미가 눈치를 채고 재빨리 집어서는 등불 아래에서 살펴보니 꽃종이로 접은 머리 장식이었다. 그걸 펴 보지 않았더라면 아무 일도 생기지 않았을 것이나 그걸 펴 보는 바람에 장순미는 결국 일이 년에 걸쳐 죽을 정도로 심하게 상사병을 앓게 되었다. 그 꽃종이에 뭐라 적혀 있었을까? 알고 보니 그 역시 「여몽령」이라는 사였다.

우연한 만남, 그러나 운명 같은 만남
내 마음은 그대를 향해 빠져들고.
색깔도 화려한 난새 모양 등이 높게 걸린 집
그 집이 내가 사는 집.
그대 발걸음으로, 그대 발걸음으로
내일 밤 찾아오소서, 제발!

그리고 사가 끝나는 곳에 이렇게 몇 글자가 더 적혀 있었다.

소녀는 십관자 길에서 남쪽으로 여덟 번째 집에 살고 있습니다. 내일 어머니, 아버지, 오빠 그리고 시누이가 등불놀이를 하러 강가의 외숙 집에 갔다가 17일에야 돌아오실 예정이라 집에 소녀와 몸종 소영(小英)만 있답니다. 감히 그대를 초청하오니 한번

왕림하셔서 저의 심사를 어루만져 주시기를 앙망합니다. 소녀,
마땅히 청소를 깔끔하게 하고 향을 사르고 그대 오기만을 기다
리겠습니다.

소녀 유소향(劉素香) 삼가 올림.

장순미는 뛸 듯이 기뻐하며 그 글을 보고 또 보고 한참을 또
보았다. 그 여인은 이미 사라져 눈에 보이지 않았으나 장순미는
집에 돌아와서도 잠을 이루지 못하고 한밤을 꼬박 새웠다.

다음 날이 바로 정월 대보름이라, 장순미는 날이 저물기만을
기다리다가 그녀가 알려 준 곳으로 달려갔다. 하지만 그냥 바로
그 집으로 들어가지는 못하고 「여몽령」 한 수를 또 지어 집 앞에
서 읊조렸다.

물시계 물방울 떨어지는 소리, 눈물방울 떨어지는 소리
바람결에 실려 오는 금사자 모양 향로의 강렬한 향기.
색깔도 화려한 난새 모양 등불 보자마자
내 마음은 미칠 듯이 불타올랐다오.
고백하였어야 하는 것을, 고백하였어야 하는 것을
어제 그대 만났을 때.

그 여인은 장순미가 읊조리는 소리를 듣고 주렴을 걷으면서 밖
으로 나왔다. 바로 자기가 마음속에 그리며 만나 보고 싶어 하던
그 남자 아니던가? 여인은 장순미를 자신의 방으로 맞아들이더

니 은색 등불을 훅 불어 끄고는 옷을 벗고 장순미와 같이 잠자리에 들었다. 마치 사랑에 굶주린 한 쌍처럼, 먹이를 찾아 헤매는 호랑이가 양을 만난 것처럼, 파리가 피를 보고 달려들 듯하였으니 서로가 통성명하고 인사를 나눌 겨를조차 없었다. 그저 사랑을 확인하기에 바빴을 것인즉, '남쪽 마을의 노래'를 뜻하는 「남향자(南鄕子)」라는 사로 그들이 사랑 나누는 모양을 읊어 본다.

비단옷, 촉촉하게 젖어 들었으니
운우지정 나누느라 그렇게 땀을 흘린 것인가?
그녀의 두 다리를 그이의 어깨 위에 걸침은
기쁨을 참기 어려움 때문인가?
두 눈썹이 마치 찡그린 듯 보임은 이미 열락에 빠짐인가.

열락은 이미 광란으로 변하여
내 낭군, 내 낭군 울부짖는 그녀의 목소리.
그녀의 혀에선 정향나무 냄새가 배어나오고 교태가 뚝뚝
처음 맛보는 그 향기.
꿀도 설탕도 아닌 것이 이렇게 긴 여운을 남길 줄이야.

그녀와 사랑을 나눈 후에 장순미가 말문을 열었다.
"그대는 나를 알지 못하니 나는 그대에게 그저 낯선 타인일 터인데 어찌하여 나에게 선녀 같은 그대를 만날 기회를 허락하셨소? 그저 백면서생에 불과한 이 몸은 그대에게 보답할 것이 아무

것도 없구려."

유소향이 장순미의 등을 쓰다듬으며 대답했다.

"저는 그대 가슴속의 재주를 사랑하는 것이지 지갑 속의 돈을 사랑하는 것이 아닙니다."

장순미는 유소향의 말을 듣고 거듭거듭 감사의 뜻을 표했다. 유소향이 갑자기 한숨을 내쉬더니 눈물을 흘리며 말했다.

"오늘이 지나고 내일이 오면 부모님이 집에 돌아오실 거고, 그러면 우린 다시 만날 수 없을 것이니 이를 어쩐단 말이오?"

두 사람은 서로 아무 말 하지 않고 골똘히 생각에 잠겼다. 유소향이 먼저 입을 열었다.

"우리 함께 다른 곳으로 도망쳐요. 그럼 따로 헤어져 마음으로만 그리는 일은 없을 거 아녜요? 낭군님의 마음은 어떤지 모르겠네요."

장순미가 크게 기뻐하며 말했다.

"내 먼 친척이 진강(鎭江) 오조가(五條街)에서 객점을 하고 있으니 우리 거기 가서 한번 살펴봅시다."

유소향은 장순미의 말을 따르겠다 했다.

이날 밤 유소향은 금은처럼 값나는 물건을 싸고 남장을 한 다음 장순미를 따라나섰다. 그들은 이경쯤 되는 시각에야 북관문(北關門)에 도착했다. 아니, 삼사 리 정도밖에 안 되는 가까운 길을 어쩜 그렇게 오래도 걸려서 갔을까? 유소향의 작고 앙증맞은 발은 비단 치마 받쳐 입고 누각이나 정원을 거닐기에나 좋았기 때문이다. 게다가 잘 맞지도 않는 큰 신발을 신고 먼 길을 걷게 하니 마음이 벌써 긴장하고 당황하여 발걸음 떼기가 더욱 어려웠던 것이다. 성안에서 밖으로 나가려는 사람, 성 밖에서 안으로 들어오려는 사람이 서로 뒤엉켜 길은 더없이 복잡했다.

그러는 와중에 두 사람은 서로 맞잡은 손을 잠시 놓을 수밖에 없었다. 앞서거니 뒤서거니 하며 성의 외문을 빠져나오는 동안 사람들 무리에 밀려 장순미와 유소향은 서로를 시야에서 잃고 말았다. 유소향은 성문을 빠져나와서 반당횡(半塘橫) 쪽으로 방향을 잡았지만, 장순미는 유소향이 연약한 아녀자의 몸이라 사람들에게 밀려 아직도 성에서 빠져나오지 못했으리라 생각했다. 장순미가 급히 몸을 돌려 파수를 보는 병사에게 물으니 그 병사가 이렇게 대답했다.

"좀 전에 젊은 선비 하나가 일행을 찾았던 기억이 나네. 아마 반 리도 못 갔을 거요."

이 길은 전당문(錢塘門)으로 가는 길, 저 길은 사고교(師姑橋)로 가는 길, 다른 길은 또 저가당(褚家堂)으로 가는 길. 도대체 어느 길로 가야 하나? 한참을 망설이다가 장순미는 출발해서 왔던 길을 되짚어 가기로 했다. 십관자(十官子) 길에 있는 그녀의 집에 가 보니 문은 굳게 잠기고 사람 소리는 하나도 들리지 않았다. 황급히 다시 북관문으로 되돌아와 보니 성문 역시 굳게 닫혀 버린 탓에 하룻밤을 꼬박 기다릴 수밖에 없었다.

날이 밝자 성문을 빠져나와 새 부두〔新馬頭〕까지 갔다. 거기엔 사람들이 수놓은 신발 한 켤레를 두고 몰려 있었다. 장순미는 그것이 여자 신발임을 한눈에 알아보았지만 감히 아무 소리도 내지 못했다. 사람들이 수군거렸다. "도대체 뉘 집 여식이기에 여기까지 와서 물에 빠져 죽었다지? 신발은 또 왜 여기에다 흘린 거야?" 사람들이 수군거리는 소리를 듣는 장순미의 온몸에 식은땀이 흘렀다. 다시 성안으로 들어가 염탐해 보니 십관자 길에 사는 유 씨네 집 딸이 납치되었다는 둥, 그게 아니라 유 씨네 집 딸이 혼자서 물에 빠져 죽은 거라는 둥, 포졸들이 그 사건을 조사하는 중이라는 둥 별의별 소문이 다 퍼져 있었다. 장순미는 그 소문을 듣고 하루 종일 고민하고 번민하느라 밥도 먹지 못했으니 유소향이 비명횡사한 것을 애도할 겨를조차 없었다. 객점으로 돌아와 드러누워 일어나지도 못하고 열병과 냉병을 왔다 갔다 하니 병은 갈수록 깊어져 죽음의 문턱을 넘나들 정도였다.

그리운 이 다시 만날 날 언제일까?
그리움이 만든 병이 젊음마저도 앗아 가는구나.

장순미가 상사병에 몸져누운 이야기는 이제 그만하자. 한편 유소향은 북관문을 빠져나오면서 장순미와 헤어져 이경 무렵부터 오경이 될 때까지 걸어서 겨우 새 부두에 도착했다. 유소향은 장순미가 자기를 찾지 못하고 곧장 진강으로 갔을 것이라고 생각하고 자기가 평소 신던 비단 신발을 길에다 몰래 던져 두었다. 집에서 자기를 찾으러 올지 모르니 이렇게 신발을 벗어 놓는 것으로 집과 철저하게 인연을 끊으려는 의지를 보여 주고 싶었다. 유소향은 날이 밝지도 않은 이른 시각에 배를 세내어 강물을 따라갔다. 며칠 배를 타고 가는 동안에도 유소향은 일거수일투족을 조심 또 조심하여 뱃사람조차 유소향이 남장 여자임을 눈치채지 못했다.

진강에 도착하자 유소향은 삯을 치르고 배에서 내려 길을 따라 가며 장순미의 친척이 열고 있다는 객점을 찾았다. 그러나 그 친척의 이름과 또 객점의 정확한 위치를 기억하지 못해 이리저리 묻고 다니면서도 도무지 찾지 못했다. 해는 서산에 걸리고 묵을 곳도 마땅하지 않아 강가의 정자에 가서 쉬노라니 때는 바야흐로 정월 하고도 스무이튿날, 보름을 지난 달은 눈썹 모양만 남았는데 밤은 깊어 처량하기만 하고 여기저기서 물고기 배의 등불만 희미하게 빛나니 여기가 저기 같고, 저기가 여기 같았다. 장순미 하나 믿고 고향을 등지고 부모 형제도 버리고 나섰으나 장순미와는 이제 연락도 끊어지고 말았으니 저 강물에 몸을 던져야 하나 하는 생각이 절로 들었다. 한참을 울고 나니 내가 여기서 몸을 던진들 내 님이 내가 죽었는지 알기나 할 것인가 하는 생각이 들었다. 시간은 절로 흘러 정자의 틈새로 달빛이 은은하게 비쳐 왔다. 유소향은 정자의 난간에 기대어 맑은 강물을 바라보며 아득히 먼 고향을 그렸다.

깊은 밤 달빛 받으며 흘러가는 저 강물
저 강물을 사이에 두고 펼쳐진 청산은 여섯 왕조의 수도, 진강이라.

유소향은 흐느껴 울다가, 혼잣말하다가, 슬픔에 잠겼다가, 탄식하기를 반복했다. 이때 한 여승이 정자로 다가오더니 유소향에게 물었다.

"귀신인가, 사람인가? 어찌 그렇게 괴로워하는가?"

유소향이 그 말을 듣고 대답했다.

"스님이 물어 오시는데 어찌 거짓말을 할 수 있겠습니까? 저는 절강 사람으로 남편과 함께 임지인 신풍(新豊)에 가는 길이었으나 뱃사람들이 불측한 마음을 품어 남편의 금은보화를 노리고 저의 여색을 탐하고자 했으니 남편과 하인들은 모두 죽임을 당하고 오직 저 혼자만 남았습니다. 뱃사람들이 저를 겁간하고자 했으나 저는 죽기를 각오하고 버텼습니다. 다음 날 뱃사람들이 술에 대취한 틈을 타서 저는 죽은 남편의 의관으로 갈아입고 겨우 몸만 빠져나와 여기까지 오게 되었습니다."

유소향은 남자와 사랑에 빠져 도망쳐 나왔노라고 말하기가 부끄러워 이렇게 말을 지어냈다. 여승은 유소향의 말을 듣더니 안됐다는 표정으로 혀를 차며 이렇게 말했다.

"소승은 시주하시는 분을 만나러 왔다가 강을 건너 돌아가려고 하는 길이었소이다. 하늘이 소승을 여기로 보내어 낭자를 만나게 하신 모양이니 이것이야말로 전생의 인연이 아니고 무엇이겠소? 혹시 나를 따라가시겠소?"

"고향으로 돌아가려고 하여도 천리만리 먼 길이라 엄두가 나지 않은 판국이었는데, 스님께서 저를 거둬 주시니 이는 저의 끊어진 생명을 다시 이어 주시는 것입니다."

"자비를 베푸는 것이야 출가인의 본분이 아니겠소. 그렇게 감사를 받을 일도 아니외다."

유소향은 스님에게 감사의 절을 올렸다.

날이 밝을 무렵, 유소향은 스님을 따라 대자암(大慈菴)에 도착했다. 유소향은 입고 왔던 옷을 벗고 머리도 질끈 동여매고 절 안의 방 하나에서 묵었다. 유소향은 영특하여 독경을 하면 바로 경문을 외웠다. 아침저녁으로 예불에 참석했으며 관음보살에게 빌고 관음경을 읽기를 간구하니 스님은 유소향의 진심을 알아보고 정말 좋은 사람을 얻었다며 기뻐했다.

한편 장순미는 객점에서 머물면서 의원의 치료를 받아 조금씩 건강을 회복했다. 그러나 고향으로 돌아갈 마음이 나지 않아 그곳에 눌러앉아 독서를 하는 중이었다. 시간은 강물처럼 흘러 다시 정월 대보름이 되었다. 장순미는 작년 정월 대보름의 일이 떠올라 혼자서 십관자 길에 가 보았다. 거리의 모습은 그대로였으나 유소향의 모습은 찾을 길이 없었다. 슬픈 마음을 담고 숙소로 돌아와 진소유(秦少游)가 지었다는 「생사자(生査子)」라는 사를 읊조렸다.

작년 정월 대보름날 밤
거리를 가득 메운 등불 대낮처럼 환했지.
버들가지에 걸친 달
해 지고 난 다음의 만남

올해 정월 대보름날 밤

거리를 가득 메운 등불 대낮처럼 환하네. 여전히.

작년에 만났던 그녀는 어디에 있을까?

눈물만 내 옷깃을 적시는구나.

장순미는 멍하니 눈물만 흘리다 돌아왔다. 아, 세상은 그대로
인데 사람은 가 버렸구나. 절망에 빠진 장순미는 평생 장가들지
않기로 맹세했다. 그것이 유소향과의 사랑에 대한 최소한의 예의
처럼 생각되었다. 항주에서의 삼 년은 또 무심히 흘러 과거를 치
를 때가 되었다. 장순미는 향시에서 장원급제를 했다. 급제자를
위한 연회를 다녀온 다음 장순미는 본가에 편지를 보내 이 소식
을 알렸고 일가친척과 친구들이 본가에 몰려들어 축하해 주었다.
며칠 후 장순미는 짐을 꾸려 회시를 치르고자 상경했다. 풍찬노
숙하며 진강에 이르러 배를 타고 강을 건너려 하는데 갑자기 한
바탕 광풍이 불어 배를 띄우지 못한 채 강안에 배를 대고 바람
이 잦아들기를 기다렸다. 하지만 바람은 잦아들 줄을 모르니 장
순미는 하릴없이 그곳에서 지체할 수밖에 없었다.

한편 유소향이 대자암에서 보낸 시간도 삼 년, 이날 밤, 관음보
살이 꿈에 나타나 이렇게 말하는 것이었다.

"내일 너의 남편이 나타나리라!"

깜짝 놀라 눈을 떠 보니 유소향의 몸이 땀에 흠뻑 젖어 있었
다. 예전에 없던 일이니 어찌 기이하지 않겠는가? 유소향은 스님
에게도 이 꿈을 이야기하지 않았다.

바람 때문에 하릴없이 하루하루를 기다려야 하는 장순미는 마음이 참으로 답답하여 강을 따라 산책하면서 답답한 심사를 풀고자 했다. 산책하다가 소나무, 대나무가 우거진 숲에 이르렀고 그 숲에 대자암이라는 절이 있었으니 너무도 고즈넉하고 청아했다. 안으로 들어가니 스님이 나와 장순미를 안내하여 본전에 데리고 가서 차를 대접했다. 일이 되려고 그랬는가, 유소향도 창문 틈새로 본전을 바라보다가 숨이 멎는 줄 알았다. 아무런 말도 할 수 없고, 정신이 번쩍 드는 것이었다. 찻잎을 더 가져오려고 밖으로 나왔던 스님을 본 유소향이 자신의 숨겨진 사연을 고했다.

스님이 다시 들어와 장순미에게 물었다.

"혹시 월주(越州)에서 오신 장 선비님 아니시오?"

장순미가 깜짝 놀라며 대답했다.

"저를 처음 보실 터인데 어찌하여 내력을 압니까?"

스님이 또 이렇게 물었다.

"결혼은 하셨소?"

이 말을 들은 장순미가 눈물을 흘리며 대답했다.

"유소향이란 여인과 결혼했습니다만 삼 년 전 정월 대보름 밤 등불놀이를 하다가 서로 잃어버린 후로 살았는지 죽었는지 소식조차 모르고 있습니다. 비록 제가 불민하나 그래도 향시에서 장원급제하고 회시를 치르러 서울로 가는 길입니다. 저는 아내와 헤어진 후 다시는 결혼하지 않겠노라 맹세했습니다."

스님이 유소향에게 들어오라 말했다. 장순미와 유소향은 서로 부둥켜안고 울었다. 한참을 울고 나서야 정신을 가다듬고 입을 열었다.

"이렇게 다시 만날 줄은 꿈에도 생각하지 못했습니다."

기쁨과 슬픔, 만감이 교차했다. 장순미와 유소향은 엎드려 스님에게 인사를 했다. 이어서 목욕재계를 하곤 옷을 갈아입고 관음보살님 전에 나가 향을 사르고 백배를 올렸다. 그런 다음 스님에게 은 백 냥, 비단 두 필을 감사의 뜻으로 드렸다. 스님에게 하직 인사를 올리고 둘은 나란히 배에 올랐다. 이지러진 달이 다시 차오르듯, 끊어진 현이 다시 이어지는 듯하니 그 기쁨을 어찌 다 표현하랴!

그길로 장순미는 동경으로 가서 회시와 전시를 치러 진사 자격을 획득하고 이어 복건 홍화부(興化府) 보전현(莆田縣)의 현령에 임명되었다. 황제의 은혜에 감사하고 일단 고향으로 돌아가는 길에 진강에 들러 대자암의 스님에게 황금을 선물로 드렸다. 이어 항주의 십관자 길에 있는 유소향의 집에 방문을 통기했다. 유소향의 아버지가 보니 말과 마차가 골목길을 들어오는데 붉은 비단 깃발에는 "사위 장순미 삼가 인사드립니다!"라는 글자가 써 있었다. 유소향의 아버지는 사람을 잘못 찾아왔겠거니 생각했었는데, 이때 바로 조정에서 하사한 복장을 차려입은 젊은 부부가 마당에 내려 절을 올리는 것이었다. 유소향의 부모와 형제자매는 절을 올리는 부부를 보고 깜짝 놀랐다. 기쁨과 슬픔이 교차하는 가운데 유소향의 어머니가 말문을 열었다.

"정월 대보름에 잃어버린 내 딸, 강물에 빠져 죽었다는 소문을 듣고 가슴 아파했더니 오늘 이렇게 다시 만나는구나! 게다가 이렇게 믿음직한 사위까지 함께 왔으니 이보다 좋은 일이 또 어디 있단 말인가."

유소향의 집안에서는 며칠 동안 연거푸 잔치를 열어 축하한 다음 몸종 소영을 시켜 아씨를 모시고 동행하게 했다. 장순미와 유소향은 작별 인사를 하고 본가를 향해 떠났다. 장순미는 부모를 뵙고 그동안의 사연을 소상히 말씀드리고는 유소향에게 인사를 올리게 했다. 장순미의 부모는 기쁜 마음으로 유소향을 받아들이고 잔치를 열어 축하해 주었다. 며칠 후 장순미와 유소향은 부모님께 하직 인사를 올리고 임지로 출발했다. 세월은 흐르고 흘러 나중에 장순미의 관직은 천관시랑(天官侍郎)까지 올랐다. 자손 역시 다 잘되고 높은 자리에 올랐다. 이를 증명하는 시가 한 수 있다.

삼 년 동안 만나지 못하였으니 죽었다가 다시 살아온 듯
진강에서 맺은 사랑은 달콤하기도 하여라.
오늘 촛불 밝히니 사방을 밝게 비추고
서로 바라보는 웃음 띤 눈매, 더욱 밝아라.

楊思溫燕山逢故人

양사온이 연산에서
형과 형수를 만나다

정절을 버리고 개가한 여인을 집 안에 두는 것이 커다란 불명예로 여겨지던 시절, 난리를 만나 남편과 함께 피난을 떠났다가 남편과 생이별한 여인이 있다. 여인을 잡은 적장이 한눈에 반하여 지극한 구애를 했지만 여인은 남편을 위해서라도 정절을 지키려 스스로 죽음을 택했다. 그 여인은 죽어서도 이 세상을 뜨지 못하고 남편을 만나기 위해서 떠돈다. 마침내 귀신의 정성이 하늘에 닿아 남편의 동생을 만나고 그 동생을 통해 남편과도 재회한다.

세상이 태평하면 사람과 귀신의 길이 자연스럽게 갈라지나 난리가 나면 사람과 귀신이 섞여 지낸다고 한다. 남편과 헤어짐도 난리 때문이니 그런 난리 때는 억울하게 죽은 영혼이 산 사람에게 나타나 하소연할 수도 있어야 하지 않겠는가. 그 여인이 죽어서 다시 만난 남편에게 바란 것은 오직 하나였다. 자신이 정절을 지킨 만큼 남편도 의리를 지켜 달라는 것이었다. 남편은 목숨을 내걸고 맹세를 하고 큰소리를 치나 여인은 도무지 미덥지가 않다. 여자 좋아하는 남편의 성격을 누구보다도 잘 알기 때문이다.

절개를 지키기 위해 자결한 아내의 유골을 고향 땅에 묻은 남편은 그 봉분의 흙이 다 마르기도 전에 재혼을 감행한다. 이제 남은 것은 죽음뿐, 약속을 저버렸으니 당연한 대가이다.

밤새 봄바람 불더니

버들가지 잔설은 어디론가 사라졌네.

궁중의 누각에서는 안개 따스하게 피어오르고

맞은편엔 화려한 등불이 산처럼 쌓여 있다.

퉁소 소리 북소리는 저물녘까지 이어지고

천자의 수레는 이제 막 궁궐로 돌아오는구나.

건물마다 밝은 등불

온 거리에 요란한 풍각 소리.

누각을 가득 메운 사람들

놀고 또 놀고, 그러다 지치면 잠시 쉬어 가네.

공들인 화장 막 끝내더니

주렴을 반쯤 열어 본다.

님 바라보기에 부끄러웠음인가

손으로는 머리 장식 매만지며 나지막한 소리로 속삭인다.

그리운 이 만나는 오늘은

바로 정월 대보름.

'소식 전하는 아가씨'라는 뜻의 「전언옥녀(傳言玉女)」라는 사로

호호연(胡浩然)의 작품이다. 송나라 휘종(徽宗) 황제 때는 뭐니 뭐

니 해도 정월 대보름이 가장 큰 명절이었다. 특히 정월 열나흗날

에는 황제가 친히 오악관 응상지(五岳觀凝祥池)[37]에 납셨는데 홍

사초롱 이백 쌍과, 유리로 장식하고 옥으로 손잡이를 만든 커다

란 부채가 따르고, 홍사와 구슬로 장식한 등불을 든 시종들이 그

뒤를 이었다. 해거름에는 등불 산[38]에 납셨는데 황제의 어가를 끄

는 아전들이 어가 앞에서 「수간미(隨竿媚)」를 합창했다. 황제가 어

가를 타고 등불 산을 구경하는 것을 '발합선(鵓鴿旋)' 또는 '답오

화아(踏五花兒)'라고 하는데, 이때는 황제가 특별히 행하(行下)[39]

를 내리기도 했다. 황제가 선덕루(宣德樓)에 오르면 사람들은 노

천 무대로 벌 떼처럼 모여들었다. 황제는 정월 대보름에 상청궁

(上淸宮)에 납셨다가 저녁 무렵에 돌아왔다. 정월 대보름 바로 다

---

37 오악관은 송나라 수도 개봉의 동북쪽에 있는 오악(五岳)의 신에게 제사 지내던
    도관이며, 응상지는 그 오악관 뒤쪽에 있는 인공 호수이다. 송의 황제들은 매년
    정월 열나흗날이면 오악관에 행차하여 제사를 지내고 응상지에서 주연을 베풀
    었다.
38 송나라 때는 매년 정월 대보름에 수도인 개봉의 선덕루(宣德樓) 근처에 종이 꽃
    등을 산처럼 쌓아 놓고 감상했다. 그 모양이 거대한 자라 등 같다 하여 오산(鰲
    山)이라고도 한다.
39 주인이 아랫사람에게 특별히 주는 수고비.

음 날에는 수레를 타고 행차하는데 수레의 휘장을 걷어 내는지라 백성들은 이때 황제의 용안을 직접 뵐 수 있었다. 머리에는 작은 천자모를 쓰고, 붉은 도포를 두르고 혼자 앉아 계시는데, 좌우에는 신하가 가까이 시립하고 부채를 든 시종들이 그 주위에 서 있었다. 잠시 후에는 휘장을 내리고 음악을 연주하여 만백성이 즐기고 감상할 수 있도록 했다. 화려한 등불과 달빛이 찬란하게 어우러져 그 빛이 멀리까지 이어졌다. 새벽이 되어 누각 위에 매달아 두었던 홍사초롱의 등불이 반나마 꺼지면 황제도 돌아가고 사람들도 흩어졌다. 당시 황제가 지었다는 「협종궁소중산(夾鍾宮小重山)」은 이렇게 전한다.

비단 옷 차려입은 여인네 교태롭기도 하여라, 향기롭기도 하여라.
귀여운 발은 치마 사이로 살며시 드러나고, 그 발로 오늘은 도성을 누빈다.
봄을 재촉하는 바람이 불어 오늘은 하늘의 별을 쓸어내리는가.
온 세상에 태평성대를 칭송하는 소리.
노랫소리, 사람 수런거리는 소리 거리에 가득하고
오늘은 달도 사람을 그림자처럼 좇는데
홍사초롱 청사초롱 등불은 밝기도 하여라.
아득히 음악 소리 들려오니
신선이 산다는 봉래산과 영주에서 잔치라도 열렸음인가.

이제 이야기하려는 사람은 늘 개봉(開封)에서 이렇게 정월 대보름을 즐기곤 했다. 그러나 세상사 누가 알겠는가, 오늘은 연산 (燕山)⁴⁰에서 정월 대보름을 지내게 되었다. 그럼 연산의 정월 대보름은 어떠했을까?

북방의 궁벽한 곳에도 정월 대보름은 오는가.
화려한 음악 소리 들리지 않고 북방의 호각 소리만 귀에 아롱 댄다.
이 집 저 집 여인네들 치장한다 하지만 앙증맞은 그 발은 구경 하기 힘들고
공들여 단장한다 해도 비단 머리 장식 하나 눈에 띄지 않는구나.
오랑캐 남정네 머리 장식 촌스럽기 그지없고
오랑캐 여인네 머리 장식 어색하기 그지없다.
비파 연주하는 사람 하나도 없는데
북소리만 여기저기서 울리는구나.

　당시 연산 사람들은 정월 대보름을 지내면서 개봉의 법식을 흉내 내더니 기유년(己酉年)이던 남송 고종 건염(建炎) 3년(119)에 이르러서는 어느 정도 틀이 잡혔다. 그해 연산 사람들은 등불 산 을 장식하고 남녀노소 가릴 것 없이 모두 와서 정월 대보름을 즐 겼다. 이제 이야기하려는 이 사람은 본래 숙왕부(肅王府)의 사신 으로 귀비(貴妃)의 문서를 관리하던 자로서 성은 양(楊)이고, 이

40　당시 금나라의 수도였던 곳으로 오늘날의 북경이다. 당시 송의 수도였던 개봉의 동북쪽에 있었다.

름은 사온(思溫)이다. 형제 중에 다섯째라 양오관인(楊五官人)이라 불리기도 했다. 양사온은 정강(靖康)[41] 연간 여진족 침입 때 흘러 흘러서 연산에 오게 되었다. 다행히도 연산에서 객점을 열고 있는 이모부 장이관인(張二官人)을 만나 붙어 살게 되었다. 양사온은 먹고살 대책이 없는지라 매일 객점에 나가 사람들에게 글씨나 써 주면서 그럭저럭 생활을 이어 갔다.

정월 대보름이 되니 사람들이 모두 거리로 몰려 나갔다. 양사온의 이모부도 등불 구경을 하러 가자고 했지만 마음이 내키지 않던 양사온은 이모부의 청을 거절했다.

"개봉의 정월 대보름을 구경했으면 됐지, 연산의 정월 대보름은 구경해서 뭐 해요? 이모부 먼저 가세요. 저는 나중에 형편 보아서 갈게요."

이모부는 이 말을 듣고 먼저 나갔다.

해가 저물자 사방에서 시끌벅적한 소리가 들려왔다. 양사온도 가만히 앉아 있지 못하고 거리로 나섰다.

등불은 찬란도 하여라, 하늘의 별이 바람 따라 내려온 듯하여라.
여기저기서 모여든 남녀가 서왕모를 만나러 가는 대열인가?
밝은 달은 곱게 비추는데
개봉부에서 쫓겨온 사람이 반이나 되오이다.

---

41 송나라 흠종(欽宗)의 연호(1126~1127). 이때 금나라의 침입을 받아 송의 수도 개봉이 함락되었고 잔여 지배 세력은 임안(지금의 항주)을 수도로 남송(南宋)을 건립했다.

거리에는 사람들이 가득했다. 양사온은 어느덧 호천사(昊天寺)에 다다랐다. 등신대의 보살이 보이고, 동으로 만든 깃대 위 깃발에는 '칙사호천민충선사(勅賜昊天愍忠禪寺)'라는 글자가 선명하게 적혀 있었다. 절 안으로 들어가 보니 대웅전 양편의 회랑에는 등불이 밝게 빛나고, 발걸음 닿는 대로 나한전에 가 보니 금을 입힌 오백 아라한이 모셔져 있었다. 나한전 안에서 스님 하나가 불상 앞에서 시주를 청하며 말했다.

"등불 구경하러 오신 여러분들 등불 기름 값이나 시주하시지요. 시주하면 복 받아요."

양사온이 들어 보니 아무래도 개봉 억양이라 그 스님에게 물었다.

"스님, 고향이 어디시오?"

"소승은 대상국사(大相國寺) 하사원(河沙院)의 중이었는데 이역만리에서도 중노릇을 하고 있습니다. 여기 좀 앉으시오. 이야기라도 좀 나눕시다."

양사온은 스님 옆에 앉아 사람들을 구경했다. 이때 부인들 일행이 나한전 안으로 들어왔다. 그 가운데 한 부인이 양사온과 눈이 마주쳤다. 행색을 보니 아무래도 개봉 사람 같았다.

유연한 자태에 맑은 눈동자는 싱그럽고
사주환(四珠環)은 궁녀의 장식
일자관(一字冠) 역시 궁중의 것이라.
개봉에서 유행하던 매무새를 그대로 하고 있으니

왕도의 풍류를 간직하고 있는 셈.

양사온은 고향 사람을 만나 한참이나 상념에 잠겼다가 자기도
모르게 잠이 들고 말았다. 스님이 깨우는 소리에 일어나 눈을 떠
보니 그 부인은 보이지 않았다.

'나한전에서 나오면 일행 가운데 내가 아는 사람이라도 있는지
물어나 보려 했더니 기회를 놓치고 말았구나.'

양사온은 안타까워하며 스님에게 물었다.

"방금 들어온 부인들 일행은 어디로 갔습니까?"

"그분들은 시주하고 떠났지요. 오늘 돌아갔다가 내일 다시 와
서 망자의 명복을 빈다 하였소이다. 너무 아쉬워하지 마시오. 내
일 오면 내가 다리를 놔 주겠소."

양사온은 그 말을 듣고 스님에게 시주하고는 나한전에서 나왔
다. 절 안을 한 바퀴 도는데, 요사채 벽에 사 한 수가 적혀 있다.
이름하여 「낭도사(浪淘沙)」라.

하루 종일 난간에 기대어 바라보노라니
모든 것이 처연하다.
높은 데 올라 바라보니 모두 낯선 이국의 풍경들.
누각에서는 음악 소리 들려오는데
개울에는 눈이 가득 내렸다.
이러구러 또 해는 바뀌고
남녘 내 고향을 생각하니

오문(午門) 앞에서 천자는 백성들과 함께 즐겼었지.
절간에서도 선정(宣政)이라는 글자를 발견할 수 있지만
고향에서 보던 그 등불 산은 없어라.

이 사를 다 읽고 나자 양사온은 마음이 어쩐지 울적했다. 객점
에 돌아왔으나 잠을 이룰 수 없어 밤을 하얗게 새우고 말았다.
다음 날 저녁 이모부에게 호천사에 가서 어제 만난 부인을 찾
아보겠노라고 이야기했다. 큰길로 나가니 사람들이 북적댔다. 막
걸음을 옮기려고 하는데 홀연 일진광풍이 불기에 비라도 오려나
하여 그냥 돌아가려다 고개를 들었다.

은하수 비낀 하늘에 밝은 달 나오고
뭇별들은 화려한 등불처럼 밝다.
보석 같은 촛불은 하늘에서 타고
향기로운 바람은 땅에 스친다.

자세히 바라보니 사람들이 모두 서쪽에서 다가오는 마차 한 대
를 바라보고 있었다. 마차 소리가 사방에 울리고 수행원만 해도
수십 명이었다.

수행원들 외치는 소리 하늘까지 떠들썩하고
의장은 거리에 가득하다.
앞에는 열다섯 쌍의 홍사초롱이 거리를 비추는데

촛불이 휘황하다.

양옆으로 늘어선 스무 자루의 황금 장식 장창(長槍)

불빛 받아 화사함이 진동하는구나.

화려한 마차는 화살처럼 달려가고

수행원들은 구름처럼 좇아가네.

수레 뒤를 따르는 수행원 가운데에는 시녀도 몇 있었다. 그 가운데 자주색 옷을 입은 여자가 있었다. 허리에는 물고기 모양 장식을 차고, 손에는 수건을 들고, 목은 비단 목도리로 감싸고 있었다. 양사온이 달빛 아래에서 자세히 바라보니 국신소(國信所)[42]에서 장의(掌儀) 직책을 맡고 있는 의형 한사후(韓思厚)의 처 정의랑(鄭意娘)과 매우 흡사했다. 이 정의랑은 교귀비(喬貴妃)의 양녀였는데 한사후에게 시집왔다. 양사온과 한사후는 본디 한 동네 사람인지라 의형제를 맺었고, 양사온은 정 부인을 형수라고 불렀다. 하지만 헤어진 후에 서로 소식을 알지 못한 채 지내고 있었다. 자주색 옷을 입은 여인도 양사온을 발견하여 서로 눈이 마주쳤으나 감히 소리쳐 부르지는 못했다. 양사온은 마차의 뒤를 따르기 시작했다. 마차는 연산의 시장에 있는 진루(秦樓) 앞에서 속도를 줄이더니 그 안으로 들어갔다. 귀부인이 진루에 오르는 동안 수행원들은 누각 아래에서 기다렸다. 진루는 개봉의 백번루(白樊樓)처럼 규모가 컸다. 누각 안에만 육십여 개의 방이 있었으

---

[42] 사신의 접대와 의전을 담당하는 부서. 남송 때는 금나라와의 외교 업무를 주관했다.

며, 아래쪽에는 칠팔십 개의 탁자가 있었다.

그날 저녁은 술 마시는 사람들로 북적거렸다. 귀부인이 누각 안의 술집으로 들어가기를 기다렸다가 양사온은 진루 안으로 들어가 술집 점원을 불렀다. 그 점원은 양사온을 보더니 갑자기 큰 절을 했다. 양사온이 잡아 일으키며 "절은 무슨……" 하고 자세히 바라보니 바로 개봉 백번루에서 일하던 진삼아(陳三兒)가 아닌가. 양사온이 크게 기뻐하며 진삼아에게 앉기를 권했으나 진삼아는 거듭 사양했다. 양사온이 말했다.

"우리 모두 개봉 사람 아닌가. 타향에서 고향 사람을 만났는데, 같이 앉은들 어떠한가?"

진삼아는 그제야 의자에 앉았다. 양사온은 술과 안주를 주문한 다음 따로 은자 다섯 냥을 꺼내어 진삼아에게 건네주었다. 양사온은 진삼아와 함께 술을 마시며 이야기를 나누었다. 진삼아가 말했다.

"정미년(丁未年, 흠종 정강 2년) 이래로 금오(金吾)[43] 댁에서 종노릇하고 있었지요. 얼마 후 진루가 완성되자 예전에 백번루에서 점원 노릇 하던 생각이 나서 매일 팔십 전씩을 제 품삯으로 받고 여기서 점원 노릇을 하고 있었는데 운 좋게도 나리를 만나게 된 것입니다."

어디선가 악기 연주 소리가 들렸다. 양사온이 물었다.

"어디서 연주하는 소리지?"

---

43 대궐 문을 지키면서 비상 상황에 방비하는 책임을 맡은 벼슬.

"마침 오셔서 술을 마시고 계시는 한국부인(韓國夫人)의 권속이 연주하는 소리인가 봅니다."

양사온이 한국부인에 대해 물으니, 진삼아가 또 대답했다.

"한국부인이 본디 권속들을 잘 보살펴 주시는지라 저녁이면 권속들을 데리고 이곳에 와서 술을 마시는데 늘 양녀와 함께하곤 한답니다. 평소엔 늘 제가 시중을 들곤 했는데, 행하도 심심치 않게 던져 주곤 하시죠."

연이어 양사온이 진삼아에게 물었다.

"나도 오는 길에 한국부인의 행차 행렬과 맞닥뜨렸는데 수행원 가운데 부인 하나를 보게 되었지. 그런데 그 부인이 내 형수 정 부인과 너무나도 닮았더군. 그 부인이 정말 정 부인일까?"

"시중들면서 여러 차례 보았는데, 저도 그 부인이 정말 정 부인인지는 확신할 수 없습니다."

"자네에게 번거로운 부탁을 하나 할까 하네. 지금 위로 올라가서 한국부인의 수행원 가운데 정 부인을 찾아보게. 그리고 그 부인에게 아래에서 내가 기다리고 있다고 전해 주게나."

진삼아는 양사온의 말을 듣고 위로 올라갔고, 양사온은 누각의 아래층에서 기다렸다. 얼마 후 진삼아가 내려오면서 손가락을 아랫입술에 갖다 댔다. 이는 일이 잘되었음을 표시하는 동작으로 개봉 사람들끼리 통하는 일종의 은어 같은 것이었다.

"어찌되었는가?"

"위층에 올라가 정 부인에게 아래층에서 양씨 나리가 형님의 소식을 궁금해한다고 전했더니 눈물을 흘리면서 '삼촌이 여기에 계셨군요. 잠시만 기다려 달라고 전하시오. 내가 삼촌에게 할 말이 있소이다.'라고 하셨습니다."

양사온은 진삼아에게 고맙다고 한 다음 술값을 치르고 나와 길에서 진루를 올려다보았다. 그로부터 얼마 후 수행원들과 나졸들이 들어가더니 마차가 나왔다. 양사온이 마차를 물끄러미 바라보노라니 마차 뒤로 권속들이 따라오는데 자주색 옷을 입고 은으로 만든 물고기 모양의 장신구를 달고 비단 목도리로 목을 감싼 부인이 그 무리에 섞여 있었다. 바로 정 부인이었다. 양사온은 다가가 인사를 올린 다음 물었다.

"형수님, 어찌하여 형님과 헤어지고 예까지 오셨습니까?"

정 부인이 눈물을 훔치며 말했다.

"정강년 겨울에 형님과 배를 세내어 회초(淮楚) 지방을 지나 우이(肝眙)에 도착할 즈음 불행히도 수행원과 사공이 활에 맞고 칼에 찔려 죽었고, 저는 형님과 헤어지게 되었어요. 오랑캐에게 잡혀 그 대장 살팔태위(撒八太尉)에게 능욕을 당할 처지에 처했는데, 차마 능욕을 당할 수는 없어 버티다가 이곳 연산까지 이르게 되었습니다. 살팔태위는 제가 자신에게 몸과 마음을 열지 않는데다가 제 몸이 계속 야위어 가는 것을 보고는 저를 창루(娼樓)에 팔아 버리려고 했습니다. 고관대작의 딸로 태어나 고관대작의 아내가 되었던 저로선 이렇게 치욕스럽게 사느니 차라리 죽는 게 낫다고 생각하여 아무도 몰래 치마끈으로 대들보에다 목을 매달았지요. 그러나 죽을 운명이 아니었던지 다른 사람에게 발각되고 말았어요. 이때 살팔태위의 처 한국부인이 전후 사정을 알고는 저를 가엾게 여겨 제 목숨을 살려 주시고 자신을 수행하라 했지요. 그때 목에 상처가 남아 항상 목도리를 두르고 있는 것입니다. 경황없이 형님과 헤어져서 지금은 소식조차 모르는 처지입니다. 그때 형님은 변복하고 도망했는데, 들리는 소문으로는 금릉에서 관직에 복직한 지 사 년이 되었고 아직 재혼은 하지 않고 있다 합니다. 저는 늘 향을 사르며 형님을 만나게 해 달라고 부처님께 빌고 있지만 뾰족한 수가 없는 처지랍니다. 오늘은 한국부인을 수행하여 진루에 술을 마시러 왔으니 남에게 매인 몸, 오래 이야기를 나누기는 어렵습니다. 혹시 삼촌께서 강남 출신 사람을 만난다면 저의 이런 소식이나 전해 주세요."

양사온이 한두 가지 더 물어보고자 했으나 수행원들이 방망이를 들고 나타나 소리 지르며 금방이라도 때릴 기세였다.

"야심한 시각에 남의 집 아낙한테 무슨 수작을 하는 거냐?"

양사온이 황급히 도망가자 수행원 하나가 뒤쫓아 왔으나 양사온의 날랜 발걸음을 따라잡지는 못했다. 양사온은 몸에 땀이 흥건해져서 황망히 이모부 댁으로 돌아왔다. 이모부 장이관은 양사온이 숨을 헐떡이며 돌아오는 것을 보고 물었다.

"왜 그렇게 허둥대느냐?"

양사온은 자신이 겪은 일을 소상히 말해 주었다. 장이관은 양사온의 말을 들으며 내내 혀를 찼다. 장이관과 양사온은 함께 술잔을 기울이며 이런저런 이야기를 나누었으나 양사온은 정 부인 생각에 술이 목에 걸려 넘어가지 않았다.

이렇게 우울한 정월 대보름이 가고 3월이 되었다. 장이관이 양사온에게 말했다.

"이삼 일 정도 어디 좀 다녀올 테니 그동안 가게를 잘 맡아 보거라."

"무슨 일로 가시는 겁니까?"

"이제 송나라와 금나라가 서로 국교를 트고 왕래하게 되어 송의 사절단이 유양(維揚)에 온다는데 가서 이런저런 물건을 좀 사 가지고 오련다."

장이관이 길을 떠난 후, 양사온은 딱히 할 일도 없고 때는 바야흐로 춘곤증이 밀려오는 시절인지라 슬슬 진루로 놀러 나갔다. 진루에 들어가 둘러보노라니 한 점원이 다가와 "양 나리님!" 하고 부르는 것이었다. 양사온이 바라보니 눈에 익은 자인데, 진삼아는 아니었다.

"저는 일찍이 개봉 우선루(寓仙樓)에서 일하던 왕가입니다. 전에 여기서 일하던 진삼아는 금오 나리에게 불려 들어가 여기에는 다시 나오지 못하고 있습니다."

양사온은 진삼아가 진루에 나오지 못한다는 말을 듣고는 더욱 울적하여 아무렇게나 술과 안주를 주문하고 왕가에게 물었다.

"지난 정월 대보름에 한국부인이 여기에 와서 술을 드시던데, 혹시 한국부인이 어디 사는지 아는가?"

"제가 전에 한 번 물어본 적이 있습지요. 한국부인은 호천사 뒤쪽에 산다고 하던뎁쇼."

대답을 들으며 양사온이 고개를 들어 보니 벽에 시 한 수가 적혀 있는데 먹물도 다 마르지 않은 것 같았다. 자세히 보니 '한사

후가 배를 타고 금릉을 출발하여 황천탕(黃天蕩)을 지나다 죽은
아내 정 씨가 생각나 배에서 애도하는 사를 짓노라.'라고 적혀 있
고, 제목은 「어계행(御階行)」이었다.

주사 천여 냥을 으깨고 버무려

관세음보살 모양처럼 만들다.

두세 푼 정도에 불과한 작은 양에도 오장육부가 영롱하다.

황혼녘 되어 꿈길에 들어 온밤을 헤매다.

내 사랑하는 영혼은 어디에 있는가?

생각해 보니 바로 이 배에 있는 듯.

그저 말없이 문에 기대어

홀로 새하얀 물결만 응시하네.

내 슬픔의 눈물은 저 물결만 같으려니.

또 지나가는 황천탕.

양사온은 이 사를 읽고 나서 정신이 아찔했다. '이 사는 한사
후 형님이 써 놓은 것이 분명한데, 형수님 소식을 알 길이 없으니
이걸 어쩐다? 정월 대보름에 만나 뵈었을 때 한국부인의 시첩으
로 지낸다 했지만 지금은 정작 어디에 계시는지.' 양사온은 난감
하여 왕가에게 물었다.

"이 사의 먹이 아직 마르지도 않았는데, 너는 이 사를 쓴 사람
이 어디에 있는지 아느냐?"

"지금은 어디 계신지 모릅니다. 송과 금이 서로 교통하게 되어

송나라의 사절단이 이곳 연산에 와서 기숙하고 계신다더니, 그들 가운데 네댓 명이 진루에서 술을 마시다가 적어 놓은 모양입니다."

아하, 그 말은 틀린 말이었다. 다른 나라에 사신으로 가서 어찌 한가롭게 술집에서 노닥거리겠는가? 다만 『이견지(夷堅志)』[44]의 기록에 따르면 당시에는 제도가 완전히 정비되지 않아 사절단이 외부인과 사사로이 접촉하는 경우도 있었다고 한다. 오늘은 바야흐로 3월 대보름, 양사온은 왕가에게 송나라 사절단이 어느 숙소에서 묵고 있는지 물었다.

"성 남쪽에 있는 숙소에 묵고 있답니다."

양사온은 술값을 치르고 진루에서 나와 급히 한사후를 찾으러 성 남쪽의 숙소로 향했다. 숙소에 도착하니 소(蘇)와 허(許) 두 장의(掌儀)만이 숙소 문 앞에 나와 한가하게 주위를 둘러보고 있었다. 이 두 사람은 예전에 양사온과 알고 지내던 사이라 먼저 양사온을 알아보고는 예를 갖춰 인사했다.

"양 형, 무슨 일로 오시었소?"

"한사후 형님을 찾아왔소이다."

"안에서 문장을 논하고 있으니 들어가서 불러 드리지요."

두 사람은 안으로 들어가 한사후를 데리고 나왔다. 양사온은 한사후가 나오는 것을 보고는 황망히 엎드려 절했다. 타향에서 절친한 친구를 만나고 연산에서 아는 사람을 만나는 것이라, 기

---

44 송나라 홍매(洪邁)가 편찬한 단편소설집. 홍매는 당시의 만담이나 전설을 수집하여 『이견지』를 엮었으며 지금 이 이야기의 원형 역시 이 『이견지』에 실려 있다.

뺨과 슬픔이 교차하는 순간이었다. 양사온이 한사후에게 물었다.

"형수님은 평안하신지요?"

이 말을 들은 한사후의 눈에서는 눈물이 흘러내렸다.

"정강년 겨울에 자네 형수와 함께 배를 세내어 회초 지방을 지나다가 우이(盱眙)에 도착할 즈음 불행히도 사공이 활에 맞고 칼에 찔려 자네 형수와 헤어지고, 나는 이리저리 끌려다니는 몸이 되었다네. 그때 들판의 영채에 갇히게 되었는데 삼경쯤 되었을 때 소변을 본다는 핑계로 도망했지. 자네 형수 소식은 아직도 모르고 있네. 하인 주의(周義)가 풀 속에 숨어 있다가 보았는데 자네 형수가 살팔태위에게 잡히자 능욕을 참지 못하여 칼로 목을 찔러 자결했다고 말해 주더군. 그 후로 나는 항주로 돌아가 복직했다네."

"그 일을 모두 형님이 직접 목격하신 겁니까?"

"아니야, 주위에서 전해 주는 말을 들었을 뿐이야."

"형수님은 죽지 않았습니다. 올해 정월 대보름에 형수님이 한국부인과 함께 유람 나오셨다가 진루에서 술을 드시는 것을 제가 직접 보았습니다. 제가 진삼아 편에 말을 전해 진루의 아래층에서 직접 만나 뵈었는데 형수님 말씀이 방금 형님의 말씀과 딱 맞아떨어졌습니다. 형수님은 형님이 형수님과 헤어진 지 사 년이 지나도록 아직까지 차마 재혼하지 못하고 계신다는 것도 알고 있었습니다."

한사후는 양사온의 말을 믿지 못했다.

"형수님이 죽었는지 살았는지 알아보는 거야 뭐가 어렵겠습니까? 저와 함께 호천사 뒤에 있다는 한국부인 집에 가서 물어봅시다."

"자네 말이 그럴듯하군."

한사후는 다시 숙소 안으로 들어가 동료들에게 전후 사정을 이야기한 다음 수행원을 거느리고 양사온과 함께 한국부인 집으로 향했다.

두 사람은 눈 깜짝할 사이에 호천사 뒤편 한국부인 집에 도착했다. 그러나 주위에는 인적 하나 없었고 빈집에 거미줄만 쳐져 있었으며 먼지가 수북이 쌓여 있었다. 계단에는 이끼가 무성하고 마당에는 잡초가 가득했으며 대문은 굳게 잠겨 있었다. 양사온이 말했다.

"아마 어딘가에 뒷문이 있을 겁니다."

담을 따라 수십 보를 걸으니 집 한 채가 나왔다. 그 집 안에서 노인 하나가 실을 잣고 있었다. 양사온이 앞으로 다가가 공손하게 물었다.

"노인장, 한국부인 집으로 들어가는 문이 어디에 있습니까?"

노인은 성격이 데면데면하고 행동도 거칠어 하던 일을 계속할 뿐 두 사람에게는 눈길도 주지 않았다. 두 사람이 연거푸 물었으나 계속 모른다고만 했다. 이때 마침 할멈 하나가 밥 광주리를 들고 나오면서 그 노인에게 중얼중얼 계속 투덜댔다. 두 사람이 그 할멈에게 인사를 올리자 할멈도 인사를 하는데 개봉 사람 말투였다. 두 사람이 한국부인의 집이 어디인지 묻자 할멈이 대답하려는데 노인이 뭐라고 나무랐다. 할멈은 이에 개의치 않고 두 사람에게 이야기했다.

"나는 개봉 출신이고 저 영감은 산동 촌사람이지. 내가 팔자가 사나워 저런 인간한테 시집와서 이 고생이라오. 밥 챙겨 주면 맛이 있네 없네 사람 참 귀찮게 한다니까. 그래, 내가 당신들하고 이야기 좀 한다고 뭐 큰일이라도 날 것처럼 저런다니까."

노인이 또 뭐라고 투덜댔지만 할멈은 전혀 신경 쓰지 않고 가르쳐 주었다.

"대문 잠겨 있는 저 집이 바로 한국부인의 집이라오."

두 사람은 깜짝 놀라 물었다.

"한국부인은 어디 계십니까?"

"한국부인이야 작년에 돌아가셨지. 그 집 식구들은 다른 곳으로 이사갔고, 한국부인의 무덤이 화원에 있지. 못 미더우시면 내가 데려다 드리리다."

이때 노인이 끼어들었다.

"들어가지 마. 관가에서 알게 되면 괜히 귀찮은 일만 생겨."

그러나 할멈은 두 사람을 안내했다. 한사후가 물었다.

"한국부인의 식솔 가운데 정의랑이란 여자가 있었다는데 혹시 그 여자 소식 좀 아시오?"

"나리가 혹시 국신소(國信所)에서 일한다는 한사후 아니시오? 그리고 이분은 양사온이시고."

두 사람은 깜짝 놀라 물었다.

"할머니가 그것을 어찌 아시오?"

"내가 정 부인이 이야기하는 걸 들은 적이 있지."

한사후가 할멈에게 물었다.

"할머니는 정 부인을 어찌 알게 되었소? 지금은 어디 있소?"

"이 년 전에 살팔태위가 예서 살았다오. 그의 처인 한국부인 최 씨는 인자하고 자애롭기가 이루 말할 수 없었다오. 한국부인 은 늘 집으로 나를 불러들여 이런저런 이야기를 서로 나누곤 했 지. 어느 날 이야기하기를, 살팔태위가 우이에서 여자 하나를 잡 아 왔는데, 성은 정이요 이름은 의랑으로 살팔태위가 무척이나 총애한다고 합디다. 하지만 의랑은 능욕을 당하느니 차라리 죽 음을 택하겠다 하여 자결했다지. 한국부인은 정의랑의 정절을 가 상하게 여겨 그녀를 화장해 주고 그 가루를 상자에 담아 두었지. 그 후로 한국부인도 죽어 이 화원에 묻히게 되었소. 하지만 정의 랑은 아직도 살아 있는 사람처럼 내가 화원에 찾아갈 적마다 나 를 반갑게 맞아 준다오. 처음에는 나도 무서웠는데 정의랑이 '할 멈, 해치지 않을 것이니 무서워할 것 없어요. 그저 내 속마음이나 털어놓고 싶군요.'라고 하더군. 부인의 말에 따르면 부인은 개봉 사람으로 어려서 교귀비의 양녀로 들어갔다가 나중에 충익랑(忠 翊郎) 한사후에게 시집갔다고 합디다. 한사후에게는 의형제 양사 온이 있었다는 이야기까지 해 주었지. 아울러 우이의 일을 이야 기하면서 남편 한사후가 금릉에서 벼슬을 지내고 있어 그를 위 해 절개를 지키고 자결했노라고 합디다. 구름이 끼고 비가 오는 날이면 화원에 들어와 정의랑하고 이야기를 나누곤 한다오. 나리 께서 상세히 물어보기에 이렇게 직접 모시고 가는 거라오."

어느덧 세 사람은 한국부인 집에 도착했다. 할멈이 먼저 담을 넘어 들어가고 두 사람도 즉시 뒤를 따라 들어갔다. 집 안은 당장이라도 귀신이 나올 것처럼 을씨년스러웠다. 걸음을 옮길 때마다 발걸음에 풀이 채이고 아무리 둘러보아도 정의랑의 종적은 찾을 수 없었다. 정면에 세 칸짜리 대청이 있는데, 그곳에는 곽희(郭熙)가 그린 산수화 병풍이 있었다. 한사후가 병풍을 바라보노라니 벽에 글자가 쓰여 있는 것이 눈에 들어왔다. 자세히 보니 아름답고 부드러운 그 글씨는 바로 정의랑의 필체였다. 한사후는 반가워 크게 소리쳤다.

"동생, 형수가 바로 여기 있나 보오."

"어떻게 아셨어요?"

한사후가 발견한 그 글자는 바로 「호사근(好事近)」이라는 사를 적은 것이었다.

내 지난날을 누구에게 이야기하리.

할 말은 많으나 그저 하염없는 피눈물뿐이라오.

가장 애처로운 때는

애간장 끊는 황혼녘.

누각에 올라 저 멀리 바라보다 배회하다

이 내 마음 누가 헤아려 주리.

저 기러기처럼

봄 맞은 강남으로 돌아갈 수는 없는가.

이어서 '3월 열엿새에 쓰다'라는 글자가 적혀 있었다. 두 사람이 동시에 입을 열었다.

"바로 오늘 쓴 것 아니오? 놀랄 일이로다."

옆으로 돌아가 보니 누각이 하나 나왔다. 두 사람은 할멈을 부축하여 같이 누각에 올랐다. 누각에는 큰 병풍이 하나 있었는데 그 병풍에는 같은 글씨체로 '님 그리며'라는 의미의 「억양인(憶良人)」이란 노래가 적혀 있었다.

해 저물녘에 외로운 구름은 낮게 드리워졌는데
내 님은 저 먼 곳에.
봄바람에 나비는 짝지어 날고
그걸 바라보는 내 마음은 더욱 아파라.
하루 종일 님을 그리나 님은 오지 않고
옥처럼 하얗고 고운 내 피부 갈수록 야위어만 가네.
온통 음악에 취하고 술에 취한 자들
꽃이 떨어지는 정원에는 새 소리마저 갈라진다.
혼자 드는 잠자리 외로움만 더하고
밤새 촛불만 외로이 타는구나.
그네 매고 놀던 정원에 쓸쓸함만 쌓인 지 이미 오래
화려한 장식의 그네 줄만 쓸쓸히 흔들흔들.
화장한 눈썹은 항상 찌푸려지기만 하고
흘러내리는 눈물은 훔쳐 내기에 바쁘다.
아무 말 없이 저 높은 누각에 올라
홀로 난간에 기대어 열두 곡을 타누나.

빠르게만 흘러가는 저 야속한 세월

흘러가는 저 강물은 한번 흘러가면 언제 다시 돌아오련가.

내 님 한 번 떠나더니 돌아오실 줄 모르고

그 곱던 내 얼굴에 주름이 끼니 이를 어찌하리오.

이 시를 읽고 난 한사후는 손으로 벽을 치며 말했다.

"내 처가 박복하여 오랑캐에게 붙잡혀서 이 고생을 했구나."

이때 양사온이 다급하게 소리를 질렀다.

"형수님이 나타났어요."

한사후가 고개를 돌려 바라보니 비단 목도리를 두른 부인 하나가 오고 있다. 양사온이 자세히 살펴보니 진루에서 보았던 형수였다. 할멈도 소리쳤다.

"맞네. 바로 저 부인이라오."

세 사람은 놀라서 얼른 누각에서 내려왔다. 그 부인은 벌써 후당 왼쪽 복도를 통하여 사당 안으로 들어가고 있었다. 두 사람이 두려워하니 할멈이 말했다.

"기왕에 여기까지 오신 거 어서 안으로 들어가 보시구려."

두 사람은 할멈과 함께 사당 안으로 들어갔다. 안으로 향하는 문은 잠겨 있었는데, 그 문에는 '한국부인영당(韓國夫人影堂)'이라고 쓰여 있었다. 세 사람이 문을 밀치고 안에 들어가 보니 위패가 하나 모셔져 있는데 그 위패에는 '망실한국부인지위(亡室韓國夫人之位)'라고 쓰여 있었다. 그 옆에는 초상화가 하나 걸려 있는데 바로 정의랑이었다. 그 위패에는 '시첩정의랑지위(侍妾鄭義娘之

位)'라고 쓰여 있었다. 초상화 아래 향탁(香桌)에는 먼지가 수북하게 쌓여 있었다. 영정의 옷과 용모는 양사온이 정월 대보름에 본 그대로였다. 한사후는 비 오듯 눈물을 흘렸다. 할멈이 말했다.

"화장한 정의랑의 유골이 이 향탁 아래에 있소. 정의랑이 날 만날 때마다 일러 주었다오. 옻칠을 한 검은 상자에 양쪽으로 황동 고리가 달려 있는 거라오. 정의랑은 늘 나에게 자신은 남편을 위해 정절을 지키고 죽었으니 여한이 없노라고 했지."

한사후는 할멈의 이야기를 듣고 향탁 아래의 벽돌을 들어내고 유골 상자를 가지고 금릉에 돌아가 장사를 지낼 수 있게 도와준다면 후사하겠노라고 했다. 할멈은 그럴 것까지는 없다고 했다. 한사후와 양사온이 할멈과 함께 향탁 아래의 벽돌을 들어내고 유골 상자를 들어 올리려고 했으나 유골 상자는 꿈쩍도 하지 않았다. 이때 양사온이 두 사람을 말렸다.

"잠시만요! 형님께서 이미 형수님의 영혼이 신령스러움을 아셨으니 이제 그 유골을 가지고 돌아가기에 앞서 마땅히 예를 갖추어야 할 것입니다. 우선 제사의 형식을 갖추고 제문을 써서 형수님 영전에 고하고 유골을 모시고 가십시오."

한사후가 대답했다.

"아우의 말이 맞소."

세 사람은 다시 담을 넘어 할멈의 집으로 가서 하인을 시켜 술과 과육, 초와 향을 사 오게 하고 한사후는 할멈의 집에서 제문을 썼다. 동이 틀 무렵 한사후 일행은 하인들과 함께 제수를 들고 담을 넘어 한국부인 집으로 들어갔다. 그리고 재실(齋室)에서 제사를 올렸다.

촛불이 희미하게 제사상을 비추고 별들이 은하수를 건너는 삼경 무렵, 세 번에 걸쳐 술과 절을 올리는 예를 다 갖추었다. 한사후가 제사상 앞에서 제문을 낭독하는데 제문 한 줄에 눈물이 한 줄이었다. 제문 낭독이 끝나고 제문을 종이돈과 함께 불사르니 어디선가 홀연 한 줄기 바람이 일었다. 바람에 촛불이 꺼질 듯 말 듯, 등불이 꺼질 듯 말 듯. 세 사람은 모두 벌벌 떨며 진땀을 흘렸다. 바람이 잦아들더니 어디선가 울음소리가 들려오고 촛불은 다시 밝아졌다. 촛불이 비치는 곳에 한 여인이 나타나니 얼굴은 꽃과 같고 살결은 옥처럼 희며 목에는 비단 목도리를 두르고 사뿐사뿐 걸어와 양팔을 모으고 말했다.

"삼촌, 인사드립니다."

두 사람은 깜짝 놀라 답례했다. 한사후가 부인의 손을 잡아 앞으로 끄는데 그의 눈은 이미 눈물로 부어 있었다. 정의랑이 한사후에게 말했다.

"우이의 일은 낭군께서도 이미 소상히 알게 되었을 것입니다. 지난번 정월 대보름 진루에서 삼촌을 만났을 때는 그 자세한 사정을 다 말씀드리지 못했습니다. 만약 그때 제가 목숨을 아까워했더라면 틀림없이 당신을 욕되게 했을 것입니다. 다행히도 저는 당신의 덕을 보석처럼 지켜 드릴 수 있었고, 목숨을 초개처럼 버릴 수 있었습니다. 오늘 이렇게 재회했으나 삶과 죽음이 우리 사이를 갈라놓고 있으니 그것이 한스러울 뿐입니다."

말을 마치고는 흐느껴 울었다. 할멈이 옆에 있다가 말했다.

"그만 우소. 어서 유골 옮길 일이나 이야기하여 보시구려."

정의랑은 울음을 그치고 앉았다. 세 사람이 음식을 바치니 정의랑이 흠향(歆饗)했다. 양사온이 정 부인에게 물었다.

"정월 대보름에 한국부인을 모시고 진루에 나와 술을 드셨을 때 마차를 수행하던 많은 이들은 귀신이었습니까, 아니면 사람이었습니까?"

"세상이 태평하면 사람과 귀신의 길이 자연스럽게 갈라진다고 합니다. 그러나 지금은 사람과 귀신이 서로 섞여 지내지요. 그날 수레를 수행하던 자들은 모두 사람이 아닙니다."

한사후가 말하였다.

"부인께서 나를 생각하여 정절을 지키기 위해 죽었으니 나 역시 재혼하지 않는 것으로 부인의 덕에 보답하리다. 오늘 부인의 유골을 금릉으로 가져가고자 하는데, 부인 생각은 어떠하시오?"

"할멈도 삼촌도 함께 제 말을 들어주세요. 낭군께서 저 혼자 여기에 외롭게 있는 것을 불쌍히 여겨 금릉으로 데려가 주신다는 데 제가 어찌 따르지 않겠습니까? 저는 이승과 저승 사이를 넘어 항상 낭군과 함께하고 싶습니다. 하지만 낭군께서 만약 재혼하신 다면 저를 돌보지 않을 것이니 차라리 여기에 남는 것이 나을 듯합니다."

세 사람이 여러 차례 권했으나 정의랑은 뜻을 꺾지 않았다.

"삼촌, 형님 성격은 제가 더 잘 알아요. 제가 살아 있을 때에도 풍류를 좋아했는데, 제가 죽은 이 마당에 금릉에 돌아가면 재혼할 건 정한 이치지요."

"형수님, 제 말을 들으시지요. 형님은 예전의 형님이 아닙니다. 형수님이 정절을 지키고자 목숨을 버린 것을 아는데 어찌 재혼하겠습니까? 이렇게 형님이 형수님을 모시고 돌아가려고 하는데 따라가지 않는 건 인정에도 맞지 않습니다. 제발 제 말을 들으십시오."

"삼촌이 그렇게 얘기해 주시니 몸 둘 바를 모르겠습니다. 낭군께서 하늘을 두고 맹세할 수 있으시다면 낭군의 말을 따르겠어요."

한사후는 이 말을 듣더니 주위에 술을 뿌리며 맹세했다.

"내가 약속을 어기면 길에서 강도를 만나 죽임을 당하게 하거나, 강에서 배가 뒤집혀 죽게 하여도 할 말이 없을 것이오."

정의랑이 급히 말을 이었다.

"낭군님, 그런 식으로까지 하실 필요는 없어요. 재혼하지 않겠다고 맹세하셨으니 삼촌과 같이 지켜볼 겁니다."

정의랑이 말을 마치니 사방에서는 한바탕 향긋한 바람이 일어났다가 가라앉았는데, 정의랑은 홀연히 사라지고 보이지 않았다. 세 사람은 어안이 벙벙한 가운데 다시 촛불의 심지를 돋우고서는 향탁 밑의 벽돌을 들어 보니 힘 하나 들지 않고 들렸다. 속에서 유골 상자를 꺼내어 담을 넘어 빠져나왔다. 다음 날 저녁, 한사후는 백은 석 냥을 할멈에게 사례로 주었다. 양사온에게도 황금 열 냥을 주었으나 양사온은 끝내 사양하고 받지 않았다. 한사후는 양사온과 작별하고 수행원과 함께 유골 상자를 들고 숙소로 돌아갔다. 한 달 후쯤 양사온이 한사후에게서 편지를 받았

는데 일을 마치고 금릉으로 돌아간다는 내용이 적혀 있었다. 양
사온은 특별히 술을 받아 한사후와 이별주를 나누며 거듭 부탁
했다.

"형님, 형수님과의 약속을 잊지 마십시오."

한사후는 부인의 유골 상자를 들고서 일행과 함께 연산의 풍
의문(豐宜門)을 나서서 한 달여 후에 우이에 도착했다. 한사후가
숙소에서 쉬고 있는데 한 사람이 찾아와 인사를 올렸다. 한사후
가 살펴보니 바로 예전에 부리던 하인 주의였다. 알고 보니 주의
는 바로 이곳 숙소에서 일하고 있었다. 주의가 한사후를 방에 안
내했는데, 그 방에는 부인의 영정 하나가 걸려 있었다. 또 위패에
'망주모정부인지위(亡主母鄭夫人之位)'라 쓰여 있었다. 한사후가
괴이하게 여겨 물어보니 주의가 대답했다.

"마님께서 정절을 지키기 위하여 스스로 목숨을 끊으신 것을
소인이 두 눈으로 직접 보았는데 어찌 마님의 위패를 모시지 않
을 수 있겠습니까?"

한사후는 주의의 말을 듣고 연산에서의 일을 이야기해 주었다.
아울러 유골 상자를 꺼내 보여 주니 주의가 곡을 하면서 재배했
다. 한사후는 이날 주의와 함께 자리에 들었다.

다음 날 아침 주의가 한사후에게 말했다.

"지난날 이십여 명의 수행원들이 나리와 함께 출발했더랬는데,
이제는 돌아가신 마님만이 나리와 함께 길을 떠나시는군요. 소인
이 나리를 모시고 금릉까지 같이 가겠습니다."

한사후는 주의와 함께 길을 떠났다. 금릉에 도착한 한사후는

보고 문서를 올렸다. 한사후와 주의는 금릉 근처의 땅을 골라 예를 갖추어 정 부인의 유골을 묻었다. 그러고는 슬픔에 겨워 사흘에 한 번씩 무덤을 찾아가서 술잔을 올리고 날이 어두워서야 돌아오곤 했다. 그러다가 주의를 시켜 늘 무덤을 돌보도록 했다.

어느 날 한사후의 동료 소 장의(蘇掌儀)와 허 장의(許掌儀)가 찾아왔다.

"금릉 토성관(土星觀)의 관주 유금단(劉金壇)은 여도사인데 덕행이 빼어나고 고매하다 하오. 우리 한번 거기 가서 공덕이나 빌어 봅시다."

한사후는 동료들과 같이 날을 잡아 토성관의 유금단을 찾아가게 되었다.

> 머리엔 파란 하늘색 두건
> 손엔 상아로 만든 홀을 들고 있네.
> 하얀 도포를 입고
> 비취색 신발을 신었구나.
> 분조차 바르지 않았지만
> 서리 내린 매화보다도 더 아름답구나.
> 가만히 서서 바라보노라니
> 연꽃이 막 물속에서 빠져나온 듯.
> 절세의 미모
> 이 세상의 여자가 아니로다.

한사후는 그녀를 한 번 보고는 정신이 몽롱해지고 눈이 멍해져서 입을 다물지 못했다. 서로 수인사를 마친 후 유금단은 구유초(九幽醮)[45]를 준비시키고는, 한사후 일행을 불러 귀한 영지 버섯을 구경시켜 주겠다고 했다. 한사후 일행은 유금단을 따라 안으로 들어가 이청전(二淸殿)과 취화헌(翠華軒)을 지나 팔괘단(八卦壇) 방을 경유하여 강초관(絳綃館)에 들어갔다. 영지는 바로 강초관에 있었다. 일행은 모두 영지 구경에 빠져 있었는데, 유독 한사후만은 금단방(金壇房) 안에 들어가 이곳저곳을 구경했다. 창으로는 밝은 빛이 들어오고, 정갈한 책상과 이런저런 물건들이 깔끔하게 놓여 있었다. 책상에 문진으로 눌러 놓은 종이 하나가 있어 들어 보니, 「완계사(浣溪沙)」라는 제목의 사 한 수가 적혀 있었다.

> 청초하고 고매하여 잡티 하나 없어라.
> 별 모자, 구름 학창의, 자색 안개 치마
> 석양에 문 닫아거니 아무런 일이 없고
> 애오라지 거문고를 뜯노라.
> 빈 뜰에 피어 있는 꽃은 외려 내 한을 자극하고
> 창 넘어 들어오는 달빛은 내 애간장을 녹이는구나.
> 이런 때라면 천존이시여

---

45 초(醮)는 도교 의식의 하나로 귀신들에게 제사를 드려 죄업을 씻고 속진 세상에서 초월하기를 비는 의식이다. 구유(九幽)는 구천(九泉)을 의미하고 구유초는 이 세상 모든 귀신에게 드리는 제사를 의미한다.

차라리 저를 저 속세로 보내소서.

한사후는 유금단을 본 순간부터 연모의 정이 일어났는데, 이 사를 보니 그 마음이 더욱 간절해져 「서강월(西江月)」이란 사를 지었다.

그 고운 얼굴에 화장이 무슨 필요 있으리오.
강가에 매화 한 송이 다른 꽃들이 어이 비길 수 있으리오.
하루 종일 책상에 앉아 연단에 몰두하니
꽃 사이로 달빛 비치는 것도 모르시는 게요.
머리에는 북두성 비녀를 꽂으시고
허리춤에는 『장자(莊子)』를 차셨네.
그대 언젠가 신선계에 드신다면
나 그대 타는 난새에 몸을 같이 실으리.

한사후가 손으로 박자를 맞추면서 이 사를 노래하니 유금단이 다가와 정색하고는 말했다.
"허락도 없이 마음대로 도관을 돌아다니시다니, 제가 여자라고 함부로 하시는 건가요? 도관을 담당하는 관리를 찾아뵙고 이 일을 고하겠습니다."
소와 허 두 사람이 말렸으나 유금단은 들은 체도 하지 않았다. 한사후가 품속에서 유금단이 지은 사를 꺼내어 여러 사람들에게 보여 주며 말했다.

"도관의 주인이여, 너무 화내지 마십시오. 이 사는 누가 지은 건가요?"

머쓱해진 유금단은 언제 그랬냐는 듯 얼굴에 웃음을 띠더니 술상을 차려 한사후 일행을 대접했다. 한사후 일행은 공덕을 비는 일은 뒷전으로 미루고 술잔을 기울이기 시작했다.

술자리가 다해 갈 무렵 한사후와 유금단은 서로의 속마음을 내비치고 연모의 정을 나누었으며, 이날의 술자리는 이렇게 끝이 났다. 유금단은 본디 개봉 사람으로 그 남편은 추밀원(樞密院)의 승지(承旨)였다. 정강년에 난을 피하여 부부가 배를 타고 이곳 금릉으로 오던 중에 회수에서 남편은 화살에 맞아 죽고 부인 유 씨는 토성관으로 출가하여 여도사가 되었다. 이곳 토성관에서 조석으로 남편의 공덕을 빌더니 마침내 토성관의 관주가 되어 오늘에 이르렀던 것이다. 이후로 한사후는 토성관에 무시로 출입했다.

어느 날 소 장의와 허 장의가 예물을 갖추어 토성관으로 찾아왔다. 이 두 사람은 한사후, 유금단과 함께 술잔을 나누었다. 술이 몇 순배 돌자 소와 허가 한사후와 유금단에게 말했다.

"사후 형이 우리 도사님을 사모하는 정이 몹시도 깊으니, 이 역시 전세의 인연이 보통이 아니었던 듯하오. 더구나 두 분 사이를 두고 사람들의 의견이 분분한데 차라리 우리 도사님이 환속하시어 형님과 결혼하시는 것이 좋지 않겠습니까?"

한사후와 유금단은 그 말을 따르기로 했다. 유금단은 돈을 들여 사람을 사서 환속 절차를 밟고, 한사후는 날을 정하여 유금단을 아내로 맞아들였다. 아내는 죽은 남편을, 남편은 죽은 아내를 더 이상 돌보지 못할 처지로 변한 터, 이 서글픈 마음을 누가 알아줄 것인가?

결혼식을 마치고 며칠이 지났다. 주의는 한사후가 정의랑의 묘소를 찾은 지 오래되자 궁금하여 한사후의 집으로 찾아왔다. 한사후의 집 앞에서 당직을 서고 있는 자에게 물었다.

"나리께서 어인 일로 마님 묘소에 찾아오지 아니하시는가?"

"나리께서는 토성관의 관주 유금단을 새 마님으로 맞이하셨는데, 그럴 시간이 어디 나시겠는가?"

주의는 태생이 북방이라 성격이 대단했다. 이 말을 듣고는 화가 치미는 것을 억제하기 힘들었다. 이때 마침 한사후가 안에서 나오는지라 주의가 한사후에게 절을 올리고 말했다.

"나리, 의리를 저버리시다니요? 마님은 정절을 지키기 위해 목숨까지 버렸는데 나리는 어떻게 새 마님을 얻을 수 있단 말입니까?"

주의는 욕설을 퍼부으면서 정의랑을 위해 울었다. 한사후는 이제 막 새장가를 든 몸이라 주위 사람들에게 비웃음을 살까 봐하인들을 시켜 주의를 쫓아내게 했다. 주의는 억울한 마음을 억누르면서 정의랑의 묘소로 돌아왔다. 마침 청명절이라 주의는 정의랑의 묘소 앞에 엎드려 눈물을 흘리면서 이런저런 일을 이야기했다. 밤이 깊어 삼경쯤 되었을까 정의랑이 주의를 불러 깨웠다.

"네 주인 한사후는 어디에 살고 있느냐?"

주의는 한사후가 의리를 잊고 유금단과 재혼한 일을 일일이 고했다.

"지금 금릉성 안에 살고 있습니다. 마님께서 직접 찾아가셔서 결판을 내십시오."

"내가 직접 가 보지."

주의가 깜짝 놀라 일어나 보니 꿈이었다. 주의의 몸은 땀으로 흥건히 젖어 있었다.

한편 한사후는 신혼의 단꿈에 젖어 매일매일을 즐겁게 지내고 있었다. 어느 날 밤 술잔을 기울이며 유금단과 달을 감상하는데, 이때 갑자기 유금단이 이맛살을 찌푸리고 눈을 부라리며 손으로 한사후를 움켜쥐고 놓지 않는 것이었다.

"네가 나를 이렇게 배반하다니, 내 목숨을 돌려다오."

몸은 유금단이었으나 목소리는 영락없는 정의랑이었다. 놀란 한사후는 크게 당황하여 연신 머리를 조아렸다.

"부인, 내가 잘못했소. 제발 나를 용서해 주시오."

그러나 정의랑이 어디 그냥 놓아 줄 리 있겠는가? 한사후가 유금단의 손에서 빠져나오지 못하고 계속 헤맬 때 소 장의와 허 장의가 찾아왔다가 이 모양을 보고는 유금단의 손을 억지로 떼어 냈다. 한사후는 두 사람에게 전후 사정을 이야기하고는 대책을 상의했다. 그들은 달교(笪橋)에 있는 철색관(鐵索觀)의 주 도사를 불러와 유금단의 치료를 부탁하기로 했다. 장근(張謹)을 보내어 주 도사를 모셔오니 주 도사가 유금단을 보고 말했다.

"치료할 방도가 없어 보이니 그저 잘 달래는 수밖에 없겠소."

유금단은 손으로 입을 막고 울면서 연산에서의 일을 주 도사에게 낱낱이 말했다.

"바라건대, 도사님께서 잘 헤아려 주십시오."

주 도사가 거듭 권했다.

"공덕을 빌어 줄 터이니 억울한 혼령이여, 편안하게 저승으로 천도하소서. 고집 피우시다간 큰 화가 닥칠 것입니다."

유 씨는 울면서 도사에게 고마움을 표시했다.

"소첩은 이제 물러갑니다."

잠시 후 유금단이 깨어났다. 주 도사는 부적을 유금단에게 써 주고 아울러 따로 부적을 써서는 방문 위에 붙이게 한 뒤 떠나갔다. 그날 밤에는 아무 일도 일어나지 않았다.

다음 날 한사후가 주 도사를 찾아갔다. 서로 앉아서 이야기를 시작하려는데 하인 하나가 달려와서 이르기를 유금단이 또 병이 도졌다 전했다. 한사후는 주 도사에게 같이 집으로 가서 유금단을 치료해 달라고 부탁했다.

"만약 원인을 제거하시려면 무덤을 파내고 유골 상자를 꺼내어 장강에 버리십시오."

한사후는 주 도사의 말을 듣고는 인부를 사서 정의랑의 무덤을 파헤치고 유골 상자를 꺼내어 장강에다 버렸다. 그 후로 유금단은 평정을 되찾았다. 하나 의를 저버린 자를 하늘이 가만둘 리 있겠는가?

한사후는 전부인 정의랑을 버렸으며, 유금단은 전남편 승지를 버렸다. 소흥(紹興) 11년, 황제가 전당(錢塘)에 행차하니 관리와 백성들이 모두 따랐다. 한사후 역시 식솔들을 거느리고 진강(鎭江)에 나왔다. 한사후는 금산(金山)의 경치를 구경하고자 배를 세

내어 유금단과 함께 강으로 나갔다. 뱃사공이 노래를 부르는데,
바로 「호사근(好事近)」이었다.

내 지난날을 누구에게 이야기하리.
할 말은 많으나 그저 하염없는 피눈물뿐이라오.
가장 애처로운 때는
애간장 끊는 황혼녘.
누각에 올라 저 멀리 바라보다 배회하다
이 내 마음 누가 헤아려 주리.
저 기러기처럼
봄 맞은 강남으로 돌아갈 수는 없는가.

한사후가 들어 보니 바로 연산의 한국부인 집 병풍에 정의랑
이 적어 놓은 그 사가 아닌가. 한사후가 깜짝 놀라 뱃사공에게
물었다.
"이 노래는 누구에게서 배운 거요?"
"일전에 연산에 사신으로 갔던 사람이 있었는데 연산은 온통
이 노래가 유행이랍니다. 늙은 할멈 하나가 한국부인 집에서 베
껴온 거랍니다. 들리는 말로는 강남에 살던 관리의 아내 정의랑
이 정절을 지키고자 목숨을 버렸는데 후에 그 남편이 찾아와서
유골을 가지고 돌아갔다고 합디다."
한사후가 그 말을 들으니 마치 날카로운 송곳이 가슴을 찌르
는 것 같았고, 눈에서는 눈물이 흘러내렸다. 갑자기 강 한가운데

에서 풍랑이 일더니 안개와 파도가 일면서 이상한 물고기가 물속에서 뛰어올랐다가 다시 가라앉고 기괴한 짐승이 물살을 갈랐다. 이때 목에 비단 수건을 두른 한 여인이 나타나 유금단의 머리채를 잡아채서는 강물 속으로 던져 버렸다. 하녀들이 소리를 질렀다.

"마님이 물에 빠졌어요!"

하녀들이 소리를 지르면서 한사후를 찾았으나 어찌 구할 수 있겠는가? 잠시 후 목에 비단 수건을 두르고 눈을 매섭게 부릅뜬 여인이 나타나 한사후를 잡아채어 강물 깊은 곳으로 끌고 가니 한사후도 강물에 빠져 죽고 말았다. 뱃사공이 그들을 구하려 했으나 어쩔 수 없는 상황인지라 그저 돌아가는 수밖에 없었다. 예로부터 의리를 저버린 자들은 바로 이렇게 되는 것인가.

남편을 버린 자는 물에 빠져 죽고
아내를 버린 자는 깊은 못에 빠져 죽는다.
효성스러운 딸은 물에 빠진 아비 시신을 목숨을 다해 건져 내고[46]
삼려대부는 임금을 그리며 목숨을 버렸다는데.[47]

---

46 한나라 조아(曹娥)라는 여자가 강물에 빠져 죽은 아버지의 시신을 몸소 건져 낸 일을 말한다.
47 초나라 굴원이 임금을 그리며 먹라수(汨羅水)에 몸을 던져 자결한 일을 말한다.

晏平仲二桃殺三士

안평중이 복숭아 두 개로

장사 셋을 죽이다

세 명의 용사 전개강, 고야자, 공손첩이 어찌 복숭아 하나를 먹지 못했다고 목숨을 버렸겠는가? 창업의 신하가 있으면 수성의 신하가 있는 법. 거친 들판과 흉용하는 파도 앞에서 온갖 짐승을 베고 적병에 맞서 목숨을 걸고 창업을 도운 그들이지만 수성의 때에 이르면 그에 걸맞은 재주를 지닌 자에게 자리를 내주어야 하는 법. 나서고 물러남의 이치를 아는 것은 쉬우나 그것을 실천하는 것은 또 얼마나 어려운 일인가?

세 명의 용사는 죽음조차 용감하게 맞았다. 이 이야기의 원형이 실려 있는 『안자춘추』(유향(劉向, 기원전 77 ~ 기원전 6) 수집 정리)에 따르면 세 사람에게 복숭아 두 개를 주고 공훈을 따져 먹으라고 하는 이 상황을 두고 공손첩은 하늘을 우러러 탄식하며 이렇게 읊조린다. "복숭아를 사양하고 먹지 않는다면 저 스스로 공훈을 부인하는 격 아닌가?" 직선적이고 단순한 자부심이 그들을 저세상으로 가게 했다. 하지만 어쩌면 그들은 이제 자기가 떠나야 할 때임을 알았을지도 모른다. 죽음도 사양하지 아니하고 명분을 지키고자 했던 것이리라. 생사를 같이하기로 맹세한 친구가 감연히 죽음을 선택했다면 다른 사람 역시 죽음을 선택하는 것이다. 그렇다면 세 명의 용사도 그렇게 아둔하고, 그렇게 무모해 보이지만은 않는다.

사마천은 안평중을 "목숨을 걸고 임금에게 간언할 줄 아는 용기 있는 자"라고 평가했다. 안평중은 지혜롭기만 한 자가 아니라 용기 있는 자이기도 했다. 세 명의 용사는 세 명의 용사대로, 안평중은 안평중대로 자신의 도리를 다한 용기 있는 자였으니, 굳이 그들 사이의 우열을 가릴 필요가 있겠는가!

우임금 도산(塗山)에서 정치를 펴시니[48]

비단옷을 입고 옥으로 만든 홀을 든 제후들이 벼락같이 달려오
더라.

우임금의 부름에도 게으름 피우고 늦게 달려와 처형당한 방풍
씨(防風氏)의 커다란 유골들

방풍씨는 어인일로 그렇게 늦게 달려왔던고?

---

48 우임금이 황하 범람을 막는 치수 공사를 마치고 양적(陽翟)을 근거지로 삼은 다
음 도산에서 여러 부족의 수령들과 회합을 가진 사건이다. 이는 우임금 중심의
하 부족이 다른 부족을 압도하는 세력을 확보하고 이를 과시하는 사건이자 하
왕조를 창건하는 기틀이 되는 사건이다. 여러 부족의 수령들을 불러 모으고 우
임금 자신의 권위를 인정하지 않는 자를 징벌할 수 있는 권력을 확보한 것이다.
이 시는 안평중의 권위와 지혜를 인정하지 않는 제나라의 세 권신, 그리고 안평
중을 골려 주려고 했던 초나라 왕을 방풍씨에 비기고 안평중을 우임금에 비기
기 위해 인용된 듯하다. 특히 제나라의 세 권신이 체격이 컸다고 하는 것과 방풍
씨의 유골이 컸다는 것이 묘하게 일치한다.

앞에 인용한 것은 호증(胡曾, 840~?)[49]의 시이다. 옛날 삼황과 오제는 서로 왕위를 물려주었다. 순임금 때 천하에 큰 홍수가 닥치니 백성들이 살 수가 없었다. 순임금이 곤(鯀)에게 치수를 명령했으나 곤이 무능하여 물이 더욱 넘쳐흘렀다. 순임금은 격노하여 곤을 우산(羽山)에서 처형했다. 그런 다음 곤의 아들 우에게 치수를 맡겼다. 우는 아홉 강줄기〔九河〕의 물을 서로 연결하여 통하게 한 뒤 그 물이 모두 바다로 흘러들게 했다. 치수를 담당하는 동안 우는 세 번이나 자기 집 앞을 지나면서도 집에 들어가 보지 않았다. 우는 천하의 제후들을 회계의 도산에 모이라 명령한 다음 늦는 자는 처형하겠다고 했다.

오직 방풍씨가 늦게 도착하니 우가 격노하여 그를 목 베고 시체를 들판에 버렸다. 그리고 세월은 흘러 춘추시대 월나라 들판에서 수레에 가득 찰 정도로 커다란 뼈를 발굴했으니 정말 수레 하나에 뼈 하나라, 사람들이 그 뼈가 어떻게 된 뼈인지 알 수가 없어 공자를 찾아가 물었다. 공자가 대답했다.

"이건 바로 방풍씨의 뼈일세. 그는 우임금에게 처형당했는데 그 뼈가 아직 남아 있는 거지. 그 정도로 체격이 컸어."

당시 방풍씨는 정말로 거인 중의 거인이었다고 한다. 옛날 사람들 가운데에는 거인족이라 할 만한 사람도 많았다고 하는데 아무튼 그들은 참으로 순박하고 온순했다고 한다. 한편 짐승처럼 추하게 생긴 족속도 있었으니 신농씨는 정수리에 혹이 달려 있

---

49 당나라 시인, 역사 인물과 사건을 읊은 영사시 150수가 특히 유명하다.

晏平仲二桃殺三士

었다고 한다. 이런 옛말도 있지 않은가? "옛날 사람들은 짐승과도 같은 외모, 그러나 성인과도 같은 품성. 지금 사람들은 매끈한 외모, 그러나 짐승과도 같은 품성."

오늘 내가 하려는 이야기는 키가 삼 척도 되지 않는 조그만 사람이 아주 하찮은 물건을 사용하여 덩치 큰 세 사내의 목숨을 끊어 버린 사건이다. 여러 나라가 서로 경쟁하던 춘추시대, 제나라 경공의 조정에는 덩치 큰 세 사내가 있었으니, 그중의 한 명이 전개강(田開彊)으로 키가 일 장 오 척이나 되었다. 얼굴은 핏빛처럼 불그스레하고, 눈은 부리부리한 것이 별처럼 밝게 빛났으며, 새부리 같은 주둥아리에, 물고기 비늘 같은 뺨, 앞니들은 마치 판자처럼 일자로 쭉 붙어 있었다. 한번은 전개강이 경공을 모시고 동산(桐山)에 사냥을 나갔다. 이때 서쪽 언덕에서 성난 호랑이가 달려오니 경공이 타고 있는 말을 곧장 물어뜯을 기세였다. 경공이 탄 말이 호랑이가 달려오는 것을 보고는 몸을 흔들어 대니 경공은 바닥에 떨어지고 말았다. 전개강이 옆에 서 있다가 칼이나 창을 쓰지도 않고 맨손으로 호랑이를 상대하니 왼손으로는 그 호랑이의 목덜미를 쥐고 오른손으로는 주먹을 쥐고선 그 호랑이를 연신 주먹질하는 것이었다. 마침내 호랑이의 면상을 발길질하여 경공을 구해 냈다. 문무백관 가운데 두려움에 떨지 않은 자가 없었다. 경공은 조정으로 돌아와 전개강을 수녕군(壽寧君)에 봉했으니 이로 말미암아 전개강은 제나라의 첫 번째 권세가가 되었다.

덩치 큰 세 사내 가운데 두 번째는 바로 고야자(顧冶子)다. 키는 일 장 삼 척, 얼굴은 먹물처럼 새카맣고, 턱에는 황갈색 수염

이 덥수룩, 손은 구리 갈고리, 치아는 마치 톱날처럼 생긴 사람이
었다. 예전에 제나라 경공이 황하를 건널 때 갑자기 큰물이 불어
걷잡을 수 없을 정도로 파도가 쳐 배가 뒤집힐 상황에 처했다.
구름 사이로 번쩍번쩍 빛을 발하는 번개가 강물에 반사되는 것
을 보고선 경공이 너무도 겁을 먹었다. 고야자가 옆에 있다가 경
공에게 고했다.

"이건 필시 황하의 교룡이 장난을 치는 것입니다."

경공이 물었다.

"그럼 어찌하면 좋단 말이오?"

"걱정하지 마십시오. 소신이 목을 베어 버리겠습니다."

고야자는 옷을 벗어젖히고 검을 빼어 들고 물에 들어갔다. 잠
시 후 바람과 파도가 다 잠들었다. 바라보니 고야자가 교룡의 대
가리를 들고서 물 밖으로 고개를 내밀고 있었다. 경공이 깜짝 놀
라 그를 무안군(武安軍)에 봉했으니 바로 제나라의 두 번째 권세
가가 되었다.

덩치 큰 세 사내 가운데 세 번째는 바로 공손첩(公孫捷)이다.
키는 일 장 이 척에 머리는 돌탑 같고, 눈은 삼각형, 떡 벌어진 어
깨에 원숭이 같은 등짝, 천 근의 무게를 너끈히 들고도 남을 힘이
있었다. 하루는 진나라 병사들이 제나라 경계를 침범하자 경공이
군마를 이끌고 싸우러 나갔다. 그러나 진나라 병사들이 오히려
더 강력하게 제나라 병사들을 공격하고 마침내는 봉명산(鳳鳴山)
을 에워싸 버렸다. 이때 공손첩은 백오십 근이나 나가는 쇠몽둥
이 하나를 들고선 진나라 병사를 뚫고 들어가 경공을 구출해 냈

다. 경공이 그를 위원군(威遠君)에 봉하니 바로 제나라의 세 번째 권세가가 되었다.

이 세 사람은 의형제의 결의를 맺고 생사를 함께하기로 맹세했다. 셋 다 본디 교양이 없고 무식한 자들이라 조정에서 무례하고 제멋대로 굴고 임금과 다른 신하들을 무슨 별 볼일 없는 하찮은 존재로 여겼다. 경공은 세 사람이 함께 입궐하면 마치 등이 바늘에 찔리는 것처럼 고통스러웠다.

하루는 초나라에서 중대부 근상(斳尙)을 파견하여 화해를 요청했다. 제나라와 초나라는 서로 이웃한 채로 이십여 년 동안 전쟁을 하고 있었다. 초나라 왕이 근상을 사신으로 파견하니 근상은 제나라 경공을 알현하고 이렇게 아뢰었다.

"제나라와 초나라가 서로 화해하지 못하고 전쟁을 벌인 지도 이미 오랜 세월이 흘러 백성들의 생활이 심히 곤궁해졌음은 굳이 말할 필요조차 없습니다. 하여 초나라 임금께서는 특별히 신을 파견하여 폐하의 나라와 강화를 맺고 영원히 전쟁을 그치고자 합니다. 우리 초나라는 세 강과 다섯 호수를 끼고 있으며 천리에 이르는 국토를 소유하고 있어 쌓아 놓은 곡식은 수년을 두고 버틸 수 있을 정도로 군량미와 군사가 족하니 으뜸 국가라 칭할 만합니다. 왕께서는 이 점을 잘 헤아리셔서 명분과 실리를 다 같이 취하시기를 바랍니다."

이 말을 듣고, 전개강, 고야자, 공손첩 세 사람이 버럭 화를 내며 근상을 꾸짖었다.

"아니, 그깟 초나라가 뭐 대단하다고 그렇게 큰소리를 치느냐!

우리 세 사람이 직접 군사를 이끌고 너희 나라를 깔아뭉개 버리고 초나라 사람들을 모조리 죽여 하나도 남기지 않겠다."

세 사람은 근상을 궁전에서 쫓아 버리고 황금색 곤봉을 든 무사를 딸려 보내 근상을 죽이고 보고하라 했다. 이때 계단 아래에서 한 사람이 나서는데, 키는 삼 척 팔 촌, 진한 눈썹에 초롱초롱한 눈망울, 하얀 치아에 붉은 입술을 지닌 제나라의 승상 안영(晏嬰), 별명은 평중(平仲)이었다. 안평중은 무사를 불러 세우고 자초지종을 물었다. 근상이 설명하니 안평중은 무사에게 명하여 근상을 풀어 주라 했다. 그러면서 근상에게 자신이 직접 강화 문제를 마무리하겠노라 말했다. 안평중이 궁궐 안에 들어와 경공에게 강화 문제를 아뢰었다. 세 명의 권세가가 화를 내며 소리를 질렀다.

"아니, 우리가 근상의 목을 베라 했거늘 어인 일로 그대가 나서서 근상을 살려서 초나라에 돌려보내라고 한 거요?"

"전쟁 중이라도 사신으로 온 자는 목을 베지 않는다는 말도 못 들으셨소? 혼자서 찾아온 사신의 목을 베어 버린다면 두고두고 이웃 나라의 웃음거리가 될 것이오. 내가 비록 재주는 없으나 이 세 치 혀만 가지고 초나라를 직접 방문하여 임금과 신하들이 엎드려 머리를 조아리고 우리에게 용서를 빌고 제나라를 상국으로 받들도록 할 것이오. 물론 군사력은 동원할 필요가 없소이다. 나의 이 계책이 어떻소이까?"

세 명의 권세가는 노발대발하며 안평중을 꾸짖었다.

"주둥이만 살아 있는 난쟁이 먹물쟁이로군. 황제가 눈이 삐어서 저런 놈을 재상에 앉혀 놓았더니 지금 여기가 어디라고 그런 허무맹랑한 소리를 지껄이느냐! 우리 세 사람이 용의 목을 베고 호랑이를 때려잡는 힘으로, 적병 만 명을 혼자서 막아 내는 그런 용기로 날랜 병사들을 거느리고 초나라를 뭉개 버리려 하는데 네가 감히 뭐라고 나서는 거냐?"

경공이 참견했다.

"승상이 저렇게 큰소리치는 것을 보면 반드시 뭔가 꿍꿍이가 있을 것이오. 만약 승상이 초나라에 가서 성과를 거두면 그야말로 군사를 동원하는 것보다 훨씬 나은 일 아니오?"

세 명의 권세가가 대답했다.

"만약 저 난쟁이가 초나라에 가서 우리 제나라의 체면을 손상시키는 일을 저지르면 우리가 저놈을 가만두지 않고 갈아서 섭산적을 만들어 버릴 것입니다."

세 명의 권세가는 조정에서 물러났다. 경공이 안평중에게 말했다.

"이번 행차엔 모든 정성을 다해 주시기를 바라오."

"폐하께서는 염려하지 마십시오. 소신은 초나라 임금과 신하들을 그저 티끌이나 먼지로밖에 보지 않습니다."

안평중은 경공에게 하직 인사를 올리고 십여 명의 수행원을 대동하고 초나라로 떠났다.

안평중의 마차 대열이 초나라 수도 영도(郢都)에 이르렀다. 초나라의 신하들이 안평중의 방문을 임금에게 아뢰고 서로 머리를 맞대고 상의했다.

"제나라에서 사신으로 온 안평중은 말주변이 좋기로 둘째가라면 서러워할 자라고 합니다. 뭔가 계책을 마련하여 초장에 그 입을 막아서 마음대로 떠들지 못하게 해야 합니다."

초나라 임금과 신하들은 나름 꾀를 내고는 안평중이 입궐하기만을 기다렸다. 안평중이 초나라 궁궐에 도착해 보니 궁궐의 정문이 굳게 닫혀 있고 그 아래쪽에 물 흐름을 조절하는 작은 갑문만 반쯤 열려 있었다. 아마도 안평중이 고개를 숙이고 들어오게 하여 키가 작은 것을 조롱하고자 하는 것 같았다. 안평중이 갑문을 향하여 몸을 숙여 통과하려 하자 수행원들이 급히 말리며 말했다.

"저놈들이 지금 승상의 키가 작은 것을 조롱하고자 저 갑문으로 들어오게 한 것인데 어찌하여 그 노림수에 걸려들려고 하십니까?"

안평중이 껄껄 웃으며 대답하였다.

"그대들은 하나만 알고 둘은 모르는구나. 사람은 사람 문으로 드나들고, 개는 개 문으로 드나드는 것 아니냐. 사람 나라에 사신으로 오면 사람 문으로 들어가는 것이고, 개 나라에 사신으로 오면 개 문으로 들어가는 거야 당연한 일이지."

초나라의 신하들은 이 사실을 보고받고 황급히 정문을 열고서 안평중을 맞아들이게 했다. 안평중은 고개를 뻣뻣이 들고 당당하게 정문을 통과했다.

궁궐에 도착한 안평중은 초나라 왕에게 절을 올렸다. 초나라 왕이 안평중에게 물었다.

"그대 제나라는 땅이 협소하고 사람이 드문 모양이오?"

"우리 제나라는 동쪽으로는 바다에 닿아 있고, 서쪽으로는 위나라와 진나라와 접경하고 있으며, 북쪽으로는 조나라 연나라와 마주 대하고 있으며, 남으로는 오나라, 초나라를 넘보고 있습니다. 수천 리에 걸쳐 닭 우는 소리, 개 짖는 소리가 끊이지 않고 이어 들리니 어찌 땅이 협소하다고 하겠습니까?"

"땅이야 넓을지 모르나 사람은 드문 게 확실한 모양이야!"

"제나라에는 사람들의 입김이 구름이 되고, 흘리는 땀은 마치 비가 내리는 듯하고, 걷다 보면 사람끼리 어깨를 부딪치고, 서 있다 보면 발과 발이 서로 이어지고, 사람끼리 부딪쳐 떨어지는 장신구가 산더미처럼 쌓일 정도인데 어찌 사람이 적다 하십니까?"

"아니, 그렇게 땅이 넓고 사람이 많다면서 어찌 그대 같은 난쟁이가 사신으로 오게 되었소?"

"대국에 사신 보낼 때는 대인을 보내고 소국에 사신을 보낼 때는 소인을 보내는 법이지요. 그래서 이번에는 특별히 저 같은 난쟁이를 사신으로 보낸 것입니다."

초나라 왕이 신하들을 죽 둘러보았으나 그 누구도 대꾸를 하지 못했다. 초나라 왕은 안평중에게 아래에서 위로 올라오라 한 다음 자리에 앉게 했다. 접대를 맡은 초나라의 신하가 술을 따라 주니 안평중은 아주 흔쾌하게 마셨다.

잠시 후 황금색 쇠몽둥이를 든 호위병이 한 사람을 붙잡아 왔다. 붙잡힌 사람은 연신 억울함을 하소연하고 있었다. 안평중이 시선을 돌려 바라보니 제나라에서 따라온 수행원이었다. 초나라 왕이 그자가 무슨 죄를 지었느냐고 물으니 신하가 대답했다.

"저놈은 술자리에서 술잔을 훔쳐 도망가다가 호위병에게 붙잡혔습니다. 두말할 필요 없는 도둑놈입니다."

그 붙잡혀 온 자가 이렇게 말했다.

"저는 술잔을 훔친 적이 없습니다. 호위병들이 저에게 죄를 뒤집어씌운 것입니다."

안평중이 상황을 살펴보다가 이렇게 말했다.

"진정 도둑놈이 틀림없을 것입니다. 어서 저놈을 끌어내어 목을 베십시오."

안평중의 말을 들은 초나라 신하가 안평중에게 비꼬는 말을 건넸다.

"승상께서는 먼 길을 달려 이렇게 우리 나라에 사신으로 오시면서 저런 도둑놈을 수행원으로 데리고 오셨으니 체면이 말이 아니게 되었습니다."

이 말을 듣고 안평중이 대답했다.

"저놈은 이 몸이 오래전부터 데리고 다니던 녀석으로 내가 아주 잘 아는 심복이라오. 오늘 이렇게 도둑질을 한 거야 사실 그리 놀랄 일도 아니오. 우리 제나라에 있을 때는 그래도 제법 괜찮은 놈이었는데 초나라에 오더니 이렇게 좀도둑으로 변하고 말았소이다. 아마도 분위기 탓인 것 같소. 내가 들은 이야기가 있습니다. 동정호 주변에 나무 한 그루가 있으니 그 나무가 열매를 맺으면 그걸 귤이라고 부르는데 색깔은 노랗고 향기로운 데다 맛 또한 달콤하기 그지없다고 하오. 그 나무를 북쪽에 옮겨 심어도 역시 열매를 맺으니 그 이름을 탱자라고 한다오. 한데 그 탱자의 색깔은 푸르딩딩하고 맛도 떫고 쓰다고 하오. 이게 바로 남쪽 지방의 귤, 북쪽 지방의 탱자라는 말의 유래라오. 이렇게 같은 나무에 서로 다른 열매가 맺히는 것은 풍토가 달라서지요. 이로써 미루어 보건대 저놈도 제나라에 있었으면 도둑이 되지 않았을 것인데 나를 따라 초나라에 왔기 때문에 도둑이 된 것이 틀림없소이다."

초나라 왕이 안평중의 말을 듣고 보좌에서 벌떡 일어나 두 손을 공손히 모으며 안평중에게 예를 갖추고는 말문을 열었다.

"그대는 정말 현명한 분이시구려. 우리 나라의 수많은 문무백관들은 그대의 발뒤꿈치에도 미치지 못할 것이오. 바라건대 가르침을 주신다면 기꺼이 받들겠소이다."

"폐하께서는 보좌에 편히 앉으셔서 소신의 말을 들어 주십시오. 우리 제나라에는 세 명의 장사가 있으니 그들은 모두 혼자서 수천, 수만의 사람을 상대할 용기를 지니고 있으면서 군사를 일으켜 초나라를 공격하고자 벼르고 있습니다. 저는 그렇게 해서는 안 된다고 힘써 말리고 있습니다. 제나라와 초나라가 서로 전쟁을 하면 온 백성들이 고통을 받을 것인데 어찌 그걸 두고 볼 수가 있겠습니까? 소신은 오늘 양국이 서로 화해하길 원하는 마음에 이렇게 사신으로 왔습니다. 폐하께서 친히 제나라를 방문하셔서 제나라와 초나라가 혈맹 관계가 된다면 이웃 나라의 침략을 받을 때면 서로 도와주고 영원히 서로 침범하지 않으면 두 나라는 만년을 이어 갈 토대를 닦을 것입니다. 만약 폐하께서 소신의 말을 듣지 않으시면 머지않아 재앙이 닥칠 것입니다. 소신이 폐하를 겁주려고 이런 말을 하는 것은 절대 아니니 굽어살펴 주십시오."

안평중의 말을 듣고 초나라 왕이 이렇게 대답했다.

"과인은 그대의 말을 따라 제나라와 화평을 맺고 싶소이다. 그러나 과인이 걱정하는 것은 제나라의 세 장사가 본디 어질지 못한 자들이라서 안심이 되질 않소이다."

"폐하께서는 걱정 마십시오. 소신이 친히 폐하를 모시고 가겠습니다. 만약 그들이 꼼수를 부리면 소신이 그들을 죽여 폐하의 발밑에 바쳐 두 나라 사이의 우환을 제거하겠습니다."

"만약 제나라의 세 장사가 없어지기만 한다면 과인은 기꺼이 아우 나라가 되어 해마다 조공을 바친다 해도 불만이 없겠소이다."

안평중은 꼭 그렇게 하겠노라 약조했다. 초나라 왕은 매우 기뻐하며 잔치를 베풀었다. 그러고는 안평중에게 먼저 제나라로 돌아가면 예물을 준비하여 뒤따라가겠노라고 했다.

안평중은 먼저 수행원을 보내어 경공에게 이 사실을 보고하게 했다. 경공은 그 소식을 듣고 매우 기뻐했다.

"문무백관은 과인과 같이 성 밖으로 나가서 승상을 맞이하도록 하라."

세 명의 장사는 이 소식을 듣고 화를 버럭 냈다. 안평중이 도착하자 경공은 수레에서 내려 안평중을 맞아 주었다. 그리고 안평중의 노고를 치하하며 같이 마차를 타고 성안으로 들어왔다.

제나라 사람들은 안평중을 보기 위해 길을 가득 메웠다. 안평중이 경공에게 인사를 드리고 집에 돌아갔다가 다음 날 입궐하니 세 명의 장사가 궁궐 마당에서 놀이를 즐기고 있었다. 안평중이 인사를 건넸으나 그들은 본 척도 하지 않고 무시하는 태도가 역력했다. 안평중은 한참을 기다렸다가 안으로 들어가 경공을 뵙고 세 장사의 방약무인하고 무례함을 알렸다. 경공이 이렇게 하소연했다.

"저 세 장사들은 늘 칼을 차고 정전에 들어오고 과인을 마치 동네 어린아이 대하듯 하니 머지않아 과인의 자리를 넘보려 할 것이오. 진즉부터 저들을 제거하고 싶었으나 힘이 부족한 것이 한스러울 뿐이오."

"폐하께서는 걱정하지 마십시오. 초나라 왕과 사절단이 도착하면 큰 잔치를 열어 주십시오. 소신이 그때 꾀를 내어 세 장사가 스스로 목숨을 끊도록 하겠습니다."

"아니, 어떤 꾀를 낸다는 말이오?"

"저 세 장사는 힘만 센 필부에 불과하여 지혜를 찾아볼 수가 없으니 만약 이렇게 하면 그들을 필시 제거할 수 있을 것입니다."

경공이 매우 기뻐했다.

다음 날 초나라 왕이 신하 백여 명을 이끌고는 금은보화를 가득 싣고서 제나라의 궁궐에 도착했다. 경공이 초나라 왕을 맞아들이니 초나라 왕이 제나라 경공에게 인사를 올렸다. 경공이 초나라 왕에게 황급히 답례했다. 두 왕은 서로 주인과 손님 자리를 찾아 앉았다. 초나라 왕은 자신을 수행한 신하들을 계단 아래 도

열하게 했다. 초나라 왕이 두 손을 맞잡고 예를 갖추어 말했다.

"지난 이십여 년 동안 우리 초나라에서 불미스러운 일을 많이 저질렀습니다. 이제 과인이 안 승상의 말을 듣고 특별히 사죄드리러 왔습니다. 여기 보잘것없는 예물을 드리니 받아 주시기를 바랍니다."

경공이 감사의 뜻을 표하고 잔치를 크게 열었다. 두 나라의 왕과 신하들은 모두 잔치를 즐겼다. 세 명의 장사는 궁전 아래에서 칼을 차고 위세를 떨고 있었다. 안평중은 손님을 접대하고 잔치를 챙기느라 세 장사들을 신경 쓸 겨를이 없었다.

한참 술기운이 오를 무렵, 경공이 말했다.

"궁궐 정원의 복숭아가 잘 익었습니다. 몇 개 따 와서 맛을 볼까 하오."

잠시 후 궁궐의 수종이 복숭아 다섯 개를 쟁반에 담아 들고 들어왔다. 경공이 다시 말했다.

"올해는 복숭아가 다섯 개밖에 열리지 않았습니다. 이 복숭아는 향기와 맛이 매우 빼어나 다른 복숭아하고는 차원이 다릅니다. 승상이 술잔을 올려 이 복숭아를 기려 주길 바라오."

옛날부터 복숭아는 귀한 것으로 여겨졌으나 이제 궁궐 정원에 특별히 더 귀하고 귀한 복숭아가 다섯 개 열린 것이다. 안평중이 다섯 술잔에 술을 따른 다음 먼저 초나라 왕에게 바쳤다. 초나라 왕은 그 술을 받아 마신 다음 복숭아 하나를 먹었다. 안평중이 다시 제나라 왕에게 바치니 제나라 왕이 술잔과 복숭아를 받아 먹었다.

"이 복숭아는 정말 귀하고 얻기 어려운 것이오. 승상도 두 나라의 화해를 이루는 데 큰 공을 세웠으니 이 복숭아를 하나 먹을 만하오."

안평중이 무릎을 꿇고서 그 복숭아를 먹고 술잔을 받았다. 제나라 왕이 다시 말했다.

"초나라와 제나라의 공경대부 가운데 큰 공훈을 세운 자가 당연히 남은 복숭아를 먹어야 할 것이오."

이 말을 듣고 전개강이 벌떡 일어나 나오더니 연회장 앞에 서서 말했다.

"옛날 폐하가 동산에서 사냥을 할 때 폐하를 덮치던 호랑이를 때려잡은 공이 있으니 그 정도 공훈이면 족하겠습니까?"

제나라 왕이 대답했다.

"과인을 보호해 준 공훈이 어찌 크지 않다 하겠소!"

안평중이 재빨리 전개강에게 술잔과 복숭아를 바치고는 자기 자리로 돌아갔다. 바로 이때 고야자가 분연히 나서서 이렇게 말했다.

"호랑이 때려잡은 게 뭐 대단한 일이라고. 나는 일찍이 황하 교룡의 목을 베어 폐하를 구하고 궁궐로 무사히 귀환하시게 하고 거친 물결을 잔잔하게 만들었으니 그 공로가 어떠합니까?"

제나라 왕이 말했다.

"그야 세상에서 제일가는 공훈 아니오! 술과 복숭아를 대접하는 게 당연하지 않겠소."

안평중이 황급히 술과 복숭아를 올렸다. 이때 공손첩이 웃자락을 걷어 올리며 자리에서 벌떡 일어나 나와서 말했다.

"내가 일찍이 십만 적군을 앞에 두고 쇠몽둥이를 휘둘러 임금을 구할 때 적군 가운데 감히 나에게 대적하려는 자가 없었소이다. 이 공훈은 어떻습니까?"

제나라 왕이 대답했다.

"그대의 공훈이야말로 이 세상에 감히 비견할 자가 없을 것이오. 그러나 그대에게 하사할 복숭아가 없으니 일단 술잔만 받으시고 복숭아는 내년을 기약해야 할 것 같소이다."

안평중도 입을 열었다.

"장군의 공이 가장 크나 애석하게도 말씀을 가장 늦게 하시는 바람에 드릴 복숭아가 없어 그 공을 기릴 수가 없습니다."

공손첩이 칼을 빼어 들고서 말을 뱉어 냈다.

"호랑이를 잡고 교룡을 목 베는 것은 그리 대단한 일이 아닙니다. 나는 십만 적군을 앞에 두고도 용감히 싸워 임금을 구해 내는 큰 공훈을 세웠습니다만, 복숭아를 먹기는커녕 두 나라 왕 앞에서 모욕을 당하니 이는 자손만대의 치욕이 될 것입니다. 어찌 조정에서 얼굴을 들고 서 있겠습니까?"

공손첩이 말을 마치고는 스스로 목을 찔러 자결하고 말았다. 전개강은 그걸 보고 깜짝 놀라 역시 칼을 빼어 들고는 말했다.

"우리 둘은 공이 작음에도 불구하고 복숭아를 먹고 내 아우는 큰 공을 세우고도 복숭아를 먹지 못했으니 나의 이 부끄러움을 언제나 씻을 수 있을까?"

말을 마치고 그 역시 스스로 칼로 목을 찔러 자결하고 말았다.

고야자도 북받쳐 소리쳤다.

"우리 셋은 친형제처럼 지내며 생사고락을 함께하기로 맹세했다. 한데 이제 둘이나 저세상으로 가 버렸으니 어찌 나 혼자 살아갈 수 있겠는가!"

말을 마치고는 고야자 역시 스스로 목을 찔러 자결하고 말았다. 안평중이 껄껄 웃으면서 말했다.

"복숭아 두 개가 아니었더라면 저 세 장사를 해치울 수 없었을 것입니다. 이제 폐하의 골칫거리를 해결했습니다. 신의 계책이 어떻습니까?"

초나라 왕이 자리에서 일어나 절하며 탄복했다.

"승상의 신묘한 계책에 어찌 탄복하지 않을 수가 있겠소이까? 우리 초나라는 이제부터 제나라를 형님 나라로 섬기고 절대 침범하지 않겠습니다."

제나라 왕은 세 명의 장사를 동문 밖에 장사 지내 주었다.

이로 말미암아 제나라와 초나라는 서로 강화를 맺고 전쟁을 그쳤으며 제나라는 천하의 으뜸 국가 노릇을 했다. 안평중의 명성은 만세토록 전해졌으며 공자도 안평중을 칭찬했다. 나중에 제갈공명은 「양보음(梁父吟)」이란 시를 지어 안평중의 이 활약상을 노래한 바 있다.

제나라 도읍의 성곽 문을 나서
멀리 탕음리(湯陰里)를 바라보노라.
그 탕음리엔 무덤이 셋 있으니

이어져 있는 그 무덤은 모양이 많이도 닮았도다.
이 무덤들이 누구의 무덤인지 물으니
전개강, 고야자 등의 무덤이란다.
그들의 힘은 남산을 밀어낼 정도이고
문장은 땅의 이치를 꿰뚫을 정도라네.
그러나 하루아침에 계략에 빠져
복숭아 두 개로 말미암아 이 셋이 죽임을 당하니.
누가 그런 계략을 꾸몄던가?
제나라의 승상 안평중이라네.

또한 강물을 온통 '빨갛게 물들임'이란 뜻의 「만강홍(滿江紅)」
이란 사를 한 수 지어 이 일을 읊은 사람도 있다.

용맹한 제나라 경공
전투에 익숙하고
바닷가에서 수렵을 즐겼더라.

짐승을 쫓다가 도리어 맹수의 공격을 받으니
뭇 호위병이 겁을 먹고 도망하더라.
장사 전개강이 용기를 내어 막아서서
맨손으로 호랑이를 때려잡으니 유혈이 낭자하더라.
위험에 빠진 임금을 구하고 높은 작위를 하사받으니 그 영광 높
아라

진정한 영웅이로다!

고야자
황하의 교룡을 목 베었구나.

강한 진나라 병사들을 격파했구나
공손첩.

어찌하리, 이 세 장사가 자기 용맹만 믿고
온 제나라에서 너무 설쳐 댔구나.
안평중이 절묘한 꾀를 내어
복숭아 두 알로 저 세 명이 스스로 목숨 끊게 했도다.
제나라 도읍의 성곽 동문 밖에 있는 무덤 셋
달빛 받으며 황량한 들판에 서 있도다.

沈小官一鳥害七命

심 도령의 새 한 마리가
일곱 목숨을 앗아 가다

이 작품은 송나라 휘종 때 일을 그리고 있다. 낭영(郎瑛, 1487~1566)이 지은 『칠수유고(七修類稿)』에 실려 있는 심조아(沈鳥兒) 이야기가 이 작품과 구성이나 인물에서 매우 유사한 걸 보면 아마도 풍몽룡이 『칠수유고』를 근거로 각색한 듯하다. 『칠수유고』에 실려 있는 심조아 이야기는 명나라 영종 천순(天順, 147~1464) 때를 배경으로 하고 있다. 이 작품이나 『칠수유고』의 심조아 이야기나 모두 공간 배경이 되는 곳은 항주이다. 항주는 인구가 조밀하고 상업이 번성한 데다 교통까지 편리하여 중국 고전 소설의 많은 이야기를 탄생시킨 곳이다.

순간의 선택이 인생을 바꾼다. 그 순간의 선택은 자신의 심성과 인생관을 바탕으로 이루어진다. 그러므로 순간이 곧 영원이고 영원이 곧 순간이다. 욕심에 눈이 어두워져 생명을 빼앗은 자. 그 잘못된 선택 하나가 무려 일곱 명의 생명을 앗아 갔다. 풍몽룡은 잘못된 선택은 반드시 잘못된 결과를 낳는다는 것. 그것이 하늘의 법칙이고 하늘의 법칙은 우리 인간계에도 늘 적용된다는 것을 이 작품을 통해 예증한다. 서양의 중국 문학 연구자인 패트릭 해넌(Patrick Hanan)은 이런 유형의 작품을 우행(바보짓, folly) 소설이라고 불렀다. 인간이 욕망 때문에 바보짓을 하고 그로 말미암아 불행에 빠져드는 것을 적나라하게 보여 준다는 것이다. 다만 하난이 생각하는 것 이상으로 풍몽룡은 바보짓 그 자체보다 바보짓으로 야기된 처참한 결과를 보여 줌으로써 독자에게 교훈을 던지고자 하는 의도가 더 강했던 것 같다.

날짐승 하나가 온갖 재앙의 근원이었구나

일곱 명이 목숨을 잃었으니 이 어찌 안타깝지 않으리!

세상 사람들아, 모름지기 경계할지니

철들지 않은 아이에게 큰일을 맡기지 말지라.

송나라 휘종 황제 선화 3년(1121), 해녕군(海寧郡) 무림문(武林門) 밖 북신교(北新橋) 아래에 방직 공장을 운영하는 자가 있었으니 이름은 심욱(沈昱)이고 자는 필현(必顯)이었다. 집안 살림은 넉넉한 편이었고, 부인 엄 씨(嚴氏)와 금슬도 좋았다. 둘 사이에는 아들이 하나 있었으니 이름은 심수(沈秀)이고, 나이는 열여덟로 아직 장가는 들지 않았다. 심욱이 방직업으로 집안 살림을 착실하게 꾸려 나가는 것과 달리 아들 심수는 가업에는 전혀 관심이 없고 친구들과 어울려 놀기를 좋아하고 오직 화미조(畵眉鳥) 키우는 데만 정신이 팔려 있었다. 심수의 부모는 하나밖에 없는 아들이 안타까워 온갖 잔소리를 해 댔지만 아무 소용이 없었다. 이웃 사람들은 심수에게 '새 도령'이라는 별명을 붙여 주었다.

심수는 매일 새벽 오경이면 화미조를 들고서 성안으로 들어가 숲속에 놓아두곤 했다. 봄에서 여름으로 넘어가는 시기, 덥지도 춥지도 아니하며 꽃은 피고 버들가지 녹음 드리울 때였다. 그날도 어김없이 심수는 새벽같이 일어나 세수를 마치고 간단히 요기를 한 뒤 세상에 둘도 없이 아끼는 화미조를 새장에 넣었다. 이 화미조는 세상에 정말 하나밖에 없는 새, 이 세상에 어느 새와 견주어도 으뜸인 새라, 이미 다른 새하고 시합을 하여 적잖은 돈을 따기도 했다. 이런 까닭에 심수는 이 화미조를 목숨처럼 아끼면서 금색으로 칠한 새장에 자물쇠를 채우고, 도자기로 만든 고급 물과 모이 받침대를 넣어 놓고, 비단 덮개까지 갖추어 주었다. 심수는 이 새장을 들고 의기양양하게 서둘러 성안으로 들어가 수풀 안에다 화미조 새장을 놓아두려고 했다. 그러나 바로 이것이 심수가 비명횡사하는 길이었다.

돼지와 양이 백정 집에 들어가듯이
한 걸음 한 걸음 죽음을 향해 들어가는구나.

심수는 화미조를 들고 숲속 깊은 곳으로 들어갔다. 그러나 오늘따라 조금 늦게 왔는지 화미조를 놓아두러 오던 사람들이 이미 다 사라지고 주위는 어둑어둑 쥐죽은 듯이 조용했다. 심수가 혼자서 화미조 새장을 버드나무에 걸쳐 놓으니 새가 한참을 울어 댔다. 심수는 심드렁해져서 다시 새장을 집어 들고 집으로 돌아가려 했다. 그 순간 창자가 꼬이는 것처럼 배가 아파 오기 시작하여 땅바닥에 데굴데굴 굴렀다. 본디 심수는 지병을 앓고 있었으니 바로 '내장 꼬임병' 또는 '창자 통증'이라 불리는 병이었다. 이 통증이 시작되면 거의 죽을 것처럼 괴로웠다. 이날은 평소보다 일찍 일어났지만 성안 숲속에 오기는 오히려 늦게 와서 다른 사람들이 모두 돌아가 버린 상태라 흥도 나지 않고 기분도 찜찜한 상황이었는데 이렇게 병마저 도지니 상황이 정말로 걷잡을 수 없이 안 좋았다. 버드나무 숲속에서 쓰러진 심수는 한참 동안이나 인사불성 상태로 있었다.

우연이었을까, 아니면 일이 꼬이려고 그랬을까? 마침 통 만드는 장인 장 공(張公)이 어깨에 짐을 메고 버드나무 숲을 지나 저가(褚哥)네 집에 가서 날일을 하려던 참이었다. 장 공이 멀리서 바라보니 한 사람이 숲에 쓰러져 있는 것이었다. 한 걸음 두 걸음 천천히 다가가 어깨 위의 짐을 내려놓고 얼굴을 살펴보니 이미 누렇게 떠서 제정신이 아니었다. 주변에는 값나갈 것 하나 보이지 않고 화미조 한 마리가 있을 뿐이었다. 마침 이때 화미조가 예쁜 소리로 지저귀기 시작하였다. 견물생심이라고 하지 않던가? 가난하게 살던 장 공은 화미조를 보고 갑자기 이런 생각이 떠올랐다.

"하루 종일 뼈 빠지게 일해도 은자 두 냥도 벌기 어려우니, 이 놈의 팔자도!"

오늘 심수가 죽을 운명이었던 것일까? 그래서 화미조가 장 공을 보고 더욱 예쁘게 울었던 것일까? 장 공이 생각했다.

"그래, 이 화미조는 못 나가도 은 두세 냥은 될 거야."

장 공이 새장을 들고 일어서는 바로 그때 심수가 정신이 돌아왔는지 눈을 뜨고 새장과 장 공을 붙잡고서 소리를 질렀다.

"야, 이 죽일 놈아, 내 새장을 들고 어디로 도망가는 거냐?"

장 공은 그 소리를 듣고 생각했다.

"저놈, 입도 참 더럽군. 이걸 들고 가더라도 저놈이 일어나 쫓아오면 저놈한테도 당하겠지? 어쨌든 한 번은 손을 써야겠군."

장 공은 통 안에서 통 깎는 데 쓰는 칼을 꺼내 심수를 힘껏 찔렀다. 칼날이 예리하기도 한 데다 장공의 힘 또한 엄청났으니 심수의 머리가 뎅강 떨어져 한쪽에 굴렀다. 장 공도 당황하여 사방을 두리번거리며 본 사람은 없는지 살폈다. 장 공은 속이 말라서 절구통처럼 비어 있는 버드나무 하나를 발견하고 심수의 머리를 그 구멍 안에다 던져 버렸다. 칼은 다시 통 안에 넣고 그 통을 막대에 걸어 매고는 저가네 집에 날일 하러 가기를 포기하고 한달음에 골목길을 지나 한곳을 찾아갔다. 아, 이 화미조로 말미암아 도대체 몇 사람이나 생명을 잃을까?

사람들끼리 나눈 은밀한 이야기
하늘에는 마치 천둥소리처럼 크게 들리네.
아무도 없는 곳에서 저지른 악행
하늘에는 마치 번개처럼 밝게 비치네.

그때 장 공은 걸으면서 생각에 잠겼다.

"맞아, 호주서(湖洲墅)의 여관에 묵고 있는 손님이 애완동물을 사들인다고 하던데 왜 그 사람한테 가 볼 생각을 못 했을까?"

장 공은 곧장 무림문을 나서 길을 갈 참이었다. 그런데 무슨 마가 끼였던 것일까, 마침 세 명의 상인이 두 명의 수행원과 함께, 그러니까 총 다섯 명이 팔던 물건을 거둬서 돌아가려고 성문 안으로 들어오고 있었다. 그들은 모두 동경 변량 사람이었다. 그 가운데 약초상 이길(李吉)이 평소 화미조를 좋아했던지라 장 공의 짐 막대에 화미조 새장이 걸려 있는 것을 발견하고는 장 공을 불렀다.

"그 화미조 한번 봅시다."

장공이 지고 가던 짐을 내려놓자 이길이 화미조를 살펴보았다. 화미조의 털과 눈매가 너무 아름답고 지저귀는 소리도 예뻐서 이길은 그만 마음을 빼앗기고 말았다.

"이거 팔 거요?"

재수 없는 화미조를 어떻게든 털어 버리고 싶었던 장 공은 바로 대답했다.

"그래, 얼마나 주시려고?"

보면 볼수록 화미조가 맘에 들었던 이길은 바로 대답했다.

"은 한 냥 내리다."

괜찮은 가격이라고 생각한 장 공이 바로 대답했다.

"따지는 건 아니고 그래도 뭐든 좋은 물건은 제값을 주고 사야 하는 거라잖소! 좀 더 쓰시오."

이길은 은 세 덩어리를 꺼내더니 한 냥 두 푼을 달아 주었다.

"이거면 되겠소?"

장 공이 은을 건네받아서 자기 짐 부대 안에 넣고는 화미조를 이길에게 건넸다. 장 공이 자리를 뜨며 중얼거렸다.

'재수 없는 물건을 처리했으니 정말 다행이야.'

장 공은 일하러 가지 않고 그냥 곧장 집으로 돌아왔다. 하지만 아무리 해도 마음속에는 찜찜한 구석이 남아 있었다.

나쁜 짓 하면 하늘의 꾸지람을 받을까 걱정
양심에 꺼리는 일 하면 귀신이 알까 봐 걱정.

장 공은 용금문(湧金門) 성곽 아래에서 자식도 없이 마누라와 단둘이 살고 있었다. 장 공의 마누라는 남편이 일찍 집에 돌아오는 것을 보고 물었다.

"통 만드는 등나무 줄기는 손도 안 대고 왜 이렇게 일찍 돌아왔어요? 무슨 일 있어요?"

장공은 대꾸도 하지 않고 짐을 문간에다 벗어 놓은 뒤 대문을 닫아걸고 말했다.

"이리 좀 와 봐. 할 말이 있어. 실은 말이야, 내가 이리이리 해서 은자 한 냥 두 푼이 생겼어. 당신한테 줄 테니 잘 써."

부부는 입이 째지게 좋아했다.

한편 심수가 일을 당한 그 버드나무 숲엔 사람들이 내내 왕래를 하지 않다가 해가 뜨고 한참 지나서야 퇴비를 나르던 농부 둘이 지나갔다. 그들은 머리도 없는 시체가 길을 막고 있는 것을 발견하고는 대경실색하여 소리를 질렀다. 이 소리에 동네 사람들과 이장이 깜짝 놀라 허둥댔다. 이윽고 이장이 현령에게, 현령은 또 부윤에게 각각 보고했다. 다음 날 관리들이 나와서 버드나무 숲에서 현장을 살피니 시신에 상처는 아무 데도 없고 머리만 잘렸으니 신원을 밝혀낼 도리가 없었다. 관리가 돌아가 부윤에게 보고하니 부윤은 포졸들에게 명령하여 범인을 좇게 했다. 이 일로 말미암아 성 전체가 민심이 흉흉했다.

한편 심수의 집에서는 날이 저물도록 아들이 돌아오지 않으니 사람을 시켜 사방으로 찾아보게 했으나 도무지 흔적조차 찾을 수 없었다. 다음 날 아침 사람을 시켜 성안에 들어가 찾아보게 했더니 호주서에서 머리 없는 시체 하나가 발견되었다는 소식을 주워듣고 와서 알려 주었다. 심수의 어머니는 이 소식을 듣고 이렇게 생각했다.

'내 아들이 어제 화미조 바람 쐬어 준다고 성안으로 들어갔다가 아무 소식이 없는데 혹시 죽은 이가 바로 내 아들은 아닐까?'

심수의 어머니는 황급히 남편을 불렀다.

"여보 당신이 직접 성안으로 들어가 알아봐 주시구려."

심수의 아버지 심욱은 아내의 말을 듣고 너무도 놀라 황망히 성안 버드나무 숲으로 달려갔다. 가서 머리가 없는 시신을 살펴보니 입은 옷이나 몸집이 틀림없이 자기 아들이었다. 심욱은 목 놓아 울었다. 그 마을의 이장이 나서서 입을 열었다.

"죽은 자의 가족은 찾았는데, 범인은 아직 못 찾았네."

심욱은 임안부에 가서 고했다.

"소인의 아들이 어제 오경에 화미조 바람 쐬어 준다고 성안으로 들어갔는데 무슨 영문인지 이렇게 죽임을 당하고 말았습니다. 나리, 제발 하루빨리 범인을 잡아 주십시오."

이 사정을 들은 임안 부윤은 아전과 포졸들에게 열흘 안에 범인을 잡아들이라는 명령을 하달했다. 심욱은 관을 사서 아들의 시신을 담은 다음 일단 버드나무 숲에 잘 놓아두었다. 그길로 집에 돌아와 부인에게 전했다.

"우리 아들이 어떤 놈한테 죽임을 당했소이다. 그런데 머리가 잘려서 어디에 있는지 알 길이 없구려. 내가 이미 임안부에 신고해서 포졸들이 각처에 흩어져 범인을 찾고 있소이다. 일단 관을 사서 우리 아들을 잘 담아 놓기는 하였는데, 앞으로 이 일을 어찌하면 좋단 말이오?"

부인 엄 씨는 이 말을 듣고 방성대곡하다가 그만 졸도하고 말았다. 엄 씨의 오장육부야 어찌되었는지 모르나 일단 사지는 뻣뻣하게 굳어 버렸다.

> 새벽녘 산마루에 걸려 넘어가는 달 같은 신세
> 한밤중 기름이 다해 가는 등잔불 같은 처지.

옆에 있던 사람들이 탕약을 달여 구환하니 엄 씨는 겨우 정신을 차리고 울면서 넋두리를 했다.

"이놈의 자식, 평소에 그렇게 타일렀건만 귓등으로도 안 듣더니 결국 이렇게 개죽음을 당하나그래. 이렇게 어린 내 아들이 죽었으니 슬퍼서 어쩔거나? 우리 부부 늙어서 봉양받을 자식 하나 없는데 어찌할꼬!"

엄 씨는 울다가 소리 지르다, 소리 지르다 울다가 식음을 전폐했다. 남편이 계속 타이르니 마지못해 식사를 하는 척할 뿐이었다. 보름이 지나도록 아무런 소식이 없자 심욱 부부는 아들을 어찌할지 상의했다. 평소에 말을 듣지 않다가 횡액을 입어 다른 사람에게 죽임을 당하고 아직 범인도 잡지 못했으나 이 또한 어쩔 수 없는 현실 아닌가. 그러나 시신이라도 온전히 해야 할 것 아닌가. 그리하여 그들 부부는 사방에 알려 죽은 아들의 머리를 찾아서 시신을 온전히 수습한 뒤에 다음 일을 생각하기로 했다. 두 사람은 이렇게 작정을 하고선 방을 여러 장 써서 성안 곳곳에 붙였다. 그 방의 내용은 이러했다.

"알립니다. 누구든지 심수의 머리를 찾아 주시는 분에게는 현금 천 냥을 사례할 것이며, 범인을 잡아 주는 분에게는 현금 이천 냥을 사례할 것입니다."

이 소식이 관가에까지 알려지니 임안부에서도 포졸들을 독려하고자 이렇게 공고했다.

"심수의 머리를 찾는 자에게는 현금 오백 냥, 범인을 잡는 자에게는 현금 천 냥을 포상함."

이런 방이 연달아 붙자 온 성이 떠들썩해졌음은 두말할 필요도 없을 것이다.

한편 남고봉(南高峰) 기슭에 찢어지게 가난한 노인이 살고 있었다. 황씨 성을 가지고 있어서 사람들은 그를 그냥 황개똥이라고 불렀다. 젊어서는 가마꾼으로 생계를 유지하다가 이제는 늙고 눈이 어두워져서 그것도 못하고 두 아들한테 얹혀사는 형편이었다. 황개똥의 큰아들은 대보(大保), 작은아들은 소보(小保)라 불렸다. 이들 삼부자는 정말 입성도 형편없고, 먹는 것도 형편없었으니 겨우겨우 하루하루를 넘기는 형편이었다. 어느 날 황개똥이 대보와 소보를 불렀다.

"애들아, 내가 듣자니 심수라고 하는 부잣집 도령이 살해당했는데 그 머리를 아직 못 찾았다는구나. 그래서 상금을 걸고 그 머리를 찾고 있다는데 그 집에서 주는 상금이 천 냥, 관가에서 따로 주는 상금이 오백 냥이란다. 내가 오늘 너희 둘을 부른 건 다른 이유가 아니다. 나는 늙어서 아무짝에도 쓸모가 없는 신세 잖느냐. 눈이 제대로 보이기를 하냐, 돈을 벌어 올 수가 있냐? 이제 너희라도 제대로 살게 해 주고 싶으니 오늘 밤에 내 머리를 잘라서 서호 호수에 던져 놓아라. 그런 다음 며칠 지나서 내 얼굴이 문드러지면 다시 건져서 관가에 가지고 가서 상을 받거라. 천오백 냥이면 이렇게 고생하면서 사는 신세는 면할 수 있을 것이다. 이건 하늘이 준 기회야. 어서 서둘러라. 만약 다른 사람이 선수를 치면 내가 쓸데없이 목숨만 내놓는 거 아니냐."

이 바보 같은 황개똥이 이런 어처구니없는 말을 하다니! 게다가 황개똥의 두 아들은 너무 우둔하여 인간 세상의 법도조차 제대로 알지 못했다.

입은 화가 드나드는 문

沈小官一鳥害七命

혀는 몸을 베는 칼.

입을 다물고 혀를 깊이 감추면

이 한 몸 어디에 두든지 아무런 걱정이 없으련만.

황개똥의 두 아들은 밖으로 나와서 이야기를 나누었다. 소보가 형에게 말하였다.

"정말 대단한 계책이야. 대장군이나 사령관도 이런 계책은 생각해 내지 못할 거야. 하지만 아버지를 죽여야 한다는 게 좀 걸리네."

큰아들 대보는 멍청하기도 하고 모질기도 한지라 이렇게 잘라 말했다.

"어차피 아버지는 머지않아 죽을 것 아니냐? 기왕에 죽을 거면 이번 기회에 죽은 다음 그 시신이야 깊은 산속에 묻어 버리면 아무 흔적도 안 남을 텐데 누가 그걸 조사하겠냐? 물이 끓었을 때 닭 털을 확 벗겨 구질구질함을 남기지 말라는 말은 바로 이런 경우를 두고 하는 말이야. 마침 하늘이 우리를 도우시려고 아버지가 먼저 제안한 것 아니냐? 우리가 아버지한테 그런 일 강요한 건 아니잖아?"

"알았어, 알았으니까 아버지가 깊이 잠들면 그때 일을 결행하자고."

두 사람은 마음의 작정을 이미 마치고는 이곳저곳을 찾아다니더니 마침내 외상술 두 병을 마련해 와서는 부자 셋이 코가 비뚤어지게 마시고 그대로 쓰러져 버렸다. 삼경이 되어 두 사람이 잠에서 깨어 보니 아버지 황개똥은 코를 골며 자고 있었다. 대보가 부뚜막에 가서 칼을 들고 와서는 황개똥의 목덜미를 치니 황개 똥이 목을 축 늘어뜨렸다. 형제는 아버지의 머리를 해진 옷으로 싸서 침상 옆에 치워 놓은 다음 산기슭으로 가서 구덩이를 파고 아버지의 시신을 묻었다. 해가 밝기 전에 아버지의 머리를 남병 산(南屛山) 우화거(藕花居) 호수의 얕은 곳에 던져 두었다.

보름이 지나서 황개똥의 두 아들은 성안으로 들어가 심수의 아버지인 심욱을 만났다.

"우리 형제가 새우잡이를 하러 나갔다가 우화거 근처에서 사람 머리를 하나 발견했는데 틀림없이 아드님 머리인 듯합니다."

심욱은 그 말을 듣고 이렇게 대답했다.

"만약 내 아들 머리가 맞다면 내가 현금 천 냥에서 한 푼도 안 빼고 상금으로 드리지."

심욱은 그 두 형제에게 밥과 술을 대접한 다음 남병산 우화거 호수로 달려갔다. 호수 얕은 곳에 흙으로 살짝 덮어 놓은 머리를 꺼내어 보니 오랫동안 물에 잠겨 있었던지라 불어 올라서 알아 보기 힘들었지만 심욱은 그게 자기 아들 머리이겠거니 생각했다. 심욱은 그 머리를 보자기로 싼 다음 황개똥의 두 아들과 함께 관 가로 가서 알렸다.

"심수의 머리를 찾았습니다."

부윤이 이것저것을 꼬치꼬치 따져 물으니 황개똥의 두 아들이 이렇게 대답했다.

"새우잡이 하러 나갔다가 찾았습니다. 그 머리 찾은 것 말고 다른 건 아무것도 몰라요."

관가에서는 그 사실을 인정하고 황개똥의 두 아들에게 상금 오백 냥을 주었다. 두 사람은 그 상금을 받고는 심욱과 함께 버드나무 숲으로 가서 심수의 관을 열고 관 안 빈 곳에 머리를 놓고 다시 못질하여 잠그고는 심욱의 집으로 갔다. 심욱의 아내 엄씨는 아들의 머리를 찾았다는 말을 듣고 매우 기뻐했다. 술과 안주를 준비하여 두 사람을 대접하고 아울러 현금 천 냥을 주었다. 두 사람은 현금을 받아 들고 심욱 부부에게 인사를 하고선 집에 돌아와서 집도 새로 짓고 농기구도 새로 샀다.

"우리 이젠 더 이상 가마를 메지 않아도 되겠다. 농사를 짓고 산에서 나무해서 팔아도 먹고사는 데 지장이 없겠어."

황개똥 아들들의 이야기는 여기서 접자.

시간은 화살처럼 흘러가고 해와 달은 베틀의 북처럼 떴다 지니 어언 몇 달이 훌쩍 지났다. 임안부의 관리들 역시 날이 가면 갈수록 심수 살인 사건에 대해 조금씩 관심을 잃기 시작했다. 한편 심욱은 수도인 개봉에 필요한 베를 만들어 주는 책임자였기에 다른 방직업자들이 작업을 마친 것을 모아 개봉에 가야 했다. 다른 방직업자들이 얼추 작업을 다 마치자 심욱은 임안부 관청에 가서 베를 가지고 개봉에 간다고 보고하고는 집에 돌아와 집안일을 당부하고 출발했다. 이 일로 말미암아 심욱은 아들이 기르던 화미조를 다시 보게 되고 그리하여 또 한 생명이 죽게 된다.

불의한 재산은 취하지 말지라.

도리에 어긋난 일은 하지 말지라.

살아서는 법이 그대를 심판할 것이며

죽어서는 귀신이 항상 그대를 따라다닐 것이라.

한편 심욱은 집에서 출발하여 배고프면 밥 먹고 갈증 나면 물 마시며 새벽에 일어나 길을 가고 밤에는 숙소를 잡아 쉬면서 마침내 개봉에 도착했다. 베를 한 필 한 필 납품하고 확인증을 받은 다음 생각에 잠겼다.

"개봉 경치가 다른 곳하곤 다르다던데 이번 기회에 구경 한번 하지 않을 수 없지. 이런 기회가 자주 오는 것도 아니잖아."

심욱은 아름다운 산과 경승지와 도관이나 절 같은 이름난 곳을 두루두루 구경 다녔다. 그러다가 우연히 궁궐 물품 관리처의 조류 사육장을 지나게 되었다. 애완동물을 좋아하는 심욱인지라 안으로 한번 들어가 보고 싶었다. 조류 사육장 관리인에게 돈을 한참 찔러 주고 나서야 겨우 안으로 들어가 볼 수 있었다. 사육장 안에는 화미조 한 마리가 지저귀고 있었고 그 소리가 특별히 아름다웠다. 자세히 살펴보니 바로 아들과 함께 사라진 화미조였다. 그 화미조 역시 심욱이 눈에 익은지라 더욱 아름답게 지저귀고 파닥거리면서, 부리를 몇 차례나 심욱 쪽으로 들이밀었다. 이 광경을 본 심욱은 아들 생각이 간절하여 눈물이 주르르 흐르고 가슴이 미어져 자기도 모르게 소리를 질렀다.

"어떻게 이런 일이 있을 수 있는가!"

이 소리를 들은 관리인이 입을 열었다.

沈小官一鳥害七命

"이 사람이 예의범절을 전혀 모르는구먼. 여기가 어디라고 그렇게 호들갑을 떨어!"

그러나 처참한 심정을 가누지 못하는 심욱의 울음소리는 커지기만 했다. 사육장 관리인은 심욱이 우는 것을 보고선 당황하여 자기에게 불똥이 튈까 봐 심욱을 데리고 형벌을 담당하는 관리를 찾아갔다. 형벌 담당 관리는 심욱을 보자마자 소리를 질렀다.

"아니, 너는 무슨 연유로 궁궐 물품 관리처 안으로 들어갔으며 또 이렇게 호들갑을 떨고 우는 것이냐? 그래 무슨 사연인지 솔직하게 다 털어놓아 보라."

심욱은 아들이 화미조에게 바람을 쐬어 준다고 나갔다가 죽임을 당한 사연을 상세히 고했다. 관리는 심욱의 말을 듣고 한참 동안 생각에 잠겼다.

"그 화미조는 개봉 사람 이길이 바친 것인데, 이런 사연이 숨어 있을 줄이야!"

관리는 부하를 시켜 이길을 당장 잡아 오게 했다. 관리가 이길에게 물었다.

"네놈은 무슨 연유로 해녕군에 살고 있는 사람의 아들을 죽이고 그 화미조를 빼어 궁궐에 바친 것이냐? 어서 사실을 소상하게 고하고 엄벌을 면하도록 하라."

이길이 대답했다.

"소인이 항주에 장사 나갔을 때 무림문에 들렀었습니다. 이때 통을 들고 가는 사람을 만났는데 멜대에 화미조 새장을 달고 있었습니다. 그 화미조가 생긴 것도 귀여운 데다 아주 예쁘게 지저귀기에 한 냥 두 푼을 주고 사 왔습니다. 화미조가 하도 예쁘고 귀하여 감히 저 혼자 두고 보기에는 아까워 폐하께 바친 것입니다. 제가 무슨 사람을 죽이고 뺏었다고 하십니까?"

관리가 다시 물었다.

"이놈이 지금 누구한테 죄를 뒤집어씌우려고 하는 거야? 이 화미조가 바로 증거인데, 어서 사실대로 자백하지 못하겠느냐."

이길이 재삼재사 애절하게 고했다.

"저 화미조는 통 만드는 장인에게서 돈을 주고 산 것입니다. 살인 사건은 금시초문인데 어찌 자백을 하겠습니까?"

"그래 통 만드는 장인에게서 샀다고 하는데 그 사람 이름은 뭐냐? 어디 사람이냐? 네 말이 맞다면 큰 통 만드는 장인을 잡아와 사실을 입증해 보아라. 그러면 너를 바로 풀어 주겠다."

"소인이 우연히 길에서 만난 사람인데, 어찌 이름을 알겠으며 어찌 사는 곳을 알겠습니까?"

관리가 이길에게 호통을 쳤다.

"대충 얼버무릴 생각은 하지 마라. 사람 죽인 걸 누구한테 뒤집어씌울 셈이냐? 여기 화미조가 바로 꼼짝 못 할 증거다. 이놈은 맞지 않으면 입을 열지 않겠구나."

이길을 거듭거듭 때리고 고문하니 살갗이 갈라지고 피가 터져 나왔다. 이길은 고통을 이기지 못하고 거짓 자백을 하는 수밖에 없었다.

"너무도 예쁜 화미조를 보고는 순간 욕심이 나서 심수를 죽이고 그 머리를 버렸습니다."

관리는 포졸을 시켜 이길을 옥에 가두었다. 형벌 담당 관리가 전후 사정을 적어 조정에 보고하니 황제의 비준이 내려졌다.

"이길이 심수를 타살한 것이 분명하다. 화미조가 바로 증거이니 법에 의하여 처단하라."

화미조는 심욱에게 돌려주라 하였으며, 베 납품 일을 마치는 대로 심욱은 고향으로 출발하게 했다. 이길은 시장으로 끌려가서 처형당했다.

늙은 거북 아무리 삶아도 살이 익지 않으니
마른 뽕나무만 불을 피우느라 죽어나는구나.

한편 이길과 함께 해녕군에 장사를 같이 갔던 친구는 이길이 억울하게 죽었다는 소식을 듣고 너무도 기가 막혔다.

"어찌 이리 억울한 일이 있단 말인가? 그 화미조는 분명 이길이 돈을 주고 산 게 맞는데. 우리가 이길의 억울함을 풀어 주고 싶어도 그 화미조 판 녀석 얼굴이야 분명 알지만 이름도 성도 모르는구나. 게다가 항주에서 일어난 일이라 이길의 억울함도 못 풀어 주고 도리어 우리들이 누명을 뒤집어쓸 수도 있겠구나. 빌어먹을 새 한 마리가 괜한 생명 하나를 잡아먹었구면. 우리가 항주를 안 갈 거라면 모를까 항주에 가기만 한다면 이길의 억울함을 명명백백하게 밝혀 주어야겠다."

아무튼 이길의 동료 이야기는 여기까지다.

한편 심욱은 짐을 꾸린 다음 화미조 새장을 들고 밤을 낮 삼아 걸음을 재촉해 집으로 돌아왔다. 심욱은 집에 들어서자마자 아내에게 말했다.

"내가 개봉에서 우리 아들이 억울하게 죽임을 당한 원한을 풀어 주었어."

부인 엄씨가 물었다.

"그게 어떻게 된 일이래요?"

심욱은 궁궐 물품 관리처의 조류 사육장에 들렀다가 화미조를 발견한 이야기를 처음부터 끝까지 아내에게 자세하게 설명했다. 부인 엄씨는 화미조를 보고는 한바탕 대성통곡을 했다. 자식의 물건을 보고 마음이 슬퍼지는 것이야 당연한 일일 것이다. 다음 날 심욱은 화미조를 들고 임안부에 찾아가 베를 납품한 일을 보고하고 아울러 개봉에서 자신이 겪은 일을 소상하게 고했다. 부윤은 심욱의 말을 듣고 크게 기뻐하며 이렇게 말했다.

"어찌 이렇게 기묘한 일이 다 있단 말이오!"

　　그대여, 양심에 어긋난 일 하지 말지니
　　예부터 지금까지 죄 짓고 대가를 치르지 않은 자 어디 있던가?

인명은 재천이라는 말을 그저 아이들의 농담 정도로 여기지 말지니, 부윤이 심욱에게 이렇게 권했다.

"이제 범인도 잡혀서 죗값을 치렀으니 아들의 시신을 화장해도 좋겠소."

심욱이 사람을 시켜 심수의 시신을 화장하고 유골을 뿌린 일은 굳이 더 이야기할 필요는 없을 것이다.

한편 당시 이길과 함께 항주로 약초 장사를 떠났던 두 명의 상
인이 있었으니, 한 사람은 하 씨(賀氏)요, 다른 한 사람은 주 씨
(朱氏)라. 그들은 약초를 팔러 항주로 갔다가 호서(湖墅)의 여관
에 묵었다. 약초를 다 팔고 난 다음 마음이 답답하여 성안으로
들어가 그 통 만드는 장인에 대해서 알아보았다. 하루 종일 품을
팔아 보았지만 별다른 소식을 얻지 못했다. 두 사람은 허망한 마
음을 안고 여관에 돌아와 쉬었다. 다음 날 두 사람은 다시 성안
으로 들어갔다. 이때 마침 통 만드는 장인의 짐을 나르는 사람을
우연히 만났다.

"형씨, 이 동네에 통을 만드는 장인이 있다고 하던데, 이렇게
이렇게 생긴 사람인데 혹시 그 사람 이름을 모르오? 형씨는 아실
것 같은데."

"이 계통에 나이 지긋한 사람은 두 명밖에 없어요. 하나는 이
씨로 석류원(石榴園) 골목에 살고, 다른 하나는 장 씨로 서성(西
城) 아래쪽에 사는데 둘 중 누군지 모르겠네."

두 사람은 짐꾼에게 고맙다고 인사를 하고 바로 석류원 골목
으로 달려갔다. 장인 이 씨가 등나무 줄기를 다듬고 있었다. 두
사람이 보니 그들이 찾던 사람이 아니었다. 두 사람은 다시 서성
아래쪽으로 달려갔다. 두 사람은 장 씨 집으로 다가서며 물었다.

"장 씨 계시오?"

장 씨의 부인이 대답했다.

"지금 없어요. 일하러 나갔어요."

두 사람은 아무 말 하지 않고 그냥 돌아섰다. 정오가 조금 지났을 때 두 사람이 반 리 정도를 걸었을 무렵, 멀리서 통 만드는 장인 하나가 짐을 메고 오는 게 보였다. 이 사람에겐 심수의 목숨을 앗아 간 대가를 치르고, 이길의 억울한 죽음을 밝혀 줄 책임이 있을 터였다.

인정과 의리를 베풀고 살지니
인생 살다 보면 언제 어디서고 다시 만나리라.
원수지고 척지고 살지 말지니
원수는 외나무다리에서 만난다고 하지 않던가?

장 공은 남쪽으로, 두 사람은 북쪽으로 길을 잡아 가고 있었으니 이들은 정면으로 부딪칠 수밖에 없었다. 장 공이야 두 사람을 알 턱이 없으나, 두 사람은 장 공을 생생히 기억하고 있었다. 두 사람은 장 공을 막아서며 물었다.

"선생은 성씨가 어떻게 되오?"

"장가요."

"서성 아래쪽에 사는 장 공 맞지요?"

"맞소만, 나한테 무슨 볼일이 있는 거요?"

"우리가 묵고 있는 여관에서 통을 많이 만들어야겠기에 숙련된 기술자가 필요한지라 물어본 거요. 지금 어디 가시는 길이오?"

"집에 돌아가는 길입니다."

세 사람이 걸으며 이야기를 나누다 보니 어느덧 장 공의 집 앞에 이르렀다. 장 공이 두 사람에게 말했다.

"안에 들어가 차라도 한잔 하시지요."

두 사람이 대답했다.

"오늘은 늦었으니 내일 다시 오겠습니다."

장 공이 대답했다.

"내일은 일 나가지 않으니 집에서 두 분이 오시기를 기다리겠습니다."

두 사람은 장 공과 헤어져 여관으로 돌아가지 않고 임안부 관아로 찾아가 신고하기로 했다. 마침 임안부에서는 밤늦도록 업무를 보고 있었다. 두 사람은 관아의 대청 앞에 달려가 무릎을 꿇고 심욱이 개봉에서 아들이 기르던 화미조를 발견하게 된 일, 이로 말미암아 이길이 억울하게 처형당한 일, 자신들이 이길이 화미조를 장 공에게서 살 때 옆에서 목격하였던 일 등등을 일일이 고했다.

"소인들은 이길이 억울하게 죄를 입은 것을 두고 볼 수 없어 특별히 이길의 원한을 풀어 주고자 합니다. 나리께서 특별히 장 공에게 그 화미조를 어떻게 얻었는지 자세히 물어봐 주십시오."

부윤이 대답했다.

"심수의 사건은 이미 다 종결되었고, 범인 또한 처형했느니라. 다시 무슨 조사를 한단 말이냐?"

두 사람은 다시 말씀을 올렸다.

"개봉의 형벌 담당 관리가 현명하지 못하여 이길이 화미조를 진상하였다는 것만 생각하고 다른 자세한 내용을 조사하지도 않았습니다. 이길은 억울하게 처형당한 것이 분명합니다. 소인들은 이런 불의한 일을 보고 참을 수가 없어 특별히 이길의 억울함을 풀어 주고자 합니다. 저희가 어찌 감히 사실이 아닌 것을 가지고 나리를 번거롭게 하겠습니까? 청컨대 저희를 불쌍히 여기시고 한 번만 더 살펴봐 주십시오."

부윤은 두 사람의 태도가 너무도 간절해 보여서 즉시 사람을 시켜 장 공을 붙잡아 오게 했다. 그 모양이 어떠했을까?

검은 독수리들이 제비 새끼를 쫓듯
성난 호랑이들이 양 새끼를 먹어 치우듯,

그날 밤 포졸들이 득달같이 서성 아래쪽으로 달려가 장 공을 붙잡아 임안부 관아로 데려와 감옥에 넣었다. 다음 날 아침 부윤이 등청하자 포졸들이 장 공을 감옥에서 데리고 나와 꿇어앉혔다. 부윤이 물었다.

"네 이놈, 무슨 이유로 심수를 죽였느냐? 너 때문에 이길이 도리어 억울한 죽임을 당하지 않았느냐? 오늘 사실이 만천하에 드러났으니 하늘이 가만두지 않으리라."

부윤의 명령을 받아 곧장 곤장 삼십 대를 내려치니 장 공의 살가죽이 벗겨지고 살점이 삐져나와 선혈이 낭자했다. 부윤이 다시 물었으나 장 공은 여전히 이실직고하려 들지 않았다. 이길과 함께 장사를 다니던 두 사람이 함께 소리를 질렀다.

"이길은 죽었지만 우리 둘과 수행원 둘까지 넷이서 이길이 은

한 냥 두 푼을 주고 화미조를 사는 걸 똑똑히 보았다. 넌 지금 누구한테 뒤집어씌우려는 거냐? 그래 네가 아니라면 네가 들고 있던 그 화미조는 도대체 누구 것이더란 말이냐? 이런 빼도 박도 못할 사실이 있으니 버텨 봐야 소용이 없을 것이다."

장 공은 그래도 자백을 하지 않고 버텼다. 부윤이 다시 소리쳤다.

"그래, 장물인 화미조도 있고 너를 보았다는 증인이 있는데도 자백을 하지 않다니 주리를 틀고 치도곤을 낼 것이다."

장 공은 이제 더 이상 버티지 못하고 자신이 심수를 죽이고 화미조를 훔친 일을 자백했다. 부윤이 장 공에게 다시 물었다.

"그래 심수의 머리는 어떻게 했느냐?"

"소인이 당시 경황이 없어 당시 옆에 있던 나무에 빈 구멍이 보이기에 그 속에 집어넣었습니다. 그런 다음 화미조를 들고 무림문을 나섰습니다. 그때 우연히 세 명의 장사꾼과 두 명의 수행원을 만났는데 그중에 한 명이 저에게 화미조를 팔라고 하기에 은한 냥 두 푼에 팔고 살림에 보태 썼습니다. 한 치의 거짓도 없습니다."

부윤은 장 공에게 자신이 자백한 것을 받아 적은 종이에 서명하게 했다. 더불어 사람을 보내어 심욱을 데려오게 한 다음 장공을 끌고서 버드나무 숲속에 들어가 머리를 찾게 했다. 거리와 시장 사람들도 덩달아 떼를 지어 버드나무 숲까지 따라가 심수의 머리를 찾는 것을 구경했다. 속에 구멍이 뚫린 버드나무를 찾아내어 톱으로 잘라보고선 사람들은 일제히 함성을 질렀다. 과연 그 안에 사람 머리가 하나 들어 있는 것이었다. 신통하게도 그 머리는 마치 살아 있는 듯 조금도 썩지 않은 상태였다. 심욱이 정신을 차리고 그 머리를 자세히 바라보니 바로 자기 아들의 머리라, 마침내 대성통곡했다가 혼절했다가 한참이나 지나서 깨어났다. 심욱은 아들의 머리를 보자기로 쌌다. 포졸들은 장 공을 임안부 청사로 다시 압송했다. 부윤이 이같이 판결하였다.

"피해자의 머리가 발견되었으니 장 공이 죄를 저질렀음은 의심의 여지가 없다."

장 공의 목에 칼을 씌우고, 손과 발에 차꼬를 채운 다음 사형수들이 갇혀 있는 감옥에 가두고 빈틈없이 감시하게 했다.

부윤은 또 심욱에게 물었다.

"그렇다면 그때 황대보와 황소보는 어디서 사람 머리를 들고 와 상을 받아 갔더란 말이냐? 참으로 이상한 일이다. 이제 심수의 머리를 찾은 판국에 그 머리는 또 누구의 머리란 말이냐?"

부윤은 즉시 포졸을 시켜 황대보와 황소보 형제를 잡아 오게 했다. 포졸들은 남산의 황씨네 집으로 달려가 황씨 형제를 붙잡아 임안부 청사로 데리고 왔다. 심욱 역시 포졸과 동행했다. 황씨 형제들이 청사의 대청 앞에 꿇어앉자 부윤이 물었다.

"심수를 죽인 진범이 이미 잡혔고 심수의 머리도 이미 찾았느니라. 네놈들은 대체 어떤 사람을 죽이고 그 머리를 베어 가지고 와서 상을 타 간 것이냐? 쓸데없이 고생하지 말고 어서 사실대로 자백하도록 하라."

황대보, 황소보 형제는 신문을 당하니 가슴은 벌렁거리고, 말문이 막혀서 아무 말도 하지 못했다. 부윤이 대로하여 포졸들에게 황씨 형제를 달아매 놓고 두들겨 패게 했으나 그래도 입을 열지 않으니 불에 달군 쇳덩어리로 지저 댔다. 황씨 형제는 견디지 못하고 졸도하고 말았다. 물을 끼얹어 정신을 차리게 하니 그제야 겨우 사실을 자백했다.

"소인들의 아버지가 늙고 병드신지라 저희가 그만 정신이 잠시 나가서 아버지께 술을 드시게 하고 머리를 잘라서 서호 우화거 물가에 넣어 두었다가 형체를 알아볼 수 없게 되었을 때 다시 꺼내어 상을 받으러 갔습니다."

부윤이 다시 물었다.

"이놈들아, 그럼 네놈들 아비의 시체는 어디다 묻었느냐?"

"남산 아랫자락에 묻었습니다."

포졸들이 즉시 황씨 형제를 데리고 현장으로 가서 파 보니 과연 머리가 잘려 나간 시체 한 구가 묻혀 있었다. 포졸들은 다시 황씨 형제를 압송하여 부윤에게 보고했다.

"남산 아랫자락 땅을 파 보니 과연 머리 잘린 시체가 한 구 있었습니다."

"어찌 이런 일이 있을 수 있단 말인가? 정말 천륜을 저버린 일이로다. 세상에 이런 극악무도한 놈이 있다니! 입에 담을 수도 없고, 귀로 들을 수도 없고, 붓으로 쓸 수도 없는 일이니 그저 저놈들을 때려죽이는 수밖에 없구나. 그런다고 이 분함을 어찌 다 삭일 수 있으랴!"

부윤은 포졸들에게 명령하여 황씨 형제를 횟수를 세지 말고 그저 무조건 치라고 하였다. 황씨 형제는 맞아서 졸도했다가 다시 깨어나기를 여러 차례 거듭했다. 황씨 형제의 목에 큰칼을 씌우고 사형수들이 머무는 감옥에 집어넣고 철저하게 감시했다. 심욱과 다른 원고들은 일단 집에 돌아와 기다려 보기로 했다.

부윤은 즉시 보고서를 작성하여 이길이 억울하게 죽임을 당한 일을 조정에 고했다. 황제는 이길을 잘못 신문하고 처형한 책임을 물어 형부 상서와 도찰원 책임자를 파면하고 영남에 유배시켰다. 이길은 죄가 없는데도 억울하게 죽임을 당하였으므로 나라에게 유족에게 천 냥을 지급하기로 하고, 그 자손들에게는 부역을 면제해 주기로 했다. 장 공은 재물에 눈이 어두워 죄 없는 자를 죽였으므로 법에 따라서 사형에 처하기로 했다. 거기에 더하여 칼로 이백사십 번을 난도질하여 시신을 다섯 토막으로 능지처참하게 했다. 황대보와 황소보는 재물을 탐하여 친부를 죽였으므로 주범 종범을 따지지 않고 모두 칼로 이백사십 번을 난도질하여 시신을 다섯 토막으로 능지처참하고 머리는 매달아 사람들에게 보여 주게 했다.

맑은 저 하늘을 누가 속일 수 있으랴
나쁜 마음 품기만 해도 하늘은 미리 알지니.
권하노라, 양심에 꺼리는 일은 하지 말지니
예부터 지금까지 죄 짓고 벌 받지 않은 자 어디 있으랴.

조정의 문서가 도착하니 집행관과 검시관은 장 공과 황씨 형제를 나무로 만든 노새 위에 태우고 사흘 동안 성안을 돌아다녔다.

그런 다음 처형하고 능지처참한 후 머리를 베어 사람들에게 전시했다. 이때 장 공의 아내는 남편이 처형당하게 되었다는 소식을 듣고 저잣거리로 나와 남편의 얼굴이라도 한번 보고자 했다. 그러나 남편이 처형당한 다음, 검시관이 칼로 남편의 시신을 이리저리 지르고 저미는 광경이 너무도 처참하여 정신이 나가고 머리가 어질어질하여 황급히 자리를 빠져나왔다. 그러다 발을 헛디뎌 심하게 넘어져서 오장육부가 상한 끝에 집에 돌아와서 저세상으로 떠나고 말았다.

> 착한 일을 하면 착한 일을 만나고
> 악한 일을 하면 악한 일을 만나지.
> 꼼꼼하게 따져 보아라
> 천지의 이치는 틀림이 없도다.

金玉奴棒打薄情郎

김옥노가 매정한
남편에게
몽둥이 찜질을 하다

이 작품의 남자 주인공은 학식 있고 가문도 좋으나 돈이 없고, 여자 주인공은 돈은 있으나 가문이 미천하다. 남자 주인공의 이름은 막계니 황당무계하다는 의미로 붙여 준 이름이고, 여자 주인공의 이름은 옥노니 옥처럼 아름답고 고우나 신분이 노비 같은 신세라는 의미로 붙인 이름이다. 막계가 돈을 바라고 옥노에게 장가를 드나 출세한 뒤에는 마음이 변한다. 온갖 우여곡절과 기이한 인연으로 둘은 헤어졌다가 재결합한다.

의리를 저버린 자의 말로는 비참해야 한다. 의리를 저버린 자가 비참한 말로를 맞지 않기 위해서는 의리를 저버릴 수밖에 없었던 사연이 있거나 의리를 저버렸음을 솔직하게 인정하고 용서를 구하여 상대방의 용서를 받아야 한다. 풍몽룡은 예고편처럼 집어넣은 주매신의 이야기에서는 의리를 저버린 자가 결국 용서를 받지 못하고 죽는 사례를, 본편의 이야기에서는 통렬한 비판과 자기반성을 바탕으로 용서받는 사례를 독자들에게 보여 준다.

이 이야기는 『서호유람지여』, 『정사』와 같은 책에 그 원형이 실려 전하고 전통 연극으로도 만들어졌으니 그 제목이 『원앙봉(鴛鴦棒)』이다. 의리를 저버린 남편에게 몽둥이 찜질을 하고 재결합한다는 의미이다.

가지는 담장 동쪽에, 꽃은 담장 서쪽에

꽃송이 떨어져 바람에 날린다, 이리저리.

가지는 꽃이 떨어져도 때가 되면 다시 꽃을 피우나

가지에서 떨어진 꽃이 다시 가지에 붙는 일이 어디 있으랴.

이 구절은 '버림받은 아낙'이란 뜻의 「기부사(棄婦詞)」란 작품이다. 아내가 남편을 따르는 것은 마치 꽃이 가지에 붙어 있는 것과 같은 이치란 말이다. 가지는 비록 꽃이 떨어져도 다음 해 봄이 되면 다시 꽃을 피우지만 꽃이야 가지에서 떨어지고 나면 다시는 가지에 붙을 수가 없다. 권하노니 세상의 부인들이여, 부디 온갖 도리를 다하여 남편을 섬기고 동고동락하면서 오직 일부종사할 지라. 돈 많은 것 부러워하고 가난한 것 싫어해서 딴마음 먹으면 나중에 후회하게 될지니.

한편 한나라 때 유명한 신하가 있었으니 출세를 하지 못했을 때에 그의 아내가 눈이 있어도 태산 같은 남편을 알아보지 못하여 그냥 버리고 떠났다가 나중에 남편이 출세하자 후회해도 소용 없게 되어 버렸다. 여러분은 그 유명한 신하의 성과 이름을 알고 싶은가? 그 신하의 성은 주(朱)요, 이름은 매신(買臣)이며, 별명이 옹자(翁子)로, 회계(會稽) 출신이었다. 가난한 데다 아직 때를 만나지도 못했던 시절 주매신 부부는 달동네의 쓰러져 가는 집에서 살고 있었다. 주매신이 매일 산에 가서 나무를 해서 시장에다 팔아서 입에 풀칠을 했다.

주매신은 천성이 책 읽는 것을 좋아하여 손에서 책을 놓은 적이 없어 어깨에 나뭇짐을 메고 내릴 때도 손에는 늘 책을 들고 있었으며 걸으면서도 늘 책의 한 구절을 되뇌었다. 시장 사람들은 주매신이 책 읽는 소리를 하도 많이 들어서 책 읽는 소리만 듣고서도 주매신이 나뭇짐을 지고 온다는 것을 알았다. 사람들은 주매신이 그래도 명색이 선비인데 그렇게 힘들게 나무를 해서 파는 걸 안타깝게 여겨 그 나뭇짐을 죄다 팔아 주곤 했다. 게다가 나뭇짐 값을 많이 받으려고 하지 않고 그저 살 사람이 내고 싶은 만큼만 내라는 식이었기에 주매신의 나뭇짐은 다른 사람들 것보다 쉽게 팔렸다. 장난치고 까불기 좋아하는 젊은이나 아이 들이 주매신이 나뭇짐 지고 책 읽는 모습을 보고선 삼삼오오 짝을 이뤄 흉내 내고 비웃어도 주매신은 전혀 신경 쓰지 않았다.

하루는 주매신의 아내가 물을 길러 밖에 나갔다가 어린아이들이 주매신이 나뭇짐을 지고 가는 것을 따라가며 흉내 내고 놀리는 것을 보았다. 이를 창피하게 여긴 주매신의 아내가 나무를 다

　　　　　　　　金玉奴棒打薄情郎

팔고 돌아온 주매신에게 말했다.

"책을 읽을 거면 나무를 팔러 다니지를 말고, 나무를 팔러 다닐 거면 책을 읽지 마세요. 아니, 어린아이들한테 그렇게 비웃음을 당하고 창피하지도 않아요?"

"내가 지금 나무를 팔러 다니는 것은 지금의 가난함을 면하기 위함이고, 책을 읽는 것은 장래에 부귀를 이루기 위함이니, 이 두 가지가 전혀 서로 문제 될 일이 없소이다. 그냥 놀리도록 내버려 두시오."

"당신이 부귀를 이루고 나면 당연히 나무를 팔러 다니지 않겠지요. 하지만 나는 자고이래로 나무 팔러 다니는 사람이 출세했다는 이야기는 들어 본 적이 없습니다. 말도 안 되는 소리 하지 마세요."

"부귀빈천은 다 때가 있는 법이오. 누가 내 팔자를 점쳐 준 적이 있는데 쉰 살이 넘으면 크게 출세할 팔자라고 했소. 바닷물을 어찌 됫박으로 다 잴 수 있겠소. 나를 너무 무시하지 마시오."

"그 점쟁이가 당신의 초라한 모습을 보고 놀리고 조롱한 거겠지요. 그걸 믿는단 말예요? 나이 쉰이 되면 나뭇짐도 메지 못할 것이니 굶어 죽기 딱이겠네요. 출세는 무슨 출세! 그 나이 되면 아마 염라대왕한테 신하가 한 명 필요해서 당신을 데리고 갈 모양이네요."

"강태공은 나이 여든에야 위수에서 낚시질하다가 주나라 왕을 만났는데 문왕은 그를 수레에 모시고 궁에 돌아가 스승으로 모셨소이다. 우리 한나라의 승상 공손홍(公孫弘) 역시 쉰아홉 살 때까지만 해도 동해에서 돼지나 치다가 예순 살을 꽉 채우고 황제를 만나 열후에 봉해졌소이다. 내가 쉰 살에 출세하면 감라(甘羅)[50]보다는 늦은 거지만 그래도 강태공이나 공손홍보다는 빠른 거니 조금만 참고 기다려 보시오."

"옛날 특별한 일은 들춰내지 말아요. 낚시하고 돼지 치는 사람들 가운데 학문이 빼어난 자가 몇이나 된다고. 지금처럼 고리타분한 옛날 책 몇 줄 읽어 봐야 당신은 백 살이 되어도 여전히 요 모양 요 꼴일 터이니 무슨 싹수가 있겠어요? 내가 어쩌다 당신 같은 사람에게 시집와 가지고. 당신이 어린아이들한테까지 조롱을 당하니 나도 체면이 말이 아니라고요. 책 읽는 걸 그만두지 않을 거면 나와 백년해로할 생각은 하지도 마세요. 우리 각자 제 갈 길 가서 괜히 서로에게 피해 주지 말자고요."

"내가 지금 마흔세 살이니 칠 년만 더 지나면 바로 쉰 살이오. 지난 세월은 길고 앞으로 기다릴 세월은 얼마 안 되니 조금만 더 기다려 보시오. 이렇게 매정하게 나를 버리고 가면 나중에 필시 후회할 날이 올 것이오."

"나뭇짐 팔러 다니는 남정네 하나 버렸다고 내가 무슨 후회를 하겠어요? 당신하고 칠 년을 더 살다간 굶어 죽을지 모른다고요. 제발 나 좀 그냥 가게 나둬요. 이 목숨을 살려 달라고요."

---

50 기원전 247~?. 여불위 문하로 들어갔다가 진시황의 눈에 들어 발탁되었다. 열두 살 때 나라를 대표하여 조나라에 사신으로 갔다가 조나라로부터 10여 개 성을 얻어 내는 공을 세워 상경의 지위에 올랐다. 조년 출세한 자의 대표 격으로 자주 인용된다.

金玉奴棒打薄情郎

주매신은 아내가 자기 곁을 떠나가려는 의지가 너무 강하여 도저히 붙잡아 둘 수가 없음을 알고는 한숨을 쉬며 이렇게 말했다.

"그래, 관둡시다. 그대를 데려가는 새 남편이 나보다 부자이길 바라겠소."

"아무럼 당신보다 못하겠어요?"

주매신의 처는 절을 두 번 올리고는 뒤도 안 돌아보고 당당하게 떠나 버렸다. 주매신은 너무도 상심하여 벽에다 시 네 구절을 적어 놓았다.

개에게 시집가면 개를 따르고
닭에게 시집가면 닭을 따를지니.
부인 그대가 나를 버린 것이지
내가 그대를 버린 것은 아니라오.

주매신이 쉰 살이 되었을 때 한나라의 무제가 조서를 내려 현명한 자들을 널리 구하니 주매신은 장안에 가서 문서를 닦아 올리고 결과를 기다렸다. 주매신과 동향 사람인 엄조(嚴助)가 주매신이 다재다능하다고 추천하니 황제가 주매신이 회계 출신이니 회계 지방의 민심과 사정을 잘 알 것이라 생각하여 그를 회계 태수에 임명했다. 주매신은 역마를 타고 부임지로 출발했다.

회계의 아전들은 신임 태수가 부임한다는 소식을 듣고 대대적으로 길을 닦고 준비를 했다. 주매신 전처의 새 남편도 이 노역에 동원되었다. 주매신의 전처는 헝클어진 머리에 맨발로 밥을 내왔다가 태수가 사람들에게 앞뒤로 호위를 받으며 오는 것을 옆에 서서 지켜보았다. 바로 자신의 남편이었던 주매신이었다. 주매신이 수레에서 멀리 내다보니 자신의 아내였던 여자가 보이는지라 사람을 시켜 불러와 뒤따르는 수레에 태우고 관사로 같이 들어왔다. 주매신의 전처는 너무도 부끄러워 머리를 조아리며 사죄했다. 주매신이 전처의 새 남편을 만나 보고 싶다고 하니 얼마 지나지 않아 주매신의 전처가 새 남편을 불러와 같이 땅바닥에 엎드리고 감히 고개를 들지 못했다. 주매신이 껄껄 웃으며 전처에게 말했다.

"이 사람이 나보다 그리 잘나 보이지는 않는데!"

주매신의 전처가 재삼재사 머리를 조아리며 사죄했다. 자신의 잘못을 뉘우치며 보배를 알아보지 못한 죄 크니 원컨대 종의 신분으로라도 평생 주매신을 섬기겠노라고 하였다. 주매신은 물을 한 통 가져오라고 하더니 계단 아래에 쏟아 버리고는 전처를 향해 말했다.

"저 버린 물을 다시 담을 수 있다면 우리도 다시 합칠 수 있을 것이오. 그래도 그대가 젊어서 나를 봉양했던 정을 생각하여 관사 뒤뜰에 있는 터를 줄 것이니 새 남편과 함께 잘 지어 먹고 사시오."

주매신의 전처는 새 남편을 따라 태수의 관사를 나섰다. 길가에 서 있던 사람들이 그들 부부를 보고 수군거렸다.

"저 사람이 바로 새로 부임한 태수의 부인이었다네!"

주매신의 전처는 부끄러움에 얼굴을 들지 못하고 뒷마당에 이르러 강물에 몸을 던지고 말았다. 시 한 수가 있어 이를 증명한다.

빨래하는 아낙도 주린 한신을 알아보고 밥을 먹여 주었거늘[51]
한 지붕 아래 같이 사는 아내가 가난한 선비라고 남편을 버리다니.
한번 엎은 물은 다시 주워 담기 힘들다는 걸 알았더라면
당초에 남편이 공부하도록 도와주었을 것을.

사실 가난한 자를 무시하고 돈 많은 자를 좇는 것이 세상의 인심이라 어찌 주매신의 아내만 욕하겠는가? 또 다른 시는 이렇게 노래하고 있다.

성패가 다 드러나야 잘잘못을 이야기할 수 있으려나?
더러운 진흙 더미에 묻혀 있는 교룡을 누가 쉬이 알아보랴.
주매신의 아내에게 안목이 없다고 욕하지 말게나
이 세상에 희부기(僖負羈)의 아내[52]처럼 사람을 알아보는 안목

---

51 한신(?~기원전 196)은 뜻을 얻기 전에 매우 가난했다. 먹을거리가 없어 성곽 아래 강물에 나가 낚시질하는데 빨래하는 아낙이 한신을 보고 밥을 대접해 주었다. 한신이 고마워하며 나중에 출세하면 크게 갚겠다고 하니 그 아낙이 한신이 왕손으로서 고생하는 것을 불쌍히 여겨 아무런 대가를 바라지 않고 도와준 것이라 며 오히려 화를 냈다고 한다.

52 춘추시대 조나라의 대부 희부기의 아내를 말한다. 진나라의 공자 중이가 뜻을 얻지 못하고 떠돌아다니다 조나라에 이르자 조나라의 왕과 신하들이 중이를 깔본다. 다만 대부 희부기의 아내만이 중이의 관상이 일국의 왕이 되기 족하고 중이를 수행하는 세 명의 부하 역시 일국의 재상감이니 절대 중이를 함부로 대하지 말라고 충고한다. 이 말을 들은 희부기는 중이에게 먹을 것과 선물을 챙겨 주

가진 자가 어이 많을쏜가?

지금까지는 아내가 남편을 버린 이야기를 했다. 이제부터는 남편이 아내를 버린 이야기를 하려 한다. 가난한 사람을 차 버리고 부자를 좇으며 배은망덕하다가 결국 처량한 꼴이 되어 사람들의 손가락질을 받는 것이 결국 인간이런가?

옛날 송나라 소흥(紹興) 연간(1131~1162)에 있었던 일이다. 임안이 비록 수도요, 부자들이 넘치는 고장이긴 했어도 그중에 거지 또한 적지 않았다. 그 거지 가운데 우두머리를 단두(團頭, 거지 대장)라 불렀으니 그 단두가 휘하의 거지 떼를 통솔했다. 거지 떼가 산지사방으로 다니면서 동냥을 해 오면 단두는 그 거지 떼에게서 날마다 상납을 받았다. 어쩌다 눈이 내리거나 비가 와서 동냥을 나갈 수 없게 되면 단두가 죽이라도 끓여서 거둬 먹였으며 혹 옷이 해지고 구멍이 난 식구가 있으면 단두가 보살펴 주었다. 따라서 거지들은 조심조심 경외하며 마치 노예가 주인을 섬기듯 단두를 거스르지 못했다. 단두는 날마다 돈을 상납을 받았고 이 돈을 다시 거지들에게 빌려주고 이자를 받았으므로 기생이나 노름에 빠지지만 않으면 바로 큰 재산을 일굴 수 있었다. 그러므로 한번 단두가 되면 평생 다른 일을 하려 하는 자가 없을 정도였다.

다만 한 가지, 이 '단두'란 호칭 자체가 듣기 거북했던 것이니 비록 몇 대를 두고 전답을 사 모으고 몇 대에 걸쳐 돈푼을 만졌

며 후대한다. 나중에 떠돌이 생활을 마감하고 진나라 왕위에 오른 중이는 조나라를 공격하면서도 오직 희부기가 사는 동네만은 침략하지 않았다고 한다.

　　　　　　　　　金玉奴棒打薄情郎

다 하더라도 불리는 호칭은 여전히 거지라 상놈만도 못한 느낌을 받았다. 밖에 나가도 존경해 주는 사람 하나 없으니 그저 문 닫아걸고 집 안에 틀어박혀 거지 떼의 대장 노릇에 만족할 따름이었다.

거지의 형편이 이렇게 딱하다고는 하나 우리가 신분을 구분할 때 천민으로 꼽는 것이 창기, 배우, 관가의 심부름꾼, 병졸이니 사실 거지는 천민이 아닌 셈이다. 그저 돈이 없다뿐이지 몸에 무슨 부스러기가 난 것도 아니지 않은가? 춘추시대에 오자서는 도망 다니면서 오나라 시장에서 통소를 불면서 걸식했고, 당나라 정원화는 '연꽃이 지네'라는 뜻의 「연화락(蓮花落)」이라는 각설이 타령을 부르며 걸식하다가 나중에 크게 출세하여 비단 이불을 덮고 호의호식했다고 하니 오자서나 정원화는 거지 가운데에서도 두드러진 예일 것이다. 그러니 거지가 사람들에게 무시를 당한다 해도 창기, 배우, 관가의 심부름꾼, 병졸보다는 나은 셈이었다.

쓸데없는 이야기는 여기서 그만하자. 오늘날 항주라는 도시에 단두가 하나 있었으니 성은 김(金)이요, 이름은 노대(老大)라. 조상부터 대대로 칠 대에 걸쳐 단두를 지내면서 집안 살림을 거의 완전하게 일구어 냈다. 사는 집도 번듯하고, 농사지을 전답도 즐비하고, 입성 또한 나무랄 데 없으며, 먹는 것도 최상급이었으니 쌀독에는 쌀이 넘치고 주머니에는 돈이 넘쳐 사방에서 돈놀이를 하고 하인을 여럿 두고 살았다. 천하제일의 부자라 할 수는 없을지 몰라도 어디 내놓아도 빠지지 않는 부자였다.

김노대는 나름 뜻하는 바가 있어서 단두 자리를 친척 가운데

'부스럼쟁이 김 씨〔金癩子〕'라는 자에게 물려주고 자기는 그동안 모아 놓은 재산만을 쓰면서 거지들의 상납을 받지 않았다. 하지만 김노대의 이런 노력과 상관없이 마을 사람들은 예전부터 부르던 대로 그를 단두라 계속 불렀다. 이제 오십 줄에 접어든 김노대는 상처하고 딸 하나만 데리고 살았다. 옥노(玉奴)라 하는 그 딸이 너무도 예쁘게 생겼으니, 그 생김이 어떠하였던가? 시 한 수로 그녀의 미모를 증명한다.

흠 하나 없는 옥 덩어리
꽃이 보고서 시샘하는 미모.
옷과 화장만 받쳐 준다면
분명 장려화(張麗華)[53] 뺨칠 미모라.

김노대는 딸 옥노를 너무도 애지중지하여 어려서부터 읽고 쓰기를 가르쳤다. 열대여섯 살이 되어서는 시와 부에 능통하고 작품을 일필휘지할 정도였다. 여자가 갖추어야 할 침선에도 능했으며 아쟁과 피리 같은 악기도 잘 다루었으니 정말 다재다능하기 이를 데 없었다. 김노대는 이렇게 예쁘고 재주 많은 딸을 번듯한 집안에 시집보낼 요량이었다. 사실 김옥노는 명문거족에서도 찾아보기 힘들 정도의 재원이라 할 수 있었으나 아쉽게도 단두의

---

53 559~589. 남조 진나라 후주의 총애를 받았으며 황태자 진심의 생모였다. 미천한 집안 태생이었으나 미모 덕분에 일국의 귀비가 되었다. 중국 역사상 유명한 미인으로 손꼽힌다.

딸이라서 인연을 맺고자 하는 이가 없었다. 하지만 장사치나 미래가 확실하지 않은 자에게는 김노대가 딸을 주고 싶어 하지 않았으니 이렇게 눈높이가 서로 맞지 않아 옥노는 열여덟 살이 되도록 혼처를 정하지 못하고 있었다.

어느 날 이웃집 노인이 찾아와 말을 전했다.

"태평교 아래에 서생이 하나 살고 있는데 성은 막(莫)이요, 이름이 계(稽)이며, 나이는 스물이라 하오. 인물도 번듯하고 공부 또한 많이 했다 하는군요. 다만 부모님이 다 돌아가셔서 돈이 없는 탓에 아직까지 장가를 들지 못하고 있다 하오. 이제 수재 시험에 합격하여 국자감에 들어가 태학생이 되고자 하는 마당에 데릴사위라도 들어가고자 하는 모양이라. 내가 보기에 이 청년이 이 집안의 여식과 잘 어울릴 듯한데 그 청년을 데려와 사위로 앉히면 좋지 않겠소?"

김노대는 그 말을 듣고 바로 대답했다.

"노인장께서 다리를 좀 놔주시면 어떻겠습니까?"

노인은 김노대의 부탁을 받고 곧장 태평교 아래로 달려가 막계를 찾아 말을 전했다.

"솔직히 말하면 단두를 지낸 집안이긴 하지만 지금은 그만둔 지가 한참 되었어. 그 집안에 아주 탐나는 여식이 하나 있지. 게다가 얼마나 풍족한지 몰라. 만약 그대가 꺼리지만 않는다면 자네와 그 집안 사이에서 일이 잘되게 나서 주겠네."

막계는 일단 대답은 하지 않고 속으로 머리를 굴려 보았다.

'나는 지금 먹을 것, 입을 것도 제대로 해결하지 못하여 결혼

은 꿈도 못 꾸는 처지인데 저런 집안에 사위로 들어가면 정말 일
거양득 아닌가? 다른 사람들 눈치야 볼 거 없지!'

막계가 그 노인에게 대답했다.

"어르신 말씀이 하나도 그른 게 없습니다만 우리 집이 지금 너
무도 가난하니 어찌해야 좋을지 모르겠습니다."

"자네가 허락만 한다면 돈 걱정은 하지 말게. 모든 건 이 사람
에게 맡기면 되네."

노인은 김노대에게 말을 전했다. 김노대가 길일을 잡고 옷을 새
로 장만하여 막계에게 보내니 막계는 그 옷을 입고 혼례를 치렀
다. 막계가 신부인 김옥노를 보니 절세미인이라 입이 쩍 벌어졌다.
돈 한 푼 들이지 않고 이렇게 예쁜 아내를 얻고 호의호식하게 되
었으니 모든 것이 너무도 마음에 들었다. 친구들도 막계의 곤궁
한 처지를 잘 알고 있던 터라 막계가 데릴사위로 들어가는 것을
이해하고 비난하지 않았다.

혼인한 지 한 달이 되었을 무렵, 김노대는 사위에게 술자리를
만들어 줄 테니 친구들을 초대하라고 했다. 사실 자기 사위와 집
안을 자랑하고 싶은 것이었으니 그 술자리는 예닐곱 날 동안 계
속 이어졌다. 이 잔치를 하다가 생각지도 않게 부스럼쟁이 김 씨
를 속상하게 하는 일이 생기고 말았다. 사실 부스럼쟁이 김 씨가
화를 내는 것도 이해할 만한 일이었다.

"아니, 저도 단두, 나도 단두. 다만 제가 나보다 몇 대 더 먼저
해서 돈을 싸들고 있다는 것이나 다를까, 따지고 보면 저나 나나
같은 핏줄 아닌가! 조카사위를 맞이하는 자리니 나도 당연히 끼

어서 축하주라도 한잔 받아야지. 지금 결혼 한 달 기념으로 사람들 초대하여 예닐곱 날을 연달아 술판을 벌이면서 나는 초대하지 않다니. 그 사위가 수재라고 우세를 떠는 거야, 뭐야? 상서나 재상 같은 사위 얻으면 나는 아예 삼촌도 아니고 같이 자리에 앉을 자격도 없는 자라고 무시하겠네! 내가 저 술자리에 가서 한번 엎어 버릴까 보다."

그리하여 부스럼쟁이 김 씨는 휘하의 거지 떼 오륙십 명을 데리고 김노대의 집으로 달려갔다. 그 모습을 한번 볼거나.

구멍 뚫린 모자
누더기 옷.
다 해진 거적때기 상의에 닳아빠진 이불잇 같은 바지
대막대기 지팡이에 이 빠진 동냥 그릇.
아이고, 아버지, 아이고, 어머니, 아이고, 주인 나리
문밖이 시끄럽기 짝이 없다.
뱀 흉내, 개 흉내, 원숭이 흉내
입으로 온갖 소리 흉내도 잘 내네.
딱딱이를 두드리며 각설이 타령 들어간다
그놈의 타령 소리 귀에 거슬리기도 하여라.
기와를 깨뜨려 얼굴에 처발랐나
못생기기는 어째 그리 못생겼나.
깡패 귀신들이 떼거리로 몰려왔나

종규(鍾馗)[54]가 나서도 어찌할 도리가 없겠네.

김노대가 소란스러운 소리를 듣고서 문을 열어 보니 부스럼쟁이 김 씨가 휘하의 거지들을 이끌고 몰려와 잔치 자리를 한가득 메우고 있었다. 부스럼쟁이 김 씨는 뒤도 안 돌아보고 자리에 앉더니 먹음직스러운 안주와 잘 빚은 술을 게걸스럽게 입안에 털어 넣으며 소리를 질렀다.

"어서 조카와 조카사위한테 나와서 인사하라고 해!"

깜짝 놀란 막계의 친구들은 슬금슬금 자리에서 일어나 내빼기 시작했고, 마침내 막계까지도 친구들을 따라 꽁무니를 빼 버렸다. 김노대 역시 어쩔 도리가 없는지라 그저 재삼재사 부스럼쟁이 김 씨를 얼렀다.

"오늘 이 자리는 사위가 자기 친구들을 불러서 술 한잔 하는 자리지 내가 손님들을 초대하는 자리가 아니잖나. 내가 일간 자네를 위해서 자리를 한번 마련하겠네."

더불어 김노대는 돈을 풀어 거지들에게 나눠 주는가 하면 특별히 잘 빚은 술 항아리 두 단지와 닭과 거위를 들려서 부스럼쟁이 김 씨네 집으로 가지고 가서 술자리 비용에 충당하도록 했다. 부스럼쟁이 김 씨와 그 일행은 밤이 늦도록 법석을 떨다가 겨우 돌아갔다. 김옥노는 분통이 터져서 눈물이 날 정도였다. 이날 밤 막계는 친구 집에서 자고 아침에야 돌아왔다. 김노대는 사위 보

---

54 중국의 민간 전설과 도교에서 숭앙하는 신으로 마귀를 쫓아내는 신통력을 행사한다.

金玉奴棒打薄情郎

기가 민망하여 얼굴에 창피한 표정이 절로 비쳤다. 막계 역시 마음이 개운하지 않았다. 그러나 사위든, 장인이든 모두 입 밖으로 말을 꺼내지는 않았다.

벙어리가 황벽나무 껍질을 씹고서
그 쓴맛, 말도 못하고 혼자서만 삭이는구나.

한편 김옥노는 자기 집안이 변변치 못하여 이런 일이 생기는구나 하는 생각에 남편 막계에게 더욱 열심히 공부하라고 닦달했다. 옛날 책이든 요즘 책이든 가격을 묻지 않고 모두 사들여 공부하게 했다. 아울러 비용을 아끼지 않고 친구들을 불러 같이 모여 과거 시험 공부도 하고 토론도 하게 했다. 남편에게 돈을 대 주면서 널리 친구도 사귀게 하여 남편의 이름이 알려지게 하니 막계는 이에 학문이 깊어지고 명성도 높아졌다.

스물세 살 나던 해 막계는 과거에 연거푸 합격했다. 합격 발표가 있던 날 막계는 합격자들을 위한 축하연을 마치고 검은색의 관모와 관포를 입고 말을 타고서 장인 집으로 향했다. 장인의 집에 다다를 무렵 거리에 있던 아이들이 앞다퉈 달려 나와서는 막계를 가리키면서 소리를 질렀다.

"거지 대장 김노대의 사위가 벼슬아치가 되었다네!"

말 안장 위에서 이 소리를 들은 막계는 기분이 상했으나 눌러 참는 수밖에 없었다. 장인을 뵙고 인사를 올릴 때 비록 나름 예를 갖추기는 했으나 속으로는 분함과 원망이 가득했다.

'오늘같이 벼슬에 오를 줄 알았더라면 왕후장상이 데릴사위로 오라고 해도 거절했을 텐데, 저런 거지 대장을 장인으로 모시고 있으니 이거야말로 죽을 때까지 내 인생의 오점이 되겠구나! 내가 아이를 낳으면 거지 대장의 외손자라 다른 사람들의 손가락질을 받을 게 뻔하다. 일은 이렇게 더럽게 꼬였는데도 마누라는 현숙하여 칠거지악을 범하지도 않으니 당장 쫓아낼 방도가 없구나. 이 일을 심각하게 고민하지 않으면 평생 후회하겠다.'

막계의 심사가 이렇게 앙앙불락이라, 옥노가 몇 번이나 그 연유를 물어도 막계는 아무 말도 하지 않으니 도무지 그 연유를 알 수가 없었다. 막계는 오늘날 과거에 급제한 것을 자랑스러워하며 자신의 가난한 시절을 까맣게 잊어버렸을 뿐만 아니라 아내가 자신을 합격시키고자 애쓴 공로 역시 아무것도 아닌 것으로 치부했다. 그의 심지가 곧지 못했기 때문이리라.

며칠 후 막계는 무위군(無爲軍) 사호(司戶) 자리에 임명되었다. 장인이 술자리를 벌여 전송했다. 이번에는 거지들이 몰려오지 않았다. 다행히 무위군은 임안에서 배로 바로 닿을 수 있는 곳이라 막계는 부인과 함께 배를 타고 임지로 출발했다. 며칠을 항해하여 배가 채석강(採石江)에 도착하여 북쪽 강변에 정박했다. 달이 대낮처럼 밝은 그날 밤 막계는 잠을 이루지 못하고 옷을 입고 일어나 뱃전에 앉아서 달을 감상했다. 사방은 사람 하나 없어 조용한데, 막계는 거지 대장 장인 생각이 나서 기분이 언짢았다.

이때 갑자기 부인 김옥노를 죽이고 다른 여자와 다시 결혼하여 평생의 수치에서 벗어나야겠다는 몹쓸 생각이 들었다. 막계

金玉奴棒打薄情郞

는 김옥노가 잠들어 있는 선창으로 다가가 달구경을 가자고 깨웠다. 김옥노는 이미 잠에 취해 있었지만 막계가 계속 보채니 차마 거절하지 못하고 옷을 걸쳐 입고 선창 문으로 다가와 고개를 내밀고 달을 바라보았다. 이때 막계가 갑자기 김옥노를 이물까지 끌고 가 강물에 던져 버렸다. 그런 다음 뱃사람을 살며시 불러 깨워 배를 저어 나아가도록 하였다. 막계는 뱃사람에게 상을 후하게 주고는 배를 빨리 저으라고 닦달했다. 뱃사람이 영문도 모른 채 노를 잡고 저어 대니 배는 이미 십 리나 더 나아갔다. 이때 막계가 배를 세우게 하고는 말했다.

"방금 전 마누라가 달구경을 하다가 강물에 빠져 버렸어. 내가 구하려고 하였지만 이미 늦었더라고."

막계는 은자 석 냥을 뱃사람에게 쥐여 주며 술이라도 사 먹으라고 했다. 뱃사람도 대충 눈치를 채고 입을 다물었다. 김옥노를 시중드느라 같이 배에 타고 있던 여종들은 마님이 죽었다면서 그저 눈물만 흘릴 뿐이었다. 시 한 수로 이를 증명한다.

단지 거지 대장이라는 호칭이 거슬려
과거에 급제하더니 조강지처를 버리는구나.
하늘이 맺어 준 부부의 인연은 쉽게 버릴 수 없는 것이니
사람들이 매정한 남편이라고 부를 만하구나.

한편 막계가 배를 몰게 하여 그곳을 벗어나던 바로 그때, 너무 절묘하게도 회서(淮西)의 전운사(轉運使) 허덕후(許德厚)가 새로

부임하는 길에 채석강 북쪽 강변에 배를 대놓고 있었다. 그곳은 바로 막계가 좀 전에 부인 김옥노를 강물에 밀어 떨어뜨린 곳이었다. 허덕후는 부인과 선창의 창을 열고서 달구경을 하면서 술을 마시느라 아직 잠자리에 들지 않고 있었다. 이때 홀연히 강 언덕에서 울음 우는 소리가 들려오는데 아낙네의 소리라. 그 소리가 너무도 애절하여 차마 그냥 지나칠 수가 없었다. 황급히 뱃사람에게 배를 저어 가까이 가 보자 하니 과연 아낙이 홀로 강 언덕에 앉아 있었다. 사람을 시켜 그녀를 배로 불러오라 하여 그 내력을 들어 보았다.

이 여인은 바로 무위군 사호 막계의 처 김옥노로, 처음에 물에 빠졌을 땐 혼비백산하여 이젠 죽었구나 자포자기했으나 홀연히 물밑에서 뭔가가 자신의 발을 밀어 올려 주면서 헤엄을 쳐 강 언덕으로 데려가고 있음을 느꼈다. 김옥노가 죽을힘을 다해 강 언덕에 올라 바라보니 강물만 막막하고 남편이 탄 배는 저 멀리 사라지고 없었다. 남편이 출세하더니 신분이 비천한 자기를 걸리적거린다고 생각하여 자신을 물에 빠뜨려 죽여 버리고 다른 인연을 찾고자 한 것이리라. 비록 목숨은 건졌다고 하나 의지가지없는 신세, 생각하니 그저 눈물만 흘러나왔다. 전운사 허덕후가 김옥노에게 사연을 물으니 김옥노는 자초지종을 소상히 고했다. 김옥노는 대답을 마치고 흐르는 눈물을 주체하지 못했다. 허덕후 부부도 김옥노의 사연을 듣고 같이 눈물을 흘렸다.

"너무 슬퍼하지 마시라. 내가 그대를 내 양딸로 삼아서 방도를 찾아보리라."

　金玉奴棒打薄情郎

김옥노는 감사의 절을 올렸다. 허덕후는 부인에게 김옥노의 젖은 옷을 갈아입히게 하고는 배의 뒤쪽 선창에 김옥노의 자리를 마련해 주었다. 아울러 휘하의 수종들에게 김옥노를 아씨라고 부르게 했다. 아울러 뱃사람들에겐 이 일을 함부로 누설하지 못하도록 다짐을 받아 두었다.

며칠 후 허덕후가 회서에 도착했다. 무위군이 바로 회서에 속해 있는지라 무위군 사호 막계는 다른 관리들과 함께 허덕후를 뵙게 되었다. 허덕후는 자신에게 인사를 하러 온 막계를 바라보면서 자기도 모르게 생각에 잠겼다.

"저렇게 멀쩡하게 생긴 인재가 그 순간 그리 야박한 짓을 하다니!"

몇 달이 지나고 허덕후가 막료에게 이렇게 말했다.

"나에게 딸이 하나 있소이다. 나름 재색을 겸비하고 있다고 자부하오만 벌써 시집갈 나이가 지났으니 어서 사위를 구해 맺어 주고 싶소이다. 좋은 사람이 있으면 다리를 놔주기 바라오."

막료들은 무위군의 사호 막계가 젊은 나이에 상처했다는 말을 들었던지라 모두들 한 목소리로 막계가 재주와 품덕이 빼어나니 좋은 사윗감이라고 추천했다. 허덕후가 다시 입을 열었다.

"그 사람이라면 사실 나도 오랫동안 눈여겨봤소이다. 그러나 젊은 나이에 과거에 급제하여 나름 야망이 클 터인데 우리 집안에 장가들려고 할지 모르겠소이다."

막료들이 일제히 대답했다.

"막계는 집안이 변변치 않으니 만일 나리의 후원을 받을 수 있다면 갈대가 거목에 기대는 것과 같은 형국입니다. 그보다 더 큰 행운이 없을 것인데 어찌 거절하겠습니까?"

"그대들의 생각에 붙여 볼 만하다면 어디 한번 막계에게 말을 건네 보고 막계의 의중을 떠보도록 하시오. 내가 먼저 말을 꺼냈다는 말은 절대 하지 말고. 괜히 내 이야기를 했다가 일을 그르칠까 걱정이오."

막료들은 허덕후의 명을 받들어 막계를 찾아가 전운사 허덕후에게 딸이 있으니 그녀와 맺어 주고 싶다고 말을 건넸다. 막계는 출세의 동아줄을 잡고 싶어 높은 벼슬아치 집안에 장가라도 들고 싶었으나 여의치 않던 터라 막료들의 제안을 듣고 바로 대답했다.

"이 일은 온전히 그대들의 손에 달렸소이다. 일만 잘된다면 그 은혜는 결코 잊지 않으리다."

"걱정 말고 그저 우리한테 맡겨 두시오."

막료들은 돌아가 전운사 허덕후에게 보고했다. 허덕후가 그 말을 듣고서 이렇게 당부했다.

"막 사호가 이 혼사를 거절하지 않는다니 정말 다행스러운 일이오. 하지만 우리 부부가 딸아이를 너무 오냐오냐 키워서 버릇을 제대로 들이지 못했으니 아무래도 친정에서 신접살림을 하게 하여 더 가르쳐야 할 것 같소. 그러나 한창 기개가 넘치는 나이의 막 사호가 우리의 이런 제안을 탐탁지 않게 생각하여 조금이라도 서운한 마음을 갖는다면 우리 부부의 마음은 또 얼마나 아프겠소. 하니 먼저 이런 점을 상세히 설명해 주고 모든 일이 다 양

해가 된 후에야 혼사가 진행될 수 있을 것이오."

막료들은 다시 막 사호를 찾아가 허덕후의 말을 전하니 막 사호는 두말하지 않고 제안을 받아들였다. 막 사호는 김옥노와 혼인하던 때와는 너무도 다르게 황금과 비단으로 혼수를 마련하여 처가에 보내고 택일을 하고는 간절하게 허덕후의 사위가 될 날을 기다렸다.

한편 허덕후는 사전에 미리 아내와 김옥노에게 이렇게 일러 두었다.

"옥노, 네가 혼자서 독수공방하는 게 너무 안쓰러워 젊은 진사 하나를 너에게 남편으로 맺어 주고자 하니 부디 거절하지 말거라."

김옥노가 대답했다.

"비록 미천한 집안 출신이나 저도 사람 노릇 하는 법도는 조금 압니다. 저는 이미 막계와 평생을 같이하기로 혼인하였습니다. 막계가 저를 미천한 출신이라고 싫어하여 차마 하지 못할 짓을 했지만 저는 저의 도리를 다하고자 합니다. 제가 어찌 재혼하여 일부종사의 뜻을 저버릴 수 있겠습니까?"

김옥노는 말을 마치고 두 눈에서 하염없이 눈물을 흘렸다. 허덕후의 부인은 그렇게 눈물을 흘리는 김옥노를 보고 마음이 약해져 속내를 이야기했다.

"지금 나리가 말씀하시는 젊은 진사가 바로 막계란다. 나리께서 막계가 너에게 야박하게 굴고 떠난 것을 못내 안타깝게 여겨 너희 부부를 다시 결합시켜 주고자 하시는 것이다. 그래서 너를 친딸이라고 속이고 사윗감을 구한다고 하여 혼사를 진행시킨 것이다. 막계가 흔쾌히 이 혼사를 받아들여 오늘 밤 우리 집에 사위로 들어올 것이다. 막계가 오늘 밤 우리 집에 사위로 들어오면 이러이러하게 대하여 너의 분한 마음을 꼭 풀도록 하라."

김옥노는 그제야 눈물을 거두고 다시 화장을 매만지고 옷매무새를 고치면서 신랑을 맞아들일 채비를 했다.

밤, 막계는 의관을 정제하고 관에는 황금색 꽃을 꽂고 안장에 화려한 장식을 한 준마를 타고서 두 줄로 늘어선 악대를 앞세우고 동료와 아전들을 뒤세우고 길을 나섰다. 누군들 갈채를 보내지 않을 수 없는 광경이었다.

북소리 울려 대며 백마 타고 오는구나
풍류를 아는 멋진 사위여.
거지 대장의 사위에서 고관대작의 사위로 변하는 그 기쁨에
채석강에서 아내를 버린 일은 다 잊었나?

이날 밤 전운사 허덕후는 양탄자를 깔고 비단 장식을 달아매고 사위가 오기만을 기다렸다. 마침내 막계가 대문에 이르니 허덕후는 관모와 요대를 갖추고 나가서 사위를 맞았다. 막계의 동료들은 막계와 인사를 나누고 돌아갔다. 막계가 사처로 들어가니 붉은 비단을 머리 위에 쓴 신부를 두 여종이 양쪽에서 부축하며 나왔다. 예식 진행을 맡은 자가 난간 저쪽에서 예식을 시작한다고 소리치니 신랑 신부가 천지신명에게 절을 올리고, 장인 장모에

　　　　　　　　　金玉奴棒打薄情郎

게 절을 올린 다음 서로 마주 보며 절을 했다. 신방으로 들어가니 화촉이 밝혀지고 술상이 준비되어 있었다. 막계는 마치 구름 위를 거니는 듯 기쁜 마음을 형언하지 못한 채 고개를 들고 보란 듯이 신방으로 들어갔다.

막계가 문턱에 발을 들어 올리는 순간, 갑자기 양옆에서 예닐곱 명의 노파와 여종들이 대막대기와 몽둥이를 쳐들고 막계의 머리부터 내려치니 머리에 쓰고 있던 관모도 벗겨지고 어깨와 등에는 몽둥이질이 비 오듯이 쏟아졌다. 갑작스레 몽둥이 찜질을 당한 막계는 너무도 당황하여 넘어졌고 자기도 모르게 소리를 질렀다.

"장인어른, 장모님, 사람 살려요!"

이때 안에서 여인네의 목소리가 들려왔다.

"저 매정한 남정네를 그만 패거라. 이제 내가 직접 그를 만나 보리라."

이 말을 들은 예닐곱 명의 여인네들이 막계의 귀를 잡고 어깻죽지를 잡아서 인정사정 두지 않고 떠미니 막계는 발을 땅에 대지도 못하고 몸이 들린 채로 신부 앞으로 끌려갔다. 막계가 소리를 질렀다.

"아니, 내가 무슨 죄가 있다고 이러시오?"

막계가 눈을 들어 바라보니 화촉 앞에 신부가 몸을 꼿꼿이 하고 앉아 있었다. 그 신부는 다름이 아니라 바로 김옥노였다. 막계는 정신이 나가서 자기도 모르게 소리를 질렀다.

"귀신이다, 귀신이다!"

주변 사람들은 모두 깔깔대며 가가대소하기 시작했다.

이때 허덕후가 안으로 들어왔다.

"사위여, 오해하지 마시게. 이 사람은 내가 채석강에서 구한 의녀라오. 귀신이 아니네."

막계는 겨우 가슴을 진정시키고 황망히 몸을 조아려 공수하며 말했다.

"소인은 소인이 지은 죄를 잘 알고 있습니다. 부디 소인을 용서해 주시기 바랍니다."

"사실 그건 내 소관이 아닐세. 그걸 문제 삼고 말고는 내 딸한테 달려 있는 것 아닌가?"

김옥노가 막계의 얼굴에 침을 뱉으며 욕했다.

"이 은혜도 모르는 놈아. 너는 송홍(宋弘)[55]이 '어려울 때 친구는 잊어서는 안 되고, 조강지처는 버리지 않는 법'이라고 한 말도 모르느냐? 애당초 네놈은 빈털터리로 우리 집에 사위로 들어왔으면서 집안의 재산 덕분에 공부도 하고 과거에 급제하여 명예를 얻었고 오늘날의 네 모습이 될 수 있었던 거다. 우리 집안사람들도 우리 부부가 공히 서로 존귀해지기를 바랐으나 어찌된 영문인지 네가 은혜를 버리고 근본을 잊고 말았구나. 우리 서로 결혼할 때 언약도 잊고 은혜를 원수로 갚는 격으로 나를 강물에 집어던

---

55 전후한 교체기 때 인물 광무제의 누이 호양 공주가 남편을 잃고 난 다음 송홍을
    보고 반하여 결혼하고 싶어 하니 광무제가 송홍을 불러 이제 출세했으니 응당
    그에 걸맞은 여인과 재혼하는 게 어떠냐고 물었다. 이에 송홍은 오랜 친구를 잊
    으면 안 되고, 조강지처를 버리면 안 된다는 말이 있다며 거절한다.

져 버렸구나. 다행히 하늘이 나를 불쌍히 여겨 새아버지에게 구조되니 내가 그의 수양딸이 되었다. 내가 만약 그대로 물에 빠져 죽었더라면 너는 새장가를 들었을 것 아니냐? 어찌 그런 일을 할 수 있단 말이냐? 나는 뼈도 없는 사람인 줄 아느냐? 내가 어이 너와 다시 인연을 맺을 수 있겠느냐?"

김옥노는 말을 마치고 목 놓아 울면서 이런 매정한 놈, 이런 은혜도 모르는 놈 하면서 막계를 욕했다. 막계는 얼굴이 빨개져 아무런 말도 하지 못하고 그저 머리를 조아리며 용서를 빌었다.

허덕후는 김옥노가 실컷 욕하도록 내버려 두었다가 막계를 안아 일으키고는 옥노에게 말했다.

"딸아, 화를 좀 삭이거라. 지금 이 사위가 죄를 뉘우치고 앞으로는 너를 함부로 대하지 않으려고 하는 것 같다. 너희 둘이 비록 예전에 결혼했던 사이라 하나 내 집에서는 처음 만나 부부의 연을 맺는 것이니 내 체면을 봐서라도 지난 일은 그만 묻어 두기로 하자."

허덕후가 이번에는 막계에게 말했다.

"그대가 잘못한 게 맞으니 다른 사람 탓은 하지 말게. 오늘은 그저 죽었다고 생각하고 참는 게 좋겠네. 내 자네 장모에게 자네와 옥노 사이를 잘 풀어 주라고 부탁하겠네."

허덕후는 말을 마치고 방을 나섰다. 잠시 후 허덕후의 부인이 들어왔다. 허덕후의 부인이 막계와 옥노 사이에서 이런저런 이야기를 하며 다리를 놔주니 마침내 두 사람도 화해하게 되었다.

다음 날 허덕후는 잔치를 베풀어 새로 맞이한 사위를 환영했다. 전날 예물로 받았던 금은보화도 다시 막계에게 돌려주었다.

"내 딸은 하나인데 어찌 예물을 두 번 받을 수 있겠소? 사위님은 이미 전에 장인 김 씨에게 예물을 드린 적이 있으니 내가 어찌 거듭 예물을 받겠소?"

막계는 고개를 푹 숙인 채 아무런 말도 하지 못했다. 허덕후가 다시 말을 이었다.

"우리 사위님께서는 장인의 신분이 미천한 것이 원망스러워 아내를 사랑하는 마음을 거둬들이고 결국 부부 인연조차 끝내 버리고자 했다는데, 내 관직이 높지 않아 우리 사위님의 마음에 들지 모르겠소이다."

막계는 얼굴이 빨개지더니 자리에서 일어나 거듭 사죄했다. 시 한 수로 이를 증명한다.

> 어리석게도 고관대작의 사위가 되려고 아등바등하였지만
> 새로 얻은 아내가 전에 버린 아내일 줄이야.
> 몽둥이 찜질, 욕 한 바가지에 얼굴이 화끈화끈
> 그러기에 어쩌자고 새 장인을 구하려 했을까?

이 일이 있고 나서부터 막계와 김옥노는 다시 관계를 회복했다. 아니, 전보다 더욱 돈독해졌다. 허덕후 부부는 김옥노를 친딸처럼, 막계를 친사위처럼 대해 주었다. 김옥노 역시 허덕후 부부를 진짜 친정 부모처럼 대했다. 막계는 그런 김옥노를 보고서 감동을 받아서 자신의 장인인 거지 대장 김노대를 임지로 모셔와

돌아가실 때까지 모셨다. 나중에 허덕후 부부가 세상을 떠났을 때도 김옥노는 친딸의 예를 갖춰서 허덕후 부부의 은혜에 감사를 표시했다. 막씨 가문과 허씨 가문은 대대로 세교를 맺어 왕래가 끊이지 않았다.

송홍은 의리를 지켜 천하의 칭송을 받고
황윤(黃允)[56]은 아내를 버려 의리 없는 놈이라 욕을 먹었네.
막계가 버린 아내와 다시 결합하는 것을 보니
하늘이 정한 인연은 함부로 버릴 수가 없는 법.

---

56 후한 시대의 인물. 당시의 고관대작인 원외(袁隗)가 황윤을 좋게 보고 조카와 맺어 주려고 하자 부인 하후씨와 당장 이혼하고 원외의 조카와 재혼했다. 하후씨가 쫓겨나면서 황윤의 추악한 면을 여러 사람들 앞에 밝혔으며 이 일로 사람들이 황윤을 비난했다. 훗날, 본처를 버리고 부귀영화를 추구한 사람의 대명사가 되었다.

李秀卿義結黃貞女

이수경이 숫처녀
황 씨와 결혼하다

구 년 동안 소식도 없던 동생이 돌아왔다. 일찍이 어머니를 여의고 아버지를 따라 장사를 떠났던 동생, 모진 풍파를 견디는 데 조금이라도 도움이 되라고 아버지가 남장시켜 데리고 다니며 장사했던 그 동생이다. 한번 떠나면 좀처럼 소식을 전하기 어려웠던 시절, 먹고살기 바빴던 시절, 마음엔 있으나 그저 마음에만 묻고 살았어야 했던 그 시절에 먼 길을 떠났던 동생. 그 동생이 찾아왔다. 그리고 남장을 하고 다른 남자와 짝을 이뤄 장사를 열심히 했다고 한다. 그사이에 돌아가신 아버지의 유골을 수습하여 장사 지내러 왔다고 한다.

그런 동생을 만나고서도 바로 기뻐하지 못하는 언니. 남자와 몇 년을 같이 생활했다는데 만약 내 동생이 처녀성을 잃었다면 그리고 바람난 여자라 소문난다면? 그래, 처녀성 검사를 하자! 언니가 사용한 처녀성 검사 방법이 과학적인지 아닌지를 따지기 전에 처녀성을 검사해야 했던 당시 상황이 아련하다.

이 작품은 남자 못지않게 업적을 이룬 여자를 칭송하고, 남장을 하고서 여성에게 금기시된 영역을 개척하거나 감연히 사랑을 찾아 떠났던 여인들을 칭송하면서 작품의 여자 주인공이 남장 여자로서 겪은 일을 서술한다. 여성이 여성 자체로 대접받지 못하고 이성인 남성과 동일성을 보여야만 대접받는다면 사실 여성은 필요 없고 남성만이 필요할 뿐이다. 재미있지만 슬픈 작품이다.

모처럼 짬을 내어 고금의 역사를 펼쳐 본다
예부터 사내대장부 몇이나
위기와 재난을 당했을 때 신묘한 기지를 발휘하여
모략과 계략에 빠지지 않고 살아났던가?

남자들은 당황하여 실수하는 경우가 많으나
여자들이 오히려 임기응변 잘하더라.
지혜가 여자들보다 더 빼어나야
두건을 써도 창피하지 않으리라.

"지혜로운 아녀자가 남자보다 훨씬 낫다."라는 옛말이 있다. 남
자 뺨치는 여자가 어찌 드물겠는가? 여태후(呂太后),[57] 무측천(武則

---

57 ?~기원전 180. 한나라를 창건한 유방의 부인이자 후에 왕위를 이은 혜제의 어머
니다. 유방 사후 한나라의 정치를 좌지우지하고 자기 세력을 강화하기 위해 피비

天)⁵⁸처럼 능력은 빼어나지만 심보가 못돼 먹은 자들은 그만두고, 위장강(衛莊姜),⁵⁹ 조영녀(曹令女)⁶⁰처럼 현숙하고 정절을 지킨 여인들도 그만두고, 조대고(曹大家),⁶¹ 반첩여(班婕妤),⁶² 소약란(蘇若蘭),⁶³ 심만원(沈滿願),⁶⁴ 이이안(李易安),⁶⁵ 주숙진(朱淑眞)⁶⁶처럼 학

린내 나는 살육을 감행하여 포악한 여인의 대명사가 되었다.

58 624~705. 측천무후라고도 한다. 당 고종의 황후였다가 고종이 죽은 후 스스로 황제의 자리에 올랐다. 중국 역사상 유일무이한 여황제다. 황후 자리에 오르기 위해 고종의 총애를 받는 여인들을 죽인 것이라든가, 통치하면서 정적들을 무자비하게 죽인 일로 인해 악랄한 여인으로 손꼽힌다. 황제로 재위한 기간은 십육 년이나 실제로는 오십여 년 동안 정치를 쥐락펴락했다.

59 춘추시대 제나라의 공주로 성이 강씨이다. 위나라 장공에게 시집가서 위장강이라 불렸다. 빼어난 미인으로 중국 최초의 여류 시인이다.

60 삼국 시대 위나라 사람으로 조문숙의 부인이었다. 조문숙이 죽고 난 다음 개가를 권유받자 칼로 자기 귀와 코를 베며 개가하지 않겠다는 뜻을 단호히 보였다고 하여 정절을 지킨 여인으로 유명하다.

61 본명은 반소(班昭)로 후한의 학자 반고의 동생이다. 조세숙(曹世叔)에게 시집갔으나 세숙이 일찍 죽어 과부가 되었다. 그 후로 반고의『한서』편찬을 도왔다. 조대고라는 호칭은 당시 황제가 반소를 높여 붙여 준 별명이다.

62 기원전 48~2. 서한 성제의 비. 문학적 재능이 뛰어났으며 특히 사와 부를 잘 지었다.

63 본명은 소혜(蘇蕙)이며 동진 때 사람이다. 피부가 곱고 용모가 빼어났으며 특히 시를 잘 지었다고 한다. 그녀가 지었다는 회문시「선기도(璇璣圖)」는 상하좌우 대각선 방향으로 무궁무진하게 읽어 낼 수 있어 유명하며 지금까지 전해진다.

64 남북조 시대의 여류 시인이다. 심약의 손녀로 알려졌다.

65 본명은 이청조(李淸照, 1084~1151?). 남송(南宋) 때 여류 사인이다. 별명이 이안거사(易安居士)이다. 시, 산문, 서예에 두루 능했으며, 송나라가 여진족의 침입을 받아 남쪽으로 수도를 옮긴 이후 부드러우면서도 애절한 가락의 사를 지었다.

66 송 대의 여류 사인이다. 음악과 서예에 두루 능했다. 외지에서 벼슬살이하던 남편과 오래 떨어져 지낸 까닭에 처량하고 애절한 풍의 사 작품을 많이 남겼다.

문이 깊고 재주가 비상한 여류 문인도 그만두고, 금거 부인 풍 씨
(錦車夫人馮氏),[67] 완화부인 임 씨(浣花夫人任氏),[68] 금산부인 세 씨
(錦繖夫人洗氏)[69]와 군중낭자(軍中娘子),[70] 수기여장(繡旗女將)[71]처
럼 지략이 뛰어나 용맹한 여장군도 그만두자. 지금 이야기하고자
하는 것은 기묘하고 이상하고 신비하며 불알 없는 남자요 두건
쓴 여인이라, 위엄도 있으며 귀엽기도 하며 재미도 있으며 찬미하
기 마땅한 그런 여인들의 이야기다.

　　치마와 비녀 이야기를 하면 화색이 돌고
　　남자 이야기를 하면 기분이 별로.

전해 오는 당나라 소설에 따르면 하남(河南) 저양(睢陽) 땅에

67　풍료(馮嫽)를 가리킨다. 서한 시대 유명한 여자 정치가이자 외교관이다. 태초(太
　　初) 4년(기원전 101)에 공주 유해우(劉解憂)가 서역에 시집갈 때 수행했다. 자신
　　역시 서역의 대장군과 결혼하여 서한과 서역의 외교 관계 수립에 일조했다.
68　당 대종 대력 3년(768) 반란군이 완화부인 임 씨가 살고 있는 성도를 침공하려
　　할 때 사재를 털어 직접 병사를 이끌고서 막아 냈다고 한다.
69　남북조 시대 영남의 이족(俚族) 수령의 딸이다. 한족 풍보(馮寶)와 결혼했다. 지
　　혜와 용기를 겸비하였으며 몸소 군사를 이끌고 전투에 참여하여 혁혁한 공을
　　세웠다.
70　당 고조의 딸이며 개국공신 시소(柴紹, 588~638)의 아내, 평양 공주를 가리킨
　　다. 고조와 시소가 원정을 떠날 때 스스로 여군을 조직하여 같이 참전하였다고
　　한다.
71　송나라 가정(嘉定) 13년(1220)에 반란군 대장 이전(李全)이 동평부(東平府)를 공
　　격했을 때 유씨(劉氏) 부인이 군사를 이끌고 이전의 공격을 막아 냈다. 여기서 수
　　기여장(繡旗女將)이란 바로 이 여장군의 별명이다.

목란(木蘭)이란 아가씨가 있었다 한다. 아버지가 변방의 수자리를 살러 가야 할 처지나 병들고 나이도 너무 많은지라 목란이 남장을 하고 아버지 대신 종군하게 되었다. 머리에는 투구를 쓰고 몸에는 갑옷을 입고 손에는 창을 꼬나들고 허리에는 활과 화살을 차고 손에는 딱따기와 방울을 들고 풍찬노숙하며 온갖 고초를 당했다. 이렇게 십 년 수자리 기한을 채우고 다시 고향에 돌아올 때까지 목란은 여전히 숫처녀였다. 변방의 수천 수만 병사들이 그녀가 남장 여인임을 눈치채지 못했는데 후대 사람이 시를 지어 이를 증명했다.

죄 지은 아버지를 구한 제영(緹縈)[72]은 고금에 드문 여인
아버지를 대신하여 군대를 다녀온 목란은 더 드물고 귀한 여인.
효를 다하고, 충을 다하고, 정절마저 지켰으니
그녀 앞에 부끄럽지 않을 남자 몇이나 있으랴!

한편 상주(常州) 의흥(義興) 땅에 축영대(祝英臺)라고 하는 여인이 있었다. 어려서부터 책 읽고 공부하는 것을 좋아했던 터라 여항(餘杭)이란 곳이 학문의 기풍이 가장 흥성하다는 말을 듣고 그곳에서 공부하고 싶어 했다. 올케가 그녀의 말을 듣더니 만류했다.

---

72 순우의(淳于意)의 딸이다. 아버지가 뇌물을 받았다는 모함을 받아 장안으로 끌려갔을 때 아버지의 무죄를 밝히기 위해 상소를 올려 하소연하니 황제가 감동하여 더 이상 아버지의 죄를 묻지 않았다고 한다.

李秀卿義結黃貞女

"남녀칠세부동석이라 하는데, 아가씨는 이미 열여섯 살, 공부하러 나가게 되면 남녀가 같이 섞일 것이니 어찌 사람들의 입방아에 오르지 않겠습니까?"

축영대가 대답했다.

"저에게 나름 생각이 있어요."

축영대가 두건을 쓰고 허리띠를 하는 등 남장을 하고서 올케 앞에 나서니 올케는 축영대가 남자인지 여자인지 분간을 못 했다. 축영대가 출발하고자 하니 때는 바야흐로 초여름 석류꽃이 피던 때라 석류 가지를 하나 꺾어 화단에 심으며 하늘에 대고 빌었다.

"소녀 축영대가 공부하러 떠납니다. 제가 목표를 이루고 이름을 빛내게 되면 이 가지에 잎이 무성하게 열리게 하여 주시고 해마다 꽃이 만발하게 해 주십시오. 만약 저에게 안 좋은 일이 생겨 가문을 욕되게 하거든 이 가지가 말라비틀어지게 해 주십시오."

빌기를 마치고 출발하면서 축영대는 자신을 축구(祝九, 축씨 집안의 아홉 번째) 도령이라 자칭했다. 여항에서 축영대는 소주에서 온 양산백(梁山伯)이란 친구를 만나 같은 기숙사에 머물며 공부했다. 그리고 서로를 아끼고 챙겨 주며 마침내 의형제를 맺었다. 낮에는 같이 밥을 먹고 밤에는 같이 잠들고 하기를 삼 년, 축영대는 한 번도 옷을 벗은 적이 없는지라 양산백이 매번 이상하다 생각하며 물어보았으나 축영대는 늘 대답을 확실하게 하지 않고 얼버무리기만 했다. 이렇게 삼 년을 공부하고 나서 어느 정도 학문을 닦은 다음 각자의 고향으로 돌아가게 되었다. 양산백은 축영대에게 두 달 안에 축영대의 집을 찾아가겠노라 했다. 축영대가 집에 돌아왔을 때는 떠날 때와 마찬가지로 초여름이라 화단에 심었던 석류나무가 꽃을 무성하게 피웠으니 올케도 축영대의 말대로 되었다고 믿었다.

축영대의 고향에서 삼십 리쯤 떨어진 곳에 안락촌(安樂村)이란 마을이 있었으니 그 마을에 마 씨(馬氏)네라고 하는 대단한 부잣집이 있었다. 마씨는 축영대가 현숙하다는 소문을 듣고 매파를 통하여 축영대의 오빠에게 청혼을 했다. 축영대의 오빠는 바로 허락했다. 결혼 절차는 일사천리로 착착 진행되어 다음 해 2월에 결혼식을 올리기로 날을 잡았다. 하나 축영대의 마음은 이미 양산백에게 쏠려 있었던 터라 양산백이 자기 집을 찾아오면 자신의 속마음을 털어놓을 심산이었다. 어이 알았을까? 양산백에게 일이 있어 아직 출발하지 못하고 있었던 것을. 축영대는 오빠와 올케에게 의심을 받을까 봐 결혼을 미루자는 이야기도 꺼내지 못하고 있었다. 양산백은 10월이 되어서야 출발했으니 이미 여섯 달이나 지난 다음이었다. 축영대의 집에 도착하여 축구 도령의 소식을 물었다. 축영대 집에 있던 사람이 대답하였다.

"우리 집에 축구 아가씨는 있어도, 축구 도령은 없소이다."

양산백은 이상하다 생각하면서도 일단 다른 표현을 건네어 자신이 방문했음을 전해 달라고 말했다. 계집종 하나가 나오너니 양산백을 안채로 안내했다. 양산백이 안채로 들어가니 축영대가 발그레하게 화장을 하고 비취색 옷을 입고 있어 예전에 봐 오던 축구 도령과는 완연히 달랐다. 양산백은 그제야 축영대가 남장했던 것을 알아차리고는 자신의 아둔함을 한탄했다. 서로 인사를 나눈 다음 축영대는 자신의 혼담이 오가고 있음을 이야기했다. 오빠와 올케가 나서서 이미 마 씨에게 혼사를 약속했음을 알렸다. 양산백은 자신이 늦게 찾아온 것을 후회하고 또 후회했으나 이미 시간은 되돌릴 수 없었다. 양산백은 축영대에게 작별을 고하고 고향으로 돌아갔으나 상사병에 걸려 몸져누워 버렸고, 끝내 일어나지 못하고 연말에 저세상으로 떠나고 말았다. 양산백은 죽기 전에 부모에게 이렇게 유언했다.

"제가 죽거든 안락촌 입구에 묻어 주십시오."

양산백의 부모는 양산백을 안락촌 입구에 묻어 주었다. 다음 해 축영대가 마 씨에게 시집가는 날 축영대의 일행이 안락촌 입구에 도착하니, 갑자기 사방에서 광풍이 휘몰아치고 하늘과 땅이 어둑어둑해지더니 가마와 사람들이 한 걸음도 앞으로 나아갈 수 없었다. 축영대가 눈을 들어 바라보니 양산백이 표연히 가마로 걸어와 말하는 것이었다.

"내가 그대를 사모하다가 상사병에 걸려 죽어서 여기에 묻혔소이다. 그대여, 나를 잊지 않으셨다면 가마에서 내려 나를 한번 봐 주시오."

축영대가 가마에서 내리니 갑자기 쨍그렁 소리가 나고 땅이 한 길 정도 갈라졌다. 축영대는 그 갈라진 틈으로 들어가 버렸다. 사람들이 축영대의 옷자락을 잡으니 마치 뱀이 허물을 벗듯이 그 옷만 남아 바람에 날렸다. 이 순간 하늘과 땅은 다시 맑아지고 갈라졌던 틈은 그저 한 줄 자국만 남고 다시 메워졌다. 신부의 가마가 멈추어 섰던 곳은 바로 양산백의 무덤이었다. 축영대와 양산백은 살아서는 형제였고, 죽어서는 부부가 되었던 것이다. 바람에 날렸던 축영대의 옷은 조각조각 흩어져 호랑나비처럼 날렸으니 사람들은 축영대와 양산백의 혼령이 변한 것으로, 붉은 조각은 양산백, 검은 조각은 축영대의 혼령이 변한 것이라고 했다. 그 호랑나비는 지금까지 사방에 퍼져 있으니 지금도 그 호랑나비를 양산백, 축영대라고 부르고 있다. 후대 사람이 시를 지어 이를 증명했다.

삼 년 동안 같이 공부하고 같이 먹고 잤으니
살아서 맺은 인연 죽어서도 그대로라.
양산백이 축영대가 남장한 여자임을 몰랐던 게 문제는 아니리니
그저 축영대의 지조가 굳셌다고 할 것이라.

이제 또 한 여인을 이야기하려 한다. 서촉(西蜀) 임공(臨邛) 땅에 한 여인이 있었으니, 성은 황(黃), 이름은 숭하(崇嘏)라. 천성이 총명하고 우아하며 시와 문장에 두루 능했다. 황숭하는 부모가 모두 돌아가신 데다가 도움 줄 친척마저 없었다. 마침 재상 주상(周庠)이 촉에 주둔하고 있던 때라 황숭하는 남장을 하고 평소에 지은 시를 주상에게 바쳤다. 주상이 시를 읽어 보니 한 수 한 수가 다 빼어나지라 감동을 받아 현령에게 보좌관으로 추천했다. 황숭하는 현의 사무에도 정통하여 해결하기 어려운 송사나 몇 년을 끌어 왔던 안건도 척척 해결해 냈다. 현과 부의 수많은 일들

을 황숭하가 처리해 내니 마침내 명성이 자자해지고 부현의 아전들도 그를 존중하고 백성들도 감동했다. 주상은 황숭하를 천하의 재목이라며 조정에 추천하고 아울러 자신의 사위로 삼고자 태수에게 중매를 서게 했다. 하지만 황숭하는 그저 미소만 짓고 확답을 피했다. 주상이 황숭하를 만나는 기회를 타서 직접 자신의 뜻을 전하니 황숭하는 지필묵을 찾아 시 한 수를 지어 바쳤다.

여자로 푸른 강변에서 비취 새 깃털 들고 노니는 일은 하지 못하고
가난한 초가집에 살면서 시만 열심히 지었다오.
남색 도포 입고 현의 관리로 근무하며
예쁜 거울 보고 눈썹 화장하는 것은 아예 포기하였다오.
이 한 몸 푸른 소나무 같은 지조를 지키고
견인불발의 뜻을 세워 벽옥 같은 자태 지키려네.
재상께서 소인을 사위로 삼고자 하신다면
조물주에게 소인을 남자로 만들어 달라고 애원하는 수밖에.

주상은 시를 읽고 깜짝 놀라 황숭하에게 자초지종을 묻고는 그제야 황숭하가 남장 여자임을 알게 되었다. 여자가 남장한 일은 그래도 풍속과 인심에 관계되는 일이라 괜히 소문이 안 좋게 날까 봐 두려워 황숭하에게 현의 관리직을 그만두고 교외에 근신하고 있으라 하고는 현의 선비를 찾아 황숭하와 맺어 주었다. 나중에 황숭하의 남편은 과거에 급제하여 널리 이름을 날리고

높은 지위에 올랐으며 황숭하 역시 고관대작의 부인 칭호를 얻게 되었다. 지금도 공연되는 전기(傳奇) 「춘도기(春桃記)」에서는 황숭하도 역시 과거에 급제했다고 하는데 이건 아마도 나중에 덧붙여진 것으로 보인다. 후대인이 시를 지어 이를 찬미한 바 있다.

배 속 가득한 영감과 재주는 붓으로 드러나고
국사를 처리하는 재능은 더욱 높아라.
만약 무측천 때에 태어났더라면
임금과 신하가 모두 여장부일 뻔하였도다.

지금까지 이야기한 것은 모두 지난 시절의 이야기다. 이제 요즘 이야기를 좀 해 볼거나. 위대한 명나라 홍치(弘治, 1488~1505) 연간의 일이라. 남경 응천부(應天府) 상원현(上元縣)에 황 공(黃公)이라는 사람이 살았다. 그는 젓가락 모양의 향을 팔면서 잡화도 취급하는 자로서 장사를 하느라 전국 각처 다니지 않은 곳이 없었다. 사람들은 황 공이 장사를 성실하고 정직하게 하는 것을 보고서 그를 '신용의 황 공'이라고 불렀다.

황 공과 그의 아내 사이에는 딸이 둘 있었는데 큰딸은 이름이 도총(道聰), 둘째 딸은 이름이 선총(善聰)이었다. 큰딸은 남경 청계교(靑溪橋)에 사는 장이가(張二哥)에게 시집갔고, 집에는 열두 살 먹은 둘째 딸만 남았는데 그만 아내가 병들어 저세상으로 떠나고 말았다. 아내를 장사 지내고 나서 황 공은 또 전국 각처로 장사를 하러 떠나야 할 처지였다.

"둘째 딸만을 집에 남겨 놓고 가면 돌봐 줄 사람이 아무도 없고, 시집을 보내려고 해도 나이가 아직 어리니 이 아이를 어찌한다? 시집간 딸에게 맡기려니 그 역시 예의에 맞지 않는 것 같고. 장사를 나가지 않아 그동안 열심히 닦아 놓은 거래처를 다 잃어버리면 무슨 수로 돈을 벌어 집안 살림을 꾸린단 말인가?"

이리 생각하고 저리 생각해도 장사를 떠나야 할지, 집에 있어야 할지 결정을 내릴 수가 없었다. 향과 잡화는 이미 준비해 두었지만 둘째 딸을 맡길 곳이 없었다. 며칠을 고민하다가 갑자기 한 생각이 떠올랐다.

"맞다! 내가 장사를 혼자 다니니 딸아이를 남장시켜 데리고 다니면 되겠구나. 그러다가 딸아이가 자라면 그때는 또 다른 방법을 생각하면 되겠지. 한데 강북의 거래처가 나한테 아들이 없는 걸 아는데, 내가 아들이라며 데려가면 분명히 이상하게 생각할 텐데. 아예 장 가네에 시집간 큰딸의 아들이라고 해야겠다."

황 공은 작정을 하고 나서 딸에게 자신의 생각을 말했다. 황 공은 딸의 몸에 맞는 도포와 버선을 맞춰 입혀 주고 머리에는 두건을 씌워 주니 영락없는 총각이었다.

눈매에서는 맑은 기운
자질은 총명함 그 자체.
등백도(鄧伯道)[73]처럼 아들 없는 사람이면

---

73 위진남북조 시대 진(晉)나라 사람. 친아들과 조카를 데리고 피난 갔다가 위중한 상황에서 아들을 희생하고 조카를 살렸으나 이후 평생 아들 없이 지냈다. 이 일

열에 아홉은 수양아들 삼자고 하겠네.

황 공 부녀는 향과 잡화를 팔며 배를 타고서 강북(江北) 여주부(廬州府)에 이르러 객점에 묵었다. 객점 주인이 선총이 영리하게 생긴 것을 보고는 입에 침이 마르도록 칭찬했다. 주인이 황 공에게 물었다.

"누구기에 이렇게 같이 다니시오?"

"내 외손자라오. 이름은 장승(張勝)이라고 해요. 나한테 아들이 없어서 이렇게 외손자를 데리고 다니며 거래처도 알려 주고 그러는 거요. 그래야 나중에 이 사업을 물려받을 거 아니오?"

주인은 더 이상 꼬치꼬치 묻지 않았다. 황 공은 방도 별도로 하나 빌려 지내면서 매일같이 나가서 물건도 대고 외상도 수금하고 하면서 선총에게 남아서 방을 지키게 했다. 선총은 한눈을 팔지 않고 함부로 나다니지도 않았다. 사람들은 모두 이렇게 수군거렸다.

"장 씨 도령은 외할아버지보다 더 착실하네."

모두들 장승을 귀여워했다.

자고로 "하늘에서 언제 태풍이 불어올지 모르고, 사람에겐 언제 화복이 뒤바뀔지 모른다."라고 하지 않던가. 황 공이 여주에 온 지 이 년이 못 되어 그만 병을 앓게 되었고 온갖 약을 써도 효용이 없이 그만 세상을 뜨고 말았다. 선총은 한바탕 울고 나서

로 사람들의 동정을 샀고, 등백도는 아들 없는 아비의 대명사가 되었다.

관을 사서 염을 한 뒤 성 밖의 오래된 절에 임시로 안치했다. 어린 처녀의 몸으로 천애 고아가 되었으니 강호를 돌아다니기가 참으로 불편했다. 객점의 옆방에 머물던 사람도 역시 향을 파는 장사꾼으로 웅천부 출신인 데다가 젊고 착실해 보였다. 선총이 이름을 물으니 그자가 대답했다.

"나는 성은 이(李), 이름은 영(英), 자는 수경(秀卿)이며, 어려서부터 아버지를 따라다니며 장사를 했소. 이제 아버지가 연로하셔서 떠돌며 장사하기를 힘들어하시는지라 내가 이렇게 대신 나온 것이오."

"나는 외할아버지를 따라서 장사하러 나왔다가 그만 외할아버지가 세상을 떠나셔서 이렇게 의지가지없는 신세가 되었소이다. 만약 그대가 허락한다면 원컨대 의형제를 맺어 같이 장사를 하러 다니면 피차 의지가 될 것 같소이다."

"그게 좋겠소이다."

이수경의 나이는 열여덟, 장승보다 네 살이 많았다. 장승은 이수경을 형으로 모시고 서로 지극히 우애하였다. 며칠 후 두 사람이 서로 의견을 나누었다. 이수경이 한 사람은 남경에 가서 물건을 팔고, 한 사람은 여주에서 물건을 대고 수금도 하면 어떠냐고 제안했다. 각자 자기 장사를 그대로 건사할 수 있으니 서로에게 이익이 될 거라는 것이었다. 장승은 그 말을 듣고 이렇게 대답했다.

"아우인 저는 나이도 어리고 게다가 아직 외할아버지의 시신을 운구하지도 못했으니 무슨 염치로 고향으로 돌아가겠습니까? 아무래도 형님이 장사를 하러 가는 게 좋겠습니다."

그러면서 장승은 자신의 자본을 모두 이수경에게 건넸다. 이수경은 물건과 장부를 모두 선총에게 건넸다. 두 사람은 동업을 하면서 마지막 한 푼까지 모두 정직하게 처리했다. 이때부터 이수경과 장승은 짐을 하나로 합치고 이수경이 남경에서 여주로 돌아오면 밥도 같이 먹고 잠도 같이 잤다. 그런데 장승은 잘 때도 옷을 벗지 않고 잠들었으니 속바지도 속적삼도 버선도 벗지 않았다. 이수경이 이상하게 생각하여 연고를 물었다.

"저는 어려서부터 오한을 앓아 속옷을 벗으면 바로 병이 나는지라 이렇게 다 입고 자는 게 습관이 되었습니다."

이수경이 다시 물었다.

"근데 귓불에는 어찌하여 그렇게 구멍을 뚫은 거요?"

"제가 어렸을 때 부모님께서 점을 보니 점쟁이가 저에게 피하기 아주 힘든 액운이 있을 거라 하여 저를 여자처럼 보이게 하려고 이렇게 귀에 구멍을 뚫어 준 것입니다."

이수경은 순진한 사람이라 장승의 말을 그대로 믿고 더 이상 따져 묻지 않았다. 장승 역시 조심에 조심을 더하여 화장실을 가더라도 꼭 밤늦은 시각 남이 안 볼 때만 가려서 다녀오곤 했다. 하여 장승이 오랜 기간 동안 객점에 머물렀음에도 남장 여인임을 들키지 않을 수 있었다. 시 한 수로 이를 증명한다.

남자와 여자의 생김생김이 어이 같으랴만
세심하게 주의하여 들키지 않은 것일 뿐.
그래도 한 가지 감추기 힘든 것은

　　　　　　　　李秀卿義結黃貞女

삼 촌도 채 되지 않는 작은 발의 앙증맞은 걸음걸이.

황선총이 여주에서 열두 살의 어린 나이에 남장을 하고 장승이란 이름으로 장사를 시작한 지도 어언 구 년, 정말 시간이 유수와도 같이 흘렀다. 이제 황선총의 나이는 스물한 살이었다. 몇 년간 열심히 장사를 한 덕분에 예전과는 비교할 수 없을 정도의 돈을 만질 수 있게 되었다. 황선총은 부친의 시신을 아직 타향에 두고 있는 것도 마음에 걸리고 언니와 그동안 한 번도 만나지 못한 것도 마음에 걸려 자신의 인생대사도 제대로 정리해 보아야겠다는 생각이 들었다. 그리하여 이수경에게 외할아버지의 시신을 고향으로 운구하여 제대로 장사 지내고 싶다고 말했다. 이수경이 그 말을 듣고 대답했다.

"당연히 그렇게 해야지. 하지만 운구라는 게 간단한 일이 아니어서 동생 혼자 감당하기 힘들 걸세. 명색이 형인 내가 동생을 도와서 같이 가야 마음이 좀 놓일 것 같아. 동생이 외할아버지 장례를 제대로 치르고 나면 다시 돌아오면 될 걸세."

"고맙습니다, 형님. 이렇게 마음을 써 주시다니요."

그날 밤 그들은 이렇게 상의를 마쳤다. 바로 길일을 잡고, 배를 빌리고, 스님들을 모셔서 독경을 한 다음 황 공의 관을 메어 배에 실었다. 순풍이 불면 가고 역풍이 불면 멈추며 배를 저어 며칠 후 남경에 도착한 두 사람은 조양문(朝陽門) 밖에 장소를 구하여 황 공의 관을 내려놓고 장사 치를 준비를 했다.

이수경과 장승은 성안으로 들어간 다음 서로 각자의 집으로 갈 참이었다. 이수경이 물었다.

"아우는 어디서 사시오? 그래도 명색이 형인데 한번 찾아가 봐야 하지 않겠소?"

"우리 집은 진회하(秦淮河) 청계교(淸溪橋)에 있습니다. 형님, 내일 찾아오셔서 차도 드시고 말씀도 나누시지요."

이렇게 말을 나누고 두 사람은 헤어졌다. 장승은 본디 황 공의 여식이라 형부 장 씨네 집 근처 지리를 잘 알지 못했으나 다행히 진회하가 널리 알려진 곳이라 사람들에게 물어보기가 편했다. 장승은 청계교에 도착하여 장씨 댁을 물어 찾아내고는 문을 열고 안으로 들어갔다. 마침 형부는 출타 중이라 그저 곧장 안으로 밀고 들어갔다. 안에 있던 황도총이 버럭 소리를 질렀다.

"내외가 분명한데 남의 가정집 내실에 웬 놈이 예의도 없이 뻔뻔하게 들어오는 거야? 정말 무례하구나. 집에 남자만 있었어도 네놈한테 몽둥이 찜질을 했을 것이야. 어서 물러가라!"

장승은 조금도 당황하지 않고 히죽히죽 웃으면서 손을 모아 인사를 하더니 이렇게 말했다.

"언니, 어떻게 자기 친남동생도 못 알아보는 거죠?"

황도총은 다시 버럭 소리를 질렀다.

"아니, 이 불한당 같은 놈아, 나에게 남동생이 어디 있다고 그러느냐?"

"아니, 구 년 전의 일이 기억나지 않으십니까?"

"구 년 전의 일이야 내가 똑똑히 알고 있지. 아버지한테 아들은 없고 우리 자매 둘뿐이었지. 내 여동생의 이름은 선총, 구 년 전에 아버지께서 장사를 떠나실 때 선총을 데리고 가셨지. 그리곤 그 후론 소식이 없어. 살았는지, 죽었는지? 아니, 너는 누구기에 불쑥 찾아와서 나한테 언니 누나라고 불러 대는 거야?"

장승이 대답했다.

"방금 말한 선총이 바로 나라니까요!"

장승은 말을 마치고 엉엉 울었다. 황도총은 무슨 영문인지 알 길이 없어 어안이 벙벙했다.

"아니, 네가 선총이라면 지금 그 행색은 뭐냐?"

"아버님이 저를 남장시키시고 외손자 장승이라고 부르시며 데리고 다니면서 장사를 가르쳐 주셨죠. 그러다 이 년도 못 되어 병들어 돌아가셨어요. 제가 아무리 장사를 치러 드리려고 해도 어리고 혼자 된 몸이라 방법이 없어 아버님 시신을 안고 고향으로 돌아올 수가 없었지요. 그러던 중 이수경이라는 동향 사람을 만났는데 사람이 진중하고 성실하기 그지없어 그 사람과 의형제를 맺고 같이 장사를 했답니다. 강북에서 장사하면서 어느덧 육칠 년이란 세월이 가 버리고 그제야 나도 고향으로 돌아올 엄두를 내기 시작했습니다. 하여 이렇게 지금 언니를 만나러 온 것이라오. 어찌 다른 사정이 있었겠어요."

황도총이 이렇게 말하였다.

"아이고, 그런 사연이 있었구나! 네가 이수경이란 남자와 오랜 세월을 같이 생활했다고 했는데, 남녀가 오랜 세월 같이 생활했다면 응당 부부의 연을 맺어야 하는 것 아니냐. 옛말에 사람은 모름지기 떳떳하지 못한 일은 하지 말라고 했다. 머리 쪽 지어 올려 비녀를 꽂으면 좀 좋으냐? 어쩌자고 이런 선머슴 꼴을 하고 나타나느냐? 참으로 보기 민망하구나."

장승이 대답했다.

"언니에게 사실 있는 그대로 말하는 것인데, 나는 아직 숫처녀예요. 함부로 행동하여 가문을 욕보였을까 봐요!"

황도총은 장승의 말을 믿지 못하겠다면서 장승을 데리고 안으로 들어가 확인해 보겠다고 했다. 아니, 처녀인지 아닌지를 확인하는 방법이 있기는 한 것인가? 재를 가늘게 빻아서 요강에 넣고 엉덩이를 까고 요강에 앉게 한 다음 가느다란 면봉 같은 것으로 코를 간지럽혀 재채기를 하게 한다. 만약 처녀가 아니면 재채기를 하면서 콧구멍부터 아래쪽까지 공기가 통하여 요강에 있는 재가 날리고, 만약에 처녀라면 그 재가 전혀 날리지 않는다. 궁정에서 처녀를 감별할 때도 이 방법을 사용한다고 한다. 황도총이 그래도 도시인 남경에서 나고 자랐으니 그런 방법을 모를 리 있겠는가? 도총이 동생을 시험해 보니 과연 숫처녀라. 자매는 서로 얼싸안고 한참이나 울었다. 황도총은 자신의 옷상자를 열어 치마와 저고리를 꺼낸 다음, 목욕물을 준비하여 동생을 목욕시키고 옷을 갈아입게 했다. 황선총은 언니에게 이렇게 말했다.

"언니, 나 돌아가신 아버지 따라 장사를 나간 이후로 한 번도 옷을 벗어 본 적이 없어. 오늘 이렇게 언니를 만나니 정말 마음이 편하네."

그날 밤 황선총의 형부 장이가 집에 돌아오자 황도총은 바깥채에 자리를 준비하여 동생과 함께 마음속 이야기를 나누느라

李秀卿義結黃貞女

날이 하얗게 샐 때까지 뜬눈으로 지새웠다. 다음 날 일어나 황선총이 세수하고 머리를 빗고 나니 정말 딴사람처럼 변했다. 황선총은 형부, 언니와 다시 인사를 나눴다. 황도총은 남편에게 자신의 동생 선총이 정절을 지킨 일을 자랑하고, 더불어 만약 이수경이 없었다면 동생 선총이 어떻게 저 긴 세월을 견뎠겠느냐면서 선총과 의형제를 맺었던 이수경을 칭찬했다.

그들이 한창 이야기를 나누고 있을 때, 밖에서 기침 소리가 나더니 이렇게 묻는 소리가 들렸다.

"계십니까?"

황선총은 듣자마자 바로 이수경의 목소리임을 알아차리고 언니에게 말했다.

"어서 형부에게 나가서 맞아들이라고 해요. 나는 창피해서 볼 수가 없네."

"아니, 의형제를 맺은 사람이고, 게다가 사람도 좋다면서 못 볼 건 또 뭐냐?"

선총은 부끄러워 얼굴이 빨개지며 이수경을 맞이하러 나가려 하지 않았다. 황도총은 하는 수 없이 남편에게 얼른 나가서 이수경을 맞아 주고 이수경이 선총이 남장한 것을 눈치챘는지 알아보게 했다. 장이가는 얼른 나가서 이수경을 맞아선 인사를 나누고 자리에 앉았다. 이수경이 입을 열었다.

"저는 이수경으로, 장승이란 사람을 찾아왔습니다. 그대는 장승하고 어떤 관계이신지요?"

장이가가 웃으면서 대답했다.

"장승하고 아주 가까운 친척 됩니다. 장승이 오늘은 그대를 만나고 싶어 하지 않으니 아무래도 헛걸음을 하지 않았나 싶습니다."

이수경이 대답했다.

"장승과 저는 비록 성씨는 달라도 서로 의형제를 맺은 사이로 서로 아끼고 격려하며 오늘날까지 같이 지내 왔습니다. 오늘 제가 이렇게 특별히 찾아왔는데 만나려 하지 않는다고요? 그럴 리가 없습니다."

"그럴 만한 사정이 있습니다. 조용히 따로 말씀드리지요."

이수경은 너무도 궁금해서 계속 재촉했다. 장이가가 뜸을 들이며 속 시원하게 대답하지 않으니 답답해 미칠 지경이었다. 당황한 장이가는 안채로 들어가 아내에게 어서 처제를 불러 오라 했으나 황선총은 나서려고 하지 않았다. 그러자 장이가와 황도총 부부는 자리를 피한 채 사람을 시켜 이수경을 안으로 들여보내라고 했다. 이수경은 안채로 들어와 바로 황선총을 만났다. 이수경이 아무리 황선총을 뜯어봐도 자신이 알고 있던 장승이 아닌지라 그냥 아무 말도 못하고 뒷걸음질을 쳤다. 황선총이 입을 열어 말했다.

"형님, 놀라지 말고 제 이야기를 좀 들으시오."

이수경이 목소리를 들으니 바로 장승이었다. 다시 앞으로 나아가 손을 모아 읍하고 물었다.

"아니, 동생 어찌하여 이렇게 옷을 입으셨소?"

황선총이 대답했다.

"사연이 좀 많습니다. 일단 좀 앉으셔서 제 이야기를 들으시지요."

두 사람은 마주 보고 앉았다. 황선총은 열두 살에 어머니를 여의고 아버지를 따라서 장사를 나선 사정을 자세하게 설명했다. 그러면서 이렇게 말을 덧붙였다.

"형님이 저를 돌보아 주신 은혜는 어떻게 해도 갚을 수가 없습니다. 그러나 지금까지는 의형제로 만난 것이고 지금부터는 남녀의 차이가 엄연하니 아무래도 오늘 이후로는 다시 만나기 힘들 것 같습니다."

이 말을 듣고 이수경은 깊이 생각에 잠겼다. 오륙 년 이상을 한 방에서 같이 생활하면서도 여자라는 것을 까마득히 모르고 있었다니, 갑자기 머리가 멍해지는 느낌이었다.

"허허, 내 말도 좀 들어 보시오. 우리가 오랜 세월 함께 지내 왔던 지난 일이야 그대도 나도 잘 알고 있으니 다시 구구하게 말할 필요는 없을 것 같소. 그대도 나이가 나름 찼는데 배필이 없고, 나 역시 나이가 들었으나 장가들지 않았으니 차라리 함께 부부의 연을 맺어 백년해로하는 것은 어떻소?"

황선총은 그 말을 듣고 귓불까지 빨개졌다. 황선총은 자리에서 일어나며 이렇게 말했다.

"저는 형님의 사람됨을 익히 잘 알고 있기에 오늘 이렇게 형님을 피하지 않고 만나 뵌 것입니다. 그러나 형님께서 갑자기 이런 말씀을 하시니 답변하기가 참으로 난감합니다."

말을 마치고 안으로 들어가면서 이렇게 덧붙였다.

"형님, 어서 가십시오. 괜히 여기 더 머물러 계시다가 구설수에 오를까 봐 걱정입니다."

이수경은 황선총의 훈계를 듣고 입맛을 쩍쩍 다시고는 집으로 돌아왔다. 그러고는 중매쟁이를 사서 장 씨네에 보냈다. 장이가 부부야 당연히 환영할 일이었다! 하나 어찌된 일인지, 황선총이 막무가내였다.

"남의 의심을 사기 쉬운 때일수록 더욱 조심해야지. 내가 그냥 이렇게 이수경하고 결혼해 버리면 내가 그와 함께한 세월이 다 그렇고 그런 세월이라고 남들이 수군댈 거 아냐? 나는 그와 아무 일도 없이 훌륭하게 정절을 지켰는데 말이야."

황선총의 언니와 매파가 아무리 달래도 도무지 말을 듣지 않았다. 그러나 황선총을 아내로 맞아들이겠다는 이수경의 의지 또한 굳세서 날마다 중매쟁이를 보내서 말을 붙여 보게 했다. 중매쟁이가 세 번을 가 보고 다섯 번을 가 보아도 오히려 황선총은 짜증만 내고 긍정적인 반응을 보이지 않았다. 그렇다면 설마 이 혼사가 그냥 이렇게 깨져 버린다는 말씀인가? 자, 다음 이야기를 듣고 궁금증을 풀어 보시라.

칠 년 동안 우애 깊었던 형제
하나 오늘은 입장이 완전히 바뀌었네.
칠 년의 우애를 길이 보전하고자
청혼을 매정하게 거절하는 것이라.

세상에는 말로 먹고사는 족속이 몇 있으니, 학자의 주둥아리로 세상 모든 걸 다 씹어 대는 주둥아리, 중놈의 주둥아리로 세상 다 돌아다니며 밥 빌어먹는 주둥아리, 그리고 마지막으로 중매쟁이 주둥아리로 세상에 소문 퍼뜨리는 주둥아리다. 그렇다면 중매쟁이는 어떻게 소문을 퍼뜨리는 걸까? 그럼 중매쟁이들이 부르는 노랫가락이나 한번 들어 보시라.

　　이 집 갔다가 저 집 갔다가
　　발바닥에 땀이 나고 숨이 차서 못 견디겠네.
　　이 사람 만나러 가고 저 사람 만나러 가느라
　　하도 다니니 이 집 저 집의 개들이 짓지도 않아.
　　앞집의 김 씨, 뒷집의 이 씨
　　모두 다 이 중매쟁이의 친구라네.
　　누구든지 만나면 일단 한번 웃어 주고
　　묻든 안 묻든 최신 소문 하나 정도는 먼저 이야기 꺼내지.
　　이 말 했다가, 저 말 했다가
　　두서없고 정신없어라.
　　누구 집에 무슨 일이라도 있으면
　　하루도 못 가 동네방네 소문이 나지.
　　차 한잔 마시며, 술 한잔 걸치며
　　염치도 좋아 얼굴 두껍기는 또 얼마나 두꺼운지.
　　좋은 배필감 하나 칭찬이라도 하려면
　　예닐곱 말 침은 튀겨야 할걸.

이수경이 숫처녀 황 씨와 결혼하다

황선총이 남장하고서 장사하고 다닌 것은 천고의 드문 일이며, 그러면서 정절을 지킨 것은 세상에 자랑할 일이라. 중매쟁이가 이리저리 돌아다니며 소문을 내니 하나가 열이 되고, 열이 백이 되어 남경에서 모르는 사람이 없을 정도였다. 사람들마다 모두 칭찬하고 찬탄하니 벼슬아치 무리도 이 일을 알게 되었고 그들 역시 한결같이 세상에 드문 일이라고 칭송했다.

수비태감(守備太監) 이 공(李公)이 이 소문을 듣고 도저히 믿을 수 없어 사람을 보내 알아보게 하니 과연 틀림이 없었다. 이에 이 공이 이수경을 불러 다시 확인해 보니 모든 게 다 소문과 부합했다. 이 공이 이수경에게 물었다.

"세상에 많고 많은 게 여잔데 어찌하여 꼭 황선총하고 결혼하고자 하느냐?"

"칠 년 동안 쌓은 우애를 어찌 함부로 버리겠습니까? 소생은 그녀가 아니면 결혼하지 않겠습니다."

이 공은 이수경의 말을 듣고 가상하게 여겨 남의 눈에 띄지 않게 자신의 관아에 머무르게 했다. 다음 날 이 공이 중매쟁이를 불러 분부했다.

"들자 하니 황 가네 집안에 정절이 굳은 처자가 있다던데 내가 그녀를 조카와 맺어 주고 싶네. 자네가 좀 다리를 놔주게. 일이 잘 되면 내가 후사함세."

권세가인 수비태감 이 공의 말을 누가 감히 거역할 것인가? 중매쟁이가 그 말을 듣고 바로 달려가 중매를 서니 혼사가 일사천리라. 이 공은 자기가 직접 돈을 내서 이수경 대신 예물을 마련해 주었다. 아울러 집도 하나 장만하여 이수경을 보내 기다리게 했다. 이 공이 직접 혼례를 주관하니 삼현육각에 북소리까지 합세하여 황선총을 맞아 들였다. 서로 맞절을 마치고 부부가 서로 얼굴을 맞이하니 그 순간 어찌 한바탕 웃음이 나지 않을쏘냐? 황선총은 이 공의 꼼꼼한 계략에 빠졌음을 알았으나 이미 일이 여기까지 왔으니 물릴 수도 없는 노릇이었다.

이 공은 이참에 이수경을 자신의 조카로 받아들이고 거금을 내어 세간과 예물을 다시 충분히 장만해 주었다. 그리고 모든 중앙 부서의 관리들과 지방의 부와 현의 관리들에게 황선총의 행실을 알리니 모두 부조를 아끼지 않았다. 물론 이들이 모두 부조를 아끼지 않은 것은 이 공의 체면 때문이기도 하겠으나 황선총의 아름다운 행실을 보고 뭔가 해 주고 싶은 마음이 절로 들었기 때문이기도 하다. 이리하여 황선총은 일약 부자가 되었고 부부 사이도 좋아 두 아들을 낳았는데, 두 아들 역시 높이 출세했다. 호사가들이 이 이야기를 노래극으로 만들어 공연했으니 그 제목이 바로 「판향기」다.

칠 년을 남장하고 지내면서 들키지 않았으며
돌아와 결혼하지 않고 정절을 지키고자 하였네.
이 이야기를 소설로 만들어 가정마다 교훈 삼게 하려니
이 이야기가 음란한 노래를 모두 씻어 내리라.

또한 이 공을 찬미한 시도 있다.

정절을 지키는 것과 사랑을 완성하는 것을 다 이루게 하였으니
환관 가운데 이 공처럼 현명한 자 어디 있으랴!
풍류를 즐길 신세가 못 되는 환관이라도
다음 생애를 위한 풍류의 씨앗 정도는 심은 것 아니겠나?

李秀卿義結黃貞女

옮긴이 김진곤

1996년 서울대학교 중문과 대학원에서 『송원평화연구宋元平話研究』로 박사학위를 취득했다. 중국 역사 서사의 유형과 특질에 관심이 많으며, 중국 고전 서사를 우리말로 옮겨 우리 삶에 재미와 자양분을 공급하는 작업을 하고 있다. 『중국 고전문학의 전통』, 『이야기, 小說, Novel』, 『강물에 버린 사랑』, 『중국백화소설』, 『도교사』, 『그림과 공연–중국의 그림 구연과 그 인도 기원』 등의 저서와 역서를 발표했다. 현재 한밭대학교 중국어과 교수로 재직중이다.

유세명언 2

1판 1쇄 찍음   2020년 12월 1일
1판 1쇄 펴냄   2020년 12월 15일

지은이   풍몽룡
옮긴이   김진곤
발행인   박근섭, 박상준
펴낸곳   (주)민음사

출판등록   1966. 5. 19. (제16-490호)
주소   서울시 강남구 도산대로1길 62
              강남출판문화센터 5층 (06027)
대표전화   02-515-2000─팩시밀리 02-515-2007

www.minumsa.com

ⓒ김진곤, 2020. Printed in Seoul, Korea

ISBN   978-89-374-2033-7 04820
              978-89-374-2031-3 04820(세트)